DER AUTOR

Tonny Gulløv verschlang zahllose historische Mittelalter- und-Wikingerromane von Autoren wie Ken Follett und Bernard Cornwell, recherchierte drei Jahre lang und sprach mit mehr als zwanzig Experten, bevor er anfing zu schreiben. Als der erste Band seiner Serie «Millennium Kingdom» in Dänemark erschien, wurde das Buch sofort zum Erfolg. Wenig später erschienen seine Bücher auch auf Schwedisch und Norwegisch und eroberten Skandinavien im Sturm. Der Autor lebt mit seiner Familie in Kopenhagen und arbeitet als Chef-Steward bei Scandinavian Airlines.

DIE ÜBERSETZER

Justus Carl absolvierte vor dem Schulabschluss ein Auslandsjahr in Schweden, studierte Politikwissenschaft und Romanistik und erlangte den Abschluss Master of Arts in Skandinavistik. Seit 2017 arbeitet er freiberuflich als literarischer Übersetzer aus dem Dänischen, Schwedischen und Norwegischen. Für seine Arbeit wurde er unter anderem mit Stipendien des Deutschen Übersetzerfonds sowie des Literarischen Colloquiums Berlin geehrt. Heute lebt Justus Carl in Heppenheim an der südhessischen Bergstraße.

Frank Zuber hat einen Master of Arts in Skandinavistik, Deutscher Philologie sowie Anglistik. Zehn Jahre lehrte er an der Goethe-Universität in Frankfurt/Main und der Johannes Gutenberg-Universität Mainz. Heute arbeitet er als freier Übersetzer für Belletristik und Sachbuch aus dem Dänischen, Schwedischen und Norwegischen. 2018 wurde er von der norwegischen Literaturförderung NORLA für seine Übersetzungen ausgezeichnet. Frank Zuber lebt in Wiesbaden.

TONNY GULLØV

MILLENNIUM KINGDOM

DER WIKINGER

Historischer Roman

Aus dem Dänischen von Justus Carl und Frank Zuber

Rowohlt Taschenbuch Verlag

Die Originalausgabe erschien 2015 unter dem Titel
«1000-årsriget» im Forlaget McGUGL, Company, Kopenhagen.

5. Auflage März 2025
Veröffentlicht im Rowohlt Taschenbuch Verlag
Rowohlt Verlag GmbH, Kirchenallee 19, 20099 Hamburg

Deutsche Erstausgabe
Zuerst veröffentlicht im Rowohlt Taschenbuch Verlag,
Hamburg, Januar 2024

Redaktion Maike Dörries
Karte Midgard © Peter Palm, Berlin
Karte Europa © Daniel Sauthoff
Covergestaltung HAUPTMANN & KOMPANIE Werbeagentur, Zürich,
nach dem Original von McGUGL Denmark
Coverabbildung Illustration Stinne Fuglsbjerg
Satz Calluna bei Dörlemann Satz, Lemförde
Druck und Bindung CPI Books GmbH, Leck
ISBN 978-3-499-01226-6

Kontaktadresse nach EU-Produktsicherheitsverordnung:
produktsicherheit@rowohlt.de

FSC
www.fsc.org
MIX
Papier | Fördert
gute Waldnutzung
FSC® C083411

Für Anette, Anna und William

Europa um 940

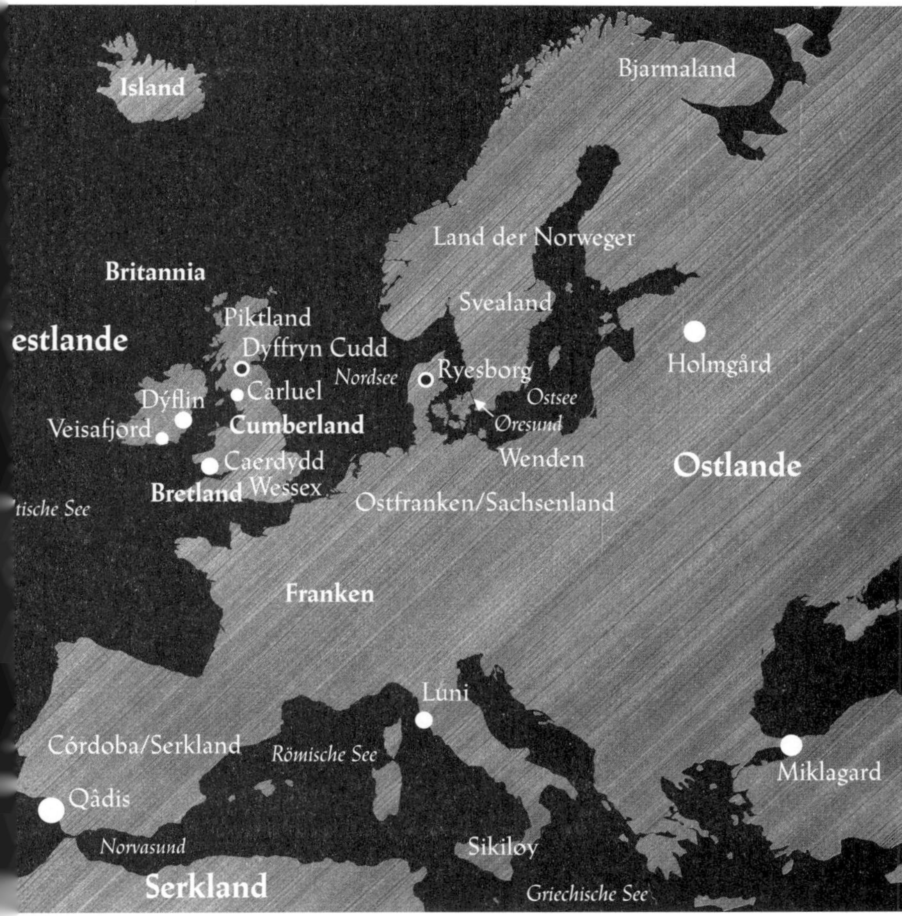

PROLOG

Ich bin Ulv. Nicht Ulv Schnellfuß oder Palnatoki, wie manche mich nennen. Einfach nur Ulv, wie der Wolf. Eigentlich sollte ich gar nicht hier sitzen und meine Geschichte erzählen, geschweige denn noch unter den Lebenden weilen, aber Thor, Odins Erstgeborener und ebenso rothaarig wie ich, hat immer wieder eine schützende Hand über mich gehalten. Und sich dabei sicher köstlich über meine Fehltritte amüsiert. Das unterscheidet mich von allen anderen im Clan der Cymru, dem ich mich lange Zeit zugehörig fühlte.

Die Cymru sind wie Kaninchen, hieß es. Sie hauen ab, sobald ein Fuchs in Sicht ist. Angeblich stammt der Clan aus Bretland. Schon unsere Urahnen seien Wegelagerer gewesen und deshalb von dort vertrieben worden.

Weder die Sachsen noch die Pikten redeten gern über die Cymru, und wenn sie es taten, dann mit wenig schmeichelhaften Worten. Wir waren zu einem Dasein in den Tälern und Wäldern des Ödlands verdammt, eingeklemmt zwischen wilden Pikten und doppelzüngigen Sachsen.

Die Pikten sind nicht besser als Tiere, auf sie will ich keine Worte verschwenden, nicht einmal schlechte. Die Sachsen und Bretländer sprechen eine Sprache, die ich heute noch verstehe, auch wenn mir die wirkliche Bedeutung der Worte nicht viel klarer ist als damals, als ich unter ihnen lebte. Sie sind einfach ein verlogenes Pack.

Meine Mutter war gebürtige Dänin und kam an Bord eines Drachenschiffs nach Kumraland. So jedenfalls wurde es mir erzählt.

Warum sie mit den Dänen auf Raubzug gefahren war, fand ich erst später heraus, aber ich weiß, dass ihre Zeit in Dyffryn Cudd, dem verborgenen Tal, alles andere als glücklich war. Meine geliebte Mutter – möge es ihr in Walhall wohlergehen – starb in meinem elften Lebensjahr wie ein wahrer Krieger, mit dem Schwert in der Hand. Ihr Mörder war mein Vater, das Dreckschwein. Ich beweinte ihren Tod und gab den Gedanken an Rache nie auf, denn so bin ich. Leider kam mir das Schicksal zuvor, was mich nach all den Jahren noch immer ärgert.

Alles, was mir von ihr blieb, sind vage Erinnerungen und ein fingerlanges Amulett aus tiefgrünem Jade. Geformt wie Thors Hammer Mjölnir mit einem eingravierten Wolfskopf. Dass sie von ihrem Platz in Walhall aus mehrfach mein Leben rettete, stärkt meine Gefühle für diese Frau, an die ich mich kaum erinnere.

Mein Vater hieß Rhi. Nur Rhi, wie es die Tradition für das Oberhaupt unseres Clans verlangte. Er war groß und stark, seine Oberarme spannten mühelos die größten Bögen aus Eibenholz, über welche die Skalden Furcht einflößende Verse schrieben. Denn mit einem Bogen in der Hand waren die Cymru wahrlich Furcht einflößend.

Ich sah Rhi nicht ähnlich, hatte aber seine Größe, sein Temperament und seine Kraft. Meine Augen sind grün, und mein Haar hat die Farbe frisch geschmiedeten Kupfers – die zwei deutlichsten Eigenschaften, die ich von meiner Mutter geerbt habe. Gut, heute sind Bart und Haupthaar fahl wie Birkenasche im Langfeuer, aber sie sind noch immer dicht und lassen sich zu Zöpfen flechten, wenn wir die Sonnwende feiern und Bier trinken.

Dass ich einmal als zahnloser Greis enden würde, ahnte ich nicht, als ich damals durch das sommerlich grüne Laub spähte und ein Dutzend riesenhafter Dänen im Harnisch erblickte. Ich war dreizehn Jahre alt und hatte keinen Schimmer, dass man das Jahr 937 schrieb. Das erfuhr ich erst später von den emsigen Mönchen, die einen Mann anbeten, der an ein Kreuz genagelt wurde und einen Dornenkranz auf dem Kopf trägt.

Ich würde niemals mein Schicksal in die Hände eines solchen Pechvogels wie dem Weißen Christus legen, der die furchtbarsten Qualen für mich erlitten haben soll. Wenn mir einer damit kommt, lege ich die Hand an den Schwertgriff und sage: «So etwas Dummes habe ich nicht gehört, seit König Harald Blauzahn sich zum Christusanbeter erklärt und verlangt hat, dass alle es ihm gleichtun. Falls jemand unbändige Lust hat, für mich zu leiden – bitte sehr, ich helfe gern nach!» Meistens vergeht den Mönchen dann ihre unablässige Lust am Predigen. Von ihrer Sorte gibt es viel zu viele, seit Bischof Poppo, der übereifrige Scheißer, seine schiefe Rattennase in alles hineinsteckt. Er war es, der Harald Blauzahn verblendet hat. Doch davon erzähle ich später.

Nun lasse ich meine Worte in der Reihenfolge fließen, wie sie meinem Gedächtnis entspringen. Edmund der Einfältige,

Poppos kleines Miststück von einem Klerikerlehrling, wird sie schon sortieren. Er kann das, sonst hätte ich ihm längst den Rücken gebläut.

BRITANNIEN IM JAHR 937

KAPITEL 1

Äste knackten, ein Mann hustete gedämpft, und Rhi legte einen langen schwarzen Pfeil an den Bogen. Neben ihm hörte man vier weitere Bogensehnen leise knarren. Dafi, Orbo, Elisud und Meuric, der kleine Bruder meines Vaters – unsere besten Krieger.

Ein Dutzend Dänen mit Harnischen, Helmen und runden bemalten Holzschilden tauchte dicht vor uns auf.

Den Äxten, Speeren und Schwertern der Dänen hatten wir nur Messer entgegenzusetzen, aber wir hatten unsere Bögen. Nur Rhi besaß ein Schwert. Es war alt und stammte von einem Sachsen, den er vor vielen Jahren getötet hatte. Es war scharf geschliffen, und immer wenn er wütend wurde, was sehr oft geschah, legte er die Hand an den Schaft. Eine Angewohnheit, die ich mir bewahrt und noch immer nicht ganz abgelegt habe.

Rhi brummte leise, und die nachtschwarzen Pfeile fanden ihr Ziel mit einer Präzision, die in Midgard ihresgleichen sucht. Fünf Dänen sanken zu Boden, aber die übrigen rückten sofort dicht zusammen und duckten sich hinter den runden Schilden mit den glänzenden Metallbuckeln wie hinter einer Wand aus bunt bemaltem Holz. Ich war fasziniert vom lauten Krachen der Schilde, als sie sich blitzschnell überlappten und eine Schildburg formten.

«Wir sind zu dicht dran», sagte Meuric.

«Stimmt», sagte Rhi und zog sich hastig zurück, ohne die Schildburg aus den Augen zu verlieren.

Sie hatten recht. Die Cymru gehen nicht freiwillig in einen Nahkampf, weil ihre Bögen dann nutzlos sind. (Dass ich selbst einmal in einer solchen Schildburg kämpfen sollte, konnte ich damals nicht wissen. Diesen Teil der Geschichte wird Edmund der Einfältige irgendwann zwischen seinen ewigen Gebeten und Kirchenliedern noch niederschreiben.)

Wie alle Cymru bin auch ich äußerst geschickt mit dem Bogen. Selbst heute noch treffe ich eine Amsel aus so großem Abstand, dass ich sie kaum sehen kann.

Die Männer unseres Clans hatten die Dänen schon mehrere Tage lang beobachtet, aber am Tag zuvor waren sie in einen Hinterhalt geraten, der die halbe Schar das Leben gekostet hatte. Zwei axtschwingende Dänen mit blauen Drachentätowierungen hatten sie aus nächster Nähe niedergemetzelt.

Das hatte ich am selben Abend in unserem Lager gehört, denn ich durfte noch nicht mit den Erwachsenen losziehen. Auch jetzt nicht. Die Männer wussten nicht, dass ich ihnen den ganzen Tag heimlich gefolgt war.

Rhi ging voran, hinter ihm kam Meuric. Plötzlich blieb er stehen, lauschte und blickte sich um. Ich konnte mich nicht mehr verstecken und stand wie versteinert da. Fünf lange Schritte brachten ihn zu mir. Der Häuptling der Cymru verpasste mir eine schallende Ohrfeige, dann setzten wir die Flucht vor den Dänen fort.

Ich nahm den Schlag ohne einen Mucks entgegen, hatte jedoch unbändige Lust, ihm mein Messer in den Arsch zu rammen. Ich hatte es sogar schon gezogen, als er sich umdrehte.

«Halt!», sagte er. Ich dachte, er meinte mich und steckte das Messer in die Scheide. Doch er sprach nicht zu mir. Rhi reckte den Hals und lauschte wie ein Eichhorn, das jeden Laut des Waldes wahrnimmt.

«Da sind noch mehr», sagte er. Ich hörte nur Vogelgezwitscher und das Rauschen des Windes in den Blättern, aber Meuric nickte und zeigte in die Richtung, in die wir gingen.

«Wir sind umzingelt. Schon wieder!» Vorwurfsvoll sah er Rhi an, dessen Gedankenlosigkeit fünf Cymru das Leben gekostet hatte.

Nun hörte man aus allen Richtungen laute Flüche in der Sprache der Dänen, und ich begriff als Letzter, dass wir umringt waren. Das war nicht gut. Die Dänen durchsuchten den Wald an den Ufern des Irthing nach Dörfern und Sklaven und ganz besonders nach den Wegelagerern, die ihre schwarzen Pfeile mit ungeheurer Präzision abschossen.

Rhi wirkte verwirrt und nervös. Besonders Ersteres überraschte mich, da kaum ein Mann die Wälder und Täler so kannte wie er. Das verborgene Tal, Dyffryn Cudd, und Kumralands Wildnis waren unsere Heimat und unsere Jagdgründe.

Ein trockener Zweig knackte, und wir verschwanden unter welkem Laub, umgestürzten Bäumen und in anderen Verstecken. In kindlicher Freude ließ ich meine Gedanken schweifen und erwartete nichts als Glück von den drei Nornen, die zwischen den Wurzeln Yggdrasils leben und unsere Lebensfäden spinnen. Ich war ein Narr.

Vielleicht hatte ich mehr Angst, als ich mich erinnern kann hier am Langfeuer, mit vollem Bauch und einem Krug Bier. Sicher ist aber, dass ich das Mjölnir-Amulett, das an einem Lederriemen um meinen Hals hing, fest umklammerte und Thor um Schutz bat. Weil ich schon immer gewusst habe, dass Odins Sohn mir besser helfen kann als Gottes Sohn, der Weiße Christus. Obgleich unser Priester, Pater Pillgryes, unermüdlich die Vorzüge dieses Gottessohns predigte. Der größte davon sei gewesen, dass er sein Leben für die Menschheit gegeben hatte. Wozu das gut sein sollte, verstand ich nie. Dennoch glaubten die Cymru ebenso inbrünstig an den Weißen Christus wie an den Wald und an ihr Recht, die Ernte der Bauern zu stehlen oder Kaufleute zu überfallen. Letzteres verurteilte Pater Pillgryes vehement, bis sein Magen so laut knurrte, dass es seine frommen Gebete störte.

Wie ein Mönch so tief in die Ödnis Kumralands vordringen konnte, blieb mir immer ein Rätsel. Pillgryes war eines Tages mehr tot als lebendig in unser Dorf gewankt. Seine Kleider waren zerrissen, aber man erkannte ihn noch als Mönch. Deshalb ließen wir ihn am Leben, er durfte bleiben und fand ein dankbares Publikum. Er redete so gut, dass alle ihn Pater nannten, obwohl er nur ein einfacher Bettelmönch war. Meine Frage, warum er allein in die Wildnis gezogen sei, beantwortete er mit einer Schimpftirade gegen den Abt von Lanercost und dessen Engstirnigkeit.

Der wohlbeleibte Pater Pillgryes hatte einen gesunden Appetit, und obwohl er stets gegen das Stehlen wetterte, verschwand doch ein beträchtlicher Teil der Beute in seinem Magen – oft, während er uns Vorwürfe machte.

«Der Herr gab Moses zehn Gebote, und das siebte Gebot lautet verdammt noch mal: ‹Du sollst nicht stehlen›», murmelte er schmatzend, rülpste und bekreuzigte sich.

Pillgryes war Krieger, bevor er den Ruf des Herrn empfing, noch dazu ein guter. Jedenfalls behauptete er das, und wahrscheinlich sagte er die Wahrheit. Trotz der vielen grauen Haare in der Tonsur war er jedenfalls noch ziemlich lebendig. Und er trainierte mich in einem Waffengebrauch, der beträchtlich von unseren Traditionen abwich.

Mit einem hölzernen Schwert brachte Pillgryes mir bei, wie man hieb, stach und schlug und vor allem in Bewegung blieb. Nur so habe er all die Jahre überlebt und Männer besiegt, die stärker und geschickter waren als er.

«Einzig und allein wegen meiner Beweglichkeit», sagte er und machte es vor. Es sah komisch aus, wenn er mit einem Holzschwert in der Hand wie ein Hase umherhüpfte und Haken schlug. Er hieb in die Luft, schwang das Schwert im Kreis und bewegte sich rascher, als ich es für einen Mann seiner Statur für möglich gehalten hätte.

«Schlage Haken wie ein Hase, brülle wie ein Bär und greif an wie eine Schlange», stöhnte er. «Dann wirst du alt genug, um die Söhne deiner Söhne zu sehen.» Ich grinste breit und wurde im nächsten Moment von einem dicken, wütenden Mann in einer zerfetzten Kutte zu Boden geschlagen.

Als ich wieder zu mir kam, hatte Pillgryes mit Birkenrinde kleine Kreise auf dem Boden markiert, und ehe ich etwas sagen konnte, befahl er mir, mit dem Schwert in der Hand von Kreis zu Kreis zu springen. Ich gehorchte ihm stumm, weil die Schläge immer noch auf der Haut brannten, und lernte rasch.

Pillgryes zeigte mir, wie ich das Schwert schwingen und

gleichzeitig damit zuschlagen konnte. Was ich für kreiselnde Bewegungen gehalten hatte, stellte sich als unzählige Hiebe von links und rechts heraus, alle in verschiedene Richtungen. Wir trainierten so oft wie möglich, bis Braith, die Frau meines Onkels, uns dabei erwischte und wie eine wild gewordene Henne zu gackern begann.

Mein Stamm fand es unpassend, dass ein Mönch einem Heiden den Schwertkampf beibrachte. Pillgryes sagte, er wolle nur den Teufel aus meinem störrischen und heidnischen Gemüt vertreiben, und wenn dies nur durch Waffenlehre möglich sei, würde er es probieren. Er behauptete sogar, dass der gesamte Stamm dadurch besser durchs Fegefeuer käme, wenn es einmal so weit sei. Danach beschwerte sich keiner mehr, nicht einmal Braith, solange Pater Pillgryes Gottes Wort und Waffenspiele halbwegs gerecht verteilte.

Aber Pillgryes legte wesentlich mehr Eifer an den Tag, mich in die Geheimnisse der Schwertkunst einzuweihen, als mich von den Vorzügen des Weißen Christus zu überzeugen.

«Du bist der geborene Krieger, Ulv», sagte er oft zu mir. «Du bewegst dich flink, denkst schnell und bist für dein Alter ziemlich firm mit dem Schwert. Aber mein Herz weint um dich. Der Herr ist nicht auf deiner Seite, weil du nicht auf ihn hören willst.» Ich gab ihm eine freche Antwort – eine alte Angewohnheit, die ich noch immer nicht los bin. Und ich habe gern das letzte Wort.

Pillgryes gab mir eine schallende Ohrfeige, aber seine Worte hatten Gewicht. Er war mein Freund, der einzige, den ich außer Mutter und ihrer kleinen Schwester Heldis dort hatte. Für einen Moment erwog ich sogar, den Weißen Christus zu meinem Gott zu machen.

Leider hat Pillgryes den letzten Winter nicht überlebt. Er wurde geisteskrank und lief nackt im Wald herum, bis er tot umfiel. Nicht besonders christlich, wie Braith bemerkte, obwohl sie Pillgryes eifrigstes Gemeindemitglied war.

Zwei Dinge geschahen, nachdem der Bettelmönch gestorben war. Die Waffenlehre hatte ein Ende, und Braith übernahm das Predigen. Die vergrämte Alte wurde nie müde, mich zu belehren. Was mir nicht alles verboten war, vor dem Herrn, seiner Heiligkeit in Rom, dem Weißen Christus und sogar der Heiligen Jungfrau, der Mutter des Gottessohns – eine endlose Litanei aus Geboten und Verboten, die mir gar nicht gut bekam.

Ihr Sermon focht einen vergeblichen Kampf gegen die glühenden Geschichten meiner Mutter über Hel, Odin, Thor, Tyr, Freya, Frigg und viele andere Götter aus, deren Namen ich oft vergesse. Alle waren sie stärker und mächtiger als der ans Kreuz genagelte Jämmerling, dessen Anhänger nackt im Wald herumliefen und erfroren.

Ein halbes Jahr war vergangen, seit Pillgryes als lallender Idiot geendet war. Ich vermisste ihn sehr. Das Training mit dem Holzschwert setzte ich allein fort, aber das war nicht dasselbe.

Knackende Zweige und flüsternde Stimmen dicht an meinem Versteck rissen mich aus den Gedanken. Mit dem Auge, das nicht von Blättern bedeckt war, sah ich zwei breitschultrige Männer mit dichten Vollbärten und blauen Tätowierungen an Händen und Armen. Der eine trug einen Lederharnisch mit Metallverstärkungen, zwei silberne Armringe und einen Eisenhelm, der trotz einer Delle von einem Hieb ebenso kostbar war wie das Schwert, das er in der Hand hielt. Auf seinem

Rücken hing ein Zwischending aus einem langen Messer und einem kurzen Schwert. Wie ich später erfuhr, nannten sie es Langsax.

Der zweite trug ein ledernes Wams mit Schuppenpanzer, eine riesige Axt und einen Helm mit Gesichtsschutz, der durch die Augenhöhlen einem Totenschädel glich. Beide hatten bunte Schilde mit Metallbuckeln in der Mitte, mit denen sie sich ihren Weg durchs Gebüsch bahnten.

Ihr Anblick weckte gemischte Gefühle in mir, aber ich hatte keine Angst, denn sie würden uns nicht finden, es sei denn, sie traten direkt auf uns. Stattdessen spürte ich den großen Drang, sie zu berühren, besonders ihre Waffen und Armringe.

«Wo stecken die Scheißkerle?», sagte der eine und kratzte sich am Bart. «Die verschwinden ja schneller als Mäuse in einem Kornspeicher.»

In diesem Augenblick ging mir auf, dass ich ihre Sprache verstand. Die Worte klangen etwas anders als die meiner Mutter, aber ich verstand sie. Es war die Sprache, die ich in meinen Träumen hörte und sprach, die Sprache der Dänen.

Dann waren sie weg. Rhi stand als Erster auf, ich als Letzter, um nicht noch mehr Prügel von ihm einzustecken.

Rhi lief in dem Tempo, das die meisten aus unserem Clan den ganzen Tag lang durchhalten konnten, eine Mischung aus Gehen und Rennen. Obwohl ich für mein Alter recht groß war, waren meine Beine nicht so lang, aber ich ließ Dafis Rücken keine Sekunde aus den Augen, auch wenn ich kaum mithalten konnte.

Wir liefen zwischen Bäumen hindurch und durchs Unterholz, über kleine Lichtungen, sprangen von Stein zu Stein und folgten einem schmalen Bach. Es kam mir wie eine Ewigkeit vor, bis wir den engen Pass erreichten, der in unser kleines Tal führte.

Dort blieben sie so plötzlich stehen, dass ich Dafi umrannte, der sich das Knie an einem Stein aufschlug.

«Du kleines Dreckstück», fauchte er, stand auf und hob die Hand zum Schlag. Ich war so ermattet, dass ich nicht reagierte.

«Schscht!», zischte Rhi. Dafi hielt inne und betrachtete Orbo, der wie ein Hund mit der Nase witterte.

«Es riecht verbrannt», sagte er, und sofort war alle Müdigkeit verflogen. Die Feuerstellen von Dyffryn Cudd konnte man von hier aus nicht riechen. Meuric brummte und rannte in Richtung des Dorfes, wir folgten ihm. Diesmal so schnell, dass ich nicht mehr mitkam.

Am Rande der Siedlung, die seit meiner Geburt meine Heimat gewesen war, blieben wir stehen. Zum ersten Mal im Leben sah ich die Verwüstung nach einem Raubzug der Dänen.

Die kleinen Hütten aus geflochtenen, mit Erde abgedichteten Wänden, umgrenzt mit Weidenzäunen, standen nicht mehr. Es sah aus, als hätte Thor seinen Hammer Mjölnir durch das ganze Dorf gezogen und ihn dann in die Erde gerammt, damit der Blitz den Rest verbrannte. Neun Holzhütten mit Torfdach waren dem Erdboden gleichgemacht. Meine Welt war mit einem Schlag in Rauch aufgegangen, aber merkwürdigerweise musste ich lächeln. Warum, wusste ich nicht, aber ich wusste, dass Menschen starben, wenn Krieger mit Schwertern, Speeren und Äxten in Langschiffen ankamen, ohne den Drachenkopf am Steven abzunehmen.

Ich spann den Gedanken weiter, bis ich die erste verkohlte Leiche erblickte, die in einem Baum hing, damit alle sie sehen konnten. Auf dem Boden lag ein Paar einfache Lederschuhe, die mit roten Kreuzen verziert waren, also musste die Tote Elisuds Frau Gwarwr sein. Ihr Gesicht glich einer verkohlten Maske, von Angst und Schmerz verzerrt.

In diesem Moment begriff ich, dass Dänen auf Plünderungszug Untiere waren, wahnsinnige Ungeheuer. Der Gedanke plagt mich manchmal noch heute, obwohl ich selbst allerhand Grausamkeiten mitgemacht habe. Bis dahin hatten die Geschichten meiner Mutter eine Illusion erschaffen, in der alle Dänen Jarle, Könige oder Götter waren und der ganze Rest Heuchler und Schwächlinge. Ich umklammerte mein Amulett und bat Thor, meine kläglichen Gedanken zu vertreiben.

Ein Rabe landete auf Gwawrs verbranntem Kopf und hackte mit dem Schnabel in die Augenhöhlen. Er sah mich mit seinen schwarzen Augen an.

War das ein Zeichen? Mir schauderte, und ich war mir sicher, dass Odin den Vogel geschickt hatte, um mich zu beobachten.

Ich nickte dem Raben zu und flüsterte mit zitternder Stimme auf Dänisch, die Cymru seien nur entflohene Sklaven aus Bretland und könnten geopfert werden. Ich jedoch habe dänisches Blut und wolle mit dem Schwert in der Hand sterben.

Der Rabe zog den Schnabel aus Gwawrs Augenhöhle, krächzte und verließ mich mit kräftigen Flügelschlägen. Erleichtert ließ ich das Amulett los, doch der Anblick von Gwawrs verkohltem Gesicht ließ mich erneut schaudern.

Wir gingen zwischen den zerstörten Hütten umher und zogen Leichen aus der Asche. Als wir keine mehr fanden, begruben wir sie. Nur ein einfaches Holzkreuz zierte das Massengrab. Der Einzige, der etwas sagte, war Meuric.

«Blutrache», zischte er. «Blutrache.»

Rhi schüttelte den Kopf. «Sie haben die Frauen und Kinder als Sklaven genommen und nur die Alten getötet und alle, die Widerstand geleistet haben. Die Gefangenen bringen sie zu ihren Drachenschiffen – dorthin müssen wir.»

Rhi deutete flussabwärts und führte uns ans Ufer des Irthing – der Fluss, auf dem meine Mutter vor vielen Jahren mit einem Drachenschiff angekommen war.

Im letzten Licht der Dämmerung verließen wir von Zorn getrieben Dyffrin Cudd und gingen selbst dann noch weiter, als Mani schon mit seinem Gespann über den Himmelsbogen fuhr.

Über uns stieß ein Bussard seinen Schrei aus, und plötzlich wusste ich, dass ich die Heimat meiner Kindheit für immer verlassen würde. Ich blieb stehen, legte die Hand um mein Amulett und blickte noch einmal über das Tal, in dem meine Mutter begraben war.

«Leb wohl, Mutter», flüsterte ich.

Wir trafen weder auf weitere Krieger noch andere Menschen, denn niemand läuft ohne guten Grund mitten in der Nacht umher. Aber ihre Spuren waren so deutlich, dass wir ihnen im Mondlicht gut folgen konnten.

Die Erste, die wir fanden, war Braith. Sie lag mit unnatürlich verdrehtem Nacken am Boden, ihr Schädel war gespalten. Im Mondlicht sah sie halb tot und halb lebendig aus. Bei ihrem Anblick umklammerte ich erneut mein Amulett und bat Thor still um Schutz gegen die bösen Geister, die Midgard des Nachts heimsuchen.

Meuric ging in die Hocke und schloss Braiths starrende Augen. Dann zog er sein Messer und legte verbissen einen

Schwur ab. Ich war nur ein großer Junge, hin- und hergerissen zwischen den Geschichten meiner Mutter und den Grausamkeiten, die ich sah. Aber ich war zornig und hatte den unerschütterlichen Gerechtigkeitssinn eines Kindes. Deshalb verstand ich Meurics Worte. Sie sollten ein Motto werden, an das ich mich mein Leben lang hielt.

«Der Tod kommt von meiner Hand oder zu mir», knurrte er und stand auf.

Rhi legte eine Hand auf die Schulter seines kleinen Bruders, aber Meuric wich aus.

«Der Tod ist besser als Einsamkeit oder Sklaverei, Rhi. Das solltest du wissen, mehr als jeder andere.» Dann drehte er sich um und folgte dem Pfad, den die Dänen und ihre Sklaven ausgetrampelt hatten.

Die zwei nächsten Toten auf unserem Weg waren aus dem Nachbardorf, was erklärte, wie die Dänen unser Dorf gefunden hatten. Es folgten ein toter Mann und eine Frau, die ich nicht kannte, beide trugen Kleidung aus Wolle und Leinen, wie die Sachsen. Dafi meinte, sie seien aus Gils, einem sächsischen Dorf unweit des alten Grenzwalls, der sich bis ins Unendliche zog, wie es hieß. Jenseits des Walls befand man sich im Land der Pikten, und alle, die jemals dort gewesen waren, sagten, das sei ein gefährlicher Ort.

Die toten Sachsen waren ältere Leute, denn die Dänen nahmen nur Kinder und Jugendliche als Sklaven, was ich damals noch nicht wusste. Ich nickte respektvoll, weil ich dachte, die Alten hätten sich gewehrt.

Kurz bevor der Pfad eine Biegung machte und am Flussufer endete, fanden wir noch eine Leiche. Ich war schon einmal dort gewesen, obwohl es weit von unserem Dorf entfernt war. Damals hatte ich gehört, dass ein paar Drachenschiffe den Fluss hinaufgesegelt seien, und konnte der Versuchung nicht widerstehen. Aber da waren weder Drachenschiffe noch Dänen, nur abgebrannte Lagerfeuer und ein toter Mönch, der mit aufgeschlitztem Bauch kopfüber in einem Baum hing.

Jetzt war ich nicht mehr sicher, ob ich noch Lust hatte, dem Volk meiner Mutter zu begegnen.

«Feuer!» Rhi blieb stehen. «Viele Feuer!» In der Ferne sah man das Flackern etlicher Lagerfeuer. Wir versteckten uns, bis die Sonne die Landschaft hellgrün färbte und die Vögel zu singen begannen.

Ich aß das letzte Stück Trockenfleisch aus dem Lederbeutel an meinem Gürtel, und während ich kaute, beobachtete ich den Bruder meines Vaters.

Meuric sah Rhi ähnlicher als je zuvor, der Hass stand ihm ins Gesicht geschrieben. Er zog eine Grimasse und fletschte die Zähne wie ein Raubtier. «Der Tod kommt von meiner Hand oder zu mir», zischte er erneut und stand auf.

Rhi stand ebenfalls auf, und die anderen folgten ihnen.

Was dann geschah, ging so schnell wie ein Wimpernschlag, aber ich schwöre bei Thor, dass es sich wirklich zugetragen hat. Durch das Astwerk hindurch sah ich den Wasserspiegel des Flusses und darauf acht Langschiffe und ein kleineres Schiff, alle mit Drachenköpfen am Steven. Eines davon glitt langsam den Fluss hinab. An der Seite hingen Schilde voller Kerben und Schrammen. Die schmalen Ruder ragten aus kleinen Löchern in der Bordwand wie eine einzelne Reihe Igelstacheln. Sie bewegten sich rhythmisch und kraftvoll, und das Wasser tropfte von den Ruderblättern, wenn sie angehoben wurden.

Am Achterende stützte sich ein Mann steuerbord auf die Ruderpinne, als wäre er müde, aber er reagierte sofort, als der Mann, der am Vordersteven Ausschau hielt, den Arm hob und eine Warnung brüllte. Das Drachenschiff drehte leicht ab und fuhr am anderen Ufer entlang. Das rasche Manöver weckte in mir den unwiderstehlichen Drang, an Bord dieses prachtvollen Schiffes zu sein.

Eine durchdringende Stimme vom Ufer her ließ mich das Schiff vergessen. Ein Mann beschwerte sich lauthals, wie langweilig die Schiffswacht sei und dass er Durst habe. Er heulte wie ein Wolf. Eine andere Stimme antwortete etwas, das ich nicht verstand, gefolgt von Gelächter.

Zwei Schiffe wurden ins Wasser geschoben und glitten den Irthing hinab. Nun waren nur noch zwanzig Wächter bei den übrigen sechs Schiffen, entweder sehr jung oder alt, und nur einer trug mehr als einen Lederharnisch. Jedoch waren sie alle mit Schwertern, Äxten, Speeren und Schilden ausgerüstet. Meuric zog sein Messer, aber Rhi schüttelte den Kopf.

«Denk nach», sagte Rhi und spannte den Bogen.

Fünf Pfeile schwirrten durch die Luft und trafen ihr Ziel. Dann aber tat Meuric etwas, das kein Cymru unter normalen Umständen je tun würde. Er ließ den Bogen los, zog das Messer und stürmte auf die Feuerstelle zu.

Drei Dänen lagen still am Boden, einer fluchte vor Schmerz, die anderen schrien nach einer Schildburg. Meuric rannte weiter auf sie zu.

Ich war sicher, dass sie ihn niedermetzeln würden, doch vier weitere Pfeile schufen erneut Chaos unter den Dänen. Dann war Meuric dort, rammte sein Messer in einen Dänen und stach nach einem zweiten starken Krieger. Dieser jedoch schwang die Axt und schlug ihn mit einem einzigen Hieb zu Boden.

So etwas hatte ich noch nie gesehen. Ich war fasziniert von der Kraft und der Bewegung, obwohl es mein Onkel war, der dort starb. Es war, als ob sich eine Tür in mir öffnete, auch wenn ich es erst viele Jahre später verstand.

Rhi, Orbo und Dafi, die Meuric gefolgt waren, blieben wie vom Blitz getroffen stehen. Meurics Mörder kam grinsend auf die Cymru zu, schwang sein Schwert und sagte, er werde laut lachend auf ihre abgeschlagenen Köpfe pissen.

Ich wollte näher heran, aber Elisud hielt mich fest.

Rhi sah den Fehler als Erster ein und trat den Rückzug an. Er nahm einen Pfeil aus dem Köcher, legte ihn an den Bogen und schoss.

Der Däne ließ das Schwert fallen, hob die Hand ans Auge und packte den Pfeil. Doch ehe er ihn herausziehen konnte, kippte er auf den Rücken, zuckte noch einmal und blieb liegen.

Ich biss Elisud in die Hand, rannte zu dem toten Krieger und ergriff sein Schwert. Es war viel schwerer, als ich gedacht hatte, schließlich war ich erst dreizehn und hatte noch nie ein echtes Schwert in der Hand gehalten. Doch ich wollte es nicht hergeben, wankte zurück, stolperte und schlug mit dem Kopf gegen einen Stein am Ufer.

Benommen kam ich wieder auf die Beine und sah vier Dänen, die sich im Schutz ihrer Schilde vorwärtsbewegten. Die Schilde waren rund und groß, jedoch nicht groß genug, um einen Mann von Kopf bis Fuß zu schützen – und die Pfeile der Cymru fanden immer ihr Ziel.

«Schildburg!», brüllte eine Stimme mehrmals. Die Dänen

blieben stehen, ein Speer flog über die Schilde hinweg und traf Orbo in die Brust. Darauf folgten Flüche und Schimpfworte, die uns Waldleute aufforderten, wie Männer zu kämpfen. Orbo sank auf die Knie und kippte vornüber, aber der Speer stützte ihn. Er sah mich überrascht an und öffnete den Mund, als wolle er etwas sagen, während das Blut über sein Kinn lief.

Mehr Dänen näherten sich. Sie gingen gebückt und hielten die Schilde geschlossen zu einem halbrund geformten Dach über sich. Es waren mehr, als wir geglaubt hatten, und sie griffen an, obwohl viele verletzt waren.

Die Dänen übertönten Orbos Todesröcheln mit wüsten Flüchen und Provokationen – eine Kunst, die sie ziemlich gut beherrschten. Im Grunde war es schade, dass ich der Einzige war, der sie verstand.

Die Cymru blieben bei ihrer Abstandstaktik, zogen sich zurück und spannten erneut die Bögen. Wir gewinnen, dachte ich. Jetzt zeige ich, was ich kann. Ich war ungewöhnlich stolz auf meinen Clan, erhob das Schwert mit beiden Händen und rannte auf die letzten kampffähigen Dänen zu.

Eine laute Warnung von Elisud stoppte meinen naiven Angriff. Plötzlich wimmelte es von geharnischten, bärtigen Kriegern mit glänzenden Helmen. Trotz des kurzen Abstands tötete Rhi zwei von ihnen mit seinen Pfeilen. Elisud fiel, als ein Schildbuckel sein Gesicht zerquetschte, gefolgt von einer Streitaxt. Dafis Pfeil traf Elisuds Mörder in der Schulter, was ihn jedoch nicht aufhielt. Dafi warf sich zur Seite, um der Axt zu entgehen, rollte herum und schoss einen Pfeil in den Hals des Dänen.

Dafi jubelte über seinen Treffer, doch im nächsten Moment spaltete eine riesige Axt, geschwungen von einem ebenso riesigen Mann mit Schuppenpanzer, seinen Schädel bis zum Hals.

Der Hüne zog die Axt aus Dafis Kopf und walzte auf Rhi zu. Das Clanoberhaupt spannte den Bogen und schoss blitzschnell, doch der Däne hielt die Axt vors Gesicht und drehte sie ebenso rasch. Mit einem lauten Klicken prallte der Pfeil an der Schneide ab und fiel zu Boden. Rhi griff nach seinem Köcher. Er war leer. Hastig warf Rhi den Bogen weg, zog das Messer und das kleine Schwert und ging ein paar Schritte auf den Wald zu, doch bald merkte er, dass er umzingelt war.

«Willst du kämpfen, Sachse?», fragte Dafis Mörder und lachte höhnisch.

Ein Mann mit einem goldenen Helm und rotem Bart trat vor und befahl, dass der Räuber seinen Kampf bekommen sollte. «Vielleicht kann Torkil dann heute Abend trinken, ohne zum Berserker zu werden.»

Die Dänen spotteten und lachten. Rhi hatte keine Chance gegen den Riesen Torkil, und obwohl ich Rhi hasste, kochte ich vor Wut. Und Wut ist nie gut für einen klaren Kopf.

Torkil forderte Rhi auf, sein Essbesteck wegzuwerfen und einen raschen Tod entgegenzunehmen. Er würde sowieso das Blut von Rhis Gesicht pissen, damit er besser aussah als im Leben.

Das war ein gutes Angebot, doch leider verstand Rhi kein Wort. Als Antwort warf er das Messer gegen Torkil und traf den oberen Teil des Harnischs. Das Messer prallte nach oben ab und riss einen fingerlangen Schnitt in Torkils Wange.

Der Riese grunzte überrascht und schwang die Axt in einer Acht vor sich, während das Blut seinen blonden Bart rot färbte. Dann stürzte er auf Rhi zu.

Rhi warf sich zur Seite und entging dem Hieb. Dies gelang

ihm dreimal, bis er endlich mit dem Schwert zurückschlug. Die Klinge zerbrach an der Schneide der Axt, und Rhi sah sich nach einem Fluchtweg um.

«He, Räuber! Bete zu deinem angenagelten Weibergott!», zischte Torkil mit blutigem Mund und ließ die Axt auf Rhi niedersausen. Rhi duckte sich, aber Torkils Axt wechselte so schnell die Richtung, dass Rhi überrascht auf die Knie sackte, die Augen aufriss und Torkil trotzig ansah, ehe er umkippte.

«Der war für Tyr!», brüllte Torkil und riss die Axt wieder an sich.

Es klang weniger Furcht einflößend als beabsichtigt, denn das Blut aus der Wunde an der Wange füllte seinen Mund, sodass er die Worte fast gurgelte. Torkil spuckte es auf Rhi und prahlte, er habe jetzt Lust auf einen anständigen Kampf.

In diesem Augenblick rastete ich aus. Nicht dass mich Rhis Tod sonderlich berührt hätte, aber die Ausrottung meines Clans und Torkils Beleidigungen machten mich rasend. Ich erhob das Schwert und rannte auf Torkil zu, und obwohl ich den Schaft mit beiden Händen hielt, fraß sich die Klinge mit jedem Schritt in meine Schulter.

«Für Thor!» Es war mein erster Kriegsruf in der Sprache der Dänen, er kam ganz von selbst.

Torkil spuckte mehr Blut auf den Boden und sah mich überrascht an.

«Für Thor!», schrie ich noch einmal und schwang das Schwert mit aller Kraft, die ein Dreizehnjähriger aufbringen konnte.

Es war ein erbärmlicher Hieb, der nicht viel Schaden anrichtete und auf den ich nicht stolz bin.

Torkil packte die Klinge mit der linken Hand, wobei er den kleinen Finger verlor, und entriss mir mühelos das Schwert. Er grinste und sagte zu seinen Freunden: «Seht euch diese mickrige Ameise an ...»

Ich trat ihm so fest in die Eier, dass ich dachte, mein Fuß würde brechen.

Torkil stieß einen Schmerzensschrei aus, sank auf die Knie und hielt die Hände in den Schritt. Mit Staunen stellte ich fest, wie schnell ich war.

«Stirb, Sklave Lokis», jaulte ich aus unerklärlichen Gründen und schlug ihm die Faust ins Gesicht, was keine andere Wirkung hatte, als dass Torkil stöhnend eine Hand aus dem Schritt nahm und mich mit dem Handrücken k.o. schlug.

Später erfuhr ich, dass Torkil nie zuvor Schmerz gezeigt hatte, nicht einmal, als ihm ein Schmied mit seiner Zange einen faulen Backenzahn gezogen und gleich zwei gesunde Zähne mit erwischt hatte. Der sturzbetrunkene Schmied hatte den Irrtum nicht überlebt, aber Torkil hatte die ganze Zeit nur gelacht.

Als ich wieder zu mir kam, saß Torkil auf einem Stein und hielt sich noch immer mit einer Hand den Schritt. Mit der anderen presste er einen Lumpen an seine Wange. Ihm fehlte ein kleiner Finger, und was ich von seinem Gesicht sehen konnte, war kreidebleich. Er atmete angestrengt und sah mich verblüfft an.

«Du hast mir den kleinen Finger meiner Schildhand genommen», sagte er, als hätte ich ihm einen Krug Mehl gestohlen.

Ich nickte. «Du hast meinen Vater getötet.»

Er erwiderte das Nicken, und falls er verwundert war, weil ich seine Sprache konnte, ließ er es sich nicht anmerken.

Er sah auf seine linke Hand. «Ich habe ihn nicht so oft gebraucht», nuschelte er.

«Ich habe ihn nicht besonders gemocht.»

«Wen, Junge?», fragte Torkil, wechselte die Position und stöhnte.

Ich zeigte auf Rhi, der noch an derselben Stelle lag, das zerbrochene Schwert in der Hand. Das steigerte zumindest seine Chancen, zu Odins auserwählten Kriegern nach Walhall zu kommen, aber ich bezweifelte, dass Rhi mit dem Volk, das ihn getötet hatte, an einem Tisch sitzen wollte. Ohne ein Schwert in der Hand riskiert ein Krieger, bei Freya in Folkwang zu landen oder – noch schlimmer – bei der Riesin in Hel. Kein Mann will so enden.

«Meinen Vater», sagte ich und spuckte in dessen Richtung. «Den Drecksack.»

Torkil schüttelte den Kopf und sagte, dass ihm wohl nichts anderes übrig bliebe, als mich zu töten – als Strafe für den Finger. Aber er bedaure das mit Rhi, und außerdem sei ich ein guter Junge.

Er stand auf, zog mich hoch und klopfte mir mit der flachen Seite der Axt auf den Rücken. «So ein feiner, junger Kerl», sagte er. «Bald siehst du aus wie ein platt getrampelter Kuhfladen.»

Ich nickte und betrachtete die Wunde, die Rhis Messer ihm zugefügt hatte. Sie begann einen Fingerbreit neben dem Mundwinkel und zog sich bis unter sein Ohrläppchen. Trotz meiner Angst konnte ich mir eine schnippische Bemerkung nicht verkneifen – diese Angewohnheit werde ich wohl nie los. «Euer Lächeln ist ein wenig breiter geworden, mein Herr, aber das steht euch gut», sagte ich.

Brüllendes Gelächter rief mir ins Bewusstsein, dass wir

Zuschauer hatten. Offenbar amüsierten sie sich köstlich über Torkils Missgeschick.

Torkil der Lachende, wie er später genannt wurde, hob die Axt. «Grüß deinen Vater von mir, du kleines Stück Dreck», zischte er.

Starr vor Schreck starrte ich die Schneide an, auf der noch Rhis Blut klebte.

«Aufhören, Torkil!», donnerte eine Stimme.

«Er gehört mir, Herr», grunzte Torkil und packte mich am Arm. Meinen mutigen Worten zum Trotz hatte ich mir beim Anblick der großen Axt fast in die Hosen gepisst.

Der große Mann mit dem goldenen Helm und dem roten geflochtenen Bart baute sich vor mir auf. Seine breiten Arme quollen aus dem kurzärmeligen Kettenhemd, bedeckt mit etlichen Silberringen. An seinem Gürtel hing ein Schwert, dessen Knauf und Scheide mit Silber verziert waren.

Er nahm den Helm ab und ging vor mir in die Hocke. Auf seinen Hals war ein Drachenschwanz tätowiert, der sich bis über die Stirn zog. Das Schwanzende schlang sich genau zwischen den dichten Augenbrauen um Thors Hammer. Das Haar des Mannes glänzte wie frisch geschmiedetes Kupfer, und einen Augenblick lang dachte ich, Thor persönlich stünde vor mir. Doch an den Schläfen und im Nacken war sein Haar kurz rasiert, gegen die Läuse, was Thor sicher nicht nötig hatte.

«Wie heißt du, Junge?»

Ich antwortete nicht.

«Hast du einen Namen, oder sollen wir dich einfach Schnellfuß nennen?» Er lachte schallend und sah Torkil von der Seite an.

«Genug, Rollo Jarl. Wenn du willst, verpasse ich dir gern

auch so einen Tritt», brummelte Torkil. «Es war wie ein Schlag von Mjölnir.» Sie sahen einander an und lachten herzhaft.

«Du antwortest nicht auf meine Frage», sagte Rollo Jarl, «obwohl du unsere Sprache sprichst?»

Mein Mund war trocken, ihre Nähe überwältigte mich. Seit Rhi meine Mutter getötet hatte, hatte ich ihre Sprache nicht mehr gesprochen, und nun bekam ich kein Wort heraus.

«In Ordnung.» Er stand auf und nickte Torkil zu. «Er gehört dir.»

«Wartet», quäkte ich, und meine Stimme wurde mit jedem Wort klarer. «Ich heiße Ulv.»

Rollo Jarl lächelte. «Ulv wer?»

Ich wollte schon «Rhison» antworten, doch dann schüttelte ich den Kopf. «Nur Ulv, wie der Wolf.»

Rollo nickte. «Weißt du, wer ich bin, Ulv Schnellfuß?»

«Nein, Herr.»

«Ich bin Rollo, Jarl von Låland.» Er legte die Hand auf meine Schulter. Damals wusste ich noch nicht, dass die Dänen ihre Gefangenen freundlich behandeln, um sie zum Reden zu bringen. Ich wusste auch nicht, dass Rollo Jarl mich als Sklaven haben wollte, es sei denn, Torkil bestand darauf, mich zu töten. Er hatte das Recht dazu und hielt sich nur so lange zurück, bis Rollo Jarl erfahren hatte, was er wollte.

«Wo ist der Rest deines Clans, Ulv?»

Ich zuckte mit den Schultern. «Hier.» Ich zeigte auf Rhi und Meuric.

«Die Frauen und Kinder?», fragte Rollo.

«Die haben wir hier gesucht, Herr.»

Rollo sah mich an und nickte. «Kannst du zählen, Ulv? Wie groß ist euer Clan?»

Ich nickte. «Zehn Männer, zwölf Frauen und fünf Kinder.»

Rollo strich mit der Hand durch mein rotes Haar, stand auf und sah mich an. «Warum sprichst du unsere Sprache, obwohl du bei den Sachsen, Pikten und Räubern lebst?»

«Meine Mutter war aus dem Land der Dänen.»

«Wie hieß sie?»

Ich musste nachdenken, weil ich sie nie bei ihrem Namen genannt hatte und es über ein Jahr her war, seit Rhi sie getötet hatte. «Ingeborg. Sie hieß Ingeborg.»

Rollo Jarl sah enttäuscht aus. Er seufzte und sah Torkil an, der mit einer Hand einen Lappen auf seine Wunde drückte und in der anderen die Axt bereithielt. «Nur Ingeborg, nichts weiter?»

Ich zuckte mit den Schultern.

«Woher kam sie?»

«Aus dem Land der Dänen.»

«Das hast du schon gesagt. Aber aus welchem der Länder?»

Ich dachte angestrengt nach und hätte gern eine interessante Antwort gegeben, doch ich kam nur auf einen kurzen, mir fremden Namen, dem ich keine Bedeutung zumaß. «Aus Fünen.»

«Fünen?» wiederholte Rollo.

Ich nickte, und Rollo kratzte sich am Bart. «Aus Odins Vi auf Fünen», sagte ich, obwohl ich nicht sicher war. Aber meine Mutter hatte den Namen öfter genannt, und dabei wurde sie immer traurig und versank tief in Gedanken. Und manchmal rief sie nachts nach einer Person, die nicht in unserem Dorf lebte, und weinte laut.

«Warum hat sie bei den Sachsen gelebt?», fragte Rollo.

Das wusste ich nicht, aber ich suchte nach einer Antwort für den geharnischten Jarl. «Sie ... sie hat mit ihrer kleinen Schwester das Land verlassen, sie haben auf einem Drachenschiff das Meer überquert.»

«Auf welchem Schiff?»

Ich schüttelte den Kopf.

«Hat ihre Schwester einen Namen?»

Ich nickte. «Sie selbst hat sich Isabella genannt, aber meine Mutter nannte sie Heldis.»

«Heldis?» Rollo kratzte sich am Bart und meinte, Heldis müsse eine Sklavin gewesen sein. «Und dein Vater hat sie also getötet?»

«Ja. Heldis hat versucht, ihn aufzuhalten. Da hat er zuerst sein Schwert in Heldis gerammt, und als meine Mutter sich noch immer nicht fügen wollte, hat er auch sie getötet.» Tränen stiegen mir in die Augen, aber ich blinzelte sie fort.

«Wollte er sie vögeln?»

Damals war ich nicht sicher, was «vögeln» bedeutete. Er vertiefte es nicht, und ich schwieg.

«Er wollte sie vögeln!», konstatierte er mit abwesendem Blick.

«Er war betrunken, Herr», sagte ich, was stimmte. Doch Rollo hatte sein Interesse an mir verloren. Er rief nach einem Mann namens Eskil Steuermann und stieg in eines der Schiffe. Ich verlor mich in Erinnerungen an Mutter und Heldis, die Rollo für die Sklavin meiner Mutter gehalten hatte. Ich vermisste sie beide mehr denn je.

Torkil der Lachende riss mich aus den Gedanken. Er verprügelte mich gründlicher, als Rhi es je getan hatte, und als ich wie ein blutiger Klumpen Brotteig am Ufer lag, setzte er sich neben mich und seufzte tief. «Was willst du lieber, Junge, die Axt oder Sklaverei?»

Ich hatte keine Ahnung, was der Tod bedeutete und wollte es auch nicht unbedingt herausfinden, aber die Schmerzen, die Sehnsucht nach Mutter und Torkils Hohn machten mich trotzig.

«Die Axt, Herr. Nehmt die Axt, ich kann nicht als Sklave leben.» Ich richtete mich halb auf die Knie auf und warf einen Blick auf Rhi, der selbst im Tod noch Kraft ausstrahlte.

«Vielleicht könnt ihr mir ein Schwert in die Hand geben, wenn die Axt fällt?»

Er nickte, zog mich zu einem flachen Stein und befahl mir, den Kopf daraufzulegen. «Schieb deinen Kopf weit genug über die Kante, damit ich mir keine Kerben in die Axt haue. Das wäre ärgerlich», sagte er.

Mir war das herzlich egal. Ich starrte auf den kupferfarbenen Stein, der dieselbe Farbe wie mein Haar hatte. In der Mitte strahlte ein Fleck aus demselben Grün wie die Augen meiner Mutter. Torkil folgte meinem Blick, dann sah er mir tief in die Augen. Irritiert flackerte sein Blick zwischen dem Stein und mir, und er seufzte tief.

«Ein Zeichen», flüsterte er, griff sich an den Hals und zog ein Lederband hervor, an dem ein Thorshammer aus Holz hing. «Ich kann dich nicht hinrichten.» Verärgert ließ er das Amulett los. «Steh auf», befahl er und zog mich am Ohr. «Du bist jetzt ein Sklave, Ulv Schnellfuß, und wenn du dazu nicht taugst, kann ich dir immer noch den Kopf abschlagen.»

Wieder kochte die Wut in mir hoch. Ich fluchte verbissen und versuchte vergeblich, ihm noch einmal in die Eier zu treten. Torkil ging ungerührt weiter und zog mich so fest am Ohr, dass ich kaum den Boden berührte. Als es Torkil zu viel wurde mit meiner Zappelei, versetzte er mir mit der flachen Seite der Axt einen Schlag in den Nacken. Völlig benebelt landete ich an Bord eines Schiffes, wurde mit den Füßen an eine Ruderbank gekettet und bekam einen eisernen Ring um den Hals gelegt.

Torkil der Lachende verkaufte mich an Rollo Jarl, der mich unter die Aufsicht von Eskil Steuermann stellte, einem hinterfotzigen Kerl, der keinen Spaß verstand. Als Erstes ließ er mich gründlich von Kopf bis Fuß durchsuchen, was sein Auspeitscher mit großem Eifer erledigte.

Torgrim Peitschenhalter nahm mir mein grünes Mjölnir-Amulett ab und schlug mich bewusstlos, weil ich mich darüber beschwerte. Als ich wieder zu mir kam, hatte er mir den Kopf kahl geschoren, was bei den Dänen Sitte ist, um ihre Sklaven zu entlausen. Es war entwürdigend.

Ich beschwerte mich erneut, besonders wegen des Amuletts, und wieder gab Torgrim mir eine gehörige Abreibung. Wir passten gut zusammen, wir beide – ich klagte, er prügelte. Das Ganze fünfmal, bis die Grütze zum Abendessen fertig war, und jedes Mal grinste er breiter. Meine Nase tat irrsinnig weh, meine Augen waren so zugeschwollen, dass ich kaum etwas sehen konnte, auch die Lippen waren dick. Als der Küchensklave mit der Grütze kam, lag ich in meinem eigenen Blut und Urin am Schiffsboden.

«Du musst deine Zunge hüten», sagte der Küchensklave. «Die Dänen sind unberechenbar, besonders wenn sie Bier getrunken haben.» Er schaute wie ein Heiliger drein, als er mir die Kelle mit der Grütze reichte. «Wenn sie in ihrer Hundesprache Lieder grölen, solltest du dich unter der Bank verstecken, denn dann sitzt ihr Schwert immer locker.»

Ich nickte, und obwohl der Küchensklave ein Trottel war,

hatte er wohl recht. Trotzdem antwortete ich in seiner Sprache, dass ich selbst Däne sei, und genoss die Panik in seinen Augen, als er die leere Kelle zurücknahm und weiterging. Es half ein wenig gegen die Schmerzen.

KAPITEL 2

Nach ein paar Tagen hatten meine Nase, Augen und Lippen wieder annähernd ihre normale Form, und die blauen Flecken taten weniger weh. Während meiner Genesung kamen immer mehr Dänen mit Beutegut und Sklaven im Lager an.

Die rauen Männer aus dem Norden faszinierten mich in jeder Hinsicht, und ich studierte sie ausgiebig. Ihre Waffen, Rüstungen und ihr brutales Auftreten waren anders als alles, was ich gewohnt war. Viele von ihnen hatten blaue Augen und rotes oder blondes Haar, das über den Ohren und im Nacken oft kurz rasiert war. Ihre Bärte waren buschig oder geflochten.

Bei den Cymru waren Mutter und ich die einzigen Rothaarigen gewesen, und obwohl es auch unter den Sachsen ein paar Rotschöpfe oder Blonde gab, hatte ich noch nie so viele Hellhaarige an einem Ort gesehen.

Außerdem hatten die Dänen die seltsame Sitte, Gesicht und Bart häufig zu waschen. Viele benutzten sogar Hornkämme. Doch wer sie deshalb für sanfter hielt, wurde rasch eines Besseren belehrt. Sie waren hart, zynisch und gnadenlos und nahmen sich, was sie wollten – daran änderte auch das Waschen und Kämmen nichts.

Auf unserem Schiff sammelten sich immer mehr Sklaven und Diebesgut an: Schaffelle, Getreidesäcke, Fässer und vieles andere. Auf dem Achterdeck, gegenüber dem Steuerruder, standen ein silberbeschlagener Schrein, ein geflochtener Käfig mit vier Hühnern und ein Fass Bier. Gerade als ich dachte, es sei kein Platz mehr an Bord, kamen nochmals acht Männer in Harnischen, die mit Hohn und Gelächter begrüßt wurden.

«Hast du dich verlaufen, Birger Kundschafter?», lachte Torgrim. Birger nickte und sagte, es sei unmöglich, sich in den Wäldern dieses Scheißlandes zurechtzufinden.

«Deshalb plündere ich lieber Schiffe, Torgrim Peitschenhalter.» Birger sah sich um. «Warum sind wir an Bord der *Havormen* – wo ist die *Svipdag*?»

Torgrim warf einen Blick auf Eskil Steuermann und murmelte eine Antwort, die ich nicht verstand. Birger lachte laut. «So, so. Verbrannt?»

«Schsch!» Torgrim legte den Zeigefinger an den Mund. «Kein Wort darüber, oder Eskil wird sauer.»

Meine neue Welt hieß also *Havormen* – die Seeschlange. Ein schöner Name für ein Schiff mit einem kleinen, aber kunstvollen Drachenkopf am Steven. Es waren zu wenig Dänen an Bord für die zwanzig Riemen der *Havormen*, doch sie hatten auch gar nicht vor, selbst zu rudern, und waren ohnehin viel zu betrunken dazu. Aber der Raubzug war lukrativ gewesen. Nach und nach füllten sich die Ruderbänke mit Sklaven.

Ich wusste, dass der Irthing in den Eden floss, der wiederum in das Große Meer mündete. An den Ufern lagen viele Klöster und Dörfer, von denen Carluel das größte war. Der Wasserstand des Irthing war meist hoch genug zum Rudern, deshalb waren die Männer gut gelaunt. Das Silber in ihren Taschen klimperte fast so laut wie ihr Gelächter.

Trotz Torgrims Prügel saß ich aufrecht auf der Bank und beobachtete aufmerksam die Umgebung. Gegen die Dänen konnte ich nichts ausrichten, und die Sklaven waren mir egal, aber das Schiff faszinierte mich. Das Segel hatten sie abgenommen, und die Rah lag auf zwei gegabelten Stützen. Darunter lagen das gefaltete graue Wollsegel und jede Menge Tauwerk. Die Bänke verliefen von einer Bordwand zur anderen, außer um den Mast. Die Riemen lagen bereit, die Ruderlöcher waren noch verschlossen.

Es war eng an Bord der *Havormen*. Nicht nur im Lastenraum, sondern auch an Deck, und die Bänke waren beladen mit Beutestücken, Essensvorräten, Trinkwasserfässern, Waffen, zusammengelegten Zelten und Kleidungsstücken. Dazu kamen noch die Besatzung und die Sklaven. Eingegrenzt wurde meine neue Welt von den zerkratzten Schilden, die rundum an der Reling hingen.

Eskil gab den Befehl zum Auslaufen. Mit wenigen Worten brachte er die faulen Dänen auf Trab, die mit einem Mal perfekt zusammenarbeiteten. Die schmale Landgangsplanke wurde eingezogen und die *Havormen* ins Wasser geschoben. Ich erinnere mich noch genau an das zittrige Gefühl, weil ich zum ersten Mal auf einem Schiff fuhr. Ich spürte jede noch so kleine Bewegung.

Die letzten Dänen sprangen an Bord, und wir stakten die *Havormen* in die Mitte des Flusses. Dann beorderte Eskil uns zurück auf die Ruderbänke und nahm seinen Platz auf dem erhöhten Achterdeck ein.

«Sie gehört dir, Bjørn», sagte Eskil zu dem Mann am Steuerruder. Die *Havormen* glitt ruhig den Fluss hinab, und Torgrim nutzte die Gelegenheit, um seine Peitschenhand zu trainieren. Abwechselnd erklangen das Geheul der Sklaven, die keine Ahnung vom Rudern hatten, und das Knallen der Peitsche. Ich bekam zwei brennende Hiebe auf den Rücken, schrie mit den anderen und verfluchte Torgrim inständig.

Nach dem dritten Hieb fühlte ich das dringende Bedürfnis, ihm etwas Schweres über den Schädel zu ziehen. Dennoch musste ich seine Ausdauer loben, die mir half, schnell den Rhythmus zu finden, und es freute mich, dass nur noch die anderen seine Hiebe abbekamen.

Die meisten Sklaven sind einfältige Idioten, doch auch für freie Männer ist es nicht immer leicht, sich auf den Takt der Riemen einzustimmen. Man muss es mit dem ganzen Körper spüren, wann das Ruderblatt eingetaucht, durchgezogen, wieder aus dem Wasser gehoben und nach vorn geschoben wird – wieder und wieder. Die erwachsenen Sklaven hatten jeweils einen Riemen, während die jungen zu zweit an einem saßen. Ich saß allein, aber das störte mich nicht, denn für mich war es kein Problem, ein Schiff wie die *Havormen* zu rudern.

«Burg!», rief Eskil, als der Fluss schmaler wurde und eine Biegung machte. Wie auf einen Zauberschlag hin standen alle Dänen auf und rissen Waffen und Schilde an sich. Was sie eine Burg nannten, hieß bei uns Banna. Es war eine alte steinerne Festung, was der einzige Grund war, dass sie nicht geplündert und verbrannt war.

Auf dem Turm standen Männer, Frauen und Mönche, die das Glück gehabt hatten, den Dänen zu entkommen. Sie drohten uns mit Speeren, Äxten, Schwertern und Fäusten und sogar mit einem großen Kreuz.

«Der Herr sieht euch! Der Herr sieht alles und wird euch am Jüngsten Tag gnadenlos bestrafen!», rief ein Mann. «Amen!»

Dann sangen sie alle von ihrem Herrn und dem Erzengel Michael, der mit Satan kämpfte. Anstatt zu psalmodieren, hätten die Schreihälse besser zum Fluss hinunterstürmen und die Dänen abschlachten sollen, die sich vor Lachen die Bäuche hielten.

«Bei Odin, welch schöner Gesang! Kommt aus eurem schönen Steinhaus und tanzt für uns, ihr frommen Lämmer!», brüllte Birger und tanzte über die Riemen. Weil er sich gleichzeitig vor Lachen schüttelte, fiel er ins Wasser.

Die Dänen fischten ihn wieder heraus, und unter noch mehr Gelächter ließen wir die alte Festung hinter uns.

Bald erreichten wir Lanercost, das am äußeren Rand meiner vertrauten Welt lag. Dort empfing uns der Geruch von brennenden Strohdächern. Das Kloster stand lichterloh in Flammen.

«Riemen einziehen!», rief Eskil und zeigte auf einen Steg, an dem mehrere Schiffe wie die *Havormen*, bloß noch größer, vertäut waren. «Anlegen, Bjørn.»

Mit viel Hilfe von Torgrims Peitsche wurden die Riemen eingezogen. Bjørn steuerte die *Havormen* an einen freien Platz, und das Schiff stieß gegen den Anleger.

«Bjørn, du sollst uns nicht an Land katapultieren, sondern anlegen», rief Eskil.

«Das kommt davon, dass nur Schwächlinge an den Riemen sitzen», erwiderte Bjørn sauer. Die *Havormen* wurde zurückgestoßen, und die Dänen mussten sie wieder an den Steg heranstaken.

Auf dem Anleger von Lanercost stapelte sich das Diebesgut, sortiert in Haufen, die mit den Wappen der jeweiligen Besitzer markiert waren.

Birger sprang auf die Brücke und machte das Schiff an einem Pfahl fest, ohne den Blick von einem mannshohen silberbeschlagenen Kreuz abzuwenden.

«Birger!», schrie Eskil, als die Trosse von dem Pfahl rutschte und das Schiff abzudriften drohte.

«Tut mir leid», sagte Birger. «Man wird ja richtig geblendet von dem ganzen Silber hier.» Er spannte die Trosse und folgte der Mannschaft, die auf einen Mann mit goldenen Armringen und einem Schwert am Rücken zulief, der alle einlud und großzügig Bier aus einem offenen Fass ausschenkte.

Damals hatte ich noch kein Verhältnis zu Bier. Ich hatte das göttliche Gebräu erst einmal probiert und das in einer besonders bitteren Variante. Vielleicht spricht hier der alte Ulv, aber ich erinnere mich an einen inneren Drang, den Männern zu folgen und das verlockende Getränk zu kosten.

Plötzlich ertönte ein Schrei, gefolgt von einer Tirade aus Schimpfwörtern. Ich vergaß das Fass und erblickte einen Mann, der mehrere Sklaven an einem Seil hinter sich herzog. Sie trugen Joche um den Hals.

«Schneller, ihr elenden Hunde!», brüllte er und zerrte an dem Seil. Von links und rechts schlugen und traten die Dänen nach allen, die nicht schnell genug gingen. Zwei der Sklaven humpelten arg, einer sogar so sehr, dass er stürzte. Dank eines gezielten Axthiebs stand er nicht mehr auf.

«Ketil, du schlägst bares Silber tot», rief ein Däne.

«Krüppel wie der fressen mehr, als sie wert sind», antwortete Ketil. Rund um das Bierfass brach schallendes Gelächter aus. Ein ordentlicher Hieb mit der Axt sei doch mehr wert als eine Handvoll Silber, sagte einer.

Auf das Lachen folgten Pfiffe und Grölen, denn als Nächstes kam eine Reihe Sklavinnen mit zerrissenen Kleidern. Sie waren mit einem Strick um die Hälse aneinandergebunden, hatten aber die Hände frei. Ein paar von ihnen hielten sie vor die nackten Brüste, doch die meisten schritten mit leeren Gesichtern vorbei.

Der edle Spender verließ sein Fass, als noch mehr Dänen mit Diebesgut und Sklaven ankamen. Offenbar war er nicht nur Handelsmann, sondern auch Krieger.

Ich ließ den Blick über die aufgehäufte Beute schweifen: gegerbte Tierhäute, Wolle, Holzkisten, Werkzeug, Geschirr und Waffen. Weitere Haufen bestanden aus Lebensmitteln, Bier- und Weinfässern, Getreidesäcken und Weidenkäfigen mit Hühnern. Die letzte und wertvollste Ladung waren die Sklaven. Sie saßen gefesselt am Boden, aufgeteilt nach Geschlecht und Besitzer. Es wurden stetig mehr. In meinen unerfahrenen Augen sahen die Anleger von Lanercost aus wie der Markt in Carluel, von dem die älteren Cymru oft mit glänzenden Augen schwärmten.

Eskil ging an Land und wurde fröhlich von unserem Wirt begrüßt, der meinte, er sehe durstig aus, und ihm ein großes Trinkhorn voll Bier reichte. Eskil trank gierig, wischte sich den Schaum aus dem Bart, rülpste laut und nickte zufrieden. «Gutes Bier, Snorre», sagte er und hob erneut das Horn.

«Ja», sagte Snorre und nickte in Richtung der rauchenden Klosterruine. «Diese Mönche wissen, wie man Bier braut. Schade, dass wir sie fast alle umbringen mussten.»

Eskil schmatzte grinsend. «Warum habt ihr den Braumeister nicht verschont?»

Snorre zuckte mit den Schultern. «Sie wollten nicht verraten, wer es ist. Sie haben uns verflucht und mit Kreuzen, Schriftrollen und einem halben Unterkiefer bedroht.»

«Schade», sagte Eskil und kratzte sich am Bart. «Wem gehörte der Unterkiefer?»

«Irgendeinem, den sie Sankt Orrogh nannten», sagte Snorre. «Oder Sankt Oswald. Der Mönch war schwer zu verstehen mit Sven Tryggvasons Schwert im Hals.»

Eskil trank weiter, während Snorre ihn zu einer Gruppe Sklaven führte.

Sie redeten eine Weile und schienen nicht ganz einig, doch am Ende lachten beide, tranken aus dem gleichen Horn und schlossen ihren Handel mit einem Händedruck ab.

«Mach's gut, Eskil Steuermann», sagte Snorre Bierschenk und wandte sich einer Gruppe Neuankömmlinge zu.

Als Resultat ihres Handels stiegen sechs verschreckte Sklaven an Bord und wurden gleich an die Ruderbänke gekettet, die meisten in Paaren. Ich saß weiter allein auf meiner Bank, womit ich im Grunde zufrieden war.

Mit Schaum im Bart und dem seligen Lächeln eines Dänen, der gutes Bier bekommen hat, stieg Eskil an Bord. Er rülpste laut und befahl Birger, die Leinen zu lösen.

Als die *Havormen* hinausgeschoben wurde und Birger an Bord sprang, kam Snorre zurück und fragte breit grinsend, ob der Steuermann vielleicht noch einen Ruderklaven brauche. Eskil antwortete, er habe schon mehr als genug für die armseligen Schwächlinge bezahlt.

«Nur wenn es der Braumeister ist und du mir einen Freundschaftspreis machst ...»

«Vielleicht ist er es – vielleicht auch nicht», rief Snorre. «Jedenfalls kriegst du den hier gratis von mir dazu.» Eine bekuttete Gestalt wirbelte über die Reling, landete vor Eskils Füßen und begann zu salbadern, noch ehe sie auf die Füße kam. Eskil sah verächtlich auf ihn herab und versuchte, das Hohngelächter der anderen Dänen am Ufer zu ignorieren.

«Guter Mann», sagte der magere sächsische Bursche, der höchstens sechzehn oder siebzehn war. «Der Herr schaut mit Missgunst auf euch und eure Freunde, die ihr seine Geduld aufs Gröbste missbraucht.» Er bekreuzigte sich und richtete einen zitternden Finger auf Eskil. «Ihr werdet für eure Missetaten bestraft werden und für eure Teufelsanbeterei, denn es gibt nur einen Gott, und der ...»

Eskil stoppte die für ihn unverständliche Wortflut mit der Faust, versetzte dem Jungen einen Tritt und stieß ihn zu meiner Bank. Hätte er ihn doch besser über Bord geworfen oder massakriert, was er in dieser Situation mit jedem freien Mann getan hätte. Doch Sklaven sind keine Menschen – sie sind Silber.

«Kettet ihn an Ulv Schnellfuß' Bank und reißt ihm die Zunge raus, wenn er weiter in dieser Vogelsprache salbadert.»

Der Junge lag am Boden und schüttelte entgeistert den Kopf. Ich zog ihn hoch, und Torgrim Peitschenhalter kettete ihn an die Bank.

«Satans Brut», zischte er und wollte ausspucken, doch Torgrims Peitsche brachte ihn auf andere Gedanken. Heulend und schniefend bat er seinen allmächtigen Herrn um Hilfe, ein echter Schwächling.

Wir fuhren weiter den Irthing hinab, bis wir einen breiteren Fluss erreichten. Das musste der Eden sein. Mein neuer Nachbar hörte indessen nicht auf, vor sich hin zu brabbeln.

Ich erwog, Eskils Methode anzuwenden, doch stattdessen starrte ich respektvoll auf den reißenden Fluss.

Bald würden wir die Mündung erreichen. Pillgryes hatte mir von dem Großen Meer erzählt, wo Njörd und Ägir ihre Zähne zeigten. Unwillkürlich griff ich nach dem Amulett, das nicht mehr um meinen Hals hing, und verfluchte Eskil und Torgrim im Chor mit meinem Nebenmann.

Als der Tollpatsch mir den Ellbogen in die Seite stieß und mich aufforderte, in sein Gebet einzustimmen, waren alle Gefahren des großen Meeres und das Amulett vergessen. Ich hatte nicht die geringste Lust, seinen Weibergott anzubeten.

«Falte die Hände und bete zu dem einzig wahren Gott, dass er die abergläubischen Hunde bestrafe», sagte er.

Ich ruderte unbeeindruckt weiter, und er runzelte die Stirn. «Du bist verloren», sagte er mit zitternder Stimme. «Erst brennen sie das Haus des Herrn in Lanercost nieder und jetzt ganz Carluel.»

Er stand auf und breitete die Arme aus, als wolle er die wenigen Häuser umarmen, die man in der Ferne durch die dicken Rauchschwaden hindurch sah.

«Allmächtiger Vater, der du alles hörst und siehst, hilf uns mit …» Seine Worte mündeten in Schmerzensschreie, und nach Torgrims drittem Hieb war es endlich still.

Das brennende Kloster in Lanercost war mir schnuppe, im Gegensatz zu Carluel. Es war die letzte Stadt, aus der mein Clan vertrieben worden war. Doch ich sah nur den Rauch brennender Dächer, in deren Mitte ein Kirchturm aufragte. Nie hatte ich eine größere Ansammlung von Häusern gesehen.

Dann waren wir vorbei. Ich fragte mich, wie viele Menschen in einer solchen Stadt lebten, und wünschte, Eskil würde den Kurs ändern und dort anlegen. Erst als der Tollpatsch neben mir sich seinem Hintermann zuwandte, kehrten meine Gedanken zurück auf die *Havormen*.

Aus ihrem Gespräch erfuhr ich, dass der Tollpatsch David von Lanercost hieß und aus vornehmem Geschlecht stammte. Der Hintermann mahnte ihn, seine Zunge zu hüten, wenn ihm sein Leben lieb sei, doch das schien David von Lanercost nicht zu kümmern.

«Ich habe gesehen, wie sie den Dienern des Herrn die Ohren und die Zunge abgeschnitten und dabei gelacht haben, bis ihnen die Tränen kamen», flüsterte er.

Ich hoffte, dass er recht hatte, sagte aber nichts, weil ich jeden Moment die Peitsche erwartete. Doch Eskil war beschäftigt. Er brüllte Bjørn Steuerbefehle zu, während Torgrim am Hintersteven die Wassertiefe auslotete. Für eine Weile hatten wir Frieden vor den Tyrannen.

David von Lanercost plapperte weiter. Er habe jeden einzelnen Dänen aufgefordert, den Geboten des Herrn zu folgen, bis sie ihn schließlich an Bord der *Havormen* geworfen hatten. «Die behaarten Bestien wollten mich schon heim zu meinem Herrn schicken, aber dann kam ihr Häuptling auf die Idee, mich stattdessen in dieses Teufelsnest zu stecken.»

Plötzlich begann die *Havormen*, in Fahrtrichtung auf und ab zu rollen und nicht mehr nur seitlich zu schaukeln. Ich vergaß David von Lanercost und begriff, dass wir den Fluss hinter uns gelassen hatten. Sicher würden wir bald kieloben auf den Wellen treiben. Doch die *Havormen* tanzte über das Wasser und ritt auf den immer größer werdenden Wellen. Wir verließen Kumraland und segelten hinaus auf das Große Meer.

Pillgryes hatte die Wellen als gigantische Zähne beschrieben, die selbst die größten Schiffe zermalmten. Ich erwartete jeden Augenblick den aus der Tiefe aufsteigenden Ägir, der uns in der Mitte entzweibiss. Ich bat Thor um Schutz, doch als der Bug der *Havormen* Welle für Welle teilte und das Schiff nur leicht schwankte, beruhigte ich mich allmählich.

Während ich ernsthaft an Pillgryes Schauermärchen zu zweifeln begann, hob plötzlich eine riesige Welle die *Havormen* an, sodass sie für einen Lidschlag über das Wasser flog und mit einem Knall im Wellental landete, der mich von der Bank warf. Das Wasser spülte über die Reling und durchnässte uns alle. Keiner der Sklaven hatte geahnt, wie wild Njörd sein konnte. Mit zitternder Stimme flehte David von Lanercost seinen Gott an, er möge ihn vor dem Meer und den heidnischen Hunden beschützen. Wenn dies nicht möglich sei, fügte er hinzu, solle der Herr doch gleich das elende Schiff versenken und alle ersäufen.

Die Dänen lachten uns aus, und Torgrims Peitsche brachte uns wieder auf die Ruderbänke. Bei der nächsten großen Welle war ich besser vorbereitet und stemmte die Füße gegen das Deck. Aber ich hatte den Ruderriemen vergessen, eine Unaufmerksamkeit, die mit einem Schlag in den Magen bestraft wurde, der mich erneut von der Bank warf.

Torgrims Peitsche knallte, die Sklaven schrien. Schnell lernten wir, uns mit den Füßen abzustützen und die Riemen festzuhalten. Bei der nächsten großen Welle fiel nur noch David von Lanercost von der Bank. Torgrim grölte ein Lied über Ägirs Bruder Logi, den verfressenen Feuerriesen. Dabei peitschte er David, bis der flennend wieder auf der Bank saß.

Wir zogen völlig durchnässt an den Riemen, während die Lenzer Eimer für Eimer schöpften und über die Reling schütteten. Das Wasser strömte von allen Seiten ins Schiff, selbst durch die geschlossenen Ruderklappen. Die Lenzeimer waren mindestens so wichtig fürs Überleben wie die Schilde einer Schildburg.

In mehr Tagen, als ich in meiner Hölle am Ruder zählen konnte, kämpften wir uns entlang der Küste von Kumraland gegen den Wind voran. Erst als wir abdrehten und Kurs nach Westen nahmen – was ich damals nicht wusste –, erwachte ich schreckerfüllt aus der Trance, überzeugt davon, dass wir uns auf dem Weg nach Hel befanden.

Das einzig Gute an der Knochenarbeit war, dass David von Lanercost endlich den Mund hielt. Zumindest bis der Wind drehte oder Nótt mit ihrem schwarzen Hengst Hrimfaxi über den Himmelsbogen ritt. David von Lanercost sah aus wie das Elend in Person. Seine Kutte war von der Peitsche zerfetzt, die Tonsur begann herauszuwachsen. Sein Hintermann behandelte ihn trotzdem mit Respekt und half ihm jedes Mal auf, wenn er nach hinten kippte, was oft geschah.

Solange er schwieg, war es mir egal, wessen Sohn er war und welchen Status er im Kloster gehabt hatte. Hingegen ging es mich durchaus an, dass er ungefähr so stark wie ein altes zahnloses Weib war, nicht annähernd seinen Teil an unserem gemeinsamen Ruder beitrug und seine Puste lieber darauf vergeudete, zu seinem Gott zu flehen oder Eskil und Torgrim zu verfluchen.

Ich zog mit all meiner Kraft am Riemen und bekam Blasen so groß wie Taubeneier. Mit Krämpfen in den Armen und am Rücken ruderte ich weiter, bis ich rote und schwarze Punkte vor den Augen tanzen sah. Trotzdem entging ich der Peitsche nicht, und jedes Mal wenn sie mich in den Rücken biss, packte mich die Wut.

Meine Hand fasste automatisch an den Gürtel, wo sonst

mein Messer hing. Aber der Gürtel war leer, und in Ermangelung eines Besseren schloss ich die Augen und malte mir Dutzende Todesarten für Torgrim Peitschenhalter und David von Lanercost aus.

Seltsamerweise nährte ich keinen Hass gegen die Dänen als solche, da sie nur die Aufgaben ausführten, von denen meine Mutter erzählt hatte. Aber dass ich die Peitsche zu schmecken bekam, bloß weil ein heulender Klosterlehrling nicht in der Lage war zu rudern, machte mich rasend.

«Zieh den Riemen zu dir heran, du verdammter Drecksack», zischte ich und warf ihm einen wütenden Blick zu. «Zieh, oder ich schwöre bei deinem angenagelten Weibergott, dass ich dich umbringe, bevor die Nacht rum ist.» Eine ziemlich gute Drohung für mein Alter. David ließ den Riemen los und starrte mich entgeistert an. Ich spürte die volle Kraft des Ruders, stöhnte, geriet aus dem Rhythmus und musste loslassen. Eskil brüllte sofort, aber David tat, als ob er ihn nicht hörte.

«Du bist ein Heide», stellte er voller Abscheu fest und rückte so weit weg von mir, wie es die Fußfessel zuließ. «Ein Heide und Gotteslästerer, und trotzdem sprichst du eine zivilisierte Sprache.» David schüttelte den Kopf und ignorierte Eskils Schwur, dass er jedem, der nicht ruderte, die Geschlechtsorgane abreißen würde. Mit ausgestreckten Armen setzte er seine Rede fort.

«Torgrim, peitsch sie aus!», brüllte Eskil. «Torgrim?»

Erst jetzt bemerkte ich, dass Torgrim auf der Reling saß, den Hintern übers Wasser gestreckt. Eskil hätte ihn fast zu Ägir in die Tiefe gestoßen, als er ihm die Peitsche entriss.

«Bei der heiligen Mutter Gottes», rief David. «Alle Sachsen haben dem Weißen Christus die Treue geschworen, das solltest du wissen. Der Heilige Vater in Rom hat es so bestimmt, und er verhängt den Kirchenbann über alle, die …» Seine Worte gingen in einen schrillen Schrei über, der keinesfalls ein Zeichen des Stimmbruchs war. Kurz darauf traf die Peitsche auch meinen Rücken, und ich konnte mir einen Schrei nicht verkneifen.

«Rudert, ihr winselnden Schwächlinge», brüllte Eskil. «Rudert, oder ich zerfleische euch den Rücken, bis er aussieht wie der Haggis, den ich einmal in diesem Scheißland gegessen habe.»

«Gnade, mein Herr, Gnade», flehte David und bekreuzigte sich. «Bei Christi Seele, seid gnädig, guter Herr.» Eskil konnte kein Sächsisch, aber er verstand «Christi» und das verachtete Zeichen des Kreuzes. Mit zwei Sprüngen war er bei uns.

«Was sagt der Scheißkerl?», fauchte er.

David holte tief Luft, hob die Hände zum Himmel und begann zu predigen: «Im Namen des Herrn verlange ich, dass Ihr Mitleid zeigt und alle Christen von der Sklaverei an den Rudern erlöst. Dafür wird der Herr Euch zehnfach mit himmlischem Mammon belohnen.»

«Amen!», murmelte der Mann hinter uns. David richtete den Zeigefinger auf mich. «Aber der da soll Sklave bleiben, denn er ist sowieso hoffnungslos verloren.»

Eskil schlug David mit der Faust auf die Stirn, und der Klosterlehrling fiel über meinen Schoß. Ich schubste ihn hinunter und sah Eskil in die Augen. Er war misstrauisch und amüsiert zugleich.

«Möchtest du auch eine Predigt in der Vogelsprache halten, Ulv Schnellfuß, oder hast du all deine Kampfeslust schon für Torkil den Lachenden verbraucht?»

«Nein, Herr», sagte ich ernst. «Doch ich schließe mich

in einer Hinsicht der Meinung des Kirchenmannes an.» Ich zeigte auf David, der sabbernd versuchte aufzustehen.

Eskil grinste und stellte den Fuß auf Davids Kopf. «Und welcher Meinung ist das kleine Dreckstück?»

Ich räusperte mich. «Er hat mich einen heidnischen Satan genannt, was das christliche Wort für die Midgardschlange ist, und will die Ruderbank nicht länger mit mir teilen. Dann nannte er Euch, Herr – ich bitte um Verzeihung –, einen Klecks Eulenkotze, auf die eine Nonne gepisst habe.»

Egil hob die Augenbrauen. «Hat er das wirklich gesagt?»

Ich nickte.

Eskil trat David von Lanercost die Schneidezähne aus und löste meine Kette. «Bist du Däne, Junge?»

Ich nickte wieder und grinste breit.

«Hm», brummte Eskil und deutet auf einen riesengroßen Sklaven, der drei Reihen vor dem Steuerruder an Backbord saß. Neben ihm hätte selbst Torkil der Lachende ganz normal ausgesehen. «Torgrim», rief er, griff mir unter die Arme und zog mich hoch. «Wenn du den Arsch wieder an Deck hast, tausche den Sklaven hinter Ymer mit Ulv Schnellfuß aus.»

Torgrim nickte und strich sich über den zotteligen Vollbart. Seine Augen leuchteten. Ich war naiv genug, um mir einzubilden, dass Eskil mich nun als Ebenbürtigen ansah. Schließlich war ich Däne.

«Ymer wird dich schon auf Trab halten», lachte Torgrim und trat mir in den Hintern. «So geht es, wenn du Eskil anlügst.»

Bevor ich mein dämliches Grinsen ablegen konnte, war ich wieder an eine Bank gekettet. Diesmal hinter einem Mann, der es wahrlich verdient hatte, nach dem Riesen Ymer benannt zu sein, den Odin getötet hatte, um aus seinen Körperteilen die Welt zu erschaffen.

«Drecksack», murmelte ich.

Ymer drehte sich kurz um und sah mich mit leeren Augen an. Unter dem langen dunkelbraunen Haar und dem dichten Bart verschmolz sein Gesicht geradezu mit dem muskulösen Oberkörper. Seine Arme waren so dick wie die Oberschenkel eines erwachsenen Mannes, und es war kaum Platz hinter ihm.

Er sagte nichts und ruderte unbeirrt weiter, aber bei jedem Ruderschlag drückte er mich so weit nach hinten, dass ich gegen den Riemen meines Hintermanns stieß. Dieser beschwerte sich nicht, und ich hätte ahnen können, warum.

«Du schubst mich», zischte ich leise, denn Ymer war wirklich Furcht einflößend. Wieder drehte er sich kurz um und sah mich mit seinen leeren Augen an, während er weiterruderte. Ich schwankte zwischen Furcht und Zorn – eine schwierige Wahl für mein loses Mundwerk.

Die Frechheit gewann, wahrscheinlich wegen des leeren Blicks: «Wenn du genauso schlecht ruderst wie der Schwächling, von dem ich gerade komme, bringe ich dich um, ehe die Nacht vorbei ist», stöhnte ich und rang nach Luft, als sein Ellbogen meine Brust traf. Noch einmal drehte er den Kopf, nicht böse, und strahlte nichts als Leere aus. Aber stark war er.

Wir ruderten und ruderten, bis ich eine Art Trance erreichte, in der Tag und Nacht verschmolzen. Die Riemen waren für erwachsene Männer gebaut, und nur durch große Standhaftigkeit überwand ich die Schmerzen. Und durch einen Trick, denn wenn ich die Hände an Ymers Rücken stützte, bewegte sein Gewicht die Riemen in die richtige Richtung.

Nach mehreren Nächten auf dem offenen Meer, in denen die *Havormen* ohne Segel auf den Wellen ritt, war es eine Wohltat, wieder Land zu sehen. Für den Rest des Tages folgten wir der Küste, und bei Einbruch der Dunkelheit steuerten wir eine Bucht an und zogen den Kiel an den Strand.

Die Küchensklaven wurden an Land geschickt, um die Fässer mit Trinkwasser zu füllen, Holz zu sammeln und zu kochen. Ein paar Wächter begleiteten sie, damit sie nicht abhauten.

Am Strand wurden Zelte für alle Dänen aufgestellt, die keine Schiffswache hatten. Wir Rudersklaven wurden jedoch nie von unseren Ketten befreit. Wir pissten und kackten über die Reling, nahmen alle Mahlzeiten auf den Ruderbänken ein und schliefen unter, zwischen oder auf den Bänken, sofern es die Fesseln zuließen. Den Dänen, die an Bord bleiben mussten, ging es nicht viel besser, aber wenigstens lagen sie in der Mitte, wo mehr Platz war, und hatten geölte Felle als Unterlage und Decken. Nur Eskil schlief auf dem erhöhten Vorderdeck unter einem Tuch, das von Reling zu Reling gespannt war.

All das war ziemlich egal, wenn man wie ich umsank, sobald der letzte Bissen des Abendessens verzehrt war. Torgrim musste die Peitsche einsetzen, um mich zu wecken, wenn Dag mit seinem Wagen über den Himmelsbogen fuhr und Skinfaxis Mähne das Licht verbreitete. Ich hasste Torgrim, Eskil, die *Havormen*, den Ruderriemen, die anderen Sklaven, Ymer und besonders David von Lanercost – ich hasste alles und alle.

Eines schönen Nachmittags, als ich mich wie üblich am Ruder abrackerte und dabei alles und jeden verfluchte, geschah plötzlich ein Wunder. Der Wind drehte, und Eskil befahl, das Segel zu setzen. Wir zogen die Riemen ein und verschlossen die Ruderlöcher, aber meine Klappe war verschwunden, und Wasser strömte durch das Loch.

«Herr», rief ich. «Mein Ruderloch hat keine Klappe.»

Torgrim schien verärgert, weil er keinen Grund fand, mich zu bestrafen. Stattdessen warf er mir einen runden Eichenklotz mit Griff zu, der genau in das Loch passte. Der schwere Klotz traf mich am Knie wie ein Hammer. Torgrim grinste hämisch. «Den musst du jeden Abend zurückgeben oder wenn die Ruder gebraucht werden», sagte er.

Ich hob den Holzspund auf und drückte ihn in das Loch, obwohl ich ihn doch am liebsten Torgrim über den Kopf gezogen hätte, aber der Gedanke an Rache war noch wirklichkeitsferner als Ymers leerer Blick.

Jetzt schritten die Dänen zu Werke. Sie lösten die Rah und das Segel aus ihrer Befestigung und setzten das Segel mithilfe langer Bastseile, bis der Wind das große Viereck aufblähte. Zwei Sklaven ohne Fußfesseln hatten ihre liebe Not, um mit den Lenzeimern die gleiche Menge Wasser über die Reling zu schöpfen, die ins Schiff schwappte.

Der Wind wehte mir salzige Gischt ins Gesicht, und ich konnte wieder halbwegs normal atmen. Über uns schrie ein großer weißer Vogel, tauchte ins Wasser ein und kam mit einem Fisch im Schnabel wieder heraus.

In diesem Moment fühlte ich zum ersten Mal ganz tief meine Liebe zum Meer. Nicht mit einem Ruder zu kämpfen, das viel zu groß und schwer für einen Dreizehnjährigen war, sondern vom Wind getrieben auf den Wellen zu reiten und das Salz der Wellen zu schmecken, die an den Steven schlugen.

Schon möglich, dass mein Gedächtnis manche Dinge verklärt und ich in Wirklichkeit vielmehr Angst spürte, aber an vieles erinnere ich mich ganz genau, zum Beispiel an den Tag, an dem ich mich Njörds Welt ergab.

Auch die Dänen blickten still über das Wasser und schienen genauso fasziniert zu sein wie ich. Nur der Wächter am Steven und Eskil wirkten hellwach. Ausnahmsweise hatten wir einmal Muße für andere Dinge, als an den verdammten Riemen zu ziehen, und ich genoss die blaugrüne Unendlichkeit und das Gefühl, auf den Wellen zu schweben.

«Das ist schön», sagte ich und nickte. Ich sah Ymer an und lächelte zaghaft, doch er antwortete nicht und blickte unverändert leer drein. Wie ich lehnte er den Rücken an die Reling, aber er zeigte weder Interesse an dem, was er sah, noch ob er mich verstanden hatte.

«Wie heißt du?», fragte ich auf Sächsisch. Er antwortete nicht.

«Antworte deinem Herrn, Sklave, sonst peitsche ich dich aus. Wie heißt du?», sagte ich in der Sprache der Dänen. Eine ziemlich unglückliche Wortwahl, wie ich heute weiß, aber es lag so gut auf der Zunge.

Mit einem Mal wich die Leere in Ymers Blick einem Gewittersturm, und eine gigantische Hand schnellte auf mich zu. Ich duckte mich und fiel beinahe von der Bank. Instinktiv ergriff ich den schweren Eichenspund, der im Ruderloch steckte, und zog ihn Ymer über die Stirn. Er blinzelte überrascht und griff sich an die Stirn, wo das Blut seine Finger rot färbte. Dann sah er mich an und lächelte breit. Ich lächelte zurück, und er gab mir eine Ohrfeige, die mich bewusstlos über die Reling schickte.

Ich erwachte von salzigem Schaum und leckte mir um den Mund. Die *Havormen* fuhr gerade in ein Wellental, und mein ganzer Oberkörper tauchte ins Wasser. Prustend bekam ich den Kopf über Wasser und sah, dass ich an meiner Fußfessel über der Reling hing.

«Hilfe!», schrie ich und schluckte jede Menge Wasser, hustete und schluckte noch mehr. Jemand zog mich am Bein, bis mein Kopf aus dem Wasser war. Umnebelt hörte ich Eskils schallendes Gelächter, als sie mich an Bord zogen. Ich hustete Salzwasser, sah doppelt, und mir war übel.

«Nehmt ihm die Ketten ab, bevor Ymer Rollos Eigentum in Stücke reißt.»

«Herr», brummte der Riese und musterte mich.

Ich sah noch immer doppelt und spürte die Galle aufsteigen. Ich wollte den Kopf über die Reling halten, aber Torgrim hielt mich fest, also kotzte ich ihn voll. Fluchend ließ er mich los und trat mir in den Bauch, wovon ich noch mehr kotzen musste, diesmal auf mich selbst.

Ymer zog mich hoch und setzte mich auf meine Bank.

«Herr, dieser Junge ist ein guter Ruderer für sein Alter», sagte Ymer. «Er kann zwar seine Zunge nicht im Zaum halten, aber eigentlich ist er eine gute Gesellschaft.»

Eskil kratzte sich am Bart und nickte. Ich bin sicher, dass er nur auf Ymer hörte, weil er keine Lust hatte, meine vollgekotzten Fußfesseln anzurühren. «Ulv Schnellfuß, ich hoffe zu deinem Besten, dass du in Zukunft dein Maul hältst.» Er schüttelte den Kopf und ging zurück zum Mast. Ymer musterte mich so misstrauisch, dass ich nicht wusste, was ich tun sollte.

Ich beschloss, den Mund zu halten, was eine schlaue Wahl war.

Ymer beruhigte sich allmählich, und als ich nach einer Weile noch immer nichts gesagt hatte, wofür er mich in Stücke reißen konnte, seufzte er tief.

«Hat es dir die Sprache verschlagen, Ulv Schnellfuß?»,

fragte er glucksend. Ich sah ihn an, und zu meiner großen Überraschung war die Leere aus seinen dunkelblauen Augen gewichen, als wäre er aus einem langen Tiefschlaf erwacht.

«Der Ruderlochzapfen hat dir wohl gutgetan?», sagte ich und hatte das merkwürdige Gefühl, dass ich endlich einen Freund gefunden hatte. Bei den Cymru hatte es niemanden in meinem Alter gegeben, ich war nur mit meiner Mutter oder Pillgryes zusammen gewesen. Deshalb dachte und sprach ich wie ein Erwachsener, mein Wortschatz war für mein Alter ungewöhnlich groß.

Ymer nickte. Bestimmt überlegte er, ob er lachen oder mir noch eine verpassen sollte. Er entschied sich für Ersteres. «Ja, Ulv Schnellfuß, das hatte ich wohl nötig.»

Er seufzte und begann, mich auszufragen. Wo ich herkam, wer meine Eltern waren und warum ich als elender Sachse seine Sprache so gut beherrschte. Ich sagte, dass ich die Sprache der Sachsen zwar könne, aber doch ein elender Cymru sei.

«Ein Cymru ist weder Sachse noch Pikte, alle beide Drecksäcke. Wir stammen aus Bretland und sprechen Bretländisch.» Ymer zuckte mit den Schultern, und ich beantwortete seine restlichen Fragen, so gut ich konnte. Was den Kampf mit Torkil dem Lachenden angeht, trug ich ein bisschen dick auf und stellte mich als mutigen Krieger dar. Ymer lachte, was mich wütend machte.

«Klar bist du ein Krieger, mein Junge», sagte er. «Ein ganz großer.»

Ich habe eine Menge von Ymer gelernt, und manche seiner Lehren haben mir mehr als einmal das Leben gerettet. Damals jedoch kannte ich nicht mehr als seinen Namen, und ich nahm mir vor, möglichst viel über den rätselhaften Riesen herauszufinden.

«Woher kommst du? Hast du Verwandte im Land der Dänen? Warst du Krieger?»

Torgrim kam näher, und Ymer hob die Hand, um mich zum Schweigen zu bringen. Es waren ohnehin zu viele Fragen auf einmal. Erst als Torgrim wieder bei Eskil stand, begann Ymers Geschichte.

Er war Jüte und kam aus Arus, einer Stadt mit Palisaden und einem eigenen Markt an der Ostküste Jütlands. Dort hatte er einen Hof besessen, aber er hatte auch dem Kaiser von Miklagard, Konstantin VII., als Hirdmann gedient. Ich wusste weder, wo Arus oder Miklagard lagen, noch, wer Konstantin VII. war, doch es klang so spannend, dass ich zu fragen vergaß, warum er hier neben einem Sklaven aus Dyffryn Cudd an die Ruderbank gekettet war.

«Ich habe Städte gesehen, die so groß sind, dass man einen ganzen Tag braucht, um sie zu Fuß zu durchqueren. Ich habe Gebäude gesehen, die höher als die höchsten Bäume im Wald sind, mit goldenen Kuppeln und fließendem Wasser in den Häusern. Ich habe so gigantisch große Säle gesehen, dass ich meinen Augen nicht getraut habe.»

Sein Blick wurde träumerisch.

«Und Frauen», seufzte er. «Golden wie Honig, dunkel wie die Nacht und fügsam wie zahme Katzen.» Vor meinem inneren Auge tauchten merkwürdige Bilder auf. Er sollte von etwas anderem als Frauen erzählen.

«Und Kämpfe? Warst du bei vielen dabei?»

Ymer nickte, und wieder schaute er verträumt drein. «Es war eine herrliche Zeit. Massenweise Bier, Wein und Frauen, und wenn es dem Kaiser passte, durften wir auch in seinem Heer kämpfen.»

«Hast du schon mal in einer Schildburg gestanden?»

Er nickte. «Ja, obwohl die Schwarzen Männer ganz anders kämpfen. Sie kämpfen oft zu Pferd mit langen Lanzen.»

«Zu Pferd?» Etwas Dümmeres konnte ich mir kaum vorstellen. Ich war im Wald aufgewachsen und hatte noch nie auf einem Pferd gesessen. Kein Cymru besaß Pferde, wir aßen sie nur.

«Ja, zu Pferd», sagte Ymer lächelnd. «Die Drecksäcke greifen im Galopp mit gesenkter Lanze an, und ehe man eine Schildburg aufgestellt hat, sind sie wieder weg.»

«Eine Schildburg», sagte ich ehrfürchtig in Pillgryes Worten, «ist der Ort, wo Jungen zu Männern werden, über die die Skalden Lieder schreiben.» Pillgryes hatte auch gesagt, dass eine Schildburg im Grunde idiotisch sei, weil rohe Kraft mehr zähle als Beweglichkeit und Geschwindigkeit, aber das verschwieg ich.

«Stimmt», sagte Ymer. «Aber sie ist auch der Ort, an dem du dir in die Hosen scheißt. Die meisten tun das beim ersten Mal, wenn sie nicht total besoffen sind – was auch keine gute Idee ist. Ein bisschen berauscht ist gut, um den Magen zu beruhigen.»

«Wirklich?», fragte ich. Dass einer sich beim Kampf in die Hosen schiss, hatte ich noch nie gehört.

«Was meinst du?», fragte Ymer, gähnte und schloss die Augen.

«Dass man sich in die Hosen scheißt.»

Er nickte und schlief ein, ehe ich weitere Fragen stellen konnte.

KAPITEL 3

Die einförmigen Tage waren langweilig für einen Jungen ohne jeden Realitätssinn, den es danach dürstete, ein Krieger zu werden. Ich war ein Sklave, aber obgleich mir die Peitsche den Rücken aufriss, weigerte ich mich, dies einzusehen.

Ymer hieß eigentlich Sven Baldersson, aber so wollte er nicht genannt werden.

«Mein Vater hieß Ymer wie schon sein Vater vor ihm», sagte er. «Seit ich gehen kann, werde ich auch so genannt und will es nicht anders.» Ich nickte, und er erzählte von seiner Geburtsstadt Arus an der Mündung des Großen Flusses. In der befestigten Stadt kamen viele Händler, Krieger und Bauern zusammen. Die Zelte der Krämer und Bierverkäufer waren immer geöffnet, was Ymers Meinung nach der Grund für den Wohlstand und die vielen fröhlichen Menschen dort war.

Laut Ymer spielte Arus eine wichtige Rolle, wenn Könige und Häuptlinge sich trafen und Rat hielten, denn es war eine mächtige Stadt. König Gorm persönlich hatte Ingebjørn Jarl befohlen, die Palisaden zu erbauen. So erzählte es Ymer, und vielleicht ist es wahr, aber ich wollte lieber von Kriegszügen hören.

Als Ymer berichtete, über wie viele Schiffsbesatzungen Ingebjørn Jarl aus Arus verfügte, horchte ich auf. Leider erzählte er nicht weiter von den Kriegsschiffen, sondern stattdessen von seiner Familie.

Ymers Geschlecht war nicht vornehm, aber dennoch hochgeachtet bei den Königen, Jarlen und Häuptlingen der Dänen. Die Familie war bekannt für ihre Furcht einflößenden Krieger von Ymers Größe. Sein Vater, Ymer der Ältere, war Steuermann und ein wichtiger Mann im Gefolge des Jarls. Aber er war auch sehr eigensinnig. Ymers Gesichtszüge verdunkelten sich, und er schwieg eine Weile, ehe er seufzte und fortfuhr.

Ymer war fünfundzwanzig und schon in meinem Alter Hirdmann geworden, allein wegen seiner Größe. Sein Vater hatte ihn an den Waffen ausgebildet, seit er stehen konnte, und seine Lieblingswaffe war die Axt. Obwohl er sein Handwerk gut beherrschte, war es nur dem Schicksal zu verdanken, dass er noch am Leben war. «Ein Krieger mit Axt von meiner Statur wird von allen nur als Dummkopf angesehen, und das hat mich gerettet.»

Er tippte mit dem Zeigefinger an die Stirn, und ich fragte, wie ein so kluger und starker Mann als Rudersklave enden konnte.

Sein Gesicht verfinsterte sich wie eine Gewitterwolke. «Dummheit, mein Junge. Schiere Idiotie und Mangel an Vernunft.»

Mehr wollte er nicht verraten. Aber er sprach gerne von Kriegern, Liebhaberinnen und dem guten Bier in Arus. Für andere Stämme als Jüten und Haruden hatte er nur abfällige

Worte übrig. In seinen Augen war König Gorm ein mächtiger Herrscher, im Gegensatz zu Odinkar Jarl, einem der unerträglichsten Menschen in ganz Midgard.

«Odinkar Jarl und seine verrottete Sippe besitzen den größten Teil des Landes von Alebu bis Wibiærgh», sagte Ymer.

Er schnaubte und vermittelte mir den Eindruck, dass Midgard ein besserer Ort wäre, wenn Odinkar und sein Geschlecht Besuch vom Fenriswolf bekämen. Aber er sagte nicht, warum. Stattdessen zog er über sämtliche Kleinkönige und Jarle her, die ihm einfielen, bis auf Gorm und Ingebjørn. Dabei erwähnte er auch Fünen, die Heimat meiner Mutter.

«In Sjalvarstad auf Fünen lebt ein Mann namens Silfraskalli. Er herrscht über das Volk der Sølver», sagte Ymer, war sich aber nicht sicher, ob Silfraskalli ein vom Thing gewählter König oder nur Jarl war. «Wie auch immer. Silfraskalli und König Gorm haben einander sichere Häfen zugesagt, obwohl sie sich nicht in allen Dingen einig waren.»

Ich wusste nicht, was das bedeutete, und Ymer erklärte, es hieße nur, dass sie keine Kriege gegeneinander führen wollten. Ich wollte noch mehr fragen, aber Ymer kam mir zuvor.

«König Gorm hat Frieden mit ihm geschlossen, weil Sigfred von Seeland in Lejre auf dem Thron sitzt und gierig nach Fünen hinüberschaut.» Ich schüttelte verwirrt den Kopf, und Ymer erklärte weiter. «Wer von den beiden mächtigsten Dänen Fünen erobert, wird die Oberhand gewinnen.» Eigentlich hatte ich ganz andere Dinge wissen wollen, aber Ymer lag das Thema offenbar am Herzen.

Von den Ländern der Dänen kam Ymer auf Haithabu am Angelfjord, das ganz am Fuße Jütlands liegt.

«Wenn du Glück hast, kommst du nach Haithabu. Dort

gibt es den größten Sklavenmarkt nördlich von Ostfranken und Sachsen.»

«Und was soll daran gut sein?», fragte ich verwundert.

Ymer grinste verschmitzt. «Na ja, vielleicht kauft dich irgendeine steinreiche Witwe, die einen Bettgenossen sucht.» Er lachte, aber weil ich weder von Witwen noch von Bettgenossen eine Ahnung hatte, beruhigte er sich schnell und erzählte weiter von der wichtigsten Stadt der Dänen.

«Gnuppa, der König von Sillende, herrschte in Haithabu, bis er den Verstand verlor und sich in den Dienst des Weißen Christus stellte. Schlimm genug, dass er sich taufen ließ, aber obendrein erschlug König Gorm viele seiner Hirdmänner.»

«Wie kann man einfach so den Gott wechseln?»

«Was Götter, Frauen und Bier angeht, ist Gnuppa äußerst wankelmütig.»

Ich unterdrückte ein Gähnen, und Ymer fuhr fort.

«Wenigstens ist Gnuppa nach Ostfranken verschwunden, aber er überließ Haithabu seinem Sohn Sigtryg dem Wankelmütigen, der noch ein Kind war.» Ymer sah mich missbilligend an, weil ich mich offenkundig langweilte. Er gab mir eine Ohrfeige und sagte, das sei wichtig. «Und weil Sigtryg der Wankelmütige unfähig zum Regieren und sowieso nicht der Hellste war, nahm König Gorm ihm Gnuppas restliches Land weg.»

«Dann ist jetzt also Gorm der Herrscher von Haithabu?»

Ymer nickte. «Jedenfalls war er das, als ich letztes Mal dort gewesen bin. Das ist schon ein paar Jahre her. Das Problem ist, dass Gnuppa mit Odinkars Tochter Åsfrid verheiratet war.»

«Wirklich?», sagte ich abwesend und grinste, weil eine große Möwe Eskil Steuermann anvisierte, der gerade auf der Reling saß und den Arsch über Bord streckte.

«Sigtryg der Wankelmütige ist also Odinkars Enkel, und trotz seiner Untauglichkeit hat er den Thron von seinem Vater übernommen.»

«Ich dachte, Gorm hätte ihm den weggeschnappt?» Die Möwe setzte zum Sturzflug auf Eskil an.

«Genau, kleiner Ulv. So ist es.»

Die Möwe drehte im letzten Moment ab. Ymer erzählte weiter, und beides trug dazu bei, dass mein Grinsen verschwand.

«Odinkar war schon empört genug, dass Gnuppa sich taufen ließ. Aber dass König Gorm seinen Enkel aus Sillende und Haithabu vertrieb, schlug dem Fass den Boden aus. Das schrie nach Buße oder Blutrache.»

«Gab es Krieg?», fragte ich hoffnungsvoll.

Ymer schüttelte den Kopf. «Gorm hat sich für den Frieden entschieden. Eigentlich eine Schande. Er hat seinen ältesten Sohn Knut mit Åsfrid verheiratet, obwohl sie Sigtrygs Mutter ist.»

«Warum denn das? Das ergibt doch keinen Sinn.»

«Natürlich, Ulv. Gorm bekam einen mächtigen Verbündeten, und Odinkar hat das Erbrecht auf ganz Jütland für sein Geschlecht gesichert.»

Ich interessierte mich nicht die Bohne für Odinkars Erbrecht oder Gnuppa den Unglücklichen und seinen ebenso unglücklichen Sohn. Das sagte ich Ymer auch.

«So darfst du nicht denken, Ulv», antwortete er. «Das Reich der Sachsen und Ostfranken grenzt direkt an Haithabu. Wer dann noch einen Feind wie Odinkar im Norden hat, ist quasi umzingelt. Solche Dinge musst du wissen, Ulv, das kann dein Leben retten.»

Ich schüttelte den Kopf.

«Du musst erkennen, was König Gorm damit bezweckt. Alle wissen, wie klug er ist, auch Sigfred von Seeland.»

«Und du, Ymer mit der großen Axt, bist offenbar ein Anhänger Gorms?»

Ymer nickte und sagte, Gorms Bier sei das beste. «Und er geizt nicht damit.»

Damit endete seine Erzählung abrupt. Der Wind drehte, und Eskil beorderte uns an die Riemen.

Ich ruderte, bis mir schwarz vor Augen wurde. Ymers Worte gingen mir durch den Kopf, doch es fiel mir schwer, alle Namen zu behalten. Ymer redete mit mir wie mit jedem anderen Dänen, dabei hatte dieser Däne hier das Heimatland seiner Mutter noch nie gesehen.

Njörd war uns gnädig, und wir bekamen wieder Rückenwind. Erschöpft zog ich den Riemen ein und schloss das Ruderloch. «Was weißt du noch über Fünen und Odins Vi?», stöhnte ich und lehnte mich an die Reling.

«Nicht viel», seufzte Ymer. «Von Silfraskalli, dem Herrn der Sølver, habe ich dir ja schon erzählt. Er reicht zwar unglaublich gutes Bier, aber nicht alle Füner sind mit ihm zufrieden. So sind sie nun mal: widerborstig, aufmüpfig und untreu.»

Ich war sicher, dass Silfraskallis gutes Bier der Hauptgrund für Ymers Sympathie war. Und es war wirklich gut, wie ich später selbst herausfinden sollte.

Für Sigfred Lejre-König, den Herrscher von Seeland und Schonen, galt das Gegenteil. Er residierte in der alten Königshalle von Lejre, die seit der Zeit der sagenhaften Skjoldungen dort stand. Ymer erklärte: «Zu Anbeginn der Zeiten» – was anscheinend gar nicht lange her war – «gab es ein starkes Band zwischen Jütland, Seeland und Schonen, dazu gehörte auch Fünen.»

Ich schaute auf seine Ketten und wurde plötzlich misstrauisch.

«Wie kannst du, ein Sklave, so viel über so komplizierte Dinge wissen?»

Ymer räumte ein, dass er gewiss nicht auf dem neuesten Stand der Dinge im Land der Dänen sei, aber in Miklagard habe er mit Ubbe Lodbrok in der Leibgarde des Kaisers gedient, und dieser Ubbe sei ein Ururenkel Åslaugs, der Tochter des legendären Dänenkönigs Ragnar Lodbrok. Von ihm habe er viel über das Land der Dänen gelernt. «Das ist alles ziemlich kompliziert. Wenn ich es nicht so oft gehört hätte, hätte ich es mir bestimmt nicht gemerkt.»

Dem konnte ich nur zustimmen. Es war alles andere als leicht, aus Ymers Redefluss eine zusammenhängende Geschichte herauszufiltern. Seine Logik richtete sich oft danach, wer das beste Bier ausschenkte oder wen er am meisten hasste.

«Ubbe war ein feiner Kerl. Bis er die Axt eines Mauren mit der Stirn aufhielt. Danach war er nicht mehr so gut zu verstehen.» Er lachte lange über die scheinbar amüsante und doch so dramatische Episode. Und obwohl mich die vielen Namen verwirrten, verspürte ich den inneren Drang, mehr über das Land meiner Mutter zu hören.

Mit starkem Gegenwind schlossen wir die Fahrt über das große Meer ab, das Ymer das Gälische Meer nannte, und legten an einem Marktplatz in der Nähe der Stadt Dýflin an. Dort verkaufte Eskil seine Beute und alle Sklaven, die er nicht zum Rudern brauchte.

David von Lanercost wurde an Land getragen. Er sabberte, und seine Augen waren trüb. Als er meinen Blick traf, blitzten sie kurz auf.

Ich wurde mit elf anderen Sklaven an Land geführt und war niedergeschlagen, dass ich den Platz hinter Ymer verlassen musste. Meine Unterlippe zitterte, ich fühlte mich einsam und unglücklich. Doch im Gegensatz zu den anderen Sklaven wurden wir nicht verkauft, sondern zu einer Feuerstelle geführt, wo Torgrim und drei weitere Besatzungsmitglieder der *Havormen* auf uns warteten. Ich freute mich, als sie mir das Joch abnahmen, aber ich freute mich zu früh. Im Feuer lag eine Eisenstange, deren Ende tief in die Glut getaucht war.

Zwei Männer hielten je einen Sklaven fest, der dritte setzte ihm ein Schwert an die Gurgel. Torgrim nahm das Eisen aus dem Feuer und drückte es zwischen die Schultern des Sklaven.

Es zischte, und der Sklave schrie vergeblich um Gnade. Der Rauch von Rollo Jarls Brandzeichen auf der Schulter stank wie verbrannte Schweineschwarte. Dann schmierten sie Robbentran und Asche auf die Schulter des Sklaven und zwangen ihn, sich zu setzen.

Ich kam an die Reihe und spürte das Schwert am Hals. Torgrim nahm das Eisen, meine Unterlippe zitterte.

«Ich hoffe, es tut weh, Ulv Schnellfuß», sagte er und drückte mir das Eisen an die Schulter. Ich stieß einen Schmerzensschrei aus. Nicht besonders laut, aber laut genug, um Torgrim zum Lachen zu bringen.

«Drecksäcke», flüsterte ich. Der Tran und die Asche brannten auf der Schulter, und sie stießen mich zu den anderen Sklaven.

«Verfluchte Drecksäcke!»

Mit schmerzender Schulter saß ich wieder hinter Ymer, was mich sehr freute. Die anderen Sklaven befanden sich weiter vorn am Steven, weil es dort am kältesten war und man am meisten Wind und Salzwasser abbekam. Alle Dänen, die mitruderten, hatten ihre Plätze vor dem erhöhten Hinterdeck.

Ymer und ich saßen weit genug von Eskil und Torgrim entfernt, dass wir uns unterhalten konnten, ohne die Peitsche zu schmecken. Und Ymer redete in einem fort. Er habe viel zu lang das Maul gehalten, wie er selbst sagte. Ich hatte nicht genug Puste, um gleichzeitig zu rudern und zu sprechen, also hörte ich zu. Nur manchmal, wenn der Wind uns gnädig war und wir eine Pause einlegen konnten, gab ich eine naseweise Antwort, wofür ich meist eine Ohrfeige kassierte.

Später fand ich heraus, dass meine lose Zunge Ymer in Wirklichkeit gefiel und er nur versuchte, meinen verblichenen Wortschatz aufzufrischen. Darüber freue ich mich noch heute, denn die Sprache der Dänen ist nicht immer leicht.

Selbst Ymer hatte keine Ahnung, wohin unsere Reise führte und warum wir nur Proviant geladen hatten. Er wusste lediglich, dass dies kein normaler Raubzug war. Dafür war die Mannschaft zu klein – auch wenn ein Däne im Kampf doppelt so viel zählt wie alle anderen Krieger. Außerdem wurden Kriegsschiffe nie mit Rudersklaven besetzt, die nur Platz wegnahmen, Verpflegung brauchten und keine Waffen tragen durften.

Ymer sagte, Rollo Jarl habe mit zehn Schiffsbesatzungen an der Schlacht von Brunanburh teilgenommen, bevor er nach Kumraland gekommen war. Viele Dänen hatten dort ihr Leben verloren. Zu meiner großen Freude erzählte er, wie Dänen und Sachsen in Schildburgen und Mann gegen Mann gekämpft hatten, bis die Schatten lang wurden. Ivar Jarl, der Bruder von Sigfred Lejre-König, hatte das dänische Heer angeführt. Er hatte seinen Neffen Gorm den Jungen mitgenommen, damit er die Sachsen wie jammernde Weiber sterben sehen sollte. Vielleicht war dies bei einigen der Fall, aber sie nahmen Ivar Jarl, Gorm Sigfredsson und viele andere mit ins Grab.

Nachdem Ivar Jarl gefallen war, hatte sich das Heer aufgelöst. Viele Schiffsjarle verließen daraufhin verbittert das Schlachtfeld, darunter Rollo, und plünderten stattdessen an der Küste Kumralands.

Das erklärte, warum so viele von Rollos Leuten verletzt waren, aber nicht, warum Ymer als Sklave dabei gewesen war. Ich fragte ihn.

«Weil ich das Pech habe, immer bei Eskil sein zu müssen, egal, wohin Rollo Jarl den Kotzbrocken schickt», sagte er und seufzte tief. Eskil sei Steuermann auf der Knorr *Svipdag* gewesen. Er habe Rollos Beute in Silber umgesetzt, und nach einem Reinfall wie Brunanburh mussten sie andernorts Reichtum ernten.

Wenn der Sommer vorbei war, segelte Eskil meist zu Rollo Jarl nach Låland, um den Winter in dessen Halle zu verbringen. Leider war die *Svipdag* durch einen dummen Unfall ausgebrannt, nachdem ein besoffener Schiffswächter ins Feuer gefallen und als lebende Fackel an Bord gesprungen war. Im Glauben, er stürze sich ins Wasser.

Ymer lachte, dass ihm die Tränen kamen. Der Wächter war an den Verbrennungen gestorben – ein Glück für ihn, denn Rollo war stinksauer. Die *Svipdag* war nicht mehr zu gebrauchen, also ernannte der Jarl Eskil zum Steuermann der *Havormen*, nachdem deren Steuermann in Brunanburh zu Rabenfutter geworden war.

Ich war also auf einem Handelsschiff gelandet, das gar kein Handelsschiff war, sondern ein kleines Kriegsschiff mit zehn

Ruderriemen auf jeder Seite, zusammen mit einem Dutzend von Rollos Hirdmännern, die sich angeblich auf dem Weg nach Norden befanden, wie Ymer meinte.

Doch als wir Dýflin verließen, steuerte Eskil die *Havormen* ins Westliche Meer und fuhr an der Küste der Franken entlang. Nicht einmal Ymer konnte erklären, warum wir die Häfen und befestigten Dörfer der Franken passierten und immer weiter nach Süden segelten.

Die Nächte verbrachten wir auf See und legten nirgendwo an, denn ein Schiff mit einem Drachenkopf am Steven ist selten willkommen. Eskil hätte den Drachenkopf abnehmen können, um friedliche Absichten zu bekunden, aber er weigerte sich, ohne schwerwiegende Gründe vor den Franken zu katzbuckeln. Deshalb ruderten wir wie verrückt, Tag für Tag, und der Drachenkopf blieb oben.

Mit der Zeit fand ich meinen Rhythmus, oder ich wurde einfach nur stärker. Auf jeden Fall gelang es mir bald, zu rudern und mich gleichzeitig mit Ymer zu unterhalten.

«Wer ist dein Herr?», stöhnte ich.

«Ingebjørn Jarl von Arus ... Wenn er noch lebt.»

«Gehört er zu Gorms Leuten?»

«Er ist inzwischen alt und nimmt weder an Trinkgelagen noch Schlachten teil, aber ja, er hält zu König Gorm.»

Ich hatte noch viele Fragen, aber keine Puste mehr, deshalb übernahm Ymer wieder das Reden.

«Man sagt, Gorm habe über einen Winter im Land der Nordmänner verbracht. Ganz oben, wo das Licht im Winter verschwindet und die Menschen ihre Kinder essen, weil sie den Verstand verloren haben. Auch Gorm soll fast verrückt geworden sein, aber er hat überlebt. Deshalb ist er so hart geworden ...»

«Segel rauf, Riemen rein!», brüllte Eskil. Ich lehnte mich erschöpft zurück und sah Ymer an, der seine Geschichte fortsetzte.

«Und Härte, kleiner Ulv, braucht ein König, um Jarle und selbst ernannte Kleinkönige in die Knie zu zwingen. König Gorm ist hart genug, um am Ende als Sieger aus der Schlacht zu gehen, die eines Tages kommen wird.»

Endlich wurde es interessant. «Wann wird sie stattfinden, diese Schlacht?»

Ymer zuckte mit den Schultern. «Keine Ahnung. Wie soll ich das wissen, wenn ich hier, im tiefsten Süden an eine Ruderbank gekettet bin? Aber Gorm ist zweifelsohne der größte König der Dänen seit Rolf Krake, und das will was heißen.»

«Mein Vater war auch König», sagte ich in einem Anfall von Größenwahn.

«Meiner auch.» Ymer lachte und schüttelte den Kopf. «Besonders wenn er besoffen war.»

«Mein Vater war König», wiederholte ich stur. «Und ich hätte den Titel von ihm erben sollen.»

«König Ulv», schnaubte Ymer höhnisch. «Bei den Dänen werden Titel nicht immer durch den Schoß einer Frau weitervererbt. Ist der Königssohn ein Schwächling, wird er ausgetauscht, tot oder lebendig. Wir sind starke Männer und brauchen noch stärkere Könige. Dich würden sie nie wählen, Ulv.»

Ich war beleidigt und schwieg eine Weile. Erst als Eskil die *Havormen* in ruhigeres Fahrwasser steuerte, siegte die Neugier über den Stolz.

«Wir gehen an Land», sagte ich.

Ymer glaubte nicht, dass ich das Schiff verlassen durfte, und sah mich herablassend an. «Vielleicht löst Eskil sofort deine Ketten und nimmt dich mit, wenn du dich König Ulv nennst?»

«Ja, ja, Herr Ymer. Eines Tages wirst du diese Worte bereuen.»

Aber er hatte recht, denn Eskil ging tagsüber nur an Land, um Wasser und Proviant zu beschaffen. Normalerweise rafften die Dänen das Segel, und wir ruderten an Land, egal, wie der Wind stand. Das sei für Kriegsschiffe normal, meinte Ymer, um nicht gesehen zu werden.

Zehn Dänen sprangen mit Waffen in den Händen von Bord, und dann zeigte Eskil, dass er ein vortrefflicher Handelsmann war, während die übrigen zwei Dänen uns bewachten.

Am nächsten Tag segelten wir weiter und folgten der brütend heißen maurischen Küste nach Süden. Ich befürchtete schon, wir würden den Rand Midgards erreichen und hinab nach Hel stürzen, obwohl Ymer versicherte, dass dies nicht der Fall sei. Er behielt recht. In der Ferne tauchte eine Festung auf, größer als alles, was ich bisher gesehen hatte. Zum ersten Mal nahm Eskil den Drachenkopf ab.

Ymer meinte, das müsse die Stadt Qâdis sein, während ich die steinernen Festungsmauern bewunderte, die immer näher kamen. Nie hätte ich gedacht, dass es möglich war, so hoch zu bauen.

Eskil übernahm selbst das Ruder und steuerte die *Havormen* langsam in den Hafen von Qâdis, vorbei an völlig andersartigen Schiffen. Dann übergab er das Ruder an Bjørn und zeigte auf einen freien Platz. «Dort hinein, Bjørn», kommandierte er. Bjørn zog fest am Steuerruder, und die *Havormen* glitt langsam auf den freien Platz am Anleger zu.

«Riemen einziehen!», brüllte Eskil. Wir zogen die Riemen ein, zwei Dänen sprangen auf den Steg und vertäuten die *Havormen*. Dabei versperrten sie einer Schar schwarzhäutiger Männer den Weg, die Harnische trugen, mit Tuch umwickelte Stachelhelme und krumme Schwerter. Zwischen ihnen ging eine Gruppe verschleierter Frauen, die uns keines Blickes würdigten, ehe sie an Bord eines Maurenschiffs ohne Ruderriemen stiegen. Die Dänen starrten sie begierig an und machten obszöne Bemerkungen. Bestimmt hätten die Männer sofort die Krummsäbel gezogen, wenn sie nur ein Wort verstanden hätten.

Die Frauen waren mir damals egal, aber das sehr merkwürdige Schiff erregte meine Aufmerksamkeit. Die Reling ragte viel höher aus dem Wasser als bei uns, und es sah aus, als hätte der Schiffsbauer in einem Anfall geistiger Umnachtung einen Burgturm auf dem Achtersteven errichtet. Ein anderes, ähnliches Schiff hatte schon das Segel gesetzt, und ich traute kaum meinen Augen, als ich den dreieckigen Stoff am Mast sah.

«Kann so ein Segel ausreichend Wind einfangen?», fragte ich.

Ymer meinte, die Mauren hätten keine Ahnung, weder von Trinkgelagen noch vom Schiffsbau. «Die spinnen, die Mauren», erklärte er und zeigte auf das Schiff mit den Frauen. «Die verbrauchen mehr Stoff für ihre Frauen als für ihre Segel.»

Die schwarzen Männer warfen uns misstrauische Blicke zu.

Der Anleger führte auf einen Platz vor einem offenen Stadttor, auf dem viele Zelte und Buden standen. Es wimmelte von Menschen in seltsamen, farbenprächtigen Kleidern, die einen ohrenbetäubenden Lärm machten.

Eine Horde kleiner Pelztiere mit Schwänzen kletterte über Zelt- und Hausdächer. Mit ihren menschenähnlichen

Händen und Füßen stahlen sie Obst und andere Lebensmittel. Eines von ihnen war nicht schnell genug und wurde von einem Händler getötet. Der Rest der Horde kletterte auf die Stadtmauer und sprang über Häuser, die so hoch waren, dass Fenster und Balkone über die Mauer hinausragten.

Auf einem der Balkone stand ein Mann in blutroter Tracht und beobachtete das Gewimmel vor dem Stadttor wie ein Steuermann auf dem Achterdeck. Plötzlich teilte sich die Menschenmenge, und ein Trupp mit Harnischen, Dornenhelmen und Krummsäbeln rannte durch das Tor auf uns zu.

Sie stellten sich neben der *Havormen* auf und verweigerten Eskil den Landgang, obwohl er dies in Rollos Namen verlangte. Die Krieger waren schwarz wie die Nacht und in so viel Tuch gekleidet, als hätte jeder ein ganzes Zelt um sich gewickelt. Nur ihre Gesichter schauten heraus. Ihre Augäpfel waren gelb und die Iris ebenso schwarz wie ihre Haut.

«Der mächtige Rollo Jarl aus Låland hat ein Abkommen mit Kalif Abd al Rahman», rief Eskil, als ein Speer ihn von der Reling zurückdrängte. Ein Mann mit einem roten Umhang über der Schulter hob die Hand und antwortete resolut. Seine Geste, dass Eskil an Bord bleiben sollte, war eindeutig, doch immerhin schien er Rollos Namen zu kennen. Es war das einzige Wort, das Eskil in der Antwort des Mauren verstand. Aber ich wusste nun, dass wir am Ziel unserer Reise angekommen waren.

Zehn Tage lang durfte keiner außer Eskil die *Havormen* verlassen. Er kam jedes Mal schnell zurück und starrte die schwarzen Wächter an, bis sie ihn durchließen.

Die Mauren brachten uns Essen und Wasser in so reichlichen Mengen, dass die Dänen sogar ihre Haare und Bärte waschen konnten. Aber sie mussten an Bord bleiben, weshalb die Stimmung gereizt war. Mürrische Dänen sind gefährlich, weil ihre Waffen locker sitzen. Das wussten unsere Bewacher offenbar, denn ihre Zahl stieg von Tag zu Tag, bis sie fast den gesamten Anleger einnahmen.

Ymer erklärte mir grinsend, die Dänen hätten mehr als einmal ihre feierlichen Gelübde der Waffenruhe gebrochen und seien deshalb nicht willkommen im Land des Kalifen von Córdoba. Weder mit noch ohne Drachenkopf am Steven.

Das bescherte mir Zeit, um wieder zu Kräften zu kommen, was dringend nötig war. Ich war abgemagert, mein Körper schmerzte wie der eines zahnlosen Greises mit grauem Bart und Gichtfingern. Die letzten vier Monate waren hart gewesen, und trotz meiner inzwischen vierzehn Jahre war ich noch lange kein erwachsener Ruderer. Ich war nicht der Einzige, dem es so ging, was mir klar wurde, als der Sklave auf der anderen Seite von Ymer einfach tot von der Ruderbank kippte.

«Ich verfluche euch alle, ihr dreckigen Heiden!», waren seine letzten Worte, doch sie verhallten ohne Wirkung, da sie außer mir niemand verstand.

Torgrim und Birger lösten seine Ketten und warfen ihn über Bord. Dann kamen sie zu mir und lösten meine Fußfesseln. Ich dachte schon, sie wollten dasselbe mit mir tun, und sah Ymer mit großen Augen an. Doch Torgrim zog mich zum Platz des toten Sklaven und kettete mich dort an.

Anfangs bereitete mir der neue Platz Schwierigkeiten, obwohl wir uns mit der halben Armlänge zwischen uns viel besser unterhalten konnten. Aber Ymers Gestank war unerträglich und aus unerfindlichem Grund neben dem Riesen viel stärker. Das sagte ich ihm.

Ymer stimmte zu, meinte aber, dass seine Gesellschaft den Gestank aufwiege. Seinerzeit in Miklagard habe er naseweise

Jungen aus viel geringerem Anlass als solche Bemerkungen getötet, fügte er hinzu. «Du bist ein Sklave, und Sklaven bleiben nur am Leben, wenn sie gehorchen, ohne viel nachzudenken.»

In diesem Moment trampelte Eskil über den Anleger, bahnte sich mit dem Ellbogen einen Weg zwischen den Wächtern hindurch und sprang aufs Achterdeck. Dann befahl er, ein Fass Bier zu öffnen, und rief seine Leute zusammen.

Ja, ich war ein Sklave, aber das Denken konnte ich nicht abstellen, auch nicht das Träumen und die Hoffnung. Ymer sagte, es gebe drei Arten von Sklaven: die in Sklaverei Geborenen, die sich keine falsche Hoffnung auf Veränderung machten, und gefangene Sklaven, die ihr Schicksal akzeptierten und für den Rest ihres Lebens Sklaven blieben. Die dritte Art waren tote Sklaven. Dieser Kategorie würde ich bald angehören, wenn ich mich nicht mit dem Faden abfand, den die Normen für mich gesponnen und abgemessen hatten. Kluge Worte, aber in meinem naiven Kopf bewirkten sie nichts.

Ich erwartete, beim nächsten Sonnenaufgang freigelassen zu werden, und konnte meine Gedanken nicht zügeln. Lediglich meine lose Zunge hatte ich etwas besser im Griff, aber ich eignete mich einfach nicht zum Sklaven.

Die wilden Flüche der Dänen, die sich um das Bierfass geschart hatten, alarmierten die Wachen. Sie richteten ihre Speere auf die *Havormen*. Das machte mich neugierig.

«Worüber reden sie, Ymer?», flüsterte ich und ignorierte seine erhobene Hand. «Gehen wir an Land? Fahren wir weiter?»

«Schweig, Junge», flüsterte er und versuchte, sich einen Reim auf die wenigen Worte zu machen, die uns erreichten.

Die Erklärung kam später, als Eskil ein zweites Fass Bier öffnete und sich mit seinen Männern betrank. Nach jedem Schluck verhöhnten sie die Mauren von Córdoba, weil deren Prophet Mohammed ihnen verbot, Bier oder Wein zu trinken sowie Schweinefleisch zu essen. Ymer zufolge war ihr Gott noch schwachsinniger als der Weiße Christus, aber ich bin sicher, dass seine Verachtung nur dem Trinkverbot geschuldet war.

«Ymer ...»

«Still, Welpe», murmelte er und lehnte sich zu mir. «Wenn das Bier fließt und Eskil wütend ist, hält man den Mund und tut, als ob man nichts sieht oder hört. Besonders wenn man von nervösen schwarzen Kriegern umzingelt ist.»

Ich nickte und hörte die Dänen prahlen, dass sie Lust auf Frauen hätten und mit den schwarzen Wächtern kämpfen wollten. Außerdem diskutierten sie Rollo Jarls Befehl, wobei mehrmals der Name Leif fiel.

«Wir sind in Qâdis, um Rollos ältesten Sohn Leif zu holen, aber der ist nicht hier», erklärte Ymer. «Und wenn mein Gehör nicht von deinem dauernden Geplapper geschädigt ist, befindet sich Leif Rollosson in Miklagard.»

«Miklagard?», rief ich begeistert und war sicher, dass dies unsere Befreiung bedeutete.

Ymer nickte, jedoch ohne Vorfreude.

«Hast du nicht jede Menge Freunde in Miklagard?»

Er seufzte und kratzte sich am Bart. «Freundschaften pflegen war nie meine Stärke, aber ich habe jede Menge Feinde dort.» Ymer klang traurig. «Leif Rollosson liegt sicher im Sterben. Genau wie wir.» Er sah in den Himmel, wo der Halbmond kurz durch die winterliche Wolkendecke brach.

«Im Sterben? Warum?» Ich zupfte an seinem zerschlissenen Wollmantel. «Du bist nicht als Sklave geboren, also hör auf, wie einer zu denken.»

Er schüttelte den Kopf und zeigte in den Himmel. «Bald ist Wintersonnwende, und sogar hier in Córdoba bedeutet das Stürme. Alles, was du bisher an Stürmen erlebt hast, wird dir wie der Furz einer Hure vorkommen.» Er grinste spöttisch. «Und glaub mir, Ulv Schnellfuß, Möchtegernkönig im Scheißland der Cymru, Njörds schlechte Laune wird uns treffen. Du hältst besser die Klappe, bis wir heil durch den Norvasund sind. Bis dahin will ich kein Wort mehr hören.»

Ich zuckte mit den Schultern und dachte an Miklagard und die vielen Geschichten, die Ymer von der großen Stadt erzählt hatte. Ich stellte mir Häuser vor, die höher als Bäume waren, mit Türmen und goldenen Kuppeln. Ich sah Männer in prächtigen Harnischen aus purem Silber und Frauen in Kleidern, die so schön waren, dass Engel sie genäht haben mussten. Die Engel, von denen Pillgryes in seinen letzten Tagen so viel fantasiert hatte.

«Pillgryes!» Ich vermisste den alten Freund mit seinem verrückten Hang zum Weißen Christus. Seine Ideen hatten mein Denken geprägt, wie ich heute weiß, doch damals glaubte ich, es seien meine eigenen. Ich bildete mir ein, ich könnte mich in Wort und Tat mit erfahrenen Menschen wie ihm messen. Ach, die Torheit der Jugend! Ich war doch nur ein Kind, dessen einzige Freunde ein plappernder Mönch und ein angeberischer Sklave waren. Aber Ymer sollte recht behalten.

Früh am nächsten Morgen verließ die *Havormen* Qâdis, und Eskil setzte Kurs nach Süden. Zwei Tage später näherten wir uns den Säulen des Norvasunds zwischen Córdoba und Serkland, wo wir auf den Wind stießen, von dem Ymer gesprochen hatte. Zumindest glaubte ich das, aber Ymer lachte darüber so laut, dass er Torgrims Peitsche zu schmecken bekam.

«Die Nornen lachen in der Ferne, Torgrim. Irgendwann stehen wir uns allein gegenüber», zischte er hinter Torgrims Rücken.

Torgrim hörte ihn nicht, aber an seiner Stelle hätte ich die Peitsche stecken lassen, denn wenn die Nornen lachen, soll man auf der Hut sein.

Die Wolken wurden schwarz und stahlen fast jedes Licht. Ein greller Blitz schoss aus ihnen herab, gefolgt von einem gewaltigen Donnerknall. Ich war sicher, erblindet zu sein, aber nach einer Weile kehrte die Sehkraft zurück und offenbarte eine Meeresenge vor uns. Wind und Strömung versuchten, uns in die Tiefe zu Ägir und Rán zu ziehen. Ich fürchtete um mein Leben.

Ymer lachte und forderte die Meeresgötter auf, ihn zu holen. Dann grölte er ein Lied über eine Hure, die es mit einem Ziegenbock trieb, als wolle er zeigen, dass alles möglich war. Ich hingegen benahm mich zum ersten Mal wie ein Sklave. Ich sagte nichts, dachte nichts und zog nur wie verrückt am Riemen, obwohl Ymer mir beigebracht hatte, das Ruderblatt nicht zu tief in aufgewühltes Wasser zu tauchen.

Wir ruderten ohne Pause, und die Lenzer hatten alle Hände voll zu tun, um uns vor dem Ertrinken zu bewahren. Ich hatte keine Ahnung, wie lange das Unwetter tobte und warum Eskil freiwillig in einen solchen Sturm steuerte. Es war reiner Irrsinn, sicher würde uns die nächste Riesenwelle ins Meer spülen. Doch wie durch einen Zauberschlag schien plötzlich wieder die Sonne, und der Wind drehte. Eskil befahl, die Riemen einzuziehen und das Segel zu setzen.

«Wir haben es geschafft», stöhnte ich und sah erleichtert, wie das Segel sich blähte. Wir verschlossen die Ruderlöcher und durften uns ausruhen. Ymer schüttelte den Kopf und sagte, das sei nur eine Ohrfeige mit der flachen Hand und Njörd würde uns noch die Fäuste zeigen. Wieder sollte er recht behalten.

Tagelang kämpften wir gegen Wind und Wellen und hörten nicht auf zu schöpfen. Die Fußeisen nagten an den Knöcheln, und die Ruder fraßen uns die Haut von den Händen, bis das Blut durch die Handleder sickerte, die Torgrim uns gegeben hatte.

Irgendwann konnte ich nicht mehr. Ich zitterte vor Kälte und fühlte mich krank. Ich ließ einfach den Riemen los und rutschte von der Bank.

Ich erinnere mich vage an Ymers Pflege. Er gab mir Essen und Wasser und wärmte mich mit seinem großen Körper. Sogar Torgrim ließ die Peitsche stecken, weil er wusste, dass es nicht geholfen hätte.

Die Krankheit wütete etliche Tage lang. Ich hatte Glück, dass der Wind uns in die richtige Richtung führte, sonst hätte Eskil mich sicher über Bord geworfen. Langsam kehrte ich zurück ins Leben und damit zur Plackerei am Riemen. Zum zweiten Mal im Leben gehorchte ich wie ein Sklave. Die Aufmüpfigkeit, die mich sonst nie verließ, war vorübergehend vergessen.

Wir waren inzwischen mehr Tage unterwegs, als ich zählen konnte, und Ymer behauptete hartnäckig, wir hätten uns verfahren. Das Rudern fiel mir immer leichter, und zu Ymers großem Vergnügen begann meine Stimme zu brechen. Zuerst dachte ich, ich sei wieder krank, aber als der Flaum unter meinem Kinn länger und dichter wurde, verstand ich, dass die wichtigste Veränderung meines Lebens bevorstand. Zwar geschah dies in eisernen Fesseln, aber ich fühlte mich wie ein Mann. Sogar wie ein großer Mann, der nur darauf wartete, freigelassen zu werden. Ich glaubte fest daran, dass das Morgen mir gehörte.

Eskil ließ mehrmals den Drachenkopf abnehmen und ging an Land, um die Lokalbevölkerung nach dem Weg zu fragen, aber keiner verstand ihn, und alle waren froh, wenn wir wieder ablegten. Heute weiß ich, dass wir bei Sikiløy im Römischen Meer waren. Eskil wollte nicht eingestehen, dass er unfähig war, in fremden Gewässern zu navigieren. Ymer kannte den Weg besser als jeder andere, aber er hielt den Mund, obwohl ich ihn drängte, uns zu helfen. Er hatte es offenbar alles andere als eilig, nach Miklagard zu kommen.

Eskil musste einiges Silber an gierige Leute bezahlen, um den Weg zu erfahren. Er versuchte, sie an Bord zu locken, aber keiner wollte unser Lotse sein, wie viel er ihnen auch bot. Ymer amüsierte sich so laut darüber, dass Eskil Torgrims Peitsche an sich riss und ihm eine Tracht Prügel verpasste.

Als er aufhörte, grinste Ymer noch immer, aber er kniff die Augen zusammen.

«Eines Tages, Ymer, wenn ich König bin, reißen wir ihm den Schwengel ab», flüsterte ich. Das Wort hatte ich von ihm gelernt, und normalerweise lachte er darüber. Jetzt nickte er nur und brummte, dass selbst ein Königssohn nicht immer bekomme, was er wolle. Dann faselte er schon wieder von König Gorm, dass ich fast wünschte, Eskil würde noch einmal die Peitsche schwingen.

«Sieh dir nur Gorms Söhne an, Knut und Harald», sagte er feierlich. «Harald ist der jüngste und ein kleiner Mistkerl, der nie König werden wird. Dafür werden die Jarle und Häuptlinge schon sorgen – notfalls mit dem Schwert, falls die Wahl auf dem Thing nicht nach ihrem Willen läuft.»

So ein Quatsch, dachte ich, nickte aber. Ymer erzählte wirres Zeug über Intrigen, Bündnisse und Verrat. Ich unterdrückte ein Gähnen. König Gorm und seine Familie waren mir egal, auch der «kleine Quälgeist» Harald Gormsson Blauzahn. Ich wollte wissen, ob Ymer an großen Schlachten teilgenommen hatte. Aber er schüttelte den Kopf und befahl mir zuzuhören.

«Ja, ja», sagte ich enttäuscht.

«Mein Vater war dabei, als Gorm Westjütland von seinem Vater, König Hardeknut, erbte und sich in Jelling niederließ. Und ich war dabei, als Gorm Sigtryg Gnuppasson schlug und die Dänen im Süden Jütlands vereinte.»

«Du warst dabei?» Ich schöpfte Hoffnung.

Er nickte mit geschlossenen Augen. «Ja. Und wir haben nur gesiegt, weil Gorm ein Friedensabkommen mit Heinrich, dem König der Sachsen und Ostfranken, geschlossen hatte. Sonst hätte Heinrich sein Heer an den großen Wall und gegen Haithabu geschickt, während Gorm mit Odinkar beschäftigt war.» Er tippte mir auf die Schulter. «Und für den Erhalt des Friedens hat Tyra Haraldsdatter gesorgt.»

«Tyra? Wer ist denn das schon wieder?»

«Niemand Geringeres als König Gorms Frau. Sie stammt aus Bretland.»

Ich horchte auf. «Bretland? Da kommt mein Clan her. Die Cymru.»

«Ja», sagte Ymer. «Vielleicht war sie damals in Wessex, aber das ist nicht so wichtig. Der Punkt ist, dass sie auf Seeland geboren ist.»

«Auf Seeland?» Jetzt war ich vollständig verwirrt.

Ymer rieb sich die Hände und sagte, ich sei wohl schwer

von Begriff. «Genau. Tyra ist die Tochter des verstorbenen Harald Lejre-König, dem Onkel von Sigfred Lejre-König, der über Seeland und Schonen herrscht.»

Ich seufzte und schüttelte den Kopf. «Willst du damit sagen, dass Gorm nur König über Westjütland ist?»

«Nein. Das hat er von seinem Vater geerbt. Aber er ist auch vom Thing gewählter König der Jüten, Haruden, Kimbern und Teutonen, und selbst Odinkars Sippe huldigt ihm auf den Landsthing in Wibiærgh.»

«Dann herrscht er über ganz Jütland?»

«Den Großteil. Die Vendelleute im Norden sind für ihre Sturheit bekannt. Aber soweit ich weiß, haben sie auch ein Friedensabkommen und einen Beistandspakt mit Gorm geschlossen.»

Allmählich konnte ich mir ein Bild von den Ländern der Dänen machen. «Und Sigfred Lejre-König herrscht über ganz Seeland und Schonen? ... Dann ist Silfraskalli nur der König von Fünen?»

«Du machst dich, kleiner Ulv», lobte mich Ymer – jedenfalls glaube er das, fügte er hinzu.

«Du glaubst es?» Hatte er mir etwa die Ohren nur mit Vermutungen vollgequatscht? «Du weißt es nicht sicher?»

Ymer zuckte mit den Schultern und sagte, ich solle Eskil fragen, wenn ich an seinen Worten zweifle. Dazu hatte ich natürlich keine Lust, was ich Ymer auch sagte.

«Ist wohl besser so», antwortete er und klopfte mir auf die Schulter. So endeten seine Geschichten immer – ein Seufzer, ein Kopfschütteln, eine Ermahnung. «Alles Träumen hilft nichts, Junge. Sklaven sind nun mal Sklaven, und die kommen nicht nach Walhall. Und nur dort findest du die echten Könige.»

«Nein. Ich bin nicht zum Sklaven geschaffen», sagte ich und zeigte auf ihn. «Du vielleicht, aber ich nicht. Dann wähle ich lieber den Tod zusammen mit deinen Freunden in Miklagard.»

Ymer antwortete, ich sei ein Idiot, der keine Ahnung vom Leben habe. «Hast du schon mal mit einer Frau geschlafen, Ulv?»

Ich schüttelte den Kopf und spürte, wie mir das Blut in die Wangen schoss.

Ymer schnaubte. Dann könne ich auch nicht wissen, was der Sinn des Lebens sei. «Wahrscheinlich bleibst du dein Leben lang Rudersklave, denn du bist ziemlich gut. Und jetzt kein Wort mehr über Miklagard, verstanden?» Danach sprach er lange Zeit nicht mit mir.

Von der Fahrt von Kumraland über Qâdis und weiter über das Römische Meer bis Miklagard erinnere ich mich hauptsächlich an sengende Sonne, Stürme, Durst, Peitschenhiebe und Ymers Geschichten. In dieser Reihenfolge.

Eskil freundete sich nie richtig mit dem Römischen Meer an, und das Griechische Meer bereitete ihm noch mehr Kopfschmerzen. Schließlich steuerte er ein Fischerdorf an und nahm vier Gefangene. Zweien schnitt er sofort die Kehle durch, um sicherzustellen, dass die anderen ihm den richtigen Kurs nach Miklagard zeigen würden.

Auf dem unbekannten Meer hatte ich des Öfteren Njörds Launen verflucht, aber als wir endlich Miklagards gewaltige Mauern und Türme erblickten, schöpfte ich neuen Mut. Wie naiv ich war.

Ymer herrschte mich ungehalten an. Er wolle kein Sterbenswörtchen aus meinem Mund hören, allerhöchstens ein leises Wimmern, wenn Torgrim die Peitsche schwang, was er hoffentlich tun würde. Ich fantasierte davon, meine Ketten zu zerreißen und Torgrim seine eigenen Ziegenlederschuhe in den Hals zu stopfen. Ein kräftiger Faustschlag von Ymer beendete meine Fantasien. Ich sank von der Ruderbank und kam erst wieder zu mir, als die *Havormen* zwischen vielen anderen Schiffen im großen Hafen Miklagards vertäut lag. Ich schaute zu den riesigen Mauern hinauf, aus der vergoldete Turmspitzen und eine gigantische Kuppel ragten. Wie war es bloß möglich, so etwas zu erbauen?

Ymer fehlte ein Stück Bart, und sein Gesicht war blutig, aber er grinste. Torgrim hatte ihn hart bestraft, weil er mich bewusstlos geschlagen hatte, was meine Laune ein wenig hob. Ich war sogar bereit, wieder mit ihm zu reden.

«Warum hast du das getan?», fragte ich.

Er zuckte mit den Schultern. «Weil du mir auf den Geist gegangen bist.»

Dagegen konnte ich nichts sagen.

«Außerdem hast du gerade so günstig gesessen.»

Auch das konnte ich nicht bestreiten, aber klein beigeben wollte ich trotzdem nicht. «Gib mir den Ruderlochspund, mein Freund», sagte ich und grinste höhnisch.

«Der wird dir nicht helfen, du freches Aas», sagte er. «Dafür erzähle ich dir jetzt, warum ich hier die Leibgarde des Kaisers verlassen habe.»

Ich rutschte näher heran und vergaß sofort, ihn zu hassen.

«Also ...» Ymer grub in seinem Gedächtnis. «Du kennst doch das Spiel Hnefatafl?»

«Ja», sagte ich, was weder wahr noch gelogen war. Ich hatte die Dänen ein Spiel spielen sehen, bei dem man abwechselnd Figuren auf einem Brett hin und her schob. Soweit ich verstanden hatte, ging es darum, den Gegner mit zwei oder mehr Figuren zu umzingeln und gefangen zu nehmen.

«Das Ziel ist es, den König des Gegners zu fangen», erklärte Ymer. «Ich spiele Hnefatafl, seit ich ein Kind bin, und bin sehr gut darin.» Er seufzte. «Am Anfang spielte ich um Bernstein oder Kupfer, dann um Silber, wenn auch nur in kleinen Mengen. Ich gewann meistens und schaffte es, mir mit wenig Einsatz ein kleines Vermögen anzusparen. Leider wird in Miklagard kein Hnefatafl gespielt.» Er sah mich an, als ob dies alles erklärte.

«Warum nicht?», fragte ich.

«Hier würfelt man lieber, und dabei wechselt das Silber allein wegen Glück oder Unglück den Besitzer, nicht wie bei Hnefatafl, wo Klugheit belohnt wird.»

«Und du hattest kein Glück beim Würfelspiel?»

Ymer schüttelte den Kopf und starrte finster über das Wasser. «Die Würfel rollen sehr schnell, ganz anders als bei einer Runde Hnefatafl. Pater Azzi aus Miklagard nannte sie zu Recht die Nägel des Teufels, die deine Seele ankratzen. Wenn dir das Spiel einmal unter die Haut gekrochen ist, denkst du an nichts anderes mehr, außer du bist besoffen, kämpfst oder vögelst.»

Er schwieg, als müsse er schon bei der bloßen Erinnerung die Begierde zügeln, dann senkte er verschämt den Blick.

«Am Ende spielte ich um alles. Beim Würfelspiel kannst du alles Mögliche einsetzen. Aber auch ein Vermögen aus Plünderungszügen hilft dir nicht. Kein Schatz der Welt ist groß genug, um ewig darum zu würfeln. Mit einer kleinen Handbewegung leeren dir die Würfel deine Tasche, wie viel Gold auch darin sein mag.»

Aus Ymers Blick sprachen zugleich Schmerz, Begierde und

Wut. Das sollte ich erst Jahre später verstehen, aber ich war clever genug, um in diesem Moment zu schweigen.

«Ich besaß mehr Silber, als die meisten sich erträumten, war die Nummer zwei in der Rangordnung nach dem Stallmeister, dem Oberbefehlshaber der kaiserlichen Leibgarde. Ich hatte mehr Frauen, als ich vögeln konnte, einen Harnisch, der wie pures Silber in der Sonne glänzte, und zwei Sklaven, die mich bedienten. Ich hatte eine Axt, die ich Nidhogg nannte. Ihr Blatt war von einem fränkischen Meisterschmied geschmiedet und sein Gewicht in Gold wert.» Er sah mich mit fiebrigen Augen an. «Hörst du, Ulv? Ich hatte alles, und ich habe alles verspielt.»

Ich nickte zaghaft. «Wie?»

Ymer schwieg lange, als würde er seine Ehrlichkeit bereuen. «Als Erstes verspielte ich mein Silber. Dann geliehenes Silber und dann Silber, das ich von Männern gestohlen hatte, die mir vertrauten.» In seinen Worten schwang mehr Schmerz und Zorn mit, als ein Vierzehnjähriger begreifen konnte. Aber ich sah seine Scham und dass das Schlimmste noch bevorstand.

«Um was hast du gespielt, nachdem alles Silber verloren war?»

Er schloss die Augen.

«Um mich selbst», flüsterte er.

Ich brauchte eine Weile, bis ich es kapiert hatte. Entsetzt riss ich die Augen auf. «Du hast dich selbst als Sklave verkauft?»

Er nickte. Auch wenn es natürlich nicht ganz so simpel gewesen sei. «‹Auf unbestimmte Zeit verpfändet› heißt das. Aber kaum jemand ist so dumm, sich selbst zu verpfänden.» Er schüttelte den Kopf und umfasste seine Fußfesseln. «Muss ich noch sagen, dass ich weiter verlor?» Er ließ die Kette los und sah mir eindringlich in die Augen. «Habgier und Besessenheit machen keinen besseren Spieler aus dir. Und ich, Ulv, bin besessen vom Spiel, obwohl ich kein Glück mit den Würfeln habe.»

Ich schüttelte den Kopf, und selbst wenn Thor persönlich seinen Hammer nach mir geworfen hätte, ich musste es einfach sagen: «Nein, das hast du wirklich nicht, du elender Hornochse.»

Das hatte er sicher nicht erwartet, und wenn er mich an diesem Tag nicht schon einmal bewusstlos geschlagen hätte, hätte er es sicher noch einmal getan. Ich war furchtbar wütend auf ihn, weil er etwas getan hatte, das ihn in den Augen seiner Freunde erniedrigte. Damit hatte er mich mit einem Schlag meines Traums von Freiheit in Miklagard beraubt. Ich war zu ewiger Sklaverei verdammt und würde mir sein idiotisches Geschwafel anhören müssen, bis sie mich mit den Füßen voran an Land trugen und den Schweinen zum Fraß vorwarfen.

«Ich habe keine Freunde in Miklagard, die uns freikaufen oder irgendwie helfen würden. Im Gegenteil, wer mich dort kennt, würde ganz andere Dinge mit mir machen.» Er sah mich flehend an, aber ich weigerte mich, weiter mit ihm zu reden. Ich war verloren.

«Ulv?», murmelte er.

Ich rutschte so weit von ihm weg, wie das Fußeisen es zuließ, schloss die Augen und biss die Zähne aufeinander.

«Ulv?»

KAPITEL 4

Miklagard war ein ziemlich enttäuschendes Erlebnis. Wenn man mich fragt, ob ich dort war, antworte ich meistens Nein. Alles, was ich von der Stadt gesehen habe, ist ein Teilstück der drei riesigen Mauern, die sie umgeben. Der innere Mauerring ragt in schwindelnde Höhen, den mittleren sieht man kaum, obwohl er ebenfalls hoch ist. Schon die Außenmauer mit ihren vielen kleinen Wachtürmen ist unüberwindbar. Am Ufer sind die Türme zusätzlich durch aufgeschüttete Steinwälle geschützt, damit kein Schiff zu dicht herankommt.

Viele der zweihundert gigantischen Burgtürme, von denen Ymer erzählt hat, habe ich mit eigenen Augen gesehen, sowie die vergoldeten Kuppeln und Dächer, die hinter den Stadtmauern in den Himmel ragen. Doch all dies nur von der Ruderbank der *Havormen* aus. Wie gern wäre ich an Land gegangen! Aber wir blieben in dem großen Hafen, wo Schiffe in allen Größen und wunderlichen Formen frei ein- und ausliefen.

Ymer behauptete, die gesamte Hafeneinfahrt könne mit einer Kette verschlossen werden, deren Glieder dicker als seine Beine seien. Bestimmt sei sie in Asgard geschmiedet. Das bezweifle ich noch heute, aber Ymer beteuerte, er habe sie selbst gesehen. Ich sah keine Kette, nur die Türme auf beiden Seiten der Einfahrt, in denen sich laut Ymer die Ankerwinde der Kette befand. Außerdem sah ich mehrere aufgequollene Leichen, die neben großen Mengen Abfall im Wasser dümpelten.

Das und der Gestank von Scheiße sind meine Erinnerungen an Miklagard. Aber bin ich dort gewesen? Nein. Außerdem war ich so wütend auf Ymer, dass ich an kaum etwas anderes denken konnte, als ihm noch einmal eins mit dem Ruderlochspund überzuziehen.

Selbst als Eskil und fünf seiner Männer mit einem zappelnden Mann auf einer Bahre zurückkamen, vergaß ich meinen Zorn nicht.

Der Mann war Leif Rollosson. Er sah überhaupt nicht gesund aus, der Speichel rann ihm aus dem schiefen Mund, und seine Augen waren blutunterlaufen. Ständig schlug er sich mit der Hand an die Stirn und schrie laut.

Erst viele Tage später, als wir erneut das Griechische Meer erreicht hatten, antwortete ich zum ersten Mal wieder auf eine von Ymers endlosen Fragen. Hatte ich mir auf der Hinfahrt sein Gefasel noch kritiklos angehört, war jetzt die kindliche Naivität dem gesunden Misstrauen eines erwachsenen Mannes gewichen. Außerdem war ich noch immer wütend.

«Du bist der dämlichste Schleimbrocken, den ich je getroffen habe», knurrte ich, obwohl das keine Antwort auf seine Frage war. Trotzdem drehte er sich zu mir und lächelte glücklich.

«Ja», stimmte er mir zu. Ich überhäufte ihn mit weiteren Schimpfwörtern, die ich größtenteils von ihm gelernt hatte, aber er steckte alles weg. Die Balance zwischen uns war zurechtgerückt. Von nun an saß ich trotz meines jungen Alters auf Augenhöhe neben ihm.

«Aber», sagte er, nachdem mir die Galle ausgegangen war, «hätte ich klüger gehandelt, wärst du allein auf diesem Scheißschiff gelandet.»

Ich nickte. «Verglichen mit deinem Gewäsch wäre es die reinste Freude gewesen, von David von Lanercost bekehrt zu werden.»

Ymers Antwort wurde durch lautes Geschrei vom Steven übertönt.

Leif Rollosson schrie, als würde er bei lebendigem Leib verbrannt. Selbst den hartgesottenen Kriegern wurde es bei diesen Lauten unheimlich. Ich griff vergeblich nach meinem Amulett, andere murmelten Gebete oder Beschwörungen gegen böse Geister und spuckten dreimal aus, je nachdem, welchen Gott sie verehrten. Keiner war davon begeistert, mit einem Irren an Bord das Griechische und Römische Meer zu überqueren und durch den Ragnarök des Norvasunds in die Winterstürme zu segeln, die im Norden lauerten. Es bedeutete, die Götter zu provozieren, insbesondere den grausamen Njörd.

Ymer meinte, Leifs Verwirrtheit sei die Folge einer Krankheit, bei der Schattenwesen seinen Verstand auffräßen. Das wisse er von einem Sarazenen, dessen Haut nur wenig heller als die der schwarzen Serkländer sei. Der Wunderheiler habe ihm von seltsamen Krankheiten erzählt, die man vom Vögeln bekam.

Ich glaubte ihm kein Wort, aber Ymer nickte beflissen.

«Leif hat sich um den Verstand gevögelt. Lass dir das eine Lehre sein, Ulv.»

Ich hatte keinerlei Erfahrung in dieser Praxis, die einem Mann den Verstand rauben konnte, aber in den letzten Monaten hatte ich oft wilde Träume von allen Frauen gehabt, die ich kannte, außer meiner Mutter. Das waren nicht sehr viele. Mir war schleierhaft, wie eine Frau einen Mann verrückt machen konnte, indem sie mit ihm schlief. Das spiele keine Rolle, meinte Ymer, weil ich in nächster Zukunft sowieso keine Gelegenheit bekommen würde, zum Mann zu werden.

Er wollte noch mehr sagen, aber Leifs irrsinniges Brüllen brachte ihn zum Schweigen.

Leif schrie auf vielfältige Weise. Diesmal klang er wie eine Henne, die die Axt aufblitzen sah, und es wurde keineswegs besser, als Leif aus Eskils überdachtem Bett auf dem erhöhten Achterdeck aufstand, sich mitten im Schiff auf den Boden warf und ganze Haarbüschel ausriss. Seine roten Augen hatten schwarze Ränder, und er war so abgemagert, dass es aussah, als wollten seine Knochen die bleiche Haut durchbohren.

Eskil und Torgrim warfen sich auf ihn, hielten ihn fest und befahlen einem Dritten, ihn mit einem Eimer Seewasser abzukühlen. Es half nicht viel. Frode der Grübler und Roar Røkstein rückten näher an unsere Bank heran, um dem Verrückten zu entgehen.

«Man sollte ihn Ägir opfern – egal, was Rollo Jarl dazu sagt», murmelte Roar Røkstein.

«Ja. Oder vielleicht Rán», sagte Frode der Grübler. Er war etwas älter als Roar. Sein Bart und sein Haar waren aschgrau, und er hatte dunkle Augenringe, aber seine Arme und sein Kopf zeigten keinerlei Altersschwäche. «Wenn Eskil ihn Ägirs Frau opfert, wird er beide friedlich stimmen.»

Roar nickte. «Weise Worte, Frode. Aber Eskil will noch einmal in Córdoba anlegen, um ihn zu einem Heiler zu bringen.»

Roar sah wie die meisten Dänen aus: blonde Haare, blonder Vollbart, blaue Augen und ein muskulöser Körperbau. Aber er sprach etwas anders. Ymer sagte, er komme aus dem neuen Land, das sie Island nannten, eine mysteriöse Insel mit Feuer speienden Drachenfelsen und dampfenden Steinen. Nördlicher als alles bisher Bekannte. Ihre Bewohner lebten ein halbes Jahr im Dunkeln und ein halbes Jahr in permanentem Tageslicht, genau wie die Norweger.

Leif schrie jetzt noch lauter und schlug wild auf Eskil und Torgrim ein. Er war ziemlich groß, und obwohl er so abgemagert war, hatte er noch erstaunlich viel Kraft. Torgrim brach er mit einem gezielten rechten Haken die Nase, Eskil kam mit einer dicken Lippe und einem abgebrochenen Zahn davon.

Am Ende brauchten sie fünf Männer, um ihn am Boden zu halten, während Eskil ihn fesselte und seinen Leuten befahl, ihn auf die Schlafstatt unter dem Segeltuch zu werfen. Sie gehorchten ihrem Steuermann, und Leif landete krachend auf dem Achterdeck.

Eskil schäumte vor Wut. Er spuckte einen blutigen Schleimklumpen aus und folgte Leif. Dann hörte man einen Schlag und einen Schrei, dann noch ein paar Schläge, bis es still war. Ganz still.

Ymer lachte Tränen. Das sei das Beste, was auf dieser Reise geschehen sei, kicherte er – mit Ausnahme des Ruderlochspunds, der ihn aus seinem Dämmerzustand geweckt hatte.

Eskil kroch unter dem Zeltdach hervor. Er war leichenblass, aus seinen Augen funkelten Wut und Angst. So hatte ich Rollo Jarls Steuermann noch nie gesehen. Er spuckte mehr Blut und hoffentlich auch ein paar Zähne und sah Torgrim an, der seine Nase massierte. Dann nickte er seinen Leuten zu. Die Krieger erwiderten das Nicken, sie hatten ihn ohne Worte verstanden.

Ymer prustete und sagte, das sei sogar noch besser als der Ruderlochzapfen. Ich verstand erst, was er meinte, als Frode der Grübler fragte, ob Leif eine Waffe in der Hand gehabt hätte.

«Schwörst du vor Rollo Jarl, dass Leif Rollosson in ehrenhaftem Kampf starb und die Walküren ihn nach Walhall holen, damit er in Odins Halle trinken kann?», rief Frode so laut, dass alle es hörten.

Auch Eskil erhob die Stimme. «Ich schwöre es. Er leistete Widerstand», antwortete er. «Und er hielt ein Schwert in der Hand.»

Frode nickte wieder. «Gut. Dann spielt es keine Rolle, wer ihn getötet hat.» Frode ging an uns vorbei, stellte sich an den Steven und pinkelte ins Wasser. Seine Stirn lag in Falten, sein Mund war ein schmaler Strich. Eskil sah genauso verbittert aus.

«Kommt Leif wirklich nach Walhall?», flüsterte ich.

«Eskil hat gelogen, Ulv. Rollo Jarls Sohn ist auf dem Stroh gestorben und kommt nach Hel oder Folkwang, nicht nach Walhall.» Ymer kicherte leise.

«Rollo Jarl wird vor Wut rasen. Ob Eskil das wohl überlebt?», flüsterte ich.

«Nein», kicherte Ymer. Mehr konnte er nicht sagen, weil Frode fertig war und wieder auf uns zukam. Er blieb den Rest des Tages in unserer Nähe, sodass wir nicht weiterreden konnten, aber die tiefen Falten auf seiner Stirn sprachen für sich. Nicht nur Eskil, sondern die ganze Mannschaft würde in Ungnade fallen.

Sie verbrannten Leif Rollosson vier Tage später auf einer Insel, die so klein war, dass das Feuer sie komplett erleuchtete. Als die Flammen loderten, rief Eskil Odin an und bat ihn, seine hehrsten Walküren Hild, Göndul, Skögull und Herfjötur zu schicken, um Leif Rollosson nach Walhall zu geleiten.

«Odin, Herr! Nimm Leif Rollosson auf. Lass ihn jeden Morgen auf dem Idafeld kämpfen und danach durch eines von Walhalls fünfhundertvierzig Toren eintreten, um mit dir zu speisen und zu trinken.»

Leif lag auf einem jämmerlichen Stapel Treibholz, den Eskil zu einem würdigen Totenschiff erklärt hatte. Dafür trug Leif feine Kleidung, ein Kettenhemd, ein Schild, einen Helm und das Schwert, das er angeblich in der Hand gehalten hatte. Wenigstens war er nicht an seiner Krankheit gestorben – vielleicht würde er doch noch nach Walhall gelangen?

Ymer lachte, als ich das sagte. Mit etwas Glück würde Leif in Folkwang bei Freya landen statt in ewiger Schande bei der Riesin Hel, meinte er. Das Grinsen stand ihm noch etliche Tage nach der Bestattung im Gesicht, und jedes Mal wenn er Torgrims geschwollene Nase oder Eskils dicke Lippe sah, täuschte er einen Hustenanfall vor, um nicht zu lachen.

Ymers Schadenfreude amüsierte mich. Damals wusste ich noch nichts von dem Treueeid, der einen Dänen an seinen Herrn bindet. Ohne einen Herrn ist man friedlos und seinen Feinden schutzlos ausgeliefert. Eskil hatte den schlimmsten aller Frevel begangen. Er hatte seinen Eid gebrochen und den ältesten Sohn seines Herrn getötet. Leif war schwach und geisteskrank gewesen, aber er war Rollo Jarls Sohn. Ymer wurde nicht müde zu betonen, dass die Sache ein schlimmes Ende für Eskil nehmen würde.

Eskils Ausrede missfiel den meisten freien Männern an Bord, was sie ihm zeigten, indem sie ihn schnitten. Auch das amüsierte Ymer. Ein gebrochener Eid und ein chronischer Hang zu Bier in großen Mengen seien ziemlich miese Voraussetzungen, um ein Geheimnis zu hüten, sagte er.

Wahrscheinlich war dies der Grund, warum Eskil immer mürrischer und verdrossener wurde. Freilich war er nie ein fröhlicher Mensch gewesen, aber nun schien er nach jemandem zu suchen, an dem er sich rächen konnte. Für uns Sklaven galt es, jede Provokation zu vermeiden – besonders für Ymer.

Eskil schritt auf dem Achterdeck und zwischen den Ruderbänken hin und her und behielt Ymer im Auge, als hoffe er, dass der etwas Dummes tun oder sagen würde. Aber Ymer tat nichts dergleichen. Dafür erwies er Torgrim weniger Respekt und bekam so oft die Peitsche zu schmecken, dass ich ihn am Ende Ymer Lederrücken nannte.

Der Winter im Römischen Meer ist mild, zumindest für einen Dänen. Njörd und Thor müssen diesen Teil Midgards lieben. Zwar gibt es auch dort Stürme, Sturzregen und Gewitter, wenn sie wütend sind, aber keine Frostriesen, die Schiffe festsetzen oder in die Knochen der Seeleute kriechen.

Wir legten nur selten an und ruderten eine gefühlte Ewigkeit. Selbst die dümmsten Sklaven begriffen allmählich, dass Eskil auf gut Glück umhersegelte, weil er keine Lust hatte, nach Låland zu Rollo Jarl zurückzukehren.

Der Sommer verstrich, und der Winter kündigte sich mit starken Stürmen und lauten Schlägen Mjölnirs an, gefolgt von grellen Blitzen. Njörd hielt mit und schickte ungewöhnlich hohe Wellen, und Ägir streckte die Arme nach uns aus. All das beeindruckte mich wenig, da ich überzeugt war zu überleben und eines Tages ein freier Mann zu sein. Aus irgendeinem Grund war ich mir sicher, dass ich das Land der Dänen sehen würde. Im Heimatland meiner Mutter würde ich entweder Freiheit erlangen oder sterben, alles andere stand außer Frage. Ich eignete mich nicht zum Sklaven, das musste Ymer zugeben.

Doch Eskil segelte nicht in Richtung Norvasund. Er führte uns von Bucht zu Bucht, von Hafen zu Hafen und Flüsse hinauf, und überall plünderte er – sofern der Widerstand nicht zu groß war, denn es waren nur zwölf Krieger an Bord.

Als es in unserem Teil Midgards wieder Sommer wurde, verloren die Männer langsam die Geduld. Sie wollten heim oder wenigstens ein Ziel vor Augen haben. Sie beschwerten sich, aber Eskil sagte, er setze den Kurs, wohin er wolle. Wem das nicht passe, der könne am nächstbesten Strand abmustern. Dennoch muss ihm klar gewesen sein, dass die Männer eher ihrem Steuermann die Kehle durchgeschnitten hätten, als allein in einem wildfremden Land auszusteigen, wo die Götter jeden Totschlag an Ungläubigen belohnten – besonders wenn es sich um heidnische Plünderer aus dem Norden handelte.

Eines Morgens, nachdem die kalte Morgengrütze verzehrt war, stand Frode der Grübler auf und verkündete, dass Thor im Traum zu ihm gesprochen habe. Das war wenig verwunderlich, denn Thor war die ganze Nacht Mjölnir schwingend mit seinem Streitwagen über den Himmelsbogen gefahren. Nach einem besonders harten Hieb hatte ein Blitz in den Mast eingeschlagen und Torgrim ein wenig versengt. Mast, Rah und Segel fingen Feuer, und nur dank des Sturzregens blieb das Schiff unversehrt. Alle an Bord der *Havormen* halfen, das Feuer zu löschen. Wir schütteten eimerweise Wasser auf die Glut, die nicht ausgehen wollte, und nur durch den Einsatz vieler Schilde zum Schöpfen gelang es uns, Thors drohenden Zeigefinger abzuwenden.

Torgrim überlebte leider, aber er sprach kein Wort, bis die Sonne hoch am Himmel stand.

Ymer war enttäuscht. Dass Torgrims linkes Ohr schwarz verkohlt war und ihm die halbe Haarpracht fehlte, war ihm nur ein schwacher Trost.

Torgrims erster Laut war ein Grunzen, dann kippte er um und blieb lange leblos liegen, was Ymers Laune etwas verbesserte.

Ich war starr vor Schreck, das gebe ich zu, denn was wir in jener Nacht im Römischen Meer erlebten, war nicht von dieser Welt. Die Luft hatte gezittert und war voll dunkler Magie, sodass wir kaum atmen konnten.

Es sei an der Zeit, nach Hause zu fahren, sagte Frode der Grübler. Das habe Thor ihm verkündet. Eskil sah ihn wütend an und öffnete den Mund, doch zu Frodes großem Glück blitzte und donnerte es im selben Moment in der Ferne.

«Wir hören dich, Herr. Wir gehorchen!», rief Frode und streckte die Arme in die Höhe. Eskil umklammerte sein Amulett und schaute finster drein.

«Rudergänger, setze Kurs auf den Norvasund und danach Richtung Norden», sagte Frode und griff nach seinem Messer.

Eskil warf einen Blick auf Torgrims leblose Gestalt, nickte einmal und drehte sich zu Roar um, der am Ruder stand.

«Roar, Kurs landeinwärts!»

Die Männer brummten mürrisch, aber Eskil hielt die Hand in die Höhe. «Wir brauchen zuerst einen neuen Mast. Dann fahren wir durch den Norvasund und nach Norden. Das habe ich entschieden, und so geschieht es.»

Das sahen alle ein. Keiner wollte den ganzen Weg nach Hause rudern.

Eskil steuerte den Hafen einer ziemlich großen Stadt an. Obwohl wir den Drachenkopf abnahmen und keinen Mast mehr hatten, war die Wachmannschaft wenig begeistert über ein Drachenschiff mit blonden, breitschultrigen Kriegern.

Die Stadt hieß Luni. Ymer erkannte sie, weil er einmal mit Ubbe Lodbrok dem Jungen dort gewesen war, bevor Ubbe die Axt eines Mauren mit der Stirn aufgehalten hatte.

Der Mastbauer in Luni hatte einen passenden Mast mit Rah und Tauwerk, was Eskil einen beträchtlichen Teil des Silbers kostete, das er geraubt hatte. Die Handwerker waren schnell und tüchtig, das muss man ihnen lassen, aber sie weigerten sich, ohne bewaffnete Wächter an Bord zu kommen.

Als die *Havormen* wieder seetüchtig war, stellte Eskil sich aufs Achterdeck, blickte zum Himmel auf und verkündete: «Frode der Grübler hat unsere Fahrt über das Römische Meer mit Thor besprochen, der uns befahl, nach Norden zu segeln.»

Frode nickte feierlich.

«Jetzt frage ich dich, Frode Halfdansson: Du hast mit den Göttern gesprochen. Dann weißt du auch, ob Thor, Njörd, Ägir und Rán eine schützende Hand über uns halten?»

Frode zögerte. Mit den Göttern zu reden, war eine Sache, aber er hatte keine Lust, für ihre Launen zur Rechenschaft gezogen zu werden. So habe er es zumindest verstanden, antwortete er.

«Frode», rief Eskil. «Du übernimmst das Ruder, denn du weißt, welche Wellen wir brechen müssen.»

Frode seufzte und übernahm das Ruder von Bjørn.

«Riemen raus!», kommandierte Eskil, und wir ruderten die *Havormen* in den Wind. Das Segel wurde gesetzt und Frode schlug Kurs nach Südwesten ein, dem Norvasund entgegen, wo die großen Meere aufeinandertreffen. Dort sollten wir nach Steuerbord abdrehen und der Küste Richtung Norden folgen. Ich freute mich – dumm, wie ich war.

KAPITEL 5

Die Sonnenstrahlen waren wärmer und der Wind milder, als wir endlich den Norvasund erreichten und zwischen den Küsten von Serkland und Córdoba hindurchsegelten. Ich war inzwischen fünfzehn Jahre alt, beträchtlich größer und breiter und hatte immer Hunger. Was das Essen betraf, ging es uns viel besser als den Ymer zufolge ausgemergelten Sklaven in Serkland.

Das ging an mir vorbei, ich war es gewohnt, hungrig zu sein. Außerdem bedeuteten mir mein roter Bart, der immer dichter wurde, und die Tatsache, dass wir nach Norden fuhren, mehr als alles andere. Ich sehnte mich nach dem Land der Dänen. Hätte ich damals schon gewusst, wie grob die Menschen dort waren – wer weiß, vielleicht hätte ich ein Leben als Rudersklave vorgezogen.

Auch die Dänen waren deutlich besser gelaunt, seit wir nach Norden abgedreht hatten. Sie lachten über jede Sturzwelle, die die *Havormen* durchschüttelte und uns kalt duschte. Bjørn legte eine Runde Riementanz ein. Er sprang vom Vorder- bis zum Achtersteven über die Riemen, während wir mit voller Kraft ruderten. Dieses Wagnis habe schon viele Männer das Leben gekostet, sagte Ymer. Wenn man dabei ins Wasser fiel, gehörte viel Glück dazu, wieder nach oben zu kommen. Bjørn jedoch tanzte mit Leichtigkeit einmal hin und wieder zurück.

Die Dänen starrten oft ins Wasser, um vielleicht einen Blick auf Ägir oder Rán zu erhaschen.

«Je weiter nach Norden wir kommen, desto dunkler wird das Wasser», erklärte Ymer mürrisch, als ich nach dem Grund fragte.

Besonders dunkel fand ich es nicht, eher im Wechsel von Blau in Grün. Ymer fand es überflüssig, über die Farbe des Meeres zu reden, solange man eiserne Fesseln um die Füße trage.

Die gute Stimmung war jedenfalls ansteckend. Selbst Eskil, der wahrlich keine Frohnatur war, benahm sich nicht mehr ganz so grob.

Ymer sah mich an und schnaubte. «Herr?», rief er und winkte Eskil herbei.

Als Eskil angetrampelt kam, war ich sicher, dass Ymers Ende bevorstand.

«Herr», wiederholte Ymer und beugte den Nacken. «Vielleicht könnt Ihr dem Lausejungen neben mir einen neuen Umhang geben – er stinkt schlimmer als der Unterleib einer Hure.»

Die Wortwahl rettete ihn. «Der Unterleib einer Hure, Ymer? Kannst du dich noch an so was erinnern?»

«So etwas vergisst man nie, Herr, und hätte das Schicksal es besser mit mir gemeint, würde ich noch immer zu ihnen gehen.»

Eskil lachte, und was er dann sagte, deutete darauf hin, dass die beiden einander besser kannten, als Ymer es zugab.

«Ja, ja, Sven Baldersson. Hättest du einmal weniger gewürfelt, säßest du jetzt vielleicht nicht hier. Jetzt gehörst du mir, Ymer der Mächtige, und wenn ich es gewollt hätte, hätte ich dich in Miklagard dem Stallmeister ausgeliefert oder dich an ein Handelsschiff der Mauren verkauft.»

«Ja, das hättet Ihr», sagte Ymer und fügte ein mürrisches «Herr» hinzu.

«So sicher, wie du einmal ein Leben mit meiner kleinen Schwester hattest, Ymer.»

Ymer schwieg, und erst da verstand ich, wie entwürdigend es für ihn war, Eskils Sklave zu sein. Kein Wunder, dass er nur eine leere Hülle gewesen war, als ich ihn kennengelernt hatte. Er hatte nur überlebt, indem er alle schwarzen Gedanken verdrängte.

«Was willst du, Ymer Sklave, außer dich selbst daran zu erinnern, dass die Nornen dich verspotten?»

Ymer seufzte und zeigte auf mich. «Er hat fast keine Kleider mehr am Leib, Herr. Er wächst ja schneller als der Geldbeutel eines hebräischen Krämers.» Keiner lachte, aber immerhin sah Eskil mich an.

«Du bist ein solcher Idiot, Ymer», sagte er leise. «Ida hat dich vergöttert, und du hast sie gezwungen, dich und deine elenden Würfel zu verlassen.» Er wartete keine Antwort ab. «Der Rotzlöffel bekommt neue Kleider, wenn es mir passt.» Damit verließ er uns. Mir brannten unzählige Fragen auf der Zunge, aber es dauerte viele Tage, bis Ymer sie beantwortete.

Noch am selben Nachmittag warf mir Eskil eine zerschlissene Jacke und eine löchrige Hose an den Kopf und wünschte mir, dass sie genauso viele Läuse enthalten möge wie das gesamte Schiff. Ich sah ihn stumm an, schmiedete wilde Fluchtpläne und fantasierte davon, bald ein freier Mann zu sein. Ymer ließ meine Fragen unbeantwortet.

An einem windstillen Tag begann er endlich wieder, mit mir zu reden. Wir ruderten in gemäßigtem Tempo, und ich glaube, es lag an meinem Geschwätz, dass er mir schließlich von Eskils Schwester erzählte.

«Wenn man dieses Stück Möwendreck betrachtet, glaubt man nicht, dass seine Schwester das reinste Ebenbild Freyas ist. Ihr Haar ist golden wie ein Kornfeld kurz vor der Ernte, und wenn ich an ihr Lächeln denke, zittern mir noch heute die Knie.»

Ich sah ihn verwundert an und vergaß fast zu rudern. «Bist du ein Skalde oder ein Krieger?», stöhnte ich, denn ich hatte noch immer nicht so viel Puste wie er.

Die Antwort kam mit einem strengen Blick. «Die besten Krieger sind immer beides, Ulv. Ein Mann mit einem offenen Sinn ist ein Krieger, der sehen kann.»

«Das sagt einer, der aus freiem Willen Sklave geworden ist? Und wenn du fünf Augen gehabt hättest, wärst du in diesem Moment blind wie ein Maulwurf gewesen», keuchte ich.

Er ließ den Riemen los, um nach mir zu schlagen, aber Torgrim schwang sofort die Peitsche. Sein Ohr war schwarz verkohlt, aber abgesehen davon war er wieder der Alte.

«Dieses Stück Wieseldreck wird bald andere Sorgen haben», zischte er leise und fuhr mit seiner Geschichte fort. «Eskils Familie ist mit meiner verbunden, sowohl im Kampf als auch bei Gelagen. Doch bevor Idas Vater der Heirat zustimmte, verlangte er, dass ich zuerst einmal für Ehre und mein eigenes Vermögen sorgen sollte.»

Er schüttelte den Kopf und seufzte.

«Ida ist ein Blumenstrauß, für den ich keine Vase besitze. Sie hat meine inneren Schatten schon entdeckt, bevor sie zum Problem wurden. Ich wusste von ihnen, hielt sie aber für harmlos.» Er sah mich kurz an, dann senkte er den Blick. Es folgte eine lange, traurige Geschichte, die seiner Geschichte aus Miklagard fast aufs Haar glich. Schon früher hatte er beim Hnefatafl Haus und Hof verspielt. Er hatte Silber von Idas Vater geliehen, und weil er nicht aufhörte zu spielen und zu verlieren, brach Ida ihre Beziehung ab.

«Ich dachte, du hättest im Hnefatafl immer gewonnen und nur beim Würfelspiel verloren?», fragte ich.

Er schüttelte den Kopf und wich meinem Blick aus. «Weil ich nicht aufhören kann und nicht weiß, wann Schluss ist, verliere ich am Ende immer.» Er seufzte. «Es ist fast acht Sommer her, dass ich für Ehre und Silber auszog, aber die Fäden der Nornen sind verworren, und das Schiff, auf dem ich ausfuhr, landete in Miklagard. Dort gab es nicht viel anderes zu tun, als zu spielen, zu trinken und rumzuhuren. Zwei Jahre lang habe ich es so getrieben. Den Rest der Geschichte kennst du.»

Die Wut stieg wieder in mir hoch. «Warst du noch einmal zu Hause seitdem?»

«Nein. Und wenn die Nornen mir gnädig sind, komme ich auch nicht mehr heim. Der Winter ist hart in Jütland. Wenn der Schnee kommt, erfriert man dort als Sklave. Im besten Fall hungert man, wenn man einem einigermaßen vernünftigen Herrn dient. Nein, Ulv, mir ist der laue, salzige Wind im Römischen Meer lieber als Hunger und ein Lager aus gefrorenem Stroh im Stall. Nicht viele Sklaven erleben das Glück, auf den Wellen zu reiten und zu hören, wie das Wasser an der

Bordwand entlangströmt. Ich wünschte bloß, dass Torgrim öfter vom Blitz getroffen würde, ansonsten ist das Leben hier draußen gar nicht so schlecht. Hier können die Dämonen der Würfel mir nichts anhaben – hier bin ich in Sicherheit.»

«Wie kam es, dass du ausgerechnet Eskils Sklave wurdest?»

Ymer ruderte lange schweigend weiter, bis er seine Geschichte zu Ende erzählte. Es war beschämend. Er hatte alle belogen und betrogen, die ihm vertraut hatten. Er hatte dem Stallmeister des Kaisers Silber gestohlen und seinen besten Freund in der Leibgarde bei einem Streit getötet. Auf dem Weg zur Hinrichtung war er seinen Henkern entkommen und hatte vier Männer des Kaisers getötet, ein Schiff gekapert und war aus Miklagard geflüchtet, mit der halben Leibgarde auf den Fersen.

«Ich tötete den Steuermann eines Sklavenschiffs, befreite ein paar Sklaven und machte sie zu meiner Mannschaft. Wir schafften es durch den Norvasund bis nach Veisafjord südlich von Dýflin, aber dann meuterten die dummen Sklaven und warfen mich über Bord.» Er seufzte tief und erzählte, wie er in einer Schenke den letzten Rest Selbstrespekt verloren und sich selbst verpfändet hatte. «Und natürlich verlor ich. Ich habe noch versucht, mich mit Gewalt zu befreien, aber sie schlugen mich nieder, fesselten mich und schleppten mich auf den Sklavenmarkt in Veisafjord. Dort entdeckte mich Rollo Jarl. Er kaufte das Pfandrecht und gab Eskil alle Macht über mich. Eskil hätte mich auf der Stelle abgeschlachtet, wenn ein Leben als Sklave nicht noch demütigender für mich gewesen wäre.»

Nachdem der letzte Rest seiner Geschichte ans Licht gekommen war, schwieg er lange und voller Scham.

Bis heute habe ich nicht verstanden, was einen Mann dazu

treibt, alles zu verspielen, wofür er hart gearbeitet hat. Keiner verkörpert diesen inneren Drang stärker als Ymer. Wenn ein ehrenhafter Mann wie er die Sklaverei dem Tod oder einem Leben als Krieger vorzieht, muss die Spielsucht wirklich mächtig sein.

Etliche Tage später hob er wieder den Kopf. Nicht viel, aber genug, dass ich mich traute, ihn anzusprechen.

«Du bist ein Dummkopf, Ymer», sagte ich zweimal.

Er nickte. «Die größte Schande wäre es, meinem Vater oder irgendjemandem aus meiner Familie zu begegnen.»

Daran hatte ich überhaupt nicht gedacht. Ich lebte in dem naiven Glauben, unsterblich zu sein, bis das Gegenteil bewiesen war.

Familie?

Das Wort versetzte mir einen Stich. Ich hätte alle Finger meiner Schildhand hergegeben, um meine Familie kennenzulernen.

Der Wind wurde stärker, die Ruder wurden schwerer. Meine Lungen hatten nicht genug Luft, um gleichzeitig zu reden, und so ging es tagelang weiter. Wir kämpften uns gegen den Wind nach Norden, und jeden Abend suchten wir den Schutz einer Bucht, damit die Küchensklaven das Essen zubereiten konnten. Abend für Abend gab es Grütze. Andere Sklaven füllten die Wassersäcke mit Trinkwasser auf, während die Dänen sich beim Plündern amüsierten, wenn ein Dorf in der Nähe war.

Ymer meinte, ich sehe aus wie ein platt getrampelter Kuhfladen, aber – falls das ein Trost sei – die anderen Sklaven sähen noch schlimmer aus. Eskil würde bald mehr als eine Nacht irgendwo anlegen müssen, wenn er nicht wollte, dass

Njörd uns zu Ägir in die Tiefe schickte. Je weiter nach Norden wir kamen, desto lästiger wurde der Meeresgott.

Seit ich an Bord der *Havormen* geschleppt worden war, hatte ich nichts anderes getan, als zu rudern, weshalb ich schon mit fünfzehn die Statur eines erwachsenen Mannes hatte. Die zwei Jahre am Riemen hatten meine Muskeln gestärkt, dessen war ich mir bewusst. Den Gedanken an Freiheit hatte ich nie aufgegeben, aber dort, vor der Küste der Franken, war ich jeden Abend erschöpft und wollte einfach nur schlafen.

Als Eskil bekannt gab, dass wir ein paar Tage an Land bleiben würden, weil ein Sturm aufkam, war ich sehr erleichtert.

Wir bekamen nicht viel von dem Sturm mit, weil Eskil einen prächtigen Hof in der Nähe einnahm. Der Besitzer und seine zwanzig Leute leisteten natürlich Widerstand und wurden deshalb unter großem Jubel abgeschlachtet. Eskil verlor keinen einzigen Mann. Danach vergewaltigten die Dänen alle Frauen, und wer sich wehrte, wurde ebenfalls umgebracht. Besonders widerspenstig war die junge Frau des Gutsherrn. Was laut Roar kein großer Verlust war, weil sie hässlich und widerspenstig gewesen sei.

Wir Sklaven blieben während des Überfalls an Bord der *Havormen*, aber wie alle Dänen liebten Eskils Männer gute Geschichten und prahlten ausführlich über das Gemetzel, während sie die das Vorratslager des fränkischen Jarls leer fraßen und seinen Wein aus echten Gläsern tranken.

Jeden Abend wurden wir mit den restlichen Sklaven des Hofs in eine Scheune gesperrt, und zum ersten Mal seit meinem Stimmbruch sah ich ein Mädchen in meinem Alter. Die Franken nannten sie Maria, aber sie war byzantinischer

Abstammung und hatte einen Namen, den niemand aussprechen konnte. Maria hatte schwarzes Haar, dunkle Augen und ein äußerst neckisches Lächeln. Vor allem aber hatte sie kleine, spitze Brüste, von denen ich die Augen nicht lassen konnte, und einen aufreizenden Gang, bei dem der Stoff ihres Kleides über ihren Hüften spannte.

Wie alle anderen Frauen war auch sie von Eskils Männern gevögelt worden, was sie nicht sonderlich zu plagen schien.

Ymer, der ihre Sprache ein wenig verstand, meinte, sie sei die Geliebte des Gutsbesitzers gewesen. Den fränkischen Gutsherrn hatte ich gesehen – in einer Pfütze aus Blut und Schlamm, als Torgrim Peitschenhalter auf sein purpurrotes Banner mit der goldenen Blume pisste. Nun prostete Eskil dem Gutsherrn mit einem rot-weißen Glasbecher zu, schüttete den Wein in den Mund des Toten und zerschmetterte den Becher am Boden.

Das Banner mit der goldenen Blume war viel zu elegant für das alte, fette Schwein, das eine Frau wie Maria überhaupt nicht verdient hatte. Vielleicht war ich verliebt, denn sie war wirklich das schönste Mädchen, das ich je gesehen hatte. Mit einem Mal verstand ich Ymers verzweifelte Worte über seine Ida, aber das verschwieg ich ihm.

Ymer lachte, wenn er mich dabei ertappte, wie ich Maria anstarrte. In einer Nacht mit besonders heißen Träumen weckten mich tastende Hände auf meinem Bauch. Ich lag stocksteif da, während die Hände sich nach unten schoben und meine zuckende Männlichkeit fanden. Danach ertrank ich in Lust.

Heute weiß ich, dass ich mich wie ein verwirrtes, linkisches Fohlen aufgeführt habe, aber Maria schien das nicht zu stören. Sie half mir auf meiner Reise vom Jungen zum

Mann. Ymer schlief auch ein paarmal mit ihr, aber er war mein Freund und hatte es nötig. Das Wichtigste war, dass sie häufiger bei mir lag, und das tat sie fast immer, wenn ich Lust hatte.

Ich war fünfzehn Sommer alt, auf dem Weg nach Norden und hatte zum ersten Mal im Leben eine Frau gehabt. Das Leben lächelte, obwohl ich ein Sklave war.

Selbst als Eskil befahl, die Riemen auszufahren, lächelte ich noch. Die Ruhetage und Maria hatten mir gutgetan, ich fühlte mich stärker als je zuvor. Und hätten nicht die wütenden Nachbarn den Hof angegriffen, wären wir sicher noch länger geblieben.

Die Dänen töteten alle Angreifer, aber am Ende verlor Eskil doch einen Mann, und das war Grund genug für den Aufbruch. Männer waren so fern von der Heimat nicht zu ersetzen.

Ymer meinte, die Franken hätten es vor allem auf das Silber ihres Nachbarn abgesehen, von dem es jede Menge gab. Bestimmt würden sie uns zu See verfolgen, sagte er. Er sollte recht bekommen, wie so oft.

«Dein Mädchen hat mir erzählt, dass die Frau des Gutsherrn aus einer sehr vornehmen Familie stammt. Ihr Bruder würde Eskil bis an das Arschloch der Midgardschlange verfolgen, sagte sie.» Ymer lachte über seine eigenen Worte.

«Davon hat sie mir nichts gesagt.»

«Nein», schmunzelte Ymer. «Ihr hattet ja auch Besseres zu tun. Außerdem hättest du sie sowieso nicht verstanden.»

Meine Gedanken schweiften zurück zu den Nächten in der Scheune. Zu ihrem warmen Atem, den herrlichen Brüsten und einer größeren Wonne, als ich je geahnt hatte. Leider war mir auch klar, dass es in meiner Lage lange dauern würde, bis ich die Begierde meines Unterleibs wieder befriedigen konnte.

«Ich bin zum Krieger geboren, Ymer. Das hat Pillgryes mir prophezeit, ehe er sich die Kleider vom Leib riss und wie eine kopflose Henne nackt durch den Wald rannte.»

Ymer lachte herzlich, aber leise, damit Torgrim nicht die Peitsche schwang. «Du bist lustig und zugleich mein größtes Unglück. Du und deine Jugend wecken Erinnerungen in mir, die gar nicht guttun, wenn man in Ketten liegt.» Er tippte sich mit dem Finger an die Stirn. «Deshalb, Ulv Schnellfuß, solltest du es machen wie ich, bevor du mir den Ruderlochzapfen übergezogen hast: Hör auf zu denken.»

«Das kann ich nicht», rief ich und verlor vor Aufregung die Kontrolle über den Riemen. Ich musste mich anstrengen, um wieder in den Rhythmus zu kommen.

«Riemen im Takt!», drohte Torgrim. «Die Peitsche ist durstig heute.»

Ein paar Ruderzüge lang schwieg ich, dann sprach ich aus, was mir im Leben so viele Probleme bereitet hat: «Die Gedanken lassen sich nicht zügeln, besonders meine nicht. Sie wollen immer raus, es geht nicht anders.»

«Das ist dumm ...»

Eskils Brüllen unterbrach Ymer, gefolgt von großer Aufregung unter den Dänen. Ymer grinste verzückt. «Wir werden verfolgt», sagte er. «Wo war ich stehen geblieben?»

«Verfolgt?» Beinahe hätte ich schon wieder den Riemen losgelassen.

Er nickte. «Von einem Schiff mit einem roten Banner. Wir haben zu wenig Krieger an Bord, um eine Seeschlacht zu gewinnen.»

«Freiheit!», keuchte ich in meiner Naivität und mit der

Hoffnung, Maria wiederzusehen. «Wenn Eskil verliert, sind wir frei, Ymer.»

Er schüttelte den Kopf. «Im besten Fall bekommst du einen neuen Herrn, und im schlimmsten Fall erfüllt sich dein Wunsch, lieber zu sterben, als Sklave zu bleiben. Und obwohl Eskil ein Arschloch ist, ist er ein guter Steuermann und ein tüchtiger Krieger. Er wird versuchen, ihnen zu entkommen.»

Diesmal irrte sich Ymer. Eskil befahl, die Riemen einzuziehen, und warf ein altes Segel über Bord, das an ein Seil aus Robbenleder gebunden war. Das Tau spannte sich, und wir verloren an Fahrt. Die *Havormen* drehte sich in der Strömung und schaukelte ruhig auf den Wellen. Eskil ließ das Schiff mit dem blutroten Banner und den vielen Riemen herankommen.

Nach wenigen Ruderschlägen waren sie so nahe, dass ich eine vergoldete Figur mit Flügeln und einen Mann im Harnisch am Vordersteven erkannte. Eskil stand zwischen dem Ruder und Frode an dem straffen Lederseil und grinste.

«Maria hat den Schwager des Gutsherrn einen Herzog genannt», sagte Ymer. «Mit denen ist nicht zu spaßen.»

«Was ist ein Herzog?», fragte ich und bewunderte das stattliche Schiff.

«Den Titel haben die Franken erfunden. Er steht irgendwo zwischen einem Jarl und einem König. Die spinnen, die ...»

«Sie kommen näher», rief ich und hatte keine Lust, mir eine Lektion über fränkische Gepflogenheiten anzuhören.

Das Schiff der Franken näherte sich rasch, aber es hatte zu viel Fahrt und würde mit wenigen Ruderlängen Abstand an der *Havormen* vorbeigleiten.

Der Rudergänger der Franken bemerkte den Fehler, ließ mit den Riemen bremsen und steuerte sein Schiff dicht an uns heran. Enterhaken flogen durch die Luft und krallten sich in unsere Bordwand und in einen Sklaven. Er heulte wie ein altes Weib, während die Schiffe aneinandergezogen wurden. Erst als er mit dem Enterhaken im Rücken über Bord gezerrt wurde und kopfüber an seiner Fußfessel hängen blieb, verstummte er.

«Bereit?», rief Eskil.

«Warum hat Eskil die *Havormen* angehalten?», fragte ich, während ich versuchte, die Frankenkrieger zu zählen. «Sie sind doch in der Überzahl – mindestens fünf auf jeden Dänen.»

Die Dänen standen dicht beisammen, so gut sich dies auf einem kleinen Schiff machen ließ, mit Waffen und Schilden in der Hand. Offenbar wollten sie die Franken entern lassen.

«Aber …?»

Ymer packte mich, zog mich so weit fort von den Franken, wie es die Ketten zuließen, und schubste mich unter die Ruderbank, was mir überhaupt nicht gefiel.

«Halt's Maul, Junge, und zieh den Kopf ein. Lebe und lerne!»

Seine kräftigen, groben Finger verschlossen meinen Mund und erstickten meine Flüche. Er ließ erst los, als ich nickte.

«Gut. Hör mir zu. Das sind bloß Franken, die taugen nicht viel. Weder an Land noch zur See, nicht beim Trinken oder im Bett einer Hure, geschweige denn im Kampf. Nur als Skalden und vor allem als Waffenschmiede sind sie gut, aber sie wissen nicht, wie sie ihre Schwerter gebrauchen sollen. Verstehst du das, Ulv?»

«Nein.»

Ymer seufzte. «Das ist doch gar nicht schwer. Eskil spielt mit den Franken. Die haben keine Ahnung, wie man an Bord eines Schiffes kämpft …» Er verstummte, als die Franken in ihren Harnischen an Bord sprangen. Sie standen etwas wacklig da, als wären sie das Schaukeln eines Schiffes nicht gewohnt, und schwangen ihre langen schönen Schwerter. Es war eng, und schon beim ersten Schritt in Richtung der Dänen stolperte einer über einen Sklaven, der nicht ganz unter der Ruderbank lag. Der Sklave schrie wie ein Schwein auf der Schlachtbank, und die Franken stachen ihn nieder, ohne dass Eskils Männer sich rührten.

Die Franken waren sichtbar verwirrt, weil die Dänen nicht angriffen. Sie stoppten ihren Vorstoß, manche standen mit einem Fuß auf der *Havormen* und dem anderen auf ihrem Schiff. Unter ihnen war ein besonders imposanter Mann mit einer glänzenden Brünne, als wäre sie aus reinem Silber. Auf seiner Brust und auf dem Helm prangte das purpurrote Wappen mit der goldenen Blume, und in der Hand hielt er ein Schwert, dessen Beschaffenheit alles übertraf, was ich je an Schwertern gesehen hatte.

Weitere Franken sprangen an Deck der *Havormen* und drängten ihre Kampfgenossen nach vorn. Die Dänen begannen, laut zu lachen und zu singen. Der Mann mit dem Wappen stand noch immer zwischen beiden Schiffen. Seine Lippen bewegten sich unaufhörlich, als würde er beten. Das musste der Herzog sein, den Maria erwähnt hatte.

Eskils Männer rührten sich nicht vom Fleck und hämmerten mit Schwertern und Äxten auf ihre Schilde. Der Herzog versuchte, sie zu übertönen, wahrscheinlich stieß er fränkische Flüche aus. In diesem Moment sprang Roar nach vorn und schlug sich mit der flachen Hand mehrmals an die Stirn. Dann riss er sich ganze Haarbüschel aus und heulte wie ein Verrückter. Er warf die Haarbüschel auf die Franken und forderte sie zum Tanz mit Tyr auf. Obwohl er keine Waffe trug, traute sich kein Franke, ihn anzugreifen.

Ich konnte den Blick nicht von dem prächtigen Schwert des Herzogs abwenden, das er in die Luft streckte, obwohl er noch immer zwischen zwei Schiffen stand. Es wirkte übermenschlich in meinen Augen, ein furchterregendes und unüberwindliches Stück Stahl, nicht von dieser Welt.

«Frode, kappen!», brüllte Eskil, als ein gutes Dutzend Franken an Bord war. Frodes Axt traf auf das Seil aus Robbenleder, das mit einem singenden Laut entzweiriss. Die *Havormen* machte einen Satz nach vorn, und die Seile der Enterhaken rissen. Etliche Franken fielen zappelnd ins Wasser und gingen in ihren schweren Harnischen auf der Stelle unter, andere fielen an Deck um.

Eskil erhob die Stimme: «Frode, Segel hissen, Bjørn, hart Steuerbord!» Dann schloss er sich seinen Männern an. Alle traten einen Schritt näher an die Franken heran, griffen aber nicht an.

Die Franken rappelten sich auf und bildeten eine unregelmäßige Linie.

Die *Havormen* umrundete das fränkische Schiff, und als der Wind mit einem dumpfen Knall das Segel füllte, zerbrach sie alle Riemen, die die Franken noch nicht eingezogen hatten. Ein Mann flog mit einem zerbrochenen Riemen in der Hand durch die Luft, knallte direkt neben mir an die Bordwand und verschwand mit einem verblüfften Stöhnen im Wasser.

Nun rückten die Dänen langsam vor und schlugen mit ihren Waffen gegen die Schilde. Sie lachten und sangen das Lied über Odin, der sämtliche Frauen von Paris vögelt, den Skalden zufolge alles Huren.

Die Franken drückten sich am Vordersteven zwischen den

Ruderbänken zusammen und hoben ihre langen, glänzenden Schwerter.

Neun Dänen griffen in zwei Reihen an, fünf vorne und vier hinten, mit einer Disziplin und Stärke, die mich alles andere vergessen ließ. Sie hatten kaum Platz, trotzdem folgten sie einander dicht beisammen über das Deck und die Ruderbänke. Die erste Reihe hielt Langsaxe in der Hand, als sie die Franken mit ihren Schilden bedrängten.

Die Reihe der Franken wankte unter dem Druck der Schilde. Sie schlugen mit ihren langen Schwertern, kamen jedoch nicht hinter die Schilde der Dänen. In diesem Moment richtete sich die zweite Reihe der Dänen auf und hieb oder stach mit langstieligen Äxten und Speeren nach den Köpfen der Franken. Die in die Enge getriebenen Franken konnten nicht ausweichen und erhoben die Schilde, was der ersten Reihe die Gelegenheit gab, mit den Langsaxen unter und zwischen die Schilde der Franken zu stechen, auf die Füße, Beine und Bäuche der Gegner. Zum ersten Mal sah ich, wie eine Schildburg funktionierte. Es war faszinierend.

Die Franken kämpften verzweifelt, aber es half nichts. Ihre Schwerter trafen nur Schilde, während die Langsaxe der Dänen wie ein Schwarm Wespen zustachen. Die meisten Franken sanken wegen Stichwunden in den Beinen und am Unterleib zu Boden, ehe sie im Sitzen oder Liegen getötet wurden.

Die wenigen Franken, die noch standen, schlugen mit ihren Schwertern um sich, doch auf dem vollgepackten Schiff konnten weder Mut noch fränkische Schmiedekunst etwas gegen die kleine, aber perfekt koordinierte Schildburg der Dänen ausrichten.

Der Kampf war schneller vorbei, als ich dachte, und nur

ein Däne fiel mit den Franken. Der letzte Franke warf das Schwert von sich und sank mit ausgestreckten Armen auf die Knie. Frode schwang die Axt und tötete ihn mit einem gezielten Hieb. Es sah ganz leicht aus.

Das Deck war verschmiert vom Blut und Urin der toten Franken. Ihre edlen Schwerter lagen im Dreck, als Symbol ihrer Unterlegenheit in dieser Art des Kampfes. Zum ersten Mal hatte ich aus nächster Nähe die Leidenschaft am Kampf miterlebt, die diese Männer aus dem Norden antrieb. Es schien sie regelrecht zu beleben, wenn Blut floss. Endlich hatte ich aus unmittelbarer Nähe eine Schildburg gesehen, wie Ymer sie beschrieben hatte, und zugleich tiefen Respekt vor dem im Vergleich zu Schwertern ziemlich kurzen Langsax bekommen, das ich bis dahin für nutzlos gehalten hatte. Zum ersten Mal hatte ich bezeugt, wovon ich mein Leben lang geträumt hatte.

Bis dahin hatte ich geglaubt, dass alle Kämpfe so abliefen wie der zwischen Torkil dem Lachenden und Rhi. Nun sah ich ein, dass ich lernen musste, ein Schwert zu führen, wenn ich eine Schlacht wie diese überleben wollte.

«Besteht eine Schildburg immer aus zwei Reihen?», fragte ich Ymer und konnte kaum noch still sitzen. Ich besaß weder einen Langsax noch eine Axt oder ein Schwert und würde in nächster Zeit kaum mehr als einen Holzlöffel in die Hände bekommen, aber ich war total verzückt.

Ymer schmunzelte, aber er antwortete nicht.

«Ist das so, Ymer?», wiederholte ich ungeduldig.

Er nickte kurz.

«Das sah gar nicht schwer aus», fuhr ich fort.

«Ist es aber, Ulv. In einer Schildburg ist kaum Platz. Man braucht viel Übung und muss sich absolut auf seine Kampfgenossen verlassen können.»

Ich hatte noch viele Fragen, aber Eskil kommandierte uns an die Riemen und verlangte, dass wir sie tief eintauchten. Wir ruderten nordwärts, während Eskils Männer die toten Franken auszogen und die Leichen unter großem Jubel ins Meer warfen. Der letzte Tote war etwas widerspenstig und wollte die vielen goldenen Ringe an seinen Fingern nicht hergeben. Roar schlug ihm kurzerhand die Finger ab und nahm die Ringe, hielt die Finger wie einen Blumenstrauß in die Höhe und winkte damit den Franken zu, die uns immer noch verfolgten. Alle Dänen einschließlich Ymer lachten laut, als er die Finger über Bord warf.

Die Siegerbeute war ein ansehnlicher Haufen Silbermünzen, Schmuck und Ausrüstung, aber ich interessierte mich nur für die Schwerter. Eines davon stach deutlich unter den fünfzehn anderen hervor. Es hatte einen silberbeschlagenen Schaft und eine mit Gold und Edelsteinen besetzte Parierstange in Form eines Kreuzes. Die Klinge maß ungefähr anderthalb Armlängen und war mit einem schlängelnden Muster verziert. Ymer sagte, sie sei aus verschiedenen Sorten Eisen geschmiedet, was sie sowohl elastischer als auch fester machte.

Es war das Schönste, was ich je gesehen hatte – sogar noch schöner als die Erinnerungsbilder der nackten Maria, die meine Träume heimsuchten. Ich sah es nur aus einem Abstand, aber es hatte eine Aura und Anziehungskraft, die mit keiner Frau vergleichbar war. Ich wollte es unbedingt in der Hand halten und besitzen.

«Ingeborg», murmelte ich und dachte, dass ich das Schwert nach meiner Mutter benennen würde, dem edelsten und mutigsten Menschen, den ich je gekannt hatte. Allerdings zweifelte ich, ob ein Frauenname einem so prächtigen

Schwert gerecht würde, und nannte es stattdessen Ravnehug, Rabenklaue.

Ein Schrei riss meinen Blick von dem Schwert weg und hin zu Eskil. Ein fränkischer Pfeil steckte schräg in der Augenöffnung seines Helms. Das Schiff der Franken lag ungefähr drei Bootslängen entfernt an Steuerbord.

Eskil brüllte wie verrückt, traute sich aber nicht, den Pfeil herauszuziehen. Es war ein guter Schuss aus diesem Abstand, wie von einem cymrischen Bogen. Aber es war wohl ein Glückstreffer, denn außer uns benutzte niemand Langbögen aus Ebenholz. Dessen war ich mir sicher, bis der nächste Pfeil kam.

Auch der traf Eskil, diesmal in die Hand, mit der er den Pfeil im Auge umklammerte. Die Spitze durchbohrte sie ganz. Eskil schrie noch lauter, brach den Pfeil in der Hand ab, zog ihn heraus und schickte Flüche in Richtung der Franken.

«Frode, ein Schild!», brüllte Eskil. Frode reagierte so schnell, dass Eskil den Schild vor sich halten konnte, bevor der nächste Pfeil kam. Er traf den Schildbuckel und fiel rasselnd auf das Deck. Jubel schallte vom Schiff der Franken übers Wasser, und obwohl die Pfeile nicht allzu viel Schaden anrichteten, hatten sie auf jeden Fall Eskils Stolz verletzt.

Rollo Jarls Steuermann hatte das Gesicht vor einem Gegner verloren, den die Dänen nur als Unterhaltung in einem Streit ansahen. Er, Eskil Eskilsson, hatte die *Havormen* dicht an das Schiff der Franken gelegt, wohl wissend, dass diese fünffach in der Überzahl waren. All das aus purem Übermut. Jetzt war der Spaß zu Ende, und die Franken, die weitere Enterversuche aufgegeben hatten, jubelten, während es Pfeile auf Eskil hagelte.

Eskil blieb am Ruder stehen, von zwei Männern mit Schilden gedeckt. Der Pfeil war aus seinem Gesicht verschwunden, zusammen mit seinem Auge. In kurzen Abständen schlugen Pfeile in seiner Nähe oder in die Schilde ein, und er konnte nichts anderes tun als fluchen.

Der fränkische Herzog stand in seinem glänzenden Harnisch mit der goldenen Blume an der Reling und lachte. Aber sein Schwert war verschwunden, und plötzlich ging mir auf, dass es das Schwert des Herzogs war, dem ich gerade einen Namen gegeben hatte.

«Mein Schwert!», flüsterte ich entschlossen.

Irgendwie hatte es der Herzog geschafft, nicht ins Meer zu fallen, als unsere Schiffe auseinanderdrifteten, und nun verhöhnte er seinen Gegner, der eigentlich den längeren Strohhalm gezogen und mindestens sechzehn seiner Leute getötet hatte. Fast ebenso viele waren ins Wasser gestürzt und ertrunken.

Sein langes schwarzes Haar flatterte im Wind, und sein Gelächter erreichte die *Havormen* wie giftiger Atemhauch, der Eskil noch wütender machte. Mit seinem verbliebenen Auge suchte er das Deck ab und erblickte das Schwert mit dem neuen Namen Ravnehug.

«Roar», brüllte er. «Hol alle Bögen und Pfeile, die wir haben!»

Drei Pfeile landeten gefährlich nah an Eskil, bis Roar mit drei Bögen zurückkam, von denen ich einen sofort wiedererkannte.

Eskil hatte in der Zwischenzeit das Schwert des Herzogs mit der gesunden Hand aufgehoben. Auch er hatte erkannt, wem es gehörte. Er schwang es in der Luft und versuchte zu lachen, was vereitelt wurde, weil sein Verband verrutschte und Blut aus seiner Augenhöhle in den Mund rann.

«Zwei goldene Armringe für den, der den Hurensohn ins Gesicht trifft», zischte er, spuckte Blut und sah seine Männer an. Sie nickten eifrig und losten aus, wer es zuerst versuchen durfte. Während sie noch diskutierten, flüsterte Ymer mir zu, dass ihre Versuche vergeblich seien.

Pfeil für Pfeil flog von der *Havormen*, ohne anderen Dingen als Holz oder Wasser zu schaden. Nur einer kam relativ nah an den Herzog heran, der kurz auf der Reling tanzte und noch lauter lachte. Wir hörten nicht, was er sagte, aber das spielte keine Rolle. Eskil wurde immer wütender. Er stampfte mit dem Fuß auf, nannte seine Leute nach allen möglichen Tierexkrementen und heulte wie ein tollwütiger Hund, als ein weiterer Pfeil seinen Fuß streifte. Humpelnd trat er einen Schritt vor und hob das Schwert des Franken.

«Dieses Schwert», brüllte er, «gehört dem, der das Stück Dreck mit der Blume auf der Brust trifft.»

«Ein Schütze aus Dyffryn Cudd hätte ihn mit Leichtigkeit getroffen», murmelte ich und ärgerte mich, weil die Dänen so miserable Bogenschützen waren.

«Bist du sicher?» Ymer sah mich an.

Ich nickte und sagte, ich hätte schon viel schwierigere Ziele getroffen als den Stutzer, der über die Reling der Franken tanzte.

«Verzeihung, Herr?», rief Ymer zweimal, bis Eskil reagierte. Ich riss die Augen auf.

«Sprich, Ymer Sklave», sagte Eskil. «Aber sprich klug, sonst mache ich dich einen Kopf kürzer.»

Ymer nickte und lächelte. «Mein kleiner Freund hier findet, dass eure Männer wie Weiber mit dem Bogen umgehen.»

Eskil befahl Frode dem Grübler, Ymer zu holen. Um eine

alte Rechnung mit ihm zu begleichen, sagte er. Die Krieger brummten zustimmend, aber Ymer ignorierte sie.

«Der Lausejunge hier behauptet – ich wiederhole nur seine Worte –, dass er keine drei Pfeile bräuchte, um den Stutzer da drüben in die Brust zu treffen.»

Meine Hände zitterten wie Espenlaub, als ich das hörte. Ich konnte kaum noch das Ruder halten.

«Nein», zischte ich.

Ymers gedämpfte Stimme erreichte mich. «Bist du ein aufgeblasener kleiner Rotzlöffel aus Dyffryn Cudd, oder stehst du wie ein Mann hinter deinen Worten?»

Es war das erste Mal, dass jemand mich einen Mann im eigentlichen Sinn nannte. Ich weiß nicht, ob es daran lag oder an der Herausforderung, aber ich bekam kein Wort heraus und nickte nur.

«Was nickst du, Junge? Rede!», zischte Ymer. «Wenn du nur halb so gut mit dem Bogen bist, wie du behauptest, habe ich dir zwei Pfeile zu viel gegeben.»

«Ich … ich kann ihn treffen, Herr», sagte ich und stand auf.

Eskil befahl mir, die Worte zu wiederholen, und als ich es tat, dachte er lange nach. Ein Sklave durfte keine Waffe in die Hand bekommen. Ein weiterer Pfeil schlug dicht neben ihm ein, was vielleicht den Ausschlag gab.

Er fluchte verbissen, trat nach dem Pfeil und sah mich mit seinem verbliebenen Auge scharf an. «Gebt dem Sklaven einen Bogen und drei Pfeile.»

Roar reichte mir einen Bogen und drei Pfeile, aber ich schüttelte den Kopf und zeigte auf den Cymru-Bogen. «Mit diesem, Herr», sagte ich. «Und ich muss dazu frei stehen.»

Roar zog mich hoch, löste mein Fußeisen und gab mir den Bogen und drei Pfeile.

Noch einmal schüttelte ich den Kopf, denn er hatte die falschen Pfeile ausgewählt. Ich suchte, fand aber nur zwei der speziellen langen und schwarzen Pfeile.

Ich nahm sie behutsam in die Hand und schätzte den Abstand zu dem fränkischen Schiff, der noch immer mindestens drei Schiffslängen betrug. Dann sah ich Eskil an. Er hatte Schmerzen und war außer sich. Ehe ich etwas sagen konnte, bohrte sich ein weiterer fränkischer Pfeil zwischen seinen Füßen ins Deck.

«Ich brauche nur zwei Pfeile, Herr», murmelte ich, wohl wissend, dass ich es nur mit unseren eigenen Pfeilen schaffen konnte.

«Du hast drei Versuche, Sklave, und wenn du nicht triffst, werfe ich dich über Bord.»

Mein Magen verknotete sich, meine Hände zitterten noch mehr. Ich wandte mich wieder dem feindlichen Schiff zu, atmete tief ein und begutachtete den Bogen in meiner Hand. Auf der Innenseite war ein Halbmond unter zwei Kreuzen eingeritzt. Das war Rhis Zeichen, es war sein Bogen. Ich hörte im Kopf seine zornige Stimme: *Tief einatmen, halb ausatmen und die Luft anhalten, sonst zieh ich dir das Fell über die Ohren*. Ich bekam Gänsehaut.

«Tief ein, halb aus und Luft anhalten», wiederholte ich, hielt den Bogen leicht schräg, legte den ersten Pfeil auf den linken Fingerknöchel, das Ende an die Sehne und spannte den Bogen mit zwei Fingern. Es ging viel leichter als beim letzten Mal in meiner alten Heimat. Der Bogen lag in der Hand, als wäre es mein eigener. In Dyffryn Cudd hatte ich noch mit einem kleineren geübt.

Die Luft strömte langsam aus meinem Mund, und als meine Lungen ungefähr halb leer waren, hob ich den Bogen und zielte kurz. Mit einem vertrauten Schnarren schnellte der Pfeil von der Sehne, ich sah, wie der Herzog sich duckte, aber sich gleich darauf wieder aufrichtete und weiterlachte. Die Sehne hatte einen Bluterguss an meinem linken Unterarm verursacht, aber ich ignorierte den Schmerz. Es war viel zu herrlich, endlich wieder eine Waffe in Hand zu halten.

Ich war mit dem Schuss zufrieden, bis Eskil die Stimme erhob.

«Guter Schuss, Junge, aber du hast nicht getroffen», sagte er. «Noch zweimal daneben, und du wirst Fischfutter.»

Das Schiff! Die Wellen! Der Gedanke war verwirrend. Ich war es gewohnt, den Wind mit zu berechnen, nicht aber das Schaukeln eines Schiffs. Doch wer in Dyffryn Cudd geboren wurde, vergisst nie, wie man einen Bogen gebraucht.

Ich atmete tief ein und versuchte, das Schaukeln durch leichtes Federn mit den Knien auszugleichen. Dann legte ich den zweiten Pfeil an den Bogen und warf Ymer einen Blick zu. Er grinste verschmitzt, als freute er sich über den Ausgang meines nächsten Schusses, egal, wie er ausfiel.

Da breitete sich eine tiefe Ruhe in mir aus. Ich musste bloß einen kühlen Kopf bewahren, dann war ich zu allem fähig, wenn ich nur eine Waffe in der Hand hielt. Der Bogen war leicht, meine Arme waren stark, und der Pfeil wurde zur Verlängerung meines ausgestreckten Arms.

Mein Atem, das innere Gleichgewicht und der Pfeil an der Sehne – alles andere war egal. Ich zog den Pfeil an die Nase, hob den Bogen, atmete halb aus und senkte ihn wieder leicht. Alles außer der goldenen Blume auf der Brust des Herzogs verschwand aus meinem Sichtfeld. Das Schaukeln war egal, der Wind bedeutungslos und der Abstand unwesentlich. Der Pfeil verließ den Bogen, flog in einem leichten Bogen durch die Luft und traf mitten in die Blüte. Erst als die Dänen jubelten, war mir klar, dass ich getroffen hatte.

Der Herzog kippte über die Reling, und gleich darauf drehte das fränkische Schiff ab und ließ uns in einem merkwürdig leeren Raum zurück.

Das Jubeln der Dänen verstummte, sie sahen abwechselnd Eskil und mich an. Selbst Ymer schwieg.

Sie hatten einem Sklaven eine Waffe in die Hand gegeben, und zwei Versprechen waren gemacht worden. Frode der Grübler fasste sich als Erster. Er nahm den Bogen und nickte anerkennend.

«Der hat gesessen, Sklave», sagte er und sah Eskil fragend an.

Der Steuermann warf den Schild von sich, ging ein paar Schritte auf mich zu und musterte mich von Kopf bis Fuß.

«Frode», brummte er. «Gib dem Jungen einen Krug Bier.» Mit diesen Worten ging er zurück ans Ruder.

«Herr», brach es lauter als geplant aus mir heraus.

Eskil drehte sich mit einem Seufzer um.

«Ich meine, mich zu erinnern, dass Ihr demjenigen, der den Franken trifft, ein Schwert versprochen habt?»

Eskils Auge wurde schmal, aber meine verdammte Zunge gab keine Ruhe.

«Herr. Ich bin Däne von Geburt, Krieger und rechtmäßiger Erbe des Landes der Cymru in Dyffryn Cudd. Ich verlange, ein freier Mann zu werden und das Schwert zu bekommen, das mir zusteht.»

Noch heute frage ich mich, warum Eskil mich nach diesen Worten nicht totschlug. Wahrscheinlich weil ich gerade erst eine große Schmach von ihm genommen hatte. Ich hatte mein Versprechen gehalten – im Gegensatz zu ihm. Stattdessen verprügelte er mich mit der gesunden Hand, bis ich ohnmächtig wurde.

Ymer erzählte, er habe mich weitergeschlagen, als ich schon bewusstlos am Boden lag. Erst als seine eigenen Schmerzen überhandnahmen, habe er die Bestrafung beendet und Frode befohlen, mich wieder anzuketten.

Es dauerte sieben Tage und acht Nächte, bis ich wieder auf dem Damm war. Selbst Torgrim Peitschenhalter ließ die Peitsche stecken. Als ich mich beschwerte, sagte Ymer, ich sei noch billig davongekommen, und jetzt hätte ich endgültig den Ruf als aufmüpfiger Sklave weg.

Aber Eskil ließ mich in Ruhe, ich bekam sogar mehr Essen als die anderen, bis ich wieder bei Kräften war. Und zu meiner großen Überraschung entdeckte ich, dass mein grünes Mjölnir-Amulett mit dem Wolfskopf wieder um meinen Hals hing. Mein Bier hatte ich jedoch nicht bekommen, und das Schwert hatte Eskil selbst behalten.

«Das ist mein Schwert», murmelte ich unablässig.

«Hast du den Verstand verloren, du Rotzlöffel? So redet man nicht als Sklave. Du kannst dich glücklich preisen, dass du noch am Leben bist», sagte Ymer grinsend, und mir war klar, dass das Gleichgewicht zwischen uns noch weiter verschoben war.

«Ich eigne mich nicht zum Sklaven, Ymer. Eskil schuldet mir das Schwert, und das weiß er.»

«Ja, Ulv, und allein das könnte dein Ende bedeuten.» Ymer überkreuzte die Arme und zog am Riemen, was irrsinnige Kräfte erforderte. Er tat dies, damit ein Arm nicht länger als der andere wurde.

Ich hatte versucht, es ihm nachzumachen, war aber nicht

stark genug. Ob mein einer Arm heute länger als der andere ist, kann ich nicht sagen, aber beide wurden vom Rudern ungeheuer stark, was mir mehr als einmal das Leben gerettet hat.

Der Wind kam direkt von hinten, füllte das Segel und führte uns rasch an der flachen Küste der Friesen entlang, wo reichlich Bier gebraut wurde, bis zum Land der Haruden in Südjütland. Dort flaute er etwas ab, aber dennoch passierten wir schnell eine flache Insel nach der anderen. Als wir uns einem Sund zwischen zwei größeren Inseln näherten, ließ Eskil das Segel raffen und beorderte uns an die Riemen. Wir änderten den Kurs und steuerten zwischen den Inseln landeinwärts. Die Wassertiefe wurde ständig ausgelotet, und die Wellen wurden mit jedem Ruderschlag kleiner. Wir näherten uns einem breiten Fluss.

«Wohin fahren wir?», fragte ich Ymer, der über die Schulter blickte.

«Wir fahren den Ripa hinauf.»

«Warum?» Ich sah ein, wie dumm die Frage war.

«Weil wir nach Ripa fahren, schätze ich.»

«Ist das eine große Stadt?»

Ymer antwortete, Ripa sei es nicht wert, viele Worte zu verschwenden.

«Warum nicht? Ist Ripa größer als Arus?»

«Ripa ist ein Dorf aus armseligen Hütten. Da leben nur zahn- und hirnlose Idioten mit Fischspeeren, mit denen niemand was zu tun haben will.» Genau in diesem Moment kamen uns zwei große Handelsschiffe entgegen. Ein Steuermann mit geflochtenem Bart, einer Pelzmütze und silbernen Armringen winkte uns zu. Neben ihm standen zwei schwarzhäutige Frauen in Mänteln, die offensichtlich aus Serkland kamen, vielleicht Sklavinnen auf dem Weg zu einem lüsternen Herrn.

«Ziemlich große Schiffe für ein armseliges Dorf», flachste ich.

Ymer antwortete nicht.

Wir legten in der Nähe eines Stegs an, an dem zwei weitere große Handelsschiffe vertäut waren. Ich verrenkte mir fast den Hals, um mehr zu sehen, und hoffte, wir würden an Land gehen. Zu meiner großen Enttäuschung nahm Eskil nur die Dänen mit und ließ Frode den Grübler als Schiffswacht zurück.

Frode blickte seinen Freunden sehnsüchtig hinterher, dann funkelte er uns an, als wäre es unsere Schuld, dass er nicht mit in Ripas Schenken durfte. Ganz unrecht hatte er nicht, aber ich war noch viel enttäuschter als er, was mir um ein Haar mehr als einen wütenden Blick eingehandelt hätte.

Ymer rettete mich, indem er auf den Achtersteven eines Langschiffs hinter den Handelsschiffen zeigte. Ich sah nur ein großes fauchendes Drachenmaul mit spitzen Zähnen und riesigen blutroten Augen, aber daraus konnte ich in etwa schließen, wie groß das Schiff sein musste.

«Ich kenne dieses Schiff», sagte Ymer. «Nur eines hat so große Augen am Achtersteven. Das muss die *Ørnen* sein, und die gehört Bjørn Eisenseite.»

«Bist du auf ihr gefahren? Kennst du den Steuermann? Vielleicht können die uns an Bord nehmen?»

Ymer seufzte. Ich wiederholte meine Frage, und er schüttelte den Kopf.

«Bjørn Eisenseite ist Jarl in Svealand. Er besitzt Land von Birka bis Lund, aber er kümmert sich nicht um andere, nur um Land und Silber. Soviel ich weiß, gibt es nur einen, vor dem er sich verneigt, seinen Onkel, König Ring von Svealand.»

«Kannst du ihn dazu bringen, uns zu befreien?»

Ymer antwortete nicht, und meine Laune war dahin. Erst als Eskil in Begleitung eines kräftigen Mannes mit geflochtenem Bart zurückkehrte, schöpfte ich neue Hoffnung. Der Mann hatte ein langärmliges Kettenhemd an, das ihm fast bis an die Knöchel reichte, und darüber eine kurzärmlige Tunika, was ich noch nie gesehen hatte. Auf der Brustseite war mit Silberdraht eine große Faust aufgestickt. Dazu trug er hohe Stiefel mit Eisenplatten auf den Füßen und über den Knöcheln, und an seinem Gürtel hing ein Schwert, dessen Scheide mit einem silbernen Ortblech besetzt war.

So sah wohl ein König aus. «Wer ist das?», flüsterte ich.

Ymer schnaubte leise.

«Ymer, kennst du ihn?»

Ymer nuschelte etwas Unverständliches.

«Wenn du nicht antwortest, mache ich laut Ärger, damit sie zu uns hersehen!»

Ymer warf mir einen wütenden Blick zu. «Das ist Bjørn Eisenseite», flüsterte er.

Inzwischen waren mehrere von Eisenseites Männern angekommen und unterhielten sich mit Eskils Leuten, aber nur ihr Anführer trug einen Harnisch.

«Warum trägt er einen Harnisch?», fragte ich. «Will er allein in den Krieg ziehen?»

«Das sähe ihm ähnlich. Bjørn ist ein großer Krieger, er gilt als unbesiegbar. Die Oberhäupter seiner Familie tragen immer einen Harnisch. Man sagt, dass sogar ihre Teppiche aus Eisen sind.»

«Würde er dich erkennen?»

Ymer schüttelte den Kopf. Wem dem so wäre, sagte er, wäre er gleich einen Kopf kürzer. «König Gnuppas Familie stammt auch aus Svealand, und Bjørn hat ihn im Kampf gegen König Gorm unterstützt.»

Ich war ernüchtert, aber gleichzeitig neugierig.

«Die Frage ist nicht, ob er mich wiedererkennt, sondern warum er mit mindestens sechzig Mann in Ripa ist und Eskil um ihn herumschwirrt wie eine Fliege um einen Kuhfladen.»

«Ja, warum?»

Ymer zuckte mit den Schultern, aber sein trotziges Gesicht verriet, dass er mehr wusste.

«Herr?», rief ich und winkte.

«Halt's Maul!» Ymer zog mich am Arm. Er wusste, dass ich keine Ruhe geben würde, wenn er mir nicht alles erzählte. Noch hatte mich keiner außer ihm gehört. «Dass Eisenseite hier ist, kann nur zwei Gründe haben. Entweder sein Schiff ist leck – was bei diesem Wetter auszuschließen ist –, oder er wittert Streit, Silber und Land, das er sich unter den Nagel reißen könnte.»

Eskil sprang an Bord, holte einen langen Gegenstand aus dem Lastenraum und stieg wieder an Land. Als er wieder bei Bjørn Eisenseite stand, hielt er mein Schwert, Ravnehug, in der Hand. Ich hörte nicht mehr, was Ymer sagte. Ich hatte das Schwert nicht mehr gesehen, seit ich seinetwegen Prügel bekommen hatte, und es war noch prächtiger als in meiner Erinnerung.

Als Eskil Eisenseite das Schwert zeigte, stand ich auf. Ymer zog mich wieder auf die Bank und hielt mich fest. Ich sah Eisenseite das Schwert aus der Scheide ziehen und die Klinge bewundern. Offensichtlich gefiel es ihm auch.

Ich war blind vor Wut, konnte nur eines denken: Das Schwert gehört mir, nur mir!

In diesem Moment rannte ein Mann zu den beiden, der sehr aufgeregt schien. Eisenseite hörte dem Boten zu, klopfte einem jungen Mann auf die Schulter und gab Ravnehug zurück an Eskil. Der junge Mann blies in ein Horn, Bjørn Eisenseite nickte Eskil zu und begab sich auf die *Ørnen*.

«Das ist das Signal zum Sammeln», sagte Ymer.

«Für wen? Die Krieger von Ripa?»

«Nein. Für Bjørn Eisenseites Männer.»

Ich fragte nach dem Grund, den Ymer nicht kannte, aber es war mehr als deutlich, dass Eskil die Situation missfiel. Er sprang an Bord und befahl, sofort abzulegen.

Die Sonne stand schon tief. «Der hat es aber eilig», bemerkte Ymer.

Und recht hatte er. Eskil hatte es so eilig, dass der letzte Mann an Bord springen musste, um noch mitzukommen, worüber er sich lauthals beschwerte. Eskil brachte ihn mit einem zornigen Blick aus seinem gesunden Auge zum Schweigen.

Wir ruderten in die seichte Bucht an der Mündung der Ripa, ohne die Tiefe auszuloten. Die *Ørnen* folgte dicht hinter uns. Ymer war der Größte von uns und sah deshalb viel weiter von der Ruderbank. Er erblickte als Erster eine Reihe Segel am Horizont.

«Wir flüchten», sagte er. «Hoffentlich ist das Rollo Jarl. Wenn wir Glück haben, entkommt Eskil ihm nicht.» Gut gelaunt ruderte Ymer weiter und drehte sich bei jedem Riemenschlag nach den Schiffen am Horizont um.

Vielleicht waren es wirklich Rollo Jarls Schiffe, aber wir hatten den Wind direkt im Segel und kamen schnell nach Norden voran, während die Sonne im Meer versank.

Ich beklagte mich empört, weil wir nicht in Ripa geblieben waren, und noch mehr, weil ich alle Städte Midgards nur von der Ruderbank aus sah. «Von hier ist die Aussicht begrenzt, und es stinkt gewaltig.»

Ripa sei nichts Besonderes, erwiderte Ymer, und stinken würde es dort auch.

Später fand ich heraus, dass Ripa eine große Stadt mit vielen Einwohnern, ein bedeutender Handelsplatz und viel größer als Arus war. Das Bier war dort von bester Qualität, aber Ymers Worte brannten sich mir damals so tief ein, dass ich mich noch heute wenig um Ripa schere.

Am nächsten Tag bewies uns Njörd, dass auch Götter Morgenmuffel sein können. Der Wind wehte heftig von Norden, und das Meer fletschte die Zähne, aber wir ruderten unbeirrt weiter. Zwar war ich viel kräftiger geworden, aber bei solchem Wind und Seegang hatte ich keine Puste zum Reden übrig. Selbst Eskils stärkste Männer stöhnten bei jedem Riemenschlag, einzig Ymer war imstande, gleichzeitig zu reden.

Wir kamen an etlichen Inseln vorbei, die in meinen Augen alle gleich aussahen, aber Ymer erkannte sofort die Einfahrt in den Wendelfjord.

«Woran siehst du das?», keuchte ich. Ymer nahm eine Hand vom Riemen und zeigte auf ein paar Landmarken, die ich nicht vom Rest der Landschaft unterscheiden konnte.

«Man kann vom Wendelfjord bis nach Alebu segeln und kommt auf der anderen Seite im Jütischen Meer raus.» Bei diesem Wind sei das eigentlich die bessere Wahl, sagte er und nahm zum Rudern wieder beide Hände. «Aber Eskil hat ein paar Feinde hier, besonders Runnulv den Tapferen in Alebu. Deshalb segelt er wohl um die Spitze herum.»

Wieder einmal hatte Ymer recht. Eskil fand den Wind nicht stark genug, um eine Begegnung mit Runnulv dem Tapferen zu riskieren. Also legten wir uns in die Riemen, bis wir endlich die Nordspitze Jütlands umrundet hatten und ins Jütische Meer abdrehten. Ein paar Strandräuber, die bei den verräterischen Sandbänken und Felsenriffen an der Nordspitze lauerten, blickten uns enttäuscht hinterher. Hier verschlangen Ägir und Rán so viele Schiffe und spuckten ihre Ladung als Treibgut aus, dass mancher Strandräuber reich und fett davon wurde.

Endlich hatten wir den Wind wieder im Rücken, aber der Tag neigte sich dem Ende zu und zwang uns über Nacht in eine Bucht.

Njörd war gut gelaunt. Was uns am Tag zuvor gebremst hatte, trieb uns nun an. Das Segel wurde gesetzt, und wir flogen geradezu an der Küste entlang, bis wir die Mündung des Fjords erreichten, an dem Alebu liegt. Erst dort legte sich der Wind etwas.

Ich gluckste wie eine Henne, während das, was ich für das Geburtsland meiner Mutter hielt, an mir vorüberzog, eingehüllt in die Farben des Hochsommers. Es war das Schönste, was ich in meinem kurzen Leben gesehen hatte.

An der jütischen Küste gibt es viele kleine Buchten und Fjorde, und immer wenn wir einen passierten, hoffte ich, es wäre die Einfahrt nach Odins Vi.

Ymer weigerte sich zu sprechen, seit wir die Nordspitze umrundet hatten.

Jedes Mal wenn ich Gebäude oder an Land gezogene Boote sah, schlug mein Herz schneller, obwohl ich als Sklave nicht absehen konnte, was es für mich bedeutete, «nach Hause» zu kommen.

Schon an der Flussmündung bei Arus dachte ich, wir seien in Odins Vi. Ich überhäufte Ymer mit Fragen, aber er war genauso still wie Eskil. Indessen knüpften die Nornen jede Menge Knoten in unsere Lebensfäden. Je tiefer wir in die Fahrwasser der Dänen vordrangen, desto verwickelter wurden sie.

«Ist das Fünen?», fragte ich wieder und wieder, fest entschlossen, ihn zu löchern, bis er endlich antwortete. Ymer schüttelte mürrisch den Kopf, und jedes Kopfschütteln war wie ein Schlag ins Gesicht für mich. Ohne die Familie meiner Mutter würde ich für immer Sklave bleiben, ich musste sie um jeden Preis finden.

Als Eskil an Ymers Heimatstadt Arus vorbeisegelte, besserte sich seine Laune etwas. Er zeigte auf einen Hügel mit einem rauchenden Holzstapel und erklärte, das sei ein Signalfeuer. Außerdem sei ich ein Dummkopf, denn es sei noch weit bis Fünen.

Bei Samsø faselte er von einem Fluss, der quer durch die ganze Insel gegraben und mit Eichenholz ausgelegt war, damit die Schiffe des Jarls von Samsborg sowohl die Fahrwasser als auch die Einfahrt nach Arus kontrollieren konnten. Die Insel war nicht besonders groß, aber Ymer erklärte, dass man von dort bei gutem Wetter Jütland, Fünen und Seeland sehen könne, deshalb sei sie so wichtig.

Ich schaute nach Süden, wo Ymer hingezeigt hatte, als er Fünen erwähnte.

«Ich kann Fünen nicht sehen», sagte ich und wäre am liebsten aufgestanden. «Bist du sicher, dass es in dieser Richtung liegt?»

Er nickte und erzählte unaufgefordert von den Bewohnern Samsøs, die seiner Meinung nach etwas schwer von Begriff waren. Das sagte er über die meisten anderen Völker und Stämme, weshalb ich dem keine Beachtung schenkte.

Wie um Ymers Worte zu widerlegen, schoss plötzlich eine Rauchsäule von einem Signalfeuer in den Himmel, und zwei Langschiffe kamen von Samsø her auf uns zu.

«Bei Thor, wie schnell die sind», brach es aus mir heraus. Sie hatten uns fast eingeholt.

Ymer erklärte, die Schiffe seien – im Gegensatz zu unserem – von Algen und Muscheln befreit sowie frisch gestrichen und deshalb glatt wie der Schoß eines jungen Mädchens. «Wenn unser Boden genauso blank und alle Riemen mit freien Männern besetzt wären, würden sie uns nie kriegen.»

Eskil winkte mit Rollo Jarls Wildschweinbanner und rief dem Steuermann des nächsten Schiffs etwas zu. Dann führten sie ein kurzes Gespräch, das hauptsächlich aus geschrienen einzelnen Wörtern bestand. Aus Eskils Rufen hörte ich heraus, dass wir unterwegs nach Jelling waren, nicht nach Låland, aber nicht, warum. Auf jeden Fall durften wir passieren.

Eskils Männer waren rastlos und freuten sich, dass die Reise bald zu Ende war. Sie klopften sich auf ihre Silberbeutel und fanden, dass es trotz Leif Rollossons unglücklichem Tod ein einträglicher Zug gewesen sei.

Ymer war wieder ganz der Alte und redete unaufhörlich über Dörfer und Städte, die so groß seien, dass man nicht mehr die Namen aller Bewohner kenne. Ich hörte ihm mit halbem Ohr zu, während ich die jütische Küste betrachtete.

«In Haithabu zum Beispiel wohnen mehr Menschen, als du zählen kannst», sagte er und fügte hinzu, dass dort der größte Sklavenmarkt der Dänen sei. Kein Sklave redete gern über solche Dinge, denn sie erinnerten uns daran, dass wir in den Augen der Dänen keine Menschen, sondern wertvolle Tiere waren, die reden konnten.

Ymer plapperte von Inseln, Städten und Ländern. Ich versuchte, mir alle Namen zu merken, aber es war nicht leicht. Selbst heute habe ich noch Probleme mit dem Aufzählen aller kleinen Orte, Provinzen und Clans. In meinen Augen sind alle nur Jüten, Seeländer, Schonen oder Fünen – und gemeinsam sind wir Dänen.

Mir ist klar, dass die Leute aus Borgundarholm, Samsø, Langaland, Låland oder Schonen mich dafür verachten, aber für mich, der ich nicht unter ihnen geboren und aufgewachsen bin, ist es leichter, die Dänen als ein Volk zu betrachten. In den Westlanden gelten alle aus Svealand im Osten, Island im Norden und Sillende im Süden als Dänen. Wir sind alle Nordmänner, Völker aus dem Norden, die die Sprache der Dänen sprechen.

Über diese Dinge dachte ich erst später im Leben nach. Als ich damals Jütlands Ostküste bewunderte, dachte ich nur eins: Endlich bin ich hier!

Je näher wir unserem Ziel kamen, desto besser erinnerte ich mich an all das, was meine Mutter mir erzählt hatte. Sie hatte von Männern gesprochen, die ihre Titel in ihrem Namen trugen, und von mächtigen Kriegern, die ausschließlich vom Schwert lebten. Aber sie hatte auch von Höfen erzählt, auf denen man mehr Schafe, Ziegen, Rinder, Hühner und Schweine hielt, als ich mir vorstellen konnte, und von wogenden Getreidefeldern, die so groß waren, dass man ihr Ende nicht sah. Dann hatte sie tief geseufzt und gesagt, es gebe viel mehr Dänen, die von Handel, Ackerbau, Fischerei oder Viehzucht lebten, als solche, die das Schwert führten. Ich hatte mich geweigert, das zu glauben, da in meinem Kopf alle Dänen Krieger waren, die töteten, vergewaltigten, plünderten und im Kampf mit Thors, Tyrs oder Odins Namen auf den Lippen starben – keine Bauern, Krämer, Fischer oder Ziegenhirten.

Vielleicht vermischten sich ihre Worte auch mit den Geschichten Ymers, der mir zwei Jahre lang die Ohren vollgequasselt hatte. Jetzt behauptete er auch noch, dass es weit von Jelling bis Odins Vi sei.

«Warum fahren wir nach Jelling? Ist König Gorm dort?»

Ymer zuckte mit den Schultern, was mich ärgerte. Später fand ich heraus, dass meine Frage nicht so leicht zu beantworten war, denn ein König reist ständig zwischen seinen Höfen und Gefolgsleuten hin und her. Einem Herrscher Treue und Gehorsam zu schwören, ist ein wichtiger Pakt, den der Herrscher sowohl mit Geschenken als auch mit harter Hand bestätigen muss. Jarle, Häuptlinge und freie Männer brechen nur zu gern ihren Eid, wenn ein anderer ihnen mehr Vorteile bietet oder der König schwach ist. Keiner bleibt loyal, wenn er nicht mehr davon profitiert, es sei denn, er hat Angst vor den Konsequenzen eines Verrats.

«Das Letzte, was ich aus Jelling gehört habe, war, dass König Gorm mit ein paar Kleinkönigen im Streit lag», sagte Ymer.

«Mit wem denn?»

«Alte Weiber mit faulen Zähnen.» Ymer ging nicht weiter auf meine Frage ein. Dabei waren diese Kleinkönige alles andere als zahnlos, was ich bald unter Lebensgefahr herausfinden sollte.

«Bei Odin», murmelte Ymer. Ich wollte ihn daran erinnern, dass ich ein Mann Thors war, aber er kam mir zuvor.

«Eskil will König Gorm besuchen. Er will den Herrn wechseln!»

«Wegen Leif?», flüsterte ich.

Ymer nickte. «Das muss er wohl. Rollo Jarl von Låland wird ihn umbringen, wenn ...» Unser Gespräch brach jäh ab, weil Eskil mit wütendem Blick auf uns zukam. Aber er sagte nichts.

Jelling war eine weitere große Enttäuschung, weil ich gar nicht bis dorthin kam. In der Nacht erreichten wir die Furt Wæthel, was ich nur weiß, weil Torgrim es Eskil zurief.

Eskil führte uns an dem Ort vorbei und einen mäandernden Fluss hinauf. Bei einer kleinen Siedlung aus ein paar Holzhäusern, einer heruntergekommenen Schenke und einem Komposthaufen, der schlimmer stank als wir, legte er an. Die ganze Pracht hatte sogar einen Namen: Snekken.

An den ersten Tagen sah ich nichts als das Innere des dunklen Schuppens, in den sie uns gesperrt hatten. Ohne jemanden wie Maria zum Zeitvertreib gewöhnte ich mich nur schwer an das Dasein an Land.

Ymer hatte keinerlei Probleme mit dem Gleichgewicht. Er sagte, Jelling liege nur einen Tagesmarsch von Wæthel und der Fjordmündung entfernt. Wenn man dem Fluss folge, könne man fast bis dorthin segeln.

Ich war bereit, den ganzen Weg zu kriechen, aber ich kam nicht über Snekken hinaus.

Es war deprimierend. Ich war so nahe an Dänemarks wichtigster Königsburg, wo bestimmt irgendjemand meine Mutter oder zumindest meine Familie kannte. Dass ich als Sklave auch dort keine Fragen stellen durfte, ließ ich außer Acht. Ich war einfach nur erzürnt, weil ich so nah am Ziel und doch so weit davon entfernt war – und das war nicht gut für meine Umgebung.

Wir waren viele in dem Schuppen, zu viele nach meinem Geschmack. Ich geriet ziemlich rasch in Streit mit zwei Männern, die schon vor uns dort gewesen waren.

Den ersten schlug ich mit einem Hieb nieder, während der zweite ein fast so großer Brocken war wie Ymer. Dank meiner Wut und meiner Muskeln lag auch er bald im Schlamm, aber weil er nie mehr aufstand, hatte dies schlimme Konsequenzen für mich. Ich wurde von den anderen getrennt, und als ich Ymers trauriges Gesicht sah, bevor die Tür hinter mir zugeschlagen wurde, musste ich fast heulen.

An seiner Seite war ich erwachsen geworden und war seit zwei Jahren keinen Tag von ihm getrennt gewesen. Mit jedem Schritt vermisste ich ihn mehr, und schließlich musste ich mir die Tränen aus den Augen blinzeln.

Sie stießen mich an Bord eines Schiffs und ketteten mich an eine Herde jammernder Idioten, die nur Maurisch sprachen. Die lamentierten unaufhörlich und flüsterten den Namen des Gottes, den sie in Serkland anbeteten. Mir konnten Allah, der Weiße Christus und alle anderen Götter gestohlen bleiben. Ich schloss die Augen und vermisste Ymer.

KAPITEL 6

Manche Menschen passen besonders gut zueinander, andere nicht. Es gibt viele, mit denen ich nicht zurechtkomme, aber der Sklavenhändler, an den Eskil mich verkaufte, passte perfekt, denn er war genauso störrisch wie ich. Ich beschwerte mich von Anfang an über alles Mögliche, und er schlug mich mit seinem Holzhammer zu Brei. Keiner von uns gab nach, bis ich das Bewusstsein verlor.

«Haben wir ein Gebot?» Die Stimme erreichte mich wie ein Echo aus der Ferne. Ich lag auf den Knien auf dem Sklavenmarkt von Haithabu, nur der Riemen um meinen Hals hielt mich noch halbwegs aufrecht. Ich schmeckte Eisen, und mein gesamter Körper tat irrsinnig weh.

Das Blut lief mir aus der Nase und dem Mund, aber keiner befand es mehr für nötig, meine Zähne mit den Fingern zu untersuchen. Der Letzte, der es versucht hatte, hatte dabei zwei Finger verloren, und nun waren wohl alle davon überzeugt, dass mein Gebiss stark und gesund war.

Acht Tage waren vergangen, seit sie mich vom Ymer getrennt hatten – acht Tage Wut, Aufruhr, Prügel, Schmerzen und Sehnsucht.

Ich vermisste das Meer, die *Havormen* und die Krieger – ja sogar Torgrim Schwarzohr und Eskil. Aber am meisten vermisste ich Ymer. Die Trennung schmerzte viel mehr als Torgrims Peitschenhiebe oder der Holzhammer des Sklavenhändlers.

Ich war völlig benebelt und zählte die Tage nicht mehr. Das Letzte, woran ich mich klar erinnerte, war die Einfahrt nach Haithabu und die halbmondförmige Sperre aus spitzen Pfählen unter Wasser, die jedes Schiff in Stücke rissen, das nicht von einem Ortskundigen gesteuert wurde.

Zu meinem Bedauern kamen wir ohne Probleme daran vorbei, und ich wurde mit den anderen Sklaven, die der Händler in Snekken gekauft hatte, auf einem von Haithabus langen Anlegern ausgeladen. Hier sollte ich verkauft werden, aber ich hatte nicht vor, dies friedlich geschehen zu lassen.

Der Sklavenhändler hatte mich sicher billig bekommen, denn es war offensichtlich, dass jeder Käufer mich wie ein wildes Tier behandeln musste, wenn er nicht lebensmüde war und im Kampf sterben wollte. In dieser Hinsicht war ich bei den richtigen Leuten mit der richtigen Einstellung gelandet. Die Dänen haben die Angewohnheit, ihre Sklaven zu peitschen und zu schlagen, bis sie umfallen – tot oder lebendig. Das bekam ich jedes Mal zu spüren, wenn ich den Sklavenhändler oder seine Leute mit bloßen Händen, Zähnen oder allem attackierte, was ich zu greifen bekam.

Ein einziges Mal hatte ich Glück und entkam aus dem Sklavenhaus, aber sie holten mich schnell ein und schlugen mich windelweich. Selbst in einer großen Stadt wie Haithabu weiß man, wer Sklave ist und wer nicht. Wenn man nicht dasselbe Glück wie Ymer bei seiner Flucht aus Miklagard hat und ein Schiff kapert, hat man keine Chance. Es gibt kein Entkommen, wenn man niemanden hat, zu dem man flüchten kann. Ein Mann ohne Herr ist entweder ein König oder ein Mann ohne ein Leben.

Ymer hatte recht gehabt. Ein Sklave konnte sich die Freiheit nicht allein mit Gewalt erkämpfen. Man brauchte auch Glück, und das hatte ich keineswegs.

«Haben wir ein Gebot?», wiederholte der Sklavenhändler, verpasste mir eine Ohrfeige und zog mich an den Haaren. «Dieser Sklave ist mindestens fünf serkländische Silbermünzen wert.»

Ich knurrte ihn an und forderte ihn auf, mir nur einen Augenblick die Hände zu lösen.

Er zog fester an dem Riemen um meinen Hals, und ich röchelte wortlose Flüche.

«Das ist ein starker Bursche, gut geeignet für harte Arbeit.» Er schlug mir noch einmal ins Gesicht.

«Oder als Geschenk für einen lästigen Nachbarn», rief ein Mann mit tiefer Stimme. «Sverre Bitterhals, brauchst du nicht einen neuen Sklaven?» Die Zuschauer lachten laut, und ein anderer sagte, ich sei ein Stück Dreck in ärmlichen Fetzen und könne ja kaum aufrecht stehen. Er hatte nicht ganz unrecht. Meine Kleider sahen wirklich schlimm aus, aber ich konnte mehr als stehen, wenn man mich nur gelassen hätte.

Der Sklavenhändler hieß Gunnar und war ein eitler Mann. Für ihn war es Ehrensache, dass seine Sklaven wohlerzogen und von guter Qualität waren. Er packte mich wieder an den Haaren und richtete mich auf, um meinen Preis zu steigern. Dabei zog er den Riemen um meinen Hals enger zu und trat dicht an mich heran, wie um zu zeigen, dass man mich doch zähmen konnte. Hätte ich die Hände frei gehabt, ich hätte ihn erschlagen. Im Augenblick musste ich mich damit begnügen, ihn wütend anzustarren und an sein Bein zu pissen.

Als die Zuschauer das sahen, brachen sie in lautes Gelächter aus, und Gunnar schlug mich mit dem Holzhammer. Ich fiel vom Podium, rollte mich ab und kam wieder auf die Knie. Er sprang mir hinterher, schlug mich mit Fäusten und trat auf mich ein. Wäre es nicht so demütigend gewesen, hätte ich lachen mögen, denn ohne seinen Holzhammer richtete Gunnar der Sklavenhändler keinen allzu großen Schaden an.

Dass die Stimmung unter den Zuschauern kippte, merkte ich wohl als Letzter. Ich versuchte, mich loszureißen, stieß nach Gunnar und wollte ihn beißen. Er jedoch hatte den Stimmungswechsel bemerkt, denn er hörte auf zu schlagen und blickte sich um. Ich stieß ihm mit dem Kopf in den Magen, sodass er mit einem lauten Stöhnen auf den Rücken fiel. Bevor ich mich auf ihn werfen konnte, hatte jemand meinen Halsriemen gepackt und so fest zugezogen, dass ich keine Luft mehr bekam und mir die Zunge aus dem Mund hing.

Gunnar kam wieder auf die Beine, und weil er nicht gleich weiterprügelte, begriff ich, dass etwas geschehen war. Immer mehr Zuschauer strömten herbei und jubelten, als würde ein Skalde Geschichten vortragen oder ein Schaukampf stattfinden.

Gunnar war ein gerissener Geschäftsmann und nutzte die Situation aus. Er rief zwei junge, starke Männer aus dem Publikum herbei, die mich in der Menschenmenge umherzerrten. Alle durften mich treten oder schlagen, während der Sklavenhändler wieder aufs Podium stieg und seinen nächsten Sklaven feilbot. Sobald das Interesse an Gunnars Ware nachließ, blieben auch die jungen Männer stehen und machten erst weiter, wenn der nächste Sklave verkauft war. Es war ein Riesenerfolg für Gunnar. Die Leute strömten zusammen, angelockt von Gelächter und Gebrüll, und je mehr sie mich demütigten, desto höher stieg der Preis für die jeweiligen Sklaven. Ich schrie vor Wut und wehrte mich mit aller Kraft. Nur ein Gedanke hielt mich vom Abgrund des Wahnsinns fern: Sie sollten mich nicht kleinkriegen.

Danach gab mir Gunnar mehr zu essen als den anderen Sklaven und bestrafte mich nicht einmal für den Schleimklumpen, den ich ihm hinterherspuckte. Er lachte nur und sagte, ich würde ihn reich machen.

Ich kam auf die Idee, das Essen zu verweigern und mich zu Tode zu hungern, was ich genau bis zum Abend durchhielt. Mit der Dunkelheit kamen die Einsamkeit und die tiefe Sehnsucht, mit Ymer zu reden. Also aß ich und wünschte mich zurück zu den anderen Sklaven, die mich sonst nie interessiert hatten. In der Nacht biss ich in meine lausigen, zerfetzten Kleider, um die Tränen zurückzuhalten.

Am nächsten Morgen kam ein neuer Sklavenhändler mit seiner Ware und beanspruchte meine Zelle, weshalb sie mich zu Gunnars anderen Sklaven sperrten, allerdings nachts in einem eigenen Verschlag, damit keiner mir helfen konnte, die Fesseln abzunehmen. Das besserte meine Laune, aber nicht meine Wut, und ich ließ keine Gelegenheit aus, zu zeigen, wer hier bestimmte.

Die meisten von ihnen waren gebrochene Menschen, die nur leise Gebete an ihren Gott murmelten oder mit leerem Blick vor sich hin starrten, als wären ihre Augen aus dem bunten Glas, aus dem Eskil auf dem Hof des Frankenherzogs Wein getrunken hatte.

Sie kamen von allen Enden Midgards, aber am sonderbarsten waren die Mauren. Sie legten die Stirn fünfmal am Tag an den Boden, wenn sie die Gelegenheit dazu hatten. Manche verweigerten sogar die Mahlzeit, wenn sie dachten, dass ein Gericht Schweinefleisch enthielt.

Ich glaube nicht, dass wir jemals Schwein bekamen. Es gab fast immer Grütze, manchmal mit etwas halb verdorbenem Fleisch darin. Ein paar besonders erfinderische Sklaven zeigten auf die Grützeschale und machten Grunzlaute, wenn sie die Portion der Mauren haben wollten. Ich aß, so viel ich wollte, und akzeptierte keinerlei Widerspruch.

Immer wenn der Sklavenhändler auf den Markt von Haithabu ging, nahm er mich mit. Nicht als Verkaufsware, sondern als Hauptattraktion, die alle demütigen, schlagen und treten durften. Die zwei jungen Männer schoben mich durch die Menschenmenge, die von Mal zu Mal größer wurde. Je mehr sie mich quälten, desto mehr kämpfte ich, um loszukommen, aber das sorgte nur für noch mehr Unterhaltung.

Die Höhepunkte waren die seltenen Fälle, wenn ich einen besonders aufdringlichen Zuschauer traf. Weil meine Hände am Gürtel festgebunden und die Füße zusammengekettet waren, benutzte ich die Stirn, Schultern, Ellbogen, Knie und Zähne, um auszuteilen. Ich versuchte alles.

Als ich bei einem meiner Peiniger einen Volltreffer landete und ihn ernsthaft verletzte, war der Jubel groß. Er hatte mich für bewusstlos gehalten und den Kopf dicht zu mir herabgebeugt. Zu seinem Pech kam er erst wieder los, als ich seine Nasenspitze abgebissen hatte. Ich kochte vor Wut, doch für die Masse war ich nicht mehr als Unterhaltung, wie ein wildes Tier.

Der vierte Markttag begann wie gewohnt. Ich wurde geschlagen und gedemütigt, bis ich fast die Besinnung verlor.

Noch nie hatte Gunnar Sklavenhändler sein Silber so leicht verdient wie dank meiner blinden Wut. Er pfiff und grinste auf dem ganzen Weg zurück zu den Sklavenhäusern vor Haithabus Palisaden.

Ich hatte begonnen, mit mir selbst zu reden, führte sinnlose Diskussionen mit Ymer und warf ihm Schimpfwörter an den Kopf, als säße er im Verschlag neben mir.

An diesem Abend weinte ich, und dann fasste ich einen Entschluss: Ich wollte Gunnar oder einen Zuschauer so lange provozieren, bis er mich tötete. Ich würde alles geben und Frieden finden. Der Sklave wollte nicht länger Sklave sein.

KAPITEL 7

Der Morgen kam und mit ihm die Verzweiflung. Ich hatte die ganze Nacht an meinen Handeisen herumgenestelt, die weder neu noch von besonders guter Qualität waren. Trotzdem hatte ich es nicht geschafft, das Eisen stark genug zu beschädigen, um wenigstens eine Hand zu befreien. Dafür zierten jetzt tiefe Schrammen meine Hand und das Handgelenk.

Ich murmelte Thors Namen und griff nach meinem grünen Mjölnir-Amulett, das nach wie vor um meinen Hals hing. Bis auf Gunnar war mir niemand nahe genug gekommen, um es zu sehen, und der war jedes Mal vollauf damit beschäftigt gewesen, meiner Stirn oder meinen Zähnen auszuweichen.

Innerlich wünschte ich mir so viel Schweineglück, mit einer Waffe in der Hand zu sterben. Grundsätzlich reichte es wohl, im Kampf zu fallen, aber um Odins Walküren tatsächlich davon zu überzeugen, eines Platzes in Walhall würdig zu sein, erschien mir die Variante mit der Waffe in der Hand die sicherste. Denn sterben würde ich an diesem milden Spätsommertag.

Kaum war die Sonne aufgegangen, rasselte es vor der Tür. Zwei breitschultrige Männer kamen herein, zogen mich auf die Beine und stießen mich hinüber zu den anderen Sklaven. Wie jedes Mal suchte ich sehnsüchtig nach Ymer, wurde aber wie üblich enttäuscht.

Wir mussten schon früh los, denn Gunnars Sklavenverschläge lagen ein Stück außerhalb von Haithabu, am Weg, der zu den großen Weiden dort führte. Gehorsam folgte ich den anderen erbärmlichen Gestalten und schielte kurz zu den beiden Kerlen hinüber, die Gunnars junge Männer abgelöst hatten. Beide trugen Waffen am Gürtel und hielten zudem einen dicken Knüppel in der Hand. Eine Waffe, wie ich sie für meinen Weg in die Hallen der Götter brauchte.

Ein einziges Mal machten wir halt, weil eine der Frauen zitternd zusammenbrach und nicht mehr auf die Schläge und Tritte reagierte, die Gunnar ihr verpasste. Mit scheinbar blinden Augen blickte sie in den wolkenlosen Himmel und rief ihren Herrn in der Sprache der Sachsen an. Sie flehte den Weißen Christus an, aus dem Himmel herabzusteigen und sie zu sich zu holen, sie sei bereit. Dann bekreuzigte sie sich, was Gunnar nur noch lauter fluchen ließ.

Ich vergaß sie, als ich einen Stein entdeckte, wie ich noch nie einen gesehen hatte. Er hatte ungefähr die Höhe eines großen Kindes und war so breit, dass ein erwachsener Mann ihn gerade umfassen konnte. Das allein war nichts Besonderes, aber in den Stein waren sonderbare Zeichen eingemeißelt. Was sie bedeuteten, ahnte ich nicht, aber ich war mir sicher, dass es ein Omen war. Womöglich teilte mir Thor in diesem Augenblick etwas mit – und ich verstand nicht, was er mir sagte.

«Verschwende keine Träume auf einen Stein, Sklave. Solche Denkmäler wird man für dich nie errichten», meinte einer von Gunnars Männern und stieß mich mit dem Knüppel. Ich machte einen Schritt in seine Richtung, hielt aber inne, als ein anderer von Gunnars Schergen sein Schwert zog und mir die Spitze an den Hals presste.

«Nur zu, Sklave, meine Klinge leidet schon viel zu lange Durst. Und eine durstige Klinge ist eifrig wie ein durstiger Mann in der Schenke.» Für einen kurzen Moment überlegte ich, mich in das Schwert zu werfen, aber es war nicht der richtige Zeitpunkt. Noch nicht.

Als wir Haithabu erreichten, badeten die Weiden und die Holzpalisaden in der Morgensonne, und ein Funken Neugier stob in meinem düsteren Gemüt auf. Für einen jungen Mann, der in den eintönigen Wäldern Kumralands unter Räubern aufgewachsen war und anschließend mehrere Jahre festgekettet an eine Ruderbank neben einem verlogenen Tor verbracht hatte, bot Haithabu einen äußerst ansprechenden Anblick.

Einen Pfeilschuss vor den Palisaden standen ein paar halb verfallene Häuser und ein altes Weib in Lumpenkleidern. Sicher besaß sie nicht mehr als wir, dennoch war sie frei und wir Sklaven – der einzige, allerdings beträchtliche Unterschied zwischen uns.

Wir gingen durch das Tor und folgten dem schnurgeraden Hauptweg, der sich bis zu den vielen Anlegern von Haithabu zog. Ein Kreuz fing meine Aufmerksamkeit, und als ich näher kam, entdeckte ich eine kleine Kirche, die in keiner Weise zu den überbordenden Beschreibungen von Pillgryes über die

Kirche Seiner Herrlichkeit in Rom passte. Aber das Gebäude unterschied sich von den Häusern ringsum.

«Pillgryes», flüsterte ich, zuerst auf Bretländisch, dann in der Sprache der Sachsen, die auch die von Pillgryes gewesen war. Ich hoffte inständig, ihn in Walhall wiederzusehen, trotz seines Glaubens an den festgenagelten Gottessohn, denn Pillgryes war der einzige Mensch, den ich gernhatte, abgesehen von meiner Mutter und Ymer.

Eine Frau in zerschlissenem Unterkleid und mit einem Messer, das an einem Lederriemen um ihren Hals hing, leerte einen Latrineneimer in ein Loch in den Planken, unter denen ein Rinnsal floss. Bis dahin hatte ich die Planken lediglich für eine Art Straße gehalten. Die Frau erwiderte meinen Blick, spuckte in meine Richtung und ging in die Hocke, ehe sie ihr Kleid raffte und in das Loch pisste.

Wir setzten unseren Weg fort und kamen an kleinen, dicht beieinanderstehenden Häusern vorbei. In den Dächern erkannte ich verschieden große Rauchlöcher, und an den mit Kuhmist und Schlamm beschmutzten Wänden sah man das Flechtwerk aus Weidenzweigen. Vor jedem Haus gab es kleine Gehege für Hühner, Ziegen, Schweine oder eine Kuh. Ich sah ein kleines Mädchen auf dem Boden sitzen mit einem Hundewelpen auf dem Schoß, doch gleich verfiel ich wieder in düstere Gedanken und dachte nur noch daran, im Kampf zu sterben.

Je näher wir dem Marktplatz und den vielen Werkstätten kamen, desto dichter wurde das Gedränge. Bettler mit großen Geschwüren im Gesicht, leeren Augenhöhlen oder amputierten Gliedmaßen und Ohren zwangen meine Gedanken zurück nach Haithabu.

Eine Schar Kinder starrte uns an, als wären wir Tiere auf

dem Weg zur Schlachtbank. Ein paar von ihnen bewarfen uns mit getrocknetem Mist, und einer traf mich im Gesicht, was verzückte Jubelschreie unter den Kindern auslöste, gefolgt von einem Hagel aus Steinen, Mist und allem, was ihnen in die Hände kam.

Erst als einer unserer Wächter das Schwert zog und bedrohlich auf die Bälger zustapfte, hörten sie mit dem Steinewerfen auf. Mein Blick war auf die Klinge des Wächters geheftet, die vom vielen Schleifen bereits schmaler als die Schwertscheide war.

«Nicht stehen bleiben, Sklave», knurrte der Mann, als er bemerkte, wo ich hinschaute. Er schwang die Schwertspitze direkt vor meinem Gesicht, ehe er die Klinge in die Scheide gleiten ließ, die so abgewetzt war, dass die Spitze unten herausragte. Dass ich dennoch stehen blieb, erzürnte ihn so sehr, dass er mir mit dem Knüppel gegen den Oberschenkel und den Hals schlug. «Weiter, Sklave.»

Schon am Rand des Marktplatzes war deutlich zu spüren, dass heute mehr Menschen gekommen waren als üblich. Die Zelte der Krämer standen dichter, und der Ton der Verkäufer, die alles von Speisen, Getränken bis hin zu Tauwerk aus Robbenleder, Pferdehaar und Lindenbast feilboten, war hitziger als üblich.

Durch die Schankstände herrschte eine lebhafte Stimmung. Ein Krämer bewarb Wein aus dem Frankenland, indem er behauptete, durch Wein würde die Schwerthand viel stärker als durch Bier. Womöglich hatte er recht, doch die meisten bevorzugten trotzdem gutes Bier.

Die Schmiede mit ihren Essen vor den Zelten hatten ein wenig mehr Platz, da die Funken wie glühende Schneeflocken durch die Luft flogen. Ein Stück abseits der anderen

Zelte stand eines, an dem Kräuter, Amulette und Elixiere aus der mysteriösen Welt einer Seidfrau verkauft wurden, allzu nahe wollte ihr wohl niemand sein. Dennoch war die Stimmung ausgelassen, sogar vor dem Zelt des Feldschers lachten die Kranken, die dort anstanden, nachdem ein gerissener Bursche auf die Idee gekommen war, den Patienten Bier zu verkaufen.

Überall drängten sich die Menschen, und unser kleiner gemischter Haufen mit Gunnar an der Spitze musste sich durch die Masse schlagen, um voranzukommen. Der Lärm nahm immer weiter zu, je näher wir dem Sklavenpodest kamen, und die Luft zitterte vor Anspannung.

Ich dachte wieder an den Stein mit den sonderbaren Zeichen vor den Palisaden Haithabus, und als ich plötzlich den Duft von Blumen wahrnahm, wusste ich, dass es doch ein Vorzeichen gewesen war.

Erneut mussten wir stehen bleiben, und trotz Gunnars drohender Rufe gab es kein Durchkommen. Mit einem Mal stand Gunnar vor uns und packte einen meiner Bewacher an der Schulter. «Geh mit dem wilden Tier an die Spitze und lass ihn den Weg frei machen.»

Der Wächter zerrte mich am Halsband mit sich, und das allein genügte, um mich rasend zu machen, als wir Gunnar folgten.

«Ganz nach vorn», ordnete er an und wich knapp meinem Kopfstoß aus. «Schafft ihn weg von mir», brüllte er. «Weg mit ihm.»

Der andere Wächter zog so ruckartig an dem Band, dass ich das Gleichgewicht verlor und gegen einen Zuschauer neben uns stolperte. Ich biss so fest zu, dass er blutete, und als er darauf vor Schmerz schrie, wichen die Leute zur Seite und ließen uns durch. Mit starrem Blick und lautem Knurren verscheuchte ich alle, die sich immer noch zu nah an uns heranwagten, und bahnte uns ungewollt einen Weg durch die johlende und geifernde Menschenmenge.

Da war auf einmal wieder der Blumenduft, mit dem ein klein wenig Vernunft zu mir zurückkehrte, und ich sah etwas klarer. Vor uns lichteten sich die Massen, und mit einem Mal stand ich vor einem groß gewachsenen Mann mit einer weißen pelzbesetzten Ledermütze, goldenen Armringen und einem Wollgewand, das so rein und weiß strahlte, dass ich sicher war, einen König vor mir zu haben.

Seine Hosen waren so schimmernd blau wie die Griechische See vor Miklagard. Über den Schultern trug er einen roten Umhang mit eingewebten Silberfäden, der von einer silbernen Spange zusammengehalten wurde, deren Nadel die Länge meines Unterarms hatte. Die blauen Augen des Mannes musterten mich eingehend und gnadenlos. Mit dem Schnippen eines Fingers hätte er mich hinrichten lassen können, aber zuerst wollte er unterhalten werden.

An seiner Seite stand eine rothaarige Frau in einem blauen ärmellosen Kleid und einer Halskette aus großen grünen Perlen. Ihr Haar schmückte ein Blumenkranz, der den herrlichen Duft wie einen unsichtbaren Schleier verbreitete, sobald sie den Kopf drehte. Sie war eine hübsche Frau, zierlich und verwundbar, doch in ihrem Blick lag eine Stärke, mit der sie die meisten Männer in die Knie zu zwingen vermochte.

Ich hatte keine Ahnung, wer sie war, trotzdem erschien sie mir vertraut wie von Odin persönlich gesandt. Sie musste eine der Walküren sein, die in Midgard diejenigen auswählten, die es verdienten, nach Walhall zu kommen.

Ich hoffte, dass es Herfjötur war, denn ich fand den Namen schon immer besonders passend für eine vornehme Walküre.

Als ich hinauf in den Himmel schaute, flogen zwei schwarze Vögel vorüber, so schwarz wie Odins Raben Hugin und Munin, wenn auch sonst nicht sehr ähnlich, und dieses bedeutungsvolle Zeichen ließ mich lächeln. Jetzt wusste ich, dass ich heute sterben würde. Mit einer Waffe in der Hand.

Für einen kurzen Moment begegnete ich ihrem forschenden grünen Blick. Sie sah mich so kalt an, als hätte sie kein rechtes Interesse an mir. Dann war sie fort, aber ihr Bild brannte sich in mir ein und verwandelte die Menschenmasse in verschwommene Schatten, die grölten, lachten und mich anspuckten.

Gunnars neue Wachmänner hatten offenbar klare Anweisungen erhalten und begannen kurz vor dem Sklavenpodest unaufgefordert, mich zu schlagen und herumzuschubsen. Sofort packte mich wieder die kopflose Wut.

Ich stürzte nach vorn, rollte mich ab und versuchte, wieder aufzustehen, was sich schwierig gestaltet, wenn man an Händen und Füßen gefesselt ist. Dass die beiden mir jedes Mal die Beine wegtraten, sobald ich halbwegs stand, machte die Sache auch nicht leichter. Ich rollte über den Boden, fauchte wie ein Verrückter, rempelte Schaulustige an – die Rolle des Narren lag mir, auch wenn ich sie unfreiwillig spielte. Und da spürte ich, wie eine der Handschellen leicht nachgab.

In diesem Moment verschwanden alle Geräusche um mich herum, es strömte eiskalt durch meine Adern, und eine innerliche Ruhe überkam mich. Der nächste Stoß schickte mich zu Boden. Ich fing mich mit den Händen ab und bemerkte, dass die Handfessel weiter nachgab. Trotz der vielen Tritte blieb ich liegen. Sie zogen mich wieder hoch und prügelten weiter auf mich ein, und als sie mich zum Holzpodest stießen, drehte ich meine Hand so, dass sie gegen die Kante des Podests schlug.

Der Eisenring an meinem Handgelenk knackte. Ich schob den Ring hin und her, da war ein Nagel, und ich bewegte die Hand schnell. Blut strömte über meine Finger, und als der größere von Gunnars Männern wieder an mir zerrte, löste sich die Fessel von meiner rechten Hand. Die Kette fiel von dem Gürtel um meine Hüfte und gab auch meine linke Hand frei.

Währenddessen breitete der gedrungenere von Gunnars Wachleuten die Arme aus und ließ sich vom Publikum bejubeln. Er hatte mir den Rücken zugedreht.

Meine rechte Hand schoss nach vorn, packte den Schaft seines Schwerts und zog es aus der Scheide. Als er sich umdrehte, stach ich zu. Er riss die Hände hoch an die klaffende Wunde am Hals und röchelte gurgelnd. Ich stieß das Schwert in seinen Mund, drehte die Klinge herum und zog es wieder heraus, gefolgt von einem Schwall aus Blut. Gunnars Wachmann kippte vornüber, und das allgemeine Johlen wandelte sich in Schreie, die Pöbeleien in Angst, als ihnen bewusst wurde, dass der Sklave, den sie nur das Wildtier nannten, ein tödliches Schwert in der Hand hielt.

Der andere Wachmann hatte mehr Glück und entging meinem ersten, unkontrollierten Schwerthieb. Er trat einen Schritt nach hinten, zog sein Schwert und wehrte meinen nächsten Angriff ab.

Die Stimmung unter den Zuschauern änderte sich erneut, jetzt überwog die Begeisterung über den ungleichen Zweikampf zwischen einem gut ausgebildeten Schwertkämpfer und einem armseligen, todgeweihten Sklavenjüngling. Der aber ein Schwert und erst vor wenigen Augenblicken jemanden getötet hatte. Dieser Umstand rettete mir das Leben.

Gunnars Schwertmann griff vorsichtig an, als wolle er testen, wie gut ich mit dem Schwert umgehen konnte. Hätte er seine ganze Kraft aufgewandt, hätte ich kaum überlebt, denn die Fußfesseln hinderten mich, und mir fehlte die Übung mit der Waffe. Dafür war ich schnell und stärker als die meisten. Gerade so schaffte ich es, vor seinem Schwert zur Seite zu springen, zog mir aber dennoch eine entzweigeschnittene Tunika und einen Kratzer auf der Brust zu.

Es war keine schwere Verletzung, aber mein zerstörtes Gewand beeinträchtigte meine Bewegungen. Ich riss mir die Fetzen vom Oberkörper und umwickelte meine linke Hand mit dem Stoff und der Kette der Handschellen. Der Mann zeigte mir ein hämisches Grinsen. Ich hatte meine Unzulänglichkeiten im kriegerischen Handwerk offenbart.

«Jetzt stirbst du, Sklave», kündigte er an. «In deiner eigenen Pisse wirst du verrecken.»

Einen Wimpernschlag glaubte ich ihm und spürte Panik aufwallen, doch dann hörte ich Pillgryes' Stimme in meinem Kopf. *Du bist der geborene, Krieger, Ulv. Du bewegst dich flink und denkst ebenso schnell!*

Mit dem nächsten Angriff hatte es der Schwertmann auf meinen ungeschützten Kopf abgesehen, er setzte alle Kraft in den Hieb, aber ich riss mein Schwert nach oben und parierte den Schlag. Mit geneigtem Kopf sah ich ihn an und lachte hämisch. Ich war am Leben, ich kämpfte, ich würde sterben – es war herrlich.

Ich schwang das Schwert aus voller Kraft in Richtung seines Kopfs, und er wehrte den Angriff ab. Wieder holte ich aus, und zwar so schnell, dass er meiner Klinge im letzten Moment auswich, indem er nach hinten sprang.

So wie Pillgryes es mich gelehrt hatte, schwang ich mein Schwert in konstanten Bewegungen aus dem Handgelenk, ließ die Klinge zwei zusammenhängende Kreise in der Luft beschreiben. Mein Gegner verteidigte sich und begann, mich grinsend zu umkreisen.

Bewegung!, hörte ich Pillgryes in meinem Kopf. Ich stieß vor und stolperte über die Fußfessel, fiel auf die Knie. Gleichzeitig trat der Schwertmann vor, und ich rammte mein Schwert nach oben. Es war ein Glückstreffer, und einzig meine Schnelligkeit hatte ihn ermöglicht. Gunnars Schwertmann sank kläglich wimmernd zu Boden.

Ich zog das Schwert aus der Wunde und reckte es gen Himmel, während ich meinen Siegesschrei in Thors Namen herausbrüllte, doch im gleichen Moment traf mich etwas am Nacken. Es flimmerte vor meinen Augen, und der Boden kam plötzlich näher. Hände zerrten an mir, legten neue Ketten um meine Handgelenke und schleiften mich auf das Sklavenpodest.

Gunnar tauchte in meinem verschwommenen Blickfeld auf, und ich grinste ihn an. In seiner Hand hielt er den Holzhammer.

«Arschloch», murmelte ich und kniff die Augen zusammen, um besser sehen zu können. Sein Blick verurteilte mich zum Tode, denn was ich getan hatte, war schlecht für seinen Ruf und damit fürs Geschäft. Die beiden jungen Kerle, die für ihn arbeiteten, standen wieder rechts und links von mir, aber keiner traute sich näher als eine Armlänge Abstand an mich heran. Mit zitternden Händen zogen sie an den Tauen, die mich gefesselt hielten.

Gunnar selbst war, wie gesagt, kein kräftiger Mann, aber an Mut mangelte es ihm nicht. Er kam zu mir, packte mich an meinen roten Haaren und versuchte, meinen Kopf für eine Enthauptung zu verkaufen. Dabei entdeckte er das jadegrüne Mjölnir-Amulett, streifte die Lederschnur über meinen Kopf und gab bekannt, dass der Schmuck ebenfalls dem Käufer gehöre, obwohl das bei einem solchen Handel nicht üblich sei.

Niemand meldete sich. Gunnar hielt den vorderen Zuschauern das Amulett mit dem Wolfskopf entgegen.

«Dieses Biest hier heißt Ulv, nach dem Wolf. Er ist ein Raubtier und trägt das Zeichen des Wolfs auf Thors Hammer, der an sich schon mindestens vier Silbermünzen wert ist», brüllte er. «Ein Biest, ein Raubtier, das zu zähmen oder zu erlegen ein wahres Vergnügen für einen geschickten Herrn sein wird ...»

«Gekauft», rief eine helle Stimme, die der nach Blumen duftenden Walküre gehörte. Ich hatte zwei erwachsene Männer in ehrenhaftem Kampf besiegt, und auch wenn ich noch nicht tot war, musste das der Grund sein, weshalb sie hier war. Ich freute mich – bald würde ich in Walhall sein, bei meiner Mutter.

Die Rufe der Zuschauer verstummten allmählich, als die Frau weitersprach. Das hörte sich überhaupt nicht mehr nach der Walküre Herfjötur an.

«Den Preis bestimmst du selbst, Händler», sagte sie, den Blick weiter auf mich gerichtet. Zorn und Schmerz brannten in ihren grünen Augen.

Erschöpft schloss ich die Augen und spürte einen Schwindel im ganzen Körper.

«Aber sei aufrichtig, Händler», setzte sie hinzu, ohne den Blick von mir abzuwenden. «So ehrlich du nur kannst, zu deinem eigenen Besten. Und, Gunnar Sklavenhändler, denk daran, dem Jungen das grüne Amulett um den Hals zu legen, ehe er geholt wird.»

Gunnar lachte verhalten und erwiderte etwas Ehrerbietiges, was ziemlich bemüht klang, denn Gunnar war ein gieriger Mann.

«Er gehört Euch, Frau», sagte er. «Samt dem grünen Anhänger, obwohl das bei einem solchen Handel nicht üblich ist.» Er schaute die Frau an. «Solange Ihr nur für die beträchtlichen Ausgaben bezahlt, die ich mit diesem Wildtier gehabt habe.»

Die Frau drehte sich um. «Mein Verwalter Vizcolle wird sich um deine Ausgaben kümmern, Händler.» Dann war sie verschwunden, und ein dürrer Mann mit schütterem Haar und einem schwarzen Umhang trat in mein Sichtfeld, das immer noch eingeschränkt war, weil Gunnar mich an den Haaren hielt.

Trotzdem sah ich sein schlohweißes Haar, die glatten Wangen, die braunen Augen. Sie wirkten bekümmert, als könne er meine Gedanken lesen und mein jämmerliches Leben sehen. Er hatte etwas von einem Priester oder Mönch.

Verwirrt folgte ich den zwei ängstlichen jungen Männern Gunnars, während meine Gedanken noch immer um die Frau mit den roten Haaren kreisten.

KAPITEL 8

Niemand scherte sich länger um mich, da in Haithabu jeden Tag unzählige Sklaven verkauft wurden. Ich befand mich nun in der Baracke für verkaufte Sklaven und musste Hand- sowie Fußfesseln tragen, die über eine Kette mit dem Ring um meinen Hals verbunden waren. In meinen eigenen Exkrementen sitzend, betrachtete ich eine Maus, die zwischen den Strohhalmen umherflitzte, und fühlte mich dem kleinen Tier auf eigenartige Weise verbunden.

Auf einer Trennwand saß eine einäugige Katze, die mit gestreckten Beinen und ausgefahrenen Krallen hinuntersprang. Sie hob die Tatzen und schaute nach der Maus im Stroh, ehe sie mich anblickte. Dann fauchte sie und verzog sich.

Ein junger Mann kam mit einem Eimer Grütze herein, klatschte mir einen Löffel davon in meine Schale und eilte weiter. Ich musste die Grütze wie das Tier fressen, nach dem ich benannt bin, denn meine Hände kamen nicht bis an den Mund.

Gunnar hatte einmal nach mir geschaut, und obwohl zwei

Wächter ihn begleiteten, zitterten seine Hände, als er mir die Lederschnur mit dem Mjölnir-Amulett um den Hals legte.

«Ich hoffe, die Frau schlachtet dich wie Sæhrimnir und verfüttert dein elendes Fleisch an die Raben.»

Mit einem Blick auf meine gefesselten Hände verließ er die Baracke und wünschte mir, dass mein Arsch juckte. Das tat er zwar nicht, aber seine Worte schürten meinen Hass auf ihn nur weiter.

Meine neue Besitzerin bekam ich nicht zu Gesicht, und das beunruhigte mich ebenso sehr wie der Gedanke an sie. Die immer gleiche Frage tauchte in meinem Kopf auf und irrte dort ziellos umher: *Warum?*

Ganz eindeutig war sie weder Herfjötur, die Walküre, noch von Odin gesandt, um mich nach Walhall zu bringen, so viel hatte ich inzwischen begriffen. Sie war von vornehmer Abstammung, vielleicht eine Königstochter oder die Gemahlin eines Jarls. Womöglich gar beides? Ich dagegen war nur ein gemeiner Unfreier, der sich gerade darum verdient gemacht hatte, zu sterben. Sie war schön, und ich war jung, muskulös und in meinen eigenen, einfältigen Augen ein großer Krieger.

Was hatte sie mit mir vor? Mich opfern? In diesem Moment war ich überzeugt, dass sie mich als ihr Spielzeug haben wollte. Zwar dachte ich damals nicht genau diese Worte, aber sie hatte dieses Gefühl in mir geweckt. Von einer reifen Frau, die sich einen jungen und wilden Kerl zur Unterhaltung hält. Weder wollte ich jemandes Spielzeug sein noch als Götteropfer dienen, doch ebenso wenig wollte ich noch mehr Zeit in der Sklavenbaracke zubringen.

Sonderbar war nur, dass die Erinnerung an sie und der Klang ihrer Stimme eine Ruhe in mir hervorbrachten, wie es selbst die dicksten Ketten oder Gunnars Prügel nicht geschafft hätten. Meine Gedanken waren kühl wie die Luft nach einem Gewitter mit Platzregen an einem lauen Sommertag. Die selbstzerstörerische und alles überschattende Raserei war von mir gewichen, und das verwirrte mich am allermeisten.

Von dem Moment an, in dem ich sie zum ersten Mal gesehen hatte, nahm das Bild der rothaarigen Schönheit meine Gedanken ein. Obwohl ich versuchte, sie zu vergessen, schlich sie sich doch wieder in meinen Kopf und blickte mich aus ihren tiefgrünen Augen an. Blumenduft mischte sich unter den Gestank nach Pisse, Jauche und dem abscheulichen Misthaufen, auf dem ich schlief.

Vier Tage später, am selben Tag, als die einäugige Katze die Maus schließlich schnappte, kamen ein junger und ein älterer Mann zu meiner Baracke. Beide trugen ein Schwert am Gürtel und einen roten Umhang, der mit großen Silberspangen über der Schulter zusammengehalten wurde. Die Männer in den vornehmen Kleidern schienen Krieger zu sein, und alle Leute, Diener, freie Männer und Sklaven, traten ihnen mit Ehrfurcht entgegen.

Selbst Gunnar sprach sie mit «Herr» an und öffnete eigenhändig die Tür zu meinem Verschlag, während er rückwärts vor ihnen herging und lautstark verkündete, was er alles für mich getan und welche Unsummen dies verschlungen habe.

Mit dem stummen Schwur, jegliche Zusammenarbeit zu verweigern, starrte ich die angekommenen Männer an. Wenn die rothaarige Frau mich haben wollte, sollte sie mich gefälligst selbst abholen.

Als sie meinen Verschlag betraten, fiel es mir aber auf einmal schwer, den Zorn in mir heraufzubeschwören, der mich ansonsten nie im Stich ließ. Der ältere wirkte hart, seine

Hand ruhte die ganze Zeit am Schwertschaft. Sein schwarzes Haar und der Bart waren grau gesprenkelt, und er war mindestens doppelt so alt wie der junge Mann, dessen Haare und Bart eine rotblonde Färbung hatten und der ziemlich gereizt wirkte.

Sie blieben einige Schritte von mir entfernt stehen, ehe der ältere den Finger auf mich richtete und mir mit einer ungeduldigen Geste zu verstehen gab, dass ich aufstehen sollte. Von seinem Kinn zog sich eine Narbe bis zur Wange hinauf, und die tiefe Furche auf seiner Stirn ließ erahnen, dass er mehr gesehen hatte, als gut war. Sein Blick duldete keine Widerrede, trotzdem ignorierte ich ihn hartnäckig.

«Hoch mit dir», knurrte er und starrte mich in Grund und Boden.

«Ich stehe bereits ... Herr.» Das letzte Wort entfuhr mir ungewollt, und das ärgerte mich. Ich streckte die Brust vor und mir fiel auf, dass die drei Männer ungefähr gleich groß waren, der alte aber ein wenig breiter.

«Nehmt den Sklavenring ab», befahl der jüngere und wartete ungeduldig, während Gunnar sich mit zitternden Fingern abmühte, den Splint aus der Schließe des Rings zu ziehen.

Der ältere bedachte mich mit einem ernsten Blick. «Raus!» Das war alles, was er sagte.

Ich bewegte mich nicht vom Fleck und betrachtete das als kleinen Sieg.

«Wo soll ich hin?», fragte ich und vermied es gerade so, ihn Herr zu nennen.

Darauf schickte er mich mit einem einzigen Schlag zu Boden, und das mit einer solchen Kraft, die ich seit Ymers Schlägen nicht mehr erlebt hatte.

Ich tat mich schwer, wieder auf die Beine zu kommen.

«Gehorche, Sklave. Das nächste Mal ist dein Ende.» Die Stimme klang heiser, als hätte er sie zu sehr beansprucht, versoffen. Aber er roch nicht nach altem Bier, und seine dunkelblauen Augen sahen mich klar und ernst an. Ich war klug genug, die rohe Macht zu erkennen, um sie nicht öfter als nötig zu provozieren. Er war imstande, mich mit einem Fingerschnippen umzubringen, und keine der Fähigkeiten, die ich zu besitzen glaubte, konnte daran etwas ändern – zumindest vorerst hatte der vorlaute Bengel seinen Meister gefunden.

«Ja, Herr», wisperte ich. Die beiden gingen vor mir, ohne sich umzublicken, in der Gewissheit, dass ich folgen würde. Ich versuchte, den Rücken beim Gehen gerade zu halten, woran die Fußfesseln mich behinderten, sodass ich mehrmals stolperte, ehe wir den Stall verließen. Trotz des dichten Gedränges in Haithabu bemühte ich mich, Schritt zu halten.

Auf dem Marktplatz scharten sich die Leute um einen Mann, der einen Bären an einer langen Kette hielt. Der Bär bewegte seine Füße wie zu einem langsamen Tanz, und jedes Mal wenn er innehielt, schlug der Mann mit einem Stock auf ihn ein, und der Bär tanzte weiter, worauf die Zuschauer zufrieden applaudierten. Vielleicht hätte ich Verbundenheit oder Mitleid mit dem Tier empfinden sollen, aber ich fühlte rein gar nichts.

Wir ließen den Marktplatz hinter uns mit Kurs auf den Hafen. Als ein paar Männer einen mit Leder, Wolle und Leinen beladenen Karren an uns vorbeizogen, stürzte ich und rappelte mich wieder auf.

Ein Mann in einem dünnen ärmellosen Umhang über seiner Brünne näherte sich. Auf der Brust war mit silbernen Fäden eine eiserne Faust aufgestickt, und ich erkannte Bjørn Eisenseite, den Neffen des Königs der Svear, den ich in Ripa gesehen hatte – mit meinem Schwert in der Hand. Allein der Gedanke an Ravnehug machte mich wütend, was kein besonders günstiger Umstand für einen stolzen jungen Mann in Sklavenketten ist.

«Neige den Kopf, Bursche», zischte mich der Ältere an. Keine Ahnung, woher er wusste, dass ich versuchte, mich aufrecht wie ein freier Mann zu bewegen.

«Ja, Herr», murmelte ich, streckte den Rücken aber dennoch durch, als wir an Bjørn Eisenseite vorbeigingen. Vielleicht antwortete ich zu forsch, oder der Alte hatte Augen am Hinterkopf. Jedenfalls drehte er sich um und herrschte mich an, ich solle mich untertänig betragen wie der elende Sklave, der ich sei, wenn mir mein Leben lieb wäre.

«Und das ist meine letzte Warnung. Noch ein Mal, und du bist tot.»

«Als Sklave eigne ich mich sowieso nicht», nuschelte ich vor mich hin, leider nicht leise genug.

Der alte Mann stellte sich so dicht neben mich, wie es außer Ymer seit Langem niemand mehr gewagt hatte ohne eine Waffe in der Hand.

«Die Geduld der Frau, was aufsässige Sklaven angeht, ist äußerst begrenzt», sagte er und sah mir tief in die Augen. Dann nahm er mein Kinn nach oben und berührte das grüne Amulett. «Und wenn du in Ungnade fällst, bin ich für dich verantwortlich. Das wirst du nicht überleben.»

Ich musste mich schwer zügeln, um dem nichts entgegenzusetzen; so war eben meine Natur, und so ist sie noch heute. Aber seine Worte erinnerten mich an meine neue Besitzerin und meine nächtlichen Träume, was mich nervös und ratlos machte.

«Ja, Herr», antwortete ich in einem Tonfall, der mich

selbst verblüffte und den alten Mann zufriedenstellte. Wir gingen durch das Hafentor und weiter hinaus auf einen Anleger, vor dem mehrere Schiffe vertäut lagen, die gerade be- und entladen wurden. Wie in einem riesigen Ameisenhaufen wimmelten Sklaven, Krämer und voll beladene Ochsenkarren durcheinander. Hier draußen bei den Schiffsanlegern wurden Geschäfte per Handschlag besiegelt, und Gold, Silber und Kupfer wechselten im Tausch gegen allerhand Waren den Besitzer.

Ich blickte über den Angelfjord zur Ostsee, spürte die Sehnsucht, über das blaugrüne Wasser zu segeln, und blieb hinter dem jungen Mann stehen.

«Hat die Frau einen Namen, Herr?», fragte ich, ohne zu bedenken, dass ein Sklave eigentlich keine Fragen stellte.

Der junge Mann wandte sich um und musterte mich auf unbehagliche Weise. Im Gegensatz zur Haut um seine Augen war die Stirn merkwürdig glatt, sein Bart nicht sonderlich dicht. Seine leuchtend blauen Augen hatten eine furchtlose Tiefe, die mich erstarren ließ. Seine Lippen öffneten sich zu einem humorlosen Lächeln.

«Kennst du ihren Namen nicht?»

Ich schüttelte den Kopf und bemerkte ein Funkeln in seinem Blick. Als er auflachte, verlor er ein wenig von seinem erwachsenen Gehabe und wurde zu einem großen Kind. Vermutlich war er nur ein paar Jahre älter als ich. Für einen kurzen Moment lächelten wir uns an, doch dann schaute er wieder bedrohlich drein.

«Vielleicht endet dein Leben ja bald, Sklave.» Er machte kehrt und ging über den Kai auf ein riesiges Langschiff zu, an dessen Reling sich unzählige Schilde aneinanderreihten. Das verbeulte Metall auf den Schildbuckeln blitzte in der Sonne wie zornige Augen, und die Lederkanten der meisten Schilde wiesen tiefe Kerben auf. Über der Wasserlinie klebten Algen und Schnecken an der Bordwand, als wäre das Schiff erst vor Kurzem entladen worden.

Der junge Mann winkte einem beleibten Mann zu, dessen Mantel glänzte wie Tautropfen in einem Spinnennetz in der Morgensonne. «Guten Morgen, Arne Steuermann. Hast du einen guten Preis für die Waren bekommen?»

Arne Steuermann erwiderte den Gruß, und sein enormer Bart teilte sich, als er breit grinste. «Guten Morgen, junger Torste Nilsson. Wir haben die Last der *Skumhingsten* für eine angemessene Menge Silber eingetauscht, auch wenn die Händler hier in Haithabu enge Verwandte von Loki sein müssen.» Er lachte über seinen eigenen Scherz, kam den Anleger hinauf und begrüßte den alten Mann herzlich. «Habt ihr den Sklaven geholt?»

«Ja», antwortete Torste, schwieg aber, als Arne die Nase rümpfte, ehe er ihn und danach den Alten ansah.

«Bist du das, der wie ein vollgeschissener Donnerbalken stinkt, Einar Schwertmann?»

Der Alte, dessen Name offenbar Einar Schwertmann lautete, schüttelte den Kopf und warf mir einen anklagenden Blick zu. «Nein, was hier so stinkt, ist der Sklave. Er riecht wie die Huren aus Holmgård, denen du viel zu viel Silber gegeben hast», erwiderte er.

Arne tätschelte munter den prall gefüllten Lederbeutel an seinem Gürtel. «So viel bezahlt haben wir gar nicht für sie.» Wieder lachte er und schlug vor, mich hinter der *Skumhingsten* herzuziehen, statt mich mit vollgeschissenen Hosen an Bord zu holen.

Einar gab ihm recht, löste das Problem mit dem Gestank

aber auf eine andere Art. Er schnitt mit seinem Messer meinen Gürtel entzwei und riss die Nähte meiner Hose auf, die auf den Boden fiel. Dann warf er die Hose in das trübe Wasser des Angelfjords und mich gleich hinterher.

Wie ein Stein sank ich auf den Grund, stieß mich mit den Eisen an Händen und Füßen wieder nach oben, bekam etwas Luft zu schnappen und ging sofort wieder unter. Diese Prozedur wiederholte sich so oft, bis ich glaubte, Rán wolle mich in der Tiefe behalten, doch dann packte eine Hand meinen Schopf und zog mich nach oben, während eine andere meinen Arm ergriff. Japsend und spuckend glitt ich auf das Deck der *Skumhingsten*, erbrach das geschluckte Wasser und biss die Zähne zusammen, um nicht auf Einar Schwertmann loszugehen.

«Dieser Sklave sieht übel aus, Einar», meinte Arne und trat mir in den Bauch. «Er scheint die eine oder andere Peitsche verschlissen zu haben.»

Ich übergab mich noch einmal und fand Arne Steuermann überhaupt nicht mehr witzig.

Darauf erwiderte Einar, dass die Peitsche, die er schwänge, scharf geschliffen und aus Eisen sei. Und danach stünde kein Sklave mehr auf.

Die drei lachten, während ich mich nackt, gedemütigt und vor Zorn bebend vor ihnen zusammenkauerte, aber Einars Blick gebot meiner Raserei Einhalt. Seine Hand suchte den Schwertschaft, als hoffe er insgeheim, ich würde mich auf ihn stürzen.

Da landete ein farbloser Wollumhang, die Bekleidung der Sklaven, vor meinen Füßen.

«Zieh das an, Sklave», bellte Torste Nilsson und folgte Arne zum Steuerruder.

Ich schaute zu Einar und bewegte meine nach wie vor gefesselten Hände.

Einar durchtrennte die Riemen zwischen Hand- und Fußfesseln und neigte den Kopf zur Seite. «Betrachte es als Zeichen dafür, dass die weinende Göttin Hlín dich nicht trösten wird, wenn du deine Hände zu etwas anderem nutzt, als dir befohlen wird. Tust du das, zerdrücke ich dich wie eine Laus. Verstanden?»

Ich nickte, stand auf und streifte das Wollgewand über. Es war weder sauber noch neu, aber in einem weit besseren Zustand als jedes Kleidungsstück, das ich in den letzten Jahren getragen hatte.

Einar folgte Torste und Arne und ließ mich zurück. Zwar bewachte mich niemand, aber ich trug noch immer Eisen an Händen und Füßen. Dafür befand ich mich nun auf einem Kriegsschiff, einem ziemlich prächtigen sogar, auf dem ich den Blick umherschweifen ließ.

Es gab mehr Riemen, als ich zählen konnte, aber ich schätzte, dass es Platz für mindestens sechzig Ruderer hatte. Und kein einziger von ihnen war ein Sklave. Auf dem hohen Vordersteven saß ein fauchender Drachenkopf mit roter Zunge. Der Schwanz setzte sich entlang der Reling der *Skumhingsten* fort bis zur ersten Ruderbank. Den Achtersteven zierte ein Adler mit gefalteten Schwingen und einem weiß gemalten Schnabel, die Windfahne auf dem Mast war vergoldet.

Gegenüber dem Ruder waren die Gerätschaften der Schiffsköche verstaut und festgebunden, daneben sah ich einen Grützetopf und drei kleine Wasserfässer.

Die *Skumhingsten* trug den Namen «Gischthengst» zurecht, sie war ein prachtvolles Schiff. Ich war so von dem Anblick gebannt, dass ich dem Gespräch zwischen Torste Nilsson und Arne Steuermann nicht wirklich folgte. Sie unterhielten sich über die gerade überstandene Fahrt nach Holmgård, die ihnen reichlich Raubgut, Sklaven und Silber eingebracht hatte, aber auch einige Strapazen, da die Flüsse in den Ostlanden nicht immer zusammenflossen.

Torste ging zum Vordersteven, grüßte ein paar Männer und verschwand aus meinem Blickfeld. Einer aber blieb am Ruder bei Arne, und es schien, als habe er die Schiffsplanken unter seinen Füßen vermisst.

Wir legten ab, und die Riemen wurden ausgelegt. Langsam steuerte Arne uns durch die Pfahlsperren und hinaus auf den Angelfjord und die Ostsee. Ich ahnte nicht, wohin wir fuhren, aber das spielte keine Rolle, denn ich war wieder auf dem Meer. Zum ersten Mal seit Langem legte sich ein Lächeln auf mein Gesicht.

Als ich mich fast wohlzufühlen begann, deutete Einar auf mich. «Arne, lass einen von deinen Männern ausruhen und setz den Sklaven auf die Ruderbank.»

«Zweiter Riemen an Steuerbord, Sklave», rief Arne, ohne mich anzusehen.

Ich setzte mich, griff den Riemen und verspürte eine sonderbare Freude über das glatte Holz in meinen Händen.

Ein Windstoß zerzauste mir die Haare, und kurz darauf schaukelte die *Skumhingsten* auf den Wellen. Es war ein herrliches Gefühl, und auch wenn die *Skumhingsten* doppelt so groß war wie die *Havormen*, waren die Bewegungen in etwa die gleichen.

Wir glitten auf die Ostsee hinaus, der salzige Wind war wie ein treuer Freund, den ich vermisst hatte. Ich legte mich in die Riemen, und für eine Weile vergaß ich alles außer der

Freude über Wind, Wellen und das blaugrüne Wasser, das an den Schiffsseiten entlangrauschte.

«Was grinst du so, Sklave?» Obwohl ich die Stimme seit Jahren nicht gehört hatte, erkannte ich sie sofort. Das war riskant für einen Hitzkopf wie mich. Neben mir stand Torkil der Lachende, mit dem langen roten Streifen ohne Barthaare auf der Wange, eine Hand in die Seite gestemmt, in der anderen einen Bierkrug haltend. Und genau wie bei unserer letzten Begegnung gelang es mir nicht, den Mund zu halten.

«Das liegt an meinem fröhlichen Gemüt, Herr. Da muss ich manchmal einfach grinsen. Kennt Ihr das auch?»

Er kniff die Augen zusammen, denn offenbar hatte ich eine Erinnerung in ihm geweckt. Aber ich hatte keine Ähnlichkeit mehr mit dem jungen Burschen, den er als Sklaven an den Steuermann von Rollo Jarl verkauft hatte.

Der Geruch von abgestandenem Bier schlug mir entgegen, als er sich zu mir beugte und mich musterte. Ich wandte den Blick selbst dann nicht ab, als er drohend die Hand hob.

«Ich kenne dich, Sklave», knurrte er, während er nachdachte. Was glücklicherweise ein wenig Zeit in Anspruch nahm. «Du …?»

«Torkil?», unterbrach Arne ihn und rettete damit wohl mein Leben. «Übernimm einen Riemen, und zwar auf der Stelle.»

Mit zornigem Blick trottete Torkil los und löste einen anderen Mann auf der Ruderbank ab.

Als jemand einen munteren Rudergesang anstimmte, vergaß ich Torkil den Lachenden wieder und fiel in den gemeinsamen Rhythmus ein. Der Skalde erzählte in seinem Lied, mit wie vielen wendischen Huren es Odin treiben konnte, ohne das Bierhorn abzustellen. An Bord der *Havormen* hatten wir keine Lieder gesungen. Eigentlich schade, weil einem bei einem guten Skalden und fröhlichem Gesang das Rudern viel leichter von der Hand ging. Einen halben Tag später kamen wir an die Mündung eines Fjords, den ich kannte, da ich dort schon einmal gesegelt war. Wir fuhren an Wæthel und den Sklavenhütten bei Snekken vorbei, wo ich Ymer zum letzten Mal gesehen hatte. Eifrig hielt ich nach ihm Ausschau, aber mehr als einen großen Misthaufen und ein paar Männer in zerlumpten Gewändern konnte ich nicht erkennen. Zwar waren sie barfuß wie ich, aber an ihren Gürteln baumelten Kampfäxte. Sie waren also arme, aber freie Männer.

Während wir dem geschwungenen Flussverlauf durch das Tal nach Jelling folgten, kamen wir an einem kleinen Marktplatz vorbei, der aus einigen Händlerbuden und Schankzelten bestand. Auf mehreren Hügeln stiegen schmale Rauchsäulen von Leuchtfeuern in die Höhe, bereit, entfacht zu werden – man wollte wissen, wer sich auf dem Weg nach Jelling befand.

Der Wasserstand wurde immer niedriger, und auf dem Vorderdeck musste ein Lotse den Kurs per Handzeichen vorgeben. Arne folgte seinen Anweisungen und schimpfte verbissen über die hiesigen Schlammleute und ihre mangelnde Fähigkeit, den Fluss schiffbar zu halten, als wir stecken blieben.

«Das sind ja Zustände wie in den Ostlanden», maulte er und schickte Männer mit Tauen an Land, die die *Skumhingsten* über die Schlammbank zogen, während die Riemen zum Staken genutzt wurden. So befreiten wir uns Stück für Stück und setzten die Fahrt flussaufwärts fort, wo das Gewässer so schmal wurde, dass zwei Schiffe nur schwerlich aneinander vorbeigekommen wären.

Dann aber weitete sich der Flusslauf wieder und mündete in einen Binnensee, wo mehrere Drachenschiffe an einem Anleger vertäut lagen.

Direkt hinter dem Steg standen viele Häuser, Hallen, Scheunen und Zelte mit den typischen Balken. Das hier war kein Sklavenmarkt, niemand bot laut schreiend seine Waren an, und es gab kein Gerangel um die besten Plätze. Die Leute waren mit dem Laden und Löschen von Schiffen beschäftigt, aber auch in den Schenken herrschte rege Betriebsamkeit.

Arne ließ die Riemen einholen, bugsierte uns zwischen zwei Schiffe und manövrierte den Vordersteven ans Ufer. Ein paar Männer sprangen an Land und machten das Schiff an einem Baumstumpf fest. Wir waren in Jelling.

Damals wusste ich noch nicht, dass es nicht die Königsburg war, aber sie lag nicht weit entfernt. Ich war einfach nur überwältigt von dem Gedanken, *zu Hause* zu sein – und mein ansonsten so loses Mundwerk stellte den Betrieb ein.

Der Empfang der *Skumhingsten* geriet zu gleichen Teilen erwartungsvoll und enttäuscht. Männer und Frauen blickten sich ungeduldig nach ihren Söhnen um, die auf den Raubzug nach Holmgård in den Ostlanden aufgebrochen waren. Nur kehrten keine jungen, sondern ausschließlich erwachsene Söhne heim, und den meisten von ihnen hatte die Reise ziemlich zugesetzt. Manche waren zum Krüppel geworden oder gar nicht erst wiedergekommen, weil man sie mit allen Ehren in den Ostlanden hatte begraben müssen.

Unter den Müttern, die ihre Söhne nicht in die Arme schließen konnten, brachen Klagerufe aus, die sich mit den freudigen Wiedersehensrufen der Familien vermischten, die nun wiedervereint waren. Eine füllige grauhaarige Frau sank auf die Knie und zerriss ihre Halskette, sodass die Bernsteinstücke in alle Richtungen flogen. Sie raufte sich die Haare und klagte Frigg an, während ein älterer Mann mit weißem Bart sie zu trösten versuchte.

«Neun Monate habe ich ihn in mir getragen, Barni. Der Schmerz, den ich spürte, als Njal Barnisson zur Welt kam, ist nichts gegen das, was ich jetzt fühle. Ich …» Sie begann zu schluchzen.

Zum ersten Mal erlebte ich hautnah die Trauer, die ein gefallener Krieger bei seiner Familie auslöst, vor allem bei den Frauen. Wie die meisten Fünfzehnjährigen begriff ich damals nicht wirklich, was ich sah, aber die verzweifelten Mienen und das Wehklagen der Mütter ging mir so nah, dass ich meine eigene Mutter plötzlich schmerzlich vermisste. Dann dachte ich an meine neue Besitzerin, und ein merkwürdiges Schwindelgefühl befiel mich. Sie war so stolz und schön, vor allen Dingen aber Furcht einflößend.

Ich bemerkte Einar Schwertmann und Torste Nilsson erst, als sie mich aufforderten, von der Ruderbank aufzustehen. Ich folgte ihnen an Land bis zu den nächsten Häusern, wo ein Mann auf einem Hocker vor einer Schenke saß. Sein Gesicht war aschfahl, und seine Augen glänzten, als er seinen Krug auf Asbjørn erhob, der nicht aus den Ostlanden zurückgekehrt war.

«Halt mir einen Platz in Walhall frei, mein Sohn», sagte er und trank einen Schluck Bier.

Vor einer Schmiede gleich neben der Schenke hielt Torste inne, und ich lief in ihn hinein.

«Pass doch auf, Sklave», zischte er und verschwand in einem Stall.

Ich beobachtete indes den kräftig gebauten Schmied mit Lederschürze an der Esse, der einem Jungen verärgert eine

Ohrfeige verpasste, als dieser eine Zange fallen ließ. Während ein verdreckter Kerl den Blasebalg bediente, holte er ein rot glühendes Stück Eisen aus den Kohlen, legte es auf den Amboss und begann es flach zu schlagen. Der Gesang des Ambosses erinnerte mich an munteres Vogelzwitschern, und der Geruch des glühenden Metalls hatte etwas von brutzelndem Ochsenfleisch in einer heißen Pfanne.

Jetzt hielt der Schmied sein Werkstück prüfend in die Höhe, es ähnelte einer groben Speerspitze, und legte es zurück in die Esse.

«Kannst du unserem Sklaven die Fuß- und Handeisen abschlagen, Schmied?», fragte Einar mit einem Fingerzeig auf mich. Der Schmied nickte mürrisch. Einar fesselte meine Hände mit einem langen Seil, ehe der Schmied die Splinte der Eisenringe mit einem Meißel und zwei präzisen Schlägen entfernte.

Es war ein ungewohntes Gefühl, keine Eisen mehr um meine Knöchel zu spüren. Probehalber hob ich die Füße, und zwei schmutzige Kinder starrten mich neugierig an, bevor sie mich nachäfften. Einer kicherte, der andere streckte mir die Zunge heraus. Ich erwartete, dass sie irgendetwas nach mir warfen wie die Drecksblagen in Haithabu, aber da zogen sie glucksend von dannen.

Torste kam mit einem grauen und einem weißen Pferd aus dem Stall und drückte dem Schmied eine kleine flache Silbermünze in die Hand. Damit waren seine Bemühungen mehr als fürstlich entlohnt, aber der Schmied nahm das Geld stumm entgegen und widmete sich wieder seiner Speerspitze.

Einar stieg auf das graue Pferd und band das Seil, das meine Hände fesselte, an den Sattel, während Torste sich elegant auf den Sattel des Schimmels schwang.

Da ich für Pferde nicht viel übrighatte, schien es mir recht vernünftig, dass ich laufen sollte.

Einar Schwertmann belehrte mich eines Besseren, sobald er dem Pferd die Sporen gab und das gespannte Seil mich zum Laufschritt zwang, wenn ich nicht über den Boden geschleift werden wollte. Nach der langen Zeit auf See war ich es noch nicht gewohnt, mehr als kleine Schritte beim Laufen zu machen. Ich taumelte herum, trat in ein Erdloch und stolperte.

Wie ein Holzklotz rollte ich über den Boden, schlug mir Knie, Ellbogen und den Hintern blutig, rappelte mich aber rasch wieder auf.

«Drecksack!», brüllte ich Einar hinterher. Dann riss es mich wieder um, und ich wurde auf dem Hosenboden durch das Stadttor von Jelling geschleift, vorbei an zwei Wachmännern, die sich auf ihre Speere stützen mussten, um bei meinem Anblick nicht vor Lachen umzukippen. Ich streifte einen Baumstumpf, drehte mich um und stellte mich fluchend wieder auf die Beine.

Gebäude und Menschen flimmerten an mir vorbei, bis johlendes Gelächter erklang und eine Stimme Einars Namen rief.

Einar verlangsamte das Tempo, um den Gruß zu erwidern, und das kam mir recht gelegen. Vor einer riesigen rot gestrichenen Halle mit gewölbtem und von Pfosten gestütztem Dach standen mehrere Männer in einer Reihe, ließen Wasser und winkten Einar zu.

«Einen netten Hund hast du dir da zugelegt, Einar Schwertmann», meinte einer.

Einar trieb sein Pferd an, und ich musste so schnell rennen, wie ich nur konnte. Doch selbst laufend und voller Hass auf meinen Peiniger konnte ich nicht umhin, die soliden Palisaden Jellings zu bewundern, die sich bis ins Unendliche erstreckten und jedem in Erinnerung riefen, dass hier der König von Jütland zu Hause war.

Wir überquerten einen kleinen Platz mit Pflastersteinen, und ich stürzte erneut. Diesmal schaffte ich es nicht sofort wieder hoch, und Einar drosselte das Tempo ein wenig. Erst hinter dem Platz kam ich auf die Beine und verspürte den unbändigen Drang, Einar Schwertmann etwas Schweres über die Rübe zu ziehen.

Mein Hass auf Einar ging bald in meinem Ringen um Luft und gegen das Seitenstechen unter. Ich spürte weder Hände noch Füße, mein Kopf dröhnte, und die Tränen flossen. Dass etwas so Einfaches wie Laufen ein Problem darstellte, machte mich fuchsig.

Rhythmus, Atmen, dachte ich und konzentrierte mich darauf, jedes Mal einzuatmen, wenn ich den linken Fuß aufsetzte. So kam ich zwar besser voran, meine Gedanken klarten dadurch aber auch nicht auf. Zu dem Groll auf Einar gesellten sich Gedanken an meine Besitzerin, mit einer solchen Wucht, dass die Erinnerung an Maria verblasste. Diese Frau flößte mir Respekt und eine unerklärliche Angst ein, aber ich wollte mich nicht von ihr brechen lassen.

Ich war bereit, mich der Frau zu beugen, meinetwegen auch Einar und dem jungen Torste, mehr aber nicht. Wie ein Strohhalm im Wind wollte ich mich beugen und in einer Woge wahnsinniger Raserei über sie hereinbrechen, sobald das Schicksal und die Nornen es mir gestatteten, Rache zu nehmen. Das beschloss ich an jenem Spätsommertag im Jahr 940 nach der Geburt des festgenagelten Weibergottes, aber es sollte alles ganz anders kommen.

Einar führte mich zu einem großen Tor, neben dem zwei

Speermänner mit ihren Schilden an der Palisade lehnten. Das Tor stand offen, und die beiden Mistkerle von Einar und Torste grüßten die Wachen freundlich, als wir hindurchgingen und Jelling verließen. Ich grüßte niemanden, weil es mir an Puste und freundlichen Worten mangelte. Mehr als Palisaden, ein paar große Hallen und plankenbelegte Straßen sah ich nicht von der Königsburg, trotzdem brannten sich mir diese Eindrücke so tief ein, dass ich sie noch heute vor mir sehe.

Es ging durch mehrere Furten, Hügel hinauf und wieder hinab und verlangte mir alles ab, um Schritt zu halten. Erst als der Weg leicht bergab führte und dann ebener wurde, bekamen meine Lungen weniger zu tun, und mein Verstand meldete sich. Eine Weile flimmerten rote Punkte vor meinen Augen, und ich taumelte japsend hinter Einars Pferd her. Wirklich sehen konnte ich erst wieder, als die zwei Reiter Schrittgeschwindigkeit anschlugen, und da erkannte ich, dass die Wagenspuren auf dem Weg breiter geworden waren.

Wir folgten dem Ochsenweg, den heute manche Heerweg nennen, der von Haithabu über Jelling bis nach Wibiærgh führt.

Der Ochsenweg wurde von Händlern und Bauern genutzt, die dort mit ihren Karren und Schafherden unterwegs waren. In regelmäßigen Abständen kamen wir an Gruppen bewaffneter Männer vorbei, die Einar und Torste Platz machten und sich köstlich über mich amüsierten, der schnaufend hinterherstolperte.

«Meck, meck, meck, du feines Zicklein», blökte ein Axtmann und fiel in das Gelächter seiner Freunde ein.

Das Einzige, was mich daran hinderte, das Seil um einen Baum zu spannen, um Einar aus dem Sattel zu reißen, war der Gedanke, dass mich das wahrscheinlich nach Helheim oder

Folkwang bringen würde. Denn auch wenn der Tod mir ein willkommener Freund war, bezweifelte ich, dass Einar mich wie einen Krieger sterben lassen würde. Er würde mich wie einen tollwütigen Hund abschlachten und meine Überreste den Krähen und Raubtieren überlassen. Damit beeindruckte man Odins Walküren sicher nicht.

Trotz meines maßlosen Hasses lief ich also keuchend weiter. Wir erreichten einen breiten Fluss, dessen Wasser mir bis zur Brust reichte, und zum ersten Mal wurde mir schwarz vor Augen. Meine Beine bewegten sich von allein weiter, aber meine Umgebung, die Bäume, Buschwerk, Lichtungen und Felder, verschwanden in Nebel.

Schließlich gaben meine Beine nach, und ich sank zusammen. Wir hielten an, zum ersten Mal. Einar saß ab und reichte mir den Wasserschlauch, ließ mich Luft schnappen und trinken, bevor er wieder in den Sattel stieg.

Das Spiel aus Hinterherrennen und Verschnaufpause spielten wir fünfmal, bevor Einar wieder Schritttempo ritt. Halb bewusstlos wankte ich hinterdrein und lief, da ich nicht bemerkte, dass er angehalten hatte, geradewegs gegen das Hinterteil des Pferds und kippte um wie ein nasser Sack.

Wir verließen den Ochsenweg und folgten nun kleineren Pfaden durch dichte Wälder und Getreidefelder in Richtung Osten. Auch einige Flüsse durchquerten wir, und im tiefsten schluckte ich ordentlich Wasser. Doch dann erreichten wir den Hof von Sune Metbrauer.

Sune empfing uns mit einer rothaarigen Frau und einem großen Jungen vor seinem Haus und hieß uns willkommen, während der Junge drei Krüge mit Met füllte. Dabei verschüttete er ein wenig und fing sich eine heftige Ohrfeige von Sune ein. Die Frau teilte einen Laib Brot in drei Stücke und gab jedem der Männer eines davon, ehe sie ihnen je einen Krug Met reichte.

«Mein Heim ist Euer Heim, Herr Torste, solange Ihr es wünscht», sagte Sune.

Torste bedankte sich und sah mich kurz an. «Wir reiten morgen vor Sonnenaufgang weiter. Der Sklave soll gefesselt bleiben, und verpasst ihm eine Tracht Prügel, wenn er sich nicht ordentlich aufführt.»

«Ist er ungezähmt?»

«Allerdings, aber das werden wir ihm schon austreiben.»

Mit einem Wink zu den Pferden befahl Einar mir, das Gepäck ins Haus zu tragen. Darauf hatte ich überhaupt keine Lust, aber Einar starrte mich so lange an, bis ich widerwillig gehorchte.

Es war nicht einfach, mit gefesselten Händen und tauben Fingern Knoten zu lösen und Gepäck abzuladen, zumal hinter meiner Erschöpfung eine zornige Glut loderte. Sune Metbrauer schien meinen Groll zu bemerken, denn er forderte seinen Jungen auf, mich im Blick zu behalten und das Seil um meine Hände ja nicht loszumachen.

«Danach versorgst du die Pferde», verlangte der Junge, nachdem die drei Männer und die Frau in Sunes Haus gegangen waren.

Ich antwortete nicht.

«Hörst du, Sklave?», schnauzte er und packte mich an der Schulter.

Meine Hände waren zwar gefesselt und ich am Rande der Erschöpfung, aber die Macht der Gewohnheit war stärker. Mit voller Kraft rammte ich meine Hände unter seinen Armen hindurch gegen sein Kinn. Er stöhnte leise, kippte um und blieb mit dem Gesicht nach oben liegen. Ich beherrschte mich mit Müh und Not und schlug nicht weiter auf ihn ein, stattdessen hockte ich mich neben ihn.

Er war ein wenig jünger als ich, dürr und blond, und er trug keine Schuhe. Hose und Obergewand waren durchlöchert, aber das Messer an seinem Gürtel sah neu aus. Ohne groß nachzudenken, zog ich es aus der Scheide und hielt die Klinge an das Seil um meine Hände. Da hörte ich Einars Stimme aus dem Haus und wartete kurz.

«Nein», wisperte der Junge und blickte mich aus furchterfüllten Augen an.

Ich drehte die Messerspitze so, dass sie seinen Hals berührte.

«Ich kümmere mich selbst um die Pferde», stammelte er. «Und das Gepäck trage ich auch hinein», fügte er hinzu, als ich das Messer etwas fester gegen seinen Hals presste.

Ich ließ von ihm ab und setzte mich auf einen Hackklotz.

Der Junge stand wieder auf und fasste sich an den Hals, an dem ein Blutstropfen hinabrann. «Du bist nicht als Sklave geboren, was?»

Ich schüttelte den Kopf und sagte nur ein einziges Wort. «Wasser!»

Sofort schöpfte der Junge einen ganzen Eimer aus dem Brunnen, und ich trank gierig, während er das Gepäck von den Pferden lud.

«Du musst mir aber helfen, das Zeug hineinzutragen, sonst bekommen wir beide eine Abreibung.»

Ich stand auf, nahm einen Packsack und betrat das Haus von Sune Metbrauer. Neugierig blieb ich in der niedrigen Tür stehen, zum ersten Mal auf der Schwelle zum Heim eines Dänen.

Der Boden bestand aus festgestampfter Erde, und die

Wände waren aus Holz. An den Seiten sah ich erhöhte Schlafbänke mit Stroh und Fellen. Auf den Querbalken des Dachs lagen mehrere Schichten Schilf, und wo der Rauch durch ein Loch abzog, dienten Tierhäute als Funkenschutz.

Überall hingen Werkzeuge, Fässer, Wannen und dicke Bündel mit Kräutern und Stroh an den Dachbalken. Die gesamte Wandfläche war bedeckt von Fellen, Löffeln, Töpfen und anderem Hausrat, aber auch Schilde, Speere, Äxte und einen Bogen samt Pfeilköcher sah ich. Im Haus von Sune Metbrauer schien alles seinen festen Platz zu haben.

Die drei Männer saßen auf den Schlafbänken um die längliche Feuergrube, stippten das Brot in die Schale mit Grütze und spülten es mit Met herunter.

Am Feuer rührte eine mollige Frau mit langem grauem Haar in einem Eisentopf. Sie drehte sich um und sah mich an, bevor sie den Löffel zur Seite legte, sich aufrichtete und auf eine Bank an der Wand deutete. «Die Herren schlafen dort. Du legst dich zu den anderen Tieren.»

Ich war viel zu müde, um zornig zu werden, legte den Sack auf die Bank und schlurfte zum anderen Ende des Raums, wo die Tiere waren. Zwei Ziegen und eine Katze mit Jungen lagen im Stroh, eine Kuh schaute mich mit traurigen Augen an. Ich fiel auf der Stelle ins Stroh und wachte erst wieder auf, als Einar mich an den Haaren auf die Beine zerrte.

«Raus», zischte er. Ich stolperte über ein Tier, das im Schlaf jammerte, und als ich wieder hochkam, war Einar schon nach draußen gegangen.

Das Feuer glomm noch schwach, und der Topf mit der Grütze stand daneben auf dem Boden. Mein Magen knurrte, aber der Topf war leer, als ich hineinfasste. Ein Schnarchen ließ mich aufblicken. Sune Metbrauer lag neben der rothaarigen Frau im Stroh, und ich sah die Innenseite ihrer Schenkel sowie eine weiße und füllige Brust. Ein erregendes Kribbeln fuhr in meine Lenden und ließ mich das Rumoren in meinem Bauch vergessen, bis Einars Stimme von draußen nach mir rief.

Ich riss den Blick los und sah, dass Sunes Junge mit der grauhaarigen Frau in einem Bett schlief. In einem anderen Bett lag ein erwachsener Mann mit einer Frau und einem Kind, leider ohne weitere entblößte Körperteile. Die Tür flog auf, und Einar warf mir einen verärgerten Blick zu. Also verließ ich das Haus von Sune Metbrauer und die weiße rundliche Frauenbrust, blieb aber vor der Tür stehen, als Leben in meine Füße kam, die mit Schrammen und Kratzern überzogen waren. Ein wimmerndes Stöhnen entwich mir. Gern hätte ich ein Paar Stiefel gehabt, wie Einar und Torste sie trugen, oder wenigstens Lederbeutel, wie ich sie in Dyffryn Cudd als Schuhe gehabt hatte. Aber ich hatte nichts, sagte nichts und schluckte den Schmerz herunter.

«Iss und trink», forderte Einar mich ungeduldig auf, reichte mir etwas getrocknetes Fleisch und einen Trinkbeutel mit dünnem Bier. Mehr als essen, trinken und pissen schaffte ich nicht, da wurden die Fesseln um meine Hände schon wieder gestrafft und ich lief auf brennenden Sohlen hinter Einars Pferd her.

In einem wabernden Nebel aus Schmerz tötete ich Einar in Gedanken so oft, dass ich gar nicht mehr mitzählen konnte, aber die Wut lenkte mich von der Pein in Armen, Beinen und vor allem in den Füßen ab.

Wir rasteten öfter als am Vortag, und jedes Mal bekamen die Pferde Futter oder Wasser. Ich durfte erst aus einem Bach oder dem Beutel mit Bier trinken, wenn die Tiere fertig waren. Wie ich die beiden Mistkerle und ihre vermaledeiten Gäule hasste.

Als wir anhielten, stand die Sonne schon tief am Himmel. Diesmal war der Grund für den Halt Torste, der sich erleichtern musste. Zwei ganze Tage war ich inzwischen gelaufen, und wie üblich merkte ich erst, dass wir angehalten hatten, als ich gegen das Hinterteil von Einars Pferd prallte und umfiel.

Ich lag auf dem Rücken, japste nach Luft und sah etwas, das aussah wie fünf große Scheiterhaufen. Dichter Rauch stieg von einem der Feuer nach oben, und zwei Männer räucherten Fisch auf großen Räuchergestellen. Zwei andere trugen Brennholz zu bereits hohen Haufen, und ein dritter stapelte Flechtkörbe und Tonnen aufeinander. Ein Stück entfernt erahnte ich einen Wasserlauf und eine weidende Schafherde.

«Du musst Brückengeld entrichten, bevor du über die Brücke fährst, denn so sind die Vorgaben», brüllte ein Mann mit so verärgerter Stimme, dass ich mich vor Neugier aufrichtete. Einen Pfeilschuss von den Feuerstellen befand sich ein Hof mit Holzpalisade und einem bewaffneten Torwächter. Er war es, den ich brüllen gehört hatte.

Ein Bauer mit einem hoffnungslos überladenen Ochsenkarren erwiderte ebenso laut und mürrisch, dass er lediglich über die Brücke müsse, um zu Sven Wollkrämer zu kommen.

«Es kostet immer das Gleiche, Schwerhöriger Geir, ganz egal, zu wem du willst», rief der Wächter. «Und das weißt du genau.»

Brücke? Welche Brücke? Mein Blick folgte dem Hohlweg entlang der Palisade, der bis zum Flussufer und zu einer schmalen Holzbrücke führte. Wer immer den Hof besaß, hatte einen guten Ort dafür ausgewählt, denn der Wächter konnte gleichzeitig das Tor, den Brückenkopf und den Hohlweg beaufsichtigen.

Als Torste fertig gepisst hatte, führten Einar und er die Pferde, und damit auch mich, zum Tor.

Der Wächter nahm das Geld von Geir dem Schwerhörigen entgegen, der sich noch immer lauthals beklagte und schwor, beim nächsten Mal eine Fähre zu nehmen, wenn so wenige Ochsenschritte so teuer waren. Darauf zuckte der Wächter mit den Schultern und meinte, es stünde jedem frei zu tun, was er wolle.

Ich ging ein Stück zur Seite, sodass ich die Dächer eines Langhauses und einer Halle sehen konnte, die über die Palisade ragten. Die Holzpflöcke der Palisade reichten bis hinunter zum Flussufer, was bedeuten musste, dass dahinter eine große und wichtige Siedlung lag – hoffentlich wohnte meine neue Herrin hier.

Mit der Drohung, die Hunde auf ihn zu hetzen, scheuchte der Torwächter den meckernden Bauer weiter, bevor er sich zu Torste und Einar umwandte.

«Jetzt ist der Weg frei von maulenden Bauern», sagte er grinsend. «Wie ich sehe, habt ihr es vorgezogen, von Jelling aus zu reiten, statt zu segeln?» Seine Augen funkelten mich bedrohlich an, als ich ihn zu lange anstarrte.

Ein Bein des Wächters war unterhalb des Knies durch ein Stück Holz ersetzt, aber er war bewaffnet und trug an jedem Arm einen Ring.

«Ja, dieser Sklave hier brauchte ein wenig Auslauf», scherzte Einar.

«Gut, dich zu sehen, Bjørn Holzbein», sagte Torste. «Auf dem Posten wie immer, obwohl fünf Enkel an deinem Feuer sitzen?»

Statt zu segeln? Einar hatte mich tagelang über unzählige Hügel und ebenso viele Flüsse, Moore, Wiesen und Wälder geschleift. *Und das, obwohl sie hätten segeln können?!*

«Sechs», entgegnete Bjørn Holzbein. «Yngvars Freydis hat vor drei Tagen einen stattlichen Jungen zur Welt gebracht.» Er starrte mich böse an, als wir durch das Tor schritten, aber darauf pfiff ich. Zum ersten Mal betrat ich die Welt, nach der ich mich gesehnt hatte, solange ich denken konnte.

Innerhalb der Palisade standen viele Gebäude, das Langhaus und die Halle waren die größten. Zwar schienen sie ihre besten Tage hinter sich zu haben, doch besonders die Halle mit dem Widderschädel am Giebel beeindruckte mich. Das gewölbte Dach der Halle wurde ringsum von Pfosten gestützt, und über der Eingangstür ruhte ein Dach auf Balken, in deren oberen Enden schlangenartige Tiere geschnitzt waren. Neben der Tür hatte jemand mit roter Farbe einen Widderkopf aufgemalt, und unter dem First befand sich ein mit Schnitzereien verzierter Fries, auf dem Drachen und Widder gegeneinander kämpften. So etwas hatte ich noch nie gesehen.

Jetzt nahm ich auch die Geräusche wahr, gackernde Hühner, Pferdegewieher, blökende Schafe, Kinderweinen und Gelächter. Hier ein wütender Ruf, da eine respektvolle Antwort. Dazu mischten sich die Gerüche nach dem Rauch der Feuerstellen und dem Essen aus der Küche. Dann der Gestank von in Wasser gelöstem Leim, mit dem Schilde und Schiffe bemalt wurden, scharfer Teergeruch und der typische Geruch von Leder, das in einer Mischung aus Wasser und Eichenrinde gegerbt wurde. Zuletzt die ganz besonderen Düfte vom Misthaufen und dem Donnerbalken.

Eigentlich hatte ich damit gerechnet, auf unendliche Reihen von Hirdmännern zu stoßen, die den Kampf mit

Schwertern, Äxten und Speeren trainierten, und war dementsprechend enttäuscht, nicht einen einzigen Krieger zu sehen. Es gab viele Leute hier, und es war einiges los, aber abgesehen von dem steinalten Torwächter mit dem Holzbein entdeckte ich kein Kettenhemd.

Vier neuer aussehende Häuser waren von niedrigen Zäunen aus geflochtenen Weidenzweigen umgeben, was verriet, dass in der Siedlung auch freie Männer mit ihren Familien lebten. Vor allen Gebäuden wimmelte es von Männern, Frauen, Kindern und Sklaven, die Holz hackten, Korn mahlten, Butter schlugen, Zweige flochten oder Fisch und Fleisch zum Trocknen aufhängten.

Unter einem Dachfirst saß ein Mädchen an einem Webstuhl, deren Unterkleid etwas nach oben gerutscht war, sodass ein Teil ihres weißen Schenkels zum Vorschein kam. Sie schien in meinem Alter zu sein und hatte helles geflochtenes Haar, das ihr bis zur Hüfte ging.

Ein paar Jungen rannten umher und bekämpften sich mit Holzschwertern, und ich sah ein Mädchen von etwa fünf oder sechs Jahren auf einem Schemel sitzen und ein Wollknäuel kämmen. Vor dem Schemel lag eine kleine, in ein Wollgewand gekleidete Strohpuppe auf einem Fell. Das Mädchen schaute den raufenden Jungs mit stolzer Miene zu, als kämpften sie um ihre Gunst. Leider traf einer der Knaben sie dabei mit dem Schwert, worauf sie mit der Puppe im Arm weinend zu einer der Frauen rannte.

Alle schienen beschäftigt, aber mir fiel dennoch auf, dass mehrere Frauen lächelnd zu Einar und insbesondere Torste aufschauten und ihnen zuwinkten.

«Schön, Euch zu sehen, Herr Torste», rief eine kräftige Frau, während sie weiter Korn mahlte. Sie stampfte den

Stößel in den Mörser, und sobald sie ihn hob, machten sich zwei kleine Mädchen mit flinken Fingern daran, die Schalen herauszupicken.

Auch die männlichen Bewohner der Burg begrüßten die beiden Männer. Einer von ihnen lud Torste scherzhaft ein, zur Holzaxt zu greifen und mitzuhelfen. Ein anderer meinte, Müßiggang schwäche den Schwertarm, und so schwatzten die beiden weiter, während sie unbeirrt Holz für einen Stapel spalteten, der größer war, als ich es je für möglich gehalten hätte. Aber Ymer hatte mir erzählt, dass es winters im Land der Dänen kalt wurde und die Flammen des Langfeuers mindestens so hungrig waren wie junge Männer auf einer Ruderbank.

Torste winkte den Holz hackenden Männern zu und übergab die Zügel einem heraneilenden Sklaven, während mein Blick sich auf ein großes rotes Banner mit einem schwarzen Widderkopf richtete.

Ich war so eingenommen von all den Eindrücken, dass ich beinahe auf ein Huhn getreten wäre, das sich, von einem geilen Hahn gejagt, zwischen meinen Beinen hindurchzwängte. Es lief über den schlammigen Boden in eine Scheune, aus der gerade der weißhaarige Verwalter trat, den sie Vizcolle nannten.

Er machte einen Schritt über das Huhn und blickte mich aus seinen tief liegenden braunen Augen an. Mit den hohen Wangenknochen sah er nicht aus wie ein Däne, was Torstes Worte kurz darauf bestätigten.

«Vizcolle, du dickköpfiger Obodrite, halten sich die Männer an deine Anweisungen?»

Vizcolle rang seine knochigen Hände, und das sagte mehr aus als sein knappes Kopfschütteln. «Sie halten mich zum

Narren, Herr», antwortete er mit merkwürdig heller Stimme, als wäre er nie in den Stimmbruch gekommen. Er hatte etwas Weibisches an sich, weshalb ich nicht weiter auf ihn achtete. Stattdessen beobachtete ich das hübsche Mädchen am Webstuhl. Sie würdigte mich keines Blickes, aber sie lächelte Torste fröhlich zu.

«Wie ich sehe, habt ihr das Wildtier geholt, für das die Herrin viel zu viel gezahlt hat», sagte Vizcolle. «Hat er Vernunft angenommen?»

Die quäkende Stimme des Obodriten reizte mich, außerdem zitterten meine Beine vor Erschöpfung – und beides zusammen ließ mich den Mund öffnen. Ich wollte dem Obodriten etwas entgegenschleudern, als seien meine Hände nicht gefesselt und als zierten keine Peitschennarben meinen Rücken.

Der metallische Ton eines Hammerschlags auf den Amboss hielt jedoch die Worte zurück, die mich ansonsten garantiert direkt auf den Boden befördert hätten. Und damit wäre ich noch gut bedient gewesen, denn Geduld war nicht gerade eine Tugend von Einar Schwertmann.

Ich hatte bisher nur eine Schmiede von innen gesehen, als meine Fußeisen in Jelling abgeschlagen wurden, und das hatte nur einen kurzen Moment gedauert. Durch Ymer wusste ich aber, was ein kundiger Schmied mithilfe eines Hammers und glühender Kohle aus einem Stück Eisen formen konnte.

Ein Bellen riss mich aus meinen Tagträumen über kunstvoll geschmiedete Schwertklingen, Messer und eiserne Äxte, denn auf einmal kam ein Rudel riesengroßer wolfartiger Köter mit aufgerissenen Mäulern auf mich zugestürmt. Sie knurrten mich bedrohlich an, und einer stellte sich sogar auf die Hinterbeine und legte die Pfoten auf meine Schultern. Ein bestialischer Gestank schlug mir aus dem Maul entgegen, und allein die schiere Größe des Tiers ließ mich erstarren.

«Runter!», befahl Torste mit erhobenem Arm. «Fort!»

Die Biester gehorchten aufs Wort und rannten bellend davon, worüber ich ziemlich dankbar war. Müsste ich eines dieser sabbernden Ungeheuer streicheln, dann vorzugsweise mit einer Axt.

Ein Hund setzte sich dicht neben Torste und himmelte ihn hingebungsvoll an. Der kraulte die Töle hinter dem Ohr, und es war deutlich zu sehen, dass er das Tier gernhatte.

Einar ließ das Seil um meine Hände los und zeigte auf ein Grubenhaus, das ein Stück abseits der anderen Gebäude stand, als wollte niemand in seiner Nähe wohnen. Das grasbewachsene Dach ging in die Wiese über, die bis zur Palisade hinaufreichte, und zwei Ziegen grasten rund um das Rauchloch, aus dem eine graue Qualmwolke aufstieg. Eine der Ziegen musterte mich mit trägem Blick, während sie wiederkäute.

«Rein da, Sklave, und mach deine Fesseln los.»

Mit einiger Mühe löste ich den Knoten mit den Zähnen und lockerte die Schlaufen, worauf das Blut zurück in meine Finger strömte. Ich glotzte Einar an und kämpfte gegen den inneren Drang, ihm zur Strafe dafür, dass er mich zwei Tage lang hinter einem Pferd hergeschleift hatte, das Seil ins Gesicht zu knallen, was mir sehr schwerfiel.

«Worauf wartest du?», fragte Einar beinahe schon freundlich, aber sein Blick war streng.

Ich warf das Seil auf den Boden, drehte mich mit einem stillen Racheschwur um und lief auf wunden Füßen und zitternden Beinen zum Grubenhaus.

Vom Türrahmen hingen langen Schnüre mit bleichen Tierknochen und einem Vogelschädel mit großem Schnabel herab. Die Knochen klirrten leise im Wind, als ich die Tür öffnete und das Haus betrat.

Drinnen war es dunkel und die Decke niedrig, es roch stark nach Tier, Essen und Rauch wie im Zuhause meiner Kindheit.

Als sich meine Augen an die Dunkelheit gewöhnt hatten, erkannte ich eine trächtige Ziege, die am anderen Ende des Raums im Stroh lag. Sie meckerte leise, als störe sie meine Anwesenheit. Entlang der Wände gab es erhöhte Schlafbänke mit Stroh und Fellen, die einen guten Abstand zur Feuerstelle in der Mitte der Hütte hatten. Auf den Brettern ganz hinten standen Fässer, Körbe und Tröge, und vom Dach hingen Kräuterbündel, getrockneter Fisch und Fleisch und gleich neben der Öffnung für den Rauchabzug ein ganzer Schinken. Wenn das hier die Sklavenhütte war, hatten die Unfreien es hier besser als an jedem anderen Ort. Sogar besser als sämtliche Cymru.

Vom Feuer flog ein Funken durch die Luft und landete eine Armlänge von der nächsten Schlafbank auf dem festgetretenen Erdboden. Er glomm ein letztes Mal auf und erlosch.

Der Duft von frisch gebackenem Brot und Zwiebelsuppe drang durch den Rauch und ließ mir das Wasser im Mund zusammenlaufen.

Ich machte einen Schritt nach vorn, blieb aber abrupt stehen, als ich eine kleine Frau mucksmäuschenstill an der Feuerstelle sitzen sah. Sie war dürr und zurückhaltend, gleichwohl stellten sich die Haare in meinem Nacken auf. Ihr langes aschgraues Haar war verfilzt und hing ihr in dicken Strähnen ins Gesicht. Durch den Rauchabzug fielen Sonnenstrahlen und flimmerten in den Schwaden, die das runzlige Gesicht erleuchteten. Schließlich siegten mein unterdrückter Trotz und der Hunger gegen die Furcht vor der kleinen alten Frau. Ich ging auf die Feuerstelle und den Suppentopf zu, doch meine Füße blieben wenige Schritte vor ihr von selbst stehen.

Neben ihr stand ein Korb mit frischen Kräutern und ein Mörser. Obwohl mir der Magen knurrte und ich kaum den Blick vom Topf und dem Brot nehmen konnte, das daneben auf einem Stein lag, wagte ich es nicht, den letzten Schritt zu gehen.

«Und der Herr *glaubt*, er wäre ein Schwertmann», wieherte das alte Weib und rührte in der Suppe. Es war eine Feststellung, und der Tonfall gefiel mir ganz und gar nicht. Die Leute sollten lernen, ihre Zunge zu hüten. Das galt nicht zuletzt für mich, denn meine ewige Raserei ertränkte jede Vernunft.

«Gib mir etwas zu trinken, alte Frau, und wenn das essbar ist, worin du da rührst, will ich eine große Portion davon und etwas Brot.»

Sie lachte fauchend, warf eine Handvoll Kräuter in die Glut und bedeutete mir, mich auf den Stein neben sie zu setzen.

Die Kräuter qualmten stark, und merkwürdig benommen gehorchte ich.

«Ich heiße ...»

Sie drehte mir das Gesicht zu, und ich verstummte, als ich in ihre milchweißen Augen blickte, die mich anstarrten, ohne etwas zu sehen. «Du heißt Ulv Palnasson», sagte sie mit einem verschmitzten Lächeln.

«Du irrst, alte Frau», murrte ich. «Ich heiße Ulv – und nur Ulv!»

«Ob die Wahrheit wirklich ist oder die Wirklichkeit nur aus Schatten der Wahrheit besteht, weiß ich nicht. Ich spreche nur die Worte aus, die meine Zunge noch hervorzubringen schafft, denn meine Augen sind mir keine Hilfe mehr.» Sie streckte ihre Hand aus. «Gib mir deine Hand, Palnasson.»

Ich tat, was sie verlangte, und spürte, wie sich ihre knorrigen Finger um meine Hand legten. Eine sonderbare Wärme breitete sich darauf aus, als hätte ich meine Hand in warmes Wasser getaucht. Ich bin heute noch unsicher, was als Nächstes geschah, und lange glaubte ich, dass mein Verstand endlich den bitteren und demütigenden Übergangsjahren vom Kind zum Mann entkam. Meine Augen flossen über, ein Schluchzen entrang sich meiner Kehle, und als Nächstes fand ich mich in ihren Armen wieder und heulte wie Kind, das sich die Knie aufgescheuert hat.

Sie hielt mich lange in ihren überraschend starken Armen und summte eine Melodie, die mir fremd und zugleich so vertraut war, dass sie mir eine Gänsehaut bereitete und ich mit den Zähnen klapperte.

«Armer kleiner Ulv», flüsterte sie, und ich schluchzte noch lauter. «Deine Mutter liebt dich, kleiner Ulv Palnasson.»

«Ulv», schniefte ich. «Nur Ulv. Und meine Mutter ist tot.» Ich richtete mich auf und wischte die Tränen ab, ohne meine Hand ihrer zu entziehen. «Sie ist vor vielen Jahren gestorben.»

«Ich weiß, Ulv. Ich weiß.» Mehr sagte sie nicht.

«Du kennst meinen Namen, obwohl du mich auch bei einem anderen, falschen nennst. Aber wie heißt du?»

Sie lächelte und ließ meine Hand los. «Namen spielen keine Rolle, aber wenn du möchtest, kannst du mich Nælde nennen.»

«Nælde?»

Sie stand auf und sagte, ich solle ruhig sitzen bleiben und so viel Zwiebelsuppe essen, wie ich konnte, und dann verschwand sie schneller, als ich es für eine Blinde für möglich gehalten hätte.

«Danke, Nælde», murmelte ich, füllte eine große Schüssel mit Suppe, nahm mir Brot und schlürfte die brühend heiße Herrlichkeit.

Nachdem ich mich satt gegessen hatte, breitete sich in eine Ruhe in mir aus, die bis tief in meine Seele drang. Was auch immer Nælde mit meinen Gedanken angestellt hatte, sie fühlten sich auf einmal leicht und weniger zornig an, was lange nicht mehr der Fall gewesen war.

«Danke, Nælde», wiederholte ich leise und lehnte mich nach hinten. Mit dem Geschmack der Zwiebelsuppe am Gaumen schlief ich ein.

Ich träumte von Nælde, von Burgen mit endlos langen Holzpalisaden und von Anlegern mit Hunderten Langschiffen. In meinem Traum irrte ich umher, sprach mit Männern, die Schiffe beluden, Leute aufknüpften und ihre Sklaven auspeitschten, und ich spürte, wie Torgrim meinen Rücken blutig schlug. Ich knurrte und hielt das Schwert in der Hand, mit dem ich Gunnars Männer auf dem Sklavenmarkt in Haithabu tötete. Als mich der Holzhammer am Nacken traf, schrie ich auf.

Mit einem Ruck setzte ich mich auf und starrte in die Dunkelheit. Die Feuerstelle glomm schwach. Ich war schweißgebadet und hatte keine Ahnung, wo ich mich befand. Ich wusste nur, dass irgendjemand mich beobachtete.

«Ulv?», wisperte eine Stimme.

Ich nahm eine Bewegung wahr und streckte meine Hand mit einer Schnelligkeit aus, wie nur wenige es können, doch ich griff trotzdem ins Leere. «Ist da jemand?», fragte ich verängstigt.

«Pssst», flüsterte die Stimme nur. «Schlaf, mein Freund.»

Ich schloss die Augen und spürte eine trockene Hand, die

mir über die Stirn strich. «Mama», murmelte ich und begann zu weinen. «Ich vermisse dich. Ich vermisse dich.»

Als ich aufwachte, plagten mich Kopfschmerzen, wie man sie sonst von großen Mengen Bier oder Birkenwein bekommt. Wie damals, als ich Rhis Birkenwein gestohlen und die halbe Nacht gekotzt hatte. Anschließend hatte er mich grün und blau geprügelt, aber da ich ohnehin nur sterben wollte, fiel das kaum ins Gewicht.

Im Gegensatz zu damals herrschte jetzt eine wundersame Stille in meinem schmerzenden Kopf. Als ich mich ganz aufsetzte, fiel mir der Traum wieder ein. *Hatte ich meine Mutter getroffen?*

«Aufstehen, Sklave!», rief eine heisere unverkennbare Stimme. Auf Einars Kommando brach ein Getöse alltäglicher Geräusche in die Stille meiner Gedanken und verriet, dass sich noch mehrere Sklaven in der Hütte befanden. Sie unterhielten sich leise, wie es Sklaven für gewöhnlich tun, und sie sahen mich misstrauisch an wie den Fuchs im Hühnerstall.

«Wo ist Nælde?» Ich räusperte mich und stand auf, damit Einar seine Worte nicht wiederholen musste – so viel hatte ich inzwischen gelernt.

Er blickte mich kühl an, deutete auf die Tür und schubste mich das letzte Stück ins Freie. Ich landete im Staub vor einer Gruppe junger Mädchen, die auf kleinen Schemeln saßen und mit großen Kämmen Wolle zum Spinnen vorbereiteten. Eins der Mädchen flüsterte den anderen etwas zu, woraufhin sie alle zu kichern begannen. Mir stieg die Röte ins Gesicht, und mein brodelndes Blut ließ mich den natürlichen Respekt vergessen, den jeder halbwegs Vernünftige Einar Schwertmann entgegenbrachte.

Mit einem bösen Blick in seine Richtung kam ich auf die Beine. «Wenn Ihr das noch einmal tut, könnt Ihr mich auch gleich totschlagen», zischte ich ihn an und hoffte, dass er wütend werden würde. Ich wurde nicht enttäuscht.

Einar trat einen Schritt nach vorn, stieß mich gegen die Brust und schlug mich zu Boden, als ich auf ihn losging. «Und du schimpfst dich einen Krieger, Ulv?» Er warf mir einen Stock von der Größe eines Schwerts zu.

Ich stierte ihn mit zusammengekniffenen Augen an.

«In dem Fall muss dich ein altes zahnloses Weib trainiert haben, Sklave.»

Inmitten meiner Raserei tauchten zwei Fragen in meinem Kopf auf. *Woher wusste er von meinem unbezähmbaren Glauben an mich selbst? Und warum verspottete er mich, statt mich zu töten?*

Den Stock wie ein Schwert erhoben, griff ich Einar mit all meiner Kraft an. Er machte einen Schritt zur Seite, und nur meine Schnelligkeit verhinderte, dass ich erneut im Staub landete. Seine Faust traf meine Schulter wie ein dicker Holzprügel. Ich hatte keinen Treffer gelandet, beugte mich ein wenig vor und wartete.

«Du bist flink, das muss man dir lassen, du Hurensohn.»

Noch einmal stürzte ich in blinder Wut auf ihn zu und spürte weder den Aufprall auf dem Boden noch seinen Schlag.

Japsend und das Gesicht voll kaltem Wasser kam ich zu mir. Einar blickte mich herausfordernd und amüsiert an. «Auf die Füße mit dir, Sklave.»

Ich sprang schneller hoch, als er erwartet hatte, und rammte ihm meine Faust so fest gegen die Schulter, dass mein Arm verdreht wurde. Wieder segelte ich zu Boden, und alles wurde schwarz.

«Drecksack», stöhnte ich beim Aufwachen. Ein Fuß drückte meinen Kopf auf den steinernen Boden, und jemand hielt meine Arme fest.

«Lasst ihn los!» Der Fuß ließ von mir ab, und meine Arme kamen frei. Sofort sprang ich auf und schaute mich nach Einar um, aber beim Anblick, der sich mir bot, vergaß ich ihn augenblicklich. Ich befand mich in einer riesigen Halle, deren Dach von zwei Säulenreihen getragen wurde, und in der Mitte gab es eine lange Feuergrube. An den Wänden hingen unzählige Felle und ein großes rotes Banner, auf dem mit Silberfäden ein Widderkopf gestickt war. In der hintersten Ecke der Halle gab es vier Schlafnischen, aber nur eine von ihnen war mit Fellen ausgelegt – für den Herrn und die Herrin.

«Und?», sagte eine gereizte Männerstimme. Mein Blick folgte ihr. Auf dem Hochsitz saß die rothaarige Frau, die mich gekauft hatte, und zu ihren Füßen saß Nælde. Rechts von der Rothaarigen, auf dem größten Stuhl des Hochsitzes, sah ich den vornehmen Herrn, der sich auf dem Sklavenmarkt in Haithabu an meinem Unglück ergötzt hatte. Jetzt trug er keine Pelzmütze und zeigte seinen kahlen Schädel, aber er blickte mich ebenso ernst an wie bei unserer ersten Begegnung. Ganz offensichtlich gefiel ihm nicht, was er sah.

Wäre ich ein wenig klüger gewesen, hätte ich begriffen, dass es einen triftigen Grund für meine Anwesenheit in der dunklen Halle gab. Doch da zu jener Zeit Klugheit nicht zu meinen Tugenden zählte, starrte ich beide grollend an, ohne den Blick zu senken.

«Verneige dich, Bursche», befahl Einar. Er hielt ein Schwert in der Hand, und ich verneigte mich aus reiner Verblüffung. Allerdings sah es wohl eher wie ein Nicken aus, denn die Augen des Herrn blitzten auf. Einars Klinge strich über die Haut an meinem Kinn, ehe er sie wieder herunternahm, damit ich mich untertäniger verneigen konnte.

«Komm schon, Junge», schnaubte der Herr, kratzte sich im hellen Bart und blickte mich fragend an. Erst jetzt bemerkte ich Torste, der breit grinsend hinter dem Herrn stand.

Ich funkelte Torste ungehalten an.

Der Herr trommelte mit den Fingern auf die Armlehne, und ich sah ihn an. Offensichtlich war er meiner Anwesenheit überdrüssig, und die lautstarke Beschwerde einer kräftigen Männerstimme aus einem Nebenraum über die Wartezeit und den Mangel an Bier quittierte er mit einem tiefen Seufzer, worauf wieder Stille herrschte.

«Jetzt sprich doch endlich, Junge», entfuhr es dem Herrn schließlich. «Es gibt mindestens ein Dutzend wichtigerer Männer als dich, mit denen ich zu reden habe.»

«Wer seid Ihr?», fragte ich schließlich. Die Augen des Herrn weiteten sich, zuerst verblüfft, dann misstrauisch.

«Weißt du das nicht?», schnarrte er.

Verwirrt schüttelte ich den Kopf.

Die geballte Faust auf die Brust gedrückt antwortete er: «*Wir* sind Nils Jarl von Ryesborg, dem Ort, an dem du dich befindest.» Er deutete mit vier Fingern auf sich selbst und sprach weiter. «*Uns* gehört das Land, das sich um Rye in alle Richtungen erstreckt, weiter, als das Auge reicht bis ans andere Ufer des Store Å.»

Es überraschte mich, dass sie einem Sklaven gestatteten, Fragen zu stellen, vor allem aber, dass ein Jarl mir eine so ausführliche Antwort gab. Da es aber so war, erdreistete ich mich, eine weitere Frage zu stellen. «Ich heiße Ulv …», sagte ich und hätte beinahe «Palnasson» hinzugesetzt, wandte meinen Blick dann aber der Herrin zu. «Warum habt Ihr mich gekauft, Herrin?»

Sie stand so abrupt auf, dass ich zusammenzuckte, und war in wenigen Schritten bei mir. Dann legte sie mir eine Hand auf die Schulter, und ich sackte auf die Knie. Sie trug ein schlichtes rotes Gewand, darüber ein weißes Trägerkleid und abgesehen von einer Halskette mit Tierkopf keinerlei Schmuck, dennoch faszinierte sie mich. Nicht auf die Art, wie Maria in Franken, aber ich wollte in ihrer Nähe sein – sie sollte mich mögen.

Nun stand sie so dicht vor mir, dass ich die feinen Falten um ihre Augen sehen konnte und die Kerbe in ihrem Mundwinkel. Sie war älter, als ich zunächst angenommen hatte, sicher um die dreißig oder mehr.

Ihre Hände berührten mein Kinn, glitten suchend unter meinen Kragen und hoben sachte das Amulett über den Kopf. «Woher hast du das?», fragte sie mit sanfter Stimme, aber prüfendem, stahlhartem Blick.

«Von meiner Mutter.»

Sie kniff die Augen zusammen und wandte den Blick ab, als hätte sie eine Ohrfeige bekommen. «Du lügst, Sklave», zischte sie und hielt mir den grünen Thorshammer mit dem Wolfskopf vor das Gesicht. «Sprich die Wahrheit, und du wirst reich belohnt werden. Doch wenn du weiterlügst, bist du tot, ehe dieses Gespräch beendet ist.»

Auf ein Fingerschnippen von ihr trat ein Mann mit einer riesigen Axt in den Händen in die Tür.

«Die Axt erwartet dich, Sklave. Bete zu deinen Göttern, dann werden wir sehen, ob sie ihre Hände über dich halten.»

Mit einem Mal lag meine Wange auf einem Schemel. Einar drückte mich nach unten.

Ich schwieg, denn mir fehlten die Worte. Das Einzige, was ich aus meiner Vergangenheit besaß, wurde mir unter Androhung einer Axt verwehrt. Meine Augen suchten den Blick der Frau mit dem wechselhaften Temperament.

«Schwöre es, Sklave», sagte sie und hielt ihr Gesicht so nah an meins, dass ich nichts anderes mehr sah.

«Ich schwöre es bei der Seele meiner Mutter», flüsterte ich. «Bei meiner eigenen Seele, bei Thor, meinem Beschützer, und bei meinem Leben, auch wenn es nicht viel wert ist.»

Sie blickte mir in die Augen und schnippte noch einmal mit den Fingern. Der Mann mit der Axt trat neben mich und hob seine Waffe. Meine Seele war nur ein Fingerschnippen von einem Ende in Helheim entfernt.

«Dieser Anhänger ist ein Vermögen wert, und nichts, worauf du schwörst, kann sich mit seinem Wert messen.»

«Er ist alles, was ich besitze, Herrin, abgesehen von den Erinnerungen an meine Eltern. Meine Mutter war gebürtige Dänin und mein Vater König der Cymru in Dyffryn Cudd.» Ich hatte Rhi bislang nur ein einziges Mal als König bezeichnet, denn das war maßlos übertrieben, aber es reichte aus, um die Frau von einem weiteren Fingerschnippen abzuhalten.

«Deshalb bitte ich Euch, mir ein Schwert in die Hand zu geben, wenn der Scharfrichter seine Pflicht erfüllt, denn meine Vorväter warten in Walhall auf mich.»

«Du sprichst unsere Sprache fehlerfrei und gibst dennoch freiwillig zu, dass du halber Sachse bist?», fragte die Frau erstaunt.

«Ja», antwortete ich und sah keinen Grund zu erklären, dass die Cymru es nicht leiden konnten, Sachsen genannt zu werden, da wir ursprünglich aus Bretland stammten. Denn ich war Däne, und daher war mir das gleich.

«Gut», sagte die Frau hart. «Jetzt weiß ich, dass du lügst, Sklave.» Sie schnippte mit den Fingern, und die Axt sauste auf mich zu.

«Ein Schwert, Herrin, ich bitte Euch …» Ein dumpfer Schlag. Die Axt schlug einen Fingerbreit neben meinem Hals in den Schemel ein und schnitt eine Locke meines kupferroten Haars ab. Ich blinzelte, wandte meinen Blick aber keinen Moment von der Herrin ab. Sie stützte sich mit dem Ellbogen auf den Axtschaft.

«Lass ihn reden, Kind», krächzte Nælde. «Lass ihn reden, und ich sage dir, ob er lügt.»

«Nun gut, Ulv», raunte die Herrin und nannte mich zum ersten Mal bei meinem Vornamen. «Sagst du die Wahrheit, bekommst du ein Schwert in die Hand, wenn es geschieht. Das verspreche ich, und glaube mir, ich halte meine Versprechen.»

«Danke, Herrin», brachte ich heraus. «Zum Sklaven tauge ich ohnehin nicht, also bringt mich ruhig um. Damit erweist Ihr mir einen Dienst.»

«Lass ihn los», sagte sie an den Henker gewandt.

Noch immer auf Knien, aber mit gestrecktem Rücken, blickte ich sie an. Plötzlich erklang die Stimme meiner Mutter in meinem Kopf, was schon sehr lange nicht mehr vorgekommen war.

«Meine Mutter hieß … Ingeborg und kam mit ihrer Schwester Heldis über das Meer. Sie stammten aus Odins Vi auf … Fünen und erzogen mich nach den Sitten und Gebräuchen der Dänen. Mutter gab mir das grüne Mjölnir-Amulett mit der Ermahnung, ich dürfe es niemals verlieren. Denn das Amulett beweist besser als Worte, wer ich bin.» Die Worte strömten aus meinem Gedächtnis, und ich sprach flüssiger.

«Sie erzählte mir, dass ich einem edlen Geschlecht entstamme und dass sie eine Mannschaft Dänen auf ihrem Raubzug nach Kumraland begleitet habe. Dort traf sie ... meinen Vater. Von ihr habe ich auch von den Dänenkriegen gehört, von Städten mit so vielen Hallen und Langhäusern, dass man sie kaum zählen kann, und von Königen und Jarlen mit so vielen Schiffen, wie es Mücken in einer Sommernacht gibt. Sie sagte, das Blut in meinen Adern würde dafür sorgen, dass ich stets aufrecht und stolz durchs Leben gehen würde.» Ich plapperte drauflos, und vieles von dem, was ich sagte, stammte eigentlich von Ymer, aber meine Worte schienen Eindruck auf die Herrin zu machen.

«Wie wirst du außer Ulv noch genannt?», fragte sie leise.

«Nur Ulv. Mein Vater war ein Mistkerl. Er hat meine Mutter getötet, und ich weine ebenso wenig um ihn, wie ich seinen Namen tragen will. Deshalb heiße ich nur Ulv.»

Die Herrin presste das Amulett an ihre Brust und sah mich an. «Palnasson», flüsterte sie.

«Nein, Herrin. Nur Ulv ...»

Eine Träne rann ihre Wange hinab, und da begriff ich, dass dieser Name etwas mit dem Teil der Vergangenheit meiner Mutter zu tun haben musste, über den sie nie hatte sprechen wollen.

«Wer ist Palna?», fragte ich zaghaft.

«So haben wir deinen Vater genannt», antwortete sie stutzend. «Er ist tot.»

Weit hinter meinen Augen spürte ich einen stechenden Schmerz. «Mein Vater, das Schwein, hieß Rhi.»

Sie schüttelte den Kopf. «Wenn du die Wahrheit sagst und derjenige bist, der du behauptest zu sein, dann hieß dein Vater Mieszco und stammte aus Wenden. Wir haben ihn Palna genannt, weil sein Name so schwer auszusprechen war. Sein Vater, Boleslav Jarl, hat einen langen Krieg gegen Silfraskalli Jarl aus Fünen geführt und …» Sie seufzte. «Es endete damit, dass Palna als eine von vielen Geiseln dafür sorgte, den Frieden zu wahren. Nur leider liebte deine Mutter in so sehr, dass sie ihm, als der Frieden wegen eines Verrats gebrochen und sein Tod damit unausweichlich war, bei der Flucht half. Aber Palna hatte seinen Eid nie gebrochen!» Wieder rann eine Träne über ihre Wange. «Deine Mutter musste allein fortgehen, weil sie den Zorn ihres Vaters und den von Silfraskalli auf sich gezogen hatte, denn kein Jarl sieht es gern, wenn jemand gegenüber seiner Sippe eidbrüchig wird.»

«Sie ist aus Odins Vi geflohen?», fragte ich. In meinem Kopf schwirrten chaotische Bilder.

«Ja, deine Mutter ist geflohen. Und sie trug etwas Kostbares von Palna bei sich, als sie ging.»

«Was denn?»

«Dich, Ulv. Sie trug dich in ihrem Bauch, und so lebte Palna trotz allem weiter.»

«Mich?» Mutters rätselhafte Worte über Familie, das grüne Mjölnir-Amulett und Stolz zogen wie ein Windzug durch mein Bewusstsein. Plötzlich ergab all das einen Sinn.

Trotzdem schmerzte mich, was die Herrin sagte. Obwohl ich nicht sonderlich stolz darauf war, hatte ich immer geglaubt, von Rhis Fleisch und Blut zu sein, und ähnelte ihm auch vom Aussehen. Auch wenn Rhis grenzenloser Hass auf mich auf absoluter Gegenseitigkeit beruhte.

«Meine Mutter hat die Sachsen, die Wälder und die Ödnis von Kumraland und Dyffryn Cudd verabscheut. Am meisten aber hasste sie die Cymru, und trotzdem ist sie dortgeblieben?»

«Wäre sie heimgekommen, wäre sie getötet worden. Nicht von Silfraskalli, sondern von ihrem eigenen Vater. Für den Verrat, den sie begangen hatte, als sie Palna zur Flucht verhalf. Er saß als Geisel in der Halle unseres Vaters, als der Frieden gebrochen wurde.»

«Wie heißt er?»

«Sein Name war Ottar Jarl der Ältere, aber er weilt nicht mehr unter uns.»

Ich schloss die Augen. Endlich hatte ich eine Erklärung für meine angeborene Aufsässigkeit und den tief sitzenden Widerwillen, mich unterzuordnen. *Ich war wirklich von vornehmer Abstammung!* Diese Gewissheit war eine unsägliche Genugtuung. Jetzt spielte es keine Rolle mehr, ob ich sterben musste.

«Wer seid Ihr, Herrin?», fragte ich und sah die Frau mit dem kupferroten Haaren, den grünen Augen und dem hübschen, aber traurigen Gesicht an.

Mit einem Blick auf Nælde drehte die Herrin ihre Handflächen nach oben, ehe sie sich vor mich hockte. «Ich heiße Heldis Ottardatter», sagte sie. «Ich bin die Schwester deiner Mutter.»

In meiner Erinnerung öffnete sich eine Tür, träge und widerspenstig, aber sie ging auf. Ich sah das Gesicht meiner Mutter vor mir, von dem ich geglaubt hatte, es vergessen zu haben. Und in diesem Augenblick nahm ich das Gesicht der Frau, die ich für eine Walküre gehalten hatte, zum ersten Mal ohne den verzerrenden Schleier meines Zorns wahr.

«Du ... du siehst ihr ähnlich.» Ich streckte meine Hand aus und berührte behutsam ihre Wange. Tränen stiegen mir in die Augen, und ich senkte die Hand wieder.

«Kein Wunder, ich bin ihre Zwillingsschwester.»

«Du ähnelst … Du siehst aus wie …» Meine Stimme barst, und ich schaute verzweifelt zu der Frau, die meiner Mutter bis aufs Haar glich. «Ich vermisse sie so sehr.» Heldis Gesicht verschwamm vor meinen Augen, als sie mich in die Arme nahm und mir übers Haar strich, so wie Mutter es immer getan hatte. Noch immer kniete ich, und die Tränen flossen lautlos. Ich verbarg mein Gesicht an ihrer Schulter, damit niemand es sah. Aus dem fünfzehnjährigen Mann war wieder ein kleiner Junge geworden. Eigentlich spielte es keine Rolle, ob meine Tränen zu sehen waren, denn außer Nælde mit einem leichten wissenden Lächeln auf den Lippen war niemand mehr in der Halle.

«Du warst heute Nacht bei mir, richtig?», schniefte ich.

«Ja. Du und das Amulett haben alte Erinnerungen in mir geweckt, die mich tief schmerzen. Seit ich dich auf dem Sklavenmarkt gesehen habe, noch bevor ich das Amulett bemerkte, wusste ich, dass du mir etwas bedeutest. Ich sah deinen Stolz, deinen Starrsinn, und ich spürte den Zorn in dir, der den großen Jungen handeln ließ wie einen rasenden Mann. Ich habe so lange um meine Schwester geweint, dass ich beinahe den Willen zum Leben verloren hätte. Ohne Torste säße ich heute wohl nicht hier.»

Ich streckte meinen Rücken etwas. «Ist Torste dein Sohn?»

Sie nickte. «Torste trägt das gleiche Amulett wie du, einen Mjölnir aus smaragdgrüner Jade, in den ein Wolfskopf graviert ist. Er ist das Wappen deiner Sippe. Indem sie dich Ulv, nur Ulv, nannte, brach deine Mutter mit der Tradition und erzählte dir sehr viel mehr, als dir bewusst war. Als der erstgeborene Sohn deiner Mutter hättest du eigentlich den Namen von Palnas Vater, Boleslav, tragen sollen.»

Mir fehlten die Worte. Ich fand mich in einem verwirrenden Wirbel aus mir ungewohnten Gefühlen wieder, mit denen ich nichts anzufangen wusste. Wut und Gewalt waren meine Welt, aber beide nützten mir in dieser Lage wenig, und das war schwierig für mich.

«Lieber Ulv», sagte Heldis mit einem Lächeln und küsste mich auf beide Wangen. «Du bist kein Sklave mehr, das ist dir inzwischen sicher aufgegangen. Du gehörst meiner Sippe an, du bist der Sohn und Sohnessohn eines Jarls, und du besitzt dieselben Befugnisse und Rechte wie Torste. Sag mir also, wenn es etwas gibt, das ich oder dein Onkel, Nils von Ryesborg, für dich tun können.»

Diese Worte drangen wie ein Lichtstrahl in einen Geist, in dem jahrelang tiefste Finsternis geherrscht hatte. «Es gibt etwas», antwortete ich mit ernster Miene.

Sie sah mich erwartungsvoll an.

«Mein Freund Ymer ist Sklave, allerdings mehr oder weniger aus freien Stücken. Ich will ihn kaufen. Nicht, um ihm die Freiheit zu schenken, denn die bekommt ihm nicht, sondern als meinen eigenen Sklaven.»

«Dafür werden wir sorgen», sagte Heldis ein wenig verwundert und mit einem leichten Lächeln. «Gibt es noch etwas?»

«Ja. Ein Drecksack schuldet mir ein Schwert, und ich will es haben, denn es gehört rechtmäßig mir.» Meine Wortwahl und wohl auch der Tonfall riefen eine tiefe Falte auf Heldis' Stirn hervor, für die ich hernach noch öfter sorgte, als ich mich erinnern kann oder zugeben möchte.

«Von welchem Mann sprichst du?»

«Eskil Eskilsson, dem Steuermann der *Havormen*. Er dient Rollo Jarl von Lolland und hat mich Torkil dem Lachenden als Schiffssklave abgekauft. Gegen Torkil habe ich am Ufer des Irthing gekämpft und ...»

Offensichtlich erschüttert unterbrach sie mich und stellte die erste von vielen Fragen, auf die ich so aufrichtig antwortete, wie ich nur konnte, und das fühlte sich gut an. Zu diesem Teil meines Lebens hatte ich ein abgeklärtes Verhältnis, auch wenn vieles davon unbehaglich gewesen war.

«Schiffssklave mit dreizehn Jahren?», entfuhr es Heldis. Ich nickte und berichtete weiter von der *Havormen*, Qâdis, den Peitschenhieben, Krankheiten und von Njörds stürmischem Wahnsinn. Ich erzählte von Rollo Jarls Sohn Leif, der auf der Fahrt von Miklagard starb, und von dem Kurs durch den Norvasund und weiter nach Norden.

Heldis hörte mir schweigend zu, berührte dabei aber oft ihr eigenes weißes Amulett, das dieselbe Form wie meines hatte. Meine Geschichte an sich wühlte sie wohl – trotz Ymers deutlicher Spuren, die er in meinem Vokabular hinterlassen hatte – weniger auf als das Missverhältnis zwischen meinem Alter und den Bildern, die ich mit meinen Worten heraufbeschwor.

Als ich zu dem Kampf gegen den Frankenherzog und Eskils Eidbruch kam, wurde ich lauter. Heldis führte mich zum Hochsitz und bedeutete mir, auf dem Sitz des Jarls Platz zu nehmen.

«Mein Pfeil hat den Herzog mitten ins Herz getroffen, über drei Schiffslängen hinweg, bei unruhiger See und Seitenwind», sagte ich. «Sklave oder nicht: Eskil schuldet mir dieses Schwert.»

Sie antwortete ein wenig kryptisch, dass es dafür mehrere Hindernisse geben könne, und sicher habe Eskil das Schwert längst verkauft. Oder er hatte es Rollo Jarl als Geschenk gegeben, wenn er einen Hauch Grips besaß. In jedem Fall sei das Schwert für mich wahrscheinlich verloren.

Dieser Gedanke hatte mich nicht einmal gestreift, und er

gefiel mir ganz und gar nicht. Ich weigerte mich schlicht, das Schwert abzuschreiben – es gehörte mir!

Ich erzählte so lange weiter, bis ich abgesehen von dem Geschwafel, mit dem Ymer mir die Ohren vollgequasselt hatte, nichts mehr zu berichten hatte. Da begann Heldis, von meiner Mutter zu erzählen, von ihrer Kindheit und Jugend und dem Leben als Tochter Ottar Jarls des Älteren.

Trotz des kriegerischen Gemüts ihres Vaters, das ich offenbar in vollem Ausmaß geerbt hatte, hatte meine Mutter ein gutes Leben geführt. Es hatte ihr an nichts gemangelt, und es hatte mehr Freud als Leid gegeben. Erst als Palna kurz nach ihrem siebzehnten Geburtstag in ihr Leben trat, bekam ihre heile Welt die ersten Risse. Meine Mutter sei ein eigensinniges Mädchen gewesen, mit dem Herz am rechten Fleck, selbst wenn es viel zu groß war.

«Sie war meine beste Freundin, meine andere Hälfte, so wie ich ihre andere Hälfte war. Hätte ich rechtzeitig von ihren Plänen gewusst, wäre ich an Bord des Schiffs gewesen, das sie nach Britannien gebracht hat. Aber ich war hier in Ryesborg mit einem neugeborenen Kind.»

Heldis' Stimme zitterte. Sie stand auf, und ich folgte ihr.

«Deine Mutter hätte mit Palna nach Ryesborg ziehen sollen, sobald die Streitigkeiten zwischen Boleslav Jarl und Silfraskalli beigelegt waren. So war es bestimmt. Aber sie kam nie.»

Sie begann leise zu weinen und bat Freyr flüsternd darum, meine Mutter zu schützen. Unbeholfen legte ich ihr eine Hand auf die Schulter, und als sie sie drückte, spürte ich, wie sehr ihre Hände zitterten. So blieben wir lange sitzen, nach dem Nælde uns verlassen hatte und die Tranlampen erloschen waren.

Heldis nahm mein Gesicht zwischen die Hände, küsste mich auf die Wange und sagte, dass mein Leben von diesem Tag an frei von Problemen sein würde.

Wie weit sie doch danebenlag.

KAPITEL 9

Ich zog in die Halle, in der Torste mit den Gefolgsmännern von Nils Jarl zusammenwohnte, die keine eigene Feuerstelle oder eine Frau hatten, mit der sie sie hätten teilen können. Meine Schlafstatt bestand aus einem Holzrahmen über dem kalten Boden, der mit frischem Stroh und neuen, dicken Schlaffellen ausgelegt war, und lag nur geringfügig weiter von der Feuerstelle entfernt als Torstes Bett.

An den Wänden hingen Tierfelle, Decken und ein altes rotes Banner, auf dem in Silberfäden Nils Jarls Wappen prangte. Außerdem gab es an jedem Bett Knäufe, an denen Schwerter, Äxte, Langsaxe, Schilde, Metallbrünnen, Lederjacken und Helme hingen.

Auf dem Boden saß ein Sklave und putzte mit einem in Essig und Sand getränkten Lederlappen den Rost von einer Ringbrünne. Neben ihm lagen ein glänzender Helm und eine Gürtelschnalle. Schwerter, Äxte und andere Waffen überließ kein Mann einem Sklaven. Es ärgerte mich, dass mein Bettknauf leer war.

Es bedurfte weniger als eine durchgeschlafene Nacht, um meinen Verstand von dem Sklavenschatten zu befreien, sodass ich wie ein freier Mann zu denken begann. Nach Ymers Auffassung hatte ich das längst getan, und nichts fiel mir leichter, als mich selbst als Jarlssohn zu sehen. Und ein Jarlssohn brauchte Waffen – viele Waffen.

Als Erstes legte ich mir ein älteres Schwert in einer Lederscheide zu, die mit Wolle und Kupferdraht geflickt war und ein bronzenes Ortblech an der Spitze hatte. Die Klinge des Schwerts war ziemlich abgeschliffen, und die Parierstange fehlte. Aber es gehörte mir, mein erstes Schwert, und ich nannte es Ornetand, Eberzahn. Ich besaß ein Schwert mit einem Namen. Ich war glücklich.

Es folgten eine Axt, ein Langsax, ein Speisemesser und ein etwas größeres Messer, das ich dazu nutzte, lange Bogenäste von einem Eibenstamm zu schneiden.

Rhi hatte immer gepredigt, dass ein guter Bogen wie eine Faust mit Peitsche war. Wie von allen Clans in Midgard ausgerechnet unser Clan es geschafft hatte, bessere Bögen als irgendjemand sonst zu bauen, ist mir ein Rätsel. Aber vielleicht stimmten Pillgryes' Worte, dass in einer Latrine nicht nur Scheiße schwamm.

Beim ersten Mondwechsel weihte ich meine Waffen Thor, indem ich einem Huhn den Hals durchschnitt und das Blut auf die neuen Waffen tropfen ließ, so wie meine Mutter es mir beigebracht hatte. Ich überlegte kurz, einen Sklaven namens Sote ebenso enden zu lassen wie das Huhn. Aber obwohl Sote alt und der Gedanke verlockend war, ahnte ich, dass Nils Jarl darüber sehr ungehalten gewesen wäre. Also musste das Huhn herhalten, bis ich beim Winteropferfest etwas Besseres opfern konnte. Statt Sote die Kehle durchzuschneiden, trug ich deshalb ein selbst gedichtetes Lied zu Thors Ehren vor.

Das Lied hatte Ymer mir beigebracht, und es bestand aus lauter Wörtern, die mit Thors Namen in Verbindung standen. Ich sage es noch heute auf, wenn ich auch nur ein neues Speisemesser bekomme.

Die zerschlissenen Sklavenkleider hatte Heldis umgehend durch ein Paar braune Leinenhosen, ein Leinenhemd und ein blaues Obergewand aus fein gewobener Wolle ersetzt. Es waren meine ersten ordentlichen Kleider, die nicht aus Leder oder verdreckten Sklavenlumpen bestanden. Dazu bekam ich eine Jacke aus Leder, eine Pelzmütze und einen roten Leinenumhang mit eingewebten Silberfäden, wie auch Torste einen trug. Der Umhang wurde über der rechten Schulter mit einer Silberspange befestigt, damit der Schwertarm frei war. Noch nie hatte ich Kleider von besserer Qualität gesehen.

Meine Füße steckten in einem Paar hoher Fellstiefel mit Ledersohlen, die mir anfangs einige Qualen bereiteten. Ich hatte nie etwas anderes als einfache Lederbeutel getragen, weshalb ich meine neuen Stiefel nicht einmal zum Schlafen abstreifte, selbst wenn es wehtat.

Zu guter Letzt bekam ich einen alten verrosteten Harnisch aus Metall und einen zerbeulten Helm aus der Waffenkammer von Nils Jarl. Vom Zimmermann erhielt ich einen Schild aus Lindenholz, der einige Kerben aufwies, dafür aber einen neuen Kantenbeschlag aus gegerbtem Wildleder hatte. Ich ließ einen Sklaven den Rost vom Helm und vom Harnisch scheuern und hängte alles mit vor Aufregung zitternden Fingern an meinen Knauf in der Halle. Endlich war ich ein Krieger!

Die folgenden Tage verschwimmen in meiner Erinnerung, aber ich glaube, ich hüllte mich in meine neuen Kleider, steckte mir so viele Waffen an den Gürtel, wie daran passten, und stolzierte wie ein eitler Gockel herum. Zur Abwechslung schärfte ich die Waffen am Schleifstein der Schmiede und verhielt mich gegenüber allen anderen ziemlich herablassend und widerlich. Einzig Heldis, Nils Jarl und zum Teil auch Torste entgingen meinen Sticheleien. Und Einar, versteht sich.

Der Rest von Ryesborg bekam meine weniger umgängliche Seite zu sehen, fühlen und hören, denn ich ließ keine Gelegenheit aus, um einen Diener oder Sklaven selbst für das allerkleinste Vergehen zu rügen. Mein Schwert Rånetann wollte aus der Scheide, ob es sich ziemte oder nicht, und die Beschwerden bei Nils Jarl häuften sich. Er hasste mich vom ersten Augenblick an und tat es bis zu seinem Tod. Und das war eine lange Zeit.

Fast jeden Tag nahm mich Heldis beiseite und ermahnte mich. Um die Sklaven sollten sich die Vorarbeiter kümmern, um die Vorarbeiter und freien Männer kümmerte sich Vizcolle, und alles andere, wichtige Herren, Jarle und Könige waren Angelegenheiten für Nils Jarl.

Ich gab mich einsichtig, verpasste den Sklaven aber weiterhin Prügel und putzte die meisten anderen herunter. Ich war ein richtiges Ekel!

Nach einem guten Monat erwischte mich Torste dabei, wie ich einen heulenden Sklaven mit einem Seil auspeitschte. Der Unfreie hatte einen Krug mit Bier umgestoßen, was ich Torste auch erzählte, doch er scherte sich nicht darum und sagte mir ins Gesicht, dass ich ein elender Sachsensklave sei, der sich mit fremden Federn schmücke. Er fand es wahnsinnig witzig, dass ich einen meiner eigenen Leute zusammenschlug. Meine wenig respektvolle Antwort darauf stand seinem herablassenden Tonfall in nichts nach, und ich wäre auf ihn losgestürzt, wäre Heldis nicht plötzlich aufgetaucht.

Torste und ich waren unversöhnlich. Wir *wollten* uns prügeln, weshalb bestimmt wurde, dass wir einen Holmgang austragen sollten, in Brünne und mit Waffen. Einar sollte den Kampf leiten und gemeinsam mit Heldis eine Strafe für den Verlierer festlegen.

Bevor es losging, schworen wir beide feierlich, uns an die Regeln des Holmgangs und die Anweisungen des Schiedsrichters zu halten, zusätzlich zu der Strafe, die Heldis für angemessen fand. Noch wusste ich nicht, was ein Holmgang war und welche Regeln dabei galten. Mein einziger Wunsch bestand darin, Torste eine saftige Abreibung zu verpassen.

Es ist mir ein Rätsel, dass ich Heldis nicht durchschaute, aber mein Hass auf Torste war grenzenlos und machte mich zu einem jähzornigen Marder, der seine Beute nicht mehr loslässt.

Einar nickte zufrieden und grenzte mit schrittlangen Haselzweigen einen Bereich ab, in dem nach den Regeln des Holmgangs der Kampf stattfinden sollte. Der Kampfplatz lag direkt vor dem Tor von Ryesborg, gleich am Hohlweg, der zur Brücke führte. Ein paar Bauern sahen uns zu, während sie ihren Proviant verzehrten und Bier tranken. Zweifelsohne hofften sie auf gute Unterhaltung.

Einar schritt die Umrandung ab, und in jeder Ecke zog er sich an den Ohrläppchen, schaute zum Himmel und murmelte etwas, was sich nach einer Huldigung an Tyr anhörte.

«Landet man mit einem Fuß außerhalb der Zweige, gilt das als Zurückweichen. Sind beide Beine außerhalb der Abgrenzung, ist der Kampf verloren.» Einar blickte mich scharf an. «Verstehst du, was ich sage, Ulv?»

«Ja», bestätigte ich. «Torste soll sich innerhalb der Zweige halten.»

Mit einem Seufzen ging Einar weiter die Regeln des Holmgangs durch. «Jeder Kämpfer hat drei Schilde, danach nimmt man die Waffe zur Deckung. Wer zuerst blutet oder seine Waffe verliert, hat verloren.»

Wieder sah er mich an, und ich nickte.

«Hast du drei Schilde, Ulv?»

«Was?», erwiderte ich verwirrt, ehe ich Einars Miene bemerkte und schnell weitersprach. «Ich brauche keine drei Schilde, einer ist mehr als genug.»

Einar lachte leise. Das Gleiche taten Heldis und Torste, was einen ordentlichen Brast in mir hervorrief.

«Gekämpft wird im Lederharnisch und mit stumpfen Schwertern, jede meiner Anweisungen ist sofort zu befolgen, ansonsten übernehme ich das Schwert des Gegners.»

Erneut warf er mir einen ernsten Blick zu, bis ich nickte, dann reichte er mir eine Waffe. Ich fuhr mit dem Finger über die Klinge und stellte überrascht fest, dass man damit rein gar nichts schneiden konnte. Es war mehr Eisenkeule als Schwert.

«Sobald ein Schild zerstört ist, bekommt ihr von mir einen neuen», erklärte Einar mit einem Wink auf einen Stapel mit Schilden. «Und Ulv, für dich liegen ein Lederharnisch, Beinschoner und ein Helm bereit.»

«Ich habe meine eigene Ausrüstung», entgegnete ich und schlug mit der Faust auf die kurzärmelige Ringbrünne mit Kapuze. «Nils Jarl persönlich hat sie mir gegeben.» Das hatte er wirklich, auch wenn er sich dessen nicht bewusst war, und trotz des hohen Alters hatte der Jarl sicher einmal viel Geld dafür gezahlt.

Einar starrte mich so lange an, bis ich zu dem Haufen mit Kampfausrüstung hinübertrottete.

Der Helm war aus Metall, verrostet und uralt. Im Gegensatz zu meinem eigenen blockierten breite Wangenklappen die Sicht, und die Ringe des Nackenschirms waren so eingerostet, dass ich ihn kaum ausgerichtet bekam.

Meine nächste Herausforderung bestand aus einer dicken, gepolsterten Lederjacke, mit der ich mich eine Weile abmühte. Torstes gedämpftes Lachen brachte mein Blut noch mehr in Wallung, als es ohnehin schon war. Hätte Einar nicht bei uns gestanden, hätte ich die Lederjacke von mir geworfen und mich in Wollkleidern auf Torste gestürzt.

Zuletzt schnallte ich mir den Gürtel um, setzte den Helm auf den Kopf und trat über die Zweige, die den Holmgang abgrenzten. Mit einem gespielten Gähnen stand Torste auf und meinte beiläufig, dass bald Schlafenszeit sei. Ich verkniff mir eine Antwort, straffte den Griff um den Schwertschaft und spürte, wie sich in mir eine innere Ruhe ausbreitete – ein eiskalter Gemütszustand, für den die Aussicht auf einen Kampf verantwortlich war. Wenn ich eine Waffe in die Hand nehme, ziehen meine inneren Dämonen ausnahmsweise alle an einem Strang und machen mich zu einer unheimlichen Kampfmaschine. Ich verschmelze mit dem Raubtier, nach dem ich benannt bin, und ein geifernder Wolf übernimmt meinen Schwertarm.

Davon ahnte ich damals aber nichts. Ich wusste nur, dass ich endlich einen Harnisch trug, zwar nur aus Leder und mit einem Eisenhelm, aber ein Harnisch war es dennoch, und mir stand mein erster Kampf als freier Mann bevor.

Wir kämpften nicht auf Leben und Tod, das weiß ich heute, aber wäre Einar nicht dabei gewesen, hätten selbst die stumpfesten Klingen und die rundesten Schwertspitzen keinen von uns verschont. Wir waren durch das Schicksal und Blutsbande aneinandergebunden, aber nichts hätte uns daran gehindert, den anderen zu töten – so sehr hassten wir uns!

Torste hatte ebenfalls das kriegerische Gemüt unseres Großvaters geerbt, aber im Gegensatz zu mir hatte er gelernt, es besser zu kontrollieren.

«Torste?», rief Einar, ehe er auch mich fragte, ob ich bereit war.

Der Helm fühlte sich klobig auf meinem Kopf an, als ich nickte. Prüfend machte ich ein paar kleine Schritte, als trüge ich noch immer Eisenringe an den Füßen, und Torste schnaubte verächtlich.

«Tanzen wir, oder kämpfen wir?», spottete er und griff mit einer Schnelligkeit an, die mich überrumpelte. Offenbar hatte er mehr von unseren Vorvätern mitbekommen als nur das hitzige Gemüt.

Torstes erster Schlag kam hart und hoch, und ich wehrte ihn mit dem Schild ab. Als ich ihn senkte, rammte er die Kante seines Schilds in meinen und schob ihn vor meinen Schwertarm. Er ließ sein Schwert folgen und versetzte mir einen harten Schlag auf eine Arschbacke, als zöge er einem kleinen Jungen die Rute über. Ich wirbelte herum und hieb nach ihm, ohne zu treffen, worauf sein Hohngelächter wie ein Orkan über mich hereinbrach. Mit einem Satz war ich vor ihm und schlug aus allen Kräften nach ihm, traf aber nur den Schild, den er zur Seite drehte und mich damit aus dem Gleichgewicht brachte.

Mein Helm fing den nächsten harten Hieb ab, und vor

meinen Augen tanzten rote Punkte und funkelnde Sterne. Hätte Torste weiter auf mich eingedroschen, statt mich lachend als lahmes Rebhuhn zu beleidigen, wäre ich wohl zusammengesackt wie ein Segel ohne Tauwerk. So aber walzte ich vor, wie Pillgryes es mich gelehrt hatte, den Körper angewinkelt, und schwang das Schwert in schnellen Doppelkreisen. Dabei war ich permanent in Bewegung. Zweimal traf ich seinen Schild, beim dritten Mal sogar den Helm. Zu meiner Überraschung sah ich seine Augen neben dem Nasenstück belustigt aufblitzen. Als er verzückt zu lachen begann, wusste ich, dass er mich angreifen ließ, um mich einzuschätzen.

«Na, Ulv *Schwertmann*, deine tanzenden Windmühlen mögen für Pikten und Sachsen vielleicht ausreichen, aber hierzulande wurden sie das letzte Mal von unserem Urgroßvater eingesetzt.»

Ich schwieg noch immer, beim Kampf mit Waffen bin ich dieser Angewohnheit mein Leben lang treu geblieben. Nur wenige Male habe ich meine Stimme im Kampf erhoben, und meistens erinnere ich mich danach nicht mehr daran. Meine eigenen Worte versetzen mich derart in Aufruhr, dass ich mehr oder weniger zum Berserker werde.

Wir umkreisten einander, machten Ausfallschritte und parierten unsere Angriffe. Dabei erkannte ich drei Dinge. Torste war geschickter und sehr viel routinierter als ich, aber er war langsamer. Zwar nur wenig, aber ausreichend für mich, um den Vorteil seiner besseren Ausbildung zu kompensieren.

Ich landete zwei weitere Treffer auf seinen Schild, und beide Male war ich schnell genug, um seinem Schwert auszuweichen. Beim dritten Angriff überlistete Torste meine Pillgryes-Technik, die darauf abzielte, so viele Schläge wie möglich aus allen Richtungen abzugeben und gleichzeitig in

Bewegung zu bleiben. Meine Schwäche war allerdings, dass diese Technik meine einzige war, wohingegen Torste über ein sehr viel breiteres Repertoire verfügte.

Mit einer langen Folge an Schwerthieben traf er mich am Schild, dem Helm und dem Körper, und er trieb mich mit der Wucht seiner Schläge von einer Seite zur anderen. Ich überlebte ausschließlich dank meiner Schnelligkeit und meines Instinkts, zwei Eigenschaften, die Torste gerade so daran hinderten, mir den entscheidenden Schlag zu versetzen.

Er fluchte lauthals beim Kämpfen, aber ich bemerkte, dass er schwerer atmete. Trotzdem sauste sein Schwert noch mit voller Kraft von allen Seiten auf mich zu, sodass mir nichts anderes übrig blieb, als zurückzuweichen, Torste zu umkreisen und irgendeinen Nutzen aus meiner Schnelligkeit zu ziehen.

Torste landete unzählige Treffer, und wäre sein Schwert scharf geschliffen gewesen, wäre ich verblutet. So aber blutete allein mein Stolz, denn Torste kämpfte in einer Klasse für sich. Er war ein deutlich besserer Schwertmann als ich.

Inzwischen keuchten wir beide schwer, machten aber unbeirrt weiter.

Jeder von uns wechselte dreimal den Schild. Darüber hinaus unterbrachen wir den Holmgang nur zweimal, als ich auf die falsche Seite der Begrenzungen trat und Einar mich zurück ins Feld stieß.

«Ergib dich, Sklave», stöhnte Torste, als er eine Hälfte meines Schilds zertrümmerte und dabei meine Finger traf. Der wahnsinnige Schmerz gab mir den letzten Schub, und es passierte, worauf ich für gewöhnlich stolz bin, wenn es nicht eintrifft. Ich wurde zum Berserker!

«Scheißkerl», knurrte ich. «Du verfluchter Scheißkerl!»

Diese eleganten Worte traten eine Woge los, die mich bald komplett ergriff.

Ich brüllte wie ein Verrückter, warf den zerbrochenen Schild auf die Seite, ergriff das Schwert mit zwei Händen und ging mit einer Geschwindigkeit und Kraft auf Torste los, die ihn überrumpelte. Ich fuhr herum und schwang das Schwert wie eine Keule, rammte ihm meinen Ellbogen gegen den Helm, bespuckte ihn und ließ das Schwert Mal um Mal auf ihn niederfahren. Mein Geschrei wurde zu einem reißenden Strom aus Flüchen und Beschimpfungen. Dann vernebelte sich alles. Sämtliche Geräusche verschwanden, und ich erinnere mich nur noch an eine Abfolge von schnellen Bewegungen, die sich ewig fortzusetzen schienen.

Mit einem Mal saß ich im Gras, ohne Harnisch, und wurde von einem Sklaven versorgt, der mir Bier einflößte. Ein Stück entfernt von mir saß Torste und bekam dieselbe Behandlung von einem anderen Sklaven. Einar stand mit strahlenden Augen zwischen uns und rieb sich zufrieden die Hände.

In einem wütenden Wirbel aus Sieg, Ohnmacht und Niederlage kehrten die Geräusche zurück, und ich warf Einar einen fragenden Blick zu. Der lachte kopfschüttelnd und verschwand dann gemeinsam mit Heldis.

Torste sah ebenso erschöpft und schmerzgeplagt wie ich aus. Er lachte kurz, schnaubte und stöhnte und ließ sich von dem Sklaven versorgen. Ich folgte seinem Beispiel und döste weg, mein ganzer Körper war ein einziger höllischer Schmerz. Nicht einmal nach der Prügel von Rhi, Eskil, Torgrim oder Gunnar hatte ich mich derart kraftlos und zerschlagen gefühlt. Und in die Qualen mischte sich der unmäßige Ärger darüber, dass ich mich partout nicht an den Ausgang unseres Kampfes erinnerte. Hatte ich gewonnen?

Eher nicht, aber Torstes Verfassung nach zu urteilen, hatte ich auch nicht verloren. Er wirkte mindestens ebenso zermartert wie ich.

Nælde kam mit der stummen Sklavin Uma, und zu zweit versorgten sie unsere Wunden mit warmen Umschlägen, Salben, Kräutern und Bandagen. Uma gab mir eine warme bittere Flüssigkeit zu trinken, verband meinen Kopf und reichte mir eine Schale mit einem braunen Trank. Ich leerte die Schale und spürte die Schmerzen einer betäubenden Erschöpfung weichen, dann wurde alles schwarz.

Wenn ich in den Tagen darauf die Augen aufschlug, war mein Blick verschwommen und der Schmerz so heftig, dass ich stöhnend liegen blieb und mir sicher war, keinen heilen Knochen mehr im Leib zu haben.

Als ich dann endlich eines Morgens ohne die alles überschattenden Schmerzen wach wurde, waren zehn Tage und elf Nächte vergangen. Erst da fiel mir auf, dass ich mich in Næides kleinem, abseits liegenden Grubenhaus befand, in dem außer Kranken und Sklaven niemand übernachtete – Seidfrauen neigen dazu, andere Leute zu verschrecken.

Auf dem Schlafplatz am anderen Ende des Raums entdeckte ich Torste. Er starrte mich mit einem Blick an, der weder hasserfüllt noch freundlich war oder irgendwie verriet, was er dachte. Ich öffnete den Mund, um ihn zu beschimpfen, aber er kam mir zuvor.

«Sei still, Sklave, ich denke nach.»

Ich wollte schon wieder aufbrausen, brummte dann aber müde, dass unser nächster Schlagabtausch mit scharfen Waffen abgehalten würde, wenn er mich noch einmal Sklave nannte. «Und das, Torste von Ryesborg, ist weder eine

Drohung noch eine Herausforderung, sondern ein Versprechen.»

Meine Worte müssen ungewöhnlich klug gewählt gewesen sein, denn er nickte nur und erwiderte nichts.

Wenig später stellte Uma eine Trennwand zwischen uns auf, damit wir ein wenig Frieden fanden, aber ich sah ihn trotzdem, wenn ich mich aufsetzte. Was ich aber tunlichst unterließ, denn jede Bewegung verursachte eine Welle aus Schmerzen.

So vergingen die Tage, in denen Torste und ich bis auf die wenigen angespannten Worte nichts zueinander sagten, obwohl wir nur ein paar Armlängen auseinander lagen. Wenn wir uns etwas mitzuteilen hatten, geschah das über Nælde, Heldis oder Einar. Ich hatte mittlerweile verstanden, dass unser Streit eines der meistdiskutierten Ereignisse des Jahres von Alebu bis Jelling war. Keiner vor uns hatte je einen hitzigeren und längeren Holmgang mit Übungsschwertern ausgefochten.

Über den Sieger gab es geteilte Meinungen, aber ich weiß, dass Torste, der mehr wusste als ich, nicht alles gefiel, was ihm zu Ohren kam. Dennoch war fraglich, ob ich mich zum Sieger erklären konnte, da ich keinerlei Erinnerung mehr an das Ende meiner Berserkerraserei hatte.

Einar zufolge hatte unser Kampf aus einem langen Austausch von Schwerthieben ohne Schild bestanden, die so wuchtig gewesen waren, dass mein Schwert brach und das von Torste in der Mitte riss. Zuletzt hatten wir uns mehr oder weniger die Lederharnische vom Körper gerissen.

Als ich ihn fragte, wer denn nun gewonnen habe, zuckte Einar grinsend mit den Schultern. Laut Nælde wartete Torste deshalb damit, den Sieg für sich zu beanspruchen, da er noch nie einen Kampf verloren hatte, weder im Training noch im Ernst. Nie hatte er so viel einstecken, geschweige denn hinterher im Krankenbett liegen müssen.

All dies erzählte sie mir eines Nachmittags mit einem schiefen Lächeln auf den Lippen und einem merkwürdigen Funkeln in ihren blinden Augen, als Torste gerade draußen pinkelte. Genau wie ich schob er solche Bedürfnisse auf, bis die Blase kurz vorm Platzen war, da jede Bewegung Folter war.

Nælde berichtete auch, dass Torste eines der größten Talente war, das Einar je mit einem Schwert in der Hand erlebt hatte. Und er hatte ihn seit frühester Kindheit im Kampf trainiert. «Und jetzt hat Einar zwei Schwertmänner von der Sorte!»

Vielleicht lag sie richtig. Einars Meinung über mich war deutlich verändert. Er nötigte mir immer noch Respekt ab, aber plötzlich interessierte er sich für mich und wollte wissen, wer mir das Kämpfen beigebracht hatte und wie lange. «Ein sächsischer Mönch?», stieß er ungläubig aus.

Ich erzählte ihm von Pillgryes und den vielen Stunden, in denen wir dieselben Übungen wieder und wieder absolviert hatten.

«Es ist viele Jahre her, dass ich trainiert habe, und offenbar habe ich noch viel zu lernen. Er hat mir aber beigebracht, das Schwert zu schwingen und immer in Bewegung zu bleiben.»

Dazu meinte Einar, der Mönch habe mich in jedem Fall gelehrt, wie ein Krieger zu denken, und das sei wichtig. Fast das Wichtigste, wenn man Einar glaubte, und das wollte ich unbedingt.

Abgesehen von diesen Worten bestärkte er weder durch

Lob noch irgendetwas anderes meinen Hochmut, aber tief in mir wusste ich, dass ich ihn beeindruckt hatte.

«Ein bisschen ungelehrig bist du schon, Ulv», beendete er unsere Gespräche meistens, ehe er mir auf die Schulter klopfte und Nældes Grubenhaus verließ.

KAPITEL 10

Die Blätter waren von den Bäumen gefallen, ehe meine körperliche Verfassung allmählich wiederkehrte. Ich hatte in keiner Weise aufgehört, die Bewohner von Ryesborg zu schikanieren, aber Torste bildete jetzt die vierte Ausnahme neben Heldis, Einar und Nælde.

Wir behandelten einander mit kühlem Respekt und vermieden es, zu viel Zeit in der Nähe des anderen zu verbringen. War das nicht möglich, zogen wir uns in je eine Ecke des Hauses oder der Halle zurück.

Dafür behandelte ich die Huskarls von Nils Jarl ziemlich hochnäsig. Vierzig Männer im besten Alter, die nicht nur bei der täglichen Arbeit in Ryesborg mit anpackten, sondern auch als Krieger eingesetzt wurden und regelmäßig mit Einar trainierten. Alle waren schon mehrfach auf Raubzüge gefahren, die beiden ältesten hatten Einar sogar bis nach Serkland begleitet. Nichtsdestotrotz legte ich ihnen gegenüber zu wenig Respekt an den Tag.

«Irgendwann macht dich einer von ihnen einen Kopf kürzer, wenn du dich nicht ein bisschen zügelst», warnte Einar mich. Zwar stand mir der Sinn überhaupt nicht danach, brav zu sein, aber seine Worte drangen trotzdem zu mir durch, und ich versuchte, meine freche Zunge im Zaum zu halten. Ich fand heraus, dass schwere Arbeit und Müdigkeit mein loses Mundwerk ziemlich ausbremsten, und stürzte mich auf anstrengende körperliche Tätigkeiten.

Davon gab es in Ryesborg, wie ich mit Erstaunen feststellte, mehr als gedacht.

In meiner Vorstellung saß ein Jarl den lieben langen Tag in seiner beeindruckenden Halle, trank Bier, nahm die Steuern seiner Schützlinge entgegen, schlief mit seinen Dirnen und amüsierte sich. Es stimmte zwar, dass die dänischen Jarle Steuern von den Höfen in ihrem Herrschaftsgebiet eintrieben, aber deswegen lag in Ryesborg niemand auf der faulen Haut. Nicht einmal Nils Jarl. Welche Aufgaben genau er übernahm, darüber sprach niemand, aber er beratschlagte sich ständig mit den Vorarbeitern, Vizcolle oder anderen Männern, die sich mit Klagen und anderen Anliegen an den Jarl wandten, damit er eine Lösung für sie fand. Aus diesem Grund hieß die Halle von Ryesborg im Volksmund auch Thinghalle und der Hohlweg vor dem Eingangstor Thingweg. Und das zurecht. Mehr als einmal hatte ich zugesehen, wie Männer aus der Halle zu dem Platz am Hohlweg geführt wurden, wo sie ein hässliches Schicksal erwartete. Die Strafen reichten von Geldbußen bis hin zum Scharfrichter. Dabei war eine Enthauptung nicht so schlimm, wie als Niding des Landes verwiesen zu werden und sein Leben fortan ohne den Schutz eines Herrn zu fristen. Das kam oft einer Hinrichtung gleich, nur dass sie langsamer und weitaus schmerzvoller vonstattenging.

Torste nahm an manchen der Treffen des Jarls teil, aber ich

wusste nicht, worüber sie dort sprachen. Nur wenn Nils beim Abendessen in der großen Halle Heldis amüsiert von Männern erzählte, die wegen eines Diebstahls Blutrache an ihrem Nachbarn oder andere Bestrafungen für Schmähverse, Hohnstangen und dergleichen forderten, erhielt ich einen kleinen Einblick in die Welt des Jarls. Besonders unterhaltsam fand Nils Jarl Streitigkeiten zwischen ebenbürtigen Männern um den genauen Grenzverlauf ihrer Landstücke. Ich fand diese Geschichten weder besonders witzig noch interessant, obwohl anscheinend jeder Baumstumpf und jeder Erdhaufen es wert waren, einen Streit anzufangen.

Mit der Zeit ging mir auf, dass die allgemeinen Erwartungen an Nils Jarl, für jeden Zwist eine gerechte Lösung oder passende Strafe zu finden, nicht immer so leicht zu bewältigen waren, wie es sich anhörte. Aber es wurde vom Jarl erwartet, denn wenn ein Geschädigter selbst die Strafe für seinen Gegner festlegen durfte, war kein freier Mann mehr sicher.

Heldis lauschte ihrem Mann mit einer Aufmerksamkeit, die ihr Interesse für solche Themen und ihre Erziehung als Jarlstocher verriet. Bei besonders kniffligen Fällen oder wenn sie mit dem Urteil ihres Mannes nicht einverstanden war, legte sie Nils die Hand auf den Arm und sagte, dass große Entscheidungen auch große Gedanken erforderten. Ich glaube, damit verfolgte sie die Absicht, dass Torste und ich etwas lernten. Sie lächelte uns immer zu, wenn Nils sie belehrte, aus welchen Gründen dieser oder jener bestraft, hingerichtet oder mit einem Bußgeld belegt werden musste.

Darüber hinaus zählte es zu den Aufgaben des Jarls, wie alle anderen freien Männer zum Allthing nach Wibiærgh zu fahren, wo die größeren Fälle verhandelt wurden. Dort erarbeitete man die Gesetze, die der Gesetzessprecher auswendig lernen musste, um sie allen anderen vortragen und erklären zu können. Deshalb war es auch das Los des Sprechers, sich stets nüchtern zu halten, was außer ihm so gut wie niemand auf dem Thing tat.

In Ryesborg beteiligte ich mich wie die anderen freien Männer an allen anfallenden Arbeiten, und ich freute mich schon sehr auf das Thing in Wibiærgh, wo Nils Jarl vor allen Leuten verkünden würde, dass ich kein Sklave mehr war. Meine Anwesenheit auf dem Thing war dafür nicht nötig, aber es brachte einem Herrn Ansehen und Ehre, wenn er seinem Sklaven die Freiheit schenkte. So zeigte er seine Macht und seinen Reichtum und unterstrich seinen Status unter den freien Männern.

Aber statt einer Reise nach Wibiærgh sahen die Nornen in ihren Fäden jede Menge Alltagspflichten für mich vor. Allein ausreichend Brennholz für die Feuer heranzuschaffen, über denen tonnenweise Fisch geräuchert wurde, machte ein ganzes Heer aus Arbeitern mit Äxten, Holzkeilen, Seilen und Ochse nötig. Da auch das Langfeuer in der Halle und die Küche endlose Mengen an Brennstoff brauchten, bedeutete das, dass wir tagelang Bäume fällten, entrindeten und herankarrten, bis Vizcolle mit der Höhe des Holzstapels zufrieden war.

Ich tat, was man mir auftrug, und war dabei sehr viel umgänglicher, als ich es als Sklave gewesen war. Als Vizcolle aber verlangte, dass ich in den Großen Fluss hüpfte, um Fische zu fangen, war ich mir sicher, dass er einen Rausch hatte.

Doch Vizcolle war nicht betrunken, ganz im Gegenteil. Unterhalb der Brücke nach Ryesborg zwangen große, grob geflochtene Wände aus Weidenzweigen alle Fische in unsere Reusen, an die man normalerweise von kleinen, flachen Jollen aus gelangte. Aber wenn die Zweigwände brachen oder sich größere Äste darin verfingen, blieb keine andere Möglichkeit, als mit einem Seil um den Leib ins Wasser zu springen.

Wir fingen Plötzen, Barsche, Kaulbarsche und Aale, die wir in große Wannen schütteten, wo man sie putzte und in Salzlake einlegte. So wurden die Fische gelagert, bis sie einen Pfeilschuss vom Eingangstor nach Ryesborg über einem der fünf großen Feuer geräuchert wurden. Nælde erklärte, diese Räucherfeuer hätten Ryesborg seinen Namen verliehen und der Sippe von Nils zu unermesslichem Reichtum verholfen. Aber Nælde redete oft von Dingen und Orten, die es nicht gab, oder davon, wie Dinge sein sollten, dass ich mir bis heute nicht sicher bin, ob das die Wahrheit ist.

Was mir umso mehr gefiel, war das Entzünden der fünf riesigen Scheiterhaufen. Ich lernte, dass Harz gemischt mit Teer und Robbenfett gewaltige Flammen hervorbrachte, und ich lernte auch, nicht zu großzügig mit dieser Mischung umzugehen, obwohl es reichlich davon gab. Bei einem besonders erfolgreichen Experiment brachte ich ganze zwei Räuchergestelle zum Schmelzen, obwohl sie zum Großteil aus Eisen bestanden und als nahezu unzerstörbar galten. Vizcolles Miene verfinsterte sich, als er es bemerkte, da meine masthohen Flammen aber die meisten Einwohner von Ryesborg zu den Räucherplätzen gelockt hatten, sagte er nichts.

Vizcolle umgab eine bemerkenswerte, Respekt einflößende Aura, die in großem Kontrast zu seiner körperlichen Erscheinung stand. Er war klein und schmächtig und wieselte überall in Ryesborg herum und sorgte dafür, dass alle täglichen Aufgaben erledigt wurden. Wie der Steuermann eines großen Drachenschiffs plärrte er seine Befehle, aber seine helle Stimme klang nie zögerlich. Sein Geheimnis war ein ausgeklügeltes System aus etwas, das er Buchstaben nannte, und einer Art Schreibblut aus Holunderbeersaft, mit dem er die Zeichen auf ein Stück Birkenrinde kritzelte, das auf ein dünnes Brett gespannt war.

Als ich ihn nach diesen Krakeleien fragte, erklärte Vizcolle mir, dass es sich bei den Zeichen um Latein handelte, die gesegnete Sprache Gottes. Alle anderen Schriftzeichen waren ihm zufolge Teufelswerk und damit Gotteslästerung. Danach bekreuzigte er sich, blickte lange in den Himmel, als bitte er seinen Gott, mich durch einen Blitzschlag von der Erde zu tilgen, und seufzte tief.

«Der hat keine Zeit – der ist mit Nonnenbumsen beschäftigt», sagte ich und grinste breit.

Zuerst wich alle Farbe aus Vizcolles Gesicht, dann wurde es rot, und er fauchte mich in einer Sprache an, von der ich kein Wort verstand. Es hörte sich an, als verfluche er mich, und meine Hand griff automatisch nach dem Mjölnir-Amulett um meinen Hals. Als ich überlegte, ihn am Kragen zu packen, lächelte er plötzlich nachsichtig.

«Du klingst wie ein Mann, der mit sich selbst und seinem Inneren über Kreuz liegt, Herr Ulv.»

Damit lag er nicht ganz daneben, und ich nickte zustimmend.

«Ein Mann, Herr Ulv, sollte in seinem Kopf nur zwei Stimmen hören – seine eigene und die des Herrgotts.»

Ich beäugte ihn skeptisch. «Ich höre viele Stimmen, und die kommen und gehen, wie es ihnen passt. Ob die dabei ist, die du *die Stimme des Herrgotts* nennst, weiß ich nicht.»

«Ich bezweifle es», meinte Vizcolle und berührte seine Brust an der Stelle, wo unter seinem Gewand das Kruzifix hing, wie ich wusste. «Das wäre fast schon Blasph…»

«Ja», sagte ich. «Denn in dem Fall wäre die Stimme des Herrgotts die eines Geisteskranken, die sich immer dann meldet, wenn mich der Zorn packt, und die mir schlimme Dinge ins Ohr raunt, die ich sofort weitererzähle.»

«Schweig still, du Zyniker», fuhr Vizcolle mich an, aber ich lief gerade erst warm.

«Zum Glück kann sich mein hitziges Gemüt auf eine schnelle Schwerthand verlassen, sonst wäre diese Stimme längst verstummt. Dieser Verrückte, den du den Herrgott nennst, scheint also seine schützende Hand über mich zu halten.»

Entsetzt starrte der Verwalter mich an.

Mir fielen ein paar Floskeln ein, mit denen Pillgryes ständig um sich geworfen hatte. «Ich muss der Liebling des Herrgotts sein, Herr Vizcolle. Womöglich bin ich gar *der Auserwählte* in seiner Herde?»

Vizcolle funkelte mich böse an, während er mit seiner Hand mehrmals das Kreuzzeichen machte. «Vergib ihm seine schändlichen Äußerungen, o Herr, denn er ist nichts als ein einfältiges *Schaf*», sagte Vizcolle mit grimmiger Miene.

«Ein Schaf? Die essen wir!»

«Du gehörst bestraft, und zwar hart, für deinen Mangel an Respekt», zischte Vizcolle und erhob die Hand, besann sich aber vernünftigerweise. «Du bist verloren, Herr Ulv, vollkommen verloren, das sage ich dir. Das Himmelreich bleibt dir verwehrt – du fährst geradewegs hinab in die Hölle!» Damit ließ er mich stehen.

«Du hast vergessen, mich zu bestrafen, Herr Vizcolle», rief ich ihm munter hinterher. «Dabei verdiene ich es doch – ich bin ein schlimmer Sünder!»

Vizcolle drehte sich um und warf mir einen vernichtenden

Blick zu. «Verfluchter Idiot!», zischte er, ehe er sich bekreuzigte und davonlief.

Später erfuhr ich, dass Vizcolle beim Erzbischof von Bremen zum Priester ausgebildet worden war, ehe ihn das Schicksal ereilte, in heiligem Auftrag nach Westfranken gesandt zu werden. Das an sich war nicht sonderlich schicksalhaft, aber Ottar Jarl, mein lieber Großvater, hatte das Kloster geplündert, in dem Vizcolle untergebracht war, und den jungen Priesteranwärter kurzerhand mitgenommen. So endete er schließlich als Unfreier in Odins Vi. Aus mir unerfindlichen Gründen hatte er dort aber eine nahezu väterliche Liebe zu meiner Mutter und Heldis entwickelt.

Als Ottar Jarl der Ältere im Sterben lag, schenkte er Vizcolle die Freiheit, und nachdem das Totenbier zu Ottars Ehren getrunken war, zog Vizcolle umgehend zu Heldis.

Von Pillgryes wusste ich, dass alle christlichen Priester die rätselhaften Zeichen lernen mussten, die Vizcolle Latein nannte. Ihr Gott hatte ihnen nämlich einen Haufen lächerlicher Gebote aufgetragen, die auf Pergamenten niedergeschrieben und in einer heiligen Schriftrolle gesammelt waren. Bei Nils Jarl sah ich zum ersten Mal, wie diese Zeichen mit beinahe eleganter Leichtigkeit von Vizcolles dürrer Hand niedergeschrieben wurden. Wäre er weniger irritierend und weibisch gewesen, hätte ich ihn wohl gezwungen, mich in das Geheimnis dieser Schrift einzuweihen. Einmal versuchte ich es, aber da glaubte er, ich wolle ihn zum Narren halten, und war schwer beleidigt.

«Du von allen Menschen, Herr Ulv, sähest das Licht Gottes viel klarer, wenn du die heiligen Buchstaben lesen lerntest. Das würde dich auch vor den Flammen der Hölle retten.»

Ich entgegnete, dass sich bereits ein Mönch daran versucht habe, aber darüber geisteskrank geworden und nackt im Wald umhergeirrt sei, bis er tot umfiel. «Pater Pillgryes war vollkommen verrückt», sagte ich grinsend. «Aber er hat bis zuletzt gesoffen und gefickt wie ein Mann.»

Das war eine Lüge, aber es bereitete mir großen Spaß, den kleinen Mann mit der Vogelnase zu ärgern. Hastig bekreuzigte Vizcolle sich, murmelte etwas auf Latein und stapfte davon. Nach ein paar Schritten drehte er sich um und richtete einen zitternden Finger auf mich.

«Du *musst* das Wort Gottes in der Heiligen Schrift erfahren, Herr Ulv, sonst bist du verloren. Verloren, sage ich!» Er stieß einen pfeifenden Laut aus, raffte sein Gewand und lief fort.

Erst viele Jahre später sah ich die Heilige Schrift mit eigenen Augen, deren Inhalt Vizcolle zufolge meine Seele retten konnte. Die kurzen Auszüge, die man mir vorlas, beeindruckten mich, auch wenn ich kein Wort von dem Latein verstand. Dennoch musste ein ziemlich langweiliger Skalde die Verse gedichtet haben, in denen sich kein Wort über Gewalt, Trinkgelage, Hurerei und andere Vergnügungen findet.

Für Buchstaben und Schriftrollen war ohnehin keine Zeit, denn Ryesborg musste für den Winter gerüstet werden. Wir arbeiteten in Gruppen mit je einem Vorarbeiter, und alle wussten, dass man Torste und mich besser nicht in dieselbe Gruppe steckte, wenn der junge Jarlssohn einmal Zeit erübrigte, sich an den Wintervorbereitungen zu beteiligen.

Dabei hatte ich für meine Aufmüpfigkeit erst nach getaner Arbeit Energie, wenn das Bier ausgeschenkt wurde. Außerdem plagten mich nach dem Holmgang mit Torste noch immer Schmerzen, und es dauerte mir viel zu lang, bis ich wieder zu alter Stärke fand.

Wenn meine Arbeitsgruppe ausruhte, hielt ich mich meistens zurück oder hing eigenen Gedanken nach. Ich träumte von Größerem als den Arbeiten, die mir der boshafte Verwalter und die eifrigen Vorarbeiter auferlegten.

Ich habe mich immer als Krieger gesehen, und das tue ich noch heute. Während ich die Dächer der Häuser deckte, Baumstämme spaltete, Tiere schlachtete und ihnen das Fell abzog, dachte ich an ganz andere Dinge. Selbst das Fischen, Räuchern und die Jagd waren in meinen Augen nichts als Zeitvertreib. Unterhaltsam, sonst nichts.

Meine Laune besserte sich, als der Jarl uns an Bord der drei Schiffe beorderte, die am Ufer des Store, einem See unweit von Ryesborg, lagen. Normalerweise begannen die Instandsetzungsarbeiten an den Schiffen erst, wenn der Schnee schmolz und die ersten Vögel wieder sangen, aber Nils Jarl wollte sie sofort bereit zum Ablegen haben.

Nils Jarls größte Schiffe, zwei Langschiffe mit Platz für je sechzig Mann, waren zurzeit unterwegs zu der Insel, auf der ich geboren wurde. Der Rest seiner Flotte, zwei Schniggen und ein Knorr, wurden gerade an Land von Muscheln befreit, um kalfatert und neu gestrichen zu werden. Nun aber mussten wir die *Hjorten*, den «Hirsch», eine der beiden Schniggen, zu Wasser lassen, damit Vizcolle eine Tonne mit geräuchertem Aal und sechs Fässer geräucherten Barsch nach Arus bringen konnte. Auf dem Rückweg sollte er Eisenerz für Pierre, den Schmied, und Salz für die Küche mitnehmen.

Von den jungen Männern Ryesborgs wollten die meisten mit nach Arus fahren, was zu angeregten Diskussionen führte. Auch ich wollte mitkommen und forderte mit der Begründung, die eisige Seeluft beruhige mein anstrengendes Gemüt, einen Platz an Bord der *Hjorten* ein.

Orm Steuermann, der Schiffsführer des Jarls, machte ein skeptisches Gesicht und sagte, die Fahrt nach Arus sei weder lang noch beschwerlich und nichts gegen die Gewässer, in denen ich schon gesegelt sei.

Aber man teilte mir einen Platz an Bord der *Hjorten* zu, und ich jubelte vor Freude, als wir in gemächlichem Tempo lossegelten, den Store Å hinter uns ließen und nach einer Fahrt durch andere Flüsse und Seen die Saksildbucht erreichten. Nicht einmal die weiß schäumenden Zähne der See oder der eiskalte Wind dämpften meine Freude darüber, endlich wieder Schiffsbretter unter den Füßen zu spüren. Das Einzige, was ich vermisste, war Ymers Gesellschaft.

Wir fuhren durch einen Flusslauf außerhalb von Arus, wo eine Reihe Schiffe unterschiedlichster Größe am Ufer lagen, und legten am Kai in der Stadt an. Ein Speerträger bewachte den Anleger, der über ein Tor verfügte, und kam auf uns zu, als wir die sechs Tonnen abluden. Er musterte uns und fragte dann, wozu eine kleine Schnigge wie die Hjorten zwanzig Schwert- und Axtkrieger brauchte.

«Wir sind Nils Jarls Männer aus Ryesborg, und Arus ist ein sicherer Hafen unseres Jarls. Deshalb haben wir das Recht, so viele Waffen zu tragen, wie wir lustig sind», entgegnete Orm Steuermann.

Der Wächter nickte, riet uns aber, die Waffen am Gürtel zu lassen. «Es sind unruhige Zeiten», meinte er und ging zurück auf seinen Posten am Tor.

Damit hatte der Wächter recht. Nils Jarl selbst hatte von unruhigen Zeiten gesprochen, weshalb er uns dazu angehalten hatte, Waffen zu tragen. Mir kam das gelegen, denn ich lief selten ohne Schwert herum.

Die hohen Holzpalisaden rund um Arus sahen neu aus

ebenso wie die Plankenstraßen, von denen eine an der Innenseite der Palisade verlief und die andere Straße zwischen den vielen Häusern mit Zäunen aus geflochtenen Zweigen. Ein paar Ziegen und eine Kuh liefen frei herum, ansonsten schien hier aber eine strengere Ordnung zu herrschen als in Haithabu.

An einem Brunnen standen zwei Mädchen in meinem Alter und lächelten uns zu. Eine der beiden hatte es mir besonders angetan mit ihren dicken geflochtenen Zöpfen und einer Mütze mit Pelzsaum in derselben Farbe wie ihr helles Haar. Sie hatte Wasser über ihrem Rock verschüttet, der sich straff um ihre Schenkel und die Hüfte schmiegte. Das andere Mädchen hatte ebenfalls helles Haar und war etwas kecker, sie schürzte die Lippen und warf mir einen Kuss zu. Dann schauten sich die beiden an, kicherten und schöpften weiter Wasser.

Abgelenkt trat ich Vizcolle in die Hacken und stolperte fast, schaffte es aber, den beiden Mädchen zuzuwinken, ehe ich Vizcolle erneut in die Hacken trat. Anschließend achtete ich besser darauf, wohin ich meine Füße setzte, und folgte dem kleinen mürrischen Mann auf einen offenen Platz, der voller Zelte stand. Als ich sah, dass mehrere davon Schankzelte waren, rempelte ich Vizcolle ein drittes Mal an.

«Herr Ulv, wir haben noch viel zu erledigen. Und es wäre meinen Füßen wie meinem Schuhwerk sehr genehm, wenn du mich nicht dauernd trätest, sondern deine Augen dorthin richtetest, wohin du deine heidnischen Füße setzt», sagte er und deutete auf ein Gebäude, das mich eher an eine Scheune als ein Langhaus erinnerte. «Dort wirst du heute mit der Mannschaft schlafen.»

Zu meiner Freude bemerkte ich, dass das Haus gleich neben einem gut besuchten Ausschank stand.

«Aber sei vorsichtig mit dem Bier, hier in Arus brauen sie es besonders stark, und wir müssen morgen früh zurück nach Ryesborg. Direkt nach der Laudes.»

«Laudes?», fragte ich verwirrt.

«Die Laudes ist das Morgengebet, aber davon hat ein Heid…» Er schloss die Augen. «Gleich nach dem ersten Hahnenschrei, Herr Ulv.»

Ich nickte stumm, dabei hatte ich keine große Lust, diese herrliche Stadt so schnell wieder zu verlassen.

Die Ladung Fisch lieferten wir bei einem Händler ab, der das gleiche dunkle Gewand mit Strick um den Leib trug wie Vizcolle. Auch sein Haar war weiß wie das unseres Verwalters, und beide waren sie zierlich wie Frauen. Hinter dem Händler stand ein dunkelhäutiger Sklave mit breiten Schultern. Er war in ein farbloses Gewand gekleidet, hatte den Rücken gebeugt und trug einen ausdruckslosen Blick zur Schau, als langweile er sich fürchterlich. Vielleicht war er auch einfach ein wenig zurückgeblieben, oder es war eine Mischung aus beidem.

«Salve, Monsieur Vizcolle», begrüßte der Händler Vizcolle breit grinsend und fuhr in einer Art Priestersprache fort.

«Salve, Monsieur Cercel de Cluny», gluckste Vizcolle und erwiderte etwas in derselben Sprache.

«Ita est», sagte der Händler, ehe sich die beiden umarmten und weiter auf Fränkisch unterhielten, wie ich vermutete.

Endlich beendeten die beiden weißhaarigen Männer ihr zwitscherndes Gespräch, und der Händler bezahlte Vizcolle für den Fisch, teils mit Silber und teils mit einem kleinen Lederbeutel, der etwas enthielt, das vertrocknetem Gras glich. Vizcolle schnupperte an dem Beutel und schmatzte zufrieden.

«Warum kaufst du Gras?», fragte ich, riss ihm den Beutel

aus den Händen und roch am Inhalt, der einen scharfen Geruch verströmte.

«Das ist aus Franken …», antwortete Vizcolle und schaute zum Händler, der sich seufzend abwandte.

«Wieso kaufst du Gras aus Franken?», wollte ich wissen und stieß einen der Krüge des Händlers um, der zu Boden fiel und zerbrach. Da ich den Händler böse anstarrte, blieb er stumm und forderte keine Entschädigung.

«Monsieur Cercel de Cluny», erklärte Vizcolle angestrengt, «verkauft Kräuter aus dem Kloster Cluniacum, das von Wilhelm dem Frommen persönlich gegründet wurde. Und das, was du für Gras hältst, Herr Ulv, ist Salbei – geweiht vom Diener des Herrn, dem Abt Odo de Cluny und Bruder von Monsieur Cercel.»

«Und warum isst du das Zeug?», bohrte ich weiter, während ich dem Sklaven hinter dem Händler einen Blick zuwarf, dessen Miene auf einmal ganz lebhaft war.

«Im Leben gibt es mehr als das, was durch den Hals geht und im Magen landet», sagte Vizcolle ernst.

Er tippte sich mit den Fingern an die Stirn und setzte offenbar zu einer längeren Ausführung über den Weißen Christus und seine ewigen Gebote an. Daran war ich nicht im Geringsten interessiert, was wohl auch dem spindeldürren Verwalter aufging. Er seufzte tief und murmelte hastig, dass sich Salbei zum Kochen und als Heilmittel eigne. Seiner Meinung nach sollte jedes ordentliche Gericht ein wenig Salbei enthalten – doch nicht zu viel, sonst würde das Essen ungenießbar.

«Für uns ist Salbei dasselbe wie Salz für euch Dänen», ergänzte der Händler und brabbelte für mich unverständlich weiter, da ihm unsere Sprache nur schwer von der Zunge ging.

Als ich unbeabsichtigt einen weiteren Krug zu Bruch gehen ließ, der besonders kostbar aussah, räumte der Händler eilig die Waren in meiner Nähe fort und fragte, ob ich nicht etwas Salbei oder etwas anderes haben wolle.

Mir stand der Sinn allerdings nach anderem. Ich hatte Lust auf Bier und gute Gesellschaft.

«Monsieur Cercel de Cluny», presste Vizcolle verbissen hervor. «Herr Ulv von Ryesborg wünscht Euch noch einen guten Tag.»

Damit zog er mich vom Stand des Händlers weg, bevor ich noch mehr Krüge umstieß. Sein Gesicht war hochrot, vermutlich vor Zorn.

«Du hast kein Recht, mich Ulv von Ryesborg zu nennen», ermahnte ich ihn streng, als er mich weiterzerrte. Er antwortete nicht, also packte ich ihn an seinem Wollgewand und hob ihn fast vom Boden, ehe er innehielt. Er zappelte in meinem Griff, aber ich ließ ihn nicht los.

«Nein, Herr Ulv, das habe ich nicht», fauchte er. «Aber ich hatte die Hoffnung, der Name würde dich daran erinnern, dass du von edlem Geschlecht bist.»

Sein Gesicht war ganz dunkelrot, und als er weitersprach, verstand ich endlich mehr. Vorsichtig setzte ich ihn wieder ab und strich die Falten aus seinem Gewand.

«Du bist ein grober und unverschämter Flegel, der nichts als Schande über die Herrschaften von Ryesborg bringt, und besonders meine liebe Herrin schämt sich für dein törichtes Verhalten.»

Diese Worte setzten mir mehr zu als Torgrims Peitsche. «Heldis schämt sich für mich?»

«Die Herrin schämt sich dafür, wie du dich aufführst, aber sie liebt dich wie ihre drei Kinder, die sie nach Torste zur Welt brachte. Keines von ihnen hat die schwere erste Zeit überlebt.»

«Sie hat drei Kinder verloren?»

«Ja», sagte Vizcolle. «Die ersten beiden starben direkt nach der Geburt. Das dritte, ein hübsches Mädchen wurde fast ein Jahr alt, aber selbst solche Dinge sind dir wohl gleichgültig, was?»

Ob es an Heldis' drei toten Kindern lag oder daran, dass sie sich für mein Betragen schämte, weiß ich nicht, aber ich blickte den kleinen Verwalter an und sagte etwas für mich sehr Ungewöhnliches. «Entschuldigung, Herr Vizcolle», hauchte ich. «Es tut mir leid, dass ich dich vor Monsieur Cercel de Cluny verunglimpft habe.»

Zuerst starrte er mich an, doch als er begriff, dass ich nicht scherzte, wirkte er, als hätte er einen Schlag ins Gesicht abbekommen. Dann blinzelte er kräftig und lächelte mich mild an. «Dir ist vergeben, Herr Ulv. Wahrhaftig vergeben, und es steht dir gut zu Gesicht, dass die Stimme des Herrn ausnahmsweise zu dir durchgedrungen ist, auch wenn es fürchterlich lange gedauert hat.» Er muss verstanden haben, dass gerade solche Worte den Flegel in mir weckten, weshalb er kurz auflachte und dann fast schon vergnügt das Thema wechselte. «Und nun, Herr Ulv, wirst du mich zum Kohlenbläser begleiten und Eisenerz holen.»

Vizcolle winkte vier weitere Männer der Mannschaft herbei, um ihn zum Haus des Schmieds zu begleiten. Alle anderen grinsten fröhlich und eilten zur nächsten Schenke, auf die auch ich bereits einen Blick geworfen hatte. Ohne die Aussicht auf die verlockende Welt glühender Eisen hätte ich mich wahrscheinlich geweigert, Vizcolle zu begleiten, und wäre sofort zum Ausschank gespurtet. So aber sagte ich nichts und trottete mit den anderen Männern in Richtung Schmiede. Das Haus des Kohlenbläsers lag in der Nähe des Walls und der Palisade. Es stand ein Stück abseits, denn kein Hausbesitzer wollte den Funkenregen abbekommen, der zwischen Esse und Schmiede im Wind tanzte.

Der Schmied war ein geschäftiger Kerl, dem drei Burschen zur Hand gingen und Kohle zur Esse schleppten oder an dem großen ledernen Blasebalg arbeiteten. Ein Lehrjunge mit der gleichen Lederschürze wie der Schmied räumte ein Regal mit Zangen und Hämmern ein, während der Schmied selbst am größten der drei Ambosse stand und mit dem Hammer auf ein glühendes Stück Eisen einschlug. Drei Ambosse – ich staunte. Dem umfassenden Bauch und dem zufriedenen Blick des Schmieds nach zu urteilen, konnte er sich nicht beklagen.

Als der Lehrjunge eine Zange fallen ließ, verpasste der Schmied ihm zwei saftige Ohrfeigen, ehe er uns zwei verschiedene Sorten Eisenerz in drei großen Flechtkörben reichte.

«Du kennst den Preis, Herr Vizcolle, zwei Silbermünzen je Korb», sagte er breit grinsend, und ein Sklave reichte ihm zwei Bierkrüge. «Lasst uns auf den Handel trinken.»

«Und du kennst mich, Rune Smed. Das Wichtigste zuerst, und das soll ordentlich zugehen», erwiderte Vizcolle mit einem ebenso breiten Grinsen, ehe er den Betrag mithilfe einer kleinen Stange abwog, an der mit dünnen Ketten zwei Schalen befestigt waren. In eine Schale legte er eine Silbermünze und lose Silberstücke, in die andere kleine Bleigewichte. Vizcolle nahm etwas Silber heraus, bis beide Schalen im Gleichgewicht waren.

«Bitte sehr, Rune Smed. Zehn Ertog Silber, wie vereinbart», sagte Vizcolle und reichte dem Schmied das Silber aus der Waagschale, bevor er nach dem Krug griff, den der Sklave ihm hinhielt.

Rune Smed nahm die Bezahlung seufzend entgegen, die offensichtlich ein wenig geringer ausfiel als die beiden Silberstücke, um die er gebeten hatte. «Du bist ein gründlicher Mann, wenn es um Silber geht, Herr Vizcolle.»

«Mag sein», antwortete Vizcolle und packte die kleine Waage in eine Tasche. «Aber Nils Jarl hat sich bislang nicht darüber beschwert.»

Der Schmied lachte, stieß mit Vizcolle an und trank einen Schluck Bier. «Grüß ihn von mir», sagte Rune Smed, aber Vizcolles Antwort hörte ich schon nicht mehr. Durstig schleppten wir die Flechtkörbe zur *Hjorten*, denn sobald das erledigt war, konnten wir eine der Schenken aufsuchen.

Pro Korb mit Erz waren zwei Mann nötig. Ein schwieriges Unterfangen, wenn man nur zu fünft ist. Also ging ich in der Mitte und packte bei zwei Körben mit an – was mir ordentlich Respekt in der Mannschaft verschaffte.

Vizcolle holte uns ein, als wir gerade eine Pause einlegten und eigentlich Bier trinken wollten. Das ließen wir aber bleiben, als der weißhaarige Verwalter herangeeilt kam und sich so dicht neben mich stellte, wie nur wenige es überlebt hätten. Keuchend und prustend bat er, ich solle mich anständig benehmen, wie es sich für einen Jarlssohn zieme. Sein Atem roch nach Bier, und während er sprach, musste er ein Rülpsen unterdrücken. Ich lachte.

«Sei vorsichtig, Herr Ulv. Das Bier hier in Arus ist stark. Denk an Heldis, gutes Betragen ist ein kostbares Gut – vielleicht hilft dir das.»

«Ich werde mein Bestes tun», erwiderte ich und hörte selbst, wie falsch das klang.

Kopfschüttelnd ging Vizcolle seines Weges. Selbstverständlich würde ich mich aufführen, wie es sich gehörte, immer den Ruf meiner Sippe im Sinn, aber ich war zum ersten Mal in Arus und daher ziemlich gut gelaunt. Tatsächlich war es meine allererste Gelegenheit, eine Schenke zu besuchen – und ich war überzeugt, dass das nicht anging, ohne gehörige Mengen Bier zu sich zu nehmen.

Wir luden das Erz an Bord der *Hjorten* und zurrten es auf Anweisung von Orm Steuermann am Fuß des Mastes fest. Danach eilten wir zur Schenke und ließen Orm auf eigenen Wunsch als Schiffswache zurück.

Ich bestellte fünf Krüge Bier, was mir ein zufriedenes, anerkennendes Brummen der Mannschaft einbrachte, und sagte, es sei meine Pflicht – schließlich hatte Vizcolle ja gesagt, ich solle mich aufführen wie ein Jarlssohn. Das Bier war äußerst schmackhaft, und da Heldis mir einen gut gefüllten Geldbeutel samt dem besorgten Hinweis, vorsichtig zu sein und meine Zunge zu hüten, mitgegeben hatte, trank ich mehr, als mir zuträglich war.

Nach dem vierten Krug überließen die Kameraden aus Ryesborg mich mir selbst und meinen Dummheiten, die Vizcolles und Heldis' unermüdlicher Warnungen zum Trotz bald ein törichtes Maß annahmen. Ich prahlte mit meinen Kampffähigkeiten und forderte jeden Mann heraus, der in meine Richtung blickte. Allerdings muss ich den Bewohnern von Arus hoch anrechnen, dass sie darüber nur lachten, statt das Schwert zu ziehen, weil ein sturztrunkener Jüngling meinte, der Größte zu sein. Ich war ein richtiger Trottel!

Gerade als ein kräftiger Rüpel mit einem großen kahlen Fleck im Haar über dem rechten Ohr das hitzige Wortgefecht gegen einen Schwertkampf tauschen wollte, tauchte blitzartig Vizcolle auf, schob sich zwischen den Rüpel und mich und begann, mich mit seiner fürchterlich quäkenden Stimme auszuschelten. Er setzte Nils Jarls Namen als Drohung ein, was keinen nennenswerten Effekt auf mich hatte, als er allerdings Heldis mit hineinzog, wurde ich wütend.

«Dein Gezeter ist ja noch schlimmer als das von Ymer Baldersson, und das will was heißen», lallte ich und wollte Vizcolle zur Seite stoßen, aber ich verfehlte ihn. Der große Kerl mit der Halbglatze hatte sich Vizcolle wie einen Getreidesack unter den Arm geklemmt und sagte etwas zu mir. Sein Blick war verwirrt und ernst zugleich. Da Vizcolle sich lauthals beklagte, verstand ich kein Wort.

«Stell den Verwalter von Nils Jarl wieder auf den Boden, bevor du ihn zerquetschst. Wenn du darauf bestehst, schlachte ich dich danach ab», drohte ich. Ich musste rülpsen und wankte schwer. Vizcolles Füße berührten den Boden wieder, und der große Mann fing mich auf, als ich vornüberkippte.

«Redest du von Ymer Baldersson, Jungspund?», sagte er und stellte mich auf einen Schemel. «Wie heißt du?»

Ich bat ihn, kurz zu warten, taumelte ins Freie und kotzte. Als ich zurückkam, hatte Vizcolle sich hingesetzt, noch immer mit verärgerter Miene, aber er schwieg. Ich schaute zu dem großen Mann mit der Halbglatze und ließ mich schwerfällig auf einen Schemel plumpsen.

«Ulv heiße ich, nur Ulv.» Ich versuchte, meinen Blick halbwegs scharf zu stellen.

«Und du kennst einen, der Ymer Baldersson heißt?»

Ich nickte und lächelte sabbernd. «Dieser Narr hat mir länger mit seinem Geschwafel in den Ohren gelegen, als ich erzählen kann.»

«Ich kenne nur einen Ymer Baldersson, und das ist mein Bruder.»

Ich blinzelte und versuchte, den Riesen vor mir klarer zu sehen. «Du bist Ymers Bruder?», hickste ich. «Du bist aber ... ein wenig schmächtig, oder?»

«Er ist älter als ich», erwiderte er und stellte sich als Bjørn vor. «Wo ist Ymer?»

Ich zuckte mit den Schultern, denn ich hatte keinen blassen Schimmer, wo er steckte.

«Wo hast du ihn zuletzt gesehen, Ulv?»

Das Bier vernebelte meine Erinnerung, und ich musste eine Weile nachdenken, ehe ich ihm antwortete.

«In Jelling», sagte ich. «Dort haben sie uns getrennt, Bjørn ... Ich vermisse ihn.» Ich spürte einen Kloß in meinem Hals. «Dieser riesige Holzkopf hat keinen Charakter», sprudelte es aus mir heraus. «Wusstest du, dass er sein ganzes Hab und Gut verspielt hat und jetzt Schiffssklave ist? Schiffssklave! Vom zweiten Hirdmann des Kaisers von Miklagard zum Schiffssklaven – zeig mir einen größeren Narren als ihn.»

Eine Träne rann mir über die Wange, aber ich scherte mich nicht darum.

«Ich vermisse den großen Idioten mehr als irgendetwas sonst in Midgard, außer vielleicht das Schwert, das Eskil der Einäugige mir schuldet, dieser Drecksack.»

Bjørn legte mir eine Hand auf die Schulter und sagte, ein Freund von Ymer sei auch sein Freund, ganz gleich, wie frech er sei.

Ich betrachtete ihn. Er glich Ymer wirklich, vom fehlenden Haar abgesehen, aber seine Stimme klang anders. Zurückhaltender.

«Erzähl mir, was du weißt, Ulv. Dafür werde ich dir ewig

dankbar sein.» Er bestellte uns mehr Bier und forderte Vizcolle auf, dafür zu sorgen, dass mein Schwert in der Scheide blieb.

«Herr Ulv muss morgen früh fortsegeln, gleich nach der Laud… dem ersten Hahnenschrei», sagte Vizcolle verärgert und ließ uns allein.

Bjørn und ich stießen an. «Erzähl mir von meinem großen Bruder, Ulv. Du bist nämlich nicht der Einzige, der diesen Dummkopf vermisst.»

Ich trank einen Schluck Bier und begann mit der Geschichte über Ymers vertanes Leben.

«Die Nornen waren höhnisch mit seinem Faden», seufzte Bjørn. An viel mehr erinnere ich mich nicht, nur dass wir uns lange unterhielten und ich plötzlich Lust auf ein Weib bekam. Dass ich mich ein paarmal übergeben musste, kümmerte die Dirne in meiner Gesellschaft wohl kaum.

Ich erwachte mit dröhnenden Kopfschmerzen, setzte mich auf und stellte fest, dass ich mich in einer Scheune befand. Langsam kehrte die Erinnerung an lebhafte Frauenfinger und füllige Brüste zurück und entlockte mir ein Grinsen. Ich kroch aus dem Stroh, tauchte den Kopf in ein Fass mit eiskaltem Regenwasser, zog ihn japsend wieder heraus und fiel rückwärts um.

«Ymer», stieß ich aus und kam auf die Beine, den Kopf voll verwirrender Erinnerungsfetzen an das Gelage vom Vorabend. Es gab mir ein gutes Gefühl, Ymer getroffen zu haben, wenn auch nur in Gestalt von Bjørn, seinem kleinen Bruder.

Ich traf als Letzter bei der *Hjorten* ein, und die Mannschaft musste ein paar Ruderschläge zurückrudern, damit ich noch an Bord springen konnte. Darüber war Vizcolle zwar alles andere als begeistert, aber ich hielt seinem Blick so lange stand, bis er sich abwandte. Dann setzte ich mich auf eine Ruderbank und trug mein Teil dazu bei, dass wir geschmeidig den Flusslauf nach Arus hinab und weiter in die Ostsee glitten.

Selbst im Winter zieht einen die Schönheit der Saksildbucht und der Einfahrt nach Ryesborg in ihren Bann, besonders wenn Njörd sich von seiner besten Seite zeigt, den Wind zurückhält und die Sonne durchlässt. Ich genoss jeden Augenblick am Riemen und wollte gar nicht loslassen, als die *Hjorten* neben den anderen beiden Schiffen von Nils Jarl ans Ufer fuhr.

In der Zeit unserer Abwesenheit war die Mannschaft gut mit den Arbeiten an der *Rimfakse*, einem Knorr, und der *Ildfugl*, dem Schwesterschiff der *Hjorten*, vorangekommen. Die Decksplanken waren entfernt und die Spanten und Querbalken so abgedeckt, dass das Kielschwein zum Vorschein kam, in dem der Mast befestigt war.

Wir löschten rasch die Ladung, lösten die Decksplanken und brachten Ruderriemen, Segel und Tauwerk an Land. Danach schoben wir den Rumpf bis zur Reling ins Wasser, damit Läuse, Flöhe, Ratten und anderes Ungeziefer ertranken. Als der Rumpf lange genug im Wasser gelegen hatte, lenzten wir ihn leer, zogen die *Hjorten* wieder an Land und legten den Mast.

Es war eine anstrengende Arbeit, und keiner von uns verstand, wieso wir sie mit halb erfrorenen Fingern verrichten mussten, da die Flotte bis zum Frühling an Land überwintern würde. Doch Orm Steuermann schüttelte nur den Kopf über unser Klagen und wiederholte Nils Jarls Worte über unruhige Zeiten.

«Sicher sind es unruhige Zeiten», murrte ein alter Kerl,

denn alle Helge den Ernsten nannten, weil er so gut wie nie lächelte. «Aber bei der Kälte können meine Finger kaum den Hammer halten.» Orm antwortete nichts darauf, und wir kratzten weiter Ablagerungen und schleimige grüne Algen von den Planken. In Spalten, Öffnungen oder Risse pressten wir in Teer getränkte Wollschnüre, und zum Schluss strichen wir alles mit dampfendem Pech ein, ließen es trocknen und kratzten die überschüssigen Reste ab.

Ich hatte noch nie ein Schiff kalfatert oder Planken sauber gekratzt, aber es fühlte sich ein bisschen nach Seefahrt an, und das reichte. Aber da wir leider viele Männer waren und es nur wenige Schiffe gab, waren wir schon nach einigen Tagen fertig. Jetzt mussten nur noch das Leder in den Ruderlöchern gefettet und der Stauraum geschalkt werden, in dem alles Tauwerk, der Drachenkopf und die neu gewebten Segel sicher aufbewahrt wurden.

Am Tag, als wir das letzte Schiff wasserdicht machten, fiel der erste Schnee. So wie der Winter alle Träume nach einem Plünderungszug beendete, stoppte er auch einen Großteil der täglichen Arbeiten. Jetzt war es nicht mehr möglich, Bäume zu fällen, die Schafe brauchten ihr Fell selbst, und das Schlachtvieh war bereits geräuchert oder gepökelt. Auch die Fische bewegten sich träger und fanden nur selten den Weg in unsere Reusen. So hatte ich mehr Zeit für mich, was für das allgemeine Wohlbefinden in Ryesborg nicht gerade von Vorteil war.

Jeden Tag lief ich zu Pierre dem Schmied und sah begeistert zu, wie er die weiß glühende Masse auf dem Amboss wickelte, drehte und formte. Ich mochte den Geruch des heißen Metalls in meiner Nase.

Pierre, ein gebürtiger Franke, der sein Fach beherrschte, war in seinem siebzehnten Jahr als Sklave gefangen genommen und von Nils Jarl auf dem Markt in Remakes Haithabu gekauft worden. Laut Nælde hatten sich schon bald nach seiner Ankunft in Ryesborg Gerüchte um seine Fertigkeiten gerankt. Allerdings nicht als Waffenschmied, denn von dieser Art gab es in Franken weitaus geschicktere, sondern als Goldschmied.

Pierre Goldschmied hatte ein Geschmeide von solcher Schönheit hergestellt, dass Tyra Haraldsdatter, König Gorms Frau, weinte, als Nils Jarl und Heldis es ihr schenkten. Daraufhin hatte König Gorm Nils Jarl ein beträchtliches Stück Land südlich von Ryesborg vermacht und Heldis einen Beutel mit Silbermünzen aus Serkland gegeben, mit dem man mindestens sechzig Ochsen hätte kaufen können, wie Nælde meinte. So kam nicht einmal ein gieriger Mann wie Nils umhin, Pierre die Freiheit zu schenken, obwohl ich mir sicher bin, dass er es gern vermieden hätte. Auf dem Thing in Wibiærgh hatte Nils seinen Schmied zum freien Mann erklärt, was ihn selbst wiederum als großmütigen Herrscher erscheinen ließ.

Die seltenen Male, wenn Pierre etwas sagte, sprach er gebrochenes Dänisch, aber ich verstand ihn gut und verspürte eine seltsame Verbundenheit mit ihm. Wir beide waren Fremde unter den Dänen, aber Pierre hatte seinen Platz im Leben gefunden, wohingegen ich für die meisten anderen eine echte Plage war. Heldis und Nælde waren die einzigen Menschen, die ich gernhatte, und darum gab ich mir Mühe, Heldis' unzählige Ermahnungen, Regeln und Verbote zu befolgen, die sie mir beim Abendessen in der Halle von Nils Jarl immer wieder vorbetete. Einer Halle, in der es den Geschichten Ymers zufolge rauschhafte Feste, Schlägereien und diensteifrige Dirnen geben sollte. Doch in der Jarlshalle von Ryesborg wurde nur dünnes Bier gereicht, und unter den wenigen Anwesenden waren ungewöhnlich viele Streithähne. Ich hasste die Abendessen in dieser Halle.

Bei Pierre Goldschmied hingegen lebte ich auf. Dort musste ich keine Regeln befolgen, dafür gab es reichlich schwere Arbeiten, bei denen ich mit Freude anpackte, um genügend Kräfte zu sammeln, damit ich Torste irgendwann besiegen konnte. Ich trug sogar Holzkohle zu Pierres Esse. Dafür musste ich zum Kohlenmeiler, der ein Stück waldeinwärts lag, in sicherem Abstand zu den hölzernen Palisaden der Burg. Während ich darauf wartete, dass die Kohlen kalt genug waren, um sie auf die Karre zu laden, hieb ich wieder und wieder mit Ornetand auf Bäume ein. Ich schwang mein Schwert, parierte und schlug mit dem Schild zu, wie ich es Torste hatte tun sehen. Dabei erfüllte mich eine heftige Raserei, die von zu großen Kräften herrührte und von zu wenig, dem ich mich sonst hätte widmen können.

Meine Laune verfinsterte sich, und als die Tage immer kürzer wurden, wurde ich rastlos. Die Kälte lag wie eine frostige Decke über Ryesborg, während Arvakr und Alsvidr es kaum schafften, Sóls Wagen den Himmelsbogen hinaufzuziehen. Hrimfaxi dagegen schien sich prächtig zu fühlen und zog den Nachtwagen auf den höchsten Punkt, wo er ungewöhnlich lange verweilte. Ymer hatte recht, der Winter im Land der Dänen war wahrlich eisig und finster.

Eifrig war ich auf der Suche nach einer Beschäftigung für die langen Abende, und Heldis lobte mich sogar für meine Neugier.

Die einen nähten Schuhe aus Fischhaut oder Gürtel und Kleidung aus fettgegerbtem Leder. Andere schnitzten Messer-

und Axtgriffe, stellten Pfeile, Schalen, Krüge und Teller aus Holz her, und einer beherrschte die schwierige Kunst, Steingut zu brennen. Während einer Seehundfett für die Tranlampen schmolz, kümmerten sich andere darum, Winterstroh für die Dächer zu ernten und in den Scheunen zu lagern. Ein Mann übernahm mit vier Sklaven die Arbeit des Reepschlägers, bei der sie die Rinde von gefällten Linden abzogen und mehrere Tage in Wasser legten. Anschließend trockneten sie die langen Fasern so, dass man sie drillen und zu Seilen knüpfen konnte.

Das Feuer in der Esse brannte winters genauso gut wie im Sommer, und Pierre Goldschmied hatte immer genug zu tun. Er schmiedete Messer- und Sichelklingen, Axtblätter und Speerspitzen in verschiedenen Größen, Fleischspieße, Steigbügel, Trensen, Angelhaken, neue Pflugscharen und unzählige Pfeilspitzen. Außerdem stellte er Gold- und Silberschmuck her, den er mit Bernstein oder grünen Perlen besetzte.

Eigentlich hätte es nach meinem Geschmack sein sollen, Klingen und Speerspitzen zu schmieden, meine langen Pfeile zu schnitzen und Federn und Pierres Stahlspitzen daran zu befestigen. Aber das war es nicht. Ich langweilte mich zu Tode.

In den kalten, dunklen Nächten suchten mich sehnsuchtsvolle Träume von der See und Sonne im Römischen Meer heim, besonders aber solche von der nackten Maria aus dem Frankenland. Jeden Morgen wachte ich aufs Neue fröstelnd und enttäuscht und mit noch schlechterer Laune auf. Ich brauchte eine Frau.

Aber aus den Frauen in Ryesborg wurde ich nicht schlau. Ich wusste, dass sie das Moos sammelten, mit dem wir uns die Ärsche abwischten, dass sie die Wolle kämmten und zu Garn spannen, aus dem sie Stoffe und Segel für die Schiffe webten.

Andere nähten Kleider oder kratzten Felle ab, färbten Stoffe mit Ackerschachtelhalm, Krapp, Birkenrinde, Rainfarn oder Goldruten, oder sie bereiteten Speisen über dem Langfeuer oder in der Küche neben Nils Jarls Halle zu. Sie hatten im Winter mindestens ebenso viel zu tun wie die Männer, aber nichts davon interessierte mich.

Meine feuchten Träume waren bald so heiß, dass ich schon in Erwägung zog, weit von Ryesborg fortzugehen, um mir eine Frau zu rauben. Aber diese Idee schlug ich mir rasch wieder aus dem Kopf. Hauptsächlich weil ich keine Ahnung hatte, in welche Richtung ich überhaupt ziehen sollte, und niemanden kannte, den ich um Rat fragen konnte, wo man am ehesten eine Frau fand, die Maria ähnlich sah.

Also machte ich mich auf den Weg nach Arus, um das Luder zu finden, mit dem ich mich zuletzt vergnügt hatte. Ich kam sogar recht weit, ehe ein Unwetter mich zur Umkehr zwang. Mehr tot als lebendig taumelte ich in Nældes Hütte und lag mehrere Tage krank darnieder. Ich würde warten müssen, bis ich wieder mit dem Schiff nach Arus kam.

Stattdessen nahm ich mir eine wendische Sklavin, mit der ich ein paarmal in den Wald ging. Die kleinen Brüste der Frau erinnerten an die von Maria, aber ihr Gesicht war voller Pickel. Ich nannte sie Siv, obwohl ihr Haar schwarz war und nicht hellblond wie das von Thors Frau. Sie verstand kein Wort von dem, was ich sagte, geschweige denn den Scherz mit ihrem Namen. Sie war dumm.

Obwohl sie große Angst hatte, tat sie, was ich verlangte, und ich langweilte mich weiter sehr.

Allmählich rückte die Wintersonnenwende näher, Sóls elende Gäule Arvakr und Alsvidr ließen sich kaum noch am Himmel blicken – wie Dags ebenso fauler Klepper Skinfaxi.

Mit der Sonnenwende wurde das Winteropferfest gefeiert, bei dem meine Mutter Odin und Freya stets ein Huhn geopfert und mir Geschichten über die Bräuche und die Götter der Dänen erzählt hatte. Die Erzählung über Thors Fischzug, bei dem er die Midgardschlange fängt und wieder verliert, weil der Riese Hymir die Angelschnur durchschneidet, hatte es mir besonders angetan. Als meine Mutter erzählte, wie Thor Hymir daraufhin zornig über Bord wirft, obwohl der sein Stiefvater ist, wusste ich, dass Thor mein Gott war.

Anschließend hatte sie ein leckeres Mahl aus dem Huhn bereitet und gleichzeitig versucht, für heitere Stimmung zu sorgen, indem sie über Freya und Frigg sang.

Für die anstehenden Feierlichkeiten gab es in Ryesborg einiges vorzubereiten, und nachdem mir aufging, dass es hier vermutlich sehr viel festlicher zugehen würde als in Dyffryn Cudd, half ich tatkräftig mit, am Waldrand eine mannstiefe Grube für die Opferzeremonie auszuheben. Ich freute mich schon auf das große Gelage.

Die Männer sprachen voller Vorfreude über die Spiele bei der Feier. Es gab Wettrennen zu Pferd und zu Fuß, Tauziehen, Ringen, Messerwerfen, Bogenschießen, Speer- und Axtwerfen und Biertrinken. Ich war sicher, welchen der Wettbewerbe ich gewinnen würde und welche nicht. Heldis bat mich inständig, nicht zu vergessen, dass es eine Zeit der Freude war, in der Sól dazu ermuntert werden sollte, stärker zu leuchten als die Dunkelheit Nótts. Ich bräuchte nicht an allen Spielen teilzunehmen, meinte sie, und eine Niederlage sollte ich lächelnd hinnehmen oder mich erst gar nicht beteiligen. Uns beiden war klar, dass es mir schwerfallen würde, mein Temperament zu zügeln.

Als der Tag gekommen war, stiegen wie durch einen Zauber allerlei wundervolle Düfte nach gekochtem Fleisch, Ochsen- und Lammbraten, gegrilltem Aal, Ochsenschwanzsuppe und frisch gebackenem Brot von den Feuerstellen Ryesborgs auf, was es mir erschwerte, einen klaren Gedanken zu fassen.

Selbst vor den Toren Ryesborg trug jedes Lüftchen Düfte heran, die einem das Wasser im Mund zusammenlaufen ließen. Vor jeder der fünf großen Feuerstellen drehte ein Sklave einen Spieß, auf dem ein Spanferkel brutzelte.

Es war tatsächlich eine Zeit des Frohsinns mitten in der dunkelsten Phase des Jahres, und ich verspürte Zufriedenheit.

Für das Opfer wählte Nils Jarl einen Ochsen im besten Alter, zwei Schafe und einen großen Hund aus. Das Tier war zwar alt und nicht unbedingt eines, für dessen Opferung man sich rühmen konnte, aber es sollte geopfert werden, weil Hunde als Wachtiere geschätzt wurden. Heldis jedoch fand das Opfer zu gering, weshalb sie Nils aufforderte, ein würdigeres Opfertier auszuwählen. Der Jarl war nicht begeistert und blickte mich mit einer tiefen Falte auf der Stirn an. Da seine Furcht vor dem Zorn der Götter jedoch größer war als sein Geiz und sein Hass auf mich, bestimmte er, zusätzlich einen stattlichen schwarzen Hengst zu opfern.

Ich plante ein eigenes Opfer, damit meine Waffen ordentlich Thor geweiht werden konnten, und guckte mir dazu eine alte störrische Ziege aus. Sie war zwar nicht so groß, wie ich es mir gewünscht hätte, aber nachdem Nils genötigt worden war, den prächtigen Hengst darzubringen, wagte ich es nicht mehr, den hitzköpfigen Widder zu opfern, den ich mir eigentlich ausgesucht hatte, weil Heldis das entschieden ablehnte und meinte, der Hengst sei mehr als genug für alle in Ryesborg. Außerdem würde der Jarl toben, wenn ich sein Wappentier opferte. Dieses Recht stand allein dem Herrn von

Ryesborg zu. Das sah ich anders, aber sie bekam ihren Willen, sogar ohne dass ich wie üblich fuchsteufelswild wurde. Ich freute mich nämlich auf das Winteropfer.

Als schließlich alle Bewohner von Ryesborg in Nils' Halle versammelt waren und er freundlicher war, als ich ihn je erlebt hatte, begriff ich langsam, weshalb die Dänen so darauf erpicht waren, gemeinsam mit den Göttern und ihren Vorvätern zu feiern. Nils verkündete, das diesjährige Winteropfer solle wie immer zu Ehren Odins, Njörds und Freyas stattfinden, besonders aber für die Familiengöttin Frigg, da Heldis' geliebter Neffe endlich heimgekehrt sei. Das sagte er wirklich, und ich suchte misstrauisch nach Anzeichen, ob er betrunken war.

Gemeinsam mit Heldis schritt Nils Jarl zum Hochsitz und forderte seine Gäste auf, an den Langtischen Platz zu nehmen und auf sämtliche Götter anzustoßen, die ihnen einfielen. Als jeder seinen nach Rang und Sippe zugeteilten Platz gefunden hatte, hob der Herr von Ryesborg ein großes Trinkhorn und brachte einen Trinkspruch auf Odin und seine unermessliche Weisheit aus, auf Njörd, der über das Meer und die Seefahrer herrschte, auf Freyr, der für eine reiche Ernte sorgte, auf Frigg, die Beschützerin der Familie, und auf Thor für seine enorme Kraft. Danach sagten alle gemeinsam die Namen der Götter auf und tranken mit dem Jarl.

Nils Jarl setzte das Horn ab, rülpste laut und beschrieb dann die Wettkämpfe, denen er gern beiwohnen, an denen er diesmal aber nicht teilnehmen wollte. Solche Verrücktheiten überlasse er lieber den Jungen. Von seinen Huskarls ertönten darauf heitere Ausrufe und Gelächter. Lächelnd schüttelte Nils den Kopf und hob die Hand, um für Ruhe zu sorgen.

«Es ist nicht gut für die Moral im Gefolge eines Jarls»,

sagte Nils und rülpste erneut, «wenn ein alter Mann sie in anderen Disziplinen als dem Biertrinken besiegt.» Dabei klopfte er Torste auf den Rücken, der zur Feier des Tages oder in Ermangelung eines Ehrengasts zur Rechten seines Vaters saß. Links von ihm saß Heldis und neben ihr ich.

Im Schein des Langfeuers und der vielen Tranlampen blickte Heldis mich an und strich mir über die Wange, während rings um uns lautes Gelächter erschallte.

«Willkommen zu Hause, Ulv», sagte sie mit einem Lächeln. «Du bist vom Blut meiner Schwester und deshalb auch von meinem. Du gehörst zu meiner Sippe und damit auch zu der von Nils Jarl.»

Das stimmte, und es hörte sich großartig an, aber ich hatte noch immer keinen Schimmer, was das eigentlich bedeutete, abgesehen davon, dass ich ein freier Mann war. Was ich hingegen sicher wusste, war, dass die Wettkämpfe bald begannen, und der Gedanke daran machte mich ein wenig unruhig – denn ein guter Verlierer bin ich wahrlich nicht.

Heldis sah mir tief in die Augen und erklärte mir mit Nachdruck, dass alle Wettkämpfer schwören mussten, niemanden absichtlich zu verletzen.

«Es ist wichtig, dass du das verstehst», betonte sie und hielt meinen Kopf zwischen ihren Händen. «Es bedeutet mehr Ehre, einen Wettstreit beim Wintergelage zu verlieren, als zu gewinnen, wenn du deinen Gegner dabei verwundest. Hier sind wir alle Freunde und Verbündete.»

Sie lächelte mich sorgenvoll an.

«Der Hengst soll deine Mutter ehren, Ulv. Enttäusche sie nicht.»

Ich versprach, mein Bestes zu geben.

«Wenn dein Bestes nicht gut genug ist, dann geh eine

große Runde, bis dein Zorn verflogen ist.» Erst als ich nickte, ließ sie mich los.

Nun trugen die Sklaven in einer endlosen Reihe Schüsseln, Schalen und Töpfen mit Essen und Bier in die Halle, und wir taten uns daran in Mengen gütlich, wie ich es noch nie erlebt hatte. Als es Abend wurde, konnte ich mich kaum noch bewegen, ich war zum Bersten satt, besoffen und müde.

Am Tag darauf begannen die gefürchteten Spiele, aber ich war nach dem Trinkgelage so träge, dass mich selbst das Bogenschießen nicht in Wallung brachte. Den Wettstreit gewann ich zwar, aber nicht besonders überzeugend, und der Sieg brachte mir auch keine Anerkennung ein. Alle anderen Spiele verlor ich – also, ich gewann sie zumindest nicht –, doch da Heldis mich nicht aus den Augen ließ, beherrschte ich mich.

Bei Einbruch der Dunkelheit am vierten Tag brachten wir die von Nils ausgewählten Opfertiere und meine Ziege zur Grube am Waldrand. Umgeben von den Bewohnern Ryesborgs stand Nils mit entblößtem Oberkörper in der Grube. Er rief Odin an, danach auch Frigg und bat sie, die Tiere als Zeichen ewiger Dankbarkeit anzunehmen. Dann schnitt er zuerst dem Hengst die Kehle durch, blickte das sterbende Tier traurig an, rieb sich mit dem dampfenden Blut ein und wiederholte diese Prozedur mit den übrigen Tieren, meine Ziege eingeschlossen. Und jedes Mal rief er die Götter an.

Während Nils bis zu den Knöcheln im heißen Blut stand, rief ich wie alle anderen murmelnd Thor an. Nils Jarl kletterte aus der Grube, und wer ihn erreichte, berührte den Jarl, als sei er Odins Sohn persönlich. Er drehte sich um und streckte seinen blutverschmierten Arm so aus, dass das Opfermesser über der Grube war.

«Odin», rief Nils. «Nimm die Tieropfer an, die wir dir demütig darbringen, und teile sie mit Frigg und allen, die dessen würdig sind.» Er drehte sich dreimal um die eigene Achse, dann warf er das Messer in die Opfergrube.

Einige Menschen, die ich bis jetzt gar nicht bemerkt hatte, sprangen hinab in die Grube und zerteilten die Tiere mit dem Opfermesser. Heldis, die stets in meiner Reichweite blieb, warf mir ein Lächeln zu.

«Das Fleisch ist für die Armen, Bettler und andere Schlechtgestellte, die auf unserem Grund und Boden wohnen. Sie hängen die Gerippe der Tiere in die Bäume und schütten die Grube wieder zu.» Ich hoffte sehr, dass Thor mit meiner Ziege zufrieden war, denn ich hatte das Gefühl, dass ich seine Gunst noch benötigen würde.

Dieses Gefühl verließ mich den ganzen Abend nicht, an dem das Bier in Strömen floss, bis ich berauscht in Heldis' schützenden Armen zusammensank. Bis heute kann ich mich an kein schöneres Winteropferfest erinnern als mein erstes in Ryesborg.

Schon am ersten Tag nach dem Opferfest spürte ich die Kälte und die Dunkelheit wieder und die herankriechende Schwermut. Heldis hielt sich nicht mehr die ganze Zeit in meiner Nähe auf, wodurch meinem leicht entflammbaren Zorn eine liebevolle Hüterin fehlte.

Der Schnee rettete mich. Über Nacht hüllte er Ryesborg, die Felder und den Wald in eine hübsche und dichte Decke und erweckte meinen Jagdinstinkt zum Leben. Jeden Tag machte ich mich nun mit dem Bogen auf die Jagd nach allerlei Wild, folgte den Spuren im Schnee und lernte die Umgebung rund um Ryesborg besser kennen. Nur selten kehrte ich ohne

Beute zurück, und das verschaffte mir nicht nur ein gutes Gefühl, sondern auch einen gewissen Respekt bei den Huskarls.

In jedem Fall sorgte mein Geschick am Bogen für einiges zusätzliches Fleisch, für das mich Svala, Vizcolles Gegenpart in der Küche, lobhudelte.

Auch Heldis war voll des Lobes über meine Jagdfertigkeiten und schickte mich in ihrer Begeisterung weit in den Norden von Ryesborg, bis nach Alebu und zum Limfjord. Sie bestand darauf, dass mich zwei von Nils Jarls Männern begleiteten, denn eine solche Reise dauerte mehrere Tage. Ohne Gefolge war ein Mann schlecht für einen Kampf gerüstet, sei es mit Worten oder Waffen. Er hatte keine Zeugen und keine Unterstützung, sich gegen Wegelagerer zu wehren.

Trotz meiner Proteste blieb es dabei, wie Heldis bestimmt hatte, und das ärgerte mich maßlos. Vor allem weil ich es ganz und gar nicht leiden konnte zu reiten. Die wenigen Male, die ich mich auf einen Sattel gemüht hatte, ritt ich nie schneller als im Schritt und versuchte, meine Unsicherheit mit einem grimmigen Gesicht zu überspielen.

Ich weigerte mich schlicht, in einer Disziplin zu versagen, die alle Dänen anscheinend mit größter Selbstverständlichkeit meisterten. Meine Täuschung glückte mir tatsächlich besser, als ich erhofft hatte, auch wenn sie mich fast das Leben kostete.

Mein Pferd wurde nervös und lief schneller als die anderen beiden. Der Gaul gehorchte mir kein bisschen, sodass ich ein gutes Stück vor meinen beiden Jagdbegleitern ritt. Da sie mein sonst eher mäßiges Tempo gewohnt waren, schliefen sie gelegentlich im Sattel ein, was ich ihnen normalerweise neidete, jetzt aber passte es mir ganz gut.

Ich riss fluchend an den Zügeln, und mein Pferd blieb so

abrupt stehen, dass ich beinahe herunterstürzte. Vor mir versperrten zwei Männer den Weg. Der eine armselige Räuber griff kurzerhand nach dem Zaumzeug des Pferds, während der andere, mindestens ebenso armselige Räuber mir eine Speerspitze unbehaglich dicht vor die Nase hielt. Sie musterten meine Kleider, und ihre Blicke blieben begehrlich an meinem Schwert hängen. Bis jetzt hatte keiner von ihnen etwas gesagt, und ich hatte alle Hände voll zu tun, nicht aus dem Sattel zu fallen und der Speerspitze auszuweichen. Dann hustete einer der beiden schwer, rotzte einen dicken Schleimklumpen in den Schnee und verlangte, dass ich freigiebiger und einsamer Herr ihm mein Schwert, das Messer, den Bogen, Stiefel, Mantel und auch den Rest meiner Kleider überlassen sollte. Und wenn ich ohnehin schon so großzügig sei, solle ich ihm gleich meinen Geldbeutel und das Pferd mit dazugeben. Denn einen Geldbeutel hätte ein wohlgekleideter Herr wie ich doch sicher dabei – alles andere wäre schließlich schädlich für meinen Ruf.

Ich grinste ihn hämisch an und bestätigte, dass ich allerdings einen Geldbeutel mit mir führte, der aber wie meine Kleidung durchlöchert und blutverschmiert sein würde, weil ich nichts davon freiwillig übergeben würde. «Weder ich noch irgendjemand sonst aus meiner Sippe in Ryesborg. So etwas ziemt sich nicht für einen Jarlssohn.»

Keiner von ihnen erwiderte etwas.

Ich zeigte mit einem vorsichtigen Nicken hinter mich, denn die Speerspitze befand sich noch immer dicht vor meinem Gesicht. Dann fügte ich hinzu, dass sie sich beeilen sollten, so sie es denn tatsächlich wagten, ihr Vorhaben umzusetzen. «Ansonsten schlachten euch meine Hirdmänner ab, ehe ihr es schafft, mir die Stiefel auszuziehen.»

Der Räuber mit dem Speer öffnete den Mund, um etwas zu sagen, überlegte es sich aber anders, als das unverkennbare Wiehern eines Pferdes erklang. Erschreckt ließ der andere mein Pferd los und schaute zu seinem Kumpan.

Sie wussten, dass ihnen der Tod blühte, wenn ich die Wahrheit sprach. Vielleicht nicht an Ort und Stelle, aber auch wenn sie lebendig gefangen würden, erwartete sie ein schmerzhaftes Ableben. Vielen Räubern riss man bei lebendigem Leib die Lungen durch den Rücken heraus und hängte sie zur Abschreckung und Warnung an einen Baum. Der Blutadler war eine grausame, aber sehr wirkungsvolle Tötungsart.

Noch immer schwebte die Speerspitze vor meinem Gesicht, doch das kümmerte mich nicht. Ich zog Ornetand aus der Scheide an meinem Rücken, schlug den Speer in der Mitte entzwei, ohne dass die Räuber reagierten, und fiel gleichzeitig vom Pferd.

Wie gelähmt starrten die beiden Wegelagerer mich an. Ich stand genau in dem Moment auf, in dem einer der Hirdmänner aus der Ferne meinen Namen rief, und wie es sich gehörte, nannte er mich «Herr». Während ich mich abmühte, wieder in den Sattel zu steigen, machte der Räuber mit dem Speer einige zögernde Schritte rückwärts.

«Halt mein Pferd fest», befahl ich und stellte erstaunt fest, dass der andere Kerl tatsächlich wieder das Zaumzeug ergriff.

Zurück im Sattel zückte ich meine Geldbörse, warf den Räubern je eine Kupfermünze zu und verlangte, dass sie jaulend davonliefen, sowie ich mein Schwert erhob. Sie stimmten mit skeptischem Blick zu, und als ich mich erneut umdrehte, tauchte gerade einer der Hirdmänner auf.

Da hob ich das Schwert und brüllte, woraufhin die Räuber

in ein Geheul verfielen, als wären sie soeben dem stinkenden Maul der Midgardschlange entronnen, und in eiligem Tempo im Unterholz verschwanden.

Die Hirdmänner gaben ihren Pferden die Sporen und sahen mich fragend an, als sie bei mir ankamen. Ich steckte das Schwert zurück in die Scheide und deutete auf den zweigeteilten Speer im Schnee.

«Ein Wurfspeer», sagte ich nur und schaffte es zum Glück, mein Pferd in die richtige Richtung zu lenken. Später erzählte man sich, ich hätte aus dem Sattel und ohne eine Miene zu verziehen einen Speer im Flug in zwei Teile geschlagen. Beide Hirdmänner schworen, es mit eigenen Augen gesehen zu haben. Zwar aus der Entfernung, aber sie hätten es gesehen. Mit dem Ruf, den mir meine zwei verschlafenen Begleiter auf diese Weise verschafften, war ich ziemlich zufrieden.

Obendrein hatte ich Glück, diesen Ruf nicht bei den Gelegenheiten zu zerstören, wenn ich in der Begleitung von Hirdmännern reiten musste. Nach wie vor war mir unklar, warum wir so weit entfernt von Ryesborg jagen sollten, dass es dazu Pferde und bewaffnete Begleiter brauchte, wenn es dort die gleichen Beutetiere wie in den Wäldern rund um Nils Jarls Burg gab. Aber unsere Jagdausflüge waren immer erfolgreich, und mir kam der Gedanke, dass Heldis mich auf diese Touren schickte, um mein leicht reizbares Gemüt zu beschäftigen. Und in der Regel wusste Heldis es am besten.

Sie war im Großen und Ganzen über alles im Bilde, was in Ryesborg vor sich ging – eine Fähigkeit, die meiner Mutter nicht beschieden war, soweit ich mich erinnern konnte, und die auch mir damals abging. Meistens erfuhr ich als Letzter von Dingen, die allen anderen schon längst bekannt waren. Dieser Umstand sollte mich schon bald ziemlich plagen.

Eines Vormittags nahm Heldis mich beiseite, um eine wichtige Angelegenheit mit mir zu besprechen.

Ich stemmte gerade einen Karren, an dem Pierre ein neues Rad befestigte, und schwitzte kräftig. Mein Körper dampfte in der eiskalten Luft wie bei einem Pferd, und ich keuchte schwer.

«Ist es dein Wunsch, die Arbeit eines Schmieds zu verrichten, Ulv?», fragte Heldis ohne jeden Unterton von Verachtung in ihrer Stimme.

«Nein!» Ich hüllte mich in meine dicken Winterkleider und lächelte sie an.

Meine Antwort schien sie weder zu erfreuen noch zu enttäuschen. Sie wirkte ein wenig abwesend, als sie mich fragte, weshalb ich so viele Arbeiten für Pierre Goldschmied übernahm. Ich zuckte mit den Schultern, denn in Wahrheit wollte ich nur stark genug werden, um Torste bei unserem nächsten Zusammenstoß besiegen zu können. Denn einen solchen würde es geben, da war ich mir sicher. Ich besaß allerdings genügend Grips, Heldis das nicht auf die Nase zu binden.

«Ich bin es nicht gewohnt, untätig zu sein», sagte ich stattdessen, und das war eine gute Antwort. Sie lächelte, strich mir über die Wange und meinte, ich ähnele meinem Vater mehr, als gut sei.

«Er konnte genauso wenig still sitzen, obwohl er eine eidgebundene Geisel war und kein Sklave. Er war immer auf der Jagd, fischte, hackte Holz mit den Sklaven und nahm ebenso an den Waffenübungen teil wie die Gefolgsmänner von Ottar Jarl.» Ihr Blick schweifte in die Ferne. «Ich erinnere mich noch, wie er mit dem Schwert einmal drei Männer gleichzeitig …» Sie verstummte und blinzelte verwirrt.

«Was hat er getan?», wollte ich wissen. Doch sie schüttelte

den Kopf und sagte, die Antwort sei nicht gut für meinen aufbrausenden Charakter. Sie ergriff meine Hände und ähnelte in diesem Augenblick meiner Mutter so sehr, dass ich mich schlagartig wie der kleine fröhliche und unbekümmerte Junge fühlte, der durch die Wildnis rund um Dyffryn Cudd streifte. Heldis zog mich an sich, umarmte mich und fuhr mir mehrmals mit der Hand durchs Haar.

«Wie soll es nur mit dir weitergehen, mein armer Ulv, wenn ich eines Tages nicht mehr hier bin?» Sie wiederholte ihre Worte, aber ich wagte es nicht, darauf zu antworten. Wenn es nach mir ginge, würde sie länger leben als ich. Und es war nur eine Frage der Zeit, bis ich mit dem falschen Mann aus der falschen Sippe aneinandergeriet. All das ahnte ich damals noch nicht, doch Heldis tat es, und das war der Grund für ihre Sorge.

Sie küsste mich auf die Wange, sah mich an und seufzte tief.

«Es wurde bestimmt, dass du das Handwerk des Kriegers erlernen sollst.» Ihre Miene verriet, dass dieser Beschluss feststand – und dass er ihr nicht gefiel. Trotzdem war es eine kluge Wahl und außerdem die einzige, die sie für mich treffen konnte, ohne sich gegen die Nornen zu stellen. Ich war jung, unfassbar stark, rastlos, dreist und ein rüpeliger Haudegen, der sich zu Tode langweilte. Wenn sie mich nicht irgendwie zur Räson brachte, würde man mich entweder aus dem Land jagen oder töten.

Dass es in Ryesborg keine Männer gab, die ihre ganze Zeit auf das Waffentraining verwendeten, war mir bisher noch nicht aufgefallen. Außerdem glaubte ich nicht, dass eine Ausbildung als Schwertmann viele Tage in Anspruch nehmen würde, denn in meinen Augen war ich der geborene Krieger.

Die Nornen müssen Bauchschmerzen vor Lachen bekommen haben beim Weben der neuen Knoten in meinen Lebensfaden.

Nichts davon sagte ich laut und begnügte mich mit einem Nicken. Heldis sah mich besorgt an und das länger, als mir lieb war.

«Du wirst stolz auf mich sein», behauptete ich dämlich.

Heldis schloss die Augen und legte die Stirn in Falten. «Wenn Einar Schwertmann dich für reif genug hält, wirst du als vollwertiger Hirdmann in die Mannschaft der Huskarls von Ryesborg aufgenommen, und ...» Sie seufzte. «Dann ist es an der Zeit, dass ihr beide, Torste und du, die Geburtsstadt eurer Mütter seht. Odins Vi. Im Sommer reist ihr nach Fünen.»

Die Aussicht, ein echter Hirdmann zu werden, überwältigte mich, ich war kurz wie vor den Kopf geschlagen, ehe ich wirklich begriff, was sie gesagt hatte. Dann ärgerte ich mich. Wieso um alles in der Welt sollte ich Zeit damit verschwenden, nach Odins Vi zu reisen, und dann auch noch mit Torste den Sommer dort verbringen?

Allerdings war Heldis eine überaus kluge Frau, die nichts tat, ohne dass ein tieferer Sinn dahinterstand. Allerdings brauchte ich mehrere Jahre, um den Sinn hinter diesem Plan zu durchschauen, und wollte schon einwenden, dass Torste und ich uns vermutlich schon auf dem Weg dorthin die Köpfe einschlagen würden. Doch Heldis folgende Worte stopften mir den Mund.

«Ottar», meinte sie mit merkwürdig kühler Stimme, «ist ein unbändiges Ungeheuer. Ein grausamer Mensch, der jeden Streit mit den Fäusten, der Peitsche oder dem Schwert löst.» Deutlich angewidert schüttelte sie den Kopf, dass man sich nicht vorstellen konnte, dass sie von ihrem Bruder sprach.

«Er ist der Einzige, der mir noch geblieben ist, aber gleichzeitig auch der, den ich am wenigsten leiden kann. Es war seine Schuld, dass Ingeborg …» Ihr Gesichtsausdruck verriet mir mehr über Ottar Jarl den Jüngeren, als Worte es vermocht hätten, aber nichts über meine Mutter. Doch nachzufragen traute ich mich nicht.

Für einen Moment blieben wir stumm voreinander stehen, dann legte sie eine zitternde Hand auf meinen Arm.

«Geh zu Einar Schwertmann und sag ihm, was ich dir gerade gesagt habe. Er weiß, was zu tun ist.»

«Danke», sagte ich aufrichtig.

Da griff sie mich an der Schulter, viel fester, als ich es einer so schmächtigen Frau zugetraut hätte. «Eines musst du mir aber versprechen, Ulv Ingeborgsson.»

Um den Pfad zu beschreiten, den sie mir vorgegeben hatte, hätte ich ihr sogar versprochen, der Midgardschlange mit bloßen Händen die Zähne herauszureißen.

«Du musst schwören, Torste niemals etwas anzutun. Kannst du das?»

Wahrscheinlich war dies das schwierigste Versprechen für mich und noch dazu eines, das ich auf keinen Fall geben wollte. «Hat Torste das Gleiche geschworen?»

Heldis schüttelte den Kopf. «Das ist nicht nötig, Ulv. Ich fürchte den Mann, der du einst werden und wozu du imstande sein wirst, wenn Einar mit dir fertig ist. Nur wenige werden sich dann noch mit dir messen können.»

Ich öffnete den Mund, aber sie hob die Hand und blickte mich ernst an.

«Trotzdem werde ich Torste dazu bringen, mir das gleiche Versprechen zu geben.»

Und so kam es. Ich schwor, Torste niemals zu schaden.

Noch am selben Tag sollte mein Training mit Einar beginnen. Ich war glücklich und stellte mir vor, wie Einar und ich mit Blankwaffen kämpften und am Feuer über Kampftechniken, Waffen und Taktiken diskutierten. Was war ich doch nur für Einfaltspinsel!

KAPITEL 11

Einar lebte auf einer kleinen Anhöhe, auf einer Waldlichtung nicht weit von Ryesborg entfernt. Die meisten ritten dorthin, weil es ihnen zu weit war. Ich ging zu Fuß.

Je näher ich dem Hof kam, desto wilder gestalteten sich meine Tagträume. Ich sah mich in glänzender Rüstung mit breitschultrigen Hirdmännern trainieren, schwang silberbeschlagene Schwerter, kraftvoll und anmutig, und verschaffte meinem Namen Ansehen und Ehre. In meinen Ohren erklangen schon Loblieder der Skalden auf mich, und ich war so versunken in meine Gedanken, dass ich wie vom Blitz getroffen stehen blieb, als ich endlich ankam.

«Ulv?»

Ich blinzelte und schaute auf eine Schar Jungen, die einander mit Stöcken jagten oder mit Schneebällen bewarfen. Dem lauten Geschrei nach waren sie kaum älter als acht bis zehn Jahre.

«Ulv, komm mit.» Einar stand neben den Jungen und winkte mich zu sich. Ich folgte ihm und ging an den Rotzbengeln vorbei, die mich neugierig anstarrten. Ihre Blicke erwiderte ich mit kühler Arroganz und trat hinter Einar durch eine schmale und niedrige Tür.

Der Rauch von der Feuerstelle hing schwer in der Luft und brannte in Augen und Hals. Eine einfache Tranlampe spendete zusammen mit dem Feuer genügend Licht, dass ich Stielaugen bekam. Auf dem Boden, an den Wänden und in großen Tontöpfen häuften sich glänzende Gegenstände. Metallbrünnen, Schilde und Waffen – massenweise Waffen!

Entlang der Wand gab es mehrere Schlafplätze mit Stroh und Fellen, auf denen je ein Sack stand. Direkt neben dem Langfeuer sah ich eine Schlafstatt ohne Packsack, auf der ein dickeres Fell ausgebreitet war. Offensichtlich schliefen viele Männer in Einars Haus – vielleicht sogar der eine oder andere von Nils Jarls Huskarls?

Einar legte ein frisches Scheit ins Feuer und entzündete eine weitere Tranlampe. Die Waffen nahmen fast den gesamten Platz an den Wänden ein, überall hingen Schilde, Klingen und Waffenröcke. Als Einar mich an der Schulter fasste, löste ich den Blick, so gebannt war ich.

«Von all dem hier ist das am wichtigsten, was du nicht siehst.»

Das war das Dümmste, was ich je gehört hatte. «Was sehe ich denn nicht?»

Einar tippte sich mit dem Finger an die Stirn, und ich schnupperte, ob sein Atem nach Bier roch. Dem war nicht so.

Er nahm ein Schwert von der Wand, das beinahe so schön war wie das, das Eskil Einauge mir schuldete. Er schwang es ein paarmal durch die Luft, und bei jeder Bewegung pfiff es heulend.

«Ich nenne es Heuler», sagte Einar und reichte es mir.

«Ein schöner Name für ein schönes Schwert», befand ich und musterte das blau schimmernde Kreuz in der Klinge.

Ich tippte mir gegen die Stirn und grinste Einar an.

«Dem Vorbesitzer von Heuler hat das aber auch nichts genützt, was?»

«Nein, Ulv, hat es nicht. Allein sein Harnisch hat mir ein Vermögen eingebracht, und obwohl sie uns zahlenmäßig doppelt überlegen waren und bessere Waffen hatten, haben wir sie problemlos besiegt.» Noch einmal tippte er an seine Stirn. «Merk dir das, Ulv. Wir Dänen kämpfen nicht allein mit dem Schwert. Wir nutzen Freundlichkeit, List, Drohungen, Schnüffler, Händler, Überläufer und Gefangene, und wir foltern unsere Feinde bis zum Tod, wenn nötig. All das tun wir, bevor wir das Schwert ziehen, und wenn wir es ziehen, sollte es nie einzig aufgrund von Feindschaft geschehen.»

Ich dachte zurück an meine Begegnung mit Rollo Jarl, der mich erst aushorchte, ehe er mich Torkil dem Lachenden überließ.

«Bring mir alles bei, was du kannst, Einar Schwertmann. Dann werde ich versuchen, mich an deine Regeln zu halten und Torste am Leben zu lassen.»

Einar stieß ein kurzes Lachen aus und schüttelte den Kopf. «Deine Frechheit ist wirklich kaum zu überbieten», meinte er und runzelte die Stirn. «Torste ist einer der talentiertesten Schwertkämpfer, die ich je trainiert habe, Ulv. Du kannst dich glücklich schätzen, dass er das Wichtigste, das ich ihn gelehrt habe, nicht eingesetzt hat.»

Zum dritten Mal tippte Einar sich an die Stirn, hob ein Lederwams und einen Helm vom Boden auf, machte auf dem Absatz kehrt und ließ mich mit all meinen Fragen einfach stehen. Aber auf eine davon, die mir auf der Zunge brannte, seit Torste und ich die Klingen gekreuzt hatten, hatte ich nun eine Antwort erhalten. Torste hatte nicht gewonnen! Ob ich der Sieger war, ahnte ich zwar immer noch nicht, aber meine Überzeugung wuchs, dass der Zweikampf unentschieden geendet hatte.

Nachdenklich und mit einem letzten Blick auf das prachtvolle Schwert folgte ich Einar durch die Tür, sog frische Luft in die Lungen und rieb mir die brennenden Augen.

Auf dem Dach von Einars Haus wuchs Gras. Es war ein einfaches Langhaus ohne Palisaden, Ställe oder andere Lagergebäude. Außer dem Haus waren auf seinem Anwesen nur ein Holzstapel und eine ramponierte, sonderbar anmutende Vogelscheuche, die mitten auf dem Hofplatz stand. Und die Rotzbengel, die raufend durch die Gegend tobten.

Als Einar laut in die Hände klatschte, unterbrachen die Kinder zu meiner Verblüffung ihr Spiel und kamen zu ihm gelaufen.

«Zieh das an», sagte Einar und wies mit dem Kinn auf das Lederwams und den Helm am Boden. Daneben lagen ein Langschwert, eine langstielige Axt, ein Sax, ein Speer und ein Schild – alle mit abgerundeten Spitzen und stumpfen Klingen. Plötzlich dämmerte mir, wer noch in Einars Langhaus schlief. Ich war offensichtlich nicht der Einzige, der von Einar unterrichtet wurde.

Ein lautes Kichern der Bälger zwang mich dazu, die Zähne aufeinanderzubeißen, damit meine Zunge keine Beleidigungen verteilte.

Die vierzehn Jungen außer mir waren alle Söhne bedeutender und angesehener Männer aus den Kreisen König Gorms. Hätte ich keinen so großen Respekt vor Einar und seinen Fertigkeiten gehabt, hätte ich mich schlicht geweigert, mit diesen verlausten Rotzbengeln zu trainieren.

Die größeren waren ein wenig älter, als ich zunächst angenommen hatte, der älteste war zwölf, der jüngste eine Heulsuse von acht. Aber alle wurden schon seit mehreren Jahren von Einar im Kampf mit Waffen trainiert, was ihnen mir gegenüber einen beträchtlichen Vorteil verschaffte, wie ich noch bitterlich erfahren sollte.

Verbissen widmete ich mich Übungen mit dem einschneidigen Langsax, dem Schwert und dem Schild, und plötzlich stand ich zum ersten Mal in einem Schildwall. Zwar bestand er nur aus Kindern, ein Schildwall war es dennoch.

Im Schildwall, wiederholte Einar ein ums andere Mal, musste ein Krieger diszipliniert und aufmerksam sein, um Pfeilen, Speeren, Wurfäxten, Axthieben, Langsaxen und Schwertern auszuweichen, sowohl von oben als auch von unten. Denn es bedurfte keiner sonderlich geschickten oder kräftigen Hände, um Speere zu werfen oder Äxte zu schwingen.

Einar teilte uns in zwei Kampfgruppen auf und wies meine Gruppe an, in einer Art keilförmigem Schildwall anzugreifen. Diese Formation nannte er Svinefylking, Schweinekeil. Brüllend rannten wir auf einen lang gestreckten Schildwall zu, und da ich der Schnellste war, kam ich lange vor meinen Mitstreitern dort an. Allein durchbrach ich die Mauer aus Schilden und schlug wie wild mit dem Trainingsschwert um mich. Einar unterbrach die Übung und beorderte uns zurück in die Ausgangsposition, diesmal stellte er den verteidigenden Schildwall aber in drei Reihen auf.

Wieder stürmte ich los und lief geradewegs in zwei Speere, fiel Kopf voran durch den Schildwall und spürte einen Schlag im Nacken, der mich zu Boden schickte. Dann prasselten Schwert- und Axthiebe auf mich ein.

«Halt!», rief Einar, und die Jungen gehorchten augenblicklich.

Er zog mich hoch und deutete auf meinen Platz in dem spitz zulaufenden Schildwall, der wie versteinert noch an derselben Stelle stand wie vor meinem Einzelangriff.

«Du hast die Stärke deines Schildwalls gebrochen, indem du ihn verlassen hast», tadelte Einar mich zur großen Freude der Jünglinge. Mir war nicht nach einer Erwiderung, und Einar sprach weiter. «Im Schildwall ist es unabdingbar, sich voll und ganz auf seine Kampfgenossen zu verlassen und die Befehle seines Anführers zu befolgen.»

Einar richtete den Finger auf die drei Verteidigungsreihen.

«In einem echten Schildwall hätte es eine vierte und eine fünfte Reihe mit Wurfmännern gegeben, die dich Steine, Speere, Pfeile und Äxte hätten schmecken lassen. Bevor du auch nur in die Nähe des Schildwalls gekommen wärst, hättest du ausgesehen wie ein aufgespießter Igel.» Die Blagen lachten lauthals, während Einar sich mit dem Finger an die Stirn tippte. Dann stellte er uns in zwei sich gegenüberstehenden Schildwällen auf.

Unfassbar zornig nahm ich meinen Platz in der ersten Reihe des Walls ein und presste meinen Schild gegen den vor mir. Die hintere Reihe hieb mit ihren Langäxten über unsere Schilde hinweg, während die dritte Reihe mit Speeren zustach. Sobald eine der Kampfreihen zurückwich oder ins Wanken geriet, führte die vorderste Reihe den Langsax über, unter und zwischen die Schilde, aber alle blieben in der Kampfordnung. Wenn eine Lücke zwischen den Schilden entstand, schlossen wir sie, indem wir näher aneinanderrückten, denn ein Auseinanderbrechen des Schildwalls bedeutete in der Regel, die Schlacht zu verlieren. In einem aufgelösten Schildwall überleben nur die wenigsten.

Es gelang mir gut, den Schild an den meines Nebenmanns zu drücken und gleichzeitig den Langsax zu schwingen, aber ich tat mich schwer, meinen Platz in der Reihe nicht zu verlassen, wenn die feindlichen Reihen nach hinten rückten. Als ich das dritte Mal einem Gegner hinterhersetzte, stellte sich Einar in die Reihe schräg gegenüber von mir. Er wich nicht zurück, und jedes Mal wenn ich aus der Reihe ausbrach, verpasste er mir eine Abreibung.

Die nächste Übung war die Schildburg, bei der die Schilde aller Reihen einander ringsum überlappten und so einen kompletten Schutz von Kopf bis Fuß boten. Diese Formation musste schnell gebildet werden, was sich einfacher anhört, als es in Wirklichkeit ist.

Sowohl Ymer als auch Einar sagten, dass es absolutes Vertrauen zu den Kampfesbrüdern erforderte, zusammen in einem Schildwall zu kämpfen und sich gegenseitig zu decken, und sie hatten recht. Wie wichtig es war, lernte ich auf meine eigene Weise, die wie gewöhnlich mit Schmerzen verbunden war.

Wenn die zweite Reihe ihre Aufgabe nicht ernst nahm, wurde die erste entweder von Wurfgeschossen am Kopf getroffen oder musste Hiebe mit Trainingsschwertern, Langäxten und Keulen einstecken. Und da es mir selbstredend ziemlich egal gewesen war, den Kopf des verheulten Bengels zu schützen, als ich dort stand, tat auch er das nicht, als wir Plätze tauschten. So musste ich eine Menge Schläge vom Kopf bis zu den Oberarmen hinnehmen. Zwar waren es nur Übungswaffen, aber sie wurden mit voller Kraft geschwungen.

«Im Schildwall gibt es nur wenig Platz, und eure Sicht ist eingeschränkt», dozierte Einar.

Ich weiß nicht, wieso er jedes Mal ausgerechnet mich ansah, wenn er etwas betonen wollte. Weil mich das und der Umstand, dass ich mit Kindern trainieren musste, so sehr reizte, biss ich mir die Lippe blutig. Aber ich hielt die Klappe.

In den ersten Tagen musste ich mehr Demütigungen von Kindern mit Holzschwertern ertragen, als ich es für möglich gehalten hätte. Diese Lümmel korrigierten und belehrten mich pausenlos, während sie mit ihren Waffen meine übereifrigen Abwehrversuche parierten. Bei jedem Treffer grinsten sie verzückt. Einar ermahnte mich ständig, sie nicht ausschließlich mithilfe meiner körperlichen Überlegenheit niederzuschlagen, denn in dieser Hinsicht fehlte es mir nicht an Übung. Wenn ich mich wieder mal nicht zurückhalten konnte und einfach auf die Bengel losging, ließ Einar mich in voller Kampfmontur so lange um den Hof laufen, bis ich nicht mehr wusste, wo mir der Kopf stand und meine Lungen zu bersten drohten.

Stand ich dann einem anderen Schüler gegenüber, war mir schwindelig, und ich war zu schwach, um ihn durch meine körperlichen Vorteile zu überwältigen.

Nach einigen Tagen hatte ich es einigermaßen verinnerlicht, meinen Platz im Schildwall zu halten, und ich begriff schneller, was Einar von mir erwartete. So verging immer mehr Zeit zwischen meinen Laufrunden um den Hof, was meine Trainingsgegner bald bedauerten.

Für jedes Grinsen, das ich unter den Helmen der Gören erkannte, legte ich mehr Kraft in meine Hiebe. Für jedes Lachen bewegte ich mich mit der Schnelligkeit, die ich besaß, und wenn meine Schläge dann ihr Ziel fanden, heulten sie los. Und das half meiner Laune ungemein.

Einar ließ uns tagelang von morgens bis abends kämpfen, bis jeder von uns mehr als genügend Treffer eingesteckt hatte und ich endlich begriff, dass Stärke, Schnelligkeit und Mut allein nicht ausreichten, um ein guter Krieger zu sein. Das war eine schwere Lektion für die Jungen, die Prügel bezogen, nicht zuletzt aber auch für meinen Stolz.

Doch Einars Unterricht zeigte Wirkung. Am zwölften Tag hielt ich meinen natürlichen Drang, nach vorne zu stürmen und alles niederzumähen, im Zaum. Stattdessen drehte ich das Handgelenk, fing die Klinge meines Gegners mit dem Schwert ab, sodass sie zur Seite glitt, ohne Schaden anzurichten. Dann machte ich einen Ausfallschritt und schickte den Angreifer mit einem gezielten Schlag in den Nacken zu Boden. Ein fantastisches Gefühl.

Mein liebster Gegner hieß Sam Samson, er war ein Enkel von Sam Jarl von Samsø. Sam war ein großer und kräftiger Kerl und hatte am lautesten gelacht, als ich angekommen war. Er hatte mich öfter und härter getroffen, als ich zugeben mag, und sich dabei prächtig amüsiert. Das tat er inzwischen nicht mehr.

Es dauerte lang, bis Sam wieder auf den Beinen stand.

Ich setzte den Helm ab, begegnete Einars Blick und tippte mir an die Stirn. Er nickte mir leicht zu und rieb sich die Hände, was mir verriet, dass ich auf dem richtigen Weg war.

Von diesem Moment an warf ich mich voll und ganz in Einars Training, ohne meinen üblichen Hang zu unflätigen Bemerkungen. Ich sog seine Techniken und Gedankengänge so schnell in mich auf, dass Pillgryes' Waffenübungen mir bald unbeholfen und primitiv vorkamen. Anschließend verpasste ich den Jungen ordentlich Prügel, doch ich machte mich nicht über sie lustig.

Einar erzählte von den Ländern, in denen er gewesen war, und all den sonderbaren Menschen, die seinen Weg gekreuzt hatten. Seine Reisen hatten ihn weiter südlich als Serkland gebracht, wo die Sonne heißer brannte als in der glühenden Esse eines Schmieds. Er hatte gelbe schmaläugige Pferdemenschen und riesige Kerle getötet, deren Haut schwarz wie die Nacht war. Er hatte Mauren getroffen, die auf großen Pferden mit Rückenbuckeln ritten. Andere Bewohner von Serkland ritten auf kleinen Pferden, die so schnell liefen, als trügen sie Segel am Rücken und bekämen Hilfe von Njörd. Sie zogen lange Speere und krumme Schwerter für den Kampf vor, den sie zu meiner Verwunderung vom Sattel aus führten. Aus all diesen Zusammenstößen war Einar als Sieger hervorgegangen und hatte die Waffen seiner Gegner als Belohnung behalten. Das bewiesen die vielen Kriegswerkzeuge in Einars Langhaus, und darüber dachte ich viel nach.

Zum ersten Mal im Leben bewunderte ich einen anderen Mann, während ich von frühmorgens bis spät am Abend den Gebrauch von Schwert und Schild übte, parierte, angriff, mich verteidigte, hieb, schlug und stach – endlich fühlte ich mich lebendig.

Ich schlief in Einars Langhaus zwischen den anderen Lehrlingen. Nils Jarl passte das sehr gut, wie ich weiß, und sicher auch den übrigen Bewohnern von Ryesborg. Der Jarl war ein gieriger Mann, und mir waren Gerüchte zu Ohren gekommen, dass er demjenigen, der es schaffte, mich zu zähmen, eine erkleckliche Belohnung in Silber versprochen hatte. Was im Grunde bedeutete, mir den Kopf abzuschlagen. Denn hätte ich so viel Silber besessen und wäre Nils ein aufmüpfiger Bursche von beinahe sechzehn Jahren gewesen, hätte ich eine ähnliche Belohnung ausgelobt. Ich konnte meinen werten Onkel ganz einfach nicht leiden, und zu seiner Verteidigung sei gesagt, dass dieses Gefühl auf Gegenseitigkeit beruhte.

Heldis versuchte immer wieder, Nils zum Bau eines neuen Langhauses zu überreden, aber der Jarl verschwendete sein Silber nie, auch wenn er mehr als genug davon besaß, und begnügte sich mit notwendigen Reparaturen. Wenn ein so geiziger Mann freiwillig Silber im Wert von drei Sklaven zu opfern bereit war, nur um mich zu *zähmen*, dann musste seine Abneigung gewaltig sein.

In seinem Geiz lag sicher auch der Grund, dass es in Ryesborg so selten Trinkgelage gab; hatte Ymer doch erzählt, die Dänen hielten solche regelmäßig ab. Allerdings lagen auf dem Komposthaufen von Ryesborg oft so große Mengen frischen Abfalls, dass irgendjemand Gelage abhalten und die Vorratslager leeren *musste*. Wer sich aber an den Fässern und Tonnen in der Speisekammer bediente und warum Vizcolle nichts davon bemerkte, war mir egal. Ich war einfach froh, in Einars Langhaus zu wohnen, wo die Arbeitstage als Lehrling des Schwertmanns so streng abliefen, dass mir abends ohnehin keine Energie mehr für irgendwelchen Unfug blieb.

Die Tage verstrichen in eiserner Eintönigkeit, was mir aber gelegen kam. Ich trainierte den Großteil des Tags mit Einars Lehrjungen und wiederholte die gleichen Schwünge, Stiche und Hiebe. Wenn die Kinder danach johlend durch den Wald rannten oder wie Steine ins Bett fielen, lauschte ich den faszinierendsten Geschichten, die ich je gehört hatte.

Einar erzählte in lebendigen Details von Ländern und vor allem von Schlachten, die er Schwertschlag für Schwertschlag schilderte. Fast fühlte ich die Waffen in Händen und sah seine wechselnden Widersacher im Takt von Einars Worten vor meinen Augen. Mit seinen Erzählungen schlug das Denken des Kriegers in mir Wurzeln und sorgte dafür, dass ich es auch beim Waffentraining nicht ablegte.

Auf diese Weise vergingen die Tage so rasch, dass ich sie gar nicht mehr zählte. Die Sonne schien immer stärker, und eines Tages wurden die anderen Schüler heimgeschickt oder von Hirdmännern aus Haithabu, Jelling, Alebu, Ripa, Wibiærgh und Samsø abgeholt.

Ich blieb und trank begierig von Einars Weisheit wie ein durstiger Mann in brütender Hitze auf windstiller See. Gewöhnlich endeten die Tage damit, dass Einar den Sklaven anblaffte, ihm Essen zu bringen, ehe er sich mit einem Krug Bier ans Feuer setzte. Meine Aufgabe war es, den Hofplatz aufzuräumen, und das tat ich ohne Murren. Mein Leben war inzwischen so aufregend, dass ich lange Zeit weder an die Jagd noch an Frauen, an Trinkgelage, das Meer oder Flausen dachte. Als wir aber eines Tages das Training früher beendeten als sonst, nahm ich meinen großen Bogen und spannte ihn. Einar nickte mir anerkennend zu und ließ sich mit einem entspannten Seufzer am Feuer nieder.

Etwas schien in der Nacht seine Neugier geweckt zu haben, da er am nächsten Morgen meinen Bogen nahm und auf den *Serkländer* deutete – einen zerfurchten Pfahl auf dem Hofplatz, über dessen oberes Ende ein Leinensack gestülpt war, an dem wir uns im Waffengebrauch übten.

«Schaffst du es, ihn von hier zu treffen?», fragte er und reichte mir den Bogen.

«Ja!»

«Zeig es mir.»

Ich spannte den Bogen und schüttelte den Kopf.

«Nein?» Einars Augen verengten sich.

Statt einer Antwort ging ich rückwärts, den Blick auf den Pfahl gerichtet, bis er nicht mehr als ein Strich in der Luft war. Einar stand bewegungslos zwischen der Vogelscheuche und mir.

Ich legte den Pfeil aus Eschenholz, in dem Gänsefedern steckten, auf meinen linken Handknöchel, drehte den Bogen ein winziges Stück und hielt das hintere Ende des Pfeils zwischen zwei Fingern stramm an die Sehne. Dann hob ich den Bogen. Für Einar muss es ausgesehen ab, als ziele ich direkt auf ihn, doch er bewegte sich nicht von der Stelle.

Die Sehne schnarrte, und der Pfeil rauschte knapp an Einars Kopf vorbei, ehe ich einen neuen Pfeil aus dem Köcher nahm und den Ablauf wiederholte. Dann senkte ich den Bogen und ging zu Einar, der sich die ganze Zeit nicht gerührt hatte.

«Ich hoffe zu deinem Besten, dass die Pfeile stecken, wo sie sollen, Ulv Palnasson?»

«Sieh selbst», entgegnete ich.

Endlich rührte Einar sich und warf einen Blick auf die Vogelscheuche, in deren Leinensackkopf die beiden Pfeile dicht nebeneinandersaßen. Er rieb sich die Hände, und seine Augen leuchteten. «Schaffst du das jedes Mal?»

«Ja!»

Einar nickte kurz, was mich enttäuschte, denn ich hatte ein Lob erwartet. Stattdessen ermahnte er mich, meine Fähigkeiten beizubehalten. Dann ging er ins Haus und legte sich auf sein Bett, bis der Sklave das Abendessen brachte. Mir gegenüber sprach Einar nie über meine Fertigkeiten mit dem Bogen, aber viele Jahre später erzählte mir einer von König

Gorms Männern, dass Einar schwer beeindruckt gewesen war. Seit seiner Zeit in Serkland habe er keinen solchen Schützen gesehen, wo niemand mit einer solchen Präzision auf ähnliche Entfernung geschossen habe. Leider sollte mir mein Talent am Bogen später im Leben noch große Probleme bereiten.

Bei Einar Schwertmann fühlte ich mich auf eine Art und Weise zu Hause wie selbst bei den Cymru nicht. Einar akzeptierte meine Kampfbegeisterung und meine Fähigkeiten, und durch seine autoritäre Ausstrahlung wusste er meine guten Seiten zu stärken, während er die schlechten dämpfte. Meinem schlummernden Zorn begegnete er nicht etwa mit Zorn, und er ließ sich auch nicht aus der Ruhe bringen, wenn mein Temperament wieder einmal mit mir durchging. Einar redete mit mir, erklärte und gab Befehle, wodurch er aus dem Rohling, der ich war, etwas anderes formte. Natürlich war ich nach wie vor ein naseweiser Flegel, aber tief in mir steckte mehr. Ich war ein Schwertmann!

Nach der Abreise der jungen Lehrlinge wurde Einar mein Übungsgegner, wozu es ohnehin gekommen wäre, denn die Bengel weigerten sich, gegen mich anzutreten, wenn Einar sie nicht ausdrücklich dazu aufforderte.

Meine Raserei erwachte nur dann zum Leben, wenn Einar mich verließ, um Nils Jarl oder dessen Hirdmänner, zu denen auch Torste gehörte, zu treffen. Diese Tage verbrachte ich üblicherweise jagend im Wald, aber sobald Einar zurückkehrte und wir uns wieder in die Waffenlehre und Geschichten vertieften, rückte der angeborene Mistkerl in mir in den Hintergrund. Anscheinend genoss Einar meine Gesellschaft so sehr, dass er mich sogar mit nach Haithabu nahm, wo er etwas für den Jarl zu erledigen hatte, obwohl ich über die Details der Geschäfte nichts erfuhr.

Bis nach Haithabu war es ein langer Weg, und auch wenn der Store Å jetzt eisfrei war, war es immer noch kalt und nicht gerade Segelwetter. Trotzdem beschloss Einar zu meiner Erleichterung, per Schiff zu reisen, an Bord der *Hjorten* mit Orm Steuermann. Darüber hinaus betrachtete Einar es als seine Pflicht, mich ins ordentliche Trinken und den Umgang mit Dirnen und Ludern einzuweisen.

Dicke Schneeflocken rieselten vom Himmel, als Orm uns hinaus auf die Ostsee steuerte und eine leichte Brise uns südwärts blies. Mit der *Skumhingsten* konnte es die *Hjorten* zwar nicht an Größe aufnehmen, aber das machte sie durch ihre Geschwindigkeit wett.

Ich genoss den eiskalten Wind, das Meer und das Gefühl des Schiffsdecks unter meinen Füßen und war fast ein bisschen traurig über unsere rasche Ankunft in Haithabu.

Doch meine Sehnsucht nach dem Meer vergaß ich gleich wieder, denn für einen freien Mann mit einem Schwert am Gürtel und Geld im Säckel war Haithabu um ein Vielfaches lustiger als für einen Sklaven mit Eisen an den Füßen.

Wir soffen, bumsten und prügelten uns, und als mich Einar zum zweiten Mal vor der scharfen Klinge eines erwachsenen Mannes rettete, ging mir auf, worin der eigentliche Zweck unseres Ausflugs lag. Ich sollte eingewöhnt werden wie ein junger Hengst, den man satteln wollte. Ich sollte lernen, meine Zunge im Zaum zu halten.

Im ersten Kampf schlug ich mich noch halbwegs, aber das Bier hatte meinen Schwertarm schwach und langsam gemacht. Einar unterbrach den Kampf mit einem Kübel Wasser und dem Angebot, mit Freuden meinen Platz einzunehmen, falls mein Gegner darauf bestand. Das tat er nicht.

Der zweite Kampf war schlimmer. Im Bierrausch hatte ich

den sagenumwobenen, mir aber völlig unbekannten Skjalm Hvidelæder herausgefordert. Ich warf ihm einige weniger freundliche Dinge an den Kopf, was mich in eine der engen Gassen Haithabus beförderte, mit einem Schwert in der Hand. Die meisten Leute hätten sich die Sache beim Anblick von Skjalms riesiger Axt wohl zweimal überlegt, die mindestens so beeindruckend wie er selbst war. Nicht so ich.

Zwar schwankte ich heftig, aber ich war so berauscht, dass ich mich stark und unbesiegbar fühlte. Niemand konnte sich mit Ulvs schnellem Schwert messen. Ob Skjalm Hvidelæder betrunken war, weiß ich nicht, aber er schlug mir das Schwert mit einer solchen Wucht aus der Hand, dass sie noch Tage später schmerzte. Dann hob er breit grinsend seine riesige Axt, um meinen Tagen ein Ende zu bereiten. Er summte sogar eine Melodie.

«Halt!», sagte Einar ruhig, und zu meiner Verblüffung hielt Skjalm Hvidelæder inne, schnaubte kurz und verließ die Gasse mit Einar.

Verwirrt raffte ich mich auf, mehr überrascht denn gedemütigt, trotz der offenkundigen Tatsache, dass einzig Einars Aufforderung Skjalm Hvidelæer davon abgehalten hatte, mich mit seiner Axt zu spalten. Warum hatte er mich verschont, bloß weil Einar ihn darum gebeten hatte?

Am Ende soff ich gemeinsam mit Skjalm weiter, allerdings ein gutes Stück zurückhaltender als zuvor. Vielleicht war dies die wichtigste Lektion, die Einar mir je erteilte – trink niemals so viel, dass du nicht mehr weißt, mit wem du trinkst.

Und wir tranken reichlich, aber meist schaffte ich es, meine Zunge zu bändigen, wenn das Bier mich hitzig machte. Wenn ich den Strom aus Beleidigungen einmal nicht zurückhalten konnte, legte Einar mir die Hand auf die Schulter und drückte zu. Das brachte mich stets für eine Weile zum Verstummen.

Am folgenden Tag unterhielt sich Einar lange mit Skjalm Hvidelæder, während ich gemeinsam mit Orm Steuermann auf der *Hjorten* wartete. Ich erfuhr nie, worüber sie gesprochen hatten, aber auf der gesamten Rückfahrt nach Ryesborg wirkte Einar, als hätte Skjalm ihm schlechte Nachrichten überbracht.

Die Tage vergingen wie im Flug und wurden mit jedem Vollmond heller. Bald legte sich auch die Kälte, und eine warme Brise aus dem Süden brachte den letzten Schnee zum Schmelzen und die Amseln zum Singen.

Der Sommer kam mit einer Geschwindigkeit, die Nutzpflanzen, Blumen und uns in unseren dicken Winterkleidern überraschte. Und eines Tages stand plötzlich Ymer vor mir, grinsend und ebenso verdreckt wie beim letzten Mal, als ich ihn gesehen hatte. Sein farbloser Umhang war aufgerissen, und er war in Lumpen und Fellreste gepackt, die von Riemen und dem Seil festgehalten wurden, das von seinem Sklavenring um den Hals bis zu den Fußeisen führte. Seine Wangen waren eingefallen und die Augen hohl, trotzdem lag dasselbe fröhliche Funkeln in ihnen, das ich wiederentfacht hatte, als ich ihm den Ruderlochspund über den Kopf gezogen hatte. Er war spindeldürr, aber so riesig und Furcht einflößend wie eh und je.

Ich stand von dem Baumstumpf auf, auf dem ich ungefähr auf halber Wegstrecke zwischen Ryesborg und Einars Hof den halben Vormittag verbracht hatte. Genau hier hatte Heldis mich gebeten zu warten, aber sie war nicht aufgetaucht. Sie hatte mich schon oft weit entfernt von Ryesborg warten lassen und war dann sehr viel später gekommen als vereinbart. Einmal sogar mehrere Tage. Trotzdem gehorchte ich ihr, was bewies, wie weit Einar meiner Aufmüpfigkeit beigekommen war. Nur wenige Monate vorher hätte ich vor lauter Ärger über die unnötige Warterei herumkrakeelt und jeden verdroschen, der mir über den Weg lief. Jetzt aber zuckte ich nur leicht verstimmt mit den Schultern.

«Ymer?», stieß ich aus. Er grinste breit und nickte. Hinter ihm standen zwei bewaffnete Männer, von denen einer mich ein Stück zur Seite zog und sagte, dass ich nun die Verantwortung für diesen Sklaven trug. Ich solle mich aber hüten, ihm den Sklavenring abzunehmen, denn einen solchen Halunken wie ihn habe er noch nie erlebt.

«Er ist bisweilen recht widerspenstig und muss jeden Morgen mit der Peitsche geweckt werden, Herr Ulv.» Offenbar wusste der Mann, wer ich war – ein ungewöhnlich gutes Gefühl. Ich bedankte mich und entgegnete, dass Sklaven für mich Schafe auf zwei Beinen seien.

«Und dieser Kotzbrocken sieht besonders schwer von Begriff aus», meinte ich, als ich wieder vor Ymer stand. «Wenn euch der Sinn nach Bier und Fleisch steht, liegt Ryesborg nur eine kurze Wanderung entfernt.» Dem war eindeutig so, so schnell, wie sie mir Ymers Kette gaben und sich im Laufschritt in Richtung Bier und Fleisch entfernten.

«Guten Tag auch, du Lump», scherzte Ymer und rasselte mit den Fußfesseln. «Wo sind deine Ketten?»

Er kniff die Augen zusammen und musterte meine Kleider und den Armring, den Heldis mir gegeben hatte. Dann fiel sein Blick auf das Schwert an meinem Gürtel.

«Entweder lässt du dich von einem alten zahnlosen Weib aushalten, oder ich träume.»

Wieder blinzelte er und lachte dann ebenso laut und schallend, wie ich es in Erinnerung hatte, und mit einem Mal merkte ich, wie sehr ich ihn vermisst hatte. Mir blieben die Worte im Hals stecken, was Ymer fast noch mehr zu erstaunen schien als das Schwert an meinem Gürtel.

«Nein, ich muss träumen», sagte er. «Der Frechdachs ist ja stumm!»

Das löste den Klumpen in meinem Hals.

«Ich ziehe dir gern einen Holzklotz über den Kopf, damit du aufwachst.» Ich grinste, und er erwiderte, dass das dann wohl das Letzte sei, das ich in meinem Leben täte. Dafür stürbe ich aber in ziemlich feinen Kleidern und obendrein mit einem Schwert am Gürtel.

Wir standen eine Weile lächelnd voreinander, bis mir klar wurde, dass Ymer gar nicht wusste, was mir widerfahren war, seit ich das stinkende Sklavenloch in Snekken verlassen hatte. Ymer selbst war vermutlich auf Heldis' Befehl geholt und zu mir gebracht worden.

«Mein Großvater war ein Jarl und mein Vater ebenso», erzählte ich, denn ich wusste nicht, wie ich meine Geschichte beginnen sollte.

«Lächerlich», maulte Ymer. «Und ich dachte, du wärst ein Königssohn.» Mit einem Schulterzucken fügte er hinzu, wenn ich ihm Kleider wie die meinen und eventuell ein wenig Bier besorgte, würde er mir wohl trotzdem durchs Leben helfen, ob Königssohn oder nicht. Ich schaute ihn nur verdutzt an und ausnahmsweise fehlte mir eine freche Antwort.

«Schön, dich zu sehen, Ymer», murmelte ich und räusperte mich. «Jetzt bist du mein Sklave.»

Wir sahen uns lange an, und unsere Augen sagten mehr, als Worte ausdrücken konnten.

Ich hätte Ymer mit Freuden die Freiheit geschenkt, aber er hätte keinen Monat als freier Mann überlebt. Er brauchte seine Ketten, so wie ich Einars Fähigkeiten brauchte, und das wussten wir beide. Die einzige Frage war, ob er sich damit abfinden konnte, dass ich das andere Ende seiner Kette in der Hand hielt.

Schließlich nickte er, auch wenn die tiefe Falte auf seiner Stirn preisgab, dass der Gedanke ihn schmerzte.

«Herr werde ich dich jedenfalls nicht nennen, du Lump», knurrte er und packte mich an den Schultern. «Und wenn du die Peitsche gegen mich schwingst, reiße ich dir die Arme ab.»

«Du sollst mein Hirdmann sein», stimmte ich zu.

Mit einem tiefen Seufzer meinte er, ich litte an Größenwahn. «Erzähl mir lieber, wie du deinen Sklavenring gegen diese hübschen Kleider eingetauscht hast.» Ymer deutete auf seine Fußfesseln. «Und wenn ich schon dein Hirdmann sein soll, befrei mich doch bitte von meinen Sklavenringen.»

Wir machten uns auf den langen Weg zu Pierres Schmiede, aber unterwegs blieb ich stehen und biss mir auf die Lippe. «Vielleicht sollte ich dir den Ring um den Hals aber lassen.»

Ymer zufolge war das das Dümmste, was er seit Langem gehört hatte, und erst nachdem er mich in einem Satz fünfmal Lump genannt hatte, schwieg er. «Möchtest du vielleicht gar nicht mehr Lump genannt werden?»

Ich schüttelte den Kopf. «Das ziemt sich nicht, auch wenn ich zugeben muss, dass ich einer bin.»

Darin stimmte Ymer mir zu, und ich sprach schnell weiter. «Wenn du mich schon nicht Herr nennen willst, dann will ich auch nicht als Lump oder irgendwie sonst bezeichnet werden. Können wir uns darauf einigen?»

«Ja», antwortete Ymer, ehe er grinsend hinzufügte: «Du Lump!»

Als Antwort darauf lief ich mit großen, schnellen Schritten, was ihm durch die gefesselten Füße nicht möglich war. Trotzdem hielt er überraschend lange mit, indem er hinter mir herhüpfte. Dabei schlug er jedoch mehrmals lang hin, gefolgt von einer wahren Flut aus Flüchen und Beleidigungen, die allesamt an mich gerichtet waren.

So gingen wir weiter, bis Ymer auf dem rutschigen Weg hinauf zum Tor von Ryesborg stürzte und sich schwertat, wieder auf die Beine zu kommen.

«Jetzt hilf mir doch ...», knurrte er, verstummte aber, als ich ihm einen saftigen Tritt in den Bauch verpasste.

«Schweig still, Sklave, und steh auf.»

Ymer war viel zu verdattert, um etwas zu erwidern oder wütend zu werden. Ich beugte mich zu ihm hinunter und packte den Eisenring um seinen Hals.

«Tu, was ich sage», flüsterte ich, «und zwar sofort. Sonst verhökere ich dich an einen bösartigen Bauern in der hintersten und dunkelsten Ecke im Drecksland der Svear.» Ich warf einen Blick zur Seite, und Ymer schaute in die gleiche Richtung. Am Tor bei Bjørn Holzbein standen Torste, Einar und mehrere von Nils Jarls Hirdmännern und beobachteten uns. Vor allem Torste schien sich zu amüsieren.

«Schlag mir ins Gesicht, und zwar hart», murmelte Ymer, als er sich auf die Knie setzte. Das tat ich, und er kippte hintüber, stumm und den Blick voll schwelender Raserei. Aus seinem Mund lief Blut, und die Oberlippe schwoll bereits an, mein Schlag war wirklich hart gewesen.

Nun näherten sich Torste und Einar und blieben ein paar Schritte von mir entfernt stehen.

«Steh auf, Sklave, und keine Widerworte mehr», befahl ich.

Ymer stellte sich auf.

Für diejenigen, die Ymer noch nie begegnet sind, ist er in voller Statur ein einschüchternder Anblick, und so erstarrte das Lächeln auf Torstes Lippen, während seine Hand nach dem Griff seines Messers tastete. Einar grinste bloß, doch seine Augen verengten sich ein wenig wie beim Training, wenn er einen Angriff von mir erwartete.

«Verneige dich vor den Herren und geh zur Schmiede. Er soll dir die Eisenringe um den Hals und die Füße abschlagen.»

Ymer deutete eine Verbeugung vor Torste und Einar an, ehe er in Richtung der Werkstatt von Pierre Goldschmied trottete. Bjørn Holzbein hob sogar den Speer zur Seite, als Ymer an ihm vorbeiging, trotz der Sklavenringe.

«Ein ziemlicher Riese, dieser Sklave», meinte Torste. «Ob es wirklich klug ist, ihm so schnell die Eisen abzunehmen, ohne ihn zuerst einmal auszupeitschen?»

Ich starrte Torste länger an, als ihm geheuer war, und schnaubte verächtlich. Leise fluchend wich er ein Stück zurück und sah Einar an.

«Bring ihn danach zu mir, Ulv», bot Einar an. «Dann helfe ich dir, ihn gefügig zu machen, wenn es nötig ist.»

Seiner Miene nach schien Einar die Vorstellung zu gefallen.

Ymer wartete an Pierres Esse, denn so gutmütig der fränkische Schmied auch war, wollte er die Fußeisen erst entfernen, wenn ich ausdrücklich die Erlaubnis dazu gegeben hatte. Und selbst danach hielt er es für keine sonderlich gute Idee. Er zog mich ein Stück zur Seite, wandte Ymer den Rücken zu und blickte mich ernst an.

«Dieser Riese namens Ymer ist mein Freund, Pierre», weihte ich ihn ein und gab ihm einen Klaps auf die Schulter.

«Dein Freund?», stutzte er mit starkem fränkischem Akzent.

«Ja, er und ich haben fast zwei Jahre gemeinsam als Rudersklaven zugebracht, und obwohl Ymer ein richtiger Streithammel ist, ist er doch mein bester Freund. Mein einziger.»

In meinen letzten Worten lag mehr Wärme als gedacht, was mir einen überraschten Blick von Pierre einbrachte.

«Aber er ist auch mein Sklave», fügte ich hinzu. «Also schlag ihm die Fesseln ab.» Pierre holte Hammer und Meißel, löste die Fußringe mit zwei Schlägen und bat Ymer dann, den Kopf auf den Amboss zu legen, wo er den Halsring mit einem einzigen Hammerschlag entfernte.

«Willkommen in Ryesborg, Ymer», nuschelte Pierre, machte einen Schritt nach hinten und sah mich fragend an. «Wenn Ymer dein Freund ist, wieso ist er dann Sklave?»

Da die Wahrheit keinem von uns gut zu Gesicht gestanden hätte, zuckte ich nur mit den Schultern und meinte, dass Ymer sich seine Freiheit erst verdienen müsse.

Pierre bekreuzigte sich nach der sonderbaren Art der Christen und murmelte etwas Unverständliches.

«So sind wir Dänen eben, Pierre Goldschmied», entgegnete ich und machte mich mit Ymer auf den Weg. «Echte Mistkerle!»

Erst als wir weit genug von der Schmiede entfernt waren, ließ ich Ymer neben mir laufen. Er machte dieselben Trippelschritte wie ich, als man mir meine Fußfesseln abgeschlagen hatte, aber in seinem riesigen struppigen Bart prangte ein breites Lächeln.

«Fühlt sich schon ein wenig komisch an, die Fesseln endlich los zu sein.» Er hob einen Fuß und grinste überheblich. Ein wenig zu überheblich.

«Sobald du den ersten Würfel wirfst, Hnefatafl spielst oder auf irgendeine andere Art Silber verwettest, das dir nicht gehört, kommst du vor den Henker», drohte ich ernst. «Und nicht einmal einen Holzlöffel als Waffe werde ich dir in die Hand geben, und das, obwohl du mein bester und einziger Freund bist.»

Das Grinsen verflog, und aus seinem Blick las ich, dass das Gleichgewicht zwischen uns erneut verschoben war. «Du bist ein sonderbarer Mann, Ulv Jarlssohn», sagte er und schaute zu Boden.

«Ich bin ein Mann, der die Sklaverei am eigenen Leib gespürt hat, der gedemütigt wurde und der zwei Männer auf dem Sklavenmarkt in Haithabu getötet hat.»

Damit führte ich Ymer an der großen Halle und dem Langhaus der Hirdmänner vorbei bis zu Nældes Hütte.

Für mich war Nældes Heim ein Zufluchtsort, und da niemand dort war, setzten wir uns an ihr Feuer.

Warum ich Ymer hierherbrachte, weiß ich nicht. Es fühlte sich einfach richtig an, und als Sklave hatte er in der Halle nichts zu suchen. Noch nicht.

Ich legte ein Scheit Birkenholz nach, holte tief Luft und erzählte meine Geschichte. Anfangs lachte Ymer über mein Pech, so war er einfach, aber je schlimmer die Demütigungen wurden, desto finsterer wurde seine Miene. Als ich von der Axt des Henkers erzählte, die mir eine große Locke abgeschnitten hatte, war sein Grinsen ganz aus dem Gesicht gewichen. Dann tauchte Heldis in meiner Geschichte auf, und er starrte mich mit aufgerissenen Augen an.

«Die Schwester deiner Mutter?», entfuhr es ihm ungläubig.

«Ja. Meine Mutter hat versucht, eine Geisel namens Palna Jarl zu befreien, obwohl sie nicht das Recht dazu hatte. So musste sie Hals über Kopf die Flucht von Fünen antreten, um dem Zorn ihres Vaters und ihres Bruders zu entgehen. Das Schiff, auf dem sie floh, brachte sie nach Kumraland.»

«Wieso wollte sie ihn befreien?»

«Sie hat es für mich getan.»

«Für dich?» Ymer schüttelte den Kopf. «Aber ich dachte, du wärst noch nie auf Fünen gewesen? Hast du mir die ganze Zeit etwa Lügen ...»

«Palna Jarl ist mein Vater, Ymer», sagte ich leise. «Meine Mutter hatte sich für ihn und gegen ihre Familie entschieden und musste als Geächtete fliehen.»

Ich breitete die Arme aus, und wie fauliger Nebel stieg etwas aus dem Sumpf meiner Erinnerungen empor, das mich zuvor nicht geplagt hatte.

«Sie war eine Eidbrecherin, Ymer. Sie hat den Eid ihrer Sippe gebrochen und damit Ottar Jarl und den Rest ihrer ... meiner Familie verraten. Sie war ein Niding, eine Verräterin.» Meine Wangen röteten sich, während Ymer mich wie versteinert anblickte. «Trotzdem ist sie das einzige Familienmitglied, das mir ernsthaft etwas bedeutet, und das sage ich, obwohl meine Zuneigung zu Heldis Tag um Tag wächst. Aber Heldis ist nicht meine Mutter, sie war nie in Dyffryn Cudd, und nicht sie wurde von diesem Arschloch Rhi umgebracht, weil sie mich verteidigt hat.»

«Dich verteidigt hat?»

Ich schloss die Augen und musste die Worte hervorzwingen. «Manchmal tauchen kurze Erinnerungsfetzen aus meiner Kindheit auf, aber ich weiß nicht, ob die Nornen mir damit nur einen Streich spielen wollen oder ob die Dinge tatsächlich geschehen sind. Vor Kurzem habe ich mich aber klar an manche Dinge von dem Tag erinnert, an dem meine Mutter starb. Rhi war besoffener als gewöhnlich und wollte es mit ihr treiben, doch sie ließ ihn nicht. Sie kämpften, und ich ging mit meinem Messer auf Rhi los. Ich weiß nicht mehr, ob ich ihn traf, aber ich erinnere mich, wie er zu seinem Schwert griff.»

Während die Bilder an meinem inneren Auge vorbeizogen, schwieg ich, und wäre ich allein gewesen, hätte ich wohl geweint. Jetzt aber erzählte ich Ymer flüsternd von meinem Hass auf einen toten Mann, dem ich äußerlich ähnelte und den ich bis vor Kurzem noch für meinen Vater gehalten hatte.

«Er war ein Niemand, Ymer. Ein elender Räuber aus Bretland, der sich gemeinsam mit seinen Kumpanen in der Wildnis von Kumraland versteckt hielt, um dem Scharfrichter und den Ketten der Sachsen zu entgehen.»

Der Knochenvorhang an der Tür klirrte leise, als ein Sklave die Hütte betrat und nach einem erschreckten Blick zu uns gleich wieder hinauslief. Ymer sah ihm hinterher.

«Man könnte fast meinen, er hätte ein Ungeheuer gesehen …?»

Ich eröffnete ihm, dass die meisten Leute in Ryesborg über meine Anwesenheit nicht sonderlich erfreut waren. «Dann und wann habe ich wohl einen Sklaven gezüchtigt. Ein paar zu viel, wenn ich ehrlich bin.»

Ymer schüttelte missfallend den Kopf. Nicht darüber, dass Sklaven oder andere Prügel bezogen hatten, sondern weil ich es grundlos getan hatte. «Und die nehmen dein Verhalten hier einfach so hin?»

«Nicht alle. Heldis' Sohn Torste und ich haben bereits die

Klingen gekreuzt. Zwar nur mit Übungswaffen, aber wir lagen danach lange im Krankenbett.»

Das wiederum hob Ymers Laune, und ich erzählte weiter von meinem Vetter Torste, von Einar Schwertmann und dem Kampftraining, das ich gerade erhielt. Dabei sparte ich nichts aus und war schonungslos ehrlich. So ehrlich, dass es Ymer die Sprache verschlug. Ich war ein Fiesling und wusste es.

Die Stille in Nældes Hütte wurde von Hufgeklapper und lauten Stimmen von draußen gestört, bald waren Gelächter und fröhliche Rufe zu hören. Doch ich zügelte meine Neugier, da ich erst wissen wollte, wie Ymers Reaktion ausfallen würde. Seine Worte waren wichtig für mich – wichtiger als alles andere.

Draußen schienen noch mehr Männer einzutreffen.

Dann sprach Ymer. «Ich glaube, als Sklave konnte ich dich besser leiden. Und ich denke, die Ryesborger wünschen sich, du wärst noch einer.» Er lächelte mich schief an, ohne mich zu verurteilen.

«Ganz bestimmt», erwiderte ich lachend und klopfte ihm auf die Schulter. «Jetzt musst du mir aber deine Geschichte erzählen.»

Ymers Bericht fiel ein ganzes Stück kürzer als meiner aus, denn seitdem ich verkauft worden war, war bei ihm nicht viel passiert.

Der einäugige Eskil hatte Rollo Jarls Männer in Jelling verlassen, sich weitere Rudersklaven gekauft und war mit Torgrim Peitschenhalter davongesegelt. Beim Klang ihrer Namen ballte ich unfreiwillig die Fäuste. Dem einen schuldete ich so viele Schläge, dass er ein Treffen kaum überleben würde, und der andere schuldete mir ein Schwert.

Eskil hatte die *Havormen* aufs Geratewohl zwischen den

unzähligen Inseln der Ostsee hindurchgesteuert und war weiter bis nach Bjarmaland und der Grenze zu Svealand gesegelt.

«Wir sind gerudert wie die Besessenen, aber Eskil hat immer weiter Waren von einem Hafen zum nächsten gefahren, als schon die ersten Eisschollen im Wasser trieben», sagte Ymer.

«Warum das?», fragte ich.

Nach Ymers Ansicht fürchtete Eskil eine Begegnung mit Rollo Jarl, nachdem sich das Gerücht, er habe dessen ältesten Sohn auf dem Gewissen, rasend schnell verbreitet hatte. An den wenigen Orten, an denen Ymer an Land gehen durfte, wussten sogar die Sklaven, dass ein Jarl von Lolland nach seinem Schiff und einem Steuermann namens Eskil suchte.

«Rollo Jarl weiß, dass Leif auf dem Krankenlager starb, ohne ...» Ymer räusperte sich, und ein schelmischer Ausdruck legte sich auf sein Gesicht. «Von dem vielen Reden wird einem die Kehle ja ganz trocken, gibt es hier denn kein Bier?»

Ich strich mir durch den lichten Bart. Ymers Geschichte erklärte, weshalb es so lange gedauert hatte, bis Heldis ihn gefunden hatte.

«Was ist mit meinem Schwert? Hat Eskil es verkauft?»

Ymer grinste mich wortlos an. Also stand ich auf, nahm Nældes Bierkanne und füllte zwei Holzkrüge, nicht ohne Ymer an den Scharfrichter zu erinnern, der ihm drohte, sollte er die Kontrolle über sich verlieren. Dann legte ich noch ein paar Holzscheite aufs Feuer.

«Aaahhh», seufzte Ymer, nachdem er seinen Krug geleert hatte. «Das ist das beste Bier, das ich seit Jahren getrunken habe.»

«Du hast seit Jahren kein Bier getrunken», stellte ich klar. «Hat er nun mein Schwert? Oder hat er es verhökert?»

«Nein. Allerdings habe ich es nicht mehr gesehen, seitdem du dafür verdroschen wurdest.» Sein Grinsen verriet mir, dass diese Erinnerung ihn erfreute.

«Ich habe deinen kleinen Bruder in Arus kennengelernt», sagte ich, und Ymers Grinsen erstarb. «Er schlägt ganz nach dir, weshalb ich ihn fast umgebracht hätte.»

Ymer wirkte traurig, aber er schwieg.

«Er vermisst dich, Ymer.»

«Hat er dich geschlagen?», fragte er schwermütig.

«Nein, ich war voll und ziemlich dreist, aber er ...» Ich zuckte mit den Schultern. «Ich weiß gar nicht mehr, wie wir darauf kamen, dass wir dich beide kennen.»

«Wie geht es Bjørn? Und was ist mit ...?» Er schloss kurz die Augen, und danach lag der gleiche Ausdruck in ihnen, den ich ihm damals mit dem Holzklotz ausgetrieben hatte.

«Ihm geht es gut, aber wir haben nur wenig über euren Vater oder andere Verwandte geredet.» Ich füllte seinen Krug noch einmal, und er trank ihn in einem Zug beinahe leer. «Ich habe Bjørn von dem knotigen Faden erzählt, den die Nornen für dich gesponnen haben, aber er denkt deshalb nicht schlechter von dir.» Ob Letzteres wirklich stimmte, wusste ich zwar nicht, weil ich in Arus viel zu betrunken gewesen war, aber es heiterte Ymer ein wenig auf.

«Er ist ein guter Junge», murmelte er heiser.

«Er ist kein Junge mehr, Ymer, sondern ein ausgewachsener und sturer Kerl. Über einem Ohr wachsen ihm keine Haare mehr. Er gleicht dir wirklich sehr.»

«Als er zehn war, hat ihn ein wütendes Pferd in den Kopf gebissen. Er hat gekreischt wie eine abgestochene Sau», sagte Ymer lachend. «Das war wirklich ein hitzköpfiger Gaul.»

«So eine Halbglatze stünde dir auch gut», meinte ich.

«Ja, das wäre nur recht und billig, schließlich war ich schon immer der Schönere.»

Wir lachten befreit auf, ehe ich das Gespräch wieder auf Eskil und die *Havormen* lenkte.

«Wo ist Eskil jetzt?»

«Als ich für eine Unsumme an Silber gekauft wurde, hatten wir für den Winter gerade in Skiringssal angelegt. Wir sollten aber nur so lange dortbleiben, bis die *Havormen* wieder repariert war.» Er schnaubte. «Ich war mir sicher, meine Tage seien gezählt, als einer von König Gorms Hirdmännern kam und von Eskil verlangte, mich zu verkaufen.»

«Haben sie dir nicht gesagt, wer dich kaufen wollte?»

Ymer schüttelte den Kopf und blickte durstig auf mein Bier. Ich reichte ihm den Krug, und er fuhr mit seiner Geschichte fort.

«Nein, wozu? Sie sagten lediglich, dass Eskil einen Preis in Silber nennen sollte und dass er sich besser gut überlegte, wie viel er für mich verlangte.» Nach einem gierigen Schluck sprach er weiter. «Schon deshalb war ich mir sicher, dass ich sterben würde, denn einen Mann wie Skjalm Hvidelæder schickt man nicht, um einen Sklaven zu holen.»

«Skjalm Hvidelæder?», entfuhr es mir. Warum schickte man auf Heldis' Befehl und meinen Wunsch einen so sagenumwobenen Mann wie Skjalm Hvidelæder nach Skiringssal? Ausgerechnet ihn, der mich beinahe umgebracht hätte. Ich verstand es nicht.

Während Ymer seine Geschichte zu Ende erzählte, war ich mit den Gedanken nicht richtig anwesend und verpasste das Ende und die Frage, die er mir stellte.

«Gibt es noch Bier?», wiederholte er.

Ich verneinte, worauf Ymer mich vorwurfsvoll daran erinnerte, wie er oft mir von der Liebe der Dänen zum Bier erzählt hatte. Er schmatzte laut und seufzte. «Ryesborg ist berühmt für sein gutes Bier und seine Trinkgelage, aber darüber weißt du sicher alles, wo du doch hier wohnst?»

Vom Hofplatz drangen erneut Stimmen und Gelächter zu uns herein. Irgendjemand wollte Bier haben, noch ehe er vom Pferd stieg, worauf ein anderer meinte, da könne er lange warten. Ich sprang auf und starrte Ymer an, der gerade den letzten Tropfen Bier trank.

«Trinkgelage, hier?»

Ymer nickte. «Hemmungslose. Ich war selbst schon einmal hier, aber ich erinnere mich nicht mehr, mit wem, so voll war ich.» Er verdrehte die Augen. «Das weiß doch jeder, auch die beiden, die mich hergebracht haben. Sie haben mich ständig mit der Peitsche angetrieben, damit wir schneller ankommen.»

«Meinst du die Sonnenwendfeiern und Opferfeste?»

«Nein, das sind Feste zu Ehren der Götter. Trinkgelage sind für hungrige und durstige Männer und Frauen, die Geschichten erzählen und essen und trinken, bis sie in ihrer Kotze liegen. Und für Skalden. Für solche Gelage ist Ryesborg bekannt.»

«Wie kann es sein, dass ich der Einzige bin, der noch nie etwas davon gehört hat?»

Darauf hatte Ymer zwar keine Antwort, allerdings dämmerte es mir allmählich. Der riesige Abfallberg, nachdem ich mit Einar in Haithabu gewesen war. Nach unserem Ausflug nach Arus das Gleiche. Heldis, die sich immer wieder weit entfernt von Ryesborg mit mir verabredet hatte und dann nie aufgetaucht war. Oder als sie mich mit mürrischen Begleitern tagelang auf die Jagd nach Alebu und zum Vendelfjord geschickt hatte. Und nicht zuletzt die erleichterte Miene Nils Jarls, als ich ihm eröffnet hatte, dass ich nun bei Einar wohnte.

«Nils Jarl will mich nicht bei seinen Trinkgelagen dabeihaben», stellte ich konsterniert fest.

«Ganz bestimmt nicht», sagte Ymer und meinte, dass ich dem Jarl daraus keinen Vorwurf machen könne. «Du würdest mit Sicherheit seine Gäste beleidigen, irgendeinen Jarl verprügeln und mit seiner Tochter schlafen.» Bei dem Gedanken musste Ymer kurz lachen, ehe er wieder ernst wurde. «Das Alter mag die Erinnerung an mein letztes Gelage trüben, aber ich habe nicht vergessen, dass König Gorm oft in Ryesborg zu Gast ist. Wenn Torgrim mir meinen Verstand nicht gänzlich mit der Peitsche herausgeprügelt hat, dann darf Nils Jarl außerdem selbst bestimmen, wie viele Hirdmänner er mit zur Königshalle in Jelling bringt. Und das, mein guter Freund, ist der größte Vertrauensbeweis, den ein König einem Mann mit eigenem Gefolge erweisen kann.»

Von solchen Dingen hatte ich keine Ahnung, da ich noch nie zu einem Fest eingeladen worden war, geschweige denn Hirdmänner besaß. Ich wusste bloß, dass Gast und Gastgeber üblicherweise Geschenke austauschten, die sich nach dem jeweiligen gesellschaftlichen Stand und dem gegenseitigen Respekt richteten. Das hatte Heldis mir erklärt.

«Du behauptest also, König Gorm war in Ryesborg zu Gast, während ich hier gelebt habe?»

«Wahrscheinlich sogar mehrmals», antwortete Ymer.

«Mehrmals?» Zorn wallte in mir auf. Ich weiß nicht, warum es mich so wütend machte, dass sie mich von den Gelagen in Ryesborg ausschlossen, da ich nur ungern zusammen mit Nils und Torste in der Halle war und stattdessen lieber die Gesellschaft von Einar, Pierre, Nælde oder Heldis suchte.

Vermutlich rührte meine Wut vor allem daher, dass man mich hinters Licht geführt hatte und dass Heldis daran beteiligt gewesen war.

Eine Erkenntnis traf mich. Neben den endlosen Geschichten von den dänischen Trinkgelagen hatte Ymer auch vom Stolz der Dänen erzählt, der bei zu viel Biergenuss zur Gefahr werden konnte. Und wenn freie Männer keinen Gegner von außen hatten, gegen den sie kämpfen konnten, schlugen sie sich eben untereinander. Und obwohl Einar mir die schlimmsten Marotten ausgetrieben hatte, war wohl kaum jemand so hochnäsig und zanksüchtig wie ich. Kein Wunder, dass niemand in Ryesborg einen Hitzkopf wie mich in der Halle haben wollte, wenn vornehme freie Männer ein munteres Trinkgelage feierten. Nicht einmal Heldis. Es tat weh, sich das einzugestehen.

«Seit ich hier bin, hat es kein anderes Gelage als die Wintersonnenwendfeier gegeben. Das muss und soll die Wahrheit sein.»

Ymer schaute mich an, als hätte ich ihm verkündet, dass ich an den festgenagelten Christengott glaube.

«Du belügst dich selbst, Ulv, und das weißt du.»

Wieder brodelte es in mir. «In Ordnung», sagte ich zwischen zusammengebissenen Zähnen. «Ich werde herausfinden, ob du recht hast, ob sie sich wirklich so sehr für mich schämen, dass ich jedes Mal abgeschoben werde, wenn der Jarl Gäste empfängt.»

Meine eigenen Worte machten mich noch zorniger, als ich es ohnehin schon war. Ich ließ Ymer in Nældes Hütte sitzen und machte mich mit langen Schritten auf den Weg zu Nils Jarls Halle.

Zu meiner Überraschung stand eine Gruppe Männer vor

dem Eingang und pisste auf ein paar Zweige. Ich stieß sie zur Seite, ignorierte ihre Flüche und Beleidigungen, stapfte in die Halle und blieb verblüfft stehen. Vor mir standen gedeckte lange Tischreihen und unzählige Tranlampen erleuchteten den Raum. Das Flackern des Langfeuers versetzte das rote Banner mit den Widderhörnern in Bewegung. Aus irgendeinem Grund hatte ich mein Messer gezogen, was dazu führte, dass die Gespräche augenblicklich verstummten.

«Haltet ihr ein Gelage ab?», fauchte ich und wusste auf einmal nicht mehr, was ich sagen sollte. Hinter mir traten die schimpfenden Männer von draußen herein, hielten aber abrupt inne. Auf den Bänken saßen mindestens vierzig Leute, die meisten von ihnen nicht viel älter als ich. Am härtesten traf mich, Torste auf Heldis' Platz zur Linken von Nils sitzen zu sehen. Neben Torste saß ein groß gewachsener, breitschultriger Mann mit stechendem Blick und rasierten Wangen, der wie ein echter Krieger aussah.

Zwei Plätze neben Torste entdeckte ich Einar, der mir als Einziger zulächelte, während er auf seine Schwerthand deutete und dabei den Kopf schüttelte. Bis auf ein leises Husten war es vollkommen still in der Halle.

Ich habe in meinem Leben schon viele Dummheiten begangen, aber nur selten habe ich etwas so bereut wie meinen Auftritt in Nils Jarls Halle an jenem Nachmittag.

«Sei gegrüßt, junger Ingeborgssohn», sagte Nils schließlich und warf dem Mann auf dem Ehrenplatz rechts von sich einen Blick zu.

Langsam senkte ich das Messer, steckte es in die Scheide und starrte abwechselnd zu Nils und dem Mann rechts von ihm. Hätte ich damals auch nur einen Hauch der Weisheit des Alters besessen, wäre mir gleich aufgefallen, dass der

Tisch mit Tellern und Krügen aus Keramik gedeckt war und es Waschschüsseln für den Bart gab. Keine gewöhnlichen Schüsseln oder Holzkrüge, aus denen wir sonst aßen und tranken. Vor Nils standen die beiden prunkvollen Bierhörner von Ryesborg. Bevor ich etwas sagen konnte, ertönten heraneilende Schritte hinter mir. Zwei Frauen kamen in die Halle, eine von ihnen war meine Tante.

«Ulv?», rief Heldis, trat zu mir und schob meine Hand vom Messerschaft, ehe sie mich dicht an sich drückte. «Ich habe überall nach dir gesucht, geliebter Neffe.» Ihre Stimme bebte und klang unnatürlich hoch.

Mir ist schleierhaft, woher sie wusste, dass ich in der Festhalle war und im Begriff stand, mich selbst für meine Begriffe unglaublich zu blamieren. Aber sie war gekommen, und trotz meiner Wut auf sie musste ich doch anerkennen, dass sie einzig und allein meinetwegen hier war.

«Benimm dich gut, Ulv Ingeborgsson», flüsterte sie. «Ansonsten werden König Gorm und Nils Jarl nicht zögern, dich auf der Stelle hinrichten zu lassen.» Sie küsste mich auf die Wange und führte mich zu ihrem Mann und dem Gast an seiner Seite. Erst da begriff, dass ich gerade dem König von Jütland gegenüberstand, Gorm, Sohn von Knut dem Ersten. Vor mir saß ein Kriegerkönig.

Noch nie zuvor hatte ich einen König gesehen, und den von Jütland hatte ich mir ganz anders vorgestellt. König Gorm überragte Nils um mindestens einen Kopf, war aber nicht so kräftig wie er. Sein helles Haar und der Bart bildeten einen starken Kontrast zu dem roten Banner hinter dem Hochsitz. Er hatte blaue Augen und eine schmale Nase, seine Hände waren schlank und lang.

«Wer bist du, Bursche?», brummte er und fixierte meinen

Blick. Aus seinen Augen strahlte dieselbe Intelligenz, über die auch Heldis verfügte.

Ich trat einen Schritt näher, nun weit weniger zornig und kaum noch hochnäsig, neigte respektvoll den Kopf und sprach zum allerersten Mal den Namen aus, den Heldis als den meinen bezeichnet hatte.

«Ich bin Ulv, Sohn von Palna Jarl von Wenden und Ingeborg Ottardatter aus Odins Vi.»

Gorm wandte sich mit fragender Miene an Nils Jarl. «Gab es da nicht einen wendischen Jarl mit diesem Namen, den Silfraskalli und Ottar Jarl der Ältere als Geisel hielten?» Nils nickte, ehe Gorm mit leicht geneigtem Kopf weitersprach. «Der Mann, der getötet wurde, als Ingeborg Ottardatter aus dem Land floh?»

Wieder nickte Nils und funkelte mich dabei bedrohlich an.

Ich erwiderte den Blick, lächelte blass und schaute zu Gorm.

Überraschenderweise unterschied sich Gorms Version der Geschichte von der, die Heldis mir erzählt hatte. Wusste er etwa nicht, dass meine Mutter versucht hatte, mit einer Geisel durchzubrennen und schließlich als Geächtete aus dem Land fliehen musste? Wenn, dann schwieg er sich darüber aus. Stattdessen musterte er mich eingehend und befand mich offensichtlich für würdig, einen Augenblick seiner Zeit auf mich zu verwenden.

«Du bist also Ulv Palnasson, Enkel von Ottar Jarl dem Älteren?»

Ich nickte. «Doch für gewöhnlich werde ich nur Ulv genannt, Herr. Die anderen Namen sind noch recht neu für mich.»

Betrunkenen, mitunter auch angeheiterten Männern fällt

es schwer, für längere Zeit zu schweigen, weshalb in der Halle wieder murmelnde Gespräche erklangen. Für mich interessierte sich bis auf Gorm keiner mehr.

«Neu für dich?» Der König nahm einen großen Schluck Bier und neigte den Kopf zur Seite. «Erzähl.»

Im Stehen begann ich mit meiner Geschichte und verhaspelte mich, doch da spürte ich Heldis' beruhigende Hand auf meiner Schulter. Von diesem Augenblick an liebte ich sie wie meine eigene Mutter. Zu keiner Zeit wich sie von meiner Seite, obwohl oder weil sie mein aufmüpfiges Gemüt und meine unkontrollierbare Zunge besser kannte als die meisten. Mit der Scharfsinnigkeit, die einem das Alter beschert, weiß ich nun, dass sie versucht hat, mich vor solchen Konfrontationen zu bewahren, bis ich bereit war, auf vernünftige Art und Weise damit umzugehen. Denn wenn das Bier die Zunge lenkt, ist es ein kurzer Weg bis zu einer Beleidigung und dem daraus folgenden Kampf. Durch ihr entschlossenes Handeln hat sie mir vermutlich das Leben gerettet.

Natürlich wäre meine Sippe gezwungen gewesen, Blutrache zu nehmen oder wenigstens Entschädigung zu fordern, aber in meinem Fall würde Nils eher nicht auf einer üppigen Wiedergutmachung aus Silber bestehen. Denn unter keinen Umständen würden Nils oder Ottar Jarl der Jüngere einen Feldzug beginnen, um Blutrache zu nehmen. Im Gegenteil würde Nils sich wahrscheinlich mit Silber im Wert eines alten zahnlosen Schiffssklaven zufriedengeben, der nur einen Atemzug davon entfernt war, als Fischfutter zu enden. Um eine Überlebenschance zu haben – das hatte Heldis begriffen –, brauchte ich alle Waffenfertigkeiten, die Einar mir beibringen konnte, und eine strenge Hand.

«Meine Mutter wurde in Kumraland getötet, Herr. Sie

starb im Kampf, mit einem Schwert in der Hand. Meinen Vater kenne ich nicht, ebenso wie ich weder den guten Nils Jarl noch meine liebenswerte Tante Heldis kannte, ehe sie mein Leben auf dem Sklavenmarkt in Haithabu retteten.»

Nils Jarl schaute mich freundlicher an als je zuvor, was allerdings nur bedeutete, dass sein Blick ausnahmsweise keine Verachtung ausstrahlte.

«Aha», sagte Gorm, den Kopf noch immer zur Seite geneigt, und ich erzählte meine Geschichte weiter, jedoch rückwärts. Dabei versuchte ich, mich an die Wahrheit zu halten, auch wenn es mir schwerfiel, und beendete sie mit meiner Kindheit unter den christlichen Cymru von Dyffryn Cudd in der Ödnis von Kumraland.

«Kumraland, die Landzunge zwischen Bretland und der kargen Wildnis der Pikten?», fragte Gorm, dessen Aussprache darauf schließen ließ, dass er die Sprache der Sachsen beherrschte.

«Ja, Herr», antwortete ich verwirrt auf Bretländisch. «Das ist meine Geschichte, und ich schwöre, dass ich die Wahrheit gesagt habe.» Ich legte mir die geballte Faust auf die Brust und spürte, wie meine Wangen heiß wurden, während es in der Halle wieder still wurde.

«Liebes Kind, die Nornen haben wahrlich einige Knoten in deinen Lebensfaden geknüpft», sprach da eine Frauenstimme neben mir.

Zum ersten Mal, seit ich zu sprechen begonnen hatte, wandte ich den Blick von König Gorm und Nils Jarl ab und sah die kleine Frau mit dem dunkelblonden Haar und einem mitfühlenden Ausdruck in den Augen an. Sie war alt – wie alt genau, war schwer zu erkennen, doch eindeutig älter als Heldis. Ihre Kleider waren von einer Qualität, wie sie nicht einmal Heldis trug, der Stoff glitzerte wie Sonnenstrahlen auf Wassertropfen in einem Spinnennetz. Um ihren Hals hing eine aufwendig verzierte Goldkette mit eingefasstem Bernstein und einem schimmernden Edelstein in der Mitte. An den Handgelenken klimperten viele und dicke Armreifen, an denen eine Frau von ihrer Statur sicher schwer zu tragen hatte. Zudem steckte an jedem ihrer Finger ein Ring mit bunten Steinen. Doch all dies verblasste im Vergleich zu ihrem tiefen mitfühlenden Blick. Sie schien direkt in mich hineinzusehen, und ihr Verstand kam mir so groß vor, als sei sie in der Lage, mit einem einzigen Blick einen Menschen zu erkennen und zu beurteilen. Sie blickte in meine Seele, legte meine geheimsten Gedanken frei und rührte an mein Innerstes.

«Du armer, kleiner, einsamer Junge», flüsterte sie betrübt.

Ihre Stimme erweckte etwas in mir zum Leben, das ich längst für tot gehalten hatte. Sie strich mir über die tränennasse Wange, doch ich empfand keine Scham darüber.

«Es ist vorbei, mein Freund. Du bist jetzt bei Heldis.»

«Ich danke Euch für Eure Freundlichkeit, Herrin», sagte ich mit brüchiger Stimme und verneigte mich.

«Tyra!», sagte Gorm scharf.

Sie war also König Gorms Gattin, aber nicht das war es, was mich so verwirrte und aufwühlte. Tyra hatte in der Sprache der Cymru zu mir gesprochen. Ihre Aussprache war etwas anders und feiner, als ich es in Erinnerung hatte, trotzdem verstand ich jedes Wort. Erst jetzt ging mir auf, dass ich ihr in der gleichen Sprache geantwortet hatte.

«Ihr beherrscht die Sprache der Bretländer, Herrin?», stutzte ich.

Tyra erklärte mir, dass sie zwar auf Seeland geboren sei, aber viel Zeit in Bretland verbracht habe, unter anderem in der Königsstadt Caerdydd. «Mein Vater schickte mich nach Wessex und danach nach Bretland», sagte sie eilig in unserer Sprache, ehe König Gorm seine Frau erneut zurechtwies.

Da lächelte Tyra mir zu, legte Heldis eine Hand auf den Arm und sagte zu ihr: «Komm, meine Freundin, lassen wir die Männer in Frieden ihr Gelage feiern.»

Heldis sah mich aus großen Augen an, und ich lächelte verwirrt zurück. Geistig fühlte ich mich noch etwas berauscht, wusste aber, was sie mir mitzuteilen versuchte. Deshalb ging ich zu ihr und flüsterte ihr leise zu: «Ich weiß. Danke.»

Wir schauten einander in die Augen, verbunden über die Angst, Familienbande, Erwartungen und Sorge in unserem Blick. Von da an nahm sie voll und ganz den Platz meiner Mutter in meinem Herzen ein. Hätte sie mich gebeten, meine Waffe zu ziehen und König Gorm zu töten, ich hätte es auf der Stelle getan. Aber stattdessen bat sie mich, auf einer der Bänke Platz zu nehmen und mich wie der edle Jarlssohn aufzuführen, der ich war. Letzteres sagte sie laut, was für Gelächter und Scherze ringsum sorgte. Normalerweise hätte mich das auf die Palme gebracht, doch ich befand mich in einem Rausch, vom mächtigsten König, von dem ich je gehört hatte, akzeptiert zu werden.

Dennoch kam ich mir ein wenig verlassen vor, als Heldis und Tyra die Halle verließen. Ich schaute erneut zu König Gorm und Nils Jarl, aber sie hatten das Interesse an mir verloren und unterhielten sich nach der für Dänen typischen Art, bei der es hauptsächlich um das Trinken stattlicher Mengen Bier und darum geht, so viel zu essen wie nur möglich.

Ich fand einen Bankplatz, der zwar nicht zu meinem Rang passte, war aber viel zu nervös, um mich zu beschweren. Ich nahm mir ein Stück Ochsenfleisch und ließ meinen Krug mit

Bier füllen. Da ich es nicht wagte, mit jemandem zu sprechen, beschränkte ich meine Kommunikation auf ein gelegentliches Lächeln, Nicken oder Kopfschütteln. Vor allem blickte ich mich um.

An König Gorms Seite saß ein großer glatzköpfiger Mann mit einem geflochtenen grauen Bart und goldenen Armringen. Aus den Gesprächen um mich herum schloss ich, dass es sich um Odinkar Jarl handelte, dessen Tochter mit König Gnuppa von Sillende verheiratet gewesen war, jetzt aber die Gattin von Knut Gormsson war.

König Gorm stand von seinem Platz auf, klatschte in die Hände und deutete auf einen mageren Mann mit langen braunen Haaren und rasiertem Gesicht, als sei er noch sehr jung oder ein wenig weibisch.

Nichts von beidem traf zu. Aus seinen braunen Augen strahlte eine Intelligenz, wie ich sie noch nie gesehen hatte.

Gorm warf einen Blick auf seinen Nebenmann, dann auf den Mann an Torstes Seite. «Herr Odinkar, Herr Harde-Gunni und all ihr verdienten Männer in der Halle von Nils, dem Herrn von Ryesborg. Mit seiner Erlaubnis wird uns Ebbe Skald nun mit der Mär von König Knut dem Ersten unterhalten.» Nils Jarl nickte Gorm begeistert zu.

Der Skalde erhob sich, schaute in die erwartungsvollen Gesichter in der Halle und genehmigte sich einen großen Schluck aus dem Bierkrug, ehe er zu erzählen begann.

Von der ersten Silbe an war ich gebannt von Ebbes Erzählung über Gorms Vater, Knut den Ersten, der in jungen Jahren Gorm den Kinderlosen zu seinem Vater erwählt hatte. Dabei hatten ihm Odins Walküren Göndul, Hlökk und Skögull geholfen.

«Im Land der Sachsen, unter einem Baum und allein in

finsterer Nacht, wurde ein kleines Kind gefunden, um seinen Kopf ein kostbares Tuch gewickelt. Daran geknotet war ein schwerer Ring aus Gold, der seine Stirn fast gänzlich bedeckte – so bestimmten die Götter, dass der Name des Kindes Knut lauten solle, nach dem Knoten um den Ring.» Ebbe legte eine kurze Pause ein, in der sein Krug von Neuem gefüllt wurde.

Detailliert beschrieb der Skalde, wie Knut bei Gorm dem Kinderlosen aufwuchs, der nun nicht mehr kinderlos war, hatte er doch Knut das Findelkind als seinen Sohn bei sich aufgenommen.

«Hernach nannten sie das Findelkind Knut Hardeknut, da der Knoten um den goldenen Ring so schwer zu lösen gewesen war.»

Ebbe trank einen großen Schluck, ehe er weiter von Hardeknuts Kindheit und seinem Aufstieg zum mächtigen Kriegerkönig berichtete.

«Eigenhändig tötete Hardeknut viele Feinde und eroberte Land in Northumbria, Mercia und Bretland.»

Nachdem Ebbe seine Kehle abermals befeuchtet hatte, erzählte er mit glühendem Eifer von Hardeknuts Stammland, das er kurzerhand Jütland nannte. Eine – wie ich von Ymer wusste – deutliche Übertreibung. Aber das spielte keine Rolle. Der Skalde war ein Meister der Kunst, die Stimme an den richtigen Stellen zu heben und zu senken, sodass ich beinahe das Atmen vergaß. Seine Augen loderten, als er beschrieb, wie Gorm gegen zahlreiche Kleinkönige und Jarle kämpfte und gewann, bis nach Sillende am Fuße Jütlands vordrang und dort König Gnuppa besiegte. Auf dem Allthing bejubelten dann alle Dänen Jütlands Gorm als ihren neuen König. Verglichen mit der Geschichte, die Ebbe anschließend über Tyra

Haraldsdatter zum Besten gab, war das jedoch nur eine kurze Episode.

«Soll ein Sieg besonders süß schmecken, muss der Kampf zuvor ein harter sein», sagte Ebbe Skald mit sanfter Stimme, ehe er hinzufügte, dass König Gorm sowohl Mut und Standhaftigkeit als auch Klugheit beweisen musste, um das Herz seiner Frau Tyra zu gewinnen. «König Gorm errichtete eine neue Halle, wo zuvor noch niemand seinen Fuß hingesetzt hatte, und verbrachte danach drei Nächte in dieser Halle. Darauf reiste er bis nach Caerdydd in Bretland, wo Tyra sich aufhielt, und berichtete ihr haargenau, was er geträumt hatte. Erst da stimmte sie der Hochzeit zu.»

Im Gegensatz zu allen anderen in der Halle, die anerkennend brummten, kapierte ich nicht, warum um alles in der Welt Gorm solch einen Blödsinn hatte tun müssen.

Ebbe ließ sich Bier nachschenken, und Gorm nutzte die Unterbrechung, um seine Träume aus jenen Nächten zu schildern. Die Nornen hätten darin seine Lebensfäden gesponnen und ein Königreich, Tyra sowie die Söhne, die sie ihm gebar, daran geknüpft. «Das war mein Traum, aber Tyra verstand ihn besser als ich», sagte er mit einem Lächeln und wurde dafür mit Beifall bedacht. Ebbe Skald wirkte ein wenig verärgert und breitete seine Arme aus, worauf es wieder ruhiger in der Halle wurde und er mit seiner Erzählung fortfahren konnte.

«Von jenem Tag an stand Tyra Haraldsdatter an der Seite ihres Herrn, Königs und Ehemanns – ganz gleich, vor welch schwierige Herausforderungen das Leben sie stellte.» Ebbe rühmte Tyra für ihre Weitherzigkeit, ihren Mut, ihre Klugheit und ihre Mütterlichkeit gegenüber allen Dänen. In ganz Midgard gebe es keine Frau, die ihr gleichkam. Dann reihte er Tyras Ahnen auf und betonte, von welch königlichem Blut sie sei. Ihr Vater war der verstorbene König Harald von Seeland, doch damit nicht genug. Außerdem war sie nämlich eine Enkelin des berühmten Dänenkönigs Harald Klak.

Ich selbst hatte weder von Harald Klak noch von den anderen Verwandten Tyras etwas gehört, und die lange Namensflut, die Ebbe aufsagte, langweilte mich. Daher zuckte ich zusammen, als der Skalde plötzlich die Hände zusammenschlug.

Ein Beben ging durch seinen Körper, und er setzte zu einem lang gezogenen Heulen an. Immer heftiger durchzuckte es ihn, seine Augen verdrehten sich, bis das Weiße zu sehen war, und er rief Odin an, Tyra und ihren Söhnen in jedem Kampf beizustehen.

«Jeder Pfeil soll in den Wolken verschwinden, jeder Speer zu Boden fallen, jede Axt soll zersplittern und jedes Schwert an König Gorms mächtigem Schild zerbrechen.»

Mit einem lauten Schrei sank Ebbe Skald auf den Boden, und es wurde mucksmäuschenstill in der Halle. Ganz langsam richtete er sich wieder auf und ließ den Blick über die Anwesenden gleiten, von denen viele nach ihren Mjölnir-Amuletten gegriffen hatten und mindestens so erschrocken aussahen wie ich.

«Bei Odin», sagte Ebbe heiser und schilderte flüsternd, dass er in einem Traum gesehen hätte, wie ein riesiger Drache die Dänen angriff. «Drei Tage und zwei Nächte lang habe ich geschlafen, und ich sah, wie eine Schlachtreihe nach der anderen vom Drachen gefressen wurde.»

Für einen kurzen Moment versiegte Ebbes Stimme, doch dann kehrte sie mit voller Kraft zurück. «Plötzlich sah ich König Gorm und seinen ältesten Sohn, Knut Danaast, und sie töteten den Drachen, indem sie gleichzeitig ihre Schwerter in das Herz des Ungeheuers stießen.» Ebbe gab das Todesgebrüll des Drachen wieder und verfiel so abrupt in Schweigen, dass mehrere Männer in der Halle erschrocken nach Luft schnappten. Als der Skalde sich dann vor den Herrn am hohen Tisch und danach vor allen anderen verbeugte, wollte der Applaus beinahe kein Ende nehmen.

Etwas Fantastischeres hatte ich noch nie erlebt, und hätte ich genügend Geld und Macht besessen, hätte ich Ebbe dafür bezahlt, noch mehr Geschichten zu erzählen. Leider jedoch stand Nils von seinem Platz auf und bedankte sich bei dem Skalden für seinen Vortrag. Er warf ihm eine Goldmünze zu und griff zu einem der beiden großen Bierhörner von Ryesborg.

«Möget Ihr, Herr König, sämtliche Drachen im Land der Dänen besiegen», sagte er und reichte das Horn an Gorm.

Unter großem Jubel erhob sich König Gorm, trank aus dem Horn und goss den letzten Tropfen auf den Boden. Nachdem er gerülpst und sich das Bier aus dem Bart gewischt hatte, nahm Nils Jarl das zweite Horn, leerte es und goss den Rest ebenso aus. Auch er rülpste, gemäß dem Brauch genauso lang wie Gorm, und erneut brach Jubel aus. Danach waren Odinkar und Harde-Gunni an der Reihe, bejubelt zu werden, nachdem sie aus dem Horn getrunken hatten. Statt der munteren Trinkspiele hätte ich lieber weiter den Geschichten von Ebbe Skald gelauscht.

Es war warm in der Halle, und das Bier floss in stetem Strom, weshalb die Gespräche immer lauter wurden und oft in schallendem Gelächter untergingen. Noch ehe ich meinen Bierkrug zum dritten Mal gefüllt hatte, brachen die ersten Schlägereien aus, was die Herren am hohen Tisch mit begeisterten Zurufen quittierten.

Das Trinkgelage erreichte seinen vorläufigen Höhepunkt, als ich gerade beim dritten Krug war und mir ein ordentliches Stück Lammfleisch auf den Teller legte.

Plötzlich ertönte ein besonders lauter Schrei, als sich zwei Männer im besten Alter in die Wolle bekamen. Das Speisemesser des einen steckte in der Hand des anderen. Ihre Sitznachbarn sprangen begeistert auf, schwangen die Bierkrüge und johlten, als das Blut den beiden Streithähnen wie roter Nebel aus der Nase spritzte. Sie schlugen wie Wilde aufeinander ein und nutzten jeden Kniff, um den anderen zu Boden zu bringen. Doch die beiden waren aus hartem Holz geschnitzt und konnten einiges an Hieben einstecken.

Mehrere Schläge und Tritte später landeten sie auf dem Boden und rollten herum, bis sie erschöpft und prustend liegen blieben. Einem der beiden wurde ein tönerner Bierkrug gegen die Stirn geschlagen, doch da das nicht die gewünschte Wirkung erzielte, setzten sich die Zuschauer bald wieder und tranken weiter.

Unzählige Geschichten wurden an diesem Abend erzählt über niedergebrannte Hallen, mächtige Schildburgen, Berserker, Vergewaltigungen, gute Tauschgeschäfte und Klosterplünderungen. Über die lebhafte Beschreibung einer Schar um Hilfe winselnder Mönche, die mein Sitznachbar und seine Kameraden aus Seeland mit ihren Äxten wie ein Getreidefeld niedergemäht hatten, musste ich besonders lachen. «Die putzigen Kuttenmänner haben sich aneinandergeklammert und ihren Gott um Hilfe angefleht», wieherte er, ehe er einen Lobgesang auf Odins Trinkfähigkeiten anstimmte.

Inzwischen näherte sich das Gelage dem nächsten Stadium, überall torkelten Männer umher, kotzten oder blieben einfach liegen, während die wolfsartigen Riesenhunde aus

Ryesborg zwischen Tischen und Bänken nach Essensresten suchten und die Bärte der schlafenden Männer sauber schleckten.

Zwar hatten die Hunde und ich mit der Zeit gelernt, uns zu gegenseitig respektieren, aber um mich machten die Köter trotzdem einen weiten Bogen.

Ich begnügte mich damit, dem Treiben zuzusehen und in Maßen zu trinken, was es mir ermöglichte, die herausfordernden Blicke meines Vetters zu ignorieren. Wäre ich ebenso betrunken gewesen wie er, wären wir uns aller Versprechen zum Trotz wahrscheinlich doch an die Gurgel gegangen, was vermutlich ein weniger versöhnliches Ende als bei den anderen Kraftproben des Abends zur Folge gehabt hätte.

Statt in Torstes Richtung zu schauen, beobachtete ich die seeländischen Männer aus König Gorms Gefolge, die sich die allererste Prügelei geliefert hatten. Jetzt prosteten sie sich fröhlich zu, als seien sie die dicksten Freunde.

Ganz verstand ich das nicht, musste aber einräumen, dass viel erreicht war, wenn man sich mit einem Feind prügelte und ihn dadurch zum Freund machen konnte.

Es kam zu immer neuen Schlägereien, aber sie wurden weniger beachtet als zu Beginn des Abends. Mein eigenes Benehmen war makellos, und hätte Heldis mich gesehen, wäre sie sicher stolz gewesen. Oder wenigstens zufrieden. Ich antwortete ehrlich auf Fragen, ignorierte Sprüche, die ich als Spott hätte auffassen können, und brach keinen Streit vom Zaun. Je mehr Bier ich trank, desto entspannter wurde ich, und als ein Mann mit rundem und heiterem Gesicht von einem jaulenden Mönch erzählte, brüllte ich vor Lachen. Ein paar Spaßvögel aus Borgundarholm hatten den Mönch eine Tagesreise von Jorvik entfernt nackt und kopfüber an ein Klostertor genagelt. Das allein war nicht unbedingt witzig, aber der Mönch hatte dem Dänen, der den Hammer hielt, den Finger seiner freien Hand ins Auge gesteckt. Worüber wir alle jedoch am meisten lachten, war, dass der Mönch seinem Peiniger direkt in den Mund gepisst hatte, als der vor Zorn und Schmerz aufschrie. Der Mönch hatte seinen nassen Angriff nicht überlebt, dafür allerdings diese Geschichte, wegen der der Mann mit dem Hammer bis zu seinem Tod Asgot Mönchspisse genannt worden war. Vielleicht war es ein glücklicher Zufall für Asgot Mönchspisse, dass er wenige Tage nach der Episode, die ihn ein klein wenig reizbar gemacht hatte, an einem Pfeil im Hals starb.

Jedenfalls hatte ich meinen Spaß, und nie mehr danach habe ich so viel über mich selbst gelernt wie bei meinem ersten Trinkgelage. Es verschaffte mir eine eigenartige Genugtuung, nur Beobachter zu sein, anstatt selbst zu reagieren.

Als die Flammen des Langfeuers allmählich herunterbrannten, schliefen bereits viele Männer an den Tischen, die Köpfe zwischen den Essensresten liegend, oder sie waren zu ihren Betten getorkelt. Die Hunde wurden immer mutiger, und der Mann mit der durchstochenen Hand zuckte im Schlaf, als eines der Tiere an der Wunde zu nagen begann. Der Hund war ein altes, bösartiges Biest, dem ich schon öfter Steine nachgeworfen hatte. Er knurrte jeden an, mit Ausnahme von Torste, der ihn als Welpen geschenkt bekommen hatte, wie Einar mir erzählte.

Der Köter hatte fast die ganze Hand in seinem Maul und zerrte daran. Mit lautem Geschrei wachte der Mann auf, zog sein Messer und trieb es dem Tier mit einer solchen Kraft in den Brustkorb, dass der Hund in sich zusammensank. Er winselte kurz und blieb dann reglos liegen. Der Mann setzte sich auf, leerte einen Krug Bier und schlief dann wieder ein. Ich schaute zu Torste, der aufsprang und zu seinem Hund lief. Dann trat er dem Mann, der seinen Hund getötet hatte, mit dem Fuß auf die verletzte Hand. Nicht etwa mit einem festen Tritt, sondern langsam und rachsüchtig, wie ich es selbst auch getan hätte.

«Weg mit dir!», brüllte der Mann und musste einiges an Kraft aufbieten, um Torste zur Seite zu stoßen.

«Du hast meinen Hund umgebracht», knurrte Torste.

Mit einem Schulterzucken kam der Mann auf die Beine. «Und was willst du dagegen tun, Bürschchen?»

Torste lächelte kühl und näherte sich dem Mann. Was sie sich sagten, ging in den allgemeinen Rufen und Forderungen nach einer Prügelei unter. Doch schon nach dem ersten Schubs trat Einar aus den Schatten und schob sich zur großen Verärgerung des Publikums zwischen sie. Die betrunkenen Männer warfen Einar vor, er verderbe ihnen den ganzen Spaß, und meinten, er solle sich nicht einmischen. Darauf erwiderte Einar, er sorge gerne für etwas Spaß, wenn einer von ihnen Lust habe, sich mit ihm zu messen. Das hatte keiner.

Während Einar den Mann mit der Handverletzung auf eine Bank setzte und mit den missgelaunten Umstehenden diskutierte, trug Torste seinen Hund aus der Halle.

Der Mann brüllte nach einem Sklaven, der ihm Bier in den Krug schenkte, und Einar ließ sich schwerfällig neben mir auf der Bank nieder. Er war angeheitert, aber trotzdem bei klarerem Verstand, als die meisten es im nüchternen Zustand waren.

«Wer ist dieser Idiot?», fragte ich und wies mit dem Kinn auf den Kerl. Es überraschte mich, dass ich ihm gegenüber so eine starke Abscheu empfand. Er war Torstes Feind, weshalb ich ihn eigentlich als Freund hätte ansehen sollen. Vielleicht lag es an Einars Anwesenheit, der den anständigeren Ulv in mir hervorbrachte.

«Edvard von Lejre, der älteste noch lebende Sohn von Sigfred Lejre-König.» Einar seufzte leise. «Er ist ein dummes Schwein, aber auch der Sohn von Tyras Vetter.»

«Der Sohn von Tyras Vetter?»

«Ja», sagte Einar mit einem düsteren Lächeln. «Torste hat gerade einen Königssohn beleidigt, aber da Gorm bei Trinkgelagen keine Zweikämpfe mit Blankwaffen gestattet, warten wir mit dem Auslegen der Zweige für den Holmgang bis zum Morgengrauen.»

Die Erinnerung an meinen Holmgang war noch frisch, und ich wurde schlagartig nüchtern. Die Aussicht auf einen Zweikampf, an dem Torste teilnahm, heiterte mich auf und machte mich sogar ein wenig neidisch.

«Das ist kein Training, Ulv», sagte Einar ernst.

Ich warf einen Blick auf Edvard von Lejre. «Ist er geschickt mit dem Schwert?»

Einar überlegte kurz, ehe er antwortete. «Alle Dänen, selbst die besoffenen aus Seeland, wissen mit Waffen umzugehen. Insbesondere wenn sie einen Eisenharnisch tragen, ein Schwert aus Franken besitzen und zudem dieselbe Ausbildung erhalten haben, die du gerade absolvierst. Aber wichtig ist das, was du übersiehst, Ulv. Was übersiehst du?»

«Er denkt nicht wie ein Krieger?», riet ich und sah Einar lächeln.

«Doch. Vielleicht nicht wie du und Torste, aber das tun nur die wenigsten. Nein, woran man denken muss, ist, dass Edvard nie allein ist.» Einar tippte sich mit dem Finger an die Schläfe. «Auf Seeland und in Schonen ist Edvard allein durch seinen Namen und seine Sippe geschützt. Außerdem befinden sich seine Hirdmänner immer in seiner Nähe. Von ihnen ist Toke der Verrückte der wichtigste, und er macht seinem Beinamen alle Ehre. Er hält sich nie weiter entfernt von seinem Herrn auf, als dass er den Feind nicht mindestens mit einem Bierkrug erreichen kann.»

Das also war der Mann, der den Bierkrug an der Stirn des Mannes zerdeppert hatte, mit dem Evard aneinandergeraten war. Toke hatte breite Schultern und ließ die beiden Streithähne keinen Moment aus den Augen.

«Kann Torste gewinnen?»

Einar kratzte sich den Bart, fand eine Laus und zerquetschte sie zwischen seinen Fingernägeln. «Edvard ist ein erwachsener Mann, sein kleiner Bruder Vagn ist älter als du, und …» Er hielt inne und sah mich musternd an. «Wie alt bist du eigentlich?»

Ich sagte, dass ich bald siebzehn sei, mich aber viel älter fühlte. Keine Ahnung, wieso ich ihn anlog, aber ich fühlte mich wirklich älter als sechzehn.

«Du bist sechzehn Sommer alt, Ulv, und Torste damit siebzehn.»

«Siebzehn Winter», murmelte ich und erklärte, dass ich im Winter geboren worden war.

«Edvard ist zweiundzwanzig. Er mag ein Faulpelz sein, aber er ist ein geübter Kämpfer. Außerdem ist er eine echte Schlange, die vor keiner Form von …»

«Aber kann Torste ihn besiegen?»

«Ja», räumte Einar zögernd ein. «Aber das setzt voraus, dass er sein Allerbestes gibt. Trotz Edvards Übergewicht und der verletzten Hand. In einem Jahr, höchstens zwei, wird Torste ihn problemlos töten können, aber noch hat Edvard den Vorteil der größeren Erfahrung», sagte Einar, ehe er aufstand und aus der Halle ging.

Edvard trank aus seinem Krug und starrte in die Luft, als quälten ihn seine Gedanken. Ich ließ den Blick über die Männer schweifen, die noch in der halb gefüllten Halle saßen. Nils und Gorm hatten das Gelage bereits verlassen, so wie die meisten Männer, die noch halbwegs sicher auf den Beinen waren. Wer von den Gebliebenen mehr oder weniger aufrecht an den Tischen saß, unterhielt sich lautstark oder hing gedankenversunken über seinem Bier.

Ich saß mit dem Rücken zur Trennwand, hinter der sich Nils' und Heldis' Schlafstatt befand. Hier war es dunkel, und ich hatte die ganze Halle im Blick, während ich meinen Gedanken nachgehen konnte. Der bevorstehende Zweikampf ließ mich nicht los. Wenn Torste gewann, würde das das Gleichgewicht zwischen uns verschieben. Dann wäre er ein allseits anerkannter Krieger, während ich nach wie vor nur Einars Schüler war, und das verdross mich.

Ich hielt Ausschau nach Edvard von Lejre, sah aber nur seinen schnarchend über dem Tisch liegenden Trinkkumpan. Zwei Männer waren kichernd damit beschäftigt, ihm die Haare und Kleider mit Essensresten zu beschmieren. Die drei geifernden Hunde machten sich über die Reste her, doch der Mann wachte erst auf, als sich einer der Köter in seinen Schritt verirrte. Mit einem lauten Schrei sprang der Mann auf und hämmerte seine Faust auf den Hundekopf, doch das Tier ließ nicht von ihm ab. Da zog er dem Köter eine Tranlampe über den Kopf, aus der sich das heiße Öl verteilte und schließlich den Unterleib des Mannes in Brand steckte. Hund und Mann rannten unter gellenden Schreien und schrillem Jaulen aus der Tür.

Als ich etwas später die Halle verließ, kam ich an dem Mann vorbei, der neben einem Brunnen und einem umgekippten Wassereimer im Mondlicht schnarchte. Ich lief weiter zum Eingangstor von Ryesborg, vor dem Bjørn Holzbein lehnte und schlief. Vor ihm stand eine leere Kanne Bier und eine Schüssel, die ein Hund gerade ausschleckte. Der Köter knurrte mich an, als ich die Schüssel zur Seite trat und Bjørn vom Tor wegzerrte. Der Torwächter kippte zur Seite, ließ einen Furz fahren und schnarchte weiter, während ich mich durch das Tor stahl und auf den Weg zu Einars Haus machte.

Nach der stickigen Hitze in der Halle genoss ich die frische Luft und die lange Wanderung, doch bei der Lichtung auf halber Strecke fiel mir Ymer ein. Ich drehte um und ging zurück nach Ryesborg, kam aber nur wenige Schritte weit, als ich gedämpfte Stimmen hörte. Ohne nachzudenken, zog ich mein Messer und kauerte mich zwischen zwei Büsche.

Kurz darauf zog eine kleine Gruppe Männer an mir vorbei, im Mondschein erkannte ich Edvard von Lejre und Toke den Verrückten. An den Gürteln der Männer baumelten Schwerter und Äxte. Sie gingen weiter bis zur Lichtung und verschwanden dort im Dickicht.

Eine Weile war es so still, dass ich glaubte, sie seien fort, doch ein leises Husten und das leise Plätschern von jemandem, der sich erleichterte, verrieten mir, dass sie noch da waren. Und ich hatte auch eine Ahnung, was der Grund dafür war.

Vorsichtig trat ich auf den Pfad und machte mich auf den Rückweg, als ich wenig später erneut Stimmen und hörte und mich wieder in einem Gebüsch versteckte. Die Stimmen gehörten zu zwei Männern, einen von ihnen konnte ich ziemlich gut leiden, den anderen hasste ich. Da die beiden so leise miteinander sprachen, hörte ich nicht, worüber sie sich unterhielten.

Ich lief aus meinem Versteck auf die beiden zu, bis Einar die Spitze seines Messers auf mich richtete.

«Guten Abend, Einar», grüßte ich ihn, ehe ich Torste zunickte.

«Ulv?!», rief Einar erstaunt. «Was tust du hier?»

«Sein Leben retten und deins», antwortete ich seufzend.

Torste schnaubte verächtlich und machte einen Schritt auf mich zu, aber Einar hielt ihn zurück. «Torste», zischte er, ohne den Blick von mir zu nehmen, und wies mich im selben Tonfall zurecht.

«Edvard von Lejre, Toke der Verrückte und mindestens fünf weitere Kerle warten bei der Lichtung auf euch», sagte ich.

Einar blickte den Pfad entlang zur Lichtung. «Wie waren sie bewaffnet?»

«Mit Äxten und Schwertern.»

«Waren sie betrunken?»

Ich zuckte mit den Schultern. «Nicht mehr als wir. Sollen wir sie angreifen?»

«Ja», sprudelte es aus Torste heraus, aber Einar schüttelte den Kopf. «Warum denn nicht?», fragte Torste und zollte mir in seinem nächsten Satz unbeabsichtigt Anerkennung. «Du nimmst drei Männer, Ulv, und wir jeder zwei.»

Einar deutete auf Torste und danach auf mich. «Schaut euch an, schaut mich an – wir haben nicht einmal Schwerter. Edvard und seine Männer schon, und als wäre das nicht genug, sind sie auch noch in der Überzahl.»

Ich schloss mich Torstes Meinung an, was Einar aufstöhnen ließ.

«Hört mal zu, ihr Narren. Edvard will euren Streit jetzt austragen, solange er über mehr Männer und bessere Waffen verfügt. Und ihr könnt Gift drauf nehmen, dass Edvard nicht in der ersten Reihe steht, wenn sie angreifen.»

«Seine zwei besten Männer werden ihn flankieren», warf ich ein.

«Exakt. An Toke dem Verrückten kommt man nur schwer vorbei. Aber das ist unser geringstes Problem. Bringen wir den ältesten Sohn des Lejre-Königs um, während der bei uns zu Gast ist, werden wir des Mordes und Verrats angeklagt. Falls wir nicht das Glück haben, sie allesamt zu töten. Und selbst dann befänden wir uns auf dünnem Eis, wenn irgendjemand aus Edvards Gefolge dich beschuldigt, Torste. Wir warten den Zweikampf morgen früh ab. Gewinnt Torste, kann selbst der Lejre-König weder Torstes Kopf noch eine Entschädigung oder Blutgeld verlangen. Und schon gar nicht, dass Torste für vogelfrei erklärt und des Landes verwiesen wird, denn in dem Fall hätten Torste und Edvard lediglich die üblichen Sitten und Bräuche befolgt.»

«Und was unternehmen wir jetzt?», fragte ich und überlegte, Ymer dazu zu holen.

«Wartet hier», meinte Torste und lief in Richtung Ryesborg.

Verwundert blickte Einar mich an. «Wo will er hin?»

«Keine Ahnung, was er denkt», entgegnete ich mürrisch.

«Das solltest du aber, Ulv. In euren Adern fließt das gleiche Blut, und im Großen und Ganzen teilt ihr dieselben Eigenschaften, gute wie schlechte. Wenn nicht alle meine Worte an dich verschwendet waren, solltest du danach streben, zu erfahren, wie der Mann denkt, den du deinen Feind nennst.»

«Ich will ihn von Kopf bis Fuß in zwei Hälften spalten, und

das werde ich an dem Tag tun, an dem Heldis von uns geht.» Ich biss die Zähne zusammen, bevor ich meine restlichen hasserfüllten Gedanken als direkte Drohung gegen Torste formulierte.

«Ah», sagte Einar ruhig. «Ulv aus Kumraland packt wieder einmal der Zorn. Du bist das größte Talent mit dem Schwert, das ich je gesehen habe, aber leider hält dein Verstand nicht Schritt. Du bist ein Narr, Ulv, anders kann ich es nicht sagen.»

Klugerweise hielten wir danach den Mund, und ich setzte mich mit dem Rücken zu Einar auf einen Stein.

Kaum hatte ich mich gesetzt, kam Torste auch schon zurück. Er pfiff leise und schlug sich mit der flachen Hand auf den Oberschenkel, worauf er sofort von den hitzigen Kötern Ryesborgs umringt wurde.

«Dann wollen wir doch mal sehen, ob Edvard von Lejre gut mit Hunden kann», sagte er und steuerte auf die Lichtung zu. Ich folgte ihm und musste widerstrebend eingestehen, dass sein Plan genial war.

Ein Stück vor der Lichtung blieb Torste stehen, schlug sich wieder auf den Schenkel, hob gebieterisch die Hand und wartete, bis die Hunde sich gesetzt hatten. Als im Gebüsch ein Zweig knackte, drehten die Tiere ihre Köpfe sofort in dieselbe Richtung.

«Fass!», kommandierte Torste, klatschte in die Hände und zeigte mit den Armen auf das Gebüsch. Wie Schatten von schäumenden Bestien, die vom Fenriswolf abstammten, schossen die Hunde los. Was genau geschah, erfuhren wir nie, aber dem Geschrei und Gebell nach ging es für die Halunken nicht sonderlich lustig zu. Offenbar versuchten sie, sich gegen ein rasendes Rudel großer Wolfshunde zu verteidigen, doch nützen einem Schwerter und Äxte im Dunkeln nur wenig im Kampf gegen wilde Bestien.

Bei der Flucht vor den Ungeheuern zerbrachen die Kerle Zweige und trampelten Büsche nieder, und allmählich entfernte sich der Lärm von der Lichtung. Auf Torstes Pfeifen und Klatschen kamen die Hunde einer nach dem anderen wieder zurück.

Drei Tiere fehlten jedoch. Wir fanden sie tot, als wir das Gestrüpp durchsuchten, neben drei leblosen Männern mit zerfleischten Kehlen. Außerdem entdeckten wir eine Axt und so viel Blut auf dem Boden, dass es selbst im Mondlicht zu sehen war.

Torste war ein wenig geknickt wegen der drei toten Hunde, und ich hielt mich mit bissigen Kommentaren zurück, obwohl die drei Halunken mir im Austausch dafür ein guter Preis zu sein schienen. Einar war der gleichen Meinung, glaube ich, denn er lachte den ganzen Weg bis zu seinem Haus, und das munterte auch Torste etwas auf. Hätte ich meinen Vetter nicht immer noch abgrundtief gehasst, hätte ich mitgelacht. So lächelte ich einfach.

Sól steuerte ihren Wagen den Himmelsbogen hinauf, aber entweder war sie betrunken oder hatte Probleme, Arvakr und Alsvidr im Zaum zu halten, denn sie kam Midgard ungewöhnlich nah. Woran immer es letztlich lag, so war dieser Morgen wärmer als sonst üblich für einen Frühsommertag.

Zum Frühstück tischte uns Einars Sklave Gerstengrütze und Brot auf, während Torste sein Schwert schärfte. Einar war nachdenklich wie sonst, wenn er über eine meiner vielen Fragen über Kriegsführung nachsann. Bevor wir uns auf den Weg zur Walstatt machten, bestand er darauf, dass sich jeder von uns mit Brünne, Schild und Schwert ausrüstete. Ich kam seinem Wunsch mit Freude nach, obwohl ich nicht verstand, wieso. Aber Einar tat so gut wie nie etwas ohne triftigen Grund, und wie so oft traf er auch an diesem Tag die richtige Entscheidung.

Unter dem Arm trug er eine zusammengerollte Decke, und ich konnte nur raten, was sich darin befand. Von der Größe her glich der längliche Gegenstand aber einem Schwert.

Einar legte ein Rechteck aus Holmgangzweigen auf den Kampfplatz direkt vor dem Tor nach Ryesborg, auf dem Torste und ich uns so ausdauernd bekämpft hatten. Mir war noch gut in Erinnerung, wie schwer es mir gefallen war, mich innerhalb der Begrenzungen zu halten. Im Training brachte es einem schiefe Blicke ein, wenn man über die Zweige trat, in einem richtigen Zweikampf konnte es über Sieg oder Leben entscheiden.

Bei unserem Kampf hatte Torste sich viel geschickter als ich innerhalb der Markierung gehalten, aber durch die enormen Trainingsfortschritte der letzten Monate hatte ich ihn in diesem Punkt fast eingeholt. Sein Vorteil fiel daher nicht mehr ins Gewicht, denn ich war schneller als er.

Als die ersten Zuschauer auftauchten, vergaß ich Torste. Sowohl die Bewohner Ryesborgs als auch Gäste strömten herbei, immerhin war ein Kampf zwischen einem Jarlssohn und einem Königssohn eine außergewöhnliche Begebenheit.

Gorm, Tyra und Nils trafen als Letzte ein. Der Jarl wirkte zornig und warf mir einen vernichtenden Blick zu, als wäre das Ganze meine Schuld. Heldis ging ein Stück hinter ihnen, Arm in Arm mit Nælde. Sie war blass und hatte gerötete Augen, ansonsten erschien sie mir aber recht gefasst. Sie ließ

Nældes Arm los und umarmte mich, dabei spürte ich, dass sie am ganzen Leib zitterte. Erst da begriff ich den Ernst der Lage – Heldis' einziges Kind konnte heute sterben.

Gorm sagte kein Wort, machte aber einen ungewöhnlich gereizten Eindruck, während Tyra sich anscheinend vor allem um Heldis sorgte, obwohl der Sohn ihres Vetters kämpfen sollte.

Ein Raunen in der Menschenmenge verriet, dass Edvard am Kampfplatz angekommen war, wo er sich in ein Kettenhemd gekleidet und mit dem Helm unter den Arm geklemmt an sein Ende des Vierecks stellte. Sein blondes Haar war schweißnass, er sah abgekämpft aus. Zwei seiner Hirdmänner hatten große nässende Wunden und Kratzer im Gesicht und an den Armen. Toke der Verrückte war nirgendwo zu sehen.

Einar ging hinüber zu Edvard von Lejre, rollte die Decke aus und funkelte ihn böse an, während zwei Schwerter und zwei Äxte zu Boden fielen.

«Die hast du heute Nacht im Wald vergessen, Edvard von Lejre», sagte er und ging zurück zu Torste. «Seine Hand ist verletzt, und das linke Bein auch», raunte er Torste zu, der spöttisch bemerkte, dass Edvard wohl nicht besonders gut mit Hunden könne.

Damit trat Torste auf den Kampfplatz. Edvard zögerte kurz, aber als er das Viereck betrat, war in seinem Blick keine Spur von Furcht zu erkennen.

Einar rief Tyr und Thor um ihre Aufmerksamkeit an und bat sie, Odins Walküren zu schicken, falls Walhall heute neue Bewohner bekäme. Dann zog er sich an den Ohren und wiederholte dieses Ritual in jeder Ecke des Holmgangfelds. Anschließend trat er in die Mitte des Kampfplatzes und verkündete laut, dass dies ein rechtmäßig vereinbarter Kampf sei, weshalb der Verlierer keine Entschädigung oder Blutrache einfordern könne.

«Sind beide bereit?» Er schaute die zwei Kombattanten an, die ihm zunickten, und eröffnete dann den Holmgang.

Torste griff sofort mit einem schnellen, harten Schwerthieb an, wich ein Stück zurück und musterte seinen Widersacher. Edvard lachte und nannte ihn einen tollpatschigen Wicht, der wie ein Mädchen kämpfte. Dann trat er vor und schwang sein Schwert auf eine Weise, wie ich es noch nie gesehen hatte. Es glitt von rechts nach links, dabei drehte er sich um die eigene Achse und traf Torstes Schild mit einer solchen Kraft, dass er ein Stück davon abschlug. Er lachte und hörte selbst dann nicht damit auf, als Torste ihn mit einer Serie schneller Schläge und Stöße rückwärtstrieb. Edvard wich Torstes Angriff aus, schnaubte und ging zum Gegenangriff über. Geduldig wehrte Torste die Hiebe ab und wartete mit seinem nächsten Manöver, bis Edvard kurz aus der Balance kam. So zog sich der Schlagabtausch der beiden fort.

Beim vierten Angriff drückte Torste Edvard bis an die Zweige. Jetzt lächelte der Königssohn nicht mehr. Torste trat gegen Edvards Schild und beförderte ihn damit aus dem Kampffeld. Einar unterbrach den Kampf, um Edvard zu ermahnen. Wenn er noch einmal über die Zweige trat, würde er zum Verlierer erklärt werden.

Edvard betrat das Feld, streifte seitlich an Torste vorbei, warf seinen Schild ab und winkte seinen Gegner mit dem Schwert zu sich heran.

«Beeil dich, Bürschchen, ich habe Durst», zischte er.

Auch Torste warf seinen Schild zu Boden und ging auf Edvard zu.

«Ruhig bleiben, Torste. Warte ab», hörte ich Einar murmeln.

Urplötzlich sank Torste zusammen, ohne dass Edvard ihm nahe gekommen war. Einar stieß einen lauten Schrei aus und rannte auf das Feld, ich folgte ihm auf dem Fuße. Erst als wir bei Torste angelangt waren, sah ich die Federn und den Schaft eines Pfeils aus der Halsöffnung von Torstes Brünne ragen.

Torste atmete schwer röchelnd und hielt den Pfeil mit beiden Händen umfasst, aber ein Wort von Einar genügte, damit er ihn nicht herauszog. Vorsichtig trugen Einar, ich und zwei von Nils Jarls Hirdmännern Torste zu Nælde.

Mit geschlossenen Augen und in einer Geschwindigkeit, die mich immer aufs Neue verblüffte, versorgte sie Torstes Wunde. Was mich allerdings noch mehr erstaunte als ihre sicheren Handgriffe, war der milchig trübe Blick, den sie mir zuwarf, und dass sie dabei sagte: «Du bist der Nächste!» Ich war sicher, mich verhört zu haben, denn ich hatte keine Ahnung, von welcher Reihenfolge sie sprach.

Die Unruhe unter den Zuschauern riss mich aus der Verwirrung, die Nældes Worte ausgelöst hatten. Männer riefen durcheinander, und Heldis weinte in Nils' Armen. Wie in Trance stand ich auf, ging zu ihr und nahm ihre Hand.

«Er wird überleben», sagte ich, ohne zu wissen, ob es stimmte. Aber meine Worte wirkten, denn sie löste sich aus der Umarmung ihres Mannes, fiel mir um den Hals und flüsterte mir zwei Worte ins Ohr. Erst in diesem Moment verstand ich, was Nælde gemeint hatte.

«Töte ihn!»

Mit grimmiger Miene ging ich zu Edvard, der sich auf einen Stein gesetzt hatte. Die Hirdmänner aus Ryesborg und Gorms Gefolge schäumten vor Zorn. Sie beschuldigten Edvard des Verrats, der schlimmsten Untat von allen. Der Königssohn aber ignorierte alle Anschuldigungen, während seine eigenen Mannen die wütenden Beschimpfungen mit grölendem Gelächter zu übertönen versuchten.

Edvard selbst machte einen erschöpften Eindruck und hatte den Helm abgesetzt. Auch die Kapuze seines Kettenhemds hatte er abgenommen, sodass seine Verletzungen und das getrocknete Blut am Hals und den Wangen sichtbar war. Er zupfte den Verband an seiner Hand zurecht, und sein matter Gesichtsausdruck wandelte sich in ein hämisches Grinsen, als er mich bemerkte. Er raunte seinen nächsten Hirdmännern etwas zu, worüber sie lachten, und schaute mich dann mit einem mörderischen Blick an.

«Du feiges Arschloch!», brüllte ich so laut, dass sämtliche Gespräche verstummten.

Wenn mir etwas leichtfällt, dann ist es, andere Leute zu beleidigen. Genau das tat ich jetzt, und Edvards Reaktion fiel genauso aus wie erhofft. Vielleicht hätte er es sich anders überlegt, wäre ich ein Mann im besten Alter gewesen, aber in seinen Augen war ich bloß ein großes Kind. Und als solches musste er mich auf meinen Platz verweisen.

«Wie nennst du mich, Rotzbengel?», fauchte der Königssohn und stand auf. Ich überragte ihn um mehr als einen Kopf.

«Edvard von Lejre, du bist ein Arschloch, ein Verräter und eine Schlange. Vor allem aber bist du der Sohn eines arschgefickten Köters, der es nicht geschafft hat, abzuhauen, so wie es in deiner Sippe Brauch ist.» Seine Wangen glühten vor

Zorn, und ich grinste höhnisch – was ich ebenfalls sehr gut beherrsche. «Gelb wäre eine passendere Gesichtsfarbe für eine feige Missgeburt wie dich.»

«Sieh zu, dass du Land gewinnst, Sachse, sonst ziehe ich mein Schwert, und wenn ich das tue, werde ich die Klinge erst wieder in die Scheide stecken, wenn sie dein Blut getrunken hat.»

Ich beugte mich ein Stück zu ihm hinunter. «Hör gut zu, du elender Schweinehund, genau das hatte ich im Sinn.» Ich machte einen weiteren Schritt nach vorn, drehte den Kopf und schaute auf seinen Hintern. «Wo ist denn der Schwanz, den du immer zwischen die Beine klemmst, wenn du nachts davonrennst, du räudiger Hund?»

Inzwischen brannte Edvards Gesicht feuerrot, und er lachte so heftig, dass seine beiden Hirdmänner ihn stützen mussten.

«Gebt mir meinen Schild und einen Schluck Bier, das hier wird nicht lange dauern.» Damit irrte er sich gewaltig. «Und dieser Zweikampf wird ein Einvig – ein Kampf bis zum Tod», brüllte Edvard.

Ein ausgezeichneter Vorschlag, wie ich fand.

«Ulv», sagte Einar. «Bist du dir im Klaren, was du da tust?»

«Ja», antwortete ich. «Ich bringe die Sache an Torstes Stelle zu Ende.»

«Ist das wirklich nötig?»

Ich nickte und erwartete, dass er mich heftig zusammenstauchte, doch das tat er nicht.

«Die hier», sagte er und deutete auf die Narbe in seinem Gesicht, «stammt von meinem ersten Kampf innerhalb der Holmgangzweige.»

Zwar begriff ich nicht, wieso dies das Wichtigste sein

sollte, das er mir in diesem Moment zu sagen hatte, aber ich hörte ihm zu.

«Ich hatte meine wichtigste Fähigkeit vergessen», sagte er und tippte sich an die Stirn.

«So was kommt vor», murmelte ich.

«Dass ich überlebt habe, war Glück, aber darauf sollte man sich nicht verlassen.»

«Ich höre dich, Herr», erwiderte ich.

Einar schaute mich kurz an, ehe er Edvards Defizite als Schwertkämpfer auflistete. Am offensichtlichsten war, dass er kleiner und dicker war als ich und verletzt war. Außerdem erinnerte ich mich an seinen ersten Angriff gegen Torste, der gezeigt hatte, dass Edvard den ein oder anderen Trick mit dem Schwert beherrschte.

«Sei vorsichtig, wenn er dir den Rücken zudreht, Ulv. Er wird nicht versuchen, vor dir zu fliehen. Entweder schwingt er das Schwert, wie er es bei Torste getan hat, oder er geht auf die Knie und stößt es über seine Schulter schräg nach oben hinter sich.»

Ich hörte zu und sagte nichts, denn ich war nervös. Mehr als ich mir selbst eingestehen wollte, selbst heute noch, denn es war mein erster echter Kampf mit scharfen Schwertern, von dem Zwischenfall auf dem Sklavenmarkt einmal abgesehen. Damals hatte ich instinktiv gehandelt, und keiner von Gunnars Männern kam auch nur in die Nähe von Edvards Fähigkeiten mit dem Schwert.

Einar teilte den Zuschauern mit, dass der bevorstehende Zweikampf ein Einvig sei, der erst beendet war, wenn einer der Beteiligten tot war. «Das haben beide Kämpfer bestimmt», schloss er und forderte uns auf zu beginnen.

Edvard verhöhnte mich und beschimpfte mich mit allen

möglichen Beleidigungen, aber er stürmte nicht auf mich zu. Er wartete ab, wie sich die Situation entwickeln würde, genau wie ich.

«Du sächsischer Hurensohn», schnarrte er. «Hat es dir etwa die Sprache verschlagen?»

Wie schon erwähnt, sage ich während eines Kampfs nur selten etwas, und ich glaube, dass Edvard mein Schweigen missfiel. Er lief nach vorn, stieß das Schwert in meine Richtung, ehe er einen geschwungenen Schwerthieb ausführte, dem er den Schild folgen ließ.

Edvards Hiebe gingen ins Leere. Ich stand links von ihm, und der Schlag mit Ornetand kam so schnell, dass er es gerade so schaffte, den Schild zu heben. Er fluchte und bedachte mich mit weiteren Beleidigungen, die sich auf meinen Namen, meine Herkunft, meine Mutter und meine Sippe im Allgemeinen bezogen.

Bewegung!, hörte ich Einars Stimme in meinem Kopf und begann, Edvard zu umkreisen, der sein linkes Bein nachzog. Trotzdem gelangen ihm mehr Treffer als mir. Zwar traf er nur meinen Schild, aber er traf.

Zweimal griff ich mit Schwerthieben von oben an, die Edvard nur mit Mühe abwehrte. Beim dritten Mal drehte er sich um die eigene Achse, ging auf die Knie und rammte das Schwert über die Schulter hinter sich. Ich spürte einen brennenden Schmerz an meiner Seite und sprang ein Stück zurück, in der Gewissheit, dass Edvard mir nachsetzen würde. Glücklicherweise kam er nicht so schnell auf die Beine, und als er stand, hatte ich das Gleichgewicht bereits wiedergewonnen und mich vom Rand des Kampfplatzes entfernt, an den er mich gedrängt hatte. Jetzt übernahm der Instinkt meine Schwerthand und meine Bewegungen, oder es war Thor, der mein Schwert und meine Gedanken lenkte. Als Edvard das Blut aus meiner Brünne tropfen sah, lachte er laut.

«Das passiert, wenn Rotzbengel Männer spielen», spottete er und rannte mit erhobenem Schwert auf mich zu. Er schlug aus Leibeskräften zu und nutzte seinen Schild gleichzeitig als Deckung, doch als er ihn wieder herunternahm, war ich weg. Ich hatte mich unter seinem Schwert hindurchgeduckt und war hinter ihn gelaufen. Wie ein Blitz fuhr Ornetand Edvard gegen seinen Rücken, doch die Spitze rutschte auf dem Kettenhemd ab und traf nur seine Rippen. Edvard wirbelte mit dem Schwert am ausgestreckten Arm herum und fiel zu Boden, als er erneut nur in die Luft schlug. Ich ließ ihn wieder aufstehen und seinen Schild ergreifen, ehe ich abermals angriff. Edvard hob den Schild, und ich änderte die Richtung meines Schlags, sodass ich ihn mit einem Treffer gegen den Helm aus der Balance brachte. Im nächsten Augenblick führte ich das Schwert nach hinten und schlug die obere Hälfte seines Schilds ab. Edvard wich zurück, doch ich folgte ihm und umkreiste ihn so, wie Einar es mir beigebracht hatte. Dabei ließ ich aus allen Richtungen Hiebe auf ihn niedergehen, bis sein Schild vollständig zertrümmert war.

Dann hielt ich inne, machte einen Schritt zurück und lächelte den Königssohn kühl an.

Edvard sagte nichts mehr, er warf den unbrauchbaren Schild einfach fort und schielte Hilfe suchend auf die Seite. Er erhielt die Hilfe in Gestalt eines neuen Schilds.

Mit dem neuen Schild vor sich stürmte er voller Zorn auf mich zu wie ein wilder Widder. Es gelang ihm tatsächlich, meinen Schild beiseitezustoßen, dafür versetzte ich ihm aber drei saftige Hiebe mit der Schneide und einen mit der Schwertspitze, was ihn daran hinderte, meine entblößte Stellung auszunutzen. Seine Brünne war blutgetränkt, und er sank zu Boden, kämpfte sich sogleich aber auf die Knie.

Ich wartete, bis Edvard wieder stand, dann schlug ich auf ihn ein und landete unzählige Treffer. Das Blut troff von seiner Brünne auf den Boden. Zum Schluss tat Edvard nichts mehr, außer Hals und Kopf mit dem Schwert und dem zu schützen, was ich von seinem zweiten Schild übrig gelassen hatte. Dennoch rappelte er sich jedes Mal wieder auf die Knie, wenn meine Hiebe ihn zu Boden schickten. Obwohl ich ihn vollständig im Griff hatte, schaffte ich es nicht, den todbringenden Schwerthieb anzusetzen. Es endete damit, dass der Königssohn kniend schwankte, aber immer noch Schwert und Schild hielt. Einen Mann in vollem Harnisch zu töten, war sehr viel schwieriger, als ich geglaubt hatte, und obwohl sein Kettenhemd aufgerissen und blutüberströmt war, dauerte es lange, bis er endlich zusammensank.

Schwer keuchend sah ich zu, wie er vor meinen Augen starb. Selbst im Tod konnte ich keine Furcht in seinem Blick erkennen, und das beeindruckte mich. Ich ging neben ihm in die Hocke.

«Grüß meine Mutter und sag ihr, dass ich nach Hause gekommen bin», sagte ich und legte ihm das Schwert, das er verloren hatte, wieder in die Hand. Dann erhob ich mich und sah zu den Umstehenden, die mich verblüfft und respektvoll anstarrten. Keiner sagte ein Wort.

Mit einem Mal begann ich, am ganzen Leib zu zittern, und ich verspürte den starken Drang, Heldis nahe zu sein. Ich wollte ihre Dankbarkeit spüren, wollte sie sagen hören, wie stolz sie war, dass ich den Mann getötet hatte, der ihr beinahe den Sohn geraubt hätte. Aber ich sah sie nirgends.

Nælde, Nils, Tyra und Torste waren ebenfalls nicht mehr am Kampfplatz. Einar stand an der Seite von König Gorm, der nicht sonderlich betrübt darüber wirkte, dass ich gerade den Sohn des Vetters seiner Frau getötet hatte. Unsere Blicke trafen sich, und zu meiner Überraschung stand glühendes Interesse und Zufriedenheit in seinem Blick.

«Du bist geschickt mit dem Schwert, Ulv Palnasson», sagte er schließlich. «Wie alt bist du?»

Meine ehrliche Antwort löste einige erstaunte Ausrufe bei den Zuschauern aus, die mich nicht kannten.

«Sechzehn Jahre und schon in der Lage, einen erwachsenen Mann zu töten, der im Schwertkampf geübt ist. Das ist gut, denn wenn du dich dazu entschließt, einen Königssohn zu töten, wirst du im Schildwall doppelten Einsatz leisten müssen, wenn der Zorn seiner Freunde dir begegnet.» Zum Abschluss nickte Gorm mir kurz zu, ehe er sich hastig umdrehte und das Gespräch damit beendete.

Er verließ die Walstatt in einem solchen Tempo, dass sein Gefolge Schwierigkeit hatte, Schritt zu halten.

Einars Blick war voller Freude und Erleichterung. Er legte mir eine Hand auf die Schulter.

«Gut gekämpft, Ulv.» Ein ungewohnt munteres Lachen drang aus seinem Mund, und er rieb sich die Hände. «Vielleicht sollten wir das Töten noch ein wenig üben, es war ja regelrecht zermürbend, mit anzusehen, wie der arme Edvard verblutet ist.» Sein Lächeln erstarrte, und eine tiefe Furche trat auf seine Stirn, während er Torstes Namen murmelte und in Richtung Ryesborg davoneilte.

«Torste», seufzte ich angekratzt und hoffte, dass er es nach Walhall geschafft hatte. Was durchaus als Fortschritt in unserer Beziehung zu verstehen war, hätte ich ihn doch bis vor Kurzem nach seinem Tod am allerliebsten in Helheim oder Folkwang gesehen.

Jetzt kam Nils Jarl im Laufschritt durch das Burgtor von Ryesborg, hinter ihm drei seiner Hirdmänner sowie der bösartige Widder, den ich mir zuerst als Opfertier für das Winteropfer ausgeguckt hatte. Das Tier versuchte standhaft, die Hirdmänner mit den Hörnern zu stoßen, aber die hatten dem Biest drei Seile um den Hals gelegt und führten ihn so auf den Kampfplatz.

Mit verbissener Miene und starrem Blick reckte der Jarl das Opfermesser zum Himmel und bat Odin, diesen prächtigen Widder im Namen Torstes von Ryesborg anzunehmen. Darauf zerrten die Hirdmänner das Tier zum Jarl, der ihm die Kehle durchschnitt, aber selbst im Tod versuchte der Widder noch, den Herrn von Ryesborg zu rammen. Die Männer fingen das Blut des Tiers in einem Krug auf, den sie zu Nælde brachten.

Nils Jarl kniete noch lange neben dem toten Widder, den Blick auf die aufgeschlitzte Kehle gerichtet, und für einen kurzen Moment fühlte ich eine eigenartige Verbundenheit mit ihm. Bis mich die Erkenntnis traf, dass der Herr von Ryesborg wohl kaum seinen besten Widder geopfert hätte, hätte ich in Nældes Hütte gelegen und wäre Torste an meiner Stelle gewesen.

Wie sich herausstellte, hatte mein Kampf gegen Edvard von Lejre bei Männern, Frauen und Sklaven Begeisterung geweckt. Niemand zweifelte länger an meinen Fähigkeiten als Schwertmann, und alle behandelten mich nun als solchen. Aber sie machten sich über den *armen* Edvard lustig, wie man ihn jetzt nannte, der so entsetzlich hatte leiden müssen, weil ich mit ihm gespielt hatte wie die Katze mit der Maus. Dass mir das außer Einar niemand direkt sagte, nahm ich als Zeichen dafür, dass ich mir gehörigen Respekt verschafft hatte. So oder so fühlte ich mich in jedem Fall über die meisten anderen Menschen in Ryesborg erhaben und verspürte nicht mehr den gewaltigen Drang, Ornetand bei jeder Gelegenheit aus der Scheide zu ziehen.

Ymer hatte dem Holmgang nicht beigewohnt, weil er irgendwie an ein Fass Bier gelangt und dann in seiner eigenen Kotze eingeschlafen war. Er war ziemlich kleinlaut, als ich ihn endlich fand, obwohl er bereits das ein oder andere über den Kampf gehört hatte und normalerweise einen Kommentar dazu abgegeben hätte.

Vielleicht witzelten die anderen nur hinter meinem Rücken über den Kampf, weil sie dann nicht Gefahr liefen, bissige Antworten von mir zu erhalten, aber mit dieser Lösung konnte ich gut leben. Vor allem nachdem Heldis mir verraten hatte, dass König Gorm Edvard nicht besonders hatte leiden können. Tatsächlich sei es ihm nur recht, den Trunkenbold und seine Bande nicht mehr mitschleppen zu müssen, meinte Heldis. Ich hätte Gorm im Grunde einen Gefallen getan. So formulierte Heldis es nicht direkt, aber in meiner unreifen Selbstüberschätzung dachte ich das.

Um Torste stand es schlimmer. Das hübsche Schwert, das Einar ihm geschenkt hatte, Heuler, lag im Krankenbett immer an seiner Seite. Doch Torste weigerte sich, Midgard zu verlassen, und dank Nældes kundiger Pflege überstand er ein paar kritische Wochen. Danach war seine Stimme etwas rauer als zuvor, was ihn älter wirken ließ, als er in Wahrheit war.

Nicht dass ich ihn besucht hätte, meinem innigen Hass hatte die Episode keinen Abbruch getan. Außerdem ärgerte ich mich über Einar, weil er seine Zeit an Torstes Krankenlager verschwendete, und ich war sauer, dass Torstes Schwert neben dem seines Vaters jetzt das prächtigste in Ryesborg war. Im Vergleich zu Heuler war Ornetand eine plumpe Waffe, auch wenn es mir im Kampf gegen Edvard gute Dienste geleistet hatte. Trotzdem war meine Sehnsucht nach Ravnehug neuerlich geweckt und die Lust, dem Drecksack, der mein schönes Schwert trug, den Kopf abzuschlagen. Und insgeheim wünschte ich mir, dass es nach wie vor Eskil war, denn weder ihn noch Torgrim hatte ich vergessen.

Ich brauchte ein besseres Schwert, das meinem Stand und meinem Ruf gerecht wurde. So dachte ich damals, und so kam es auch.

Einar grinste eine Spur zu breit, als ich mein Anliegen vorbrachte, aber er fand tatsächlich ein Schwert, das mir gefiel. Auf der Klinge war der Schatten eines Drachen zu sehen, dessen Schwanz sich bis zur Parierstange am Schwertheft fortsetzte.

Ich schwang es ein paarmal und meinte, es würde seinen Zweck erfüllen, bis ich Ravnehug endlich wiederhatte.

«Es soll Drageskygge heißen – Drachenschatten», schloss ich und steckte es in die Scheide.

Einar hielt das für einen guten Namen für ein gutes Schwert, mahnte aber an, ich solle froh über das Schwert sein, das ich hätte, statt mir ein anderes zu wünschen. «Das verdirbt die Seele des Schwerts, Ulv.»

Ich entgegnete, dass ich sehr wohl froh über mein Schwert wäre, den Mistkerl, der Ravnehug trug aber trotzdem zur Rechenschaft ziehen wollte.

«Und wer ist *diesmal* der Mistkerl, Ulv?», fragte er ernst.

Ich stutzte über seinen Tonfall, denn in diesem Zusammenhang sah es ihm nicht ähnlich, ernst zu sein. «Eskil Einauge, Rollo Jarls alter Steuermann. Das weißt du doch.»

«Das behauptest du, aber bist du dir sicher, dass er das Schwert noch hat? Wäre es meins gewesen und hätte ich den ältesten Sohn meines Herrn umgebracht, hätte ich es meinem Herrn geschenkt in der Hoffnung, dadurch meine Strafe zu mildern. Und abgesehen davon, Ulv, braucht es schon etwas mehr als eine scharfe Klinge, um es zurückzubekommen.»

Obwohl mir bereits ähnliche Gedanken gekommen waren, hielt ich es für meine Laune am zuträglichsten, weiter daran zu glauben, dass Eskil mein Schwert bei sich hatte.

Darin stimmte mir Einar lachend zu. Ich fiel in sein Lachen ein und genoss den Moment der Unbeschwertheit.

Der nur kurz währte, denn Einar hatte nicht aufgegeben, nach dem Bogenschützen zu suchen, der Torste am Hals verwundet hatte. Edvards Scherge war dabei so weit entfernt gewesen, dass niemand ihn bemerkt hatte. Was Einar zu dem Schluss brachte, der Mann müsse für seine Fähigkeiten am Bogen bekannt und damit wohl nicht allzu schwer ausfindig zu machen sein.

«Hättest du nicht neben mir gestanden, als der Pfeil Torste traf, wäre mein erster Verdacht gewesen, dass du es warst, Ulv.» Selbst in meinen Ohren klang das vernünftig, und als Einar wenige Tage darauf mit einem klein gewachsenen Mann ankam, der ihn in einer meiner beiden Muttersprachen beschimpfte, wusste ich, dass er den Schuldigen gefunden hatte.

Womöglich war ich ein klein wenig voreingenommen und vorschnell in meinem Urteil, aber ein einziger Blick auf den Bogen unter seinem Mantel reichte aus, um meiner Sache sicher zu sein.

Wenn er in der Lage war, einen solchen Bogen zu bedienen, befähigte ihn das mindestens zu einem Schuss wie dem, der Torste getroffen hatte. Als ich dem Mann das in seiner eigenen Sprache vorhielt, schüttelte er bloß den Kopf und starrte mich erschrocken an.

«Du kommst aus Dyffryn Cudd in Kumraland, nicht wahr?», sagte ich freundlich und lächelte, als er nickte. «Aus welchem Clan?»

«Dem Cedrickclan.» Den Namen kannte ich, war aber noch nie jemandem von dort begegnet, und seiner Beschreibung nach siedelte sein Clan ein gutes Stück entfernt von den Cymru. Wie ich selbst war er von den Dänen versklavt und auf dem Markt in Haithabu verkauft worden. Als ich ihn nach seinem Käufer fragte, verstummte er.

Ymer nahm das Brett mit den Sitzlöchern von der Latrine und ließ den Mann kopfüber so tief in die Jauche sinken, bis nur noch seine Beine zu sehen waren. Er strampelte ordentlich, jedoch vergebens, und übergab sich heftig, als er wieder auftauchte. Noch immer wies er jegliche Schuld von sich, worauf Ymer ihm einen zweiten Tauchgang in der Latrine bescherte. Nach dem fünften Mal gestand er endlich, dass er zwar den Pfeil abgeschossen, dabei aber nur getan hatte, was man ihm aufgetragen hatte. Wer der Auftraggeber war, wollte er nicht verraten.

Also half Ymer ihm weiter mit der bewährten Methode auf die Sprünge, und bald erinnerte sich der Mann. Der Name und die Beschreibung, die er uns gab, passten andeutungsweise zu Toke dem Verrückten, doch musste Ymer noch einmal seinen Kopf in die Scheiße tunken, bis er Edvards Hirdmann eindeutig beschrieb und dann erklärte, er habe nichts mehr zu sagen.

Ymer ließ den Kerl los und sah vergnügt zu, wie seine Beine zuckten, als er Kopf voran in der Latrinengrube versank. Ich lachte genau wie er und sah keinen Grund, ihn aus dem Loch zu holen. Einar war anderer Ansicht und behauptete, der Schurke könnte uns noch von Nutzen sein. Vermutlich würde Edvards Familie nämlich eine Entschädigung fordern, auch wenn zahlreiche Zeugen bestätigen konnten, dass Edvard beim Einvig gestorben war, dem Kampf bis zum Tod, auf den er selbst bestanden hatte.

«Da es sich um einen Königssohn handelt», sagte Einar nachdenklich, «ist es ein Vorteil, diesen Mann hier zu haben, dessen Worte den Geschädigten in keinem sonderlich guten Licht erscheinen lassen.» Darauf zog Ymer den Kerl wieder hinaus und fesselte ihn an die Vogelscheuche auf Einars kleinem Hofplatz. Später bereitete es uns großes Vergnügen, ihn jedes Mal aufs Neue zucken zu sehen, wenn wir unsere Angriffe am *Serkländer* trainierten. Leider wurde der Mann darüber aber mehr oder weniger verrückt und legte sich die nervtötende Angewohnheit zu, die ganze Nacht hindurch zu heulen. Nach vier Nächten stopfte Ymer ihm das Maul, dummerweise so gründlich, dass der Kerl nicht wieder aufstand.

Ymer war fast die ganze Zeit in meiner Nähe, was Einar zu Beginn übel aufnahm, aber als er zum ersten Mal Ymers brachiale Kraft an einer Axt erlebte, strahlte er. Von diesem Tag an trainierte Ymer gemeinsam mit uns, selig, endlich wieder eine Axt in Händen halten und sich den Bauch vollschlagen zu dürfen. Auch wenn es nur kleine Mengen Bier zu trinken gab, sang er oft vor Freude, und die riesige Axt, die er von Einar erhalten hatte, war jederzeit in seiner Reichweite. Der bläuliche Glanz der Axtwange erinnerte mich an das Wasser des Griechischen Meeres kurz vor Sonnenaufgang. Am oberen Ende des Axtkopfs befand sich eine schmale Zacke und am hinteren Ende ein kurzer, kräftiger Dorn. Die schmale Zacke diente als eine Art kurzer Speer, während man mit dem Dorn einen Helm durchstoßen oder einen Schild aus einem Schildwall reißen konnte.

Ymer taufte die Axt Margyge, weil sie ihn an ein Meeresungeheuer erinnerte und an Ida – schön und gefährlich zur gleichen Zeit, eine blaue Meerfrau mit schwingenden Brüsten. Auch wenn ich von den Brüsten nichts an der Axt erkennen konnte, gefiel mir der Name. Alles in allem war es eine glückliche Zeit, vielleicht sogar die beste, die ich jemals erlebte.

All dem bereitete Torste ein Ende, als er sich gleich nach der Sommersonnenwende von seinem Krankenlager erhob und ankündigte, bei Einar einziehen zu wollen. Seine Erklärung dafür war, dass er wieder stark werden müsse, und daran zweifelte ich nicht. Im Gegensatz zu mir sprach Ymer mit Torste, auch wenn ich es ihm anfangs verbot. Seiner Meinung nach war mein Vetter genauso vorlaut wie ich, allerdings hätte Torste eine um Längen bessere Erziehung genossen. Und er ließ keine Gelegenheit aus, mir das unter die Nase zu reiben und den Umstand, dass er Torste für ansehnlicher hielt und der sich vermutlich auch mit weitaus mehr Dirnen vergnügt hätte als ich. Seine Kinder würden außerdem sicher mehr Beachtung finden, meinte Ymer, nicht allein wegen ihres Äußeren, sondern auch wegen all des Silbers, das Torste einmal von Nils erben würde. Das Grinsen verging Ymer, als er an diesem Abend kein Bier bekam.

«Ihr seid aus demselben Holz geschnitzt, Ulv», sagte Ymer und blickte durstig auf meinen Bierkrug. Ich schüttelte den

Kopf, doch Ymer rückte näher und flüsterte, dass Torste eigentlich gar nicht so übel sei. «Er ist wie dein Spiegelbild, und genau wie du verträgt er keine Witze, die an seiner Ehre rühren.»

«Das mag sein, Ymer, aber Torste ist ein Drecksack, und mit so jemandem sprechen *wir* nicht.»

Darauf erwiderte Ymer nichts, nahm mir aber den Krug aus der Hand und leerte ihn, ohne um Erlaubnis zu fragen. Wenig später legte ich mich schlafen, schloss die Augen und versuchte zu vergessen, was er gesagt hatte.

Aus demselben Holz geschnitzt? Ich schnaubte, so ein Unsinn. Sobald Einar mir alles beigebracht hatte, was er wusste, würde ich meine Sachen packen. Ich wollte so weit weg von Torste wie nur irgend möglich.

Doch wie so oft spannen die Nornen ganz andere Knoten in meinen Faden – sie liebten es wirklich, mein Leben lang ihre Späße mit mir zu treiben. Eigentlich hätte ich sie dafür verfluchen sollen, aber das habe ich nie gewagt.

KAPITEL 12

«Aufstehen, Ulv!», weckte mich Torstes Stimme.

«Was …?» Ich rieb mir die Augen.

«Pssst!» Er hielt den Finger vor den Mund. Ich wollte schon aufbrausen und sagen, dass ich redete, wann es mir passte, aber sein Blick brachte mich zum Schweigen.

Ymer stand mit Margyge in der Hand an der Tür, als Einar leise hereinkam. Er setzte sich an der Feuerstelle in die Hocke und sah uns an.

«Wir werden belagert», flüsterte er.

«Von wem?», fragte ich.

Einar zuckte mit den Schultern und meinte nur, bei so was schicke man in der Regel keinen Boten voraus. «Aber wenn wir die Monate zählen, seit Edvard von Lejre auf dem Schlachtfeld vor Ryesborg starb, sind es wahrscheinlich die Männer des Königssohns.»

Ich war schlagartig hellwach. Der Kampf hatte vor fast sechs Monaten im Frühsommer stattgefunden, aber niemand hatte seitdem Buße oder Blutgeld gefordert. Nun war die Ernte eingefahren und der Hunger abgewehrt, aber der Winter hatte noch nicht begonnen. Das deutete darauf hin, dass der Angriff gut geplant war.

«Aber Heldis hat doch gesagt, dass König Gorm sich nicht um Edvard schert?», sagte ich.

Einar nickte. «Das sind auch nicht Gorms Männer, sondern wahrscheinlich die von Sigfred Lejre-König.»

«Tyras Vetter?», fragte ich, und sie nickten.

Ymer kam zu uns, setzte sich ebenfalls in die Hocke und stützte sich auf Margyge. Die Klinge der Axt leuchtete bissig im schwachen Widerschein des Feuers. «Wir sind umzingelt», sagte er. «Ich sehe die Fackeln.»

Einar runzelte die Stirn.

Fackeln?, dachte ich und versuchte mich zu erinnern, was Einar über solche Angriffe gesagt hatte.

«Sie zünden das Haus an und metzeln uns nieder, wenn wir rauskommen», sagte Torste, und trotz der aussichtslosen Lage war ich schon wieder sauer auf ihn, obwohl er recht hatte. Dänische Häuser hatten nur wenige Ausgänge. Wenn man das Haus eines Feindes nachts umstellte und anzündete, musste man nur warten.

«Wir müssen raus», sagte Ymer. «Ich gehe mit Margyge voran.»

Wir standen auf und zogen unsere Kettenhemden an, so schnell wir konnten. Der Schweiß trat uns auf die Stirn, obwohl unser Atem dampfte. Ich nahm meinen Schild, aber Einar hielt die Hand in die Höhe.

«Wartet!», sagte er. «Sie rechnen entweder damit, dass wir drinnen verbrennen, oder sie erschlagen uns einen nach dem anderen an der Tür.»

«Können wir durch die Wand raus?», fragte Torste.

Einar nickte und sah Ymer an.

«Wie viele sind es, Ymer?»

Ymer zuckte mit den Schultern. «Viele. Zwanzig, vielleicht mehr.»

«Die Wand wäre eine Möglichkeit», sagte Einar. «Aber das würden sie mitbekommen. Sie würden warten, bis das Loch groß genug ist, und uns abschlachten, ehe wir draußen wären.»

«Aber was sollen wir sonst tun?», rief ich. So zu sterben, war nicht mein Plan. Ich hatte mich immer von einem Haufen toter und lebendiger Feinde umringt und mit dem Schwert in der Hand fallen sehen. Im Haus zu verbrennen oder wie Schlachtvieh abgestochen zu werden, war keine Option für mich.

«Es gibt immer eine andere Möglichkeit als das Offensichtliche», sagte Einar in einem Tonfall, als würde er uns im Schwertkampf unterrichten. Ehe wir antworten konnten, rief ihn eine Stimme von draußen.

«Einar Schwertmann?», wiederholte der Rufer.

Einar grinste. «Das bin ja ich!» Das Grinsen verschwand. «Denkt in alle Richtungen!»

Er ging zur Tür und öffnete sie einen Spaltbreit.

«Ist da jemand?», rief er. Ein brennender Pfeil bohrte sich dicht neben seinem Kopf in den Türrahmen.

«Das weißt du doch genau, Einar Schwertmann!»

Torste glaubte, die Stimme Toke des Verrückten wiederzuerkennen.

Einars Gesicht wurde von dem brennenden Pfeil erleuchtet. Er tippte sich an die Stirn und sagte: «Denkt nach!» Dann sah er wieder hinaus.

«Wer seid ihr?», brüllte er, ohne den brennenden Pfeil

zu entfernen. «Und was wollt ihr von einem mittellosen Schwertmann?»

Draußen ertönte schallendes Gelächter. «Schwertmann, ja, aber mittellos bist du nie gewesen, Einar.»

«Seid ihr auf mein Silber aus?»

Die Antwort war ein weiterer Brandpfeil. «Du weißt genau, worauf ich aus bin», antwortete die Stimme, während sich die Flammen in den trockenen Türrahmen fraßen.

Einar schloss die Tür, ging zurück zur Feuerstelle und schaute beinahe schelmisch drein. «Und, habt ihr nachgedacht?»

Ich nickte und sah Torste an. «Sie wollen Torstes und mein Leben als Rache für Edvards», sagte ich.

Torste vollführte den Gedanken mit seiner heiseren Stimme: «Biete ihm unsere Köpfe an, aber handle einen guten Preis aus, damit du am Leben bleibst und wir die Chance zum Kampf bekommen, bevor wir sterben.»

Zum ersten Mal im Leben ärgerte ich mich nicht über Torste, sondern stimmte ihm offen zu.

Einar grinste breit. «Endlich seid ihr euch mal einig. Aber so einfach ist das leider nicht. Keiner verhandelt über etwas, das er schon besitzt. Und im Augenblick ist unser Leben in ihrer Hand. Ist das alles, worauf ihr gekommen seid?»

Wir schwiegen, und Einar seufzte tief.

«Ihr habt nichts Besseres vor, als mit dem Schwert in der Hand zu sterben, statt nach einer Lösung zu suchen, die euer Überleben sichert.»

Torste schnaubte. «Du redest wie ein Narr, Einar Schwertmann. Niemand kann einem Mordbrand entkommen, außer er hat Flügel oder ist ein Maulwurf…» Er sah Einar scharf an. «Du willst durch den Boden, nicht wahr?»

Einar nickte erfreut, und ich fühlte, dass ich auch etwas sagen musste.

«Und du weißt, wie sich das machen lässt?»

Einar lachte und legte die Hände auf unsere Schultern. «Natürlich. Ihr müsst nur daran glauben.» Er ging wieder zur Tür.

«Verrückter Toke!», brüllte er in die Dunkelheit. «Ist es möglich, dass du auf Ulv Palnasson und Torste von Ryesborg aus bist?»

Toke lachte und sagte, Einar sei wohl etwas schwer von Begriff.

«Dann ließe es sich vielleicht so einrichten, dass ihr uns rauskommen und mit der Ehre kämpfen lasst, die zwei Jarlssöhnen zusteht? Dieselbe Ehre, die Edvard von Lejre vor den Toren der Ryesborg zuteilwurde?»

«Kommt nur raus», rief Toke. «Dann könnt ihr das mit Edvard ausdiskutieren, wenn ihr ihn trefft!» Aus dem vielstimmigen Gelächter schlossen wir, dass mindestens zwanzig Seeländer auf Einars Hof standen.

Einar drehte sich wieder zu uns und zeigte hinter sich. «Neben den Speeren aus Serkland mit den schwarzen Bändern stehen Spaten. Grabt genau da, wo die Speere stehen.» Er wandte sich wieder Toke zu.

«Könntet ihr euch vorstellen, das Gewicht der jungen Herren in Silber anstelle ihrer erhabenen Häupter anzunehmen?»

Toke heulte vor Lachen und bat Einar aufzuhören, ehe er sich totlachte.

«Dein Leben wirst du sowieso verlieren, Verrückter Toke», brüllte Einar und schlug die Reste der Brandpfeile auf den Boden. Sie wurden auf der Stelle durch vier neue ersetzt.

Die Flammen loderten heller, und ich sah, dass nun auch das Dach und die Wände brannten. Bald wurde es heiß im Haus, die Rauchschwaden griffen mit wilden Klauen nach uns und trieben uns Tränen in die Augen.

«Wir schaffen es nicht», hustete Torste und machte Platz für Ymer, der schneller schaufelte, als man sich vorstellen kann, während Torste und ich kleinere Brandherde am Boden mit der Erde löschten.

«Ich schwitze», sagte Einar, als wäre es unsere Schuld. Ymer stand schon bis zum Bauch in dem Loch. «Komm hoch, Ymer.»

Einar nahm einen Speer, sprang in das Loch und hackte in der Erde herum, bis ein hohler Laut erklang.

«Die Axt», hustete er, und Ymer gab ihm Margyge. Einar schlug sie in die Erde und hob sie erneut, als ein Teil des Dachs in einem Inferno aus Flammen und Funken einstürzte. Die Hitze war unerträglich, und die gierigen Flammenzähne kamen immer näher.

Wir schaffen es nicht, dachte ich und griff nach meinem Schwert, um es wenigstens in der Hand zu halten, wenn die Flammen uns verzehrten. Meine Brünne glühte, Haare und Augenbrauen kräuselten sich in der Hitze – nur Einars Zuversicht hielt mich davon ab, durch die brennende Tür hinauszurennen. Torste löschte seinen brennenden Bart mit einer Handvoll Erde, ohne eine Miene zu verziehen. Ich überlegte, ob ich meinen Helm abnehmen sollte, unter dem mein Kopf kochte wie in einem Suppentopf.

«Zieh, Ymer», stöhnte Einar und trat beiseite, damit Ymer an Margyges Schaft zerren konnte. Es krachte so laut, dass es sogar die Flammen übertönte, und Ymer fiel rückwärts ins Feuer.

Fluchend rollte er sich zu uns, und wir löschten die Flammen auf ihm mit Erde und bloßen Händen.

«Ulv und Torste gehen vor, in dieser Reihenfolge», befahl Einar. Zuerst verstand ich nicht, was er meinte, doch dann sah ich das Loch im Boden, das sogar für Ymer groß genug war.

«Wo führt das hin?», röchelte ich und bekam einen Klaps in den Nacken von Einar.

«Mach schon!»

Ich kletterte in das Loch, und Torste sprang mir fast auf den Rücken. Ymer kam hinterher, dicht gefolgt von Einar. Einars Bart brannte lichterloh, aber mit Ymers Hilfe löschte er die Flammen.

«Sind alle heil?», fragte Einar und befestigte sein Schwert am Rücken. Wir bejahten und taten dasselbe mit unseren Waffen.

«Gut», sagte er und atmete schwer, denn selbst unter dem brennenden Haus war es heiß.

Im flackernden Licht der Flammen sah ich einen hohlen Baumstamm mit ein paar Knochen und einem Schädel darin.

«Wo sind wir hier?», fragte Torste.

Einar zeigte auf einen Sarg ohne Deckel. «In einer Grabkammer aus der Zeit, als die Götter noch nicht erwachsen waren.» Torste verzog das Gesicht. «Das Häuptlingsgrab war schon geplündert, als ich es fand. Ich bin sicher, dass sein Geist uns hilft, wie Krieger zu sterben, anstatt wie Ratten zu verbrennen.»

Das waren klug gewählte Worte, um unseren Zweifel auszuräumen, denn ich gebe zu, dass ich es ziemlich unheimlich dort unten fand.

Über uns krachte es laut, und es wurde heiß wie in einem Steinofen. Einar schlüpfte in ein Loch in der Wand und verschwand in der Dunkelheit. Wir folgten ihm und krochen wie Eidechsen durch einen engen, ewig langen und finsterfeuchten Tunnel, fort von der schrecklichen Hitze.

Ich wurde von Ymers Hinterteil gebremst. Die Luft war plötzlich eiskalt und roch verbrannt. Noch heute erinnere ich mich an die unendliche Freude und Erleichterung, die ich in diesem Moment verspürte – unmittelbar gefolgt vom Gedanken an Rache. Grausame Rache an jenen, die mir um ein Haar die Chance geraubt hätten, ehrenvoll nach Walhall zu gelangen.

«Jetzt müssen wir mit vereinten Kräften drücken», sagte Einar. Ich spürte, wie Torste mich von hinten schob, und schob selbst Ymer, der wiederum Einar schob.

Plötzlich kippten wir nach vorn und kullerten in einer Lawine aus feuchter Erde und Laub eine Böschung hinab. Dort blieben wir mucksmäuschenstill liegen, ohne dass Einar es befehlen musste. Nicht weit von uns hörten wir Stimmen. Eine klang enttäuscht, die andere fröhlich. Im Licht der Flammen standen ein paar Männer mit dem Rücken zu uns.

«Sie haben sich für den Flammentod entschieden», sagte die enttäuschte Stimme.

«Ist doch egal, Toke. Sie haben mit dem Leben gebüßt, Edvard ist gerächt. Ich weiß, du wolltest Ottar Jarls Enkel leiden sehen – aber glaub mir, das wirst du verschmerzen, wenn du das Silber von Ryesborg in der Hand hältst.»

«Trotzdem», sagte Toke. «Ich hätte nicht gedacht, dass Einar Schwertmann den Flammentod vorziehen würde. Er hätte es wenigstens versuchen sollen.»

Die anderen lachten, einige stimmten ihm zu.

«Die Jüten sind nichts als alte Weiber ohne Brüste, das habe ich schon immer gesagt.»

Die Seeländer lachten und grölten, sodass wir uns unbemerkt anschleichen konnten. Wie eine tödliche Sense mähten wir die Männer nieder, die nur Einars brennendes Haus im Sinn hatten. Die wenigen, die sich noch umdrehen konnten, starben mit weit aufgerissenen Augen, als starrten sie in den Rachen des Fenriswolfs. Und vielleicht haben sie ihn wirklich gesehen in jener Nacht, denn unsere Wut war die eines irrsinnigen Ungeheuers.

Toke der Verrückte und ein paar andere zogen noch ihre Waffen, aber zu spät. Mit jedem Streich gingen vier von ihnen zu Boden, bis wir allein und außer Atem vor der brennenden Ruine standen. Torste brach als Erster das Schweigen.

«Ryesborg», sagte er nur und rannte in Richtung Stadt. Wir folgten ihm durch die Dunkelheit, und mit jedem Schritt wuchs meine Sorge um Heldis. Ich musste mich beherrschen, nicht zu schreien. Wenn ihr etwas zustieß, würde ich Amok laufen, und ich wusste, dass Torste dasselbe fühlte. Nils bedeutete uns nichts, aber Heldis war ein Teil von uns – von mir und Torste.

Dreimal blieb Torste stehen, um sich zu orientieren, und jedes Mal wechselten wir die Richtung. Beim letzten Innehalten begriff ich, dass er uns an dem üblichen Weg vorbeiführte, hinter die Belagerer, die wahrscheinlich vor dem Tor standen.

Schreie, Befehle und das helle Licht der Fackeln verrieten, dass der Angriff auf Ryesborg bereits begonnen hatte, aber auch, dass die Angreifer die Palisaden noch nicht durchbrochen hatten. Doch es würde nicht mehr lange dauern, denn die brennenden Palisaden erleuchteten die Nacht wie riesige Fackeln. Nun übernahm Einar wieder das Kommando.

«Wartet», sagte er, hielt uns mit ausgestrecktem Arm auf und zog uns zwischen die Bäume. «Ymer», sagte er und zeigte auf die Stadt. «Finde heraus, wie viele es sind und wo sie den Angriff beginnen wollen.»

Ymer nickte, steckte Margyge in die Halterung am Rücken und verschwand lautlos und geschmeidig. So hatte ich ihn noch nie gesehen.

«Sobald sie zum Angriff blasen, fallen wir sie von hinten an», sagte Einar. «Wahrscheinlich im Morgengrauen.»

Einar grinste, als Torste und ich ihn ungläubig ansahen. «Zweifeln die Herren etwa an meinem Verstand?»

Ich schüttelte den Kopf, und Torste sprach es aus. «Wir sind nur vier. Wie sollen wir es mit einem ganzen Heer aufnehmen?»

«Wir werden sie verwirren.» Einar tippte mit dem Finger an die Schläfe. «Kämpft mit dem Kopf, nicht nur mit den Armen.»

Torste und ich müssen lustig ausgesehen haben: zwei verrußte Gestalten ohne Wimpern und Augenbrauen, die taten, als ob sie ihn verstünden.

«Sagt mir, wie wir vier Ryesborg am besten helfen können», forderte Einar uns auf.

Wir schwiegen, und Einar seufzte erneut. «Wie können wir sie zwingen, den Angriff zu beenden?», fragte er.

Bevor wir eine falsche Antwort geben konnten, kam Ymer zurück. «Es sind viele, aber nicht mehr als vier Schiffsbesatzungen.»

«Wo ist ihr Mittelpunkt?»

Ymer zeigte auf den Bereich rechts vom Tor. «Dort. Aber auf der anderen Seite steht noch eine Schar am Flussufer.»

Einar lächelte. «Sie haben sich aufgeteilt.»

Ymer nickte und schien zu verstehen, warum dies gut für uns war.

«Hört zu», sagte Einar, der nun ganz ernst war. «So etwas habt ihr noch nie erlebt, und wenn die Nornen eure Lebensfäden halbwegs anständig gesponnen haben, werdet ihr es auch nie wieder erleben. Eure Familie und mein Herr stehen unter Belagerung. Egal, ob Nils Jarl gewinnen wird oder nicht, König Gorm wird gezwungen sein, Männer aus ganz Jütland zu sammeln und gegen Seeland zu ziehen.»

Davon verstand ich nicht viel. Zwar war ich stark wie ein erwachsener Mann, aber was die Gedanken eines Königs anging, war ich noch ein Kind.

«Versteht ihr das?»

Torste und ich bejahten, aber ich bezweifle, dass Torste mehr begriff als ich.

«Gut, das ist nämlich wichtig.» Einar sah Torste an. «Führe uns durch den Wald zu den fünf Räucherplätzen vor den Toren Ryesborgs.»

Wir kamen zu den Feuerstellen, die von nur zehn Mann bewacht wurden, aber wir blieben im Gebüsch. Es brannten zwei der Feuer, und in sicherem Abstand lagen Berge von Pfeilen, die mit Stofffetzen umwickelt und in Teer getunkt waren. Daneben standen Fässer voll Teer und geschmolzenem Robbentran. In regelmäßigen Abständen schossen sie Brandpfeile auf die Palisaden von Ryesborg und lachten, wenn sie einen Abschnitt trafen, der noch nicht in Flammen stand.

Sie warteten die ganze Nacht, während das Tor und die Palisaden so weit niederbrannten, dass man die große Halle durch den Rauch sehen konnte. Erst als im Osten der Tag graute und die Sonne langsam aufging, tat sich etwas.

Ein Hornsignal ertönte und wurde in der Ferne wiederholt, und endlich kam Bewegung in die Männer aus Seeland. Sie brüllten Flüche und Beleidigungen gegen die Verteidiger und rückten geschlossen auf die Stadt vor. Trotz ihrer Verachtung für alle Jüten, insbesondere die Männer Ryesborgs, näherten sie sich nur zögernd der Lücke in der Palisade.

Einar nickte stumm. Wir traten aus unserem Versteck und schlichen uns an die zehn Wächter der Feuerstellen heran. Wir waren zornig, gnadenlos und effektiv. Zwei von ihnen zogen ihr Schwert, aber sie griffen unbesonnen an. Ymer schlug einen mit Margyge buchstäblich entzwei, dem anderen bohrte ich meine Schwertspitze in die Kehle. Er sank zu Boden, ohne dass sein Schwert in meine Nähe gekommen war.

Die Flüche der anderen Seeländer übertönten unseren Waffenlärm und die Todesschreie der Wächter.

«Ulv, Bogen und Brandpfeile», befahl Einar. «Torste, Schilde.»

Ich nahm einen der fremden Bögen und schoss ein paar Probepfeile an einen Baum in der Nähe. Der kleine Bogen lag gut in der Hand. Die Pfeile jedoch waren viel zu kurz, fast wie Kinderspielzeug.

Ymer und Einar kippten die Fässer mit Teer und Robbentran um und verstrichen den zähen Inhalt mithilfe von Zweigen auf der Erde. Nur eine Tonne Tran ließen sie stehen.

Torste kam mit vier Schilden, legte sie neben sich ab und half mir, in Teer und Harz getauchte Lappen mit den Pfeilen aufzuspießen. Wir waren bereit.

«Worauf warten die?», fragte Torste mit Blick auf die Seeländer, die vor der Lücke in Ryesborgs Palisaden standen, wo gestern noch das Tor gewesen war. Dann sah er mich an und fragte: «Kannst du aus diesem Abstand wirklich treffen?»

Ich war zu angespannt für eine höhnische Antwort.

«Er trifft auf mehr Schritte Abstand, als ich zählen kann, eine Amsel in den Arsch», sagte Ymer und grinste. «Nicht wahr, Königssohn der Cymru aus Dyffryn Cudd?»

Noch einmal nickte ich wortlos, denn nun kamen die Männer von Ryesborg hervor und bezogen Stellung hinter dem abgebrannten Tor. Sie bauten sich in vier Reihen auf, genau wie Einar es ihnen beigebracht hatte. Die erste Reihe ließ die rechte Kante der Schilde mit der linken des Nebenmannes überlappen. Die zweite Reihe stand mit Schilden und langschaftigen Äxten bereit, die dritte trug Speere. Hinten standen die Werfer mit Speeren, Wurfäxten und Steinschleudern. Es war atemberaubend.

Ich erinnerte mich an die Schläge, die ich bei Einars Training eingesteckt hatte, als ich zum ersten Mal vorne stand und der Junge hinter mir meinen Kopf nicht ausreichend deckte. Ich machte ihm keine Vorwürfe, hatte ich mich doch, als ich hinter ihm gestanden hatte, auch nicht sonderlich angestrengt. Diesen Fehler würde ich nie wieder machen, und dasselbe galt wohl für Nils Jarls Krieger.

Vergeblich versuchte ich, Ryesborgs Hirdmänner zu zählen, aber auch so war deutlich, dass sie in der Unterzahl waren. Das sagte ich laut.

«Sie müssen mindestens zwei Zusammenstößen standhalten», sagte Einar. «Die Seeländer werden ihre Kampfkraft testen, dann werden sie sich zurückziehen und ihnen eine ehrenvolle Übergabe anbieten.»

In diesem Moment stürmten die Seeländer auf Ryesborg zu. Zuerst dachte ich, sie wollten wild und ungeordnet angreifen, aber gut zwanzig Schritt vor dem Gegner hielten sie ein, bildeten einen keilförmigen Schildwall und schlugen ihre Waffen gegen die Schilde. Es klang wie Donnergrollen – Kriegsdonner.

Ein Horn erklang, und die Keilformation der Seeländer stürmte brüllend los. An der Spitze liefen zwei Wallbrecher mit nackten Oberkörpern. Kurz bevor sie die Verteidiger erreichten, erklang ein weiteres Hornsignal, und Wurfspeere, Pfeile, Äxte, Sicheln, Steine und alle nur denkbaren Geschosse flogen wie ein Schwarm Wespen auf die Seeländer zu.

«Woher kommt das? Gibt es noch mehr Krieger in Ryesborg?», fragte ich, verblüfft über die Menge der Wurfgeschosse. Die zwei Wallbrecher sanken zu Boden, die Formation der Seeländer traf auf den Schildwall der Ryesborger und zog sich zu einer langen Reihe auseinander.

Schilde krachten mit lautem Donnern gegen Schilde, dann hieben, stachen und schlugen beide Seiten aufeinander ein und versuchten, den Gegner abzudrängen.

«Das sind die Frauen», sagte Einar trocken. «Mit dänischen Frauen ist nicht zu spaßen, wenn sie eine Waffe in der Hand haben.»

«So?», sagte ich. Ich konnte mir Heldis nur schwerlich mit einer Steinschleuder oder einem Speer in der Hand vorstellen, aber Einar belehrte mich eines Besseren.

«Jeder weiß, was mit den Frauen passiert, wenn Ryesborg verliert, und das bringt selbst die freundlichste Stute zum Beißen und Treten. Manche Frauen kämpfen sogar in Brünne als Schildmaid Seite an Seite mit den Kriegern.»

«Aber Männer sind doch viel stärker», warf ich ein.

Einar tippte mit dem Finger an die Schläfe. «Sie kämpfen mit dem Kopf.» Er zeigte auf Ryesborg. «Lasst uns hoffen, dass die Ryesborger alle mit dem Kopf kämpfen, sonst verlieren wir.»

Ein Hornsignal ertönte zweimal. Die erste Reihe der Seeländer trat einen Schritt zurück und tauschte die Plätze mit der hinteren Reihe, dann knallten die Schilde wieder aufeinander.

Es wurden nur wenige Schläge ausgetauscht, ehe das Horn erneut erklang und die Seeländer sich zurückzogen.

Der Boden zwischen den Seeländern und Jüten war mit Toten und Verletzten übersät, um die keiner sich kümmerte. Stattdessen beschimpften und beleidigten die Gegner einander und brüllten vor Lachen über besonders derbe Flüche.

«Bist du bereit, Ulv?», fragte Einar.

«Ja», sagte ich, ohne den Blick vom Schlachtfeld abzuwenden. Zum ersten Mal hatte ich gesehen, wie ein kompletter Schildwall funktionierte – es war die reinste Magie.

Ein Mann mit einem glänzenden Goldhelm trat aus der Reihe der Seeländer, ging ein paar Schritte auf Ryesborg zu und hob sein Schwert. Der Lärm legte sich, und er rief etwas, das ich nicht verstand. Er ließ den Blick über die Reihen von Ryesborg schweifen und hob erneut an. Nun verstand ich ihn.

«Hört mich an, Männer von Ryesborg! Ihr seid so gut wie tot.»

«Jetzt», sagte Einar. Ich hob den Bogen und zielte auf den Mann, der Ryesborg erbot, sich ehrenhaft zu ergeben.

«Ryesborg, ich will …» Mein Pfeil traf ihn in den Rücken und schickte ihn zu Boden. Ein weiterer verließ meinen Bogen und traf den hinteren Seeländer so fest in den Nacken, dass ihm der Helm vom Kopf fiel.

Die hintere Reihe der Seeländer drehte sich um, was mir die Gelegenheit gab, sie mit weiteren Pfeilen zu spicken.

«Ryesborg!», brüllten Ymer, Einar und Torste und schwangen ihre Waffen in der Luft.

«Ryesborg!»

Mein nächster Pfeil war ein Brandpfeil. Er traf einen Mann mit einem glänzenden Helm in den Hals und setzte seinen Bart in Brand. Als lebende Fackel fiel er vornüber und blieb liegen. Die Seeländer wurden unruhig. Wir waren nur vier, aber wer möchte als lebende Fackel enden? Deshalb teilten sie sich auf, und die kleinere Schar griff uns an.

Mehrere Dutzend Krieger in Kettenhemden stürmten auf uns zu. Einar hatte befohlen, dass wir uns nicht weiter als bis zu den großen Feuern zurückziehen sollten. Mein Magen verkrampfte sich angesichts der Überzahl.

Wir traten ein paar Schritte zurück, als die anderen zwei weitere Bögen und eine Fackel hochhoben. Drei Brandpfeile und Ymers Fackel waren unsere einzige Verteidigung gegen die Angreifer, die so nahe kamen, dass ich ihre Augen unter dem Helm sah.

«Jetzt!» Die Brandpfeile landeten vor den Füßen der Seeländer, und Ymers Fackel überzog sie mit einem Funkenregen. Das Feuer breitete sich rasend schnell auf dem mit Teer und Robbentran beschmierten Boden aus. Die vorderen Angreifer glitten direkt in die Flammen, während wir weitere Brandpfeile hinter ihre Reihen schickten. Ymer konnte nicht mit dem Bogen umgehen, aber sein Fackelwurf war eine Klasse für sich.

Fackel um Fackel flog durch die Luft und setzte die zähe Masse in Brand. Das Feuer schuf so große Verwirrung, dass die Seeländer weiter vorrückten, anstatt zur Seite auszuweichen. Als Ymer die Fackeln ausgingen, hob er das letzte Fass Robbentran in die Höhe und warf es unter die Seeländer. Der Tran fing sofort Feuer und erschuf eine Mauer aus brennenden Männern.

Sie hatten sich überlegen gefühlt, doch nun kämpften sie einen aussichtslosen Kampf. Die wenigen, die der Hölle entkamen, wurden von Ymer und Einar niedergemetzelt, ehe sie die Flammen auf sich löschen konnten. Nur die hinteren waren verschont geblieben, doch sie blieben stehen, ohne ihren brennenden Kampfgenossen zu helfen.

Unter lautem Gebrüll bildeten die Ryesborger eine Keilformation, gingen zum Angriff über und trafen die Seeländer so hart, dass ihr Schildwall aufbrach, nachdem mehrere Männer unseren Angreifern zu Hilfe geeilt und in den Reihen der Seeländer Lücken entstanden waren.

Ein intakter Schildwall ist fast unüberwindbar. Ist er einmal gebrochen, löst er sich rasch auf – insbesondere wenn der Anführer nicht mehr steht.

Ich schoss den letzten Pfeil durch den Rauch und traf einen Seeländer mitten in die Brust. Er fiel mit einem Schrei um, und seine Gefährten wichen zur Seite, bis sie einen schmalen Durchgang zwischen den Flammen fanden. Es waren noch immer mehr als ein Dutzend. Sie rannten auf uns zu, bis unsere Schilde aufeinanderkrachten. Die pure Wucht ihres Angriffs überrumpelte mich. Sie waren wütend und schubsten einander beiseite, um uns als Erster niederzukämpfen, doch weiter als bis zu unseren Schilden kamen sie nicht. Wir stemmten uns mit aller Kraft dagegen. Einar dirigierte uns von links, Ymer von rechts, immer mit den brennenden Feuern als Schutz im Rücken.

Ich atmete rasch und nervös und hieb und stach, was das Zeug hielt. Ymer schlug Margyge fest in ein Schild und zog es zu sich heran, damit mein Schwert den Träger erreichte. Das wiederholten wir mehrmals, bis ich glaubte, wir hätten die Oberhand.

Doch als ich mich gerade über Thors Beistand freute, sammelten sich die Seeländer zum ersten Mal in einer Art spitzem Schildwall. Einar rief eine Warnung, nahm Anlauf und sprang mit den Beinen voran gegen den Mann an der Spitze. Sein Schild rutschte zur Seite und gab den Weg für Einars Klinge frei. Er hatte den Schildwall der Seeländer durchbrochen, und wir folgten seinem Beispiel. Ymer griff die rechte Flanke an, während Einar die linke beschäftigt hielt. Torste und ich attackierten in der Mitte und knackten gemeinsam den Schildwall. Als der letzte Seeländer fiel, sah ich, was Einar längst bemerkt hatte: Die schützenden Flammen waren erloschen, und mehr Seeländer rannten auf uns zu.

Die ersten erreichten uns wie zornige Wespen, doch zum Glück kamen sie einzeln. Ich tat mein Bestes, hieb und stach, bis mein Gegner zurückwich, und fast hätte ich mich zu Ymer und Einar durchgekämpft.

Als der nächste Mann sich auf mich stürzte, verlor ich im Umdrehen die Balance. Im letzten Moment sprang ich zur Seite und fing den heftigen Schlag mit dem Schild ab. Dieser Gegner war schnell.

«Komm her, du Warzenschwein», knurrte er und entblößte seinen bärtigen Mund, in dem nur noch ein paar schwarze Zahnstumpen steckten. Er schwang das Schwert und traf noch einmal meinen Schild. Ich stieß vor und schlug gleichzeitig von oben zu. Drageskygges Klinge schlug den Wangenschutz von seinem Helm und schnitt ihm die Wange bis zum Kinnbein ab. Ich blockierte sein Schwert mit dem Schild und zwang ihn zurück, während er wiederholt, aber vergeblich zustach. Dann glitt er aus und war einen kurzen Moment ungeschützt. Drageskygges Spitze traf ihn tödlich, ehe sein letzter Hieb mich traf. Ich sprang über seine kraftlose

Klinge, stach mein Schwert tief in seinen Bauch, drehte es um und riss es wieder los. Dann brüllte ich meinen Siegesruf.

«Für Thor!» Der Knoten im Magen war durch eiskalte Kampfeslust ersetzt. Es war ein größerer Genuss, als der beste Met, ja sogar besser, als bei einer Frau zu liegen.

Ymers Warnung löste mein Gebrüll ab. «Ulv!»

Ich schleuderte herum und hielt eine Klinge mit Drageskygge auf. Danach überließ ich dem Schwert alles, was sich mir in den Weg stellte. Ich hörte Thors Stimme in meinem Ohr und fühlte mich schlichtweg unbesiegbar. Vielleicht war ich das auch an jenem Wintermorgen vor Ryesborg.

Ein Seeländer nach dem anderen griff mich an, und obwohl mich vereinzelte Hiebe trafen, blieb ich in Bewegung und spürte sie nicht stärker als einen Windhauch oder unbedeutende Mückenstiche.

Irgendwann trieben sie uns zusammen, beinahe Rücken an Rücken, soweit das beim Schwertkampf möglich ist. Wir waren in echter Bedrängnis, und es war pures Glück, dass wir noch am Leben waren.

«Torste!», brüllte Einar.

Torste schwankte, und damit schwankte unsere Verteidigung. Er sank auf die Knie und hob den Schild, um einen Schlag abzuwehren. Dann fiel Heldis' Sohn um.

Etwas explodierte in mir. Ich sprang über Torste, schrie wie ein Verrückter und tötete einen Mann so schnell, dass ich schon den nächsten angriff, ehe der erste am Boden war.

«Drecksäcke», brüllte ich. «Widerwärtige, verfickte Drecksäcke! Hunde, Hurensöhne ...» Alles verschwamm. Ich schlug, stach, hieb und hämmerte wild drauflos, trat, biss und stieß mit dem Kopf, während ich laut fluchte. Das Nächste, woran ich mich erinnere, ist Einars Stimme. Er stand ohne

Schild vor mir und hielt die Hand in die Luft. Ich knurrte ihn an.

«Ulv, hör auf. JETZT!», rief er, wahrscheinlich nicht zum ersten Mal.

Vor mir stand eine Reihe blutiger Männer in durchlöcherten Brünnen, die trotzdem lächelten. Erst als sie mich begrüßten, wurde mir klar, dass ich beinahe Ryesborgs Hirdmänner angegriffen hatte – oder was von ihnen übrig war.

An ihrer Spitze stand Nils Jarl, blutverschmiert und mit wildem Blick, wie ich ihn noch nie gesehen hatte. Der Helm war ihm vom Kopf geschlagen worden, und er presste ein blutiges Tuch an die Glatze. Abgesehen davon schien er unverletzt. Er nickte Einar zu und ging neben Torste in die Hocke.

«Gut, euch zu sehen, Herr», sagte Einar heiser. Er schwankte, sank seufzend neben Torste auf die Knie und kippte nach vorn. Zu meiner großen Verblüffung blieb er reglos liegen. Das Unmögliche war geschehen, Einar Schwertmann war gefallen.

«Ymer?», rief ich und hörte ein Grunzen hinter mir.

Ich drehte mich um und sah Ymer dort sitzen, blutig von Kopf bis Fuß, und er hielt sich den rechten Arm. Selbst seine Pranke vermochte die Wunde nicht zusammenzupressen. Jemand gab ihm ein Stück Stoff, von dem er mit den Zähnen einen Streifen abriss und sich damit den Arm verband.

«Bist du verwundet?», fragte ich wie ein Dummkopf und bekam ein Seufzen als Antwort.

«Sicher nicht mehr als du.» Ymer lächelte schwach.

Ich sah an mir herab und bemerkte Streifen von Blut, wo mein Kettenhemd beschädigt war. Plötzlich maßlos erschöpft, setzte ich mich neben Ymer. Ein gewaltiger Schmerz schoss wie ein Blitz in meinen Schildarm. Ich konnte nicht erkennen, wo das Kettenhemd aufhörte und die offene Wunde begann. Das Blut strömte heraus, und ich wickelte den Rest von Ymers Stofffetzen fest um den Arm.

«Aber wir haben gewonnen», sagte ich.

Ymer nickte und erwies mir, umgeben von toten Feinden, die größte Ehre, die man mit Worten ausdrücken kann.

«Du hattest recht, Ulv. Du eignest dich nicht zum Sklaven. Du bist ein Krieger, und was für einer!» Dann legte er sich hin, schloss die Augen und stöhnte leise.

Ich lächelte und fiel mit dem einzigen Gedanken in Ohnmacht, endlich meinen Platz gefunden zu haben.

KAPITEL 13

Ulv?» Die Stimme kam von weit her. Ich versuchte vergeblich, die Augen zu öffnen.

«Ja?»

Die Stimme gehörte Nælde, und ein kurzer Blick reichte, um zu erkennen, dass ich mich in ihrem Haus befand. Wieder. Zurück im Krankenbett.

«Ymer?»

Ymer antwortete nicht, aber Nælde hatte mich gehört. Sie schob die Hand unter meinen Nacken, hielt meinen Kopf hoch und verabreichte mir eine bittere Flüssigkeit. «Trink. Reden kannst du später.»

Ich wollte nach Ymer und Einar fragen, aber sie flößte mir mehr Medizin ein. Dann lächelte sie und legte meinen Kopf wieder aufs Kissen.

«Schlaf, du brauchst es.»

Ich schloss die Augen, und der Schlaf hüllte mich ein wie die weichste Seide aus dem Land der Gelbhäutigen.

Ich erwachte von einem intensiven Schmerz in den Schultern, am Hals und in den Armen. Was ich von mir sehen konnte, war verbunden oder dunkelblau von Blutergüssen. Ich schloss die Augen.

«Was ist geschehen?», fragte ich mit einer Stimme, die befremdlich schwach und heiser klang. Und ohne jede Arroganz.

«Wir haben gesiegt, mein Freund.»

Ich zwang mich, ein Auge zu öffnen, und erkannte Heldis, die zehn Jahre älter aussah. Ihre Augen glänzten, und sie hielt meine Hand.

«Ymer, Einar und …?»

Sie schwieg, aber das Zittern ihrer Hand ließ mich ahnen, dass die Antwort eine andere war, als ich erhofft hatte. Tränen liefen ihr über die Wangen, und sie umarmte mich. Es tat weh, aber ich sagte nichts.

«Alle drei?», flüsterte ich.

Sie schüttelte den Kopf, schluchzte und richtete sich auf. «Einar ist tot. Torste hat seine Reise nach Walhall angetreten, aber er atmet noch. Ymer geht es nicht viel besser, und du, Ulv, wirst deinen Schildarm kaum behalten können, wenn du überlebst. Nælde sagt, er riecht nach Tod, das ist kein gutes Zeichen.»

«Mein Schildarm?»

Sie nickte. «Nælde sagt …»

In diesem Moment tauchte Nælde neben ihr auf und nahm ihrer Herrin das Wort aus dem Mund. «Ich sage, dass dein Schildarm krank ist. Die Haut und das Fleisch sterben schon ab, und wenn wir die Wunde nicht öffnen, müssen wir den Arm an der Schulter amputieren.»

«Niemals!», rief ich und wollte mich aufrichten, doch mir

wurde schwarz vor Augen. «Lieber verliere ich mein Leben», stöhnte ich.

Nælde seufzte und sagte, es sei durchaus möglich, dass dieser Wunsch in Erfüllung gehe, denn außer am Arm hatte ich ein Dutzend andere gefährliche Wunden.

«Du musst die Wunde öffnen, Heilerin», knurrte ich. Sie schüttelte den Kopf über meine Dummheit.

«Du hättest sicher mehr davon, wenn ein Bartschneider mit Augenlicht das Messer führt.»

Daran hatte ich nicht gedacht.

«Meine Herrin hat ein paar heilkundige Mönche aus Ripa rufen lassen, und wenn du Glück hast und Theo Bartschneider ausreichend Geduld hat, könnte es sein, dass du und deine Kumpane besser davonkommt, als ihr es verdient.» Mit diesen Worten verließ sie mich.

Heldis sah mich mit Tränen in den Augen an.

«Du hast ihn verteidigt, Ulv», sagte sie leise, aber es schwangen Stolz und Freude in ihrer Stimme mit.

«Wen?»

«Torste. Ymer sagt, du hast dich über ihn gestellt und ihm das Leben gerettet.»

«Ymer ist ein Dummkopf.»

Sie lachte leise. «Wer redet denn nun wie ein Dummkopf?»

Sie küsste mich auf die Wange, drückte vorsichtig meine Schwerthand und stand auf.

«Du hast ihn verteidigt, Ulv. Du hast gehandelt wie ein Mann von Ehre.»

Wie ein Mann von Ehre fühlte ich mich nicht. Ich schwankte zwischen der Angst, vielleicht den Arm zu verlieren, und Wut auf mich selbst. Endlich hatte die Chance bestanden, dass Torste krepierte, und ich hatte nichts Besseres zu tun, als ihn zu retten. Ich hatte keine Ahnung, warum ich das getan hatte, aber ich fand es maßlos ungerecht, dass ich deswegen zum Krüppel werden oder sterben sollte.

«Nælde?», rief ich. «Nælde?»

«Ja, Herr?», antwortete sie in einem ziemlich respektlosen Ton.

«Geht es Torste sehr schlecht?»

Sie nickte.

«Schlechter als mir?»

«Nur eines von Theo Bartschneiders Wundern kann Herrn Torstes Leben retten. Theo ist Benediktinermönch und betet Christus an.»

«Aber ist Torste schwerer verletzt als ich?»

Sie nickte wieder.

«Gut», sagte ich und meinte es ernst.

Sie lächelte spöttisch und nahm meinen Verband ab. «Aber vielleicht will sich ein großer Thor-Anbeter wie du, Ulv Palnasson, gar nicht von einem christlichen Mönch behandeln lassen?»

Ich antwortete nicht und sah meinen Schildarm an.

Es roch immer fauler, je weiter sie den Verband abwickelte, und als ich die Haut sah, trieb es mir die Tränen in die Augen. Am Oberarm kam eine garstige Wunde zum Vorschein, etwa so lang wie eine Hand und halb so breit. Zwar hatte ich den Arm selbst verbunden, aber ich konnte mich nicht mehr erinnern, dass es so schlimm war. Der Arm war geschwollen, schwarz und blau, mit roten entzündeten Kanten. Eine gelbe Flüssigkeit quoll aus der Wunde, die schlimmer stank als ein Tierkadaver in der Sommerhitze.

«Willst du dich von einem Mönch heilen lassen?»

Normalerweise hätte ich spöttisch geantwortet, aber das hier sah wirklich nicht gut aus. Deshalb sagte ich, ich würde niemand im Voraus verurteilen, selbst wenn er den Weißen Christus mit den Nägeln in den Händen anbetete.

Nælde reinigte die Wunde mit einer Mischung aus Wasser und bitter riechenden Kräutern.

«Wenn er geschickt mit dem Messer ist, darf er von mir aus glauben, an wen er will, sogar an den Schwächling am Kreuz.»

Sie packte fester zu und sagte, der Gott der Christen sei kein Schwächling. «Er besitzt große Kraft, und genau das brauchst du jetzt.»

Ich stöhnte vor Schmerzen. «Mein alter Freund, Vater Pillgryes, war derselben Überzeugung. Gegen den hatte ich auch nichts.»

Nælde schwieg und wusch weiter die Wunde, als genieße sie es, mich stöhnen zu hören.

«Wie lange willst du das noch waschen, Heilerin? Ich bin ein Krieger, keine junge Frau.»

Sie packte noch fester zu, und ich stieß mein ganzes Repertoire an Schimpfwörtern aus.

«Das mache ich nicht zum Spaß, Ulv. Ich muss den gelben Tod aus deinem Arm entfernen.»

«Mit Wasser?», presste ich mit geschlossenem Mund hervor. «Die Wassertaufe und der ganze christliche Quatsch sind nichts für mich.» Dann verließ mich die Kraft, und die Schimpfwörter blieben auf meiner Zunge kleben. Ich schloss die Augen und konzentrierte mich darauf, nicht die Besinnung zu verlieren. Ich schaffte es nicht.

Das Fieber wütete in meinem Körper, und ich erinnere mich weder, wie viele Tage vergingen, noch, was ich brüllte, wenn ich zwischendurch bei Bewusstsein war. Und wer es gehört hatte, wollte es mir nicht verraten.

Als das Fieber mich endlich losließ, konnte ich noch immer keinen Finger rühren. Ich lag nur da und starrte an Næeldes Wand, an der eine Spinne gemächlich hinaufkrabbelte.

«Der Herr sei gelobt, seine Gnade ist groß – Amen!», sagte eine Stimme hinter mir. Eine Kutte raschelte, und ein großer Mann mit Tonsur trat vor mich.

«Pillgryes?», flüsterte ich und starrte den Mann erschrocken an. «Du bist doch nackt im Wald gestorben, gackernd wie ein verrücktes Huhn.»

Der Mann zwinkerte und lächelte schief. «Du sprichst die Sprache der Sachsen?», fragte er in derselben.

Ich nickte schwach und erkannte, dass es nicht Pillgryes war, der mich aus Folkwang heimsuchte. Ich schloss die Augen.

«Bruder Theo?», rief der Mönch laut, was mir hämmernde Kopfschmerzen verursachte. «Bruder Theo?»

«Halt's Maul, Mönch, sonst ...» In diesem Moment fiel mir auf, dass ich meinen Schildarm nicht spürte. Ich war ein Krüppel, der nichts mehr mit dem Schwert anfangen konnte und von allen verspottet wurde. Meine Zukunft lag am Tor von Ryesborg, bei Bjørn Holzbein und seinen Kumpanen. Ich wünschte, ich wäre mit dem Schwert in der Hand dort gefallen, denn so wollte ich der Nachwelt in Erinnerung bleiben.

«Herr Ulv», sagte eine Fistelstimme, die mich an Vizcolle erinnerte und ebenso irritierte. Sie klang verärgert und belehrend zugleich. Ein hagerer Mann mit Glatze und einer langen Nase in seinem Vogelgesicht sah mich missmutig an. Er trug eine Mönchskutte und ein hölzernes Kreuz an einem Lederband um den Hals. Seine kugelrunden Augen durchbohrten mich geradezu.

«Wo ist mein Schildarm, Druide?», sagte ich, aber er reagierte nicht. «Rede, Zauberer, oder ich zieh dir das Fell über die Ohren.»

Der kleine Mönch schnaubte und begann mit einer unendlich langen Belehrung: «Mein Name ist Bruder Theo und nichts anderes. Ich höre weder auf Mönch noch Vater, Bischof oder Seine Heiligkeit und schon gar nicht auf Zauberer oder Druide. Ich bin ein einfacher Diener des Herrn und will nicht mit Titeln angesprochen werden, die mir nicht zustehen. Warum es ausgerechnet mein Los ist, Ungläubige zusammenzuflicken, weil Seine Heiligkeit in Rom glaubt, es würde ihre Augen für das Licht Christi öffnen, wird mir der Herr erklären müssen, wenn ich einst durchs Fegefeuer gehe. Aber wenn du weiter den Namen des Herrn und seiner Diener missbrauchst, werden die Hände dieses Mönchs und Arztes dich nicht mehr anrühren. Ist das klar, Herr Ulv?»

Ich nickte benommen. «Wo ist mein Schildarm, Bruder Theo?»

Der Gesichtsausdruck des Mönchs wurde milder. Er setzte sich neben meinem Bett in die Hocke, lächelte aufrichtig und zupfte meine Schlaffelle zurecht.

«Dein linker Arm, den du Schildarm nennst, war schwer verletzt und vom gelben Verderben befallen. Selbst wenn sämtliche Dänen auf die Knie fallen und ihren falschen Göttern abschwören, wäre es kaum möglich …»

«Wenn du meinen Schildarm abgenommen hast, Mönch, werde ich dich …» Weiter kam ich nicht. Ich wollte schwören, ihn aufzuschlitzen und den Schweinen zum Fraß vorzuwerfen, doch ich war viel zu schwach.

Bruder Theo schaute verdrießlich, was ich noch oft sehen sollte. Er stand auf, schnaubte und zeigte auf etwas an der Bettkante, das ich nicht sah. Dann richtete er den Blick an die Decke und nickte, als würde sein Allmächtiger direkt zu ihm sprechen. Ich hoffte, dass er ein Donnerwetter abbekam.

«Dafür, dass du eine christliche Sprache sprichst, bist du ganz schön barbarisch. Aber mehr lässt sich wohl kaum von jemandem erwarten, der den Namen eines Raubtieres trägt.» Er beugte sich über mich und hob ein langes Bündel Verband an. «Trotzdem sieht der Herr voller Gnade auf dich herab, was du überhaupt nicht verdienst.» Vorsichtig legte er meinen komplett verbundenen Schildarm auf meinen Bauch. «Er ist gesund, aber sehr, sehr schwach. Wenn du vorhast, damit weiter Menschen auf dem Schlachtfeld zu töten, hoffe ich, dass er schwach wie ein Zweiglein bleibt.»

Skepsis, Glück und Schmerz durchfuhren mich gleichzeitig. «Mein Schildarm ist gesund?» Ich quakte wie ein Frosch, und Bruder Theo nickte, trotz allem offensichtlich erfreut. Er war ein stolzer Mann, was ihm auch zustand, wenn er meinen Schildarm gerettet hatte.

«Freilich ist er gesund, Herr Ulv, und dafür solltest du dem Herrn auf Knien danken.» Sein Blick war seltsam verklärt, als würde sein Herr zu ihm sprechen.

«Danke, Bruder Theo», sagte ich nur.

«Danke nicht mir, danke dem Herrn», sagte er, wickelte vorsichtig den Verband vom Arm und hielt die Nase an die Wunde.

«Danke, Herr», sagte ich. Ich hätte den Arm gern gesehen, aber Bruder Theos Glatze war im Weg. Ich widerstand der Versuchung, ihn am Ohr zu packen und aus meinem Blickfeld zu ziehen.

«Gut», sagte Bruder Theo. «Er ist schwach, aber der Gelbe Tod ist fort. Jetzt braucht es Geduld, Gebete, Enthaltsamkeit und Ruhe.» Endlich bewegte er den Kopf und offenbarte meinen wie ein dünner, knorriger Ast aussehenden Arm. Ich konnte sogar die Finger bewegen, obwohl es höllisch wehtat.

«Danke, Bruder Theo. Danke.»

Bruder Theo entgegnete, ich könne meine Dankbarkeit am besten zeigen, indem ich den heidnischen Göttern abschwor und den wahren Glauben annahm. «Das Wort des Herrn ist wahrlich stärker als alle Schwerter der Welt.»

Ich lachte ihm ins Gesicht, was er mir sehr übel nahm. Dabei lachte ich aus Freude über meinen geretteten Schildarm. Ich legte die gesunde Hand an seinen Arm. «Ich glaube, es ist am besten, wenn du, Bruder Theo, dem Herrn in meinem Namen dankst. Du kennst die richtigen Gebete – meine Worte würden ihm sicher nicht gefallen.»

«Ihr Dänen seid sonderbare Menschen», seufzte er und verließ mich.

Der dicke Mönch, den ich für einen verirrten Schatten Pillgryes gehalten hatte, hieß Bruder Gabriel. Er war nach einem Engel benannt, der angeblich König über den Mond war. Was für ein Schwachsinn. Jeder weiß, dass Mani der Sohn Mundilfaris ist. Weil die Götter ihn und seine Schwester Sol zu schön für die Erde fanden, gaben sie ihnen einen Platz am Himmelsbogen.

Bruder Gabriel war ein drolliger Mann, der tatsächlich an Pillgryes erinnerte. Zwar nahm er es mir übel, dass ich Thor nicht gegen den Schwächling am Kreuz austauschen wollte, aber abgesehen davon war er eine gute Gesellschaft.

Er erzählte, dass Ymer bei Bewusstsein gewesen sei, als die

Mönche ankamen, und um ein Haar Bruder Theos Hand mit Margyge abgehackt hätte, als dieser sagte, er müsse meinen Arm amputieren. Die gewaltige Klinge hatte Bruder Theos Ärmel aufgeschlitzt und ihm die Haut ein wenig aufgeritzt. Bruder Theo hatte laut geschimpft, bis Ymer ihn schließlich niederschlug.

«Und dann», erzählte Bruder Gabriel nicht ganz ohne Schadenfreude, «wartete er, bis Bruder Theo wieder zu Bewusstsein kam – was ziemlich lange dauerte –, und hielt die Axt eine Haaresbreite von Theos übereifriger Nase entfernt.» Gabriel kicherte. So fügsam wie in Ymers Gesellschaft habe er Bruder Theo noch nie erlebt, sagte er.

Seitdem sah Bruder Theo keine Notwendigkeit mehr, meinen oder Ymers Arm zu amputieren, der auch nicht besser aussah. Selbst als das Wundfieber einsetzte, ließ Ymer Margyge nicht los.

«Die Wege des Herrn sind unergründlich, der euch beiden wohlgesonnen war.» Gabriel machte eine Kunstpause, und mir war klar, dass eine weitere Predigt über die Vorzüge des Weißen Christus folgen würde, wenn ich ihn nicht unterbrach.

«Vielleicht sollten wir testen, welcher Gott stärker ist? Du darfst auch die Waffen wählen. Mir ist es egal, ob Schwert oder Axt.»

Gabriel war klug genug, das Thema zu wechseln. Er habe noch nie so derbe Kampfwunden heilen sehen, ohne dass ein Körperteil auf dem Kompost gelandet sei. «Fürwahr, Bruder Theo bewirkt Wunder», sagte er und schlug ein Kreuz vor seinem dicken Bauch. «Normalerweise ist das die Aufgabe des Herrn.»

Dann watschelte er davon, und ich betrachtete Ymer, der

im Bett neben mir lag. Sein Gesicht war eingesunken und abgemagert, Haare und Bart verschwitzt und verfilzt, und seine Augen zitterten, als sähen sie schreckliche Dinge hinter den geschlossenen Lidern.

«Ymer?» Ich hoffte von ganzem Herzen, dass er unbeschadet aus dem Fieber erwachte. Er antwortete nicht, und ich schloss die Augen.

Drei Tage nachdem das Fieber mich losgelassen hatte, war ich kräftig genug, um mich aufzusetzen. Nicht besonders lange, weil Bruder Theo es nicht zuließ, aber ich schaffte ohnehin nicht mehr.

Der Schlaf war eine Befreiung. Mit jedem Aufwachen fühlte ich mich stärker. Jetzt fehlte mir nur noch Gesellschaft. Ich erkundigte mich sogar, wie es Torste ging, der so weit wie möglich von mir entfernt hinter einer Trennwand lag. Er sei in derselben Verfassung wie ich, lautete die Antwort – also schlecht, denn ich konnte noch immer kaum den Grützlöffel halten.

Sie hatten Einar Schwertmann mit einem riesigen Totenfeuer an der Stelle, wo sein Haus gestanden hatte, nach Walhall geschickt. Nils hatte ihm ein neues Kettenhemd angezogen, damit der Schwertmann ein gutes Bild in Gesellschaft der Götter abgab. Es freute mich zu hören, dass Nils wenigstens diesmal nicht an Silber gespart hatte, denn Einar hatte es verdient.

«Nils soll beim Grabbier sogar eine Träne verdrückt haben», sagte Nælde und lächelte traurig.

«Wir alle werden Einar vermissen», sagte ich mit einem dicken Kloß im Hals. Schon der Gedanke, dass Einar nicht mehr unter uns weilte, fiel mir schwer, obwohl er ganz sicher an seinem Platz in Odins Halle saß. Ich trauerte stärker um ihn, als ich zugeben wollte, und damit es keiner bemerkte, tat ich es nur nachts.

«Halte mir einen Platz in Walhall frei, Einar Schwertmann.»

KAPITEL 14

Nach dem Feiertag, den Bruder Gabriel den «Tag, an dem der Apostel Petrus seinen Sitz in Rom bekam», nannte und der ihn tief berührte, geschahen zwei gute Dinge. Ymer erwachte für etwa zwanzig Atemzüge aus dem Fieberwahn. Außerstande, sich zu bewegen oder zu reden, lächelte er mich kurz an und schlief wieder ein, diesmal ohne Fieberkrämpfe.

Es erleichterte mein geplagtes Gemüt, dass auch Ymer gute Überlebenschancen hatte. Ich hätte es nicht ausgehalten, ihn und Einar zu verlieren. Vielleicht war ich zum sentimentalen Idioten geworden, aber die Erleichterung gab mir die Kraft, nach Bruder Gabriel zu rufen.

Mit seiner Hilfe kam ich allmählich auf die Beine. Dafür musste ich mich damit abfinden, dass er ständig den Herrn für seine Wunder pries. Ich für meinen Teil sprach erst von einem Wunder, als ich zum ersten Mal allein zur Tür hinauspisste – zumindest teilweise, denn besonders gut zielen konnte ich noch nicht. Das meiste lief an meinen Beinen hinab und auf Bruder Theos Ziegenlederschuhe.

Der wurde rot vor Wut, schimpfte mich ein Schwein und kommandierte mich zurück aufs Krankenlager. Dennoch grinste ich breit, und während Bruder Gabriel mich zudeckte, seufzte ich: «Danke, Gabriel ... Ymer?»

Ymer lag stumm und mit leerem Blick in seinem Bett, aber auch er lächelte.

«Er ist schwachsinnig geworden», sagte ich. «Im Grunde war er das schon immer, aber nicht so schlimm wie jetzt.»

Ymer bewegte die Lippen.

«Bruder Gabriel, was sagt der Dummkopf?»

Gabriel zuckte mit den Schultern. «Keine Ahnung.»

«Du könntest dein großes Ohr an seinen Mund legen.»

Bruder Gabriel schnaubte, beugte sich über Ymer und sah mich grimmig an. Dann nickte er zustimmend. «Herr Ymer sagt, du seist ein Drecksack.»

«Wirklich?»

Gabriel nickte.

«Lass uns allein.»

Bruder Gabriel richtete sich mühsam auf. Ich lächelte Ymer an und zeigte auf meinen verbundenen Schildarm, dessen Finger ich inzwischen ohne allzu große Schmerzen bewegen konnte. «Danke, mein Freund», sagte ich leise.

Er nickte und sah auf seinen eigenen Arm. «Sie sind noch dran. Der Mistkerl hat es nicht gewagt, sie abzusägen.» Er seufzte erleichtert und schloss die Augen.

«Schlaf, du hast es verdient.» Obwohl Ymer noch viel mehr als meinen Dank verdient hätte, schwieg ich, um die Balance zwischen uns nicht zu verrücken.

Das zweite denkwürdige Ereignis war die Ankunft einer jungen, Sächsisch sprechenden Frau. Sie trug ein langes Gewand mit Gürtel und ein Kopftuch, und am Anfang machte sie mir Angst, weil Gabriel sie mit «Schwester» ansprach. Ich hielt sie für eine Tochter der Nornen, und wer deinen Lebensfaden spinnt, den sollte man nicht verärgern. Vermutlich hatte ich noch Fieber, denn ich traute mich kaum, sie anzusehen – was schade war. Schwester Emma war nicht sehr groß, aber ihr Gesicht war ungewöhnlich hübsch: lebhafte braune Augen, hohe Wangen und füllige Lippen. Unter dem langen Gewand zeichneten sich ihre Hüften und Brüste ab, und besonders Letztere erregten rasch meine Aufmerksamkeit.

Schwester Emma war heilkundig und übernahm die tägliche Wundpflege. Ich freute mich auf ihre Besuche, und eines Tages gelang es mir, ihr in den Hintern zu kneifen. Sie neigte den Kopf, biss sich auf die Unterlippe und entfernte langsam meine Hand. Aber sie schimpfte nicht, und damit wurde meine Hand immer eifriger, bis sie sich kaum noch wehren konnte.

Ihre Besuche wurden von Tag zu Tag länger, weil sie meine gesunde Hand ständig von sich abhalten musste, während sie versuchte, meinen Schildarm zu pflegen. Sie habe ihr Leben dem Herrn geweiht, betonte sie immer wieder, deswegen gehöre auch ihr Körper ihm und keinem anderen. Ich weigerte mich standhaft, solch einen Unsinn zu akzeptieren.

«Was soll ein Schwächling mit Nägeln in den Händen mit einer so schönen Frau? Er kann sie nicht einmal erfreuen.»

Das nahm Emma mir übel. Plötzlich legte sie mehr Kraft an den Tag, als ich es so einer zierlichen Frau zugetraut hätte. Sie hielt meinen Schwertarm fest und schrubbte die Wunden so schmerzhaft, dass ich beschloss, ihren Gott nicht mehr zu beleidigen.

Es dauerte ganze drei Tage, bis meine gesunde Hand ihren

Körper weiter erkunden durfte, und mit jedem Versuch kam sie ein Stück weiter unter ihr Gewand.

Schwester Emma pflegte mich so gut, dass ich eines Tages endlich stark genug war, um sie zu mir ins Bett zu ziehen. Sie protestierte kichernd, leistete aber keinen nennenswerten Widerstand. Sie ließ mich bis ganz unter ihre Kleider kommen und half selbst mit, als ich mit nur einer brauchbaren Hand nicht weiterkam.

Sie war wie eine Stute, die nach einem langen Winter auf die Weide gelassen wurde. Ihre Begierde nahm mir fast den Atem.

Emma wurde immer unsittlicher. Wir schliefen jeden Tag miteinander, während die Mönche mit dem Gebet beschäftigt waren. Zu meiner großen Freude kam sie sogar nachts in mein Bett. Mein Gesundheitszustand verbesserte sich in einem Tempo, das Bruder Theo arg verwunderte, und Emma war in jeder Hinsicht die Ursache dafür.

Abgesehen von Schwester Emmas Besuchen war die Zeit im Krankenbett gottesjämmerlich langweilig. Zwar hatten wir viel Zeit zum Reden, aber daran verlor ich die Lust, als Torste ins Bett neben Ymer verlegt wurde. Ich wusste nicht, was er vorhatte, aber Ymer redete ziemlich viel mit ihm und versuchte, mich ins Gespräch einzubeziehen, indem er über die Schlacht vor Ryesborg sprach. Doch das Eis zwischen uns war so dick, dass selbst die Sonne von Serkland es nicht hätte schmelzen können. Ich wollte Torste noch immer hassen, aber mir fehlte die Kraft dazu. Er verdankte mir sein Leben, und das war ihm klar. Das gefiel mir, aber ich weigerte mich, mit ihm zu reden.

Fünf Monate nach Bruder Theos misslungenem Versuch,

meinen Schildarm abzusägen, war dieser wieder voll beweglich, wenn auch nicht stark. Das kümmerte mich wenig, die Kraft würde zurückkommen. Ymers Arm war leider etwas steif und sollte es auch bleiben, doch das schien ihn nicht zu stören. Jedenfalls hat er sich nie darüber beschwert.

Viel schlimmer war, dass Bruder Theo meine Bettgenossin in eine Abtei in Franken schickte. Er sah mich die ganze Zeit schräg an, murmelte etwas von Unbefleckter Empfängnis und dem Heiligen Geist und bekreuzigte sich. Ich hatte keine Ahnung, was er damit meinte, aber meine Laune verschlechterte sich deutlich, als Emma verschwand.

Der Sommer kam, und mit ihm erreichte ich mein siebzehntes Jahr. Nils Jarl hatte die Palisaden von Ryesborg wieder aufgebaut und mit seinem üblichen Geiz am Material gespart. Sie bestanden nur aus Stämmen mit verbrannten Spitzen, die in den Boden gerammt wurden. Sogar etwas niedriger als die vorigen waren sie. Ymer fand es gefährlich, an so etwas Wichtigem zu sparen. Ich schwieg, und Torste meinte bloß, Nils wisse, was er tue. Auch die vorigen Palisaden hätten nur kleineren Angriffen widerstanden, jedoch lange genug, um dahinter Aufstellung zu nehmen, und das sei das Einzige, was zähle.

Mir wäre es am liebsten gewesen, wenn Nils eine Mauer aus Ziegelsteinen wie die in Qâdis oder Miklagard errichtet hätte. Dann wäre Heldis in Sicherheit gewesen. Doch ich sagte nichts, weil Ymer und Torste über das Thema redeten.

Wenigstens hatte Heldis Nils gezwungen, eine neue Halle direkt neben dem Tor zu bauen. Sie war größer als die alte, fast so groß wie die Halle des Jarls, und für die Hirdmänner, Ymer, Torste und mich gedacht.

Wir zogen wortlos dort ein. Nur Ymer drückte seine Zufriedenheit darüber aus, dass wir nun zusammenwohnten. Und dank Heldis fehlte es uns weder an Sklaven noch an Essen, Bier und Waffen. Neue Kettenhemden hingen auf Holzgestellen bereit, und ihre fein geschmiedeten Ringe glänzten wie Silber. An meinem Haken hing Drageskygge in seiner Scheide und daneben der erste Bogen, den ich in Ryesborg angefertigt hatte. Das Einzige, was mir noch fehlte, war Ravnehug, aber das hing noch immer am Gürtel von Eskil, dem Drecksack. Zumindest hoffte ich das.

KAPITEL 15

Als die Ernte im Haus war und mein Schwertarm wieder Kraft hatte, teilte mir Heldis mit, dass ich zu einem Gastmahl in Odins Vi auf Fünen eingeladen sei, zu Ottar Jarl dem Jüngeren in Norneborg. Torste war ebenfalls eingeladen. Er war völlig genesen und wirkte stärker als ich, was ich beim Waffentraining mit Einars Nachfolger Trygve Eisenarm bemerkte. Trygve Eisenarm war geschickt und fast so stark wie Ymer, doch was Klugheit anging, reichte er bei Weitem nicht an Einar heran. Er brachte uns nicht viel Neues bei, aber er passte das Training so an, dass ich mit meinem geschwächten Schildarm mithalten konnte. Dennoch wehrte der Arm nur wenige Schläge ab, bevor mir die Kraft ausging, was mich vor Torstes Klinge entblößte.

Obwohl es nur Übungskämpfe waren, ärgerte mich das, und Ymer machte die Scham nicht geringer, wenn er Torste in den Himmel lobte. Ich war so sauer, dass Ymer böse Worte über mich murmelte, und er hörte nicht einmal auf, als ich ihm das Bier zum Essen entzog.

Im Grunde hatte Ymer recht. Torste sei lange nicht mehr das dumme Schwein von früher, sagte er öfter, als mir lieb war, ich jedoch hätte mich kein bisschen verändert. Auch das stimmte. Wen mein Starrsinn einmal zum Feind bestimmt hatte, der kam selten mit dem Leben davon.

Von morgens bis abends schlugen, stießen und parierten wir mit stumpfen Schwertern und Äxten, wobei wir Lederharnische und Helme mit großem Gesichtsschutz trugen. Wir lebten genau so, wie ich es mir immer erträumt hatte, und ich Idiot dachte an nichts anderes, als dass Torste fester zuschlug als ich.

Trygve war äußerst zufrieden mit meinen Fortschritten und schaute uns vergnügt zu. Zwei junge Männer mit so raschen Klingen und einer derartigen Beherrschung des Schwertkampfs habe er noch nie gesehen, sagte er oft. Natürlich kannte er unser Talent, er war schließlich beim Holmgang zwischen uns beiden dabei gewesen. Trotzdem war er so stolz, dass er oft andere zuschauen ließ.

Torste reagierte mit stoischer Ruhe auf die Aufmerksamkeit, ich hingegen stapfte wutschnaubend davon. Ich wollte und konnte mich nicht mit einem Schildarm abfinden, der schwächer als Torstes war. Selbst die Sklavin, mit der ich schlief, vermochte mich nicht lange genug abzulenken, um die Schmach zu vergessen. Hätten Ymer und Trygve nicht ständig die Wogen geglättet und Heldis uns nach Odins Vi geschickt, wären Torste und ich garantiert mit scharfen Schwertern aneinandergeraten.

Das habe er bitter bereut, sagte Ymer später oft, denn zu diesem Zeitpunkt wäre Torste wahrscheinlich als Sieger hervorgegangen.

Heldis hatte bestimmt, dass wir den Großteil der Reise

nach Odins Vi auf dem Landweg zurücklegen und nur von Jelling bis an die Westküste Fünens segeln sollten. Selbst Torste fand es lächerlich zu reiten, wenn wir den ganzen Weg mit dem Schiff fahren konnten, aber Heldis wollte, dass wir das Land unserer Vorväter kennenlernten, denn die jütische und fünische Erde habe mehr Familienblut getrunken, als gut sei.

«Unser Geschlecht», sagte sie lächelnd, «hat hier schon geherrscht, als die Götter noch in den Kinderschuhen steckten.»

Zur Abwechslung waren Torste und ich uns einig – es war uns herzlich egal.

Zwar war ich schon ein wenig neugierig auf meinen Großvater, Ottar Jarl den Älteren, und den Teil meiner Familie, der von Palna Jarl von Wenden abstammte, aber wenn man auf nichts Lust hat außer Kämpfen, Vögeln, Essen und Trinken – in dieser Reihenfolge –, ist eine Reise auf dem Landweg nicht besonders förderlich für die Laune. Schon gar nicht auf einem Pferderücken.

Heldis freute sich, dass wir ausnahmsweise einer Meinung waren, aber an ihrem Plan änderte das nichts. Es kam, wie sie es wollte, denn Nils war gerade bei König Gorm in Jelling zu Gast, dem auch wir unsere Gunst erweisen sollten.

Wir sprühten förmlich vor Begeisterung. Heldis hob den Zeigefinger und stampfte mit dem Fuß auf.

«Und noch etwas!» Nun hatte sie unsere volle Aufmerksamkeit. «Ich will unter keinen Umständen hören, dass ihr irgendwelche Schlägereien anzettelt, weder mit Gorms noch mit Ottar Jarls Leuten und auch nicht zwischen euch. Verstanden?»

Wenn Heldis einen Entschluss gefasst hatte, bekam sie in

der Regel ihren Willen. Selbst Jarle und der ein oder andere König hatten sich ihr schon fügen müssen. Diesmal allerdings sollte es ganz anders kommen, und das ganz ohne meine Schuld.

Am nächsten Morgen, als der leichte Regen sich mit Heldis' Abschiedstränen vermischte, standen Ymer, Torste, sechs Hirdmänner und ich vor der Halle und hielten jeder ein Pferd am Zügel. Ich fror und war schlecht gelaunt, mein Schildarm tat weh, und ich wollte nur zurück ins Bett zu meiner wendischen Sklavin, die ich Siv nannte.

Siv war zwar nicht die Hellste, aber schlau genug, im Bett liegen zu bleiben, wohin der Sklaventreiber sich nicht traute.

Fast alle anderen waren aufgestanden und beobachteten unseren Abschied von Ryesborgs Herrin aus gebührendem Abstand. Nur Vizcolle stand nahe genug, um uns zu hören. Er war ungewöhnlich still und sah mich mit einem merkwürdigen Lächeln an. Wahrscheinlich freute er sich, dass ich abreiste.

Ich wollte gerade sagen, dass ich bald wieder zurück sein und ihm das Leben schwer machen würde, als mein Pferd mich schubste. Ich hätte es sicher bestraft, wenn es nicht nach Torstes Pferd gebissen hätte, einem weißen Prachtexemplar, das er mit unübertrefflicher Eleganz ritt.

Torstes Pferd schüttelte schnaubend den Kopf. Mein Pferd hatte es bei der Mähne gepackt, und ich hoffte, es würde ihm ein paar Haare ausreißen. Heldis bemerkte mein Grinsen und räusperte sich laut. Ich straffte die Zügel, gab dem Pferd einen Klaps mit dem Handschuh und beruhigte es.

«Scheißgaul», murmelte ich. Heldis seufzte resigniert, umarmte mich fest und bat mich, auf Torste aufzupassen.

Dann tat sie dasselbe mit ihm. Ymer klopfte sie freundlich auf die Schulter und informierte ihn mit wenigen Worten, was sie mit ihm tun würde, wenn uns auch nur ein Haar gekrümmt würde. Das waren ungewöhnlich harte Worte für sie, aber seit dem Angriff auf Ryesborg machte sie sich Sorgen um uns.

Allein die Vorstellung, dass sie Ymers edelsten Körperteil mit einem stumpfen Messer abschneiden und den Schweinen zum Fraß vorwerfen wollte, hob meine Laune. Ich täuschte ein Lächeln vor und kämpfte mich in den Sattel, bekam das Pferd halbwegs unter Kontrolle und versuchte, die Füße locker in den Steigbügeln zu halten.

«Ich halte immer mein Wort, Ymer», drohte Heldis leise.

«Ich weiß, Herrin», antwortete Ymer gänzlich unbekümmert.

Torste schüttelte den Kopf und schwang sich elegant in den Sattel. «Wenn uns etwas zustößt, ist das mein Fehler, nicht Ymers.» Er lächelte seine Mutter an, drehte das Pferd und ritt vor Ymer zum Tor hinaus.

«Grüßt euren Onkel», sagte Vizcolle ungewohnt munter. «Eure Gesellschaft wird ihm gefallen.» Seine Worte endeten in einem schrillen Quietschen. Vielleicht war es sein Lachen, was ich nicht beurteilen konnte, weil ich ihn nie lachen gehört hatte. Außerdem war ich viel zu sehr damit beschäftigt, mich halbwegs würdevoll im Sattel zu halten, weshalb ich nicht näher über seine Bemerkung nachdachte. Das sollte sich als großer Fehler erweisen.

Ich lächelte Heldis an und überlegte, ob ich galoppieren sollte, entschied mich dann aber, Ryesborg aufrecht und im Schritttempo zu verlassen – eine kluge Entscheidung, denn es sollte lange dauern, bis die Nornen ein Wiedersehen mit Ryesborg in meinen Lebensfaden einwebten. Was niemand wissen konnte, außer vielleicht Nælde, und so waren die Tränen meiner Tante womöglich der Prophezeiung aus einer anderen Welt geschuldet. Wie dem auch sei, die Schicksalsfrauen trieben erneut Schabernack mit meinem Lebensfaden, und zu Torstes und Ymers Unglück waren ihre Fäden fest mit meinem verwickelt.

KAPITEL 16

König Gorm drückte es mit Worten aus, die ich damals noch nicht ganz verstand. Nur starke und kriegerische Männer könnten ein Reich aus starken und kriegerischen Männern einen, sagte er. Dabei sah er zuerst Nils an, der links von ihm saß, und dann den Mann auf dem Ehrenplatz zu seiner Rechten. Das schwarze Haar des beleibten Mannes war halb ergraut, und sein geflochtener Bart wurde von einem glitzernden Goldring zusammengehalten. An den Fingern trug er dicke Goldringe, und die Fibel, die seinen Mantel zusammenhielt, war ebenfalls aus purem Gold.

Nun waren Torste und ich an der Reihe. König Gorm sah uns feierlich an und wiederholte: «Nur starke und kampfbereite Männer können ein Reich aus starken und kampfbereiten Männern einen. Die Skalden besingen nur die Sieger.»

Er zeigte auf einen Mann im roten Mantel, und ich erkannte Ebbe Skald, der mich in der Halle von Ryesborg fasziniert hatte.

«Ebbe Skald wird nun ein Lied vortragen, das er in Ryesborg gedichtet hat.»

Ebbe Skald verbeugte sich vor Gorm und hob die Arme, obwohl bereits gebannte Stille in der Halle herrschte.

«Ryesborg», rief er mit lauter Stimme, die nicht zu seinem Äußeren passte. «Die feindlichen Hunde kamen des Nachts. Mit Hinterlist, Feuer und Schlangenzungen verbrannten sie Ryesborgs Palisaden. Stolz kämpften Ryesborgs Hirdmänner, stolz starben viele Krieger. Hugin und Munin flüsterten ihre Namen in Odins Ohr, und seine Walküren holten sie ab. Keinen der hündischen Räuber nahmen sie mit nach Walhall, denn die gehören nach Helheim.» Der Skalde hob erneut die Arme, lobpries die Männer von Ryesborg – sowohl die Lebenden als auch die Toten – und schmähte die Feinde, die wir getötet und besiegt hatten. Als er fertig war, klatschten alle Männer aus Jütland, aber auch einigen Seeländern gefiel die Geschichte.

«Danke», sagte Gorm und erhob sein Trinkhorn. «Ebbe Skald wird später noch ein Lied vortragen.» Er nahm das Gespräch mit Nils wieder auf.

Der unbekannte Mann auf dem Ehrenplatz sah nun endgültig vergrätzt aus. Er redete mit seinem Tischnachbarn, Gorms sagenumwobenen Heerführer Harde-Gunni Trugotsson, und schielte dabei die ganze Zeit zu Torste und mir herüber. Es war schwierig, nicht zurückzustarren. Harde-Gunni bemerkte meinen Blick und schüttelte kurz den Kopf. Ich hatte noch kein Wort mit Gunni gewechselt, aber Einar hatte viel von ihm gesprochen und seine Taktik und Klugheit gelobt. Deshalb folgte ich seinem stummen Rat und vermied den Blickkontakt mit dem wütenden Herrn.

Ymer hatte als Sklave keinen Platz in Gorms Halle, weshalb ich Schulter an Schulter mit Torste saß. Es war beklemmend, aber wir spielten die Rollen, die der Jarl und der König uns zugewiesen hatten. Trotz meiner jugendlichen Naivität war mir klar, dass dies kein normales Trinkgelage war, dafür fehlte die wilde Ausgelassenheit. Ich hatte jedoch keine Ahnung, was es sonst war.

So fragte ich mich etwa, warum König Gorm Dinge sagte, die eigentlich selbstverständlich waren. Natürlich bekam derjenige, der noch aufrecht stand, nachdem das Blut die Erde rot gefärbt hatte, alles: Frauen, Silber, Vieh, Land und Titel – in dieser Reihenfolge. Aber warum hatte Gorm sich direkt an Torste und mich gewandt? Torste verstand mehr von solchen Dingen. Irgendetwas schien ihn zu drücken, aber ich nahm an, dass es meine Anwesenheit war.

Gorms Rede hatte indes nicht nur uns, den Enkeln Ottars des Älteren, gegolten. Neben mir saß Harald Gormsson, ein kleiner lästiger Pisser, der so aufgeblasen war, dass ich fast lieber mit Torste geredet hätte.

Torste jedoch war beschäftigt. Neben ihm saß Knut Gormsson, und die beiden tuschelten eine gefühlte Ewigkeit miteinander.

Auf der Bank neben Knut, Harald und Nils Jarl saßen Ravnunge-Tue, Frebjørn Urne und Odinkar, König Gorms wichtigste Verbündete. Ihre Unterhaltung verstummte, als Harald unaufgefordert ein Loblied auf die drei und Harde-Gunni vortrug.

Tue hob seinen Krug, und Frebjørn sagte, Harald Gormsson blühe eine große Zukunft, wenn er die alten Skaldenlieder so gut auswendig könne. Odinkar schwieg und sah aus, als wolle er die Nornen lieber nicht herausfordern.

Während Harald ein weiteres Lied anstimmte, ließ ich meine Gedanken schweifen. Unser Einzug in Jelling war ein ganz anderes Erlebnis als beim letzten Mal gewesen, als Einar mich an einem Strick hinter seinem Pferd hergezogen hatte.

Die Hallen in Jelling waren die größten, die ich bisher gesehen hatte, aber es waren weniger als erwartet. Mir fiel sofort auf, dass die meisten von ihnen mit Kriegern besetzt waren – vielen Kriegern.

Zwar gab es noch etliche kleinere Langhäuser und Scheunen mit geflochtenen Weidezäunen ringsum, aber es war kein Vergleich mit Arus oder Haithabu. Die Stimmung war anders. In Jelling wirkten alle angespannt, als müssten sie allzeit bereit sein.

Vielleicht lag es auch daran, dass es in Jelling keinen Marktplatz gab und somit das bunte Treiben mit Schlägereien, Huren, lautem Handel und Trinkgelagen fehlte. Arus und Haithabu waren Städte, Jelling war eine Burg – König Gorms Burg.

Harald tippte mir auf die Schulter. «Jellings Palisaden werden erweitert. Das ganze Gebiet vom Ochsenweg bis zur Ostsee muss kontrolliert werden», sagte er, als hätte er meine Gedanken gelesen. «Was sagst du dazu, Ulv Palnasson?»

Ich hätte zwar einiges zu sagen gehabt, entgegnete aber nur, dass zwischen diesen Orten ein Fluss liege, soweit ich mich erinnerte.

«Ja», sagte Harald und grinste breit. «Deshalb werden wir eine Brücke bauen, wie sie noch kein Land gesehen hat. Dort können viele Langschiffe anlegen, und alle kommen schnell und trockenen Fußes nach Jelling.»

Ich murmelte etwas Unverständliches und richtete die Aufmerksamkeit auf meinen Bierkrug. Eine Brücke über den Fluss, die gleichzeitig als Anleger diente? Ich hatte selten etwas Dümmeres gehört. Selbst wenn Gorm mich mit goldenen

Armringen bezahlt hätte – ich hatte die Nase voll von Harald Gormssons Geschwätz und schielte sehnsüchtig zur Tür, wo gerade ein Mann eintrat.

Ich erkannte Skjalm Hvidelæder, obwohl ich bei unserem letzten Treffen sturzbetrunken gewesen war. Fast so groß wie Ymer, mit langem blondem Haar, geflochtenem Bart und Augen von der Farbe des Griechischen Meeres, war er nicht zu übersehen.

Skjalm begrüßte alle Anwesenden ehrerbietig, insbesondere Gorm, der sich am Bart kratzte.

Frebjørn bot ihm den Platz zwischen sich und Harald an, und Skjalm setzte sich neben Gorms jüngsten Sohn. Er nahm einen Krug Bier und leerte ihn in einem Zug, als wäre er weit gereist. Dann hob er den Krug, und ein Sklave füllte nach.

Ich drehte mich zu Knut und Torste um, die immer noch miteinander tuschelten. Knut hatte blondes Haar und einen Bart wie sein Vater, dazu ein harmonisches Gesicht mit knallblauen Augen. Pillgryes hätte es ein Engelsgesicht genannt, obgleich Knut mit seinen breiten Schultern und Muskelpaketen keineswegs engelsgleich aussah. Wenn er die Augen zukniff, ahnte man, welch brutale Kraft in ihm steckte. Und alle, die ihn kannten, wussten, dass sie besser einen kühlen Kopf bewahrten.

Knut Danaast, wie Ebbe Skald ihn nannte, war das Gegenteil seines Bruders. Harald war kleiner, hatte dunklere Haut und prahlte unaufhörlich. Am liebsten hätte ich ihm das Maul gestopft, doch das hätte ich kaum überlebt.

Knut Danaast hingegen war ein sympathischer, fröhlicher Mann. Eines Tages würde er König werden, wie ich und viele andere glaubten. Die Nornen aber lachten.

Harald hatte an jenem Tag offenbar nichts Besseres zu

tun, als alles, was ich sagte, zu bekritteln oder mir die Worte im Mund umzudrehen, sodass ich mich ständig vor Frebjørn rechtfertigen musste. Diese Unsitte behielt er noch lange Jahre danach bei.

Der Dreckskerl versuchte sogar, mir einen Treueeid auf den Weißen Christus abzuringen. Der Gedanke daran macht mich noch heute so wütend, dass nur die Erinnerung an meine Pfeilspitze in seinem nackten Arsch mich tröstet. Doch all dies werde ich erzählen, wenn die Zeit gekommen ist.

Skjalm tat, als fände er Haralds Angeberei unterhaltsam, und lachte oft. Ich hatte seit unserem Gespräch vor der Schenke in Haithabu nicht mehr mit Skjalm geredet – sofern man die Tirade von Flüchen aus meinem Mund ein Gespräch nennen wollte. Nur Einars Anwesenheit hatte damals mein Leben gerettet, und ich hatte nicht die geringste Lust, diese Episode mit irgendjemandem am Tisch zu teilen.

Ich sah mich in Gorms dunkler Halle um, die nur spärlich von Tranlampen erleuchtet war. Für eine Königshalle war sie nicht sonderlich prunkvoll. Die Wände waren rau und nur mit Fellen sowie Gorms rotem Dreiecksbanner mit dem fliegenden Raben behangen.

Lediglich Gorms Sitz war mit Schnitzereien an den Lehnen verziert, doch immerhin tranken alle aus Glaskrügen von der Art, wie Eskil sie auf dem Hof des fränkischen Adligen zerschmettert hatte. Auf dem Boden waren Essensreste verstreut. Es gab Schwein, Rind, Fisch und Hammel, aber weniger Bier als gewöhnlich. Und entgegen der Tradition wurde das Trinkhorn nicht herumgereicht. Normalerweise erntete derjenige, der es in einem Zug leerte, großen Applaus, doch heute liefen Sklaven mit Bier- und Metkannen umher und schenkten den Gästen nach.

Dies war kein feuchtfröhliches Gelage, sondern ein Gastmahl, das zu einem bestimmten Zweck gegeben wurde. Plötzlich ging mir auf, mit wem ich da an einem Tisch saß. Alle waren älter und reifer als ich, und alle waren Verbündete, auf die König Gorm sich verlassen konnte. Nur der schielende, vornehm gekleidete Mann neben Gorm passte nicht ins Bild.

Er sah aus wie ein König. Genauer gesagt ein zorniger König, und mit solchen ist nicht zu spaßen.

Der Mann stand auf und ging zur Tür. Wahrscheinlich wollte er Wasser lassen. Ich tippte Torste auf die Schulter.

«Wer ist der Herr rechts von König Gorm?», fragte ich.

Torste wirkte überrascht, weil ich ihn direkt ansprach.

Sein Schweigen machte mich ungehalten. «Torste von Ryesborg», sagte ich leise und drohend.

Torste nickte kaum erkennbar, und zum Glück sah ich in dieselbe Richtung wie er.

Der Ehrengast hatte wieder neben Gorm Platz genommen und starrte mich an. Er umklammerte seinen Krug, und seine runden, dunklen Augen blitzten auf. Dieser Blick war von Hass verschleiert, nicht vom Bier.

«Ich muss pissen», sagte Torste und stieß mich mit dem Ellbogen an. «Kommst du mit?»

Ich stand auf. «Torste ...»

Er schüttelte den Kopf und zischte: «Nicht hier, Ulv.»

Wir gingen hinaus in die Dämmerung, vorbei an einer Gruppe pinkelnder Männer und einem Gebäude, in dem die Küchensklaven noch voll beschäftigt waren, bis zu einem abgelegenen Platz zwischen zwei großen Buchen. Erst dort rückte Torste mit der Sprache heraus:

«Der Herr neben Gorm ist König Sigfred von Lejre und damit Tyras Vetter.»

Mir sträubten sich die Haare im Nacken. «Der Vater von Edvard von Lejre?», fragte ich.

Torste nickte ernst. «Er hasst mich dafür, dass ich Edvards Namen in Verruf gebracht habe, und will Blut fließen sehen. Aber zuerst will er dich töten, und zwar sobald Gorm das geringste Anzeichen von Schwäche zeigt.»

«Aber wir haben die Regeln des Holmgangs befolgt. Edvard wollte den Kampf auf Leben und Tod, nicht ich.»

«Das spielt keine Rolle. Er hasst dich, weil du als sechzehnjähriger Junge seinen Sohn wie einen räudigen Hund getötet hast, obwohl er genau das war.» Torste dachte kurz nach. «Und dass weder Tyra noch andere Frauen anwesend sind, deutet darauf hin, dass die Stimmung zwischen den beiden Königen angespannt ist.»

«Von so was habe ich keine Ahnung, es ist ja erst mein zweites Gastmahl», murmelte ich und fügte hinzu, dass Gorm doch ein mächtiger König sei.

«Sigfred will Blutrache an uns beiden. So ist die Tradition, jeder in seiner Situation würde das verlangen. Er steckt hinter dem Angriff auf Ryesborg. Vielleicht können nicht einmal Tyra und Gorm verhindern, dass sich sein Wunsch noch vor Sonnenaufgang erfüllt.»

Ich war so überrascht, dass ich vergaß, mit wem ich sprach. «Warum ist er dann hier, wo doch Nils Jarl neben Gorm sitzt?»

Torste zuckte mit den Schultern. Zum ersten Mal sah ich in ihm einen anderen Menschen als meinen Erzfeind. Er blickte mich fragend, aber dennoch entschlossen an. Seine nächsten Worte überrumpelten mich.

«Ich vermisse Einar», sagte er leise mit derselben Trauer um den Mann, der mir ebenso viel bedeutet hatte.

«Ich auch. Er war ein guter Mann.»

Torste seufzte, neigte den Kopf und sah mich ernst an. «Ich war ein dummes Schwein, Ulv», sagte er aufrichtig.

Ich nickte nur, und er seufzte noch einmal.

«Aber du warst keine Spur besser, Ulv.» Ich schnaubte, aber er hob die Hand. «Und jetzt, wo Einar uns nicht mehr beschützen kann, müssen wir zusammenhalten, sonst sterben wir beide sehr bald.»

Ich schwieg, denn er hatte recht.

«Und nach uns würden sie meine Mutter und meinen Vater umbringen und dann Ottar Jarl und den Rest unserer Familie.»

Als er Heldis erwähnte, spürte ich einen Stich im Herzen. «Was sollen wir tun?», fragte ich.

Seine Antwort überraschte mich erneut. «Ich weiß es nicht, aber wir müssen so bald wie möglich mit meinem Vater reden.» Er sah mir tief in die Augen und lächelte mich erwachsen an. Zum ersten Mal erkannte er offen an, dass wir einander ebenbürtig waren.

«Warum jetzt, Torste?»

«Weil in unseren Adern dasselbe Blut fließt. Weil Ymer sagt, dass du ein guter Mensch bist, wenn auch ein Flegel. Weil wir einander nicht hassen dürfen, da Mutter es verboten hat ...» Er senkte den Blick.

«Und?»

«Und weil ich dich lieber zum Freund als zum Feind habe, Ulv. Du bist der beste Schwertkämpfer, den ich je gesehen habe.»

Er sah mich an, und was ich in seinen blauen Augen erkannte, sollte mir noch oft das Leben retten. Ich sah Klugheit, Kraft, Mut – vor allem aber Aufrichtigkeit. Ymer hatte recht, Torste war reifer geworden, und vielleicht wurde ich das in diesem Moment auch, zwischen zwei nach Urin stinkenden Buchen in Jelling.

«Gleichfalls, Torste von Ryesborg», flüsterte ich, erstaunt über meine eigenen Worte.

Torste lachte. «Tut ganz schön weh, was?»

«Und wie!»

Wir glucksten, dann brachen wir beide in Gelächter aus – ein Lachen, das seit meiner Kindheit in meinem Bauch festgesteckt hatte. Über uns hing das Todesurteil des Königs von Lejre, aber wir lachten, klopften einander auf den Rücken und konnten gar nicht mehr aufhören. Das tat verdammt gut.

«Ulv, nein!», rief eine tiefe Stimme.

Ehe ich mich umdrehen konnte, stand Ymer mit ausgestreckten Armen vor mir und wollte uns trennen, doch als er uns lachen sah, hielt er inne. Er streckte die Arme in die Luft wie dicke Buchenäste und starrte uns verdutzt an.

«Was?», quakte er.

Torste fasste sich zuerst. «Er ist dein Sklave, Ulv. Sag ihm, dass er die Arme senken kann.»

«Schon gut, Torste, er ist nun mal etwas schwer von Begriff.»

Wieder packte uns das Lachen. Ymer ließ die Arme fallen und meinte, er habe uns besser leiden können, als nur einer von uns ein dummes Schwein gewesen sei.

«Und frech wie eine wendische Krämerfrau», lachte Torste.

Unsere Flachserei ging Ymer sichtlich auf die Nerven. Als wir uns halbwegs beruhigt hatten, sagte er, Herr Nils wünsche umgehend unsere Anwesenheit bei Tisch.

«Er ist sauer, weil ihr rausgegangen seid.» Ymer grinste.

«Wenn ich Glück habe, kriegt ihr erst mal die Ohren gewaschen.»

So kam es zwar nicht, aber Nils war wirklich wütend und warf uns einen zornigen Blick zu, ehe er das Gespräch mit Odinkar fortsetzte. Knut begrüßte uns mit einem Nicken, während Harald schmollte, weil er aufrücken musste.

Ich ließ den Blick über die Versammlung schweifen, und nachdem Torste mir die Augen geöffnet hatte, sah ich sie in einem ganz neuen Licht. Sigfred Lejre-Königs Männer saßen an einem anderen Tisch. Sie schielten unentwegt zu Sigfred hinüber und tranken viel weniger von Gorms gutem Bier, als sie sollten. Ihr Tisch war von drei Tischen mit Gorms Männern und dem Tisch des Königs umringt.

Sie waren klar in der Unterzahl, denn obwohl er Tyras Vetter war, hatte Sigfred kein größeres Gefolge mitnehmen dürfen. Ich entspannte mich etwas, denn hier hatte Sigfred keine Chance gegen Gorm. Vielleicht war es mein zufriedenes Grinsen, das König Sigfred die Fassung verlieren ließ.

Aus welchem Grund auch immer schlug Gorm die Faust plötzlich so fest auf den Tisch, dass Teller und Glaskrüge klirrend zu Boden fielen. Dann stand er auf und erhob die Stimme. Nicht zornig oder drohend, aber aufgeregt.

Die Gespräche im Saal, die ohnehin nicht besonders lebhaft gewesen waren, verstummten schlagartig.

«Wahrlich, ich sage Euch, Herr Sigfred, dass Männern wie Ulv Palnasson und Torste von Ryesborg die Zukunft gehört genau wie Knut und Harald. Und ihre Zukunft gehört mir, wenn es die Nornen nicht anders wollen. Diese zwei mutigen Jungen haben vor den Toren Ryesborgs ganze Horden von Räubern getötet. Unbekannte Räuber, Herr Sigfred. Und obwohl der Sieg teuer erkauft war, da Einar Schwertmann nicht mehr unter uns weilt, haben die beiden mehr gewonnen als verloren. Sie wurden zu Kriegern, welche die Skalden von Skiringssal bis Haithabu lobpreisen. Von solchen Männern kann man nie genug haben.»

Sigfred blickte noch zorniger drein als vorher, wenn dies überhaupt möglich war. Für einen Moment herrschte peinliches Schweigen, dann sah er mich finster an.

«Da habt ihr wohl recht, Herr Gorm. Vielleicht darf ich mir die beiden großen Krieger ausborgen, damit ihr Loblied in Seeland und Schonen aus ihren eigenen Mündern erklingen kann?»

Zuerst dachte ich, Gorm würde nachgeben, denn er nickte langsam. Mein Schildarm tat weh, und ich wollte schon laut protestieren.

«Das dürft Ihr sicher einmal, Herr Sigfred. Irgendwann werden diese zwei Junghähne Seeland und Schonen besuchen, das verspreche ich. Aber im Augenblick haben sie eine Aufgabe für mich auszuführen. Doch lasst Euch sagen: Wer meine Verbündeten oder deren Familien und Besitz angreift, seien es Ländereien, Höfe, Burgen oder Schiffe, der wird meinen Zorn spüren. Und wenn es der Kaiser von Miklagard wäre, ich würde auf der Stelle Blutrache fordern.»

Sein Blick schweifte herausfordernd über die Gäste. Sigfred sah aus, als hätte man ihm saure Milch serviert.

«Gleichzeitig, Herr Sigfred, weiß ich, dass niemand hier genug Hundeblut in seinen Adern hat, um etwas Derartiges zu tun. Es waren Räuber, die Einar Schwertmanns Haus und Ryesborgs Palisaden niedergebrannt haben. Hunde, genau wie ihr Herr, dieser Sohn einer lahmen Hündin.»

Die Beleidigung saß. Ich hätte noch mehr auf Lager gehabt, aber Gorms Worte waren wohlgewählt. Ich grinste den

Nachkommen der sagenumwobenen Lejre-Könige frech an. Nie würde er so viel Bewunderung erfahren wie sein Vorfahr Rolf Krake.

Gorm setzte sich, und obwohl ich wenig Erfahrung in Spielen wie diesem hatte, spürte ich den Hass im Raum. Ein einziges Wort mehr, ein Funke, und es hätte in einem Blutbad geendet und Schande über Gorms Gastfreundschaft gebracht. Dabei ist nichts wichtiger als der Ruf und Nachruhm eines Mannes – alles andere verschwindet mit ihm, wenn seine Reise in Midgard endet.

Es war so still in der Halle, dass wir deutlich die leisen Stimmen hörten, die sich draußen näherten.

Plötzlich erklangen wundersame Töne. Zwei Zwerge in roten und blauen Kleidern betraten die Halle und spielten auf Flöten, wie ich es nie zuvor gehört hatte. Sie wechselten die Tonart und das Tempo, und fünf Frauen wirbelten in die Halle, dunkelhäutig und glänzend von Kopf bis Fuß. Bis auf einen Perlenrock um die Hüfte waren sie vollkommen nackt. Sie tanzten im Kreis, hielten einander an den Händen und wiegten sich im Takt der Musik.

Die Stimmung stieg sofort, und mit jedem Schritt wurden die Bewegungen der Tänzerinnen sinnlicher. Sie tanzten eng zusammen, rieben die Unterleibe aneinander und liebkosten die Brüste, Hüften und Hinterteile ihrer Partnerinnen.

Lust durchströmte mich, alle Anspannung verschwand, und ich vergaß Sigfreds Todesurteil. Ich war von zwei Flöten, schwingenden Hüften und wiegenden Brüsten verzaubert, gefangen zwischen Begierde und Verwirrung. Wie konnte so etwas Reizendes zwischen all den rauen Männern geschehen?

Die Musik wechselte den Rhythmus, und die Tänzerinnen

begaben sich zwischen die Tische und Bänke. Die Männer grapschten erfolglos nach ihnen. Als auch ich die Hand nach ihnen ausstreckte, begriff ich, warum niemand die Tänzerinnen zu fassen bekam. Meine Hand rutschte ab, und ich blieb mit öligen Fingern sitzen. Die Tänzerinnen waren glitschig wie die Aale in Ryesborgs Reusen.

Wie auf einen stummen Befehl hin tanzten sie alle um König Sigfreds Heeresführer herum, einem Mann mit einer Narbe vom linken Auge bis zur rechten Seite seines rasierten Nackens. Er hieß Gunulf der Wilde.

Gunulf der Wilde stand auf und versuchte, die Arme um eine Tänzerin zu schlingen, aber es gelang ihm nicht. Ersatzweise klatschte er den Frauen jedes Mal, wenn sich die Gelegenheit bot, laut brüllend auf den Hintern. Sie schrien vor Schmerz und tanzten von ihm fort, nur um weiteren gierigen Männerhänden zu begegnen.

Wieder wechselte der Rhythmus, jetzt formten die Frauen einen Kreis und umarmten einander. Gunulf starrte sie mit wildem Blick an, knurrte wie ein Tier und stürmte auf sie zu.

Er landete in ihre Mitte, aber ihren lauten Schreien zum Trotz bekam er nichts anderes als Perlen zu fassen. Als die Tänzerinnen ihm wie durch einen Zauberschlag entwischten und zur Tür hinausliefen, stand Gunulf mit heruntergelassener Hose und wippendem Glied mitten in der Halle. Erst als alle laut lachten, begriff er, was geschehen war, zog die Hose hoch und verließ so würdig wie möglich die Halle. Lautes Gelächter schallte ihm aus den Reihen der Jüten, Haruden, Kimber und sogar der Seeländer nach. Der Einzige, der nicht lachte, war Sigfred.

Wie die Tänzerinnen Gunulfs Hose geöffnet hatten, war

mir ein Rätsel, aber sie hatten seine Autorität damit stärker untergraben, als jedes Schwert es gekonnt hätte. Gunulf der Wilde hieß von jenem Abend an nur noch Gunulf der Wicht.

Wir waren viele an jenem Tag in Gorms Halle, und jeder, der lange genug lebte, um davon zu erzählen, hatte eine andere Version der Ereignisse auf Lager. Ich habe es mit eigenen Augen gesehen und erinnere mich genau. So seltsam es klingt, aber letztendlich rettete keiner der Männer Gorms Ehre, sondern Tyra.

Sie stand in der Tür, lächelte ihren Mann an und schickte Sklaven mit reichlich Bier und Tellern voll Schweinefleisch an den Ehrentisch. Endlich floss das Bier, wie es sollte, und selbst die Krüge der stursten Seeländer blieben nicht lange leer. Bis auf Sigfreds.

Schließlich wurde das Fest doch lustiger, als es Sigfred recht war. Er schäumte vor Wut, und während alle um ihn herum lachten, zählte er laut seine Ahnenreihe auf, zurück bis in die Zeiten König Skjolds. Offenbar, um sich vor Gorm und seinen eigenen Männern zu rechtfertigen.

Doch mit dem Bier flossen auch die Gespräche unter den Männern leichter, was ihn sehr wurmte. Am Ende starrte er wieder mich an, und als ich seinen Blick erwiderte, fuhr er sich mit den Fingern über die Gurgel.

Harald hob den Krug und trank auf König Gorm und dessen Reich, das seiner Meinung nach alle Dänen umfassen sollte. «Von Skiringssal bis Haithabu und von Birka bis Ripa», sagte er laut genug, dass Sigfred es hörte.

Der Lejre-König sprang so hastig auf, dass sein Stuhl umfiel, und er verließ die Halle schnellen Schrittes. Danach war das Fest rascher vorbei, als es Torste und mir lieb war.

Plötzlich stand Ymer hinter uns, zog uns an den Armen hoch und forderte uns auf mitzukommen. Davon wollte ich nichts hören, wo es doch gerade erst lustig wurde.

Torste stand ohne ein Wort auf und zog mich mit. Unter meinem lauten Protest verließen auch wir die Halle.

Draußen war es dunkel, und die Luft war kühl. Im äußeren Lichtkreis der Fackeln zog ich an Ymers Ärmel und hielt ihn an.

«Ymer», begann ich, doch dann bemerkte ich die Sorgenfalten auf seiner Stirn. «Du vergisst deinen Rang.»

Er schüttelte den Kopf und sagte, das sei nicht der Fall. Herr Nils habe ihm befohlen, uns aus Jelling herauszubringen, wenn nötig mit Gewalt – zumindest in meinem Fall.

«Und Torste?»

«Herr Nils meinte, Torste sei nicht so schwer von Begriff wie du. Er …»

«Aber warum, Ymer?», warf Torste ein.

Ymer führte uns zu einem großen Feuer und blickte über die Schulter. «Herr Nils will, dass ihr nach Wæthel reitet und von dort so schnell wie möglich weiter zu Ottar Jarl nach Odins Vi fahrt. Wenn euch etwas geschieht, bezahle ich mit meinem Leben, aber das hat mir die Herrin schon auferlegt.»

An dem Feuer warteten fünf Hirdmänner aus Ryesborg mit Pferden auf uns.

Torste sah Ymer verblüfft an. «Fliehen wir?», fragte er und ging zu seinem Pferd.

Ymer schüttelte den Kopf. «Herr Nils flieht vor niemandem, er entfernt nur die mögliche Ursache eines Streits zwischen Gorm und Sigfred, solange noch Zeit ist.»

Mein Pferd stand neben Ymers und war wie alle anderen voll beladen. Vor Überraschung verschlug es mir die Sprache, aber ich fand, dass Ymer redete, als wäre Nils sein Herr und nicht ich.

Ymer schwang sich auf sein Pferd, und Torste folgte seinem Beispiel. Ich fluchte still, weil ich es hasste, vor den Augen von Männern, die mir Respekt schuldeten, in den Sattel zu steigen. Durch einen glücklichen Zufall gelang es mir aber, und ich setzte das Pferd sogar ohne größere Probleme in Bewegung.

Wir ritten vor zwei Hirdsleuten aus Ryesborg und hinter drei weiteren, die Torste gebeten hatte, weder zu langsam noch zu schnell zu reiten. Sicher hatte er das nur meinetwegen getan, aber ausnahmsweise nahm ich es ihm nicht übel, denn ein Sturz vom Pferd war das Letzte, was ich in dieser Situation gebrauchen konnte.

Ymer lenkte sein Pferd dicht an meines, und als wir Knie an Knie ritten – was mir im Übrigen gar nicht gefiel –, begann er ein Gespräch mit Torste, das mir zeigte, was ich alles nicht bedacht hatte.

«Ich rate ja nur», sagte Torste. «Aber ich bin ziemlich sicher, dass Gorm mit Sigfred abrechnen will. Bloß nicht hier in Jelling. Sigfred ist so verblendet, dass er versuchen würde, uns hier zu töten, obwohl er Gorms Gast ist. Das würde Gorm zum sofortigen Krieg zwingen.»

«Aber Sigfred würde hier nirgendwo Schutz finden», warf ich ein.

«Ja», stimmte Ymer mir zu. «Aber er ist ein schlauer Mann, und als solcher hat er sicher viele Schiffe oder womöglich seine ganze Flotte irgendwo in der Nähe gelassen. Vielleicht wartet sogar sein ganzes Heer in den Wäldern vor Jelling. Schlimmstenfalls hat er sich mit anderen verbündet, die verhindern wollen, dass Gorm zu viel Macht bekommt.»

«Und noch etwas», fügte Torste hinzu. «Gorm will nicht, dass der Krieg in Jütland stattfindet. Er will die Walstatt selbst wählen und nicht mit dem Rücken zur eigenen Halle kämpfen.»

Das klang vernünftig, aber Gorm hatte so viele Krieger in Jelling, dass ich nicht verstand, warum er Sigfred nicht auf der Stelle abschlachtete. Ymers Worte spukten in meinem Kopf herum, und plötzlich ging mir auf, dass er schon wieder recht hatte – König Sigfred konnte unmöglich alleine sein. Jedoch hatte ich weder eine Ahnung, wer seine Verbündeten waren, noch warum Nils uns all das nicht erklärt hatte. Stattdessen schickte er uns fort wie einen Köder am Angelhaken.

Ymer lachte. Offenbar hatte ich laut gedacht. Was hatte Gorm geantwortet, als Sigfred Torste und mich zur Unterhaltung seiner Seeländer ausleihen wollte? *Im Augenblick haben sie eine Aufgabe für mich auszuführen ...*

Worin diese Aufgabe bestand, konnte ich nur raten in dieser Nacht auf dem Pferderücken, unterwegs zu einem Schiff, das uns zu Ottar Jarl nach Fünen bringen sollte. Aber es ärgerte mich, dass wir den Schwanz einzogen und flüchteten – damit habe ich noch heute Probleme.

Reiten war bekanntlich nie meine Lieblingsbeschäftigung, schon gar nicht, wenn es im Dunkeln über Bäche, durch Wald und Gestrüpp und um Seen herum ging. Zum Glück war mein Kopf so voll mit verwirrenden Gedanken, dass ich ganz vergaß, vom Pferd zu fallen.

Mani hatte mit seinem Wagen den Gipfel des Himmelsbogens erreicht, als wir an der Furt Wæthel ankamen, und er leuchtete so hell, dass ich zwei Schiffe erkannte, die an Land gezogen waren. Eines davon war die *Hjorten*. Orm Steuermann wartete mit einer vollen Besatzung von knapp zwanzig Leuten, als stünde uns eine weite Reise bevor. Dabei sollten wir nach Odins Vi, was Ymer zufolge einen Tag dauerte, wenn der Wind günstig stand, und zwei Tage, wenn wir den ganzen Weg gegen den Wind rudern mussten.

Das Schwesterschiff der *Hjorten* hieß *Ildfugl*, «Feuervogel», und war vorausgeschickt worden, um Ottar Jarl von unserer baldigen Ankunft zu unterrichten. Das bedeutete, dass Nils Jarl damit rechnete, dass man uns verfolgen würde. Zum Glück bedeutete es auch, dass Heldis' unsinnige Idee, quer über Fünen zu reiten, begraben war.

Orm Steuermann begrüßte uns höflich und sagte, dass es ein Stück weiter ein Gasthaus gebe, in dem wir willkommen seien.

«Gasthaus?», fragte ich und hatte es gründlich satt, nicht eingeweiht zu sein. «Was für ein Gasthaus?»

Das Haus stellte sich als kleine Schenke heraus, die die Einheimischen den «Nachtschwärmer» nannten.

Das Schlaflager war ein Dachboden mit halb verfaultem, feuchtem Stroh und etlichen Mäusen. Trotzdem lag ich bequem, und mit dem angenehmen Duft aus der Küche in der Nase schlief ich bald fest ein.

Torste rüttelte mich wach und sagte, wir müssten aufbrechen. Ich kann es nicht leiden, aus dem Schlaf gerissen zu werden. Ich muss langsam aufwachen, sonst bekommt mein Jähzorn leicht die Oberhand. Die Frühstücksgrütze schmeckte so bitter, dass ich sie mit einer beträchtlichen Menge Dünnbier herunterspülte und den Wirt anschrie.

In diesem Moment tauchte die Tochter des Wirts mit einer Tranlampe in der Hand auf und besänftigte meine Wut. Sie war drall und vollbusig, hatte rote Wangen und einen prallen Hintern, von dem Ymer offenbar nicht die Finger lassen konnte. Ein Blick in sein zufriedenes Gesicht war genug, um zu wissen, dass er mit ihr geschlafen hatte. Woher er das Silber hatte, um sie zu bezahlen, war mir ein Rätsel, aber es erklärte auf jeden Fall, warum er nicht auf dem Dachboden geschlafen hatte.

Im Übrigen hatte Ymer dafür plädiert, dass wir uns im Schutz der Dunkelheit aus Wæthel stehlen sollten, anstatt dort zu übernachten. Dabei wusste er besser als die meisten anderen, wie zornig Njörd nachts sein konnte. Das sah man ihm jedoch nicht mehr an, als wir an Bord der *Hjorten* stiegen, während Dagr und Nótt um die Hoheit kämpften. Sól gewann die Schlacht und strahlte im Osten über ihren Sieg. Wir nahmen unsere Plätze auf den Bänken ein und ließen Wæthel hinter uns, während Ymer vergnügt ein Lied über Mjölnir sang, der in dem schlüpfrigen Text etwas anderes als ein Hammer war.

Ich lächelte, obgleich mir nicht wohl bei der Sache war.

Ich hatte keine Furcht zu kämpfen, mit oder ohne Waffen, in oder außerhalb eines Schildwalls. Aber ich hatte noch nicht gelernt, wie man einen Gegner durchschaute und taktisch handelte. Einar Schwertmanns Arbeit war unvollendet geblieben, was mich teures Lehrgeld kostete. Dass Torste ebenfalls nicht wusste, wie uns geschah, war ein schwacher Trost.

Torste war erwachsen und besonnen geworden, während ich noch immer wild und impulsiv war. Aber weil ich ihn stets übertreffen wollte, versuchte ich es auch in dieser Hinsicht und hielt so weit wie möglich den Mund. Das gelang nicht immer, natürlich, aber fortan ließ ich meine Wut an anderen aus.

Ich saß als Erster auf der Ruderbank. Es war herrlich,

wieder auf dem Meer zu sein und das von vielen Händen glatt geschliffene Holz eines Riemens zu halten. Das Meer schickte salzige Spritzer über die Reling, und meine Schultern schmerzten mit dem zitternden Schildarm um die Wette. Ich genoss jede Sekunde.

Auch Ymer ruderte mit einem breiten Lächeln im Gesicht. Wir sahen uns an und lachten. Torste stand auf dem Achterdeck, sprach mit Orm Steuermann, den er Orm Hinkebein nannte, und es machte nicht den Eindruck, als sehne er sich nach einem Riemen. Das schien auch für die meisten anderen zu gelten, denn nur die Hälfte der Riemen waren bemannt.

Allmählich wurde der Fjord zu einer Bucht, und der Wind blähte das Segel. Orm Hinkebein ließ die Riemen einholen.

«Bei Thor, was habe ich das Meer vermisst», sagte ich mindestens zum fünften Mal, und Ymer stimmte mir lachend zu. Vor lauter Begeisterung bemerkten wir als Letzte, was der Rest der Besatzung bereits entdeckt hatte und nun heftig diskutierte.

Die *Hjorten* krängte, und wir wurden von schäumender Gischt überschüttet, als wir schräg in ein Wellental glitten und gleich darauf auf einem Wellenkamm schaukelten.

«Der Steuermann ist wohl besoffen», meinte ich. «So, wie der steuert, fühlen sich kleine Wellen wie die Einfahrt in den Norvasund an.» Ymer gluckste laut, bis er begriff, dass etwas nicht stimmte. Endlich sahen wir in dieselbe Richtung wie alle anderen.

Eine Flotte von bestimmt vierzig Drachenschiffen hatte soeben die Nordspitze der Bucht umrundet und kam direkt auf uns zu. Der Wind stand schräg gegen sie, sie fuhren ohne Segel, aber die Ruder waren voll bemannt, weshalb sie rasch vorankamen. Mindestens ein Schiff trug das Banner König Sigfreds mit dem schwarzen Raben.

Endlich wussten wir, warum wir Jelling in aller Hast hatten verlassen müssen. Obwohl ich Nils lästig war und er sicher nichts dagegen gehabt hätte, dass Sigfred mich aufschlitzte, waren Torste und ich im Hass des Lejre-Königs vereint. Sigfred wollte uns beide so schnell wie möglich beseitigen, am liebsten mit einem Schwerthieb.

«Alle Mann an die Riemen!», brüllte Orm, und die Mannschaft gehorchte. Orm riss das Ruder herum und nahm Kurs auf Südost, um die größeren und langsameren Schiffe mit ausreichend Abstand zu umrunden. Mit etwas Glück würden wir am Vordersteven der ersten Drachenschiffe vorbeikommen und dann mit dem Wind direkt im Segel den Kurs auf die Nordküste Fünens fortsetzen. Laut Orm Hinkebein war dies der schnellste Weg in den Fjord, an dem Odins Vi lag.

Die Bucht mündete in die Ostsee, und ich zog am Riemen, bis der Schmerz in meinem Schildarm mir die Sinne raubte. Erst als mir jemand einen Eimer kaltes Wasser ins Gesicht schüttete, war mir klar, dass ich in Ohnmacht gefallen war.

Ich schnappte nach Luft, setzte mich auf und sah Torste an, der mich schräg anlächelte.

«Du solltest deinen Schildarm nicht so sehr belasten, er wird sonst noch abfallen.»

Ich untersuchte den Arm und musste die rechte Hand benutzen, um ihn zu bewegen. Die Narben waren rot und geschwollen, und es tat weiter höllisch weh.

Vorsichtig bewegte ich die Finger. «Und wie geht es dir?»

Er zuckte mit den Schultern und setzte sich wieder an den Riemen. «Ich bin nicht so wehleidig wie du.»

Ich kniff die Augen zu und öffnete den Mund, aber er kam mir zuvor. «Das war ein Scherz, Herr Ulv.»

Er habe gut reden, erwiderte ich, wo er doch wie ein altes Weib rudere. Torste riss die Augen auf, aber ich grinste. «Das war ein Scherz, Herr Torste.»

Wir einigten uns darauf, uns mit Scherzen bis auf Weiteres zurückzuhalten. Ich wollte gerade vorschlagen, dass wir lieber über Ymer witzeln sollten, als Orm uns unterbrach.

«Rudert, verdammt! Bei Odins fehlendem Auge, rudert, was ihr könnt!», brüllte der Steuermann.

Ich drehte mich um und erblickte ein Schiff hinter uns. Es war König Sigfreds *Drageånde*, ein riesiges Ungetüm mit mindestens sechzig Riemen.

«Sigfred muss uns von Jelling aus gefolgt sein, während der Rest seiner Flotte hinter der Nordspitze der Bucht lag», sagte Torste und zeigte auf die Landspitze hinter den unzähligen Masten. Das bedeutete, dass Sigfred uns schon in Jelling umgebracht hätte, wenn er die Chance gehabt hätte.

«Er muss uns wirklich hassen», sagte ich und grinste.

Torste lachte und entgegnete, jetzt müsse König Gorm Seeland doch angreifen, wo Sigfreds ganze Flotte hinter uns her sei. In diesem Moment ging ihm ein Licht auf. «Bei Odin», flüsterte er und blickte mich an.

Torste drehte sich um und lief zum Achterdeck, wo Orm mit Müh und Not das Ruder hielt, um die *Hjorten* im Seitenwind auf Kurs zu halten. Ich biss die Zähne zusammen und bewegte meinen Schildarm, der einfach noch nicht stark genug für eine längere Belastung wie das Rudern war. Aber er funktionierte, und darüber war ich froh. Ich überlegte, was Torste wohl herausgefunden hatte.

Orms Brüllen riss mich aus den Gedanken. Eine weitere

Flotte kam direkt auf uns zu, diesmal schräg von Backbord. «Segel streichen! Riemen an Steuerbord hoch, rudert nach Backbord!» Die *Hjorten* krängte und drehte nach Süden ab. «Riemen an Steuerbord raus!» Mit reiner Ruderkraft begaben wir uns auf die neue Fluchtroute um die Südküste Fünens herum. Die *Drageånde* hielt den Kurs nach Südosten mit vollem Wind im Segel, aber sie würde uns den Weg kaum abschneiden können.

Ich verließ mich ganz auf unser Glück und verschwendete keinen Gedanken an die launischen Nornen. Das hätte ich vielleicht tun sollen, anstatt vergeblich die Masten hinter uns zu zählen. Bei vierzig gab ich auf, weil ich damals sowieso nicht weiter zählen konnte.

«Ymer», rief ich und ließ ihn von einem bartlosen braunhäutigen Mann ablösen, der nur halb so groß und halb so breit war wie er. Seine Arme und sein Oberkörper waren mit Furcht einflößenden Schlangen und Drachenköpfen tätowiert. Der Mann war weit südlich von Serkland geboren. An seinem Gürtel hing ein Krummsäbel, wie ihn die Sarazenen benutzten. Trotz seiner geringen Größe sah er gefährlich aus.

Ymer las meine Gedanken. «Murhammer der Stille ist stärker, als er aussieht.»

«Murhammer der Stille?»

Ymer kicherte und erklärte, dass der Mann eigentlich Muhammed al Maraat al-Numaan hieß und nach einem besonders klugen Mauren benannt war, der alle seine Feinde abgeschlachtet hatte. Weil der Name unaussprechlich sei, nannten die Dänen ihn Murhammer. Obwohl er ihre Sprache beherrschte, sprach Murhammer kaum ein Wort.

«Er dient Gorm, der ihm dieselbe Aufgabe wie mir auferlegt hat. Wir passen auf, dass euren edlen Köpfen nichts geschieht …»

«Ymer», unterbrach ich ihn. «Warum verfolgt Sigfred mit der ganzen seeländischen Flotte unser kleines Schiff?»

«Er hasst dich – und das kann ich gut verstehen. Seltsamerweise hasst er Torste genauso.»

«Das kann nicht alles sein. Dafür braucht er nicht sämtliche Langschiffe Seelands.» Die Flotte hinter der *Drageånde* schien das ganze Meer zu füllen.

«Sigfred hat Unterstützung von einem Herrn, der viele Schiffe befehligt. Vielleicht Bjørn Eisenseite? Sieht aus, als kämen sie von Osten.»

«Ist das die *Ørnen*, die wir in Ripa gesehen haben?»

Ymer schüttelte den Kopf. «Ich glaube nicht. Aber sieh dir das blaue Banner an. Die silberne Faust ist Bjørn Eisenseites Wappen.»

Das überstieg mein damaliges Fassungsvermögen. Wenn Ymer recht hatte, lagen die Dänen untereinander im Krieg, und Sigfred war mit einem Jarl verbündet, mit einem Neffen König Rings von Svealand. Ich verstand nicht, wie Gorm eine solche Machtdemonstration zulassen konnte, denn angeblich war keiner mächtiger als er.

«Und wo ist Gorms Flotte?», fragte ich. Ymer zuckte mit den Schultern.

«Wenn ich Gorm wäre», sagte er schelmisch grinsend, «würde ich Torstes Rat folgen und Seeland jetzt angreifen, während Sigfred mit uns beschäftigt ist.»

«So etwas würde er tun?», fragte ich und bereute es sofort. Ich hatte keine Ahnung von Gorms taktischem Geschick und sah nur, dass wir von einem ganzen Heer verfolgt wurden. Die Masten von Sigfreds und Bjørns Schiffen ragten wie die

Stacheln eines riesigen Igels über dem Meer auf, und an Steuerbord kam die *Drageånde* immer näher.

Orm korrigierte den Kurs, legte die *Hjorten* etwas näher an die jütische Seite und steuerte den schmalen Sund zwischen Jütland und Fünen an. Der Abstand zur *Drageånde* wurde immer kleiner. Wenn Orm so weiterfuhr, würde Sigfred uns einen möglichen Fluchtweg nach Jütland abschneiden, was mir gar nicht gefiel.

Ich ging zu Orm, um ihm meine Meinung zu sagen.

Torste stand neben Orm und lächelte mich an. «Hast du deinen Bogen dabei, Ulv?»

«Ja, ohne den gehe ich nie auf Reisen. Warum?»

Er sah mich länger an, als mir lieb war. Dann wandte er den Blick zur Küste Fünens.

«Warum?», wiederholte ich.

«Diese Geschichte, dass du einen fränkischen Herzog bei Wind und unruhiger See aus vier Schiffslängen Abstand von der Reling geschossen hast, ist die wahr?»

«Was glaubst du?»

«Eine so große Lüge könnte dein Ansehen schnell zerstören, deshalb glaube ich dir. Außerdem sagt Ymer, er habe es mit eigenen Augen gesehen. Wie dem auch sei, ich möchte dich bitten, diese Tat zu wiederholen, wenn es dein Arm zulässt.»

Ich begriff nicht, worauf er hinauswollte.

«Es waren drei Schiffslängen, keine vier», sagte ich. «Was soll ich treffen?»

«Die Frage ist nicht, was, sondern wen.» Er zeigte auf die *Drageånde* hinter uns. «König Sigfred.»

«Aus diesem Winkel kann ich ihn nicht treffen, schon gar nicht mit Seitenwind.»

«Das ist klar, aber darum wird sich Orm kümmern.»

Erneut änderte der Steuermann den Kurs, sodass die *Drageånde* ein Stück näher an Steuerbord herankam. Torstes Plan erschien mir unlogisch, weil er den Abstand zu der bedrückenden Übermacht weiter verringern würde. Wenn wir Sigfreds Schiff bei der Einfahrt in den Sund zu nahe kamen, würden wir wie eine Laus zwischen zwei Fingernägeln zerquetscht werden.

«Ich hole den Bogen», murmelte ich und ging zu meinem Gepäck.

Als ich zurückkam, befanden wir uns ziemlich genau in der Mitte zwischen Fünen und Jütland. Die *Drageånde* hatte weit genug aufgeholt, dass ich die Männer am Vordersteven erkannte. Unsere Ruderer legten sich so stark in die Riemen, dass Orm sie zügeln musste.

Der Sund wurde immer enger, auf beiden Seiten stiegen die Rauchsäulen der Leuchtfeuer auf, von Wärtern entzündet, die die riesige Flotte hinter uns ebenfalls erblickt hatten.

Wir umrundeten eine Landzunge und drehten, bis wir den Wind direkt im Rücken hatten. In schnellem Tempo passierten wir Flussmündungen und Fjorde auf beiden Seiten, bevor der Sund wieder schmaler wurde und eine prachtvolle Aussicht auf die Südwestküste Fünens offenbarte. Die grünen Hügel der Insel strahlten in der Sonne und wirkten auf mich wie ein Faden der Nornen, in den Golddraht eingeflochten war.

Mit dem Bogen in der Hand stand ich am Achtersteven und bewunderte die Insel, auf der meine Mutter geboren und mein Vater von meinem Großvater getötet worden war. Ich verlor mich in Gedanken und hörte meine Mutter von Freya und Frigg singen, die einer armen Frau halfen, ihren Geliebten zu finden, der von einem geisteskranken dänischen Jarl als Geisel gehalten wurde. «Thor und Jernsaksas Sohn Magne sprengten seine Ketten», murmelte ich. «Und die Walküren flogen ihn über den Himmel zu seiner Frau. Dann lebten sie in Frieden, bis ihr Haar ergraute und ihre Haut runzlig wurde ... Ich vermisse dich, Mutter.» Ich riss mich los und dachte an Heldis, die jetzt meine Mutter war.

Eine schräge Welle traf die *Hjorten*, und ich sah die jütische Küste am Horizont verschwinden, während wir an den vielen Buchten und vorgelagerten Inseln Fünens vorbeisausten. Die *Drageånde* lag noch immer direkt hinter uns, und die einzig mögliche Fluchtrichtung war entlang der Küste. Sigfred kam uns so nah, dass ich schon anfing, mir Sorgen zu machen. Orm steuerte zwischen der Küste und einer Sandbank in eine Bucht voller weiterer Sandbänke und kleiner Holme, was uns noch mehr einschränkte. Nicht weit hinter der *Drageånde* folgte schon das erste Schiff von Bjørn Eisenseite.

«Noch sechs, sieben Schiffslängen, dann sind wir zwischen Sigfred und Bjørn Eisenseite gefangen!», rief ich.

Torste schien überrascht. «Woher weißt du, dass es Bjørn Eisenseite ist?»

Ich zuckte mit den Schultern. «So etwas muss man als Hochgeborener wissen.»

Torste klopfte Orm auf die Schulter. «Orm ist an Deck eines Schiffs in diesen Fahrwassern geboren. Keiner kennt die Verhältnisse hier besser als er. Bjørn wird entweder gleich auf Grund laufen oder dichter an die Küste müssen, wo der Wind schwach ist.»

Endlich verstand auch ich, was sie vorhatten. «Und dann wird nur noch Sigfreds Schiff in unserer Nähe sein», sagte ich.

Torste strahlte vor Freude. «Wenn wir Glück haben, sieht König Sigfred aus wie ein Igel, ehe die Sonne untergeht.»

«Nach meinem ersten Pfeil bauen sie sicher eine Schildburg», warf ich ein, aber Torste meinte, allein die Demütigung sei schon genug. «Dann tötest du seinen Steuermann und lieferst das Schiff dem Wind aus.»

Seine Zuversicht erfüllte mich mit Zweifel. Würde mein linker Arm lange genug durchhalten, um gut zu zielen? Auf keinen Fall wollte ich hinter dem Schuss von damals zurückstehen.

«Ja, das kann ich», machte ich mir Mut, spannte den Bogen und spürte das Zittern in meinem linken Arm. «Ymer!», rief ich und zog einen langen schwarzen Pfeil aus dem Köcher.

«Ja?»

«Mein Arm muss gestützt werden, aber wie stellen wir das an?»

Ymer lachte verzückt. «Willst du wieder einen Adligen von der Reling holen?»

«Ja. Aber mein Schildarm ist nicht stark genug, und ich bin aus der Übung.»

Ymer nahm einen Reserveriemen, schlug mit der Axt zwei kurze Stücke davon ab und zog die Schnur aus seinem Packsack. Dann schiente er meinen Ober- und Unterarm so, dass ich beide beim Spannen gerade hielt. Es fühlte sich stabil an.

«Hört zu, Freunde», rief er und hielt meinen Schildarm in die Höhe. «Ulv Palnasson wird König Sigfred einen Pfeil in den Arsch schießen und allen zeigen, dass wir Jüten die Herren der See sind.»

«Halt die Klappe, du Großmaul», zischte ich und senkte den Arm. «Ich habe doch gesagt, dass ich mir nicht sicher bin.»

Ymer ließ sich nicht beirren. «Mit seinen schwarzen Pfeilen trifft Ulv Palnasson auf hundert Schritt Abstand das Arschloch einer Amsel. Er wird Sigfred die Eier wegschießen, damit der Köter keine Nachkommen mehr ...» Ymer griff sich an den Nacken, sah auf seine Finger und bemerkte, dass sie voll Blut waren. Ich steckte mein Schwert in die Scheide.

«Hast du mich geschlagen?», murmelte er ungläubig. «Mit dem Schwert?»

«Nur mit dem Schaft, hör auf zu jammern.»

«Jammern?» Er sah mich an, und ich glaube, wir waren beide gleich wütend.

«Ulv Palna, der Trottel. Du kleine Rotznase», knurrte er, drehte sich auf den Hacken um, ging zur nächsten Ruderbank, stieß einen Mann von seinem Platz und nahm dessen Riemen. Damit bekam ich einen neuen Namen, den ich noch Jahre später in den Liedern der Skalden tragen sollte. Es war nicht genau Ymers Wortlaut, aber aus Palna dem Trottel wurde Palnatoki – Palna der Verrückte. Ich hasste den Namen von Anfang an.

In diesem Augenblick jedoch vergaß ich Ymers Worte, denn die *Drageånde* lag an Steuerbord beinahe auf einer Höhe mit uns und Bjørn Eisenseites Schiff fast ebenso dicht an Backbord.

«Ruhe!», schrie Orm und blickte angestrengt ins Wasser. «Riemen an Steuerbord hoch!» Die Ruder erhoben sich synchron, und beim nächsten Schlag drehten wir nach Steuerbord. Orm starrte weiter konzentriert in das grüne unruhige Wasser und justierte das Ruder.

In diesem Moment wurde alles von einem Knirschen übertönt, gefolgt von laut splitterndem Holz. Bjørns Schiff war in voller Fahrt auf eine Sandbank aufgelaufen, und der Aufprall war so stark, dass der Mast brach. Alle Schiffe hinter ihm drehten weit nach Steuerbord ab oder ruderten rückwärts, bis sie in einer langen Reihe hinter der *Drageånde* stehen blieben.

Torste jubelte und sah mich an. «Bist du bereit?»

Ich nickte und schaute zur *Drageånde* hinüber, die mehr als dreimal so groß wie die *Hjorten* war und uns nie eingeholt hätte, wenn Orm nicht gebremst hätte. Ein prachtvolles Schiff mit einem vergoldeten Drachenkopf am Vordersteven. Die Schilde der Besatzung hingen an Halterungen entlang der Reling.

Der Abstand war zwar etwas kürzer als damals vor der fränkischen Küste, dafür tosten Wind und Wellen stärker. Dichter konnte Orm die *Drageånde* nicht heranlassen, sonst hätten sie uns geentert – was wir garantiert nicht überlebt hätten.

«Die Fahrrinne wird gleich enger. Näher kann er nicht heran», rief Orm, als hätte er meine Gedanken gelesen. Ich nickte, trat an die Reling und sah eine schwarzhaarige Gestalt, deren Bart von einem glitzernden Ring zusammengehalten wurde. Das musste Sigfred Lejre-König sein.

Ich schätzte den Wellengang und den Wind ein. Die Wellen kamen schräg, unser Schiff lag unruhig im Wasser.

«Orm, kannst du etwas beidrehen, nur für einen Moment?»

«Augenblick. Ist gerade ein bisschen unruhig», antwortete Orm und justierte das Ruder.

Ich fixierte die *Drageånde* und hob den Arm zur Probe. Er machte mit, zumindest würde ich ihn lange genug still halten können, um zu zielen. Vor dem zweiten Schuss würde ich neue Kräfte sammeln müssen.

«Bereit!», rief Orm, und ich spürte, dass wir ruhiger im Wasser standen. Nun war ich sicher, dass es Sigfred Lejre-König war, der mit beiden Händen an der Reling am Vordersteven stand. Er bewegte den Mund und hob die Faust. Sicher verfluchte er uns, aber wir hörten ihn nicht.

Ich erinnerte mich an Rhis zornige Worte, konzentrierte mich und hob den Arm. Ich musste die Schulter in den richtigen Winkel zu dem geschienten Arm drehen. Dann atmete ich tief ein, spannte die Sehne bis an die Nasenspitze, atmete halb aus und hielt die Luft an.

Das vertraute Singen der Bogensehne liebkoste meine Ohren, und der Pfeil schnellte auf sein Ziel zu. Sigfred muss mich gesehen haben, aber er rührte sich nicht. Was ziemlich dumm von ihm war.

Der Pfeil nagelte seine linke Hand an der Reling fest, und nun hörten wir sein Gebrüll. Ich hatte auf seine Brust gezielt, aber der Wind war stärker, als ich berechnet hatte. Ich fluchte, legte einen neuen Pfeil an und beobachtete, wie Sigfred versuchte, die Hand von der Reling zu lösen, anstatt in Deckung zu gehen. Das bot mir eine zweite Chance.

«Sigfred, du Drecksack, grüß deinen Sohn von mir», zischte ich und schoss den zweiten Pfeil ab. Ein weiterer Schrei übertönte das Meer und den Wind. Sigfred sank mit einem Pfeil in der linken Seite der Brust zusammen, doch leider zu weit oben, um tödlich zu sein. Gleich darauf war er hinter einer Mauer aus Schilden verschwunden. Ich legte den dritten Pfeil ein, drehte mich und gab den vielleicht glücklichsten Schuss meines Lebens ab. Der Pfeil sauste zwischen Schilden, Männern, Mast, Segel und Tauwerk hindurch und traf den Rudergänger mitten in die Brust. Er sank wie eine Strohpuppe nieder, und das Schiff drehte in den Wind, der das Segel augenblicklich in die falsche Richtung blähte. Es kam uns vor, als wären der *Hjorten* Flügel gewachsen und wir würden der *Drageånde* davonfliegen.

Die Männer jubelten und lachten höhnisch.

«Das hat gesessen», sagte Torste und befreite meinen Schildarm von der Schiene. Zwar zitterte und pochte der Arm, aber er war intakt.

«Ganz nach deinem Wunsch.»

Er lachte, doch dann wurde er schnell wieder ernst.

«Muhammed, an den Vordersteven», kommandierte Orm, und der Mann lief federnd nach vorn und starrte ins Wasser.

«Orm sagt, wir müssen gut auf den Kurs achten, sonst laufen wir auf Grund, und Bjørn Eisenseite holt uns ein.» Er zeigte auf mich, als hätte ich eine Lösung, wie wir entkommen könnten.

«Warum gehen wir nicht einfach an Land, stehlen ein paar Pferde und galoppieren nach Odins Vi?» Torste wirkte nachdenklich, und ich fuhr fort. «Oder wir machen die *Hjorten* zu einem Brandschiff und zerstören damit Bjørns vorderes Schiff.»

Torste sah Orm an. «Das könnte klappen», sagte er. «Was meinst du?»

Orm wollte, wie alle Steuermänner, nur ungern sein Schiff opfern, was er nicht direkt sagte.

«Die *Drageånde* würde an uns vorbeisteuern, weil es hier keine Stelle gibt, wo ein Brandschiff sie festsetzen könnte. Sie brauchen nur die Tiefe auszuloten. Außerdem würden wir hier keine Pferde finden. Viele der Inseln bestehen aus nichts als Schilf, Sand und Steinen.»

Orm zeigte auf eine große Sandbank an Steuerbord. «In einem Jahr ist Dukkøy fast verschwunden, im nächsten taucht sie wieder auf, je nachdem, wie Ägir mit den Füßen scharrt. Daher der Name. Ich glaube, es wäre am klügsten weiterzufahren. Die *Hjorten* ist schneller, und obwohl das Fahrwasser immer schmaler wird, kommt man entlang der Küste bis Langeland durch.»

Wir überlegten kurz, dann beschloss Torste: «Wir fahren weiter. Wir sind schneller als sie und haben das Glück und einen Bogenschützen, dessen Hand von Thor gelenkt wird, auf unserer Seite.»

Unser lautes Lachen übertönte das schadenfrohe Kreischen der Nornen. Wir hörten nur Muhammeds Warnruf, bevor alle über das Deck purzelten. Die *Hjorten* war auf eine Sandbank aufgelaufen. Orm fluchte und gab sich selbst die Schuld, womit er nicht unrecht hatte – unter anderen Umständen hätte ich mich bei ihm beschwert. Ich stand auf und war sicher, Bjørn Eisenseite in voller Fahrt auf uns zukommen zu sehen, doch das war nicht der Fall.

Fünf Schiffslängen hinter der *Hjorten* hatte Bjørns vorderes Schiff das gleiche Schicksal ereilt. Ich stellte mich auf Zehenspitzen und spähte nach hinten. Es kamen keine weiteren Schiffe nach, dafür aber kletterte ein Haufen Krieger in Kettenhemden über die Reling des gestrandeten Schiffs und näherte sich uns.

«Alle Ruderer an Steuerbord raus und schieben, der Rest stakt nach Backbord», befahl Orm. Die Männer stakten, was sie konnten, während die andere Hälfte der Mannschaft auf der Sandbank im Wasser stand und am Steven schob. Leider arbeitete die Strömung gegen uns und drückte die *Hjorten* zurück, sobald die Riemen angehoben wurden.

«Die Flut kommt, das Wasser wird uns befreien», rief Orm.

«Wie lange dauert das?», fragte Torste.

Orm zuckte mit den Schultern. «Länger, als Bjørn Eisenseites Hunde brauchen, um die nächste Sandbank zu überqueren.»

Bjørns Krieger standen bis zur Hüfte im Wasser und kämpften sich zur nächsten Sandbank durch. Bis zu unserer Sandbank mussten sie noch eine Kille durchqueren.

Torste sprang über die Reling und rief, alle sollten Wurfwaffen mitnehmen. «Ulv, verschieß deine Pfeile, bevor du runterkommst.» Er wartete nicht auf meine Antwort und führte seine Männer zum Rand der Sandbank.

Ich schaffte es nicht besonders lange, den Schild zu halten, viele Schwerthiebe würde ich so nicht abhalten. Fluchend zog ich das Kettenhemd aus, schiente erneut meinen Arm und bat Thor, mir einen Platz in Walhall freizuhalten. «Am liebsten neben Einar Schwertmann», flüsterte ich und nahm den Bogen.

Bjørns Krieger blieben vor der Kille stehen, die unsere Sandbänke voneinander trennte. Sie wussten, dass das Wasser ein großer Vorteil für uns war. Es würde ihre Überzahl nach unten korrigieren, wenn sie sich stromaufwärts kämpfen mussten. Außerdem füllte unsere Schildreihe die Sandbank in voller Breite aus, sodass nie mehr als zwanzig Mann auf einmal angreifen konnten.

Eisenseites Männer schien bald aufzugehen, dass das Wasser nicht besonders tief war und sie uns umzingeln konnten, solange sie nicht allzu weit hinausgingen. Wer sich zu weit hinauswagte, würde in dem schweren Kettenhemd sinken wie ein Stein.

Orm und ein paar seiner Männer versuchten, mit ihren Schilden Sand unter dem Kiel der *Hjorten* wegzugraben, und es sah fast so aus, als würde es ihnen gelingen. Eisenseites

Männer waren allerdings schon auf halbem Weg zu unserer Sandbank.

«Vorwärts!», brüllte eine Stimme. Der Schildwall bewegte sich rascher nach vorn, wurde jedoch unterbrochen, weil die Krieger am äußeren Rand nicht mitkamen. Das bedeutete nicht viel, denn sie waren so zahlreich, dass sie uns mehrfach umzingeln konnten, wenn sie durchkamen.

Steine und andere Wurfgeschosse flogen von unserer Seite auf sie zu, ehe die Schilde sich wieder überlappten. Leider gingen uns die Geschosse allmählich aus. Ein Mann mit einem goldenen Helm schwang sein Schwert über dem Kopf, und der Schildwall wurde zur Keilformation.

Ich hob den Bogen, zielte und schoss einen Pfeil in den Hals des Mannes mit dem goldenen Helm. Seine Männer blieben verwirrt stehen, während ihr Anführer zwischen ihren Beinen im Wasser starb.

«Vorwärts!», schrie eine nur allzu bekannte Stimme. Ich knirschte vor Wut mit den Zähnen. Hier stand ich ohne Kettenhemd mit einem schwachen Schildarm, und dort zwischen Bjørn Eisenseites Männern war Eskil. Eskil der Einäugige, Rollo Jarls früherer Steuermann. Der Drecksack, der mein Schwert hatte. Mein Wutschrei klang so laut und wild, dass Bjørns Männer kurz innehielten.

«Wo bist du, Eskil Einauge, du elendes Stück Scheiße?», brüllte ich und erschoss den Mann, der den Platz des Goldhelms eingenommen hatte. Leider war es nicht Eskil. Trotz meines Wutanfalls bemerkte ich, dass wir für den Augenblick im Vorteil waren. Die äußeren Männer wurden von der Strömung fortgerissen und gingen unter. «Eskil, du Hurensohn einer gefickten Sau, komm aus deinem Maulwurfloch und kämpfe wie ein Mann! Eskil Einauge, ich weiß, dass du

Rollo Jarls hilflosen Sohn im Krankenbett getötet hast. Du hast mein Schwert, du bist ein Dieb, der Mörder eines Jarlssohns, ein Stück Scheiße, ein Warzenschwein und der Sohn einer lahmen Hündin. ESKIL!» Allein meine Stimme kann eine Waffe sein, die vielen Männern die Sinne schwächt. Aber nicht Eskil.

Die Keilformation schritt voran. Obwohl meine Pfeile etliche Lücken in ihre Reihen rissen, formierten sie sich immer wieder neu. Als der letzte Pfeil verschossen war, warf ich den Bogen weg, schnitt die Riemen der Armschiene durch, zog Drageskygge und nahm einen Platz in der vorderen Reihe ein.

Die Keilformation traf uns in der Mitte, aber das Wasser nahm ihnen die Kraft. Schild prallte gegen Schild, und unsere Reihe wurde einen Schritt zurückgedrängt. Plötzlich stand ein Axtkämpfer vor mir, der einen verbeulten Helm mit dicker Gesichtsplatte trug. Das Wasser reichte ihm bis zur Hüfte, aber er lachte laut, als er sah, dass ich weder Schild noch Brünne trug.

Ich lachte nicht, sondern wartete stumm darauf, dass er einen Fehler machte, der mich überleben ließ. Aber er folgte seinem Nebenmann Schritt für Schritt und beging keinen Fehler. Als äußerer Mann in unserer Reihe war ich bald von Schwert- und Axtkämpfern aus Svealand umzingelt.

«Jetzt stirbst du, Jüte», kündigte der Mann an und kam näher. Noch ein Schritt, und seine Axt würde mich erreichen. Als er sie mit einem Brüllen erhob, sprang ich nach vorn und tauchte unter. Ehe er wusste, wie ihm geschah, hangelte ich mich unter Wasser an der Reihe von Beinen entlang.

Wie ein Pfeil schnellte ich hinter ihm aus dem Wasser und stieß ihm Drageskygges Klinge in den Hals, die sich weiter bis in die Gurgel des Nebenmannes bohrte, ehe ich das Schwert wieder an mich zog und auf der Suche nach neuen Gegnern durch das rot schäumende Wasser taumelte.

Der Dritte warf den Schild von sich und stolperte fliehend über den Mann, den ich gerade getötet hatte. Ihr Schildwall hatte nun eine Lücke, und das war gut. Ich stach das Schwert tief in seinen Rücken, drehte es und zog es wieder an mich.

Der Blutrausch hatte mich gepackt, und wenn das geschieht, lenkt Thor mein Schwert und meine Bewegungen. So auch dort, auf der Sandbank vor der Küste Fünens, halb im Wasser stehend. Ich kam erst wieder zu mir, als etwas meine Stirn traf und ein metallischer Geschmack sich in meinem Mund ausbreitete.

Umnebelt ging ich unter, verlor Drageskygge, traf mit den Füßen auf Grund und stieß mich rückwärts ab. Prustend bekam ich den Kopf über Wasser, spürte meine Beine nachgeben und sah nur noch eine flimmernde Masse wütender bärtiger Gesichter und Rücken. Ich fiel nach hinten und ging unter, fand Halt mit den Füßen und tauchte wieder auf, diesmal bis zum Hals im Wasser.

Das kalte Wasser ließ mich etwas klarer denken, und die Krieger in den schweren Kettenhemden trauten sich nicht, mich bis in die Tiefe zu verfolgen. Ich strampelte mit den Beinen und kämpfte mich näher an die Sandbank heran, versank in einem Sandloch, kam wieder hoch und spie Wasser wie eine Brunnenfigur. Mit einem Lederharnisch oder nur einem Armring mehr am Leib wäre ich sicher ersoffen, denn ich konnte kaum noch stehen – und schwimmen sowieso nicht.

Ich sah, wie Torste zum Rückzug gezwungen wurde, um nicht umringt zu werden. Viele unserer Männer lagen leblos im Sand. Nur die Achse um Ymer und Torste hielt noch stand.

Ymer schwang Margyge; sein Gebrüll weckte mich aus der Umnachtung. Das Wasser stieg immer höher, und ich kämpfte mich auf die Sandbank, wo Bjørns tote Männer mit meinen Pfeilen in ihren Leibern lagen. Wie ein Krebs kroch ich zwischen den Gefallenen umher, zog die Pfeile heraus und schaffte es gerade noch zurück auf unsere Sandbank, wo mein Bogen lag. Das Wasser hatte ihn noch nicht erreicht, er war voller Sand, aber intakt.

Drageskygge hatte ich verloren, doch die langen schwarzen Pfeile rissen ein zweites Mal Lücken in die Reihen der Svear. Ich schoss, so rasch ich konnte, ohne mich um meinen Schildarm zu kümmern oder lange zu zielen. Breite Rücken sind leichte Ziele, besonders wenn sie so nah sind, dass man sie riecht.

Sie veränderten die Formation zu einer still stehenden Schildburg. Zwei oder drei Männer mit Schilden hätten mich leicht zurück ins Wasser drängen können, aber sie blieben stehen. Umgekehrt kam ich nicht an ihnen vorbei, aber ich hoffte, dass Torste und Ymer die Chance nutzen würden.

Das taten sie, allerdings nicht so, wie ich es mir vorgestellt hatte. Um ein Haar wäre ich als letzter Überlebender von Gorms Männern auf der Sandbank geendet.

Wie auf ein stilles Kommando liefen Torste, Ymer und die wenigen anderen, die noch stehen konnten, vor der Schildburg der Svear davon. Sie warfen die Schilde und Schwerter von sich und sprangen in aller Hast an Bord der *Hjorten*, die losgekommen war und unter Segel stand. Die Letzten klammerten sich an Taue, die Orm ihnen zuwarf. Ein paar gingen unter, aber die meisten schafften es an Bord.

Wie gelähmt beobachteten die Svear und ich, wie die *Hjorten* mit ihrer restlichen Mannschaft davonsegelte. Erst als

Ymer meinen Namen brüllte und winkte, setzten sich meine Füße in Bewegung. Ich spurtete an dem äußeren Svear vorbei, der mit einer Axt nach mir schlug und mich nur knapp verfehlte. Ich rannte über die Sandbank und sprang ins Wasser, wo Ymer und Torste mir Taue zuwarfen. Eines davon bekam ich zu fassen, klammerte mich fest, wickelte es um den Arm und versuchte, den Kopf über Wasser zu halten, ohne den Bogen loszulassen.

Das klappte nicht besonders gut. Ich schluckte so viel Wasser, dass ich schon dachte, Rán wolle mich zu sich holen. Halb bewusstlos spürte ich, dass jemand an dem Bogen zog, und plötzlich war Ymers Gesicht direkt vor meinem. Schließlich saß ich an Deck der *Hjorten*, kotzte Wasser und sank stöhnend zusammen.

Wir verließen Dukkøy als Sieger. Die Männer von Bjørn Eisenseite, die noch auf der Sandbank standen, würden höchstwahrscheinlich ersaufen. Das war mir nur recht, denn ich war wütend. Drei Dinge ärgerten mich maßlos: Ich hatte Drageskygge verloren und – noch schlimmer – die Chance verspielt, Ravnehug von Eskil zurückzubekommen und mich gleichzeitig an ihm zu rächen.

Ich setzte mich auf, hämmerte mit der Faust aufs Deck und stieß sämtliche dänischen und bretländischen Flüche aus, die ich kannte.

«Dir gebührt großes Lob, Ulv», sagte Torste.

Ich stoppte den Strom von Schimpfwörtern und stierte ihn sauer an. Dann atmete ich mehrmals tief ein und aus. Zum Glück war es Torste, der mich unterbrochen hatte, jeden anderen hätte ich in diesem Gemütszustand niedergeschlagen. Aber ich hatte ja keine Waffe mehr.

«Ich habe mein Schwert verloren.»

«Das haben wir alle – außer Ymer, der Margyge am Rücken trägt. Du bekommst ein neues, wenn wir …»

«Nein», knurrte ich. «Mein Schwert, Ravnehug, war heute zusammen mit Eskil dem Einäugigen hier, diesem Sausack, und er hat es immer noch.»

Torste kapierte nicht, wovon ich sprach, deshalb stand ich auf und blickte zurück zu Bjørns gestrandetem Schiff. Es lag wie ein kleiner Fleck auf der Sandbank, aber links davon sah man haufenweise Segel.

«Sie haben angehalten, Herr», sagte Orm Hinkebein und zählte im Stillen den kümmerlichen Rest unserer Mannschaft an den Riemen.

«Wer?», fragte ich und versuchte, nicht mehr an Ravnehug zu denken.

«Bjørns und Sigfreds Flotte.»

Ich wollte Orm gerade bitten, eine der unzähligen Inseln im Fahrwasser anzusteuern, als Torste das Wort ergriff.

«Die Sonne geht unter. Na los, Orm, am besten steuern wir direkt auf sie zu! Und erst queren, wenn sie uns gesehen haben!», feixte Torste

«Direkt auf sie zu», wiederholte Orm lakonisch.

«Müssen wir unbedingt heute sterben?», murmelte ich. Mir war nicht nach Scherzen zumute. Ich lehnte mich an die Reling und bat Torste, mir Bier und etwas zu essen zu besorgen.

Torste holte kein Essen, sondern setzte sich neben mich. «Wer ist Ravnehug?», fragte er und reichte mir ein Stück Stoff. «Du blutest an der Stirn.»

Er hatte selbst etliche Wunden, und während wir unsere Kratzer verbanden, erzählte ich ihm von Ravnehug und wie ich das Schwert gewonnen hatte.

Torste hielt das für einen guten Schwertnamen, der ihn an Hugin und Munin erinnere, die jeden Tag ausfliegen und Odin berichten, was sie in der Welt gesehen haben. «Jetzt können Odins Raben sehen, wie Bjørn Eisenseites Männer ersaufen», kicherte er leise.

Mein Zorn schlug in Entsetzen um.

«Ersaufen?», stammelte ich.

Er nickte. «Wenn Eskil auf der Sandbank ist, verschwindet Ravnehug in Ägirs Reich.»

Der Gedanke war unerträglich. Ich schüttelte den Kopf. «Eskil ist eine Schlange, ein Pfropfen, der immer oben schwimmt. Typen wie der ersaufen nicht.»

Das wollte ich jedenfalls glauben, sonst würde ich mein Schwert nie wiedersehen.

Torste bemerkte meine Verzweiflung.

«Sigfred und Bjørn haben sicher noch ein paar gerettet. Und wenn sie nur ein bisschen Grips besitzen, ziehen sie die Kettenhemden aus und schwimmen – wenn sie denn schwimmen können.»

«Eskil bestimmt», behauptete ich, obwohl ich keine Ahnung hatte, und riss mich von dem Gedanken an Ravnehug los. «Warum segeln wir nicht einfach nach Odins Vi und lassen Silfraskalli und Ottar Jarl gegen Sigfred und Bjørn Eisenseite kämpfen?»

«Genau das war Gorms Plan», sagte Torste.

«Und so hat es Nils befohlen», fügte ich hinzu.

«Mein Vater hat ein schnelles Schiff vorausgeschickt, um unsere Ankunft anzukündigen. Was, wenn es nicht uns ankündigen sollte, sondern unsere Verfolger?» Torste sah viel älter aus als seine achtzehn Jahre, während ich noch immer nichts kapierte.

«Glaubst du, das spielt eine Rolle?», fragte ich naiv. «Ottar und Silfraskalli können doch unmöglich in zwei Tagen alle waffenführenden Männer Fünens zusammenrufen.»

Torste schüttelte den Kopf. «Für Gorm spielt es eine Rolle.»

«Wieso?», unterbrach ich ihn. Meine Gedanken drehten sich im Kreis wie eine Kröte in einem Eimer.

Vermutlich fand Torste mich begriffsstutzig, doch war er klug genug, dies nicht auszusprechen.

«Vor Kurzem erzählte mein Vater, Sigfred sei wütend auf Silfraskalli, weil der einen beträchtlichen Anteil seines Handels mit den Städten am Bottnischen Meer und in Wenden stiehlt.» Torste dachte angestrengt nach, offenbar waren solche Angelegenheiten auch für ihn schwierig.

«Hat König Gorm nicht ein Bündnis mit Silfraskalli und Ottar Jarl?», fragte ich.

Torste nickte. «Nur gemeinsam mit Gorm sind Ottar und Silfraskalli stark genug, um gegen Seeland in den Krieg zu ziehen.»

Plötzlich erinnerte ich mich an Einars taktische Lehrstunden. «Deshalb entfernt Sigfred zuerst das schwächste Glied, indem er Silfraskalli und Ottar angreift, bevor er gegen Gorm angeht.» Endlich hatte ich einen vernünftigen Schluss gezogen.

Torste räumte ein, dass Nils Jarl ähnliche Andeutungen gemacht hatte. «Mein überfreundlicher Vater hat sich oft über den Anspruch des Lejre-Königs auf allen Handel im Bottnischen Meer und in Wenden lustig gemacht.»

«Der Streit geht also um den Handel, das heißt um Silber?»

Torste zuckte mit den Schultern. «Kann sein», sagte er. «Aber um deine Frage zu beantworten, warum wir nicht direkt zu Ottar segeln: Indem wir das nicht tun, erfüllen wir sicher Gorms Plan.»

«Aber wir haben doch gar nichts getan?»

Torste lachte leise. «Wir haben Sigfred daran gehindert, uns nach Seeland mitzunehmen.»

«Meinst du etwa, König Gorm hat uns aus Jelling weggeschickt, damit wir mit knapp zwanzig Mann gegen Sigfred und Bjørn Eisenseite kämpfen?»

Torste schüttelte den Kopf. «Keins von beiden. Gorm hat unser Leben gerettet und gleichzeitig dafür gesorgt, dass Sigfred Ottar und Silfraskalli angreift, anstatt den Krieg in Jütland zu beginnen.»

«Und das alles wegen uns?» Torste zuckte mit den Schultern, und mich überkam ein seltener Anfall von Selbstironie. «Na ja, ich könnte schon allein einen Krieg vom Zaun brechen.»

«Das glaube ich gerne», sagte Torste. «Aber wir sind nur das Zünglein an der Waage.»

So endete unser Gespräch.

Der Tag neigte sich dem Ende zu, und Orm bestand darauf, vor Einbruch der Dunkelheit ruhiges Fahrwasser zu suchen. Ymer hingegen meinte, wir sollten nur das Segel streichen und auf offener See bleiben, was ich an Orm weitergab.

Orm war empört. «Nicht einmal, wenn Odin es befehlen würde. Dieses Fahrwasser ist voller Steine und Sandbänke. Es ist unmöglich, nachts zu navigieren.»

Ich sah Ymer an. «Habe ich doch gesagt, du Dummkopf.» Das war eine blanke Lüge, aber ich wollte Orm nicht das letzte Wort lassen.

Ymer sah sauer aus, bat um Bier und sagte, Worte seien immer nur die Verlängerung eines Gedankens. «Und weder

der Gedanke noch die Worte sind je die volle Wahrheit.» Er bekam sein Bier und hielt den Mund genau wie ich. Dann fiel mir wieder ein, dass ich kein Schwert hatte, und die Wut kam zurück.

Im bleichen Licht des Halbmondes glitt die *Hjorten* in eine seichte Bucht, die in Marschland mit unzähligen Inseln und schmalen Kanälen überging. Zwei Männer stakten mit Riemen, was unter diesen Verhältnissen schnell genug war.

Orm nannte die Marsch das «Grenzland». Die Herren von Fünen hätten hier keine Macht, sagte er. Er erzählte von den Bewohnern des Marschlands und ihrer Abneigung gegen Fremde, egal, welchem Herrn sie Treue geschworen hatten. In der Marsch lebten Gesetzlose, Räuber und Schattengeister, die im Dunkeln sehen konnten. Und hier waren wir, eine Handvoll Überlebender, von denen nur noch Ymer seine Waffe besaß, umgeben von unberechenbaren Schattenmännern. Doch das schien Orm Hinkebein nicht zu kümmern.

Schweigend glitten wir durch stinkenden Schlamm zwischen kleinen Inseln mit mannshohem Gras, Schilf und Rohrkolben hindurch. Der hohe Bewuchs kam uns sehr gelegen, denn der Kanal mündete in eine größere Bucht, die etwas tiefer und deshalb ein sicherer Hafen für Schiffe war, die repariert werden mussten – was bei einem uns wohlbekannten Schiff der Fall war. Am Strand brannten Feuer, die ein Schiff ohne Mast mit großer Besatzung erleuchteten. Dass Bjørn Eisenseite es überhaupt bis hierher geschafft hatte, war eine echte Leistung.

Wolken schoben sich vor den Mond, und wir schwebten gleichsam als lautloses Geisterschiff an der lauten Gesellschaft vorbei. Ebenso still glitten wir aus der Bucht hinaus, und ich dankte Njörd und der schwarzen Riesin Nótt dafür, dass sie uns unsichtbar gemacht hatten.

Orm sprach als Erster wieder. «Ein Stück weiter liegt ein See, den man gut kennen muss, um ihn zu überqueren. Ich kenne ihn, denn ich bin hier geboren.» Ich sah sein Gesicht im Dunkeln nicht, aber seine Stimme klang belegt.

«Hier bist du geboren?», fragte Torste.

«Ja, Herr. Der Ort ist weder reich noch angesehen, aber er bietet Schutz und Frieden, weil kein Außenstehender ihn findet. Und wer ihn doch findet, kommt meist nicht mehr raus.»

Mit einem Mal fühlte ich mich Orm überraschend verbunden, der wie ich unter ärmlichen Verhältnissen aufgewachsen war. «Wie groß ist das Dorf?», fragte ich.

«Ungefähr zwanzig Hütten, als ich zum letzten Mal dort war. Aber das ist viele Jahre her.» Er schwieg, beugte sich nach vorn, spähte und steuerte direkt in eine Mauer aus Dunkelheit. Ich hielt mich unwillkürlich an der Reling fest.

Der erwartete Ruck blieb aus, wir liefen nicht auf Grund, sondern streiften nur etwas Schilf, Steine und Sand. Ich war verblüfft. Entweder hatte Orm Augen wie eine Eule, oder er navigierte mit anderen Sinnen.

«Wie findest du hier deinen Weg?», fragte ich.

Er atmete laut durch die Nase ein. «Ich rieche ihn.»

Zuerst dachte ich, er würde scherzen, doch dann bemerkte ich einen seltsamen fauligen Geruch, der immer stärker wurde.

Wir wechselten so oft die Richtung, dass ich nicht mehr wusste, ob wir im Kreis fuhren oder einem bestimmten Kurs folgten.

Die *Hjorten* fuhr durch eine weitere schwarze Mauer aus Vegetation, und plötzlich lag offenes Wasser rings um uns.

Das Mondlicht wurde etwas heller, und Orm steuerte auf die nächste dunkle Öffnung zu, die in einen schmalen Kanal führte.

Wieder verhüllten Wolken den Mond, und die Dunkelheit verschluckte uns für eine gefühlte Ewigkeit, bis wir endlich behutsam an ein Ufer glitten. Noch bevor Orm seltsame Pfeiftöne von sich gab, wusste ich, dass wir am Ziel waren. Er wiederholte die Pfiffe fünfmal, bis er Antwort bekam und uns bat, leise zu sein.

«Orm!», sagte Orm in die Dunkelheit, ohne dass ihn jemand gefragt hatte. «Sohn von Rapp dem Ernsten und Ingunn.»

«Hinkebein?», fragte eine Stimme.

Orm seufzte. «Ja, so nennen mich die Leute. Bist du das, Bersi Schleichfuß?»

Die Stimme antwortete nicht, aber plötzlich stand eine kleine dunkle Gestalt an Deck. Wir hatten niemanden kommen hören.

«Bersi ist tot. Ich bin Harek, sein Sohn.»

Ich zog mein Messer, und Torste musste dasselbe getan haben, denn Orm warnte: «Herr Torste, Herr Ulv, keine Waffen! Das würdet ihr nicht überleben.»

Mein Messer glitt lautlos zurück in die Scheide, und Orm seufzte erleichtert. «Das Messer steckt wieder, Harek. Die Herren sind König Gorms Männer.»

«Gorms Männer?»

«Ja, und Freunde», sagte Orm und lächelte. «Als ich das letzte Mal hier war, Harek, warst du noch ein kleiner Rotzlöffel.»

«Das ist viele Jahre her, Orm, und so will ich nicht mehr genannt werden.»

Orm lachte, und es klang, als würde er Harek auf den Rücken klopfen.

Der Mond schien Orms Heimkehr feiern zu wollen, denn nun schien er hell auf den kleinen Mann neben Orm.

«Guten Abend, Harek, ich bin Torste von Ryesborg», sagte Torste mit müder Stimme. Harek antwortete nicht, und Torste räusperte sich. «Dürfen wir an Land kommen?»

«Nein», sagte Harek.

«Harek», seufzte Orm. Als Rebell erkannte ich sofort einen Gleichgesinnten und lachte.

«Worüber lachst du?», zischte Harek.

«Über dich, Harek Schleichfuß, du Drecksack. Überall sonst hätten wir dich schon getötet.»

Ein Klacken und eine leichte Berührung stoppte mein Lachen. Das Mondlicht glitzerte silbern auf einer Messerklinge, die so dicht neben meinem linken Fuß im Holz steckte, dass ich den Griff an den Knöcheln fühlte.

«Beim Arschloch der Midgardschlange», sagte ich zu dem Mann, der im Dunkeln sehen, Messer werfen und sogar treffen konnte. «Mach das noch ein Mal.»

Ein weiteres Messer traf das Deck, diesmal direkt neben meinem rechten Fuß. Ich zeigte auf Ymer.

«Kannst du seinen großen Zeh treffen?»

Hareks Silhouette bewegte sich, als er den Kopf zu Ymer wandte. Ich sprang auf die dunkle Gestalt zu, und ehe Harek wusste, wie ihm geschah, lag er an Deck mit der Spitze meines Messers am Hals.

«Harek», sagte ich, «du bist geschickt mit dem Messer und siehst wie eine Eule in der Nacht, aber wir sind müde und brauchen eine Unterkunft und etwas zu essen. Ist das klar?»

Hareks Schweigen provozierte mich. Er war ein junger Rebell wie ich, und solche mussten klar wissen, wer das Sagen hatte, damit nicht alles aus den Fugen geriet.

Schließlich erhob Orm die Stimme. «Das sind Ulv Palnasson und Torste von Ryesborg. Sie sind Neffen von Ottar Jarl dem Jüngeren.»

Harek schwieg weiter.

«Harek», sagte ich, «wenn das Tageslicht wiederkehrt, werde ich dir zeigen, was ein Schwert im Verhältnis zu einem kleinen Messer ausrichten kann, denn so sind du und ich im Verhältnis zueinander.» Ich drückte das Messer fester an seinen Hals, und er atmete schneller. «Herr Torste und ich wollen keinen Ärger, nur Ruhe und Frieden, bis unsere Wunden verheilt sind. Dann fahren wir weiter zu Ottar Jarl in Odins Vi. Verstanden?»

Ich hob das Messer ein wenig, damit er nicken konnte, was er unmittelbar tat. Dann packte ich ihn am Kragen, zog ihn hoch und drehte sein Gesicht ins Mondlicht. «Ich habe nie einen besseren Messerwerfer gesehen», sagte ich. Endlich war er bereit, seinen Platz zu akzeptieren, aber seine nächsten Worte verrieten, dass sein Wille noch nicht ganz gebrochen war.

«Es kommt nur selten vor, dass ich nicht treffe, worauf ich ziele.»

Ich zog ihn dicht an mich heran und sah ihm ins Gesicht. Wir waren ungefähr gleich alt, aber mehr hatten wir nicht gemeinsam. Harek war klein und hatte ein fuchsartiges Gesicht mit einem schiefen Lächeln, welches verriet, dass ihm ein Schneidezahn fehlte.

«Harek», sagte Orm ernst. «Herr Ulv hat dem Lejre-König Sigfred bei unruhiger See und Seitenwind auf zwei Schiffslängen Abstand einen Pfeil in die Brust geschossen. Später hat er seinen Platz in der Schildburg ohne Schild und Brünne eingenommen und mehr von Bjørn Eisenseites Männern getötet, als du zählen kannst. Und er lebt noch immer, Harek Schleichfuß, vergiss das nicht.»

«Willkommen im Inselreich, Herr», sagte Harek, drehte sich um und verschwand lautlos über die Reling.

Orm seufzte müde. «Harek spielt sich nur auf. So war sein Vater, und so ist er.»

«Kann sein, Orm», sagte ich. «Aber solche wie er müssen an ihren Platz verwiesen werden, sonst läuft es schief.»

Torste sagte nichts, aber Ymer meinte, Harek erinnere ihn an einen rothaarigen Jungen, den er gut gekannt habe und der unglaublich frech sein konnte. Derweil kletterten wir über die Reling und folgten Orm durch Schilf, Gebüsch und zwischen kleinen Bäumen hindurch.

Das von Harek so genannte «Inselreich» bestand aus vielen kleinen sumpfigen Inseln. Ich trat mehrmals ins Wasser oder blieb im Schlamm stecken und sah keine Behausungen, bis wir vor einem Feuer standen. Das flackernde Licht erhellte ein Dorf, das mich stark an den Ort in Kumraland erinnerte, in dem ich aufgewachsen war.

Orm führte uns zu einem dürren Mann in einem dunklen Umhang, der auf einem Stein am Feuer saß. Sein Gesicht war runzlig, Bart und Haare waren grau.

«Gut, dich zu sehen, Rokke», sagte Orm freundlich zu dem uralten Mann und setzte sich neben ihm in die Hocke. Rokke legte die Hand auf Orms Schulter und nickte. Sie sprachen eine Weile miteinander, und als Orm aufstand, hieß Rokke uns willkommen und lud uns ein, so lange zu bleiben, wie wir wollten. Vielleicht lag es am Flackern des Feuers, aber Rokke sah nicht aus, als kämen seine Worte von Herzen.

«Aber bewaffneter Kampf ist hier verboten», fügte er hinzu und zeigte mit einer einladenden Geste auf die anderen Steine rund um das Feuer. Ich erwiderte seinen Gruß, setzte mich und wartete, dass er weitersprach. Was er nicht tat.

Torste begrüßte den alten Mann und stellte uns vor, woran ich überhaupt nicht gedacht hatte. Erst dann setzte er sich.

Vielleicht war dies der größte Unterschied zwischen uns. Torste war aufmerksam gegenüber seiner Umgebung und den Menschen, die er traf. Ich benutzte meine Umgebung, um meine Position zu verbessern, und die hing meistens davon ab, wie ich mich in der Klinge eines Schwertes spiegelte.

Das war ein Fehler, wie ich jetzt einsehen musste, da Rokke sich ausschließlich an Torste wandte, als er von Silfraskalli erzählte. Ich hörte zum ersten Mal von Sjalvarstad, der Stadt, in der Silfraskalli wohnte, und von der Familie des Jarls, die laut Rokke bis auf König Skjold zurückging – länger, als ich begreifen konnte.

«Silfraskalli ist der Schild der Sølver», erklärte Rokke. «Die meisten betrachten ihn als den Herrn von Fünen – neben Ottar Jarl natürlich.» Als er das Oberhaupt meiner Familie nannte, glaubte ich, einen Hauch von Ironie in seiner Stimme zu erkennen. «Der Schild der Sølver wird gegen König Sigfred und Bjørn Eisenseite kämpfen, bis sie ausgerottet sind oder Fünen verloren ist.»

War es wirklich so einfach? Darüber konnte man anderer Meinung sein, aber Rokke sagte, er wisse dies von einem Mann, dessen Namen er nicht nennen könne. Einem Mann, der erst vor wenigen Tagen bei ihnen übernachtet habe.

«Der Herr verschwand, als die Schiffe kamen», sagte Rokke und erzählte von vielen Schiffen, die ohne Banner segelten. «Die Finger von drei Händen reichen nicht aus, um die Schiffe zu zählen, die in den letzten zwei Tagen hier vorbeigefahren sind.» Rokke schwieg, ich glaube, er wartete auf Fragen, aber mir fiel keine gescheite ein. Das übernahm Torste.

«Glaubt Ihr, Herr Rokke, dass jemand von ihnen an Land gegangen ist? Für Ottar Jarl und Silfraskalli wäre das sehr wichtig zu wissen.»

«Vielleicht», sagte Rokke nur und winkte einer Frau, die dünnen, bitteren Birkenwein ausschenkte. Dazu reichte sie Rokke eine große Schale Grütze mit gekochtem Fisch und ein Brot.

Rokke aß einen großen Löffel davon. Er schmatzte und gab die Schale weiter. Alle aßen ein paar Löffel mit etwas schimmeligem Brot, tranken Birkenwein und dachten sich ihren Teil.

Torste sah Orm an und nickte kurz. Orm beugte sich vor und legte die Hand auf Rokkes Arm.

«Ich weiß, dass du niemals einem Herrn Treue oder Gehorsam geschworen hast, Rokke, denn wir aus dem Inselreich haben bei den Entscheidungen der hohen Herren schon immer schlecht abgeschnitten. Einen Mann aus der Marsch richten sie lieber hin, als ihm zuzuhören. Ich weiß, dass das Herrn Torste und Herrn Ulv leidtut, und sie werden ganz sicher mit Ottar Jarl darüber reden, wenn die Ohren des Jarls Zeit zum Zuhören haben.»

«Darauf habt Ihr mein Wort», sagte Torste, und ich beeilte mich, ihm zuzustimmen.

Rokke sah zufrieden aus, offenbar waren Orms Worte auf fruchtbaren Boden gefallen. «Die Schiffe, von denen ich sprach», begann Rokke, «haben ihre Mannschaften in Helnes bei Eigilsvik an Land gesetzt. Zuerst dachten wir, sie suchten bloß ein Nachtquartier, aber sie haben die Schiffe an Land gezogen und nur eine Wachmannschaft zurückgelassen.»

«Was glaubst du, wohin die Mannschaften gegangen sind?»

Rokke zuckte mit den Schultern.

«Wie viele Tage braucht man auf Pferden von hier bis Odins Vi?», fragte Orm.

Rokke war überrascht, weil die Frage von einem kam, der es eigentlich selbst wissen musste. «Das kommt darauf an, welchen Weg du nimmst», antwortete er.

«Wenn du den Weg bestimmst, Rokke?»

«Gut einen Tag. Vielleicht auch zwei, wenn der Weg in schlechtem Zustand ist und du gehen musst. Die Schiffsleute hatten keine Pferde dabei, und hier sind kaum welche zu bekommen.»

«Und wenn man mit barem Silber bezahlt?», fragte Orm.

Die Grütze war wieder bei Rokke angekommen. Er kaute vorsichtig, wie alte Männer mit schlechten Zähnen es tun. Sein Brot krümelte er in den Birkenwein, den er laut schlürfte. Auch ich aß mehr Grütze und spülte sie mit dem bitteren Wein hinunter. Torste hatte sich die Fischgrütze aufs Brot gekippt, nippte daran und starrte steif ins Feuer.

«Fünf», sagte Rokke plötzlich.

«Fünf?», fragte Torste.

«Fünf Pferde, wenn ihr mit Silber bezahlt.»

«Wann?»

«Bei Sonnenaufgang.»

Torste sah in die Runde. Nur Orm, Ymer, Muhammed, Torste und ich waren halbwegs unverletzt. Die übrigen fünf sahen aus wie Räuber in zerlumpten Kleidern, mit Verbänden um die ernsthaftesten Wunden. Mein Schildarm pochte, als verlangte er, mich zu den Verletzten zu zählen.

«Welchen Weg würdest du nach Odins Vi nehmen, wenn du den Schiffsmannschaften nicht begegnen wolltest?»

Rokke musterte uns einen nach dem andern. «Ich würde mir den Weg von einem Marschbewohner zeigen lassen. Du, Hinkebein, kannst sie zu Pferd ebenso gut wie einer von uns dorthin führen.» Er stand so schnell auf, wie man es von einem Mann seines Alters nicht erwartet hätte, und wünschte allen eine gute Nacht.

«Gut gesprochen, Orm», sagte Torste.

Orm nickte kurz und zeigte auf eine Hütte. «Ihr könnt in dem Haus schlafen, das am nächsten an der Feuerstelle steht», sagte er und folgte Rokke.

An jenem Abend habe ich viel über die Kunst gelernt, sich Informationen zu beschaffen und sie zu deuten, ohne aufdringlich nachzuhaken. Dabei hatten Torste und Orm nur getan, was die Dänen schon immer getan hatten. Kein vernünftiger Kriegsherr begann einen Feldzug in einem fremden Land, ohne vorher bei den viel gereisten Krämern der Dänen Rat zu suchen, die so gut wie alle und alles kannten. Wer weiß, vielleicht hatte Nils diese Lehre an Torste weitergegeben, wenn der wieder einmal nicht bei der Arbeit in Ryesborg auftauchte. Auf jeden Fall grinste er zufrieden.

KAPITEL 17

Herr Ulv?» Alle schauten von ihrer Morgengrütze auf. Harek war ganz außer Atem, sein Fuchsgesicht war rot vor Aufregung.

«Ja?», antwortete ich und warf Torste einen Blick zu.

«Es gibt keine Pferde zu kaufen, egal, wie viel Silber ihr bietet. Die Mannschaften der Schiffe haben alles gestohlen, was vier Beine hat.»

«Alles?», fragte ich ziemlich dumm.

Harek nickte. «Was sie nicht als Reit- oder Packtier nutzen, essen sie.»

«Drecksäcke», murmelte ich und sah Torste ratlos an.

«Dann müssen wir eben nach Odins Vi segeln», sagte er. «Und als Flüchtlinge ohne Waffen und Schild ankommen.»

Das gefiel mir ebenso wenig wie mein leerer Gürtel.

«Ja», sagte ich. «Aber erst besorgen wir uns ein paar Waffen. Und ich glaube, Bjørn oder Sigfred werden ihr Scherflein dazu beitragen.»

Torste sah mich erst fragend an, dann nickte er grinsend.

«Wer kann uns nach Eigilsvik führen?», fragte ich.

«Ich», sagte Harek und setzte sich vor mir in die Hocke. «Ich kann euch dorthin führen.»

«Wirklich?»

Harek war klein und sehnig, und seine Augen waren braun, nicht schwarz, wie ich zuerst gedacht hatte. Er erwiderte meinen Blick, ohne zu zögern.

«Gut, Harek Schleichfuß. Aber kannst du auch einem Befehl gehorchen?»

Er nickte und beugte den Kopf.

«Dann zeig uns den Weg nach Eigilsvik», sagte Torste fröhlich. «Orm?», rief er.

«Ja, Herr?», antwortete Orm und kam mit Rokke aus einem Haus heraus.

«Wir fahren nach Eigilsvik.»

«Nach Eigilsvik?» Orm runzelte die Stirn.

«Ja, und mit etwas Glück hast du heute Abend das Kommando über ein größeres Schiff als die *Hjorten*.»

Daran hatte Orm kein Interesse. Zu meiner großen Überraschung zeigte Torste lächelnd auf mich. «Ulv hat einen Plan.»

Das hatte ich nicht, aber ich wollte ein Schwert, und der einzige Ort, wo ich eines finden konnte, war bei der Wachmannschaft von Bjørns Schiffen.

«Wann wollt ihr los, Herr?», fragte Orm. «Jetzt gleich?»

Torste nickte. Orm bat uns um etwas Geduld und ging in eine der Hütten.

Rokke sah mich ernst an. «Ein guter Plan ist meist der erste, der einem in den Kopf kommt, Herr Ulv», sagte er kryptisch. «Lebt wohl, Herr Torste.»

Im Tageslicht war der Pfad erstaunlich gut sichtbar und wesentlich kürzer, als er mir in der Nacht vorgekommen war. Schon nach wenigen Schritten sah ich Wasser und nach vierzig bis fünfzig Schritten den Mast der *Hjorten*.

Ich tippte Harek auf die Schulter. «Der Weg kommt mir viel kürzer vor als heute Nacht?»

«Wir vertrauen in der Regel keinen Fremden», sagte er und grinste hinterlistig.

«Vertraust du mir, Harek Schleichfuß?»

Er nickte zögerlich.

«Gut, Harek. Du entscheidest selbst, ob ich dein Herr und Beschützer oder dein schlimmster Feind bin.»

Harek überlegte nicht lange. «Wünscht Ihr meine Hilfe, Herr?»

«Eine gute Wahl. Sie wird dich reich machen.» Ich bremste mich, ehe noch mehr hochtrabende Versprechen meinen Mund verlassen konnten. «Wie kommt man zu den Schiffen in Eigilsvik, ohne von der Wachmannschaft gesehen zu werden?»

«Das geht nicht. Eigilsvik ist klein, und die Schiffe sind miteinander vertäut und achtern von einem Wachtschiff gesichert.»

«Aber Rokke hat doch gesagt, es seien nicht viele Wächter dort?»

«Rokke hat die Drachenschiffe nicht selbst gesehen.»

Und ich hatte dem alten Mann geglaubt. Nun musste ich es ausbaden, egal, wie groß die Wachmannschaft war. Ich sah mich nach einem Zeichen um, aber alles, was ich fand, war ein verlassenes Vogelnest mit Resten von Eierschalen sowie ein paar Knochen und Federn, was mir keine große Hilfe war.

Ich schwankte zwischen einer List, einem Brandschiff und offenem Angriff, wobei ich Letzteres schnell wieder ausschloss. Letztendlich ging ich ohne einen konkreten Plan an Bord der *Hjorten*.

Wir stakten langsam mit den Riemen durch die Wildnis kleiner mit Gestrüpp, niedrigen Bäumen und Schilf bewachsenen Inseln. Harek stand am Vordersteven und dirigierte, und trotzdem liefen wir zweimal auf Grund. Beide Male mussten Ymer und Muhammed in den Sumpf steigen und uns losschieben.

Je näher wir Eigilsvik kamen, desto größer wurde meine Unruhe. Ich hatte noch immer keine zündende Idee, weshalb ich fast erleichtert war, dass mir die Entscheidung aus der Hand genommen wurde.

Keiner hatte ihre Boote gesehen, sie sprangen direkt aus dem Schilf an Bord. Bevor wir die Riemen loslassen und die wenigen Waffen, die wir besaßen, ziehen konnten, saßen wir gefesselt auf Deck.

Ich sah doppelt und hatte starke Kopfschmerzen von dem Schlag, der mich ausgeschaltet hatte. Kein Wort verließ meine Lippen, ich starrte auf die Planken vor mir und schämte mich. Erst als mir nicht mehr übel war, blickte ich auf.

Gegenüber saß Torste und nickte mir erstaunlich selbstsicher zu.

An Bord der *Hjorten* befanden sich gut zwanzig Feinde, und hinter uns ragte der Drachensteven eines Langschiffs aus dem Schilf. Eine Wachmannschaft besteht in der Regel nicht aus den stärksten Kriegern, sondern eher aus älteren oder verwundeten, was ich stets als Fehler betrachtet habe, denn Schiffe sind viel zu kostbar, um sie versehrten und kampfunfähigen Männern zu überlassen.

Diese Krieger waren jedoch weder alt noch verwundet, sondern im besten Mannesalter. Ihr Anführer war offenbar der jüngste – ein hochnäsiger Dummkopf von ungefähr zwanzig Jahren, sicher der Sohn eines seeländischen Jarls.

Er prahlte lauthals damit, er habe uns kommen sehen und den Angriff geplant und ausgeführt. Dass er gelungen war, konnten wir kaum bestreiten, auch wenn er ein aufgeblasener Idiot war.

Die *Hjorten* wurde neben mehr Langschiffen, als ich mit meinen Fingern zählen konnte, ans Ufer gezogen. Ich schätzte, dass es über zwanzig waren. Die Segel waren gestrichen, aber die Masten nicht abgenommen, sodass sie jederzeit startklar waren.

Viele Hände zerrten an uns, und erst als wir am Boden saßen, fiel mir auf, dass weder Harek noch Orm Hinkebein unter uns waren. Ich sah mich nach dem Rest unserer Mannschaft um, erblickte aber nur Muhammed und Ymer. Der Letztgenannte hatte eine Beule von der Größe eines Taubeneis an der Stirn und blickte sauer drein, was meine Laune etwas besserte.

Der junge Anführer der Seeländer sprang von der *Hjorten*, stieß eine Reihe Flüche aus und stolzierte wie ein eitler Gockel umher, bis er die Aufmerksamkeit aller Anwesenden hatte. Er zeigte mit dem Schwert auf uns.

«Silfraskallis Leute oder sogar Gorms», schnaubte er höhnisch und trat Muhammed ins Gesicht, der ohne einen Mucks zusammensank. Blut lief ihm aus der Nase.

Im Grunde gebührte dem Anführer Respekt für die Leichtigkeit, mit der er uns überrumpelt und besiegt hatte, aber ich war wütend und forderte ihn auf, sein dreckiges Maul zu halten.

«Wie heißt du, Junge?», fragte ich, obwohl er älter war als ich.

«Ich bin Vagn von Lejre, Sohn von König Sigfred», sagte er und verlor beinahe die Fassung. «Und Urenkel von Rolf Krake, du Stück Dreck.» Vagn von Lejre trat mir in die Rippen, und ich fiel auf den Hinterkopf. Er spuckte mir ins Gesicht und lachte. Das Lachen verging ihm, als ich brüllte wie verrückt. Er sammelte schon mehr Spucke, als ich mich auf die Knie kämpfte und schrie: «Ich bin Ulv. Sohn von Palna Jarl von Wenden und Ingeborg Ottardatter, Enkel von Ottar Jarl dem Älteren, und ich habe den Drecksack getötet, den du deinen großen Bruder nanntest.»

Es wurde ganz still, selbst Ymer sah erschrocken aus. Vagn war kein Schwächling, sondern kräftig genug, um mich mit einer Hand auf die Beine zu ziehen.

Wir starrten einander in die Augen.

Bis auf das blonde Haar sah er seinem Bruder nicht ähnlich, was nur zu seinem Vorteil war. Ein dünner Bart bedeckte sein Kinn, und seine Zähne waren gerade. Er grinste mich höhnisch und eine Spur zu selbstsicher an.

«Was sagst du da?»

Ich schnaubte und streckte den Kopf näher zu ihm. «Edvard von Lejre war ein feiger Hund, ein Schleimklumpen, der sich wie ein Räuber benahm und in einem Schwertkampf den Bogen benutzt hat. Er war ein Drecksack, ein schäbiger Köter, mit dessen Bekanntschaft ich nicht angeben würde, Vagn von Lejre.»

Vagn wurde kreidebleich, und ein tiefer Seufzer von Ymer holte mich auf den Boden der Tatsachen zurück.

«Ulv Palnasson», zischte Vagn, und ich hasste ihn, wenn überhaupt möglich, noch mehr als zuvor. «Dafür wirst du sterben, du Sohn eines wendischen Zimmermanns und einer fünischen Hure.»

Der Zorn erstickte seine Worte. Er war wie ich – selbstsicher und im festen Glauben, dass er mit einer Waffe in der Hand unsterblich war. Bloß im Schmähen seiner Gegner brauchte er noch etwas Übung.

«Sterben müssen wir alle, und ich bin sicher, dass du dich wie dein Bruder benimmst und uns wie eine Frau töten wirst, mit einem Tafelmesser, während wir gefesselt sind. Ein Mann, ein Herr, ein Jarlssohn oder Königssohn, noch dazu aus Rolf Krakes Geschlecht, würde den Tod seines Bruders mit dem Schwert in der Hand beim Holmgang rächen.»

Ein weiteres Mal landete ich unter Fausthieben und Tritten auf dem Boden. Doch plötzlich hielt Vagn ein, zog mich hoch und schnitt den Strick um meine Hände auf.

«Ulv Palnatoki, ich mache mit Freude da weiter, wo mein Bruder aufgehört hat.»

Ich rappelte mich auf. «Das wird dich zum Mann machen, Vagn von Lejre. Zu einem toten Mann, aber wenigstens einem, der mit dem Schwert in der Hand stirbt.»

Vagns Augen waren rot vor Zorn. Er befahl, sofort einen Walplatz abzustecken, und forderte mich auf, meine Waffen zu wählen. Meine Laune besserte sich mit einem Mal, aber dann vermasselte Torste alles.

«Vagn von Lejre», schrie Torste. «Herr Ulv ist nur die Nummer zwei. Das solltest selbst du, Sohn eines schwanzlosen seeländischen Köters, wissen.» Damit gewann er augenblicklich Vagns Aufmerksamkeit.

Torste stand auf und trat einen Schritt vor, doch Vagns Männer richteten sofort ihre Speere und Schwerter auf ihn. Ich sah ihn überrascht an, nicht etwa weil er sich eingemischt hatte – das ist nun mal seine Art –, sondern wegen der für ihn ungewöhnlichen Schmähworte.

«Ein Narr kommt selten allein», zischte Vagn, stampfte mit dem Fuß auf und zeigte mit dem Schwert auf Torste. «Von welcher Hure stammst du ab?»

Torstes Augen wurden schmal.

Schon besser, Vagn, dachte ich.

«Ich bin Torste von Ryesborg, den dein Bruder, der räudige Köter, zu töten versuchte, erst als Räuber und dann mit einem Pfeil während des Holmgangs. Und ich, Vagn von Lejre, bin derjenige, mit dem du zuerst kämpfen musst, wenn alles rechtens vor sich gehen soll. Dein Bruder und ich haben einander zuerst aufgefordert.» Er machte eine kurze Pause. «Aber das ist wohl zu viel verlangt von einem Abkömmling aus Rolf Krakes dreckigem Geschlecht.»

Ich war alles andere als einverstanden mit seinen Worten. «Torste?», rief ich und starrte ihn wütend an.

Torste warf einen Blick auf meinen Schildarm und schüttelte den Kopf. «Er gehört mir, Ulv.»

«Nein, er gehört mir, und das wirst du nicht verhindern, Torste.» Ich sah Vagn an. «Torste ist ein Narr, Vagn. Er redet mit der List einer Frau und will sich auf meine Kosten hervortun. Wenn du nur ein bisschen Grips im Kopf hast, knebelst du ihn und wirfst ihn …»

«Halt's Maul!», brüllte Vagn und zeigte auf mich. «Die Reihenfolge wird eingehalten. Aber du musst nicht lange warten, denn ohne Regeln bringt mein Schwert ganz schnell den Tod.» Er schnitt Torstes Fesseln auf, trampelte auf den Walplatz und wartete, dass Torste seine Waffen wählte.

Torste ließ sich Zeit, was Vagn maßlos in Rage brachte.

Ein älterer, vornehmer Herr in ähnlich vornehmen Kleidern wie Vagn lief schwer atmend auf den Kampfplatz. Er schien wenig begeistert von dem Szenario, das sich auf dem unebenen Boden der Marsch abzeichnete, und versuchte, Vagn vom Zweikampf abzubringen. Plötzlich hatte Torste es eilig und entschied sich für ein Schwert und einen Schild von Vagns Männern.

«Bist du bereit, Vagn von Lejre, oder soll einer deiner Männer zuerst einen Pfeil an den Bogen legen, wie es deine Familie zu tun pflegt?», rief Torste, setzte einen geliehenen Helm auf und lächelte mich an.

Ich drehte mich demonstrativ weg und hasste ihn wie früher. Noch heute bekomme ich Wutanfälle, wenn ich daran zurückdenke, wie er mir den Gegner stahl und ich dadurch an Ansehen verlor. Zwar konnte niemand behaupten, ich hätte mich vor dem Kampf gedrückt, aber ich wusste, dass Torste sich nur vordrängelte, weil mein Schildarm zu schwach für einen Zweikampf war. Und ich wollte nicht auf meine Schwäche hingewiesen werden.

«Ich hoffe, du verlierst», murmelte ich und hörte die ersten Schwerthiebe auf einen Schild. Als sie zum zweiten Mal aufeinanderstießen, konnte ich nicht länger widerstehen und drehte mich um, mit der Ausrede, dass ich Vagn sehen wolle, bevor ich an die Reihe kam. Der Anblick besänftigte meine Wut.

Vagn sprang hin und her, hieb und stach in einem Tempo, das ihm so schnell keiner nachmachte. Torste wirkte langsam gegen ihn, aber sein Schildarm war rasch, und Vagns Ausfälle richteten höchstens an Torstes Schild Schaden an.

«Du bist träge wie eine alte zahnlose Jütin, Torste von Scheißburg», stichelte Vagn und schwang das Schwert so schnell, dass die Klinge wie ein einziges großes Stück Eisen aussah. «Aber so sind die Männer in Jütland. Grüß meinen Bruder, wenn du nach Walhall kommst, er ist bestimmt der Einzige, den du dort kennst.»

Zwei große Kerben schlug Vagn in Torstes Schild, ehe Torste zum ersten Mal traf. Sein Vorteil bestand nicht in Schnelligkeit, sondern in seiner Kraft. Er teilte Vagns Schild mit einem Hieb entzwei und ließ ihn mit dem Buckel und einem kleinen Stück Holz in der Hand stehen. Vagn warf den Schildbuckel nach ihm, lief rückwärts und streckte den Arm nach hinten aus, um einen neuen Schild zu bekommen. Er grinste breit und verließ sich ganz auf seine Schnelligkeit.

«Vielleicht sollte ich den Schild liegen lassen», spottete er und blieb kurz mit der Hand an dem neuen Schild stehen. Das war der Fehler eines jungen Mannes, der eine allzu hohe Meinung von sich selbst hat.

Plötzlich bewegte sich Torste genauso schnell. Er sprang nach vorn, stieß das Schwert in Vagns Schildarm, zog die Klinge nach oben und traf ihn am Kopf.

Der Helm rettete Vagn, aber er schwankte, und seine Bewegungen wurden unsicher. Blut schoss aus seinem Arm, er schüttelte den Kopf, stieß einen lauten Schrei aus, schlug nach Torste und kippte dabei fast um. Torste wich einen Schritt zur Seite aus und rammte das Schwert in Vagns Hals.

«Einvig – Kampf bis zum Tod!», rief Torste und zog das Schwert an sich.

Vagn sank mit einem Seufzer zusammen, zuckte noch einmal und blieb dann still liegen.

Torste ließ die Waffen sinken und trat zurück, damit Vagns Männer hinzukommen konnten. Dann nickte er mir zu. «Jetzt sind wir quitt, Ulv Ingeborgsson», sagte er ernst. «Wie es sich zwischen Ebenbürtigen gehört.»

Er hatte mir das Leben gerettet wie ich seines vor dem Tor von Ryesborg. Aber ich konnte mich nicht freuen.

«Das sind wir, Torste von Ryesborg», antwortete ich und unterdrückte die Flüche, die mir auf der Zunge lagen.

«Ja», sagte Torste. «Und es fühlt sich gut an.» Er setzte sich auf den Boden und nahm den Helm ab.

Vagns Mannschaft stand ratlos mit gezogenen Waffen um uns herum. Ich war sicher, dass sie uns töten wollten. Der alte Mann trat vor, hob das Schwert, sah mich mit großen Augen an und schien plötzlich ebenso unentschieden.

«Das wäre sehr dumm», mahnte ich. «König Sigfred würde euch dafür töten – dieses Vergnügen will er für sich selbst haben.»

Sigfreds Name reichte aus, um ihn aufzuhalten.

Ich zeigte auf Ymer und Muhammed. «Wenn deine Klinge unbedingt Blut schmecken muss, nimm die beiden.»

Ymer schielte mich an, Muhammed starrte unbeeindruckt in die Luft. Damit endeten wir als Vagns Geiseln, ohne dass Vagn es noch erleben durfte, und das war vielleicht auch besser so.

KAPITEL 18

Die Einförmigkeit der Tage erinnerte mich an die Zeit an Bord der *Havormen*, doch im Gegensatz zum Leben als Schiffssklave war das Dasein als Geisel erträglich. Wir waren durch einen Eid gebunden und konnten nicht fliehen, weshalb wir die Hände und Füße frei hatten. Sogar mit Waffen durften wir trainieren.

Der Mann mit dem grauen Haar, der dies bestimmt hatte, hieß Byrnjolf der Schweigsame und war Vagns zweiter Befehlshaber. Er hätte der Vater aller anwesenden Krieger sein können, wenn nicht sogar ihr Großvater. Im Grunde war er gar nicht so schweigsam, aber er dachte immer gut nach, bevor er etwas sagte. Davon könne sich jemand eine Scheibe abschneiden, meinte Ymer. Besonders weil Byrnjolf in der Regel mit mir sprach, nicht mit Torste.

Ymer meinte, Byrnjolf sei einer jener Männer, von denen er viele in Miklagard gesehen habe, einer, der lockigen jungen Männern den Vorzug vor Frauen mit runden Formen und großen Brüsten gab.

Ich ignorierte Ymer und bemerkte zufrieden, dass ihn das ärgerte. Er wiederholte seine Worte, aber ich lachte ihn aus und befahl ihm, seinem Herrn etwas Bier zu holen. Er weigerte sich. Offenbar war er enttäuscht von mir – nicht zum letzten Mal in seinem Leben.

Wir wohnten in einer alten Scheune zusammen mit Mäusen, Ungeziefer und einer Natter, die wir Sigfred nannten. Byrnjolf sorgte dafür, dass wir frisches Schilf, Heu und Stroh hatten, um uns warm zu halten, als der Winter nach Fünen kam. Außerdem bekamen wir reichlich Essen und Bier. Die gute Behandlung überraschte mich, oder genauer gesagt war es Byrnjolf, der mich überraschte. Er behandelte uns wie geschätzte Gäste, war höflich und verwehrte uns nie etwas.

Byrnjolf suchte sogar bei allen möglichen Anlässen unsere Gesellschaft. Sein Vorwand war, möglichst viel über uns und unsere Familien zu erfahren, insbesondere über das Verhältnis zwischen Silfraskalli, Ottar Jarl und König Gorm. Ich antwortete aufs Geratewohl, denn über solche Dinge wusste ich nicht viel mehr als er. Torste hingegen nahm sich Zeit für lange Erklärungen, die in meinen Ohren ziemlich übertrieben klangen.

Vielleicht war ich ungerecht gegenüber Torste, weil ich ihm die Sache mit Vagn von Lejre noch nicht ganz vergeben hatte. Dabei hatte er nur seine Schuld mit gleicher Münze zurückgezahlt, wie Ymer und er betonten. «Jetzt sind wir quitt. Wie es sich zwischen Ebenbürtigen gehört.» Dafür zollte ich ihm Respekt, aber die Worte und sein herausfordernder Blick ärgern mich noch heute.

Byrnjolf interessierte sich besonders für König Gorm. Torste behauptete, er sei sich sicher, dass Gorm den Sund überqueren und Silfraskalli und Ottar Jarl zu Hilfe eilen würde. Und diese Schlacht würde nicht in Fünen enden, sondern in Seeland und Schonen weitergehen.

Dass daraus auch ein seeländischer Sieger mit jütischer Erde unter den Füßen hervorgehen konnte, erwähnten weder Torste noch Byrnjolf. Torste fügte hinzu, dass denjenigen, der uns zum Jarl nach Odins Vi führen würde, sicher eine große Belohnung erwartete.

Byrnjolf lachte leise und erwiderte, das sei im Grunde kein schlechter Handel, jedoch würde seine Familie in Seeland dafür mit dem Leben bezahlen, während man ihm selbst einen Blutadler einritzen und die Rippen auf dem Rücken aufklappen würde.

«Sigfred hasst euch zutiefst, und kein Silber kann seinen Zorn aufwiegen.»

In der linken Hand hielt ich eine schwere Eisenstange, mit der ich trainierte.

«Geht es mit deinem Schildarm voran, Herr Ulv?»

Ich nickte. Es ging besser, als ich es für möglich gehalten hatte. Der Schild senkte sich nur noch nach großen Anstrengungen leicht. «Er ist so gut wie neu», antwortete ich und stemmte die Eisenstange so rasch, das Byrnjolf mich bat aufzuhören.

«Bei dem Tempo wird einem ja ganz schwindlig, Herr Ulv.» Er lächelte wehmütig. «Wir wollen hoffen, dass Sigfred dich den Schildarm nach Walhall mitnehmen lässt.»

Mehr als einmal hatte ich erwogen, meinen Eid zu brechen, aber weil Torste nie von Flucht sprach, ließ ich es ebenfalls sein. Trotzdem verstand ich nicht, warum wir, drei Monate nachdem Vagn von Lejre uns gefangen hatte, noch immer in einer Scheune im Süden Fünens saßen. Wenn wir Byrnjolf fragten, antwortete er immer nur, der Krieg gegen

Silfraskalli und Ottar Jarl laufe gut, und Sigfred würde uns sicher zum Opferfest der Wintersonnwende rufen lassen.

Die Wintersonnwende kam, und keiner holte uns. Außerdem war die halbe Wachmannschaft inzwischen zu König Sigfred abkommandiert worden, was kaum notwendig gewesen wäre, wenn der Krieg wirklich so gut lief.

Als ich Byrnjolf nach dem Grund fragte, sah er mich an wie einen teuren Freund. «Jetzt, wo es keinen Königssohn mehr zu bewachen gibt, brauchen wir nicht mehr so viele Leute», antwortete er.

Vagn von Lejre war in Walhall, und niemand schien deswegen traurig zu sein. Nicht einmal Sigfred, von dem wir dachten, er würde uns persönlich mit einer stumpfen Axt vierteilen und danach die ganze Wachmannschaft töten, weil sie ihren Job nicht erledigt hatten.

Ymer meinte, Sigfred hielte uns nur am Leben, um uns als Geiseln zu benutzen, wenn er einmal in der Klemme steckte. Wenn das stimmte, konnte er kaum die Oberhand in Fünen haben. Umgekehrt galt dies jedoch auch für Silfraskalli und Ottar Jarl.

Byrnjolf schien dies alles nicht zu kümmern. Er ließ die Schiffe instand halten, damit die Flotte zum sofortigen Auslaufen bereit war, wenn Sigfred es befahl. Inzwischen saß er jeden Abend bei uns am Feuer und blieb lange. Wir bekamen sogar Bier, ein Privileg, das nicht einmal der Mannschaft vergönnt war, und genau das war der Grund, warum ich eine Information aufschnappte, die eher nicht für uns bestimmt war. Ich sage «eher», weil man das bei Byrnjolf nie genau wusste.

Byrnjolf, Ymer und ich waren auf der Jagd gewesen, und ich hatte zwei Hasen und ein Reh erlegt. Am Nachmittag saßen wir in dicken Mänteln zusammen ums Feuer, denn die Winterkälte war streng, und Byrnjolf lobte meine Treffsicherheit mit dem Bogen. Er fragte mich, wie ich den Bogen und die Pfeile hergestellt hatte. Dabei trank er mehr Bier als sonst, was seine Zunge löste.

Als Ymer pinkeln war, kam unser Gespräch auf Bjørn Eisenseite, und Byrnjolf schüttelte entmutigt den Kopf. «Der Herr der Svear, König Ring, ist tot», sagte er und hob seinen Krug auf den verstorbenen König. «Er starb den Strohtod im Krankenbett.»

«Wer wird sein Nachfolger?», fragte ich und trank auf den König, der einen schmachvollen Tod im Krankenbett erlitten hatte.

«Vielleicht Bjørn Eisenseite. König Ring war Bjørns Onkel, wusstest du das? Aber das wird auf dem Thing der Svear in Mora bestimmt werden.» Byrnjolf seufzte. «Herr Bjørn wird es eilig haben heimzukommen, egal, was Sigfred und er ausgemacht haben. Es heißt nämlich, Erik Ringsson, der Sohn des verstorbenen Königs, sei ein schwacher Mann und ...» Er starrte eine Weile gedankenverloren ins Feuer, dann sah er mich mit traurigen Augen an und fragte: «Kennst du Tyra?»

«Wen?» Ich verstand beim besten Willen nicht, was Tyra mit dem bevorstehenden Machtkampf in Svealand zu tun hatte.

«König Gorms Frau, Tyra Haraldsdatter», sagte Byrnjolf.

«Ja. Eine großartige Frau», antwortete ich und dachte daran, wie sie sich um mich gekümmert hatte, als ich wie ein Narr in Nils Jarls Halle gestanden hatte. Auch Ebbe Skalds Verse über Tyra waren mir noch so gut in Erinnerung, als hätte ich sie gerade erst gehört.

«Ja», pflichtete Byrnolf mir bei. «Genau wie ihre Schwester, Astrid Haraldsdatter, bevor die Krankheit sie nahm.»

Er versicherte sich, dass wir unter uns waren, dann sagte er leise: «Wenn Gorm Sigfred besiegt, gewinnt Seeland eine wunderbare Königin.» Damit deutete er an, dass viele Seeländer Gorms Frau Tyra in ihrer Heimat willkommen heißen würden.

Ich staunte nicht schlecht. «So redet ein Seeländer? Gibt es noch mehr, die so denken?»

Byrnjolf antwortete mit einem geheimnisvollen Lächeln. «Bis vor einigen Jahren war Sigfred ein guter König. Dann aber starb sein ältester Sohn, Gorm der Jüngere, in der Schlacht von Brunanburh in Kumraland, und Sigfred wurde verbittert und jähzornig. Als sein ältester Sohn Edvard starb, verschlimmerte es sich noch weiter – und das, Ulv, haben wir dir zu verdanken.» Er spuckte auf den Boden. «Sigfred kam mit einem Pfeil in der Hand und einem in der Schulter auf Fünen an, und obwohl die Wunden nicht lebensgefährlich waren, besserten sie seine Laune nicht gerade.»

«Ja», sagte ich und verschwieg geflissentlich, wer Sigfred mit den Pfeilen gespickt hatte. «Ich habe Jarl Rollo von Låland getroffen, als er aus der Schlacht von Brunanburh zurückkam.» Auch die genaueren Umstände dieses Treffens verriet ich nicht, sondern hörte ihm weiter zu.

«Sigfreds Sohn Vagn war ein dummes Schwein genau wie sein großer Bruder. Herr Torste hat uns allen einen Dienst erwiesen, als er ihn tötete.»

«Aber was, wenn Sigfred gewinnt?», fragte ich.

Byrnjolf lächelte traurig. «Dann wirst du einen Kopf kürzer gemacht, und wenn der Sommer kommt, plündern sie in Jütland alles Gold und Silber, Schiffe und Frauen ... Besonders eine, wenn Sigfred sie in die Hände bekommt.»

«Tyra?»

Er nickte. «Ich bezweifle, dass er sie am Leben ließe, obwohl sie seine Base ist.»

«Vielleicht schickt er sie zurück nach Bretland?»

«Nein!» Die Antwort kam so rasch, dass es keine Vermutung sein konnte. Im Gegensatz zu mir verstand Byrnjolf die Zusammenhänge. Er fuhr fort: «Solange Tyra lebt und imstande ist, ein Kind zu gebären, haben ihre Söhne ein Erbrecht auf den Thron von Lejre. Jedenfalls wenn Sigfreds Söhne weiter wie die Fliegen sterben. Jetzt hat er nur noch Gorm den Jungen, und der ist ein kleines Kind – da kann alles Mögliche geschehen.»

Er lächelte mich, der Sigfreds zweitältesten Sohn getötet hatte, verschwörerisch an. «Wenn Gorm der Junge stirbt, ist Knut Gormsson der nächste Thronanwärter in Seeland.»

«Der Sohn meines Königs?»

Byrnjolf nickte. «Warum, glaubst du, lobpreist Gorms Skalde Ebbe bei jeder Gelegenheit Tyras Ahnen?»

«Damit alle Knuts Anrecht auf den Thron von Lejre anerkennen?», riet ich.

«Tyras Ahnenreihe gibt König Gorm enorme Möglichkeiten», sagte Byrnjolf.

Plötzlich wurde mir klar, warum er Knut Danaast genannt wurde – der Knut aller Dänen. «König Gorm will Fünen, Seeland und Schonen haben», flüsterte ich ehrfürchtig. «Er will alle Dänen vereinen ... Aber hat Sigfred denn keine Brüder?»

«Nein. Sein einziger Bruder Ivar Jarl fiel ebenfalls in Brunanburh, und der hatte keine Söhne.»

«Und deshalb muss Tyra sterben?», fragte ich. «Und mit ihr Knut Danaast und Harald Gormsson?»

«So ist es», antwortete Byrnjolf. «Für Sigfred ist es ein

Hohn, dass der Sohn seiner Base Danaast genannt wird. Das ist wie eine Anerkennung. Aber Tyra wird er zuerst beseitigen, und sie wird am meisten vermisst werden.»

Das konnte ich nicht bestreiten, und es erfüllte mich mit Trauer. Ich schüttelte den Kopf, um alle sentimentalen Gedanken zu vertreiben.

«Das steht dir, Ulv», sagte Byrnjolf lächelnd.

Ich fragte weder, was er meinte, noch vertiefte er seine Aussage. Aber er durchschaute meine stolze Abwehr, als wäre ich vom klaren Wasser des griechischen Meeres umgeben. Seltsamerweise störte mich das gar nicht. In Byrnjolfs Gesellschaft konnte ich eine andere, verletzlichere Person sein. Und er schien diese Art der Freundschaft zu vermissen, wie ich sie erst lernen musste.

«Was geschieht jetzt, Byrnjolf? Wie lange müssen wir noch hier warten?», fragte ich. Ich wollte nicht mehr über Tyras Söhne reden, besonders nicht über Harald, den kleinen Pisser.

«Schwer zu sagen, Ulv, aber ihr müsst hierbleiben, bis mein Herr nach euch schicken lässt oder bis Silfraskallis Männer kommen. Wenn das geschieht, bist du von deinem Eid befreit. Wenn du hierbleibst, stirbst du.»

War dies ein Versprechen oder eine Drohung? Hinter seinen Worten verbarg sich eine andere, wichtigere Botschaft, die ich erst verstand, als er eine Hand auf meinen Arm legte und wiederholte, ich hätte das Recht zu fliehen, wenn Silfraskallis Männer sich näherten, selbst wenn dies nur ein Gerücht wäre.

Zum ersten Mal seit Pillgryes' Tod hatte ich ein Band der Freundschaft mit einem Mann geknüpft, der mein Vater oder sogar Großvater hätte sein können. Einar hatte einen Hauch derselben Wärme ausgestrahlt, nach der ich mich insgeheim sehnte, aber er war ein Vollblutkrieger gewesen, der entweder tötete oder starb.

Byrnjolf kämpfte auf eine andere Art und Weise. Durch seinen Befehl hatte er mein Leben gerettet, und nun versuchte er es ein weiteres Mal. Offenbar wünschte er sich Sigfreds Sieg ebenso wenig wie ich.

«Bleib bei uns, Byrnjolf, und werde mein Hirdmann.»

Er lachte auf seine stille Weise und schüttelte den Kopf. «Einen jungen Herrn habe ich gehabt, und für meinen Geschmack war das einer zu viel.» Er sah zuerst mich an und dann Ymer, der mit mehr Bier zurückkam. «Und das sage ich, obwohl keiner Vagn von Lejre an Dummheit übertreffen kann.»

«Oh», mischte Ymer sich ein. «Ich kenne da einen, der es mit ihm aufnehmen könnte.»

Byrnjolf ignorierte ihn. «Du solltest nicht zulassen, dass dein Sklave so mit dir redet, Ulv.»

«Ich weiß, aber er ist nur ein Tölpel, der kein Bier verträgt.» Ich grinste Ymer böse an. «Deshalb wird er in Zukunft nur noch Wasser bekommen.»

Ymer sagte, Muhammed erwarte mich, und verließ uns laut fluchend.

«Komm mit uns als mein Freund, Byrnjolf. Ich wäre stolz, einen Freund wie dich zu haben.»

Byrnjolfs Augen glänzten, aber er antwortete nicht. Ich stand auf, legte kurz die Hand auf seine Schulter und verließ die Feuerstelle.

Muhammed trank weder Bier noch Met oder Birkenwein, weil sein Gott es ihm aus irgendeinem Grund verbot. In meinen Augen ergab das keinen Sinn, aber er befolgte die vielen törichten Gebote seines Gottes strikt und überließ alles Bier und Schweinefleisch uns anderen, wogegen wir keine Einwände hatten.

«Friede sei mit dir, Muhammed, und möge dein Herr dich segnen», sagte ich, als ich die Scheune betrat und ihn dort sah. Er saß mit geschlossenen Augen auf dem Boden, das Gesicht nach Mekka gerichtet – einen Ort in Serkland, der seinen Worten zufolge der heiligste Ort in Midgard war. Sein Gott verlangte, dass er dies fünfmal am Tag tat. Es verblüffte mich immer wieder, aber er war unbeugsam und hämmerte die Stirn fünfmal täglich auf den Boden, was auch immer wir darüber sagten.

«Und möge Allah bei all deinen Taten bei dir sein, mein Freund», antwortete er gut gelaunt. Er sprach sonst nur, wenn jemand ihm eine Frage stellte, und dann immer mit wenigen Worten. Nun jedoch fuhr er fort. «Ich habe dir einen Wolfskopf zugedacht. Eine solche Tätowierung passt zu dir und deiner Seele, und ich werden den Propheten bitten, dir für deine Sturheit und die Wahl des falschen Gottes zu vergeben.»

Das war der längste Satz, den ich je aus seinem Mund gehört hatte.

«Das passt mir gut», antwortete ich und entblößte meine Schulter. «Er soll sie ganz bedecken.»

Muhammed nickte, schärfte ein Messer an seiner Brünne und ritzte mit der Spitze die Umrisse des Wolfskopfes rund um Rollo Jarls Zeichen auf meiner linken Schulter. Dann tauchte er eine Nadel in eine Schale mit feiner Asche und Wasser, setzte sie an meinem Oberarm an und hämmerte mit einem kleinen Hammer ein Muster in meine Haut. Er tauchte sie erneut in die Asche und hämmerte weiter. Jeder Schlag hinterließ einen kleinen blauschwarzen Punkt. In ihrer Gesamtheit würden sie einen Wolfskopf ergeben.

Ich ließ meine Gedanken schweifen. Sie kreisten um Heldis, meine Mutter und Pillgryes und endeten bei Byrnjolf. Es verwirrte mich, dass ein Mann, der weder mit mir verwandt noch durch einen Treueeid an mich gebunden war, solche Fürsorge für mich zeigte. Es war, als hätte ich endlich einen Vater gefunden, der nur mein Bestes wollte. Das war ich nicht gewohnt, aber es war ein gutes Gefühl. Zwar wusste ich, dass Byrnjolf uns, ohne zu zögern, töten würde, wenn Sigfred es befahl, aber es würde ihm keine Freude bereiten. Er versuchte, einen Ausweg zu finden, bevor ein solcher Befehl kam. An jenem Nachmittag hatte er versucht, mir etwas Wichtiges mitzuteilen, und mich indirekt aufgefordert, danach zu handeln. Leider war ich nicht in der Lage, diese Entscheidung zu treffen, weil ich ihn nicht verstanden hatte. Ich wusste nur, dass wir beide durch einen Eid gebunden waren, ob uns das nun passte oder nicht. Deshalb lag es weder in Byrnjolfs noch in meiner Hand, ob ich freikam oder starb.

KAPITEL 19

Als der Schnee nach Fünen kam, wurde Muhammed fertig mit dem Wolfskopf auf meiner Schulter. Ich war zufrieden, endlich nicht mehr Rollo Jarls Zeichen auf meiner Haut zu tragen, den Beweis, dass ich einmal Sklave gewesen war.

Ymer hatte viele Tätowierungen. Auch er wollte Rollos Zeichen ersetzen, mit einem stehenden Bären, dem Symbol seiner Familie. Ich war dagegen, Ymers Sklavenzeichen zu entfernen, und schlug Muhammed vor, Ymer stattdessen einen Wolf wie meinen auf den Arm zu stechen. Schließlich war er mein Sklave und bester Freund in einer Person.

An unserem Geiseldasein änderte sich nichts groß, außer dass wir nun nachts in der Scheune froren. Byrnjolf beschaffte mehr Stroh und Felle und sorgte weiter für unser Wohlbefinden. Aber er konnte nicht ändern, dass wir eidgebundene Geiseln waren, und wollte nicht mit uns fliehen, weder als mein Hirdmann noch als Freund.

Das war auch nicht nötig. Die Nornen tanzten und lachten und tranken sicher starkes Bier an dem Tag, als sie Sigfred zu unserem armseligen Flecken an der Südküste Fünens lenkten. Gerüchten zufolge war sein Heer arg mitgenommen, und Silfraskalli verfolgte ihn, obwohl seine Männer in kaum besserer Verfassung waren. Nicht einmal Byrnjolf wusste, warum Silfraskalli nicht einfach in Sjalvarstad blieb. Jedenfalls hätte sich der Schild der Sølver nie so weit nach Süden wagen sollen.

Am frühen Morgen kam Byrnjolf zu mir und bestand darauf, gemeinsam auf die Jagd zu gehen, wozu ich nie Nein sagte. Wir stapften nebeneinander durch den knirschenden Schnee und sprachen wie immer über alles Mögliche, diesmal wirkte er jedoch bedrückt. Auf einer Lichtung blieb er stehen und sagte mit einem tiefen Seufzer, dass die Zeit zum Abschiednehmen gekommen sei.

«Du sollst wissen, Ulv», sagte er heiser und legte die Hand auf meine Schulter, «dass mir das wirklich leidtut.» Er zog das Schwert, und in diesem Moment wusste ich, dass Sigfred näher war, als ich dachte. Wir waren allein, ich hätte wegrennen oder ihn überwältigen können, aber ich stand einfach nur da und starrte ihn an. «Sigfred will deinen Kopf und Torstes Hände an Ottar Jarl schicken, aber Torstes Leben schonen, um ihn als Geisel zu behalten.» Ich schwöre, dass ich Tränen in Byrnjolfs Augen sah, und liebte ihn noch mehr als vorher, obwohl er im Begriff war, mich zu töten.

«Darf ich eine Waffe halten, wenn es geschieht, Herr?», flüsterte ich.

Er schloss kurz die Augen und gab mir ein Messer in die Hand. «Du bist meinem ältesten Sohn Olaf so ähnlich, Ulv, dass ihr Zwillinge sein könntet. Dieselbe Größe, Statur, Haarfarbe, sogar die Respektlosigkeit. Er …» Byrnjolf schluchzte, fluchte verärgert und schüttelte den Kopf. Er hob das Schwert. «Wie willst du es haben?»

Ich zuckte mit den Schultern, da mir in solchen Dingen die Erfahrung fehlte, und stählte mich einfach für das Unausweichliche.

Aber Byrnjolf war noch nicht fertig. «Sigfred hat ihn als Geisel nach Wenden geschickt. Absolut ungefährlich, hat er behauptet. Olaf würde mit viel Ehre zurückkehren.» Er lachte bitter. «Er kam in einem kleinen Korb heim, der kaum groß genug für seinen Kopf war.» Brynjolf weinte, die Schwertspitze sank auf den Boden, und ich musste ihn stützen, damit er nicht in den Schnee sackte. «Ich vermisse ihn, Ulv. Ich vermisse ihn so sehr, dass es mich innerlich zerreißt, obwohl es schon viele Jahre her ist und ich weiß, dass er in Walhall unter Kriegern und Göttern auf mich wartet. Byrnjolf Jarl, Enkel von Ubbe Lodbrok und mütterlicherseits mit König Sigfred verwandt, wurde an dem Tag zu Byrnjolf dem Schweigsamen, als der Korb mit Olafs Kopf zurück nach Lejre kam.» Er stieß einen Klagelaut aus. «Ich muss immerzu an ihn denken, obwohl ich zwei weitere Söhne, drei Töchter, eine Handvoll Enkel und sogar Urenkel habe – ich kann ihn einfach nicht vergessen.» Ich fühlte mit ihm und teilte seine Trauer. Jedem anderen hätte ich den Gefallen getan, sein Schwert zu ergreifen und ihn zu seinem ältesten Sohn zu schicken. Aber nicht Byrnjolf, das konnte ich nicht.

«Du musst deinen Eid erfüllen, Byrnjolf, sonst kann ich meinen auch nicht einhalten. Das ist gleich wichtig für uns beide.»

Byrnjolf schüttelte den Kopf, aber er kam wieder auf die Beine.

«Doch, Herr», insistierte ich. «Du musst dein Wort halten.»

Ich weiß nicht, warum ich mich so ins Zeug legte, um den alten Herrn dazu zu bringen, mich hinzurichten, aber Byrnjolf bedeutete mir viel, auch wenn wir uns noch nicht lange kannten. Er hatte eine ungeahnte Leere in mir gefüllt, meinen Charakter gestärkt und wankelmütige Gedanken vertrieben. Er war mir eine Stütze geworden, ohne die ich nicht mehr leben wollte. Aber Byrnjolf wollte es anders.

«Schweig still, Junge, und benutze dein Messer mit Sorgfalt, denn ich bin bereit, meinen Sohn zu sehen.» Er umklammerte den Schaft seines Schwertes und schloss die Augen.

«Nein!», sagte ich.

Er öffnete die Augen. «Nein?», wiederholte er wütend.

Ich schüttelte den Kopf. «Ich bin durch meinen Eid gebunden und darf nicht Hand an dich legen, nicht fliehen und nichts tun, was deinem oder meinem Ruf schadet.»

Byrnjolf fluchte ausgiebig, und zwischen den Schimpfwörtern war zu hören, dass ich genauso stur wie sein Sohn Olaf war.

«Er nannte sich Olaf Lodbrok.» Byrnjolf lächelte. «Er war ein hübscher Mann, ein Krieger, der mich in jeder Hinsicht stolz gemacht hat.» Er zeigte auf mich. «Deshalb, Ulv, musst du tun, was ich befehle. Du bist nicht mehr an deinen Eid gebunden. Du darfst das Messer benutzen, Eigilsvik verlassen und zu Ottar Jarl gehen.»

Noch einmal schüttelte ich den Kopf. «Nicht ohne dich, Herr.»

Byrnjolf der Schweigsame glich nun eher einer Gewitterwolke. Er stampfte in den Schnee. «Ich täte nichts lieber als das», rief er. «Aber dann sterben alle meine Kinder und Kindeskinder, und das will ich nicht.»

Er schlug mich mit erstaunlicher Kraft auf die Schulter. «Benutze dein Messer, Ulv, du Sohn eines verrückten Jarls aus Wenden.»

Ich starrte ihn stumm an.

Er schlug mich noch einmal, knurrte und packte mich am Arm. Ich rührte mich nicht von Fleck und fand mich mit allen Beleidigungen ab, die mich normalerweise zur Weißglut gebracht hätten.

«Gehorche!», brüllte Byrnjolf, schlug mir fest ins Gesicht und trat einen Schritt vor. Mitten in der Bewegung versteifte er sich.

«Byrnjolf?», rief ich und fing ihn im Fall auf.

Er stöhnte, griff sich an den Rücken, ließ die Hand fallen und sah mich mit Tränen in den Augen an. «Mein Sohn», flüsterte er.

Ich legte ihn auf den Boden, drehte ihn um und sah einen schmalen Messergriff aus seinem Rücken ragen. Ich fühlte mit den Fingern nach und wusste, dass man ihn nicht herausziehen konnte. Es war ein unglaublicher Wurf mit einer unfassbaren Präzision. Deshalb wusste ich, wer das Messer geworfen hatte, noch bevor ich Harek sah.

Er lächelte stolz, doch das Grinsen verging ihm, als er mir in die Augen sah.

«Bleib, wo du bist, Harek Schleichfuß», fauchte ich und hätte ihn auf der Stelle getötet, wenn er einen Schritt näher gekommen wäre.

Er gehorchte und zog sich so weit zurück, dass er nicht hören konnte, was ich zu Byrnjolf sagte.

«Bleib bei mir, Byrnjolf. Ich bin allein im Geist und in meinen Gedanken und brauche deinen Rat.» Er lächelte blass, und ich schwieg.

«Hörst du mich, Ulv Palnasson?», flüsterte er.

Ich nickte.

«Gib mir mein Schwert in die Hand.»

Er bekam es und sah glücklich aus.

«Dieses Schwert ist jetzt deines. Es heißt Fenris, nach dem Fenriswolf, und hat Ubbe Lodbrok gehört. Das wissen nur sein Besitzer und meine Familie, damit beweist du den legitimen Besitz und meine Freundschaft.» Er schloss die Augen.

«Bleib bei mir, Byrnjolf», wiederholte ich und spürte die beklemmende Furcht, verlassen zu werden.

Er öffnete noch einmal kurz die Augen. «Ich werde immer bei dir sein, genau wie du bei mir bist.» Er hustete, und Blut rann ihm aus dem Mund. «Ich bin bei dir, wenn du mich brauchst. Ruf mich in deinen Gedanken, Ulv, und ich werde antworten.»

So starb Byrnjolf mit einem glücklichen Lächeln um den blutigen Mund, wiedervereint mit seinem Sohn in Walhall. Ich weinte vor Neid und wegen der einsamen Stille, die folgte.

Erst als ich Hareks Fischhautstiefel im Schnee knirschen hörte, nahm ich das Schwert aus Byrnjolfs toter Hand.

«Danke, Byrnjolf», flüsterte ich, stand auf und trocknete meine Tränen. Niemand sollte mich weinen sehen. Fenris war ein altes Schwert, von einem fränkischen Meister geschmiedet, mit einer schönen und scharfen zweischneidigen Klinge, in die verschnörkelte Drachenmuster eingraviert waren. Der Schaft war mit einer Schlange ornamentiert, die sich um den ganzen Griff wand. Ihr Schwanz endete in einer kurzen soliden Stahlspitze, die eine Waffe für sich war. Ich umgriff den Schaft, schwang das Schwert und spürte die perfekte Balance. Es lag gut in meiner Hand und fühlte sich seltsam vertraut an.

Harek muss geahnt haben, dass irgendetwas nicht stimmte, denn er blieb in respektvollem Abstand vor meiner Klinge stehen.

«Ist das Schwein tot?»

Ich nickte. Wäre er nur einen Schritt näher gekommen, hätte ich ihm den Kopf abgeschlagen. Mit einem Schwert war das um einiges schwieriger, als man vielleicht denkt, aber ich wäre dazu in der Lage gewesen bei dem Mann, der Byrnjolf getötet hatte.

Ich ging auf Harek zu und hob Fenris, doch dann hörte ich eine Stimme.

Nein!, sagte die Stimme, und ich sah Byrnjolf an. Er hatte sich nicht gerührt, aber es war seine Stimme, die ich in meinem Kopf hörte. Er sprach zum ersten Mal von seinem Platz in Walhall aus zu mir.

«Harek, wenn du Herrn Byrnjolf noch einmal ein Schwein nennst, waren das deine letzten Worte.»

Harek senkte den Blick und nickte.

«Wir haben es eilig», sagte ich, nahm Byrnjolfs Schwertscheide und seinen Gürtel, legte ihn an und hob den alten Mann vom Boden auf.

Er war nicht schwer, das Alter hatte seinen Körper ausgemergelt. Trotzdem ist es nicht leicht, einen toten Menschen auf den Armen zu tragen, aber ich wollte ihn nicht über die Schulter legen.

Es war weit bis zum Lager, und nach einer Weile traute sich Harek, mich anzusprechen. Vielleicht weil er sah, dass ich keine Hand frei hatte.

Er erklärte, er sei ins Wasser gesprungen, als die Seeländer die *Hjorten* angegriffen hatten, und zurück in sein Dorf gegangen.

Ich sagte nichts, obwohl ich mich oft gefragt hatte, was aus ihm geworden war. Dieser Marschmann hatte die Fähigkeit, sich in Luft aufzulösen und wieder aufzutauchen, im Dunkeln wie am helllichten Tag.

«Rokke ist tot. Einige Tage später kam eine Schar Krieger und tötete alle.» Er klang aufrichtig, was meinen Hass milderte. «Sie haben meine Familie und meine Freunde umgebracht, und sie haben mein Heim niedergebrannt. Ich bin nur entkommen, weil ich gerade fischen war.» Es klang, als würde er weinen. «Ich folgte euren Spuren zum Lager der Seeländer, wo ihr in der Scheune wohnt. Mehr Tage, als ich zählen kann, habe ich darauf gewartet, dass einer von euch mit einem Seeländer alleine ist, so wie heute.»

«Du hast meinen Vater getötet, Harek.» Das waren meine ersten Worte, seit ich Byrnjolfs Schwertgürtel umgelegt hatte.

Er erstarrte vor Schreck. Eine ausführliche Erklärung hätte ihn nur noch mehr verwirrt.

«Deswegen gehört dein Leben jetzt mir, verstehst du?», sagte ich.

Er nickte ängstlich.

«Von nun an bist du mein Hirdmann, Harek, gebunden durch das Gesetz und den Eid, den du schwören wirst.»

Wahrscheinlich verstand er nicht, was ich meinte. Deshalb erklärte ich, was ich mit ihm tun würde, wenn er sich weigerte oder ohne meine Erlaubnis davonlief.

«Schwöre, Harek Schleichfuß. Schwöre mir Gehorsam und Treue bis in den Tod.»

Harek legte den Schwur mit zitternder Stimme ab. So bekam ich meinen zweiten Hirdmann.

Torste und Ymer schauten mich verblüfft an, als ich mit Byrnjolfs Leiche in den Armen zurückkam. Sie sahen das Schwert an meinem Gürtel und wussten, dass nun alles anders war.

Auch zwei Seeländer sahen mich, doch Byrnjolfs Leiche in meinen Armen verwirrte sie. Der eine trug Ymers Axt am Rücken und zog sie mit einer raschen Bewegung. Ymer tauchte hinter ihm auf, seine Augen glänzten vor Sehnsucht nach der Axt.

«Kümmert euch gut um Herrn Byrnjolf, wenn ihr leben wollt», sagte ich, legte Byrnjolf auf den Boden und sah dem Mann, der Margyge hielt, in die Augen. «An deiner Stelle würde ich die Axt hinlegen und das Holster vom Rücken schnallen, denn ...»

Ymers große Faust traf den Mann im Nacken und schickte ihn zu Boden. Ymer nahm seine Axt, hob den Mann hoch, als wäre er ein Kind, und griff das Holster von seinem Rücken.

Der zweite Seeländer zog sein Schwert und ging einen Schritt auf mich zu. Beim Anblick von Ubbe Lodbroks altem Schwert blieb er stehen.

Der Seeländer war mutig, das muss man ihm lassen, denn nach kurzem Zögern griff er an. Mein neues Schwert schnitt sich durch Fleisch, Sehnen und Knochen, und das mit einer Heftigkeit, die zu gleichen Teilen meiner Trauer und der langen Gefangenschaft geschuldet war. Mein Gegner lag röchelnd am Boden, mit einem verletzten Schwertarm und durchbohrtem Hals. Der Seeländer, den Ymer niedergeschlagen hatte, saß in der Nähe und sah mich mit verschleiertem Blick an.

«Hörst du mich?», fragte ich. Er nickte benommen. «Kümmere dich um Byrnjolf Jarl und gib ihm das Begräbnis, das er verdient. Wenn nicht, komme ich zurück und töte dich und deine ganze Familie, wo immer du dich versteckst. Das schwöre ich bei Thor, der mein Gott ist.» Dann wandte ich mich Torste zu. «Wir sind nicht mehr an unseren Eid gebunden!»

«Hast du ihn gebrochen?»

«Nein», sagte ich lauter als beabsichtigt und zeigte auf Harek. «Harek hat Byrnjolf getötet, nicht ich.»

Erst jetzt sah Torste den kleinen Marschmann und ergriff sofort die Initiative. «Harek, sag uns, wo König Sigfreds Männer sind!»

Harek dachte einen Moment nach. «Da drüben, auf der anderen Seite der Hügel, sind viele Männer mit Schwertern, Speeren und Äxten, aber ich weiß nicht, für wen sie kämpfen.» Torste sah uns alle an. «Wir gehen nach Odins Vi.»

Die Tage als Geisel waren mir endlos erschienen, dafür verstrichen die nächsten Tage wie im Flug. Keiner hinderte uns daran, das Lager der Seeländer zu verlassen, fast schien es, als hätte Byrnjolf es befohlen. Aber wir hatten nur zwei Schwerter und Ymers Axt. Torste hatte ich das Schwert des gefallenen Seeländers gegeben, während Muhammed sich mit einem kurzen Speer zufriedengeben musste. Keiner von uns hatte ein Schild oder eine Brünne, aber wir waren frei und auf dem Weg zu Ottar Jarl, den ich mich freute kennenzulernen.

Wir durchquerten den Wald und machten einen großen Bogen um die Lichtung, wo sich laut Harek die Krieger befanden. Harek nahm seine Rolle als mein Hirdmann sehr ernst und ging mit Bedacht voran. Ich muss zugeben, dass wir ohne ihn nicht weit gekommen wären, denn Harek konnte auf mysteriöse Weise Lärm und Krieger orten, bevor wir selbst etwas sahen, hörten oder rochen. Dreimal sprang er von unserem Weg ins Gebüsch, als hätte er das Gehör eines Hasen und die Augen eines Habichts. Ich bin bekanntlich selbst im Wald aufgewachsen, doch verglichen mit Harek bin ich blind und taub.

Als wir uns wieder einmal versteckten, fand ich einen großen Stein mit denselben Zeichen, die ich vor einer gefühlten Ewigkeit bei Haithabu gesehen hatte. Diese Zeichen waren undeutlicher, sie schienen älter zu sein. Ich tippte Torste auf die Schulter und fragte leise, was sie bedeuteten.

Torste kratzte etwas Moos von dem Stein. «Das sind Gedenksteine», flüsterte er. «Runeninschriften.»

«Dieselben Zeichen, die Vizcolle auf Leder kritzelt?»

Torste nickte ohne besonderes Interesse.

«Kannst du sie lesen?»

Er nickte, antwortete aber nicht.

«Was bedeuten sie?»

Torste folgte den Runen mit dem Finger.

«Glum ... ließ diesen Stein zur Erinnerung an seinen Sohn Bork errichten, der in Vesterled ...»

«Was tat er dort?»

«Wahrscheinlich starb er. Warum?» Er lächelte. «Vielleicht wird irgendjemand einmal uns zu Ehren einen Runenstein errichten?»

Ymer drehte sich weg, aber er konnte sein Lachen nicht ganz verkneifen. Mir hingegen gefiel der Gedanke. Aber wer würde sich solche Mühe für mich machen? Für Torste fände sich sicher jemand, aber kaum für mich.

«Bei Haithabu habe ich einen Stein mit den gleichen Zeichen gesehen», sagte ich und verschwieg, dass ich sie damals für göttliche Zeichen von Thor gehalten hatte.

«Den habe ich auch gesehen», sagte Ymer. «Er wurde von

König Gorm zur Erinnerung an Sigtryg den Wankelmütigen errichtet. Habe ich dir nie erzählt, wie Gorm Gnuppa und Sigtryg verprügelt hat?»

«Doch», sagte ich etwas zu laut. «Aber was steht auf dem Stein?»

Ymer sah mich ernst an. «Das weißt du wirklich nicht? Die Zeichen erzählen, dass Sigtrygs Bier aus Eberpisse gebraut wurde.»

«Wirklich?»

Ymer biss sich in den Bart und drehte sich weg, aber seine zuckenden Schultern verrieten, dass er sich wieder einmal über mich lustig machte.

«Ymer», zischte ich, aber Torste unterbrach mich.

«Soweit ich mich erinnere, steht dort, dass Åsfrid, Odinkars Tochter, den Stein zum Gedenken an König Sigtryg, Åsfrids und Gnuppas Sohn, behauen ließ. Gorm stellte ihn auf und ritzte die Runen ein.»

«Warum in aller Welt hat er das getan?»

Torste zuckte mit den Schultern. «Vielleicht hat der Stein ein Friedensbündnis mit Åsfrids Familie besiegelt?»

«Klingt ganz nach Gorm», murmelte Ymer.

«War Sigtrygs Bier wirklich so schlecht?», fragte ich.

Zumindest habe es nach Eberpisse geschmeckt, meinte er. «Und du glaubst auch alles.» Er lachte und gab mir einen Klaps.

«Herr», sagte Harek. «Wir können jetzt weitergehen.»

Ich deutete auf Ymer. «Du gehst voran, Ymer, und zwar allein. Hoffentlich läufst du direkt in einen seeländischen Speer.»

Ymer sah mich finster an und ging los. Harek schüttelte den Kopf. «Den sieht man doch schon von Schweden aus!»

«Ja, geh lieber du voran», sagte ich. Harek lief zu Ymer und zeigte auf mich, dann ging er zwanzig Schritte voraus und passte sein Tempo an Ymers an. Wir folgten ihnen, und jedes Mal wenn ich einen Stein sah, hoffte ich auf mehr Runen, aber wir fanden keine. Dann mussten wir erneut in Deckung gehen, und der Anblick einer großen Schar Krieger ließ mich die Runensteine vergessen. Welchem Herrn sie die Treue geschworen hatten, war schwer zu sagen. Mit Kettenhemden und Helmen sahen alle gleich aus. Selbst Torste war ratlos.

«Wenn sie wenigstens ein Banner hätten», sagte Torste. Als wir endlich eines sahen, war er der Einzige, der den Namen des Kriegsherrn kannte.

Früh am nächsten Morgen standen wir in einem Dickicht und blickten auf eine schneebedeckte Wiese, die teilweise von einem Hügelkamm verdeckt war. Die Stange war zerbrochen, und das Banner lag am Boden. Es war blutig und zerrissen, aber das aufgenähte Motiv war gut zu erkennen.

«Das ist das Symbol der Sølver: ein geflügelter Seehund auf weißem Grund», sagte Torste leise.

Dass Silfraskallis Banner blutbesudelt im Schnee lag, war kein gutes Zeichen.

«Hier wurde hart gekämpft», sagte Harek.

Wir traten aus dem Dickicht, und ich ließ den Blick über die Anhöhe schweifen, wo der Schnee von vielen Füßen zu Matsch getrampelt worden war. Als wir dort ankamen, sahen wir, dass er rotbraun war.

Ein Stück weiter unten lagen Schwerter, Schilde, Speere und Äxte, in aller Hast weggeworfen, sowie abgeschlagene, gefrorene Körperteile. So stellte ich mir den Weg nach Gjallarbru vor, der Brücke zwischen Midgard und dem Reich der Toten. Danach erst erblickte ich die Leichen.

Sie lagen haufenweise am Boden bis zum Ende der Wiese, wo der Wald den Fliehenden Schutz geboten hatte. Zum ersten Mal sah ich eine Walstatt, nachdem die Vögel die Augen der Toten ausgehackt und Füchse sich mit ihrem Fleisch versorgt hatten. Trotz der Kälte war der Gestank unerträglich. *So ist es nun mal*, dachte ich.

«Walhall hat viele neue Bewohner bekommen», seufzte Torste.

«Ja», sagte ich. «Und wir bekommen jede Menge Waffen. Ymer, Muhammed, sucht Schwerter, Helme und Brünnen für alle!»

Wir gingen weiter die Böschung hinab, aber ich war vernünftig genug, in Hareks Nähe zu bleiben, der plötzlich anhielt. «Torste», flüsterte ich und ging in die Hocke. «Da ist jemand.»

Torste duckte sich neben mir.

«Sieh nach, Harek.» Der Marschmann ging weiter zur nächsten Anhöhe, hinter der Baumwipfel in die Höhe ragten.

Torste sah mich an. «Ist Harek jetzt dein Hirdmann?»

Ich nickte, sagte aber nicht mehr über den Hintergrund.

«Das ist gut», fand Torste und legte die Hand auf meine Schulter. «Herr Byrnjolf war ein guter Mann.»

Ich spürte einen Kloß im Hals.

Harek kam zurück und sagte, im Wald befänden sich viele Männer. Damit meinte er mehr als zwei Hände voll, denn Harek konnte nicht weiter als bis zehn zählen. Die meisten von ihnen seien verwundet, berichtete er.

Ich zeigte auf den Wald und sah Torste fragend an.

«Nein», beschloss er. «Zurück zu Ymer und Muhammed.»

Das klang vernünftig.

Ymer und Muhammed hatten halblange Kettenhemden in passenden Größen und von guter Qualität gefunden ohne allzu viele Löcher und Risse. Dazu gab es einen Haufen Waffen und Ausrüstung, aus der wir auswählen konnten. Muhammed entschied sich für eine Axt, da keiner der Dänen einen Krummsäbel hinterlassen hatte, wie er sie bevorzugte. Harek wollte nur einen kurzen Speer, und ich suchte einen blau-weißen Schild und einen Helm mit Nasenschutz aus. Gesichtsplatten boten zwar einen besseren Schutz, aber sie begrenzten die Sicht.

Wir zogen die Brünnen an, umgeben von Toten, die auf ihrem Weg nach Walhall festgefroren waren, als hätte sie der Fimbulwinter überrascht und genau hier Ragnarök eingeleitet.

«Das sind mehr Gefallene, als ich zählen kann», sagte Ymer. «Und es kann noch nicht lange her sein, denn es hat noch keiner das Schlachtfeld geplündert.»

«Sicher über dreißig Dutzend», tippte Torste. «Und höchstens vor einem Tag und einer Nacht.»

So viele Männer konnte ich mir kaum in einer Schlacht vorstellen, aber Einar hatte uns von noch größeren Schlachten erzählt, bei denen man Freund und Feind kaum unterscheiden konnte.

«Der erste Zusammenstoß geschah dort oben», erklärte Ymer und zeigte auf eine Anhöhe, wo der Schnee besonders blutig war. «Sie haben hinter dem Hügel gewartet und ihre Feinde überrascht.»

Ich stellte mir vor, wie Hunderte von Kriegern nach oben stürmten, um den Gegner zu überrumpeln. Stecht nach den Füßen und schlagt nach den Köpfen!, hörte ich Einar im

Geiste sagen. «Vielleicht können uns das die Männer im Wald genauer erzählen», sagte ich.

Ymer stand mit einem Ruck auf. «Im Wald?»

«Das sagt der Marschmann.»

Mit sicherem Arm hob ich den Schild und sah Torste an. «Lasst es uns herausfinden.»

Wir stürmten auf eine Lichtung, wo ein gutes Dutzend Männer um ein großes Feuer herumlagen. Eine Rauchsäule stieg in den Himmel, und nur einer stand auf, ehe wir über ihnen waren. In einer Hand hielt er ein Schwert, die andere presste er fest an den Bauch. Seine Schwertspitze zitterte, und Blut rann zwischen seinen Fingern hindurch und tropfte in den Schnee.

Ich blieb ruckartig stehen, sodass Ymer von hinten auf mich prallte und mich um ein Haar in sein Schwert gestoßen hätte. «Stopp!», rief ich, aber Torste und Muhammed standen längst still und betrachteten die Männer um das Feuer.

«Sind sie tot?», fragte Torste.

Ich sah den Mann an, der meinen Blick mit schmerzverzerrter Miene erwiderte. Neben ihm lagen zehn Männer mit grotesk verzerrten Gesichtern und offenen Augen, die nichts mehr sahen. Es kam mir vor, als starrte ich direkt nach Niflheim oder Helheim. Ich senkte den Schild und umklammerte mein Amulett.

«Sie sind in Walhall», sagte Torste und griff ebenfalls nach seinem Amulett.

«Ich …», stöhnte der Mann mit dem Schwert und sank auf die Knie. Torste trat sein Schwert zur Seite und setzte sich vor ihm in die Hocke.

«Für welchen Herrn kämpft ihr?», fragte Torste.

Der Mann starrte ihn stumm an.

«Antworte», knurrte ich.

«Wasser», flüsterte der Mann, schloss die Augen und zitterte vor Kälte.

«Das sollst du bekommen», sagte Torste und half ihm zurück auf sein Lager am Feuer.

Der Mann stöhnte laut und presste die Hände an den Bauch.

Wir zogen seinen Mantel zur Seite und sahen eine üble Bauchwunde, aus der schon stinkender Eiter quoll. Bald würde ihn das Fieber packen, wenn er nicht vorher starb.

Torste hob sein Schwert auf und hielt es vor ihn. «Bist du Silfraskallis oder König Sigfreds Mann?»

Der Mann öffnete und schloss die Hand.

«Antworte, dann bekommst du dein Schwert in die Hand, wenn du stirbst.»

Der Mann blinzelte langsam. Für einen Moment blitzte der Zorn in seinen Augen, aber dann verließ ihn die Kraft. «Silfraskallis», flüsterte er.

Torste gab ihm Wasser und bettete ihn bequem. «Wir sind König Gorms Männer, Enkel von Ottar Jarl dem Älteren», sagte er leise.

Ich bückte mich und legte das Schwert in die Hand des Mannes. «Du bist unter Sigfreds Feinden und brauchst den Tod nicht zu fürchten.»

Er sah mich dankbar an, und ein Teil seiner Kraft schien zurückzukehren. «Arnfinn ... Arnsson», sagte er. «Aus Sjalvarstad.»

«Silfraskallis Stadt?» rief ich, und Arnfinn nickte schwach.

«Hier hat Silfraskalli verloren», stellte Torste fest. «Und wie.»

Arnfinn schloss die Augen, und Torste begann mit Fragen, die Arnfinn kaum noch beantworten konnte. Aber er versuchte es.

«Wann fand die Schlacht statt?»

Arnfinn bewegte einen Finger, dann noch einen.

«Vor einem Tag und einer Nacht?»

Arnfinn nickte.

«Wie weit ist es von hier bis Sjalvarstad?»

Arnfinn hob einen Finger.

«Wo ist Silfraskalli?»

«Auf der Flucht.» Arnfinn machte eine Pause. «Ich glaube ... verwundet.»

«Stehst du ihm nahe?»

Arnfinn nickte.

«Wo sind König Sigfred und Bjørn Eisenseite jetzt?»

Arnfinn schwieg so lange, dass ich schon nicht mehr mit einer Antwort rechnete. «Sigfred ... geisteskrank. Bjørn ... abgereist. Silfraskalli wollte ... Blutrache, aber ...»

In diesem Moment umklammerte er fest seinen Schwertschaft und zog mit einem Seufzer nach Walhall.

Torste und ich sahen einander an. «Ist Sigfred geisteskrank?», fragte er.

Ich nickte. «Wie seine ganze Familie.»

Er lachte, und ich stimmte ein – ein befreiendes Gefühl, wenn man rundum von Toten umgeben ist. Doch bald holte uns die Wirklichkeit wieder ein. Sigfred musste sich auf dem Rückzug befunden haben, vielleicht sogar auf der Flucht, als er Silfraskalli in einem ungünstigen Moment auf dem Hügelkamm überraschte.

Warum hatte Silfraskalli Sigfred nicht einfach fliehen lassen, wo doch Bjørn Eisenseite nicht mehr an dessen Seite war? Diese Frage hätte ich gern dem Mann gestellt, der sich König von Fünen nannte. Doch nach Arnfinns Worten war es nicht sicher, ob Silfraskalli noch König oder überhaupt noch am Leben war.

Plötzlich tauchte Harek neben mir auf seine übliche Art und Weise auf. Er lachte kurz und zeigte seine vollen Hände, in denen er silberne Armringe, Ketten und Münzen hielt – viele davon aus Gold. Er grinste breit. «Es gibt noch viel mehr davon.»

Wir gingen von Leiche zu Leiche, nahmen alles von Wert und teilten die Beute so auf, dass Torste und ich jeweils vier Teile bekamen, Harek und Muhammed jeweils einen. Ymer bekam nichts.

Zum ersten Mal in meinem Leben war ich wohlhabend. Ich hätte dies gern mit Freunden geteilt. Leider zog Nótts schwarzer Hengst Hrimfaxi den Wagen der Riesin über den Himmelsbogen und verbreitete die Dunkelheit.

Wir übernachteten in Arnfinns Lager, aßen seinen spärlichen Proviant und hielten uns am Feuer warm. Ein anständiges Begräbnis bekam er nicht. Darum mussten sich andere kümmern, wir hatten es eilig, Ottars Jarls Burg zu erreichen – sofern sie noch in dessen Besitz war.

«Vielleicht war Ottar Jarl gar nicht bei Silfraskalli? Arnfinn hat ihn nicht erwähnt», sagte ich zu Torste, der nachdenklich nickte. Die wenigen Worte, die Arnfinn noch gesagt hatte, hatten uns mehr Fragen als Antworten hinterlassen.

Torste und ich gingen nebeneinander, woran ich mich gewöhnt hatte, denn mit ihm konnte man gut über solche Dinge reden. Harek ging voraus, Ymer und Muhammed folgten uns. So waren wir am besten gesichert.

«Vielleicht nicht», sagte Torste. «Ich verstehe nicht, warum sie Sigfred nicht einfach fliehen ließen. Er wäre als Verlierer nach Seeland zurückgekehrt, ein schwacher König, der es trotz seines größeren Heeres nicht geschafft hat, Fünen in die Knie zu zwingen. Dann hätte Silfraskalli im Frühling ein Heer sammeln und gemeinsam mit Gorm den letzten Lejre-König beseitigen können. Er hat alles auf einem silbernen Tablett serviert bekommen und hat es nicht gesehen.»

«Vielleicht doch, Torste.»

Er sah mich verwundert an.

«Wenn wir zwei das so klar sehen, hätten der Schild der Sølver oder seine Heerführer es auch erkennen müssen.»

Wir gingen schweigend weiter, ohne dass es peinlich war, denn inzwischen waren wir miteinander vertraut. Das war ein neues, gutes Gefühl, das ich aus unerfindlichen Gründen Byrnjolf zuschrieb.

«Du vermisst ihn, nicht wahr?»

Ich sah Torste verdutzt an, der lächelte. Auch wenn ich gerade gesagt habe, dass wir miteinander vertraut waren, heißt das nicht, dass ich meine innersten Gefühle mit ihm teilte – oder mit irgendjemand anderem. Sentimentalität war gefährlich.

«Wen?» Meine Stimme zitterte.

«Herrn Byrnjolf.»

Ich nickte und senkte den Blick.

«Er war ein guter Mann, Ulv, und er ist es wert, vermisst zu werden.»

Plötzlich strömten die Worte wie ein Wasserfall aus meinem Mund. «Er war wie ein Vater für mich, Torste. Er hat mich mit in den Wald genommen, um mich auf ehrenhafte Weise zu töten, bevor Sigfred kam, aber er brachte es nicht über sich. Er gab mir eine Waffe und forderte mich auf, sie zu benutzen, um ihn in Walhall mit seinem Sohn Olaf Lodbrok zu vereinen. Aber auch ich habe es nicht geschafft, Torste. Ich, Ulv, der wilde Schwertkämpfer, konnte ihn nicht töten, obwohl er mich anbettelte und sogar schlug.»

Torste runzelte die Stirn. «Lodbrok? Unser Herr Byrnjolf stammte aus Ragnar Lodbroks Geschlecht?»

«Ja, er war mit Ubbe Lodbrok verwandt. Aber nachdem sein Sohn als Geisel nach Wenden geschickt worden war und er seinen Kopf in einem Korb zurückbekommen hatte, wollte er nur noch Byrnjolf genannt werden.»

«Dann war er ein Nachfahre des sagenumwobenen Sigurd Schlangenauge …»

Hareks Ruf unterbrach uns. Wir befanden uns auf gefährlichem Terrain, solange niemand wusste, wer wir waren und umgekehrt. «Lauft!», rief Harek aufgeregt und sprang in ein Gebüsch.

«Ich habe es satt zu laufen», murrte ich.

Torste stimmte mir mit einem breiten Lächeln zu, und keiner von uns lief. Zusammen mit Ymer und Muhammed fanden wir eine Stelle, wo der Weg auf beiden Seiten von undurchdringlichem Wald geschützt war. Dort stellten wir uns mit überlappenden Schilden auf, Torste und ich in der Mitte.

Kurz darauf erschien eine Schar Krieger mit Kettenhemden und musterte uns aus sicherem Abstand.

«Wer seid ihr?», brüllte ein Mann mit einer Axt von der Größe Margyges über der Schulter und einem goldenen Helm.

«Wer seid ihr?», rief Torste.

Der Mann antwortete nicht. Ich spürte, wie ein Strom von Flüchen in meinem Mund Form annahm, und konnte ihn nicht zurückhalten – ich hatte mich lange genug anständig benommen. «Antworte, du Drecksack, sonst werde ich dich in Thors Namen von deinem stinkenden Arschloch bis zum Nacken aufschlitzen, den deine Hurenmutter bei deiner Geburt vollgeschissen hat.»

Torste seufzte resigniert, und Ymer kicherte. Aber zu meiner großen Überraschung ließ der Mann die Axt sinken und lachte laut. Er klopfte sich auf die Schenkel, und bald brach sein ganzes Gefolge in Gelächter aus.

«Hör zu …», begann ich verwirrt, als der Mann auf mich zukam. Nach ein paar Schritten hielt er an und stützte sich lachend auf seine Axt.

«So flucht nur Ingeborgs Sohn Ulv», sagte er zwischen den Lachanfällen. Ich erkannte seine Stimme und wäre am liebsten in einem Mauseloch verschwunden. Der Mann nahm den Helm ab und kam mit einem breiten Grinsen in seinem struppigen Bart auf uns zu. Seine hellblauen Augen funkelten vor Freude.

«Skjalm?», stutzte Torste und senkte den Schild. «Das ist Skjalm Hvidelæder, Ulv.»

Ich nickte, sagte aber nichts.

«Als ich dich zum letzten Mal so fluchen gehört habe, Herr Ulv, hätte es dich beinahe das Leben gekostet», sagte Skjalm und streckte die Schwerthand als Zeichen der Freundschaft aus. Ich ergriff sein Handgelenk, und er meines. Damals sei ich noch ein frecher Rotzbengel gewesen, meinte er. «Jetzt bist du nur noch frech und kein Bengel mehr.»

«Ihr kennt euch?», fragte Torste verwirrt.

Ich nickte verlegen, und Skjalm lachte.

«Es war mir ein Vergnügen. Einar Schwertmann bat mich damals, Herrn Ulv ein wenig Disziplin beizubringen, wenn das Bier fließt, und ich glaube, es hat geholfen?»

Ich hatte keine Lust, über den Abend zu reden, an dem

ich sturzbetrunken Skjalms Axt um Haaresbreite entkommen war. Aber es war gut zu hören, dass dies Teil von Einars Erziehung war. Damals musste Skjalm nicht lange warten, bis ich mich blamierte.

«Einar war ein guter Mann», sagte Skjalm und wechselte rasch das Thema. «Ihr seid bestimmt auf dem Weg zu Ottar Jarl, wo ihr schon seit Monaten erwartet werdet?»

«Ja», antwortete Torste. «Aber König Sigfreds Sohn, Vagn von Lejre, hat uns in Eigilsvik als Geiseln festgehalten.»

«Vagn von Lejre ... Und das habt ihr überlebt?»

«Vagn von Lejre ist tot», sagte Torste und schielte mich an. Ich beherrschte meine Zunge mit Müh und Not, denn ich wollte nicht vor Skjalm die Fassung verlieren.

«Vagn tot? Und du hier, Harek?» Der Marschmann stand plötzlich wieder neben uns.

«Guten Tag, Herr Skjalm.»

«Ihr kennt euch?»

«Ich habe bei Herrn Rokke gewohnt, als Sigfreds Flotte heimlich nach Fünen kam.»

Wir schwiegen, denn seine Worte und Hareks Anwesenheit warfen neue Fragen auf. Skjalms Familie stammte nämlich aus Seeland. Doch Skjalm wusste das Schweigen zu deuten. «Ich bin Seeländer und trotzdem Gormsmann», sagte er ruhig. «Gorm hat mich hierhergeschickt, um Sigfred im Auge zu behalten. Als Sigfreds Schiffe ankamen, fuhr ich umgehend zurück nach Jelling und unterrichtete Gorm. Außer mir wusste keiner, dass sich Bjørn Eisenseite und seine gesamte Flotte Sigfred angeschlossen hatten.»

Ich fragte mich, warum er uns das erklärte.

«Ich kam gerade noch rechtzeitig zu Gorms Festmahl an und verließ es kurz nach euch. Eure Abreise aus Jelling hat dafür gesorgt, dass nicht auf der Stelle ein Krieg zwischen Sigfred und Gorm ausbrach. Wärt ihr dort geblieben, hätte Sigfred Lejre-König euch getötet, und Gorm hätte euch rächen müssen. Jütland wäre zum Kriegsschauplatz geworden, trotz Sigfreds Verwandtschaft mit Tyra. Gorm hätte kämpfen müssen, obwohl er nun wusste, dass Bjørn Eisenseite sich nur einen halben Tag von Wæthel befand.»

Torste hatte also recht gehabt.

«Das wissen wir», sagte ich vorlaut. «Was wir nicht wissen, ist, was du hier bei uns machst, wenn Sigfred zurück in Seeland ist und Ottar Jarl weiterhin über die Burg unserer Familie in Odins Vi herrscht?»

«Und ob Silfraskalli am Leben ist», fügte Torste hinzu und erzählte Skjalm von Arnfinn.

Skjalm nickte gedankenvoll. «Berechtigte Fragen, aber ich kann nicht alle beantworten.» Er räusperte sich. «Hätte Sigfred Aussicht auf einen Sieg gehabt, wäre er in Fünen geblieben, aber das hat Silfraskalli verhindert. Jetzt ist Sigfred ohne Sieg und Ehre auf dem Heimweg. Da hilft es auch nichts, dass er dem Schild der Sølver zum Abschied eine kräftige Ohrfeige am Hügel von Arwi verpasst hat.»

Er sah mich mit dem gleichen Gesichtsausdruck an wie Einar, wenn er hoffte, dass ich die richtigen Schlüsse ziehen würde. Skjalm hoffte vergebens.

«Silfraskalli geriet bei Arwi in einen Hinterhalt. Er ist verwundet, aber ich weiß nicht, wie schlimm, weil ich die ganze Zeit bei Ottar Jarl war und Herr Ottar sich weigert, Sigfred zu verfolgen.»

Er sah uns ernst an und sprach leise weiter.

«Die Niederlage bei Arwi und die Tatsache, dass Ottar Jarl Sigfred nicht verfolgte, wie Silfraskalli es verlangte, hat das aufgezwungene Bündnis der beiden schwer beschädigt. Vielleicht wird Silfraskalli eine Wiedergutmachung verlangen oder sogar auf Rachefeldzug gehen.»

Skjalm sah aus, als ob er uns etwas verschwieg.

«Deshalb hat Ottar Jarl mich nach euch ausgeschickt, als er erfuhr, dass Sigfred bei Helnesvik zwei junge Geiseln hält.» Er legte eine Hand auf Torstes Schulter. «Aber nun seid ihr ja keine Geiseln mehr.»

Ich war stolz, dass Ottar seine Hirdmänner ausschickte, um uns zu retten, aber mit seinen nächsten Worten zerstörte Skjalm diese Illusion.

«Ottar wollte verhindern, dass Silfraskalli euch zuerst findet. Er befürchtete, dass ihr erneut als Geiseln enden würdet, um Nils Jarl und König Gorm zu erpressen, die wiederum ihn erpressen würden. Abgesehen davon würde er euch ohne Zögern auspeitschen lassen, wenn ihr seinen Missmut erregt.»

Heldis hatte Ottar mit kurzen, vagen Worten beschrieben, aber Skjalms vergnügter Tonfall und sein Grinsen verrieten mehr über den Herrn unserer Familienburg.

«Wo ist Ottar Jarl jetzt?», fragte Torste.

Skjalm zuckte mit den Schulten. «Schwer zu sagen, aber ich tippe auf Norneborg.»

«Norneborg? Ich dachte, seine Burg gehört zu Odins Vi?», sagte ich.

«Nein», sagte Skjalm. «Odins Vi ist eine Ansammlung von Häusern mit einem Opferplatz, aber Norneborg liegt ganz in der Nähe. Viele nennen es einfach Odins Vi.»

Ich war überzeugt gewesen, dass Ottar Jarl in Odins Vi lebte und es besaß, aber das war offenbar nicht der Fall.

«Genug geschwätzt», meinte Skjalm und fügte hinzu, dass es wohl besser sei, Norneborg zu erreichen, ohne auf Silfraskallis Leute zu stoßen. Er nahm seine Axt und seinen Schild und ging mit großen Schritten voran. Plötzlich fiel mir auf, dass ich auf Fünen noch kein einziges Pferd gesehen hatte – das Land gefiel mir immer besser.

Als wir am Abend ums Feuer saßen, vertiefte Skjalm seine Geschichte. Es hatte viele harte Kämpfe gegen Sigfred und Bjørn gegeben. Sigfred war von Süden gekommen und Bjørn von Nordwesten, und nur Norneborg sowie ein paar Festungen Silfraskallis hatten den ersten Angriffen widerstanden. Dann hatten die Belagerungen und Verhandlungen begonnen.

Silfraskalli fand, er habe das letzte Wort in Fünen, und wollte selbst unter ehrenhaften Bedingungen niemals kapitulieren.

«Silfraskalli ist größenwahnsinnig und dummdreist», sagte Skjalm. «Aber sein Stammbaum geht bis in die Zeit zurück, als die Götter noch jung waren und König Skjold Seeland eroberte und seinen Ziehbruder Sjalve nach Fünen schickte, wo er Sjalvarstad gründete.»

«Und nur deshalb will er die Stadt nicht aufgeben?», fragte ich.

Rokke hatte ungefähr das Gleiche erzählt, aber ich weiß heute noch nicht, ob es wahr ist. Auf jeden Fall konnte Skjalm weder Silfraskalli noch Ottar Jarl leiden, denn er hob bei jeder Gelegenheit ihre schlechten Eigenschaften hervor, und davon gab es offenbar viele.

Ottar Jarl hatte nie einem König Treue und Gehorsam geschworen, auch nicht Gorm. Er akzeptierte niemanden über sich. So dachten damals viele lokale Herrscher auf Fünen, aber Ottar war besonders stur.

«Du sagtest, Ottar habe befürchtet, dass Silfraskalli uns

als Geiseln nimmt. Aber wenn er Silfraskalli keine Treue geschworen hat, kann dieser ihm nichts befehlen und auch keine Buße fordern, die es rechtfertigt, Geiseln zu nehmen.»

Skjalm lobte meine Argumentation, wandte aber ein, dass Ottar und Silfraskalli schon auf Kollisionskurs gewesen seien, bevor Sigfred und Bjørn kamen. Das war ihr Glück, denn nur deshalb hatten beide schon ihre Männer gesammelt und waren kampfbereit. «Wenn Ottar Jarl nicht so stur wäre, wäre Fünen schon nach einem Monat gefallen.»

«Ottar Jarl hat also Fünen gerettet?», fragte ich stolz.

Skjalm verschluckte sich an seinem Bier und hustete. «Ich fürchte, diese Meinung wird Silfraskalli nicht teilen», sagte er und grinste breit. «Ihr könnt euch auf die Begegnung mit eurem Onkel freuen, denn er ist wirklich die Freundlichkeit in Person.» Skjalm brach in schallendes Gelächter aus.

Weder Torste noch ich fanden das lustig, denn wenn Skjalm recht behielt, würden wir in den Streit zwischen dem König von Fünen – selbst ernannt oder nicht – und einem engstirnigen Jarl hineingezogen werden, der zudem jähzornig war. Mit Letzterem würde ich mich wohl kaum abfinden, es sei denn, man schnitt mir die Zunge heraus.

«Wollen wir heim nach Ryesborg?», fragte Torste lächelnd.

Ich starrte in die Glut. «Pah! Jetzt haben wir Edvard, Vagn, Sigfred und Bjørn überlebt, dann kommen wir auch mit Ottar zurecht. Er gehört trotz allem zur Familie.»

Als ich dies sagte, verschluckte Skjalm sich wieder an seinem Bier und musste aufstehen, um Luft zu bekommen. Er ging außer Hörweite, und ich war nicht sicher, ob er hustete oder lachte.

«Ein guter Rat», sagte er, als er wiederkam. «Behaltet eure Meinung für euch, ob ihr dem Jarl zustimmt oder nicht. Nickt zu allem und denkt euch euren Teil, aber haltet besser den Mund.»

Dann sprach er nicht weiter über Ottar Jarl, denn er hatte Bauchweh und musste sich hinlegen.

KAPITEL 20

Wir erreichten Odins Vi fast ohne weitere Verzögerungen. Einzig eine Kampfgruppe Seeländer, die keinen Anführer mehr hatte, hielt uns kurz auf. Skjalm bot ihnen zwei Optionen, von denen eine ihren Tod bedeutet hätte. Sie entschieden sich für die andere Möglichkeit und schworen Ottar Jarl Treue und Gefolgschaft.

Es war das erste Mal, dass ich erlebte, wie Männer die Seiten wechselten. Für mich war das etwas Unfassbares, aber niemand sonst schien das für etwas Außergewöhnliches zu halten.

Unterwegs erweckten wir einiges Aufsehen, denn nicht jeder wollte hinnehmen, dass Schurken, die eben noch hemmungslos geplündert, vergewaltigt und gemordet hatten, plötzlich als Verbündete galten und so behandelt werden sollten.

Zweimal musste Skjalm einen tobenden Bauern und einen ebenso wütenden Händler beruhigen, die die Seeländer beschuldigten, Häuser niedergebrannt, vergewaltigt und gemordet zu haben. Skjalm traf seine Entscheidungen mit derselben Geschwindigkeit, mit der er seine Axt führte. Einer der Seeländer musste mit dem Leben büßen, während die anderen so viel Silber als Entschädigung zahlten, dass sie ärmer waren als ein Sklave. Allerdings behielten sie Leben und Ehre, und sowohl der Bauer als auch der Händler wirkten zufrieden mit dem Vergleich.

In vollem Tempo ging es weiter, und wir hielten nicht an, ehe wir einen Höhenzug erreichten, von dem aus wir eine gute Aussicht über einen Flusslauf hatten. Skjalm deutete auf eine kleine Insel, die vollständig von einer hölzernen Festung bedeckt war. Der einzige Zugang zu der Burg führte über eine schmale Landzunge.

«Das dort unten ist Norneborg, wenn man diesen alten Schuppen aus morschem Holz wirklich Burg nennen kann», sagte Skjalm.

Damit hatte er in keiner Weise recht, wie ich fand. In ihr Wintergewand gehüllt stellte die kleine Holzfestung einen hübschen Anblick dar, der zwar nicht mit den Steinmauern von Qâdis oder Miklagard mithalten konnte, aber sie hielt stand, und außerdem stammte meine Familie von dort.

Ein Stück von der Norneborg entfernt entdeckte ich eine Ansammlung von Häusern. Eine dünne Rauchsäule stieg durch das Rauchloch einer so farbenprächtigen Halle, die selbst aus der Ferne hervorstach.

Skjalm ging weiter voran, und wir folgten ihm auf einem sich dahin windenden Pfad. Wir sahen einen Ochsenkarren, einen Hirten mit seiner Schafherde und einen zornigen Köter, der Ymer ankeifte. Schließlich erreichten wir einen kleinen Platz, und im selben Augenblick trat eine Gruppe Menschen in roten und blauen Mänteln aus der bunten Halle davor.

Der Aufzug machte einen ziemlich feierlichen Eindruck, wie sie an uns und einem quaderförmigen Gebilde aus Stein vorbei in Richtung eines Hains mit großen Bäumen schritten.

«Ist das Odins Vi?», fragte Torste, als ein schriller Schrei aus der Halle ertönte.

«Ja», antwortete Skjalm und wandte sich dem anhaltenden unbehaglichen Ton zu. Er wirkte unruhig, und das sah ihm nicht ähnlich. «Hier hat Vigdis die Seherin das Sagen, und wir befinden uns jetzt in ihrem Reich, im Opferhain», sagte er mit einem Blick auf die Bäume.

Ich berührte mein Mjölnir-Amulett und sah in die gleiche Richtung. Von den Ästen der Bäume hingen längliche Gegenstände, die gebündelten Stöcken oder Fellen glichen. «Hat sie die Bäume geschmückt?»

«Ich vergesse immer, dass du nicht hier aufgewachsen bist», sagte Skjalm kopfschüttelnd. «Das ist noch vom Winteropfer. Vigdis die Seherin ist eine ...» Er räusperte sich. «Das findest du selbst heraus, wenn du sie triffst.»

Ehrfürchtig betrachtete ich den Opferhain. Welche Tiere sie in die Bäume gehängt hatte, war nicht auszumachen, aber ich musste einräumen, dass dies hier um etliches größer war als das Opfer in Ryesborg.

Eine Krähe landete auf einem der Gerippe, das klirrend rasselte wie die Tierknochen, die über Nældes Eingangstür hingen, und ich begriff, dass die Skelette in den Bäumen nicht nur von Tieren stammten.

Dieser riesige Aufwand zu Ehren der Götter überwältigte mich, und ich konnte den Blick nicht von dem baumelnden Gerippe abwenden, auf dem die Krähe ihren Schnabel tief in die Augenhöhle eines menschlichen Schädels hackte.

Fast wäre ich gestrauchelt, als ich den anderen durch ein

kleines verschneites Waldstück folgte. Wir kamen an eine Lichtung, die alle Seen und Wasserläufe des Flussbetts offenbarte. Die völlig ruhig daliegenden Flächen waren ein herrlicher Anblick – das hier war die Heimat meiner Mutter.

Mehrere Gebäude tauchten auf, die wahllos rund um einen Platz zu stehen schienen, auf dem der Matsch überall knöcheltief war, wo er nicht von Schnee, Steinen oder Gehplanken bedeckt wurde. Rund um den Platz standen Wohnhäuser, Sklavenschuppen, Händlerzelte, Schmieden, Fleisch- und Fischbuden – es wimmelte nur so von Menschen, die alle irgendetwas Eiliges zu erledigen hatten.

Sogar ein Schankzelt gab es, wie ich bemerkte, als Skjalm davor stehen blieb und verkündete, dass er seine Kehle nun mit dem besten Bier ganz Fünens benetzen wolle. «Das brauche ich jetzt, ihr auch?»

«Tun wir das?», fragte Torste.

Skjalm nickte und fügte hinzu: «Ihr findet bald heraus, warum.»

Das in der Tat hervorragende Bier kam, gebraut nach Art der Sachsen mit einem reineren und vollmundigeren Geschmack. Jedenfalls behauptete Skjalm das. Ganz egal, nach wessen Art es gebraut war, war es das beste Bier, das ich je getrunken hatte.

«Wenn das Bier auf Fünen schon so schmeckt, kann ich es kaum erwarten, das von Ottar Jarl zu kosten», meinte selbst Torste.

Da Skjalm einen seiner merkwürdigen Hustenanfälle bekam, konnte er nicht sprechen, und wir leerten unser Bier. Danach meinte er, Torste und ich sollten schon zur Norneborg vorgehen, denn die Mannschaft und er seien noch nicht fertig mit Trinken.

Torste und ich sahen erst uns und dann Skjalm an, der breit grinste. «Los mit euch, geht zu eurem Onkel.»

«Wieso kommst du nicht mit?», wollte Torste wissen.

«Ihr geht vor», beharrte Skjalm. «Ich komme, sobald ich mein Bier ausgetrunken habe.»

Er orderte eine weitere Runde Bier, während Torste und ich ihn verwirrt anstarrten.

«Warum nicht?», entfuhr es mir, und Skjalms Grinsen wurde noch breiter.

«Das findet ihr schneller heraus, als ihr denkt.» Er scheuchte uns mit einem Handwedeln aus dem Schankzelt, und wir hörten ihn noch draußen lachen. Normalerweise hätte ich irgendetwas Aufmüpfiges gesagt, aber da Torste schwieg und der Befehl von Skjalm kam, schloss ich mich meinem Vetter an.

«Wirklich schlau werde ich nicht daraus», murmelte Torste, und sein Tonfall besserte meine Laune etwas.

«Vielleicht ist Skjalm einfach nur bierdurstig. So was kommt vor», sagte ich und schaute zum Schankzelt, wo Ymer glücklich strahlte, den Bart voller Schaum. Torste zuckte mit den Schultern, und wir gingen in Stille weiter. Wahrscheinlich kreisten unser beider Gedanken um unseren Onkel, den Herrn von Norneborg und das Oberhaupt unserer Sippe.

Ich vergaß Skjalm Hvidelæders sonderbares Verhalten in dem Moment, als Norneborg plötzlich vor uns mitten im Fluss auftauchte. Torste schien nicht weniger beeindruckt, denn wir blieben beide lange stehen und betrachteten den Geburtsort unserer Mütter.

Es mochte stimmen, dass Norneborg seine besten Tage gesehen hatte, aber die Lage der Burg war fantastisch.

«Der einzig mögliche Zugang führt über die Landzunge

mit steil abfallender Böschung auf beiden Seiten», sagte ich und merkte erst, dass ich laut gesprochen hatte, als Torste antwortete.

«Und sie ist so schmal, dass nicht einmal zwei Ochsenkarren aneinander vorbeipassen. Wer die Norneborg gebaut hat, wusste, was er tat.»

Zusätzlich versperrte ein mächtiges Tor, wie ich noch nie eins gesehen hatte, den Weg über die Landzunge.

Später erfuhr ich, dass die Norneborg über einen eigenen Trinkwasserbrunnen verfügte und dass es auf der Rückseite der Festung einen Anleger am Fluss gab, an dem zwei kleine Schiffe vertäut lagen. Auf diese Weise war es unmöglich, Ottar Jarl auszuhungern. Ebenso fand ich heraus, dass Ottars Wort Gesetz war und mit gnadenloser Brutalität aufrechterhalten wurde. Aber damals im klaren Schein der Wintersonne erschien mir die Norneborg äußerst vielversprechend. Ich wusste es eben nicht besser.

Ganz offensichtlich ließ sich die Festung selbst mit Gewalt nur schwerlich einnehmen. Kein Feind schaffte es mit einer größeren Zahl Männer bis zu den Palisaden, als die Verteidiger bewältigen konnten, und bei der Menge an zur Verfügung stehendem Wasser richteten selbst Brandwaffen nur wenig aus.

Dass es kürzlich trotzdem einen Versuch gegeben hatte, bewiesen die vielen angesengten Pfähle und die neu eingesetzten Abschnitte in der Palisade. Offenbar war es weder Sigfred noch Bjørn gelungen, die Norneborg einzunehmen.

Wie um meine Gedanken zu bestätigen, funkelte die Sonne auf einem Helm an der Palisade, und eine Speerspitze kam zum Vorschein. Norneborg hatte die perfekte Lage für eine Festung.

Die Sonne stand tief am Himmel, als wir am offen stehenden Tor Norneborgs ankamen. Dahinter sahen wir viele Gebäude mit Brandlöchern in den Dächern, manche waren zu verrußten Ruinen niedergebrannt, nur die Grubenhäuser schienen als einzige einigermaßen intakt geblieben zu sein.

Mein Blick wanderte weiter zu einem großen Banner mit einem Wolfskopf, das vom Giebel einer Halle hing. Hier war meine Mutter geboren, hier gehörte ich hin.

Wir traten näher. Ich spürte in mir den Stolz über meine Sippe wachsen und bekam einen Kloß im Hals, weil ich so ergriffen war, endlich zu Hause angekommen zu sein. Es war ein fantastisches Gefühl, allerdings hatte ich da Ottar Jarl noch nicht getroffen.

Ich bin zu Hause, Mutter, sagte ich leise, als würde sie in der Halle mit dem roten Wolfsbanner auf mich warten. Gleich hinter dem Eingangstor fanden diese rührseligen Sentimentalitäten ein Ende, denn vor uns stand ein offenbar wütender Mann, dessen Haare und Bart unter einer schwarzen Pelzmütze hervorstanden wie welker Löwenzahn. Seine von Kopf bis Fuß schwarze Kleidung war zerschlissen. Er stauchte gerade einen Mann zusammen, wobei er vor Zorn auf den Boden stampfte.

«Du wirst die Peitsche zu schmecken bekommen, Aslak. Die Peitsche, sage ich. Und danach erfährt der ganze Rest deiner elenden Rattenbrut dieselbe Behandlung. Niemand rührt an, was rechtmäßig mir gehört, nicht ohne Erlaubnis. Niemand, sage ich.» Der rasende Mann machte auf dem Absatz kehrt und glitt im Matsch aus, fing sich aber schnell wieder. Er machte einen Schritt, hielt inne und fixierte mich mit seinen grünen funkelnden Augen.

Ich erwiderte grinsend seinen Blick.

«Wer bist du denn, du dummer Rotzbengel?», bellte er und stapfte durch den tiefen Schlamm zu mir. «Antworte, du Wicht, oder ich reiße dir den Schwanz ab.»

«Ulv», antwortete ich heiser und sprach dann etwas lauter. «Ingeborg Ottarsdatters Sohn, Enkel von Ottar Jarl dem Älteren.»

Ihm klappte das Kinn herunter.

«Schön, dich zu sehen, Onkel», schloss ich, äußerst zufrieden mit meiner Wortwahl, die mir deutlich angemessener gelungen war als gewohnt.

Zu meiner Überraschung trampelte Ottar Jarl von Neuem in den Schlamm, und seine grünen Augen traten fast aus ihren Höhlen. «Zügel dein Mundwerk, Frischling. Für dich bin ich Ottar Jarl oder ‹Herr›! Merk dir das, dann lass ich die Peitsche ausnahmsweise liegen.» Schnaubend deutete er auf Torste. «Du bist dann sicher der andere Nichtsnutz, den mir meine stumpfsinnigen Schwestern auf den Hals gehetzt haben, was?»

Torste nickte vorsichtig.

Ottar verdrehte die Augen und stampfte erneut auf. Anscheinend war das eine seiner liebsten Angewohnheiten. «Der Name, Bursche?», brüllte er ihn an. «Hast du einen, oder hat Sigfred dir die Zunge aus dem Maul gerissen?»

«Torste, Torste von Ryesborg», stellte er sich vor und ging auf Ottar zu. «Es ist mir eine Ehre, dich zu treffen, Onk… Herr.»

Ottar seufzte laut und wippte ungeduldig mit dem Fuß. Aber er stampfte nicht. «Hmm, wo hat Skjalm euch aufgetrieben?» Er drehte den Kopf ein Stück zur Seite und schrie lauthals nach Skjalm.

«Du wirst ein wenig lauter rufen müssen, wenn du Skjalm Hvidelæder meinst», sagte Torste.

«Skjalm hatte ziemlichen Durst und …», ergänzte ich, brach aber ab, als hinter mir Skjalms Stimme erklang.

«Hier, Herr Ottar», stöhnte Skjalm. Torste und ich fuhren herum und schauten zu Skjalm.

«Die beiden jungen Herren haben mich gefunden, nicht umgekehrt. Der junge Herr Torste hat Vagn von Lejre getötet, der junge Herr Ulv hat sich um Edvard von Lejre und um Byrnjolf Jarl gekümmert. Wäre Ragnar Lodbrok noch am Leben, hätten sie ihn sicher auch noch umgelegt.»

Mit einem verachtungsvollen Blick sah Ottar mich an, und ich musste mir auf die Zunge beißen, um den Strom an Flüchen und Verwünschungen zurückzuhalten.

Torste ergriff das Wort. «Meine Mutter lässt Grüße überbringen und freut sich darauf, dass du nach Ryesborg zu Besuch kommst, Herr.»

«Deine Mutter», fauchte Ottar, «ist eine feige Gans!»

Die Röte stieg Torste ins Gesicht, aber er besaß genügend Grips, seinen Mund zu halten. Eine Tugend, die ich dagegen nicht beherrsche. Als er Heldis verhöhnte, trieb Ottar mich so weit, wie ich auf keinen Fall hätte gehen dürfen. Aber Onkel hin oder her – Ottar Jarl war ganz offenbar geisteskrank.

«Heldis ist die beste Frau, die dieses armselige Land je hervorgebracht hat, abgesehen von meiner Mutter, die du zusammen mit meinem versoffenen Großvater dazu gezwungen hast, aus ihrer Heimat zu fliehen. Größere Arschlöch …»

Ich ahnte nicht, was mich getroffen hatte, aber mit einem Mal lag ich im Schlamm. Offenbar hatte ich kurz das Bewusstsein verloren. Rasch stand ich wieder auf und sah Ottar an. Er hatte sich nicht vom Fleck bewegt und betrachtete mich mit einem belustigten Blick.

«Ein frecher Hund mit Todesverachtung», sagte er lachend. Dann drehte er sich um und brüllte im Gehen jedem, der ihm entgegenkam, Befehle zu.

«Tut mir leid, Ulv», sagte Skjalm, und erst da begriff ich, dass er mich niedergeschlagen hatte.

«Das war das letzte Mal, Skjalm Hvidelæder, beim nächsten Mal gehen wir bis zum Ende», drohte ich ihm, obwohl er mich mit seinem Schlag vermutlich vor einer weit schlimmeren Strafe oder gar dem Tod bewahrt hatte.

Aber wir verstanden uns, und er wiederholte seine Entschuldigung, ehe er Ottar folgte.

Ich schaute zu Torste.

«Es wäre uns besser ergangen, hätten wir stattdessen Sigfred die Gefolgschaft geschworen», meinte er.

Ich nickte zustimmend und spürte in meinem Hinterkopf einen pochenden Schmerz. «Der ist ja vollkommen gestört!»

Dann lachten wir, und dort im Morast vor der alten Halle von Norneborg ging mir endlich auf, welche Macht darin lag, einen Freund und Verbündeten wie Torste zu haben. Und heute sitze ich hier unter zahnlosen Weibern, während junge und kräftige Männer auf Plünderungsfahrt sind, und es vergeht kein Tag, an dem ich ihn nicht vermisse und ihn gleichzeitig dafür verdamme.

Aslak der Einfältige, wie Ottar ihn nannte, trat zu uns, als Ottars Schimpftiraden nur noch leise zu hören waren. Er hatte sich hinter einem eigenartigen Gebilde aus Holz versteckt, das aus einer großen wuchtigen Platte bestand, an der kleine Räder befestigt waren. In der Mitte der Platte war ein schräg stehender Pfahl festgebunden, an dessen Spitze sich eine Art Schleuder befand.

Aslak war ein hagerer, alter Mann mit schütteren grauen

Haarbüscheln, die wie Federn von seinem Kopf abstanden, als er seine Mütze absetzte. Nervös blickte er sich um.

«Willkommen in Norneborg, meine jungen Herren. Eure Mütter werden hier schmerzlich vermisst», begrüßte er uns. Er verbeugte sich und blieb in dieser Haltung stehen, die Mütze in den Händen haltend. «Herr Ottar hat heute eine üble Laune, und das bedaure ich zutiefst.»

«Tust du das?», entfuhr es Torste.

Aslak erhob sich wieder, nickte und sah Torste aus Augen an, in denen ich die gleiche Begabung zu erkennen glaubte, wie ich sie zuletzt in Ebbe Skalds Blick gesehen hatte, als der von Knut und Tyra erzählte.

«Herr Ottar wollte Silfraskallis Boten auspeitschen und seinen Kopf als Antwort auf ein Versöhnungsangebot zurückschicken, obwohl nur eine gerechtfertigte Entschädigung gefordert wurde.»

«So etwas würde er tun?», fragte ich ungläubig.

«Ja. Aber ich habe seine Peitsche versteckt.»

Nun konnte ich mein Gelächter nicht zurückhalten, was mir einen beleidigten Blick von Aslak bescherte.

«Ja, ja, Herr Ulv. Nach ein paar Tagen in Norneborg wird dir das Lachen schon noch vergehen.»

«Ganz bestimmt, Aslak, ganz bestimmt. Aber du bist ein mutiger Mann, wenn du Ottars Peitsche versteckst, obwohl er dir dafür die Haut vom Rücken ziehen wird. Ich hätte es auch getan.»

Meine Worte waren gut gewählt, denn Aslak glaubte tatsächlich, ich hätte die Peitsche an seiner Stelle auch versteckt – was ich natürlich nie getan hätte.

«Wie wahr, wie wahr. Aber einen Königsboten auszupeitschen und seinen abgeschlagenen Kopf zurückzuschicken, ist so idiotisch, dass es Unglück über uns alle bringen würde. Silfraskalli würde mit all seinen Kriegern zur Norneborg ziehen. Auch wenn er große Verluste erlitten hat, ist er immer noch imstande, eine Zahl an Kriegern um sich zu scharen, die Ottars Huskarls problemlos übersteigt.» Er hielt inne und hob die Handflächen. «Aber ich vergesse meine Manieren. Kommt mit, ihr sollt Met und Brot bekommen.»

Aslak nahm uns mit zu einer Feuerstelle nahe der Küche, wo er mit den Fingern schnippte. Sofort kam ein Sklave zu uns.

«Met und Brot, Svarte», sagte Aslak, ehe er auf die großen Steine um die Feuerstelle deutete. «Setzt euch, Herr Torste und Herr Ulv.»

Svarte, der ein Veilchen hatte und dessen Lippe geschwollen war, ging gleich los.

«Svarte ist mein Sklave», erklärte Aslak.

«Schlägst du deinen Sklaven, Aslak?», fragte ich grinsend.

«Nein, gewiss nicht», erwiderte Aslak. «Aber Herr Ottar hat herausgefunden, dass es mir viel schlimmer zusetzt, Svarte leiden zu sehen, als wenn er mir selbst Schmerzen zufügt. Daher verpasst er Svarte Prügel für meine Verfehlungen.»

Wenig später kam Svarte mit Met und Brot, verneigte sich vor uns und stellte sich außer Hörweite.

«Greift zu, meine jungen Herren. Willkommen in Norneborg. Die Erinnerungen an das sanfte Gemüt eurer Mütter ist hier noch sehr lebendig.»

Wir brachen das Brot, bedankten uns und stießen mit dem ungewöhnlich bitteren Met an. Für einen kurzen Augenblick blieb Aslak mit gefalteten Händen sitzen, genau wie Pillgryes es vor wichtigen Mahlzeiten immer getan hatte.

«Was ist deine Aufgabe hier in Norneborg, Aslak?», fragte Torste.

«Ich versuche, Ottar Jarl ein Verwalter zu sein, so wie Vizcolle und ich es für seinen Vater gewesen sind», seufzte er. «Aber Ottar Jarl hält nicht viel von Ratschlägen, mögen sie auch noch so klug sein. Er ist wie ein rasender Bulle, der lieber mit dem Kopf das Tor einrennt, als anzuklopfen und zu warten, bis jemand öffnet.»

Wie ich später herausfinden sollte, war das eine überaus treffende Beschreibung Ottars, und als Aslak sich erst einmal warm geredet hatte, erzählte er von sich aus viele Anekdoten, die Ottars Eigensinn illustrierten. Der Anständigkeit halber sei erwähnt, dass Aslak gleichermaßen lobte wie tadelte, denn nicht jede von Ottars Entscheidungen war närrisch. Eine seiner besseren war gewesen, seine Frau, zwei Töchter und einen erwachsenen Sohn zur Verwandtschaft seiner Frau nach Gotland zu schicken. Auf meine Frage, wieso der Sohn nicht geblieben war, um seinen Vater im Krieg zu unterstützen, antwortete Aslak mit einem kryptischen Lächeln.

«Ottar der Jüngere ist ein Mann mit ganz eigenen Gelüsten und Ansichten. Ottar spricht nie von ihm, und ich würde euch ebenfalls davon abraten.» Mehr wollte er nicht über unseren Vetter sagen, sondern fuhr stattdessen fort, von Ottar Jarls weniger glücklichen Entscheidungen zu erzählen.

Öfter, als es Aslak offenbar lieb war, hatte Ottar Jarl die Dörfer der Sølver überfallen und Vieh, Sklaven und Silber von dort geraubt. Zudem hatte er ihre Schiffe in Brand gesteckt, nachdem er sich die Segel unter den Nagel gerissen hatte. Die Sklaven brachte er meist umgehend nach Haithabu, während das Silber ihm noch mehr Waffen und Kämpfer verschaffte.

Der Gipfel allerdings war, dass Ottars Männer Sjalvarstad

angegriffen und dabei Silfraskallis Neffen Yngvar Alle gemeuchelt hatten, während Silfraskalli als Gast bei Ottar geweilt hatte. Und Aslak zufolge war Silfraskallis Schwester, Ragnhild Alle von Ladby, keine Frau, die man verunglimpfte, da die Alle-Sippe Silfraskallis Recht sicherte, sich König von Fünen zu nennen.

Im Anschluss daran hatte Silfraskalli seine Kämpfer gesammelt und Blutrache gefordert. Doch Ottar hatte einen Spitzel in Silfraskallis Nähe platziert und sein Heer zur gleichen Zeit aufgestellt. Zwar reichte es nicht an das von Silfraskalli heran, aber es bestand aus kampferprobten Männern, die Ottar mit dem Silber aus Sjalvarstad bezahlte. Für mich klang das nach einer geregelten Angelegenheit, aber Aslak schüttelte den Kopf und faltete die Hände unter dem Kinn, wie es auch Vizcolle zu tun pflegte.

«Herr Ottar hat eine große Menge Silber und Sklaven in Besitz genommen, und zum Ausgleich für seine Untaten und seine Dreistigkeit rettete er Fünen letzten Endes vor Sigfred und Bjørn.»

Darüber wussten Torste und ich Bescheid, allerdings nicht so detailliert wie Aslak.

Svarte schenkte von dem bitteren Met nach, während Aslak berichtete, wie Ottar südlich von Sjalvarstad geplündert hatte, als Sigfreds und Bjørns große Flotte quasi durch die Hintertür in Fünen eintraf. Ottar wechselte seinen Gegner umgehend, nicht aber die Taktik. Er griff den Lejre-König auf dieselbe Weise an, wie er auch die Dörfer, Häuser und Schiffe von Silfraskalli und der Alle-Sippe verwüstet hatte. Er ließ sich nie auf große Schlachten ein, bei denen die Anzahl der Schilde den Ausschlag gab, sondern überfiel Sigfreds Lager im Schutz der Dunkelheit oder umzingelte kleinere Gruppen von Seeländern und brachte sie um. Es hatte den Anschein, als kämpfe er überall gleichzeitig und werde mit jedem Angriff stärker.

Silfraskalli attackierte Bjørn Eisenseite, ehe es dem gelang, sich Sigfred anzuschließen. Dann beorderte er Ottar Jarl mit seinem gesamten Heer nach Helnesvik. Wäre Ottar diesem Befehl gefolgt, hätte der Krieg womöglich schon dort geendet, denn gegen die Schilde der Sølver konnte Bjørn Eisenseite nichts ausrichten.

«Aber Ottar hat das nicht getan?», stutzte Torste, worauf Aslak müde den Kopf schüttelte.

«Nein, hat er nicht. Stattdessen hat er sich in Norneborg verschanzt.» Mit gesenktem Blick trank Aslak einen Schluck Met und erzählte dann, wie Sigfred zu Bjørns Heer gestoßen war und wie beide gemeinsam Silfraskalli gezwungen hatten, sich in Sjalvarstad zu verbarrikadieren. Danach hatten Bjørn und Sigfred in ganz Fünen geraubt und gebrandschatzt, aber es war ihnen nicht gelungen, Sjalvarstad oder Norneborg einzunehmen. Folglich begannen sie, über die Bedingungen einer Kapitulation oder eine Entschädigung für einen Friedensschluss zu verhandeln.

«Herr Ottars einziger Beitrag zu den Verhandlungen bestand darin, alles kategorisch abzulehnen. Und getreu seiner Eigenart hat er den Boten natürlich ohne Körper zurückgeschickt.»

Aslak sah mich verärgert an, was mich störte und provozierte.

«Betest du den festgenagelten Gott an, Aslak?»

Aus seiner Verärgerung wurde Nervosität, denn wer an den Weißen Christus glaubte, wurde sowohl in Norneborg wie auch im restlichen Land der Dänen schnell hingerichtet. Entweder im Opferhain oder einfach nur aus einer Laune. Die

Zahl der Getöteten war so groß, dass der Erzbischof von Bremen sich gezwungen sah, Missionare in die Region nördlich des Angelfjords zu schicken. Von den wenigen Christusanbetern, die kamen, war die eine Hälfte halb verrückt, und die andere büßte für eines der unzähligen Vergehen, die der Erzbischof ihnen zur Last legte.

«Willst du ins Paradies, mein Sohn?», sagte ich zu dem Mann, der gut und gern mein Großvater hätte sein können.

Er nickte und schaute zu Torste.

«Und dorthin sollst du kommen», sprach ich weiter und legte dem Verwalter eine Hand auf die Schulter. «Wir wollen nicht mehr über diese Sache reden, solange wir uns gegenseitig helfen.»

Beinahe zeichnete sich sogar ein Lächeln auf Aslaks Gesicht ab, als Ottars donnernde Stimme ihn hochfahren ließ, sodass er sich mit Met besudelte. Auch Torste und ich standen auf.

«Aslak, du einfältiger Narr, komm her.»

Aslak ging hinter mir in Deckung, was ich nicht sonderlich beruhigend fand, denn Ottar hielt eine bösartig aussehende Peitsche in der Hand.

«Herr», jammerte Aslak. «Ich habe nur versucht zu helfen …»

«Aslak», knurrte Ottar und blickte mich herausfordernd an.

Ich zerrte den Verwalter nach vorn und stieß ihn vor Ottar. «Gib ihm, was er verdient», sagte ich laut, um Aslaks Gewinsel zu überstimmen. Der Verwalter wich zurück, doch Ottar folgte ihm.

«Herr Ottar», schaltete sich nun auch Torste ein und wiederholte seinen Ruf.

«Halt die Schnauze, Junge. Ich habe zu tun.»

Torste stellte sich genau zwischen Aslak und Ottar. «Meine Mutter hat mir diesen Beutel mitgegeben, als Geschenk für ihren großen Bruder.» Er überreichte Ottar den prall gefüllten Beutel, in dem das Silber von Arnfinns Walstatt klimperte.

Zuerst blickte Ottar Torste zornig an, doch dann war seine Gier geweckt. «Und den hat Byrnjolf der Schweigsame dich behalten lassen?»

«Ja», schob ich ein. «Wir hatten einen Eid geschworen.»

Ottar nahm den Geldbeutel. «Ihr könnt im Langhaus schlafen, bei den Hirdmännern.» Damit verschwand er, Aslak folgte ihm.

Verblüfft starrte ich meinen Vetter an. «Wieso hast du ihm deinen Geldbeutel gegeben?»

«Aslak ist jetzt genauso unser Mann wie Ottars», meinte er grinsend. «Und du hast schließlich mehr als genug Silber für uns beide.»

Ohne ein Murren, wohl aber mit gehässigen Gedanken überließ ich Torste die Hälfte meines Silbers.

Er nahm es entgegen und verstaute es in einem Ledersäckchen, das er sich um den Hals hängte und unter sein Hemd schob. «Hier in der Stammburg unserer Mütter werden wir sicher jeden Vorteil brauchen, den wir uns verschaffen können.»

Ich stimmte ihm zu, trauerte der Hälfte meines Silbers aber trotzdem nach. Dabei übersah ich ganz die Ständer mit Äxten, Schwertern, Speeren, Brandwaffen und Wurfgeschossen. Norneborg war auf eine Belagerung vorbereitet.

KAPITEL 21

Befestigt die Palisaden», brüllte Ottar und übertönte ein Hornsignal. «Tue, bemannt das Tor.» Wir rannten los, griffen uns Speere und Wurfgeschosse von den Ständern und erreichten die Palisaden so schnell, dass sich Ottar nicht beschweren konnte.

Über einen Monat waren wir nun in Norneborg, und im Lauf dieser Zeit hatte ich Ottar so abgrundtief fürchten und hassen gelernt, dass es mir schwerfiel, mein Temperament im Zaum zu halten. Hinzu kamen das dünne Bier und das verdorbene Essen. Seit meiner Zeit als Rudersklave hatte ich nicht mehr so schlecht gegessen. Aber Ymer und Torste halfen mir, indem sie entweder Ottar oder mich ablenkten, wenn wir auf ein Wortgefecht zusteuerten. Nach zehn Tagen hatte Skjalm Norneborg verlassen, und ab da war es schlimmer geworden.

«Ich hoffe, Silfraskalli gewinnt», flüsterte ich Ymer zu, der entgegnete, Ottar sei genau wie die meisten Männer meiner Sippe.

«Bis auf Torste», ergänzte er und schlug mir auf den Rücken. «Aber es ist ganz gut, einen Kriegsherrn wie Ottar zu haben, wenn der Feind ans Tor klopft.»

Damit hatte er recht. So hitzköpfig und unausstehlich Ottar in Friedenszeiten allen gegenüber war – und aus meinem Mund will das wirklich etwas heißen –, so überragend bereitete er die Verteidigung Norneborgs vor.

Die Siedlung war heruntergekommen, aber aufs Sorgfältigste für einen Krieg gerüstet. An den Stellen der Palisaden, die die Feinde mit Brandpfeilen erreichen konnten, standen Wasserbütten mit Kellen bereit, um keine Zeit zu vergeuden. Die Mannschaft bestand aus erfahrenen Kämpfern, die die Befehle des Jarls unverzüglich befolgten.

Ottar liebte es, uns darauf zu drillen, parat zu sein, wie er es nannte. Das ging ziemlich simpel vonstatten, indem er einfach ins Langhaus polterte, das Schwert gegen den Schild schlug, Befehle brüllte und uns im Laufschritt nach draußen an die Palisaden zwang.

So waren alle Bewohner Norneborgs bereit, als Silfraskalli schließlich mit seinem Heer aufkreuzte. Aus unerfindlichen Gründen griff er nicht im Stillen oder nachts an, aber vielleicht wusste er, dass ein Überraschungsangriff auf Norneborg sinnlos war, und verschwendete keine Kräfte darauf, es zu probieren.

«Sie sind viele», bemerkte Torste.

Wir saßen auf dem Erdwall hinter der Palisade rechts neben dem Tor, also an der Stelle, an der die feindlichen Truppen am wahrscheinlichsten zuschlagen und wo die meisten Krieger nach Walhall geschickt würden – unser Onkel wollte nur das Beste für uns.

«Mehr als wir», fuhr Torste leise lachend fort, ehe er mit

heller Stimme und im selben Tonfall wie Heldis sprach. «*Ulv und Torste, reist nach Fünen und besucht eure Sippe. Lernt meinen lieben Bruder Ottar Jarl kennen und bleibt dort.*» Ich lachte mit ihm. Die ganze Sache war einfach absurd in der eiskalten Morgendämmerung, wir in Kettenhemden und mit unzähligen Waffen neben uns. Ich witzelte ebenfalls über meine Tante.

«Hoffentlich zwickt Nils der Braten heute Abend nicht im Bauch, denn so etwas kann den Frieden in Ryesborg stören. Wenn er nur ...» Ottar kam stampfend auf uns zu, und ich verstummte.

«Ulv», schnarrte er auf seine gewohnt ungeduldige Art. «Bogen bereit machen!»

Rasch zog ich einen Pfeil aus dem Köcher und spannte probehalber die Sehne. Ottar setzte seine Runde entlang der Palisaden fort.

Sogar die Wehranlagen um das hintere Tor, das zum Anleger führte, waren bemannt. Unter keinen Umständen durften die Männer dort ihre Posten verlassen, hatte Ottar befohlen.

Zuerst fand ich es dämlich, gute Männer dafür einzusetzen, die Seeseite zu bewachen. Aber wie bei vielem, das mit Belagerungen, Festungsangriffen und dem Niederbrennen von Hallen zu tun hatte, sollte ich noch einiges von Ottar lernen.

«Sie kommen», sagte Ymer. Ich stand auf, kletterte auf den Palisadengang und schaute hinab auf die schmale Landzunge. Das ganze Ufer stand voll mit bewaffneten Männern, und ich war abermals erstaunt darüber, wie viele Speermänner es auf Fünen gab. Die meisten trugen zwar auch eine Axt, manche ein Schwert, aber fast alle hatten einen Speer. Und das galt für Silfraskallis Männer ebenso wie die von Ottar.

Ein Hornsignal erscholl, und die Männer am Ufer trommelten auf ihre Schilde und stießen üble Beleidigungen aus. So lief es häufig ab, wenn Krieger sich auf dem Schlachtfeld gegenüberstanden. Es kam sogar vor, dass bei dem gewaltigen Lärm der Waffen eine Seite Schilde und Schwerter von sich warf und die Flucht ergriff. Nicht so Ottars Männer. Ihre Furcht vor Ottar war größer als die vor Silfraskallis Heer.

Noch einmal erklang das Horn, und der Lärm versiegte. Ein groß gewachsener Mann in einem silberbestickten Umhang und mit glänzendem Helm mit breiten Wangenklappen machte einen Schritt nach vorn. Dann reckte er eine große langstielige Axt in die Höhe und deutete auf das Tor von Norneborg, ehe er sie mit dem Schaft auf den Boden setzte und seine Arme auf dem Axtkopf ablegte.

«Seid Ihr zu Hause, Herr Ottar?», brüllte er in einer Lautstärke, die der Größe seiner Axt gerecht wurde. «Oder seid Ihr wieder ausgezogen, um die Dörfer der Sølver auszurauben?»

Um Ottars Mund spielte ein Grinsen, aber er blieb stumm. In diesem Moment fiel mir auf, dass er sich hier, unter seinen Hirdmännern, in ein Kettenhemd gekleidet und in Erwartung eines Kampfes, der nicht zwangsläufig zu seinen Gunsten ausgehen würde, wirklich wohlfühlte.

«Ottar?», rief der Mann im Silbermantel. «Hat jemand Lust, den Jarl aufzuwecken, damit er das Tor öffnen und herauskommen kann, falls er am Leben bleiben will?»

Ottar drehte sich zu mir und nickte mir mit fast sanfter Miene zu, dann richtete er den Blick erneut auf seinen Widersacher – den Mann, der in Kriegszeiten so sprach, wie Ottar es in Friedenszeiten tat.

Ich legte den Pfeil an, hob den Bogen, zog die Sehne so

weit nach hinten wie möglich, zielte schnell und feuerte den Pfeil auf den Mann im Silberumhang. Kurz darauf drangen ein metallisches Klirren und ein erschrockener Ausruf bis zu uns. Gefolgt von einem Schmerzensschrei.

Der Mann saß auf dem Boden und starrte seinen Fuß an, aus dem Knöchel ragte mein langer Pfeil. Ich fluchte und legte einen neuen Pfeil an, doch Ottar schüttelte den Kopf.

«Silfraskalli nützt uns mit verwundetem Stolz und Fuß mehr als tot», meinte er und hob das Kinn in meine Richtung – die größte Anerkennung, die ich jemals von ihm erfahren sollte. Mit meinem Schuss war ich trotzdem nicht zufrieden, denn der Pfeil hatte den Axtkopf vor Silfraskallis Brust getroffen und war auf seinen rechten Fuß abgelenkt worden.

«Ottar, du widerwärtiger Köter», brüllte der Schild der Sølver, nachdem er wieder auf die Beine gekommen war und sich nun auf seine Axt stützte. Er humpelte so weit zurück, dass seine Beschimpfungen gerade noch zu hören waren, meine Pfeile ihm aber nichts mehr anhaben konnten.

Danach geschah mehrere Tage lang nichts. Die Sølver blieben, wo sie waren, und wir schliefen, aßen, tranken und pissten in Schichten. Die Zeit kam mir wie eine eisige Unendlichkeit vor, und ich wünschte mir bald, Ottar würde die Tore öffnen und Silfraskallis Lager angreifen.

Da er allerdings keinerlei Absichten in dieser Richtung hatte, stellte es den Höhepunkt des Tages dar, wenn Silfraskalli vormittags auf die Landzunge trat und uns seine Verwünschungen entgegenbrüllte. Im Gegensatz zum ersten Mal beschützten ihn nun aber immer zwei Schildmänner.

Einige seiner Beschimpfungen waren richtig unterhaltsam. Wir amüsierten uns köstlich, als er Ottar als Ausgeburt einer zahnlosen Hündin und eines aussätzigen Ziegenbocks bezeichnete. Mit Ausnahme Ottars hatte jeder in Norneborg seine liebe Mühe damit, sich das Lachen zu verkneifen und sich in den Bart, die Lippe oder den Handschuh zu beißen. Der Jarl selbst war sichtlich verärgert über die Beleidigung wie auch über die meisten anderen, die sich gegen ihn richteten, aber zu keiner Zeit erwiderte er etwas auf die Flut an Schimpfwörtern.

Am zwölften Tag verloren Silfraskallis Verwünschungen allmählich an Kraft und gerieten immer erbärmlicher. So erbärmlich, dass Ymer murmelte, er kenne jemanden, der auf diesem Gebiet sehr viel bewanderter sei. In diesem Moment humpelte Silfraskalli schon wieder von der Landzunge. Lachend stimmte ich Ymer zu, hüpfte von der Palisade und fand mich plötzlich direkt vor Ottar wieder. Wahrscheinlich hatte er schon eine ganze Weile hinter uns gestanden – eine weitere seiner unangenehmen Eigenarten.

«Antworte ihm, Ulv», sagte er kurz.

Stumm blickte ich ihn an und rechnete damit, dass er gleich mit den Füßen aufstampfen und mich zurechtweisen würde. Doch Ottar stöhnte nur, als sei ich schwer von Begriff.

«Antworte ihm, aber sag auf keinen Fall, dass ich hier bin. Und sag nichts, das ihm verraten könnte, wo ich mich aufhalte.»

Endlich begriff ich, wieso Ottar sich so schweigsam verhielt. Aus bitterer Erfahrung wusste Silfraskalli, dass er gut daran tat sicherzugehen, wo sich Ottar befand, ehe er sein gesamtes Heer gegen Norneborg führte. Das musste er auch, wenn er sich Hoffnungen machen wollte, die Festung zu erobern.

«Silfraskalli?», rief ich und kletterte wieder auf den Wehrgang. «Silfraskalli?»

Der Anführer der Sølver machte kehrt und humpelte zurück, diesmal sogar ohne seine beiden Schildmänner.

«Ottar?»

«Nein, du Pisskopf. Ich bin der, der dich zum Humpeln gebracht hat, und das ist verdammt noch mal das Lustigste, wozu ich meinen Bogen je benutzt habe.»

Silfraskalli ging weiter in Richtung Norneborg, bis seine Schildmänner ihn einholten. Jetzt war er so nah, dass ich seinen Gesichtsausdruck erkennen konnte. Er kochte vor Wut.

«Wer bist du?», dröhnte er.

«Pass gut auf, du hinkender Stinkstiefel. Du bist ein Haufen Scheiße aus dem Arsch eines Mauren, und so jemand verlässt Norneborg nicht, bevor er nicht aussieht wie ein jämmerlich winselnder Igel.» Ich griff zu meinem Bogen, aber Ottar fasste mich am Arm.

«Du darfst ihn nicht umbringen», mahnte er. «Aber wenn du seinen anderen Fuß triffst, bringt ihn das noch mehr aus der Fassung, als gut für ihn ist.»

Ich zielte und schoss einen Pfeil an, der zwischen den Schildmännern hindurchflog. Ein Schrei ertönte, und die drei Männer fielen zu Boden. Obwohl mein Pfeil unglücklicherweise niemanden getroffen hatte, schlug dem Schild der Sølver von beiden Seiten des Wassers Gelächter entgegen.

Nachdem sie sich aufgerappelt hatten, zogen sie sich unter dem Schutz der Schilde zurück, und ich sah Ottar mit einem Gefühl von Zusammengehörigkeit an.

«Warten wir auf Verstärkung, Herr?», fragte ich ihn.

Ottar ließ mich mit einem verächtlichen Prusten stehen, und ich sah Torste verwirrt an.

«Beide tun nur, was die Dänen immer schon getan haben», erklärte er. «Der eine hofft, dass der andere nicht länger durchhält und nach Hause zieht. Der andere hofft, dass Hunger und Durst den Belagerten zum Aufgeben zwingen oder dass dessen Männer einen Aufstand starten.»

Ich blickte mich um und wusste, dass sich Silfraskalli in diesem Fall auf eine ziemlich lange Belagerung einstellen musste.

Eine Schneeflocke fiel auf mein Gesicht, und ich sah hinauf zu den dunklen Wolken am Himmel. Es wurde stürmischer, ich zog den Mantel enger um mich.

«Vielleicht wartet Silfraskalli auf den Frost», meinte Torste.

«Frost haben wir doch schon, seit wir aus Eigilsvik aufgebrochen sind.»

«Ja, aber es ist kälter geworden. Wenn das Wasser zufriert, kann sich Silfraskalli aussuchen, von wo er Norneborg angreift.» Diese unheimliche Aussicht wollte ich Ottar unverzüglich mitteilen, aber Ymer und Torste waren beide der Überzeugung, dass Ottar in solchen Fragen sicher kein Dummkopf sei.

Ab da fiel mir auf, dass Ottar viel Zeit damit zubrachte, das Gewässer rund um uns zu studieren. In regelmäßigen Abständen warf er Steine über die Palisade und beobachtete, wie lange sie brauchten, um in dem Packeis zu versinken. Inzwischen konnten wir keine Angelschnüre mehr nutzen oder Reusen aus geflochtenen Weidenzweigen auslegen, um Schalentiere zu fangen. Nur an Wasser mangelte es uns nie.

Am neunzehnten Tag der Belagerung, dem Tag, an dem Harek verschwand, kam Aslak zu uns, als Ottar gerade das Eis an der schmalsten Stelle des Flusses beobachtete. Aslak war aufgeregt und suchte nach den richtigen Worten, weshalb Ottar ihn an den Schultern packte und schüttelte, bis er in Tränen ausbrach.

«Herr, unser Fleisch und Getreide geht zur Neige, und was wir noch haben, ist von schlechter Qualität. Wir können die Männer höchstens noch ein paar Tage versorgen. Und die Brennholzlager müssen wir ebenfalls auffüllen.» Schluchzend duckte er sich, als erwarte er eine Strafe für diese Information. Vielleicht sogar zurecht. Denn an jedem anderen Tag hätte Ottar ihm das als Versäumnis seiner Pflichten ausgelegt, egal ob unter einer Belagerung oder nicht. Jetzt aber nahm er es lediglich zur Kenntnis und warf einen letzten Blick auf das Eis, das uns umgab und die beiden Schiffe am Anleger schief im Wasser liegen ließ.

«Dann ist es an der Zeit», konstatierte Ottar und ging zum Tor, stieg auf den Palisadengang und rief den Namen seines Feindes.

«Silfraskalli?», brüllte er noch einmal und schaute zum gegenüberliegenden Ufer.

Ich ließ den Blick über das Gebiet innerhalb der Palisaden wandern und suchte nach Harek, der sich normalerweise immer in Rufweite aufhielt. Neben mir fluchte Ottar ungeduldig, und ich musste feststellen, dass der Marschmann verschwunden war.

Dass Harek nicht aufzufinden war, konnte nur bedeuten, dass irgendetwas Schlimmes im Anflug war, denn solche Dinge witterte er lange im Voraus und machte sich aus dem Staub.

«Silfraskalli?», schrie Ottar noch einmal, denn er konnte es nicht ausstehen, auf irgendetwas oder irgendwen warten zu müssen. Ich rechnete damit, dass der König der Sølver nun zum Gegenstand einer langen Reihe von Demütigungen werden würde, und grinste verzückt.

«Wer fragt nach dem Schild der Sølver, dem Herrn und König über Fünen?» Die Stimme war leicht zu erkennen. Sie gehörte zu einem hinkenden Mann.

«Was bringt den Jarl der Sølver mit einem Heer nach Norneborg, wo Ihr doch wisst, dass Ihr ohne Krieger weitaus willkommener seid?» Mir klappte die Kinnlade herunter, als ich Ottars Worte hörte, die noch dazu in einem freundlicheren Tonfall vorgebracht wurden, als ich ihn je gehört hatte.

«Ottar Jarl?», sagte Silfraskalli verdutzt. «Dann seid Ihr also doch zu Hause!»

«Ja, eine Erkältung hat mich ans Bett gefesselt, weshalb es mir auch nicht möglich war, Euch die Aufmerksamkeit zukommen zu lassen, die Ihr verdient, Herr. Aber kommt näher, ich kann Euch kaum hören.»

Ein kurzes freudloses Lachen verriet, dass Silfraskalli dazu absolut keine Lust hatte.

«Ich verspreche Euch, dass der Narr, dessen Augen schärfer sind als sein Verstand, es nicht wagen wird, einen Pfeil auf Euch zu richten.» Trotz der Eisklumpen in meinem Bart glühten meine Wangen. «Und ich verspreche ebenso, dass Euch kein Leid zugefügt wird, wenn Ihr zu uns hineinkommt.»

Wieder ein Lachen, diesmal belustigt. «Und Ihr, Ottar Jarl, habt mein Wort, dass niemand Unrecht erfahren soll, wenn Ihr Norneborg verlasst und mit uns verhandelt, solange Euer Gefolge sechs Männer nicht übersteigt.»

Jetzt war es Ottar, der lachte. Ein seltener Klang, zuerst schnarrend, doch dann immer bedrohlicher, als er einen Blick auf Torste und mich warf. «Meine hochgeschätzten Neffen, beide edle Jarlssöhne, werden Eure Geiseln sein, während wir verhandeln.»

Das hielt Silfraskalli für einen schlechten Tausch, da es ihm keine Freude bereiten würde, uns zu töten, wenn Ottar die Waffenruhe brach, wie er es üblicherweise tat.

«Hochgeschätzt ...», schnaubte Torste und zeigte mir ein schiefes Grinsen, denn nichts war Ottar gleichgültiger als unser Wohl.

«Diese prächtigen Jarlssöhne sind dieselben, die Edvard von Lejre und seinen kleinen Bruder Vagn getötet haben neben Byrnjolf dem Schweigsamen», rief Ottar. «Und», fügte er hinzu, «einer der beiden jungen Herren ist dafür verantwortlich, dass Euer eleganter Gang eiert.»

Ein Schwall aus Verwünschungen war zu hören, und plötzlich war der König der Sølver sehr interessiert daran, Geiseln auszutauschen. Wie gelähmt starrte ich meinen Onkel an. Torste, der sich auf solche Geschäfte besser verstand, nahm das Schwert von seinem Gürtel, trat zu Ottar und flüsterte ihm etwas ins Ohr.

«Davon kann keine Rede sein», knurrte Ottar und winkte mich heran.

Ich glaubte zu wissen, was Torste da geflüstert hatte, und Zorn gesellte sich zu meiner Frustration darüber, dass das Oberhaupt unserer Sippe soeben mein Leben verkauft hatte. Ich legte Fenris ab, stellte mich neben Torste und funkelte ihn wütend an.

«Ihr geht zu Silfraskalli, alle beide, und wartet dort ab, ohne irgendeinen Streit vom Zaun zu brechen.» Die letzten

Worte waren an mich gerichtet, aber offenbar stellte ihn mein rasender Blick nicht zufrieden, und er stampfte auf den Boden.

Silfraskalli rettete mich.

«Und Ihr, Herr Ottar, dürft den Bruder meiner Frau und seinen Sohn unterhalten, solange die Verhandlungen andauern.»

Das schien Ottar zwar nicht zu gefallen, aber da er keine besseren Geiseln als seine «hochgeschätzten Neffen» zu entbehren hatte, musste er sich damit begnügen.

«Aslak», rief er und stieg von der Palisade. «Hol meinen weißen Schild», trug er seinem Verwalter auf.

Aslak musste bereits geahnt haben, dass Verhandlungen bevorstanden, denn noch ehe Ottar fertig mit seinen von Flüchen gespickten Anweisungen war, kam er mit einem weißen Schild angelaufen.

«Ihr bleibt Silfraskallis Geiseln, bis die Verhandlungen zu Ende sind, und ihr führt euch gefälligst so auf, als wärt ihr wirklich die Söhne vornehmer Jarle. Haltet den Mund und gebraucht eure Augen.»

Jetzt war Torstes Miene genauso mürrisch wie meine, aber wir versprachen, uns daran zu halten.

«Und, Ulv, unter keinen Umständen darf einer von euch ausplaudern, wer den Pfeil abgeschossen hat. Unter keinen Umständen», betonte er und starrte mich so lange an, bis ich nickte. «Öffnet das Tor», bellte Ottar und schritt voran.

Wir ließen uns ein Stück nach hinten fallen, denn besonders versessen auf das Schicksal, das uns erwartete, waren wir nicht. Wenn Silfraskalli herausfand, wem der Pfeil gehörte, konnte ich nicht damit rechnen, noch sonderlich lange zu leben.

«Ich hoffe, dieses Aas stürzt in den Wallgraben und bricht durch das Eis», raunte Torste mir zu.

Beim Gedanken daran hellte sich meine Laune etwas auf. «Ja. Vielleicht schlägt Silfraskalli ihm ja den Kopf ab, wenn wir die Fliege machen?»

Torste lachte, auch wenn wir beide wussten, dass das unmöglich war. Besonders nicht, da Ottar hinter dem verschlossenen Tor blieb und nur Aslak uns auf die schmale Landzunge folgte. Dort war von dem ängstlichen Mann, den Ottar jeden Tag aufs Gröbste unterdrückte, plötzlich keine Spur mehr zu erkennen. In seinem Blick stand Würde, seine Stimme klang fest, und er sprach mit klaren Worten.

Eine Gruppe Männer stand am anderen Ende der Landzunge und beobachtete uns neugierig, während hinter ihnen ein Zelt aufgestellt wurde. Am Ufer standen keine Krieger mehr, dafür sahen wir weiter hinten am großen Zeltlager viele Kriegerscharen in voller Rüstung, als gingen sie davon aus, dass Ottar Verrat begehen würde.

Aslak trat mit dem weißen Friedensschild nach vorn und traf seinen Gegenpart, der ebenfalls einen weißen Schild und ein Schwert trug, um dessen Schaft ein weißes Band geknotet war, sodass man es nicht ziehen konnte. Sie begrüßten sich lächelnd, als würden sie einander gut kennen, und besprachen in aller Kürze die Bedingungen für die Geiseln.

«Wir haben vereinbart, dass ihr König Silfraskallis Geiseln in der Mitte der Landzunge trefft und danach am Zelt vorbei in Richtung Odins Vi geht. Wenn die Verhandlungen abgeschlossen sind, geht ihr auf dem gleichen Weg zurück», teilte Aslak uns mit, als er wiederkam. «Habt ihr das verstanden?», fragte er mit einem ernsten Blick.

Wir bejahten und gingen auf die anderen beiden Geiseln

zu und versuchten, sie im Vorbeigehen niederzustarren. Sie waren älter als wir und sahen ärmlich aus, als hätten sie einen harten Winter erlebt. Dennoch glomm in ihren Augen Selbstvertrauen und absolute Arroganz.

Eine Reihe bewaffneter Männer geleitete uns durch Odins Vi und in den kleinen Wald hinein, machte aber an einer Halle halt, bevor wir die Lichtung am Flussufer erreichten. Auf dem Dach wehte Silfraskallis weißes Banner mit dem geflügelten Seehund. Wir sollten eintreten.

Die Halle stand voller Tische und Bänke, und es gab einen Stuhl mit Rückenlehne und geschnitzten Armlehnen. Vom Langfeuer stoben Funken auf, Tranlampen sorgten für helles Licht, und der Duft nach Essen ließ mir das Wasser im Mund zusammenlaufen. Hier sollten wir warten, bis Silfraskalli kam oder ein Bote nach uns geschickt wurde.

Lange mussten wir nicht ausharren. Die Tür flog auf, und ein großer, dicker Mann humpelte hinein, setzte sich auf den Stuhl, bekam einen Krug Bier gereicht und starrte uns böse an.

«Wer von euch hat meinen Fuß zu Klump geschossen?», zischte er und hob den Fuß leicht an.

Torste und ich sahen uns an und wandten uns dann an Silfraskalli. «Das war ich», sagten wir wie aus einem Mund. Dann sahen wir uns wieder an.

Torste grinste, und obgleich mich sein Verhalten oft nervte, konnte ich nicht zulassen, dass er die Schuld auf sich nahm.

«Wer …?», setzte Silfraskalli an, schwieg aber, als Torste und ich darüber zu streiten anfingen, wer dem König der Sølver einen Pfeil in den Fuß geschossen hatte. «Ruhe», brach es aus Silfraskalli heraus, der schon mit dem Fuß aufstampfen wollte, sich es vernünftigerweise aber anders überlegte. «Eure Namen?»

Während Torste sich vorstellte, musterte ich den Sølver. Er war ein alter Mann und in schlechter Form, selbst ohne die Wunde von meinem Pfeil. Seine Augen waren rot gerändert, der linke Arm verbunden und in einer Schlinge, außerdem hatte er kaum Farbe im Gesicht. Er roch nach Tod. Wäre der Winter nicht so eisig gewesen, hätte Ottar einfach einen weiteren Monat abwarten müssen, bis Silfraskallis Wunden ihm die Arbeit abgenommen hätten.

«Ulv», sagte ich, als ich bemerkte, dass Torste nicht mehr redete. «Ulv Ingeborgsson, Sohn von Palna Jarl von Wenden, Sohnessohn von Ottar Jarl dem Älteren.»

«Palna Jarl, der Herr, den Ottar der Ältere als Geisel gehalten hat?» Ein schwer deutbares Schmunzeln spielte um seinen Mund, als ich es bestätigte. «Er war ein guter Mann.»

Mehr sagte er nicht, aber abgesehen von dem wenigen, was Heldis erzählt hatte, waren das die ersten Worte, die ich über meinen Vater hörte. Ottar hatte auf mein Nachfragen bloß mit einem verächtlichen Schnauben geantwortet. Von da an hatte ich noch weniger für den Mann übrig, der mehr als jeder andere dafür verantwortlich war, dass meine Mutter aus ihrem Heimatland hatte fliehen müssen.

«Ich schwöre euch, wenn mir irgendwas den geringsten Vorwand liefert, lasse ich euch hinrichten. Hofft also lieber, dass euer Onkel sich nicht so wieselartig verhält, wie er es üblicherweise tut.» Er wandte sich zum Gehen um, doch Torstes Stimme ließ ihn innehalten.

«Arnfinn Arnsson hat uns gebeten, den König der Sølver zu grüßen, falls wir ihm begegnen. Das waren seine letzten Worte, ehe er nach Walhall zog», sagte Torste ruhig.

Silfraskalli und ich sahen Torste an, der gerade eine Lüge aufgetischt hatte. Keine große zwar, aber trotzdem eine Lüge. Begeistert machte ich weiter, wo Torste aufgehört hatte.

«Wir haben ihm eine ehrenhafte Bestattung gegeben, eine große Schiffssetzung. Wir haben auf seinem Grab getrunken, auf seine gefallenen Gegner gepisst und den Namen seines Herrn geehrt, während wir sangen und …»

«Er war Euch ein guter Mann, Herr», unterbrach Torste mich und bedachte mich mit einem strengen Blick.

«Ihr habt Arnfinn bestattet?»

«Das haben wir, Herr», log ich.

«Wo seid ihr Arnfinn begegnet?» Offenbar hatte Silfraskalli Arnfinn höher geschätzt, als wir ahnten.

«In der Nähe des Hügels von Arwi.»

Ein düsterer Ausdruck trat in Silfraskallis Augen, und seine Stimme wurde unsicher. «Dafür danke ich euch. Und ich verspreche, dass ihr eine ebenso prächtige Fahrt in Odins Halle erhalten sollt.» Damit humpelte er aus dem Saal und überließ uns fünf breitschultrigen Huskarls, die uns aus der Halle vorbei an den anderen Gebäuden führten, um ein paar Ecken bogen und schließlich vor einem Langhaus haltmachten.

«Da rein!», bellte eine Stimme hinter uns, und als ich nicht schnell genug reagierte, stieß mich eine helfende Hand in den Rücken. Ich landete auf Händen und Knien und kroch gerade rechtzeitig zur Seite, als Torste angeflogen kam.

Ich half ihm auf die Beine und starrte eine Gruppe von etwa zwanzig Männern an, die meinen hitzigen Blick im Schein der lodernden Flammen des Langfeuers erwiderten. Einer von ihnen funkelte uns hasserfüllt an. Geräuschvoll sammelte er einen Schleimklumpen in seinem Mund und rotzte mir alles vor die Füße.

«Tu das noch einmal, und einer von uns kommt nicht lebendig aus diesem Langhaus», drohte ich. Ich meinte es ernst, und einen solchen Kampf konnte der Kerl nur verlieren. Denn entweder tötete ich ihn, auch wenn ich keine Waffe bei mir hatte, oder sein Herr würde ihn als Entschädigung für ein Unrecht an einer vereidigten Geisel an Ottar übergeben.

«Ihr habt meine Frau und meine beiden Söhne ermordet, als ihr Sjalvarstad geplündert habt. Wieso sollte es mir etwas ausmachen zu sterben?», sagte er und neigte den Kopf.

Das war ein nachvollziehbares Argument. Andererseits hatte ich weder in Fünen noch irgendwo sonst jemals ein Dorf geplündert, und das sagte ich dem Kerl, wobei ich hinzufügte, dass er nicht glauben solle, ich hätte etwas gegen das Plündern an sich.

Er machte nicht den Anschein, als glaubte er mir, vielleicht war es ihm auch gleichgültig.

«Es ist deine Entscheidung, mir zu glauben oder nicht, aber spuck noch einmal vor meine Füße, und du wirst merken, dass ich mein Wort halte.»

Unbeeindruckt zog er von Neuem Rotz durch die Nase, und ich hielt Ausschau nach einer Waffe. Da mischte sich Torste ein.

«Wir sind Gormsmänner und kamen vor ungefähr drei Monaten nach Fünen. Unglücklicherweise ist Ottar unser Onkel. Er ist ein großer Krieger, aber seine Leidenschaft fürs Plündern teilen wir nicht.»

In Ersterem stimmte ich ihm zu, in Letzterem definitiv nicht. «Nur wenn ...», setzte ich an, aber Torste fiel mir ins Wort.

«Der hier ist Ulv Ingeborgsson. Er hat den Sohn König Sigfreds, Edvard von Lejre, im Einvig innerhalb der Holmgangszweige getötet.» Torste schlug sich auf die Brust. «Und ich bin Torste von Ryesborg. Auch ich habe einen Sohn Sigfreds im Einvig getötet, Vagn von Lejre.» Er blickte sich um, ehe er weitersprach. «Deshalb sehe ich keinen Grund, weshalb wir uns streiten sollten, schließlich haben wir gegen denselben Feind gekämpft.»

Die Männer um uns nickten zustimmend, selbst der Idiot, der so gern seinen Speichel in der Gegend verteilte. Dann trat ein Mann mit goldenen Armringen vor.

«Gut gesprochen. Ich bin Peder Alle von Ladby», stellte er sich vor und musterte uns nacheinander. Er war ein kräftiger Kerl mit grau gesprenkeltem Bart, und nun streckte er Torste die Schwerthand entgegen. «Sie nennen mich Peder den Grübler, aber glaubt mir, das gilt nicht für mein Schwert. Auch Ladby haben Ottar Jarls Männer heimgesucht.» Mehr sagte er nicht. Er ließ Torstes Handgelenk los und sah mir mit durchdringendem Blick in die Augen, als könne er allein damit eine Lüge durchschauen. Ich gab mir alle Mühe, nicht den Blick zu senken, während Torste wieder das Wort ergriff.

«Dann verrate mir, Peder Alle, warum hegt der König der Sølver einen solchen Groll?»

«Dafür hat Silfraskalli drei gute Gründe», antwortete Peder bedächtig. «Mit dem Silber, das Ottar Jarl über Jahre aus unseren Dörfern geraubt hat, hat er seine eigenen Heerzüge finanziert. Außerdem hat Ottar sich geweigert, nach Helnes zu kommen und sich am Kampf gegen das Heer von Bjørn und Sigfred zu beteiligen. Der letzte und wohl wichtigste Grund ist aber, dass Ottar Silfraskalli nicht als seinen König anerkennen will.»

Für mich klang das ziemlich plausibel, Torste hingegen

hatte eine andere und etwas differenziertere Meinung, die er jedem im Langhaus unbedingt kundtun musste.

«In meinen Augen ist Ottar Jarl, ebenso wie alle übrigen Mitglieder unserer Sippe, ein Gormsmann. Aus diesem Grund kann er den König der Sølver unmöglich als seinen Herrn anerkennen.»

«Wieder hast du klug gesprochen», meinte Peder. «Aber mir fällt es schwer zu glauben, dass Ottar irgendwen als seinen Herrn anerkennt, und sei es König Gorm.»

Darauf vermochte auch Torste nicht wirklich etwas zu erwidern, und in der folgenden Stille beäugten sich die beiden argwöhnisch.

«Hat Silfraskalli möglicherweise etwas Bier, von dem wir kosten können?», fragte ich, weil mir nichts Besseres einfiel und weil ich seit unserer Ankunft in Norneborg nur Ottars dünne Brühe zu trinken bekommen hatte. Ottar war ein übler Geizkragen, und solche erkennt man an der Qualität ihres Biers sowie am Gold, das den Hals ihrer Bettgespielinnen ziert – in Ottars Fall ließ sich beides nicht als prächtig bezeichnen.

«Schaden würde es jedenfalls nicht», antwortete Peder.

Wir waren kaum beim dritten Schluck angelangt, da stürmte ein Mann herein und bat uns, ihm zu folgen. Ich hatte keine große Lust, die Halle schon wieder zu verlassen, vor allem aber nicht die Kanne mit dem exquisiten Bier. Doch der Mann bestand darauf, denn Silfraskalli war ungeduldig.

«Was will er von uns?», fragte Torste und stand auf, während ich rasch meinen Krug leerte und laut rülpste.

«Frag ihn selbst», entgegnete der Mann streng und gab Peder dem Grübler ein Zeichen. Darauf erhoben sich unsere fünf Bewacher und warteten darauf, dass ich das Gleiche tat.

Torste stöhnte genervt und sah mich auffordernd an. Also warf ich dem Bierkrug einen betrübten Blick zu, stand auf und ging Torste hinterher.

«Das verheißt nichts Gutes», flüsterte er mir im Freien zu.

«Wieso nicht?»

«Normalerweise dauern solche Verhandlungen mehrere Tage», erklärte er kopfschüttelnd.

«Vielleicht weiß Ottar, dass er es nicht durchhält, so lange freundlich zu sein, und sieht sich deshalb gezwungen, Silfraskallis Forderungen auf der Stelle nachzukommen?», mutmaßte ich, obwohl ich sehr gut wusste, dass Ottar vor niemandem kuschte – schon gar nicht vor Silfraskalli, der sich nicht gerade in Bestform befand. Er stank regelrecht nach Tod, weshalb Ottar ihn wohl als schwach einschätzte.

«Wenn's nur mal so wäre», seufzte Torste.

Im Zelt vor der Landzunge nach Norneborg drängten sich Ottars und Silfraskallis Männer. Die meisten waren Hirdmänner, wie vereinbart hatte jeder sechs Begleiter dabei, die jeweils hinter ihren Herrschern standen. Ottar und Silfraskalli saßen sich gegenüber, zwischen ihnen brannte ein Feuer. Zum Zeichen der Waffenruhe waren weiße Bänder um die Schwertschäfte gewickelt und an den Gürteln festgebunden.

Silfraskallis Stuhl hatte eine Rückenlehne, und davor lag ein Haufen mit Fellen, auf dem er seinen verletzten Fuß abgelegt hatte. Ottar saß auf einem dreibeinigen Schemel, dessen eines Bein jedoch kürzer als die anderen war, sodass er seine Füße unbequem weit nach vorn strecken musste, um nicht herunterzurutschen. Als wir eintraten, wandten sich die beiden uns zu.

«Was wollt ihr?», knurrte unser Onkel und warf Silfraskalli einen misstrauischen Blick zu. «Warum sind die hier?»

Mit einem heimtückischen Grinsen meinte Silfraskalli, wenn wichtige Fragen beredet würden, die König Gorm betrafen, dann sollten auch diejenigen anwesend sein, die zuletzt mit ihm gesprochen hatten.

Ottar war da anderer Meinung.

«Ottar Jarl», sagte Silfraskalli und klang erschöpft. «Euer Vater war mir viele Jahre ein guter Freund, und ich hoffe, dass auch Ihr es werden könnt ... mit der Zeit.»

Seine letzte Bemerkung klang so bemüht, dass Ottar gluckste. «Wenn Ihr die Zeit erübrigen könnt, Herr Silfraskalli», sagte Ottar mit einem Blick auf den Arm in der Schlinge, «werden wir ja sehen, ob tatsächlich eintritt, was Ihr Euch so innig wünscht.» Ein bösartiges Lächeln zeichnete sich auf seinen Lippen ab, als er Silfraskallis Fuß betrachtete.

«Darüber bestimmen die Nornen, Herr Ottar», entgegnete der Sølver und sah mich an, auf einmal gar nicht mehr erschöpft wirkend. «Ulv, wie steht König Gorm zu dieser Sache?»

Mir war vollkommen schleierhaft, auf welche Sache er abzielte, geschweige denn welche Meinung König Gorm vertreten konnte, aber es entzückte mich, dass er mich fragte und nicht Torste.

«König Gorm ist ein Mann aus Stahl», sagte ich und deutete auf Torste. «Genau wie Torstes Vater, Nils Jarl. Und keiner von Gorms eingeschworenen Gefolgsmännern wird ungerächt bleiben. Nicht einmal einer, dem jegliche Vernunft und jeglicher Respekt fehlt und der Bier so dünn wie Fuchspisse ausschenkt und ...» Ottar ließ ein bedrohliches Knurren hören. «Ein Gormsmann ist und bleibt ein Gormsmann», schloss ich, während Ottar mich wütend anfunkelte.

«Bist du selbst ein geschworener Gefolgsmann Gorms, Ulv?»

Ich nickte, auch wenn ich nicht wusste, ob ich durch Nils Jarl per Eid an Gorm gebunden war.

Silfraskalli stellte Torste die gleiche Frage.

«Ja», antwortete der mit sicherer Stimme. «Unsere ganze Sippe war das, auf der Seite unserer Mütter ebenso wie auf der meines Vaters. Wem Ulvs Vater Palna Jarl die Gefolgschaft geschworen hat, weiß ich nicht, denn Ottar Jarl ließ ihn noch vor Ulvs Geburt umbringen.» Über diese Wortwahl schien Ottar noch verärgerter zu sein, als er es ohnehin schon war. Trotzdem schwieg er, wohl wissend, dass Gorms Schutz ihm eine günstigere Verhandlungsposition bescherte, als wenn er den König Jütlands verleugnete.

«Lasst es mich aus Eurem eigenen Mund hören, Ottar Jarl. Habt Ihr König Gorm Gehorsam und Treue geschworen?»

Ottar murmelte eine Antwort, die keinen rechten Sinn ergab, ehe er die Bedingungen für den lang ersehnten Frieden in Fünen auflistete. «Ich will mich einigermaßen zufriedengeben mit dem Gewicht eines Ochsen aus Sjalvarstad in Silber, zweihundert Säcken Getreide sowie vierzig Ochsenkarren voller Bier und Fleisch. Für diese bescheidene Geste erhaltet Ihr, der Jarl der Sølver, mein Ehrenwort, dass sämtliche Streitigkeiten vergeben sind.»

Silfraskallis rot unterlaufene Augen drohten ihm aus den Höhlen zu fallen, während Ottar sich ein wenig aufrechter hinsetzte und aus einem Horn mit silberbeschlagenem Rand trank.

«Der Sommer steht kurz vor der Tür, also muss es schnell

gehen, ansonsten nutzt die Vereinbarung niemandem von uns etwas», fügte Ottar hinzu, als niemand etwas sagte.

Da begann Silfraskalli zu lachen. Nicht laut oder munter, sondern vielmehr verblüfft. «Und wenn Eure Bedingungen nicht akzeptiert werden, was unternehmt Ihr dann?»

Ottar erwiderte nichts, denn auf diese Frage gab es keine Antwort.

«Hört gut zu, Ottar. Ihr verlasst Norneborg und Fünen schon morgen. Nehmt mit, was auf einen Ochsenkarren passt, und vierzig Hirdmänner. Wohin Ihr zieht, ist mir ehrlich gesagt vollkommen egal, solange Ihr nie wieder einen Fuß auf Fünen setzt.»

Die beiden Männer starrten einander an. Dann trat Aslak nach vorn, er rieb sich seine ineinander verschränkten krummen Finger.

«Möglicherweise könnte ich die Bedingungen mit Eurem Verwalter besprechen, Herr König?», schlug er vor.

Offenbar gefielen Silfraskalli die Anrede und der Tonfall, denn er stimmte zu und stand auf. Trotzdem ließ er Ottar für keinen Moment aus den Augen.

«Ihr habt noch immer nicht auf meine Frage geantwortet», sagte er. «Habt Ihr König Gorm den Treueschwur geleistet?»

Ottar schüttelte den Kopf. «Welche Dummheiten meine Sippe begeht, ist nicht meine Angelegenheit, aber wovor Ihr Euch fürchten solltet, Herr Jarl, ist das, was ich bin und bewerkstelligen kann.»

Silfraskalli sah aus, als hätte er die Antwort erhalten, auf die er aus gewesen war. «Lassen wir unsere Verwalter verhandeln, und die Geiseln werden freigesetzt, bis wir sie wieder benötigen.» Damit verließ Silfraskalli das Zelt, Ottar tat es ihm gleich. Sobald beide in Sicherheit waren, durften wir zurück nach Norneborg.

Am Eingang wartete Ottar bereits auf uns, Ymer und Murhammer reichten uns unsere Waffen. «Was habt ihr gesehen?», fragte er und stampfte mit dem Fuß auf, als wir nicht sofort antworteten. «Das war der einzige Grund, mich überhaupt auf Verhandlungen einzulassen.»

«Toller Grund», murmelte ich und kapierte rein gar nichts.

«Habt ihr nur verhandelt, damit Ulv und ich sie ausspionieren können?», stutzte Torste.

Ottar nickte kurz. «Ich habe euch doch gebeten, den Mund zu halten und eure Augen zu gebrauchen, also sagt mir: Habt ihr Leitern, lange Latten oder Holzflöße gesehen?»

Torste schüttelte den Kopf, worauf Ottar leise erwiderte, das sei ein gutes Zeichen. Es bedeute, dass sie am Tor angreifen würden, meinte er.

«Sah sein Heer schlagkräftig aus?»

Ich bejahte und berichtete, dass allein das Langhaus, in dem wir gewartet hatten, viele Schlafplätze bereithielt.

«Wie viele?»

Das konnten wir nicht sagen.

Ottar stapfte mit wütenden Schritten davon und schimpfte lauthals, wie unnütz wir seien. Dabei rutschte er auf dem Schnee aus und brüllte nach seinem Stallmeister, Birger Bjarkesson. Er betrat die Halle und knallte die Tür hinter sich zu – in diese Halle setzten wir nie einen Fuß.

In unserem Langhaus teilten Torste und ich einen harten Kanten Brot in kleine Stücke, die wir in eine Schüssel mit Grütze tunkten. Von einem Sklaven ließen wir uns Bier einschenken, mit dem wir das Brot hinunterspülten. Schweigend aßen wir, bis Torste die Stille brach.

«*Haltet den Mund und gebraucht eure Augen*», äffte er Ottar nach. «Vielleicht sind wir wirklich so schwer von Begriff, wie Ottar behauptet?»

Auch ich hatte nicht verstanden, was Ottar von uns als Geiseln erwartet hatte. Dafür wusste ich aber, wie sein nächster Zug aussehen sollte.

«Wäre ich an Ottars Stelle», sagte ich, während ich das letzte Stück Brot hinunterschluckte, «würde ich Silfraskalli heute Nacht angreifen.»

Torste schaute mich abschätzig an. «Die Verhandlungen sind noch im Gange, und so lange wird niemand angreifen.»

«Ich würde es tun», sagte ich schulterzuckend.

Ymer nickte. «Das würde er. Denn das würde kein vernünftiger Mann tun.»

Torste erwiderte nichts und blieb gedankenversunken sitzen. Ich glaube, er versuchte, die langfristigen Konsequenzen abzuwägen, wohingegen ich allein nach meinen Instinkten handelte.

Wir hatten unser karges Mahl kaum beendet, da polterte Ottar mit Birger Bjarkesson ins Langhaus. Birger trug seinen goldenen Helm.

«Wir greifen Silfraskalli heute Nacht an, macht euch bereit», sagte Ottar kurz.

Mit einem breiten Grinsen sah ich zu Torste. Ottar und ich teilten mehr als nur das Blut in unseren Adern.

Ein kräftiger Wind wehte, und die Wolken verdeckten oft den Mond, was uns in die Karten spielte, wollten wir Silfraskalli überrumpeln. Nur das schwache Leuchten des Schnees ermöglichte es uns zu sehen, wohin wir unsere Füße setzten.

Wir waren etwas mehr als zwanzig Mann und saßen zusammengedrängt in einem der zwei kleinen Schiffe Ottars am Anleger. Warum wir nicht mehr Leute waren und warum wir nicht beide Schiffe nutzten, darüber verlor Ottar kein Wort. Zudem bestand der Großteil der Männer an Bord aus dem Fylking Seeländer, den Skjalm genötigt hatte, Ottar die Gefolgschaft zu schwören. Außer ihnen waren Birger Bjarkesson, Torste, Ymer, Muhammed und ich dabei.

Seine übrigen Hirdmänner postierte Ottar am Tor und an den Palisaden von Norneborg.

«Endlich bekommt Fenris ein wenig frische Luft», flüsterte ich Torste zu und tätschelte den Schwertschaft.

Er lehnte sich zu mir herüber und fragte mich deutlich schlechter gelaunt als ich, ob ich im Dunkeln besser sehe als er. Das konnte ich freilich nicht, mir schien es aber kein großes Hindernis zu sein.

«Silfraskallis Männer können das ja auch nicht», antwortete ich genervt.

«Nein. Aber denk an den Schlachtruf, bevor du Fenris in irgendjemandem versenkst: ‹Für Ottar!›»

Ich verstand nicht, warum er wiederholte, was Ottar uns längst erklärt hatte. Neben mir bewegte sich Ymer. «Das weiß ich, Torste, aber erklär es Ymer besser noch einmal, er ist ein bisschen langsam im Kopf.»

Ymer stöhnte auf, schwieg aber, als unser Schiff vom Ableger gestoßen wurde.

Das Eis erschwerte uns das Vorankommen, trotz der zwei Männer am Vordersteven, die es mit Speeren zerstießen. Die Schollen schrammten an den Seiten des Schiffs entlang, während wir uns langsam dem Ufer näherten. Ich war mir sicher, dass man uns schon von Weitem hörte, denn am Ufer ging ein leichter Wind.

Ottar hatte uns aufgetragen, überzusetzen und das Haus zu finden, in dem wir als Geiseln untergebracht gewesen waren. Dort sollten wir so viele von Silfraskallis Männern wie möglich töten, sämtliche Häuser in Brand stecken und dann den Rückzug auf demselben Weg antreten, den wir gekommen waren.

Torste ging als Erster an Land, gefolgt von Ymer, Muhammed und mir. Mein Vetter und ich waren die Einzigen, die wussten, welches Haus wir angreifen sollten, aber abgesehen davon kannte keiner von uns Odins Vi.

Wir sollten den Trupp bis zum Langhaus führen, dort würde Birger Bjarkesson das Kommando übernehmen. Birger war ein mürrischer Mann, der sich in meinen unerfahrenen Augen nicht darauf verstand, eine Mannschaft anzuführen. Trotzdem war es ein gutes, wenn auch kribbeliges Gefühl, Fenris aus der Scheide zu ziehen und im Dunkeln durch das Schneetreiben zu laufen. Schließlich ahnte niemand, dass wir angreifen würden – so etwas ziemte sich nicht, solange Verhandlungen geführt wurden.

Torste hielt inne, und ich stolperte gegen Ymers Rücken, kurz bevor mein Hintermann mich anrempelte. Eine Hand legte sich von hinten auf meine Schulter, und ich folgte diesem Beispiel. Auf diese Weise merkte ich, wie Ymer sich in Bewegung setzte, und trottete hinter ihm her durch die Nacht.

Als Torste das nächste Mal stehen blieb, war ich vorbereitet und rempelte niemanden an. Ich trat neben ihn, während sich die restlichen Männer im knirschenden Schnee verteilten.

«Das da muss es sein», flüsterte Torste und deutete auf ein Langhaus, das vom Schein eines lodernden Wachfeuers angeleuchtet wurde. Ein Mann saß bei den Flammen, ein anderer stand auf einen Speer gestützt daneben. Beide unterhielten sich leise.

Ich besah mir das Gebäude, das von der Größe her durchaus das gesuchte Haus sein konnte. «Das muss es sein. Warum sonst sollten Wachen davorsitzen?», antwortete ich.

Birger trat neben uns und sah ebenfalls zum Langhaus. «Ist es das?», fragte er verärgert und misstrauisch.

«Ja», sagte ich knapp.

«Es sieht mir eher nach dem Langhaus von Halfdan Wollhändler aus, und das ist nicht groß genug, um einer nennenswerten Mannschaft Unterschlupf zu bieten.»

Davon hatte ich keine Ahnung. Torste gab Birger recht und meinte, wir könnten trotzdem nachsehen. Allerdings habe es sicher einen Grund, dass sie einen Wachposten aufgestellt hatten.

«Da kommt jemand», zischte Birger.

Aus der Dunkelheit tauchte ein Mann auf, den der Wächter am Feuer ehrerbietig grüßte, nachdem er sich erhoben hatte. Der Hinzugekommene machte im spärlichen Lichtschein des Lagerfeuers einen mageren Eindruck, doch auf seinem Kopf saß ein glänzender Helm, und sein Umhang schien aus wertvollem Stoff gewebt zu sein. Der dünne Bart in seinem länglichen Gesicht war zu einem Zopf geflochten. Kurz darauf verließ der Mann das Feuer und verschwand wieder in den Schatten.

Birger stand noch eine Weile unbeweglich da und lauschte. Ich selbst hörte nichts außer dem Wind in den Bäumen und dem leichten Knirschen des Schnees unter meinen Füßen.

«Worauf warten wir?», fragte ich.

«Das braucht dich nicht zu kümmern», antwortete Birger langsam und flüsterte den Männern hinter sich etwas zu. Es hörte sich an, als würden sie einen Tanz aufführen, so laut knarrte der Schnee, aber als Birger losging, folgten ihm zwei Männer in weißen Umhängen. Zuerst deutete Birger nach rechts, dann nach links, worauf die beiden Männer sich in unterschiedliche Richtungen auf den Weg machten. Sie waren so lange fort, dass ich schon glaubte, sie seien verschwunden.

Jetzt könnten wir Harek gut gebrauchen, kam es mir in den Sinn, als ich einen leisen Ausruf wahrnahm und die beiden Wachmänner vor dem Haus fast gleichzeitig zu Boden sackten. Erst im Nachhinein kapierte ich, dass die beiden weiß gekleideten Männer sie getötet hatten.

Nun schritt die Hälfte unserer Einheit langsam auf das Haus zu, mit dem Ziel, so viele Feinde wie möglich umzubringen, bevor der Lärm Silfraskallis Männer aufschreckte. Die andere Hälfte unseres Trupps wartete zwischen den Bäumen, um sicherzustellen, dass wir es auch zurückschafften.

Birger betrat das Haus als Erster, gefolgt von Torste, Muhammed, Ymer und mir sowie zehn weiteren Männern, die in beiden Händen Waffen trugen. Und dann begann das Abschlachten. Wir stachen und hieben auf die Schlafenden ein, ihnen blieb nicht die geringste Chance. Die meisten brachten nicht mal mehr ein röchelndes Grunzen hervor, das unser Treiben hätte verraten können. Wie ein roter Nebel zerstäubte das Blut im schwachen Schein des Langfeuers, und mit jedem Mann, dem wir das Leben nahmen, stieg der Geräuschpegel ein wenig an.

Irgendwann fand ich mich schwer keuchend und in einem wilden Blutrausch an der hinteren Wand wieder. Einer unserer Männer steckte kurz den Kopf in das Langhaus, rief eine Warnung und verschwand wieder. Darauf eilten wir zum Ausgang, wo wir einander anrempelten, um als Erster durch die enge Öffnung zu schlüpfen, als Birger uns durch die Tür zurief, dass Silfraskallis Männer auf dem Weg seien und wir uns beeilen sollten.

Von den umstehenden Gebäuden wurden Fackeln und Holzscheite von den Feuern auf das Dach und in das Haus geworfen, während die letzten unserer Männer nach draußen drängten.

«Schildwall!», kommandierte Birger und bewies damit die Trägheit seiner Gedanken. Wir hatten keine Schilde dabei. Verwirrt blickte Birger sich um und begriff allmählich, was ihm schon von Anfang an hätte klar sein müssen. Wenn Silfraskallis Leute Zeit hatten, sich zu sammeln, waren wir chancenlos.

«Für Ottar!», brüllte er und stürmte mit erhobenem Schwert voran auf eine Mauer aus Finsternis zu. Mehrere stimmten in seinen Schlachtruf ein und rannten ebenfalls los, stießen aber mit Birger zusammen, als der den Rand des Lichtscheins erreichte und abrupt stehen blieb.

Torste sah mich mit einem schiefen Grinsen an. «Hoffen wir mal, dass Birger sich beim Kämpfen besser anstellt.»

Ich pflichtete ihm bei und bekam Lust, Ottars Stallmeister eine Backpfeife zu verpassen. Inzwischen lag er auf allen vieren und hatte zwei Männer über sich.

Glücklicherweise stellte Birger sich aber als tüchtiger Schwertkämpfer heraus und mähte die ersten beiden Angreifer nieder. Auch die nächsten Gegner schlug er zu Boden, sodass ich für einen Augenblick schon fürchtete, Fenris könne gar nicht beweisen, zu was es in einem Kampf gegen nicht schlafende Gegner in der Lage war.

Ein Hornstoß und ein lauter Ruf erklangen, und nun rannten Silfraskallis Männer nicht mehr blindlings aus den Schatten, sondern griffen in organisierten Kampfreihen an.

Ottars Schlachtruf hallte neben mir und weiter entfernt wider; es schien, als riefe jeder seinen Namen. Mein erster Gegner hielt in jeder Hand eine Axt, knurrte wie ein Hund und schwang die Äxte abwechselnd in Richtung meines Kopfs und meiner Schulter. Ich sprang zur Seite, ließ Fenris auf seine linke Hand niederfahren und kappte sie am Handgelenk. Dann drehte ich blitzschnell die Klinge und schlug ihm auch die Rechte an der Wurzel ab. Dabei brüllte ich Thors Namen und schickte einen dankbaren Gedanken an Byrnjolf den Schweigsamen, der mir Fenris vermacht hatte.

Mein nächster Widersacher war ebenfalls ein Axtkämpfer, der mich mit Scheinangriffen aus der Deckung zu locken versuchte. Beim dritten angetäuschten Axtschwung bekam er seinen Willen. Fenris machte jedoch nicht auf halber Strecke halt, sondern bohrte sich tief in seinen Hals. Danach musste ich wie wild um mich schlagen, um Silfraskallis Schergen auf Abstand zu halten.

«Ulv, Torste, zusammenrücken», hörte ich Ymer irgendwo links von mir rufen, und mit einiger Mühe kämpfte ich mich in Richtung seiner Stimme vor. Als hätten die Nornen einen Entschluss gefasst, schlug ich mich tatsächlich bis zu Ymer und Torste durch und spürte, dass der Druck ein wenig nachließ, sobald wir versammelt waren.

«Für Ottar!», brüllten wir und gingen mit einer Präzision auf drei Gegner los, die Einar stolz gemacht hätte. Ich zog mein Schwert aus dem Bauch eines Feindes, trat ihn nach hinten und stand plötzlich über einem hageren Kerl mit goldenem Helm. Für einen kurzen Moment begegneten sich unsere Blicke, und im flackernden Schein der Flammen kam er mir eigenartig bekannt vor.

«Für Ottar?», rief ich, denn ich wollte nur ungern durch ein Versehen einen der Unsren niederschlagen.

«Ja», sagte er, drehte sich um und verschwand verblüffend schnell im Dunkel zwischen den Bäumen.

Ymer rief meinen Namen. Als ich mich umwandte, wäre ich fast mit Birger zusammengestoßen, der vornübergebeugt dastand und ein wenig verdattert wirkte.

«Birger?», stutzte ich und sah, dass er sich aufrichtete.

«Zur Norneborg», sagte er und wiederholte es noch einmal etwas lauter.

Wir rannten, so schnell es im Dunkeln möglich war, durchquerten Gestrüpp und Schneewehen und sprangen als Letzte an Bord des Schiffs.

«Ablegen!», erscholl Birgers Befehl, doch seine Stimme war schwach. Erst da ging mir auf, dass er verwundet war.

«Ablegen, haltet direkt auf den Steg zu», rief ich.

Birger sank auf dem Schiffsboden zusammen, wo jetzt deutlich mehr Platz herrschte als bei unserer Abfahrt aus Norneborg.

«Schneller», bellte ich, als vom Ufer her zorniges Gebrüll zu hören war. «Stakt, oder ich zieh euch die Haut vom Rücken», drohte ich, als wäre ich Torgrim Peitschenhalter, während die ersten Wurfgeschosse auf uns niedergingen. Kurz darauf erreichten uns jedoch nur noch Beleidigungen und wütende Schreie.

Ottar empfing uns am Hintertor beim Anleger, und im Licht der Fackeln funkelten seine Augen erwartungsvoll.

«Erzählt», forderte er rasch.

Ich begann zu schildern, was meiner Meinung nach ein großer Triumph gewesen war. Doch bevor ich zu den getöteten Männern im Haus kam, unterbrach Birger mich, und was er sagte, verwirrte mich noch mehr.

«Du hast dein Bestes gegeben, Herr Ulv», sagte er kurzatmig und presste sich beide Hände auf den Bauch. «Aber ...» Er hustete und holte Luft, während Ottar Jarl schon ungeduldig den Fuß hob. «Ottar ist nicht mehr auf Gotland», stöhnte Birger schnell, und Ottar Jarl setzte seinen Fuß augenblicklich wieder ab.

«Ottar?», entfuhr es Ottar Jarl. «Wo ist er dann?»

Birger atmete tief ein und lächelte entschuldigend. «Hier ... bei Silfraskalli.» Traurig schüttelte er den Kopf, schloss die Augen und nuschelte etwas, das sich für mich anhörte wie: «Sklaven, nur Sklaven.» Dann kippte er vornüber und starb mit einem lang gezogenen Seufzer.

Ottar schenkte Birgers Leiche nur einen kurzen Blick, dann stapfte er hastig davon.

«Wer bitte ist dieser *andere* Ottar, von dem Birger gesprochen hat?», fragte ich und schob hinterher, dass es auf Fünen zu viele Männer mit Namen Ottar gab.

«Das muss Ottars Sohn sein», schloss Torste. «Der wurde doch nach Gotland geschickt.»

«Sein Sohn? Ottar der Jüngere?», sagte ich verwirrt. Warum erlaubte die dänische Namenstradition so viele Wiederholungen?

Torste nickte. «Unser Vetter, über den Ottar, laut Aslak, nie ein Wort verliert.»

«Ottar der eine und Ottar der andere», stöhnte ich. «Warum müssen die auch alle gleich heißen?»

«Weil der erstgeborene Sohn zu Ehren seines Großvaters

väterlicherseits dessen Namen trägt», erklärte mir Torste. «Der zweite Sohn wird nach dem Vater der Mutter benannt.»

«Aber was ist, wenn der und beide Großväter den gleichen Namen tragen?», warf ich ein.

«Dann haben sie eben alle den gleichen Namen, nur mit dem Zusatz der Ältere, der Jüngere oder der Junge.»

«Bescheuert!», fand ich.

Torste zuckte mit den Schultern, während Njörd sich glucksend über unseren missglückten Angriff lustig machte und die Fackeln am Tor mit einem Windstoß ausblies. Einen Moment später versuchten wir, in der Finsternis zum anderen Ufer hinüberzublicken, von wo immer noch Flüche und Beleidigungen herüberhallten. Dann schlossen wir das Tor, überprüften die Riegel und gingen zu unserem Langhaus.

Ich stieg ins Bett und fiel sofort in den Schlaf. In meinen Träumen erschien ein längliches Gesicht mit rotblondem Bart und einem hinterhältigen Ausdruck in den Augen. Noch ein Familienmitglied, um das ich mich nicht scherte.

Am nächsten Morgen wurde ich von Silfraskallis tobender Stimme geweckt. Er zeterte, der Herr von Norneborg solle sich von seinen verwarzten Kebsweibern losreißen und sich für seine ehrlose Tat verantworten. Seine Stimme wurde immer lauter und durchdringender, bis sie bebte und dann verhallte.

Ich schnallte mir das Schwert an den Gürtel, griff nach Schild und Bogen und machte mich auf den Weg zu den Palisaden, wo sich die meisten anderen längst aufgestellt hatten. Unter ihnen auch Ymer und Torste.

«Ottar», schrie Silfraskalli mit einer Kraft, die man bei einem Mann, über dem der Todesschatten hing, nicht für möglich gehalten hätte. Ich kletterte auf den Wehrgang und schaute über die Palisaden.

Mitten auf der Landzunge standen im fahlen Licht des Wintermorgens fünf Männer, und einer von ihnen hielt einem anderen ein Schwert unter das Kinn. Neben ihnen stand Silfraskalli in seinem Silberumhang, und selbst aus der Entfernung erkannte man, dass er sich in einem ähnlich schlechten Zustand wie sein Besitzer befand. Hinter ihm warteten zwei Schildmänner, bereit, ihren Herrn zu beschützen.

Ottar trat aus seiner Halle und kam langsam auf die Palisaden zu. Sein Mund war ein einziger dünner Strich, der fast im Bart verschwand, sein Blick eiskalt. Er stieg auf den Palisadengang und räusperte sich.

«Weshalb plärrt Ihr so schrill herum, Herr Silfraskalli? Habt Ihr die Ochsenkarren mit Silber und die Versöhnungszahlungen, die ich von Euch verlangt habe?»

Silfraskalli lachte bitter auf und winkte den Mann mit dem Schwert am Hals zu sich. «Wieso leitet Ihr Friedensverhandlungen ein und greift gleichzeitig mein Sklavenhaus an, setzt die Vorratslager in Brand und haut dann ab wie eine Laus im Fuchspelz?»

«Weil ich nur von Idioten umgeben bin», erwiderte Ottar.

Mir stieg die Röte ins Gesicht – wir hatten das falsche Haus angegriffen.

Ottar war außer sich. Nicht bösartig oder hitzig wie sonst, sondern erfüllt von einem bitteren Zorn, der von einem so abgrundtiefen Verrat herrührte, dass er ihn nicht einmal mit Flüchen in Worte zu fassen vermochte. All das weiß ich, weil ich in unserer Familie Ottar am stärksten ähnele.

«Habt Ihr heute Nacht jemanden gesucht, Herr Ottar?», fragte Silfraskalli.

«Wer sollte das sein?»

Der Sølver warf einen raschen Blick auf den Mann mit dem Schwert unter dem Kinn. «Vielleicht vermag Euer Sohn ja, Eurer Schroffheit ein wenig Einhalt zu gebieten?»

«Ich habe keinen Sohn, nur Töchter, und ich glaube nicht, dass Ihr sie in Eurer Gewalt habt.»

Silfraskalli drehte sich zu dem Mann, der nach seinem Vater, dessen Vater und allen Oberhäuptern unserer Sippe vor ihnen benannt war.

«Ulv», raunte Ottar mir zu, «wenn du willst, verpass ihnen ruhig allen einen Pfeil.» Damit kletterte er von der Palisade und brüllte jeden an, der nicht exakt an dem Ort stand, wo er seiner Meinung nach zu stehen hatte.

Ich richtete meinen Blick wieder auf Silfraskalli, der von der Landzunge hinkte, gefolgt von den beiden Schildmännern, die rückwärtsliefen und die Schilde nach oben hielten. Sie hatten ihre Lektion gelernt.

Nun nahm ein Spiel seinen Anfang, dass ein wenig an Ymers Hnefatafl erinnerte, bei dem die Spieler versuchen mussten, die gegnerischen Spielsteine zu umzingeln und zu erobern.

Auf dem dicken Eis am Ufer standen mehr Männer, als man zählen konnte. In mehreren Reihen waren Leitern übers Eis gelegt worden, und beständig kamen neue hinzu. Sie versuchten, eine Leiterbrücke übers Eis zu bauen. Mit genügend Leitern konnten sie das Wasser überqueren und bis zu den Palisaden vordringen, das lag auf der Hand. Trotzdem schien niemand besonders erpicht darauf, sich aufs Eis zu wagen und das Risiko einzugehen, wie ein Stein auf den Grund zu sinken, falls die glatte weiße Oberfläche barst.

Ungefähr auf halber Strecke blieben die vordersten Männer stehen und gestikulierten wild in Richtung ihrer Kameraden am Ufer, die langsam auf die Leitern traten.

«Und ihr Trottel wollt keine Leitern gesehen haben?», fuhr Ottar mich an.

Ich schüttelte den Kopf und wollte gerade sagen, dass das nicht bedeutete, es hätte keine gegeben, aber Ottar erteilte weiter Befehle.

«Ist der Onager bereit?», rief er an mir vorbei.

Ich drehte mich um und sah das Holzgebilde, das mich schon bei meiner Ankunft in Norneborg hatte stutzen lassen. Wer das Ding schon einmal in Aktion erlebt hatte, sagte, es funktioniere wie eine gigantische Steinschleuder, trete aber nach hinten aus wie ein hitzköpfiger Esel. So ganz begriff ich nicht, was das zu bedeuten hatte, weshalb ich schon auf eine Demonstration gespannt war.

Der Pfahl in der Mitte des Onagers wurde fast bis zum Boden gespannt. Am Ende des Wurfarms erkannte ich eine lederne Schale, in der ein Stein von der Größe des Kopfes eines erwachsenen Mannes lag. Eine dünne Rauchsäule stieg von dem Stein auf, und durch die Hitze flimmerte die Luft.

«In Deckung!», sagte Ottar und schlug mit einem riesigen Holzhammer gegen eine Eisenstange. Ein unbehagliches Knirschen mischte sich mit einem schnarrenden Laut, der in ein Quietschen überging. Der Stein löste sich aus der Lederschale, bevor der Pfahl gegen den Prellbock hämmerte und der Holzrahmen, der den Pfahl hielt, einen Satz nach hinten machte – es sah *wirklich* aus wie ein heißblütiger Esel, der nach hinten austrat.

Im selben Moment, in dem der Stein auf das Eis traf, drehte ich mich wieder um. Direkt vor der vordersten Reihe an Männern bildete das Eis einen bedrohlichen Stern aus langen Rissen. Aus dem Loch, das der Stein hinterließ, dampfte es Unheil verkündend, und die Männer, die dem Loch am nächsten waren, blieben wie versteinert stehen. Ein durchdringendes Knacken wandelte sich in ein Schnarren, das Eis riss auf, und mehrere Männer in Kettenhemden verschwanden in der Tiefe, während andere sich panisch an Eisschollen und Leitern festklammerten. Sie schrien um Hilfe, aber niemand kam, und einer nach dem anderen glitten sie unter die Wasseroberfläche.

«Ziehen!» Wieder schaute ich zu Ottars Maschine, bei der zwei Männer gerade den Wurfarm des Onagers mithilfe eines hölzernen Rads mit Handgriff nach unten drückten. Die ineinander verdrehten Seile, zwischen die der Wurfarm geklemmt war, knarrten und knackten, bis der Holzpfahl mit der Eisenstange in fast waagerechter Position fixiert war. Ottar legte einen weiteren qualmenden Stein in die lederne Schale.

«In Deckung!» Erneut schwang Ottar den Holzhammer, der Stein schlug im Eis ein und brachte mehreren Männern den eisigen Tod. An die zwanzig Mann waren nun schon in der kalten Tiefe versunken, und danach traute sich keiner mehr, das Eis zu überqueren.

Der nächste Stein wurde in die Lederschale des Onagers gelegt. Ottar fasste ein neues Ziel ins Auge, indem er den gesamten Holzrahmen ein Stück zur Seite drehte, schlug den Hammer gegen die Eisenstange, und der Stein wurde davonkatapultiert. Immer wieder spannte er den Wurfarm und wiederholte die Prozedur so oft, bis die dicke Eisfläche an der schmalsten Stelle des Flusses von Löchern übersät war.

Ich fing Aslaks Blick ein, der die Hände rang und Ottar nervös ansah.

«Aslak, wo hat Herr Ottar dieses Biest denn in die Hände bekommen?», fragte ich und musste ihn am Ärmel ziehen, ehe er reagierte.

«Wie bitte, Herr Ulv?», stammelte er.

Ich wiederholte meine Frage.

«Aus Rom.»

Meine ungeduldige Miene muss Aslak an seinen Herrn erinnert haben, denn nun kam seine Zunge in Bewegung.

«Herr Ottar hat viel von seinem Lehrmeister Tiberius Julius aus Rom gelernt», erläuterte Aslak und schaute zu Ottar, der gerade über einen Fehlschuss fluchte. Der Stein flog zu weit und schlug laut krachend irgendwo an Land ein, eine dicke Rauchsäule stieg in die Luft und wütende Rufe erklangen.

«Hoppla, Silfraskalli», kommentierte Ottar den Schuss verzückt.

Wieder zupfte ich an Aslaks Ärmel. «Was kann ein Onager sonst noch ausrichten, außer Eis zerbrechen und Männer ertrinken lassen?»

«Tiberius Julius erzählte, sein Volk besitze viele solcher Waffen, die meisten von ihnen um ein Vielfaches größer. Ursprünglich wurden diese Geräte hergestellt, um feindliche Steinpalisaden zu zertrümmern. Die Holzpalisaden der Dänen sind schnell niedergebrannt, oder man hungert die Einwohner aus, falls sie sich nicht unmittelbar ergeben. Alternativ kann man ein Friedensabkommen aushandeln und die Bedingungen dafür ...»

Ottar brüllte nach Aslak, der sofort zu seinem Herrn rannte. Aslaks Worte stimmten mit dem überein, was Einar mir beigebracht hatte, ebenso wie Ottars nächster Zug. Er folgte demselben Muster, das die Dänen schon seit ewigen Zeiten verwendeten.

«Bögen und Speere zum Tor», kommandierte Ottar. Ich spannte meinen Bogen und erreichte den Wehrgang als Erster, den Pfeil im Anschlag.

Silfraskallis Männer rollten Feuertonnen zum Tor, abgeschirmt von viereckigen Schilden aus Weidenruten, die mit nassem Stroh und Fellen bedeckt waren. Die Schilde ruhten auf einer Art Karre, die sich langsam voranbewegte.

Besonders beeindruckt war ich nicht von den Bemühungen unserer Gegner. Norneborg war schließlich von Wasser umgeben, weshalb ich es unsinnig fand, mithilfe von Feuer dort einzudringen.

Ottar erkannte die Logik dahinter sehr wohl. Er sprang vom Palisadengang, hielt einen Bottich mit Wasser kopfüber und fluchte laut. Ein unbehaglicher Gedanke traf mich – mit gefrorenem Wasser konnte man brennende Palisaden kaum löschen.

«Warmes Wasser und mehr Bögen zum Tor», forderte Ottar. «Bei Odins Arschloch, bewegt euch.»

Weitere Bogenschützen stellten sich auf, und andere Männer holten Wasser heran. Ich hielt Ausschau nach Zielen für meine Pfeile, doch außer den großen Weidenrutenschilden sah ich nichts. Da sank die Karre mit den Schilden auf der von uns am weitesten entfernten Seite plötzlich ein Stück ein, als hätte sie ein Rad verloren.

Jetzt rief Ottar nach Zimmermännern mit dem Befehl, neue Palisadenpfähle zusammenzutragen, um sie vor das Loch zu rollen, die das von Silfraskallis Männern niedergebrannte Tor hinterlassen würde. Es ist harte Arbeit, neue Pfähle miteinander zu verbinden und mit Seilen festzuzurren, sodass Ottar selbst Hand anlegte. Trotzdem waren die Ersatzpalisaden schneller fertig, als ich es für möglich gehalten hätte.

Die Zimmerer spannten Seile um die Palisaden und gaben Anweisungen, so an den Seilen zu ziehen, dass die Palisaden sich langsam aufrichteten. Ottar war erst zufrieden, als die miteinander verbundenen Pfähle den Bereich hinter dem Tor einrahmten wie einen neuen, kleinen Burghof.

«Verankert die Palisaden», befahl Ottar den Zimmerern, ehe er nach geschmolzenem Eis verlangte. Er musste seinen Befehl wiederholen, bis endlich Männer mit großen dampfenden Kesseln herangelaufen kamen, mit denen sie die Erde rund um die neue Palisade auftauten.

Dann entfernten die Zimmerleute die Zugseile an den Palisaden, während andere dicke Eisenstangen in den Boden hämmerten, mit denen sie die Pfähle verankerten. Sie wurden gerade rechtzeitig fertig, denn Silfraskallis Männer hatten ihre Karre repariert und standen nun fast schon am Tor.

Wir feuerten Pfeile, Steine, Speere und Wurfäxte auf sie ab, aber die meisten Geschosse wurden von den großen feuchten Schilden abgehalten. Lediglich meine langen Pfeile besaßen genügend Durchschlagskraft, um ihr Vorankommen ein wenig zu verzögern. Ich schoss einen weiteren Pfeil ab und sah, dass sie nun ganz anhielten.

Zuerst glaubte ich, mein Schuss sei der Grund dafür, aber dann rollten sie eine Tonne unter dem Weidengeflecht hervor und stießen sie mit langen, dünnen Stangen bis zum Tor. Aus der Tonne troff eine Flüssigkeit, wahrscheinlich eine zähe Mischung aus Holzteer und flüssigem Seehundfett. Auf dieselbe Art beförderten sie eine zweite Tonne neben die erste.

«Wasser», dröhnte Ottar, und mehrere Eimer wurden auf den Palisadengang neben dem Tor gehievt.

Jetzt ging alles schnell, drei weitere Feuertonnen lagen inzwischen vor dem Tor, und eine Fackel wurde in die dicke

Spur aus Holzteer geworfen. Zuckend tanzten die Flammen auf die Tonnen zu, aber das Wasser von den Palisaden löschte sie. Dann aber zischten Brandpfeile durch die Luft und schlugen im Tor und in den Tonnen ein. Innerhalb eines Augenblicks flammte das Feuer wieder auf.

«Mehr Wasser», schallte Ottars Stimme. Die Hälfte unserer Männer hatte nun mehr als genug damit zu tun, die Feuer zu löschen, aber das Gemisch aus Teer und Tran trotzte dem teils noch gefrorenen Wasser und brannte munter weiter. Allmählich bissen sich die Flammen in den mächtigen Eichenbalken des Tors fest, und der aufsteigende Rauch war so dicht, dass es mir schwerfiel, die Augen offen zu halten. Silfraskallis Krieger beobachteten unseren Kampf gegen die Flammen vom Ufer aus und johlten vor Lachen, aber sie gingen in Deckung, als ich einen Pfeil in ihre Richtung feuerte und einen Mann in die Brust traf.

Die Freude darüber währte nur kurz, denn die Flammen hatten das Tor nun in ihrer Gewalt, sie waren unmöglich zu löschen. Wir gingen dazu über, das Wasser an den Palisaden rechts und links des Tors hinabzukippen, damit das Feuer nicht auf sie übergriff.

«Ulv, Torste, zu den Waffen», kommandierte Ottar. An seiner Seite stand Tue Bjarkesson, Birger Bjarkessons kleiner Bruder, der nach dessen Tod Ottars neuer Stallmeister war. Auf seinem Kopf saß Birgers goldener Helm.

Ich rief Ymer und Muhammed zu mir, ehe ich dem Kriegsherrn von Norneborg folgte, den ich im Übrigen sehr viel besser leiden konnte als den Jarl, der er in Friedenszeiten war. Seine Männer gehorchten jedem seiner Befehle, ohne zu zögern.

Immer mehr Krieger kamen mit Schilden und Waffen in den Händen herbeigelaufen, und hätte ich es nicht besser gewusst, hätte ich geglaubt, wir seien dabei, einen Schildwall zu errichten.

«Tue, du verteidigst das hintere Tor beim Anleger mit deinem Leben. Torste und Ulv, ihr geht mit Tue.» Dann eilte er zurück zum qualmenden Haupttor.

Ich sah Torste an. «Ottar weiß irgendwas, das wir nicht wissen», sagte er kurz und trat mit dem Rest unserer Mannschaft durch das kleine Tor.

«Er weiß ganz bestimmt viel, das ihr nicht wisst», warf Ymer ein.

«Ich würde es sehr schätzen, wenn er uns einweiht», maulte ich und folgte Torste durch das Hintertor.

Wie zwei zusammengekniffene Arschbacken lagen Ottars Schiffe im letzten eisfreien Wasserloch, so weit vom Anleger entfernt, wie die Taue es zuließen. Dort, wo das Eis dünner war, lagen dunkle Schatten unter der weißen Fläche. Niemand wagte sich auf das verräterische Eis zwischen dem Ufer und dem kleinen Steg auf der Rückseite von Norneborg. Zumindest dachte ich das, weshalb ich das Offensichtliche nicht bemerkte, das Ottar Jarl schon längst hatte kommen sehen.

«Schildwall», rief Tue Bjarkesson. Erst glaubte ich, Tue plagten Wahnvorstellungen oder er habe zu viel von Ottars dünnem Bier gesoffen. Doch beides war nicht der Fall. Über das Eis rückte eine Gruppe Kämpfer vor, an ihren Füßen trugen sie lange, dünne Holzbretter. Wären meine Augen vom Rauch nicht so gereizt gewesen, hätte ich erkannt, dass Ottar der Jüngere den Trupp anführte. In großen Bögen gingen sie in einer Reihe hintereinander her und näherten sich so langsam dem Schiffsanleger.

«Ulv, hast du deinen Bogen?», fragte Tue und blickte mich an.

Das hatte ich nicht, er lag noch am Tor, wo ich ihn zuletzt benutzt hatte. «Ich dachte ...»

«Hat irgendjemand einen Bogen bei sich?», rief Tue. «Dann dürft ihr ihn gern auch einsetzen.»

Niemand hatte einen Bogen dabei. Tue fluchte laut, denn auch Wurfgeschosse waren Mangelware.

«Ich kann ihn holen», schlug ich vor, doch Tue schüttelte den Kopf.

«Schildwall vor dem Anleger. Zwei Reihen – Langschwerter und Äxte in die hintere.»

«Zwei Reihen?», murmelte Ymer, als wir das Eis vor dem Anleger betraten. «Nicht gerade viel.»

Hastig blickte ich auf die Männer hinter mir und dann wieder über die Eisfläche. Unsere Position war klug gewählt, denn falls die Männer von Ottar dem Jüngeren uns von hinten angreifen wollten, mussten sie die dunkelsten Stellen im Eis überqueren. Und das wagte keiner von ihnen.

Unsere Schildkanten überlappten sich mit lauten Schlägen, und wenig später stand der Schildwall bereit. Ich befand mich neben Ymer, und Torste neben Murhammer – bessere Plätze gab es nicht für uns.

Tue stellte sich vor den Schildwall und beobachtete eine magere Gestalt, die mit dem Schwert in der Hand auf uns zukam. Es war ein breites Schwert, das viel zu groß für seinen Besitzer wirkte, bis der es plötzlich mit überraschender Leichtigkeit schwang.

«Ottar Jarls Sohn, wie immer auf der falschen Seite eines Kampfs», grüßte Tue ihn. «Du wärst besser auf Gotland geblieben.»

Ottar der Jüngere blieb ungefähr zwanzig Schritte vor Tue stehen und machte den Eindruck, als fühle er sich auf dem Eis besonders wohl. «Tue Bjarkesson, du kennst mich gut genug, um mich Ott zu nennen. Ottar heißt mein geistesgestörter Vater, der eigentlich einen Kopf kürzer sein sollte ... Wie ich sehe, trägst du den Helm deines Bruders?» Ottar der Jüngere, oder Ott, wie er genannt werden wollte, lachte kurz und provokativ.

In mir zuckte es schon, aber Ymers Arm war lang genug, um mich zurückzuhalten.

«Ist Birger Hohlschädel in Walhall, oder versteckt er sich bei seiner Dirne?»

Tue war so zornig, dass seine Schwertklinge zitterte, als er sie in Otts Richtung hielt, aber er sagte kein Wort.

«Komm her, Tue, du Wicht, dann kämpfen wir beide diesen Zwist im Einvig aus. Nur du und ich, Tue, keine Regeln, ein Kampf bis zum Tod.» Ott schaute kurz hinter sich, wo seine Männer das Eis sicher überquert hatten. «Du und ich, Tue. Wie in alten Zeiten, als wir Räuber spielten.»

«Du bist ein Räuber geblieben», zischte Tue und wollte noch etwas hinterherschieben, als ein Getöse vom Haupttor erahnen ließ, dass Silfraskallis Männer ihren Angriff auf Norneborg gestartet hatten. Auch Ott hatte das Geschrei vernommen, denn er hob den Arm und rückte den Schild zurecht. Sicher wollte er nicht riskieren, dass Silfraskalli Norneborg zuerst erreichte.

Schneller, als ich es je zuvor gesehen hatte, bildeten Otts Männer einen Schildwall. Die Krieger waren von Kopf bis Fuß schwarz gekleidet, und außer Ott hatte niemand auch nur einen Ton von sich gegeben. Wir fingen an, sie zu beleidigen, und nannten sie unter anderem hässliche Weiber in schwarzen Lumpenkleidern. Das sollte auch uns selbst in Fahrt bringen, denn um ehrlich zu sein, schissen wir uns beinahe in die Hosen.

Doch Otts Krieger schwiegen weiter. Stattdessen schlugen sie ihre Waffen gegen die Schilde, was einen ohrenbetäubenden Krach machte, und kamen langsam auf uns zu. Unsere Beschimpfungen wurden übertönt, also gingen auch wir dazu über, Lärm mit den Waffen zu machen. In diesem Augenblick begriff ich mit einem Knoten im Bauch, dass ich in meinem ersten echten Schildwall stand. Schlachten wie die, die mir bevorstand, wurden von Skalden in ihren berühmten Liedern besungen, und es verlangte mir eine ganze Menge ab, mir nicht in die Hosen zu machen und sicher auf dem Eis stehen zu bleiben.

«Pass auf die Beine auf, Ulv.»

Ich holte tief Luft und wappnete mich. «Du auch, Ymer.»

Sie griffen schweigend an, und statt der erwarteten Keilformation bildeten sie zwei gleiche Reihen. Ihre Schilde krachten gegen unsere, und der Kampf begann. Unser Schildwall bewegte sich wie ein einziges riesiges Wesen, und als ich spürte, dass wir ins Wanken gerieten, erfasste mich eine unbändige Lust, aus dem Wall auszubrechen und allein zu kämpfen. Ein letztes Mal zog sich mein Magen krampfend zusammen, ehe sich die eiskalte Ruhe in mir ausbreitete, die nur diejenigen kennen, die in einer Schlacht wirklich Freude empfinden. Der Kampfrausch brachte mein Blut zum Brodeln, und Fenris bebte vor Eifer.

Eine Speerspitze ritzte meinen Fußknöchel und stach weiter zwischen meinen Beinen hindurch. Ich trat auf den Schaft und ließ Fenris unter meinem Schild hervorfahren, während mein Hintermann seine Langaxt schwang. Dabei bekam mein Helm einen Schwerthieb ab, und ich schlug die feindliche Klinge mit Fenris zur Seite, stach über meinen Schild und duckte mich gerade noch rechtzeitig, um einer Axt auszuweichen.

Wieder stach ich mit Fenris über die Schildkante zu, und entgegen allem, das Einar mich gelehrt hatte, so schnell ich konnte, ein zweites Mal, ohne das Schwert hinter den Schild zu bringen. Fenris bohrte sich tief in das Gesicht meines Widersachers, dessen Platz augenblicklich von einem neuen Ottsmann eingenommen wurde. Er stieg auf seinen toten Kameraden und schlug nach mir. Ich ging hinter dem Schild in Deckung, gefolgt von seiner schnellen Axt, und starrte plötzlich auf die Axtschneide einen Fingerbreit von meiner Nase entfernt, die in meinem Schild feststeckte und meinen Gegner daran hinderte, den eigenen Schildwall zu schließen. Sofort schoss Fenris vor und durchdrang seinen Lederharnisch, aber ebenso rasch wie zuvor ersetzte ein neuer schwarz gekleideter Axtkämpfer den toten Krieger.

Der neue Ottskämpfer knurrte und bleckte zwei Vorderzähne mit quer geschliffenen Rillen, presste aber weniger fest gegen meinen Schild als seine Vorgänger. Dadurch geriet ich ein Stück zu weit nach vorn, worauf Ymer mich sofort nach hinten zerrte. Der Ottsmann folgte mir, und Ymer spaltete seinen Helm mit Margyge.

«Den Wall immer geschlossen halten», brüllte Ymer mir zu und löste seine Axt aus dem gegnerischen Schädel.

Der Druck gegen unseren Schildwall ließ etwas nach, als hätten Otts Krieger die Lust verloren, ihre Schilde gegen unsere zu drücken. Da machte der Kämpfer vor mir plötzlich einen Ausfall und hieb seine Axt in Richtung meines Kopfs. Ich wich aus, doch der Kerl drehte die Axt und trieb sie in meinen Nebenmann. Sofort fällte eine unserer Langäxte den entblößten Ottsmann, und ich schob ihn mit dem Schild weg.

«Schütze deinen Nebenmann», ermahnte mich Ymer und stieß mich zurück auf meinen Platz, damit der Schildwall intakt blieb.

Die nächsten beiden Gegner rückten auf dieselbe Weise vor, und wir wehrten sie auf die gleiche Art ab. Sie schienen den Tod ihrer Kampfgenossen seltsam gleichgültig aufzunehmen und nutzten deren Leichen, um ein Stück höher zu stehen als wir.

«Schildwall, einen Schritt vor», brüllte Tue, der einen viel aufgeweckteren Eindruck als sein toter Bruder machte. Wir gehorchten seinem Befehl und rammten unsere Schilde gegen die unserer Gegner. Erneut erklang das Donnern von Schildbuckeln, die gegeneinanderprallten, inzwischen hatten die Ottsmänner jedoch Probleme, auf ihren toten und verwundeten Kampfesbrüdern stehend, das Gleichgewicht zu halten. Allmählich wich ihr Schildwall zurück, und ich befolgte die Techniken, die Einar mir eingebläut und immer weiter verfeinert hatte. Ich vollführte einen Schwerthieb und bewegte die Beine, um Speerspitzen auszuweichen. Stach wieder zu und duckte mich vor einem Axthieb oder parierte einen Schwertschlag. Ich befand mich inmitten eines regelrechten Nebels aus Blut, in den sich Schreie, Gebrüll, Flüche und Stöhnen mischten. Jedes Mal wenn ein Ottsmann mich mit einer Axt, einem Speer oder einem Schwert zu treffen versuchte, war es, als flüstere Thor mir eine Warnung ins Ohr, und es kam mir vor, als bewegten sich alle anderen um mich herum langsam und schwerfällig.

Auf ein Hornsignal hin zogen sich Otts schwarz gekleidete

Kämpfer zurück. Ich bebte vor Kampfeslust und rechnete damit, dass der Gegner einen neuen Schildwall formen und den Angriff fortsetzen würde.

Es liegt im Instinkt eines Kriegers, einem zurückweichenden Feind hinterherzujagen, denn es ist viel einfacher, jemanden von hinten und auf der Flucht niederzuschlagen, als erst einen Schild aus Lindenholz mit gehärteten Lederkanten zerschmettern zu müssen.

Doch Ottars Männer flohen nicht, sie gingen nur ein paar Schritte rückwärts, und wir folgten ihnen, stiegen über die Toten und blieben stehen. Die schwarz gekleideten Krieger wichen weiter zurück und sahen uns an. Erst jetzt fiel mir auf, dass die unruhigsten von Otts Kämpfern unter ihren Bärenfellmänteln nackte Oberkörper hatten. Außerdem trugen sie Langäxte mit besonders breiten Köpfen.

Ich keuchte ungeduldig und wollte nicht länger warten, denn Thor erklärte mir mit wispernder Stimme, wie ich sämtliche von Otts schwarz gekleideten Männern umbringen konnte.

«Wieso kämpfen wir nicht weiter?», stöhnte ich und glitt auf dem Eis aus, wo der Schnee blutgetränkt war.

«Berserker», knurrte Ymer und hatte den Blick fest auf einen besonders großen Krieger gerichtet. Der sonderbare Klang in seiner Stimme ließ mich stutzen.

«Berserker?», frage ich neugierig und erlangte das Gleichgewicht wieder. Ich holte tief Luft und bekam meine Atmung besser unter Kontrolle. Von Berserkern hatte ich gehört, sie besaßen die Fähigkeit, sich in einen Zustand wahnsinniger Raserei zu versetzen, in dem nichts sie stoppen konnte.

«Sie essen verdorbene Pilze, die Odin vollgepisst hat», erklärte Ymer und wies mit dem Kinn auf den größten der

Kämpfer vor uns. «Der da braucht solche Mittel aber nicht. Er ist ein Schwachkopf, der nur zum Wallbrecher taugt.»

«Ein Wallbrecher?», wiederholte ich interessiert.

«Ja», sagte Ymer. «Er wird mit großer Kraft in unseren Schildwall rennen, und wenn wir die Lücke nicht schnell genug schließen, schlagen die anderen zu.»

«Berserker», rief Tue, dem in diesem Moment bewusst zu werden schien, dass es ein Fehler gewesen war, sich vom Anleger wegzubewegen. Genau das musste Otts Plan gewesen sein.

Jetzt war es zu spät für einen Rückzug, denn der erste Berserker warf seinen Umhang ab und wirbelte auf unseren Schildwall zu. Er drehte sich um die eigene Achse, und seine lange Axt sauste immer schneller durch die Luft.

Ein paarmal schlitterte er, doch er hielt sich aufrecht und rückte immer weiter auf uns zu. Die Axt gab ein wütendes Fauchen von sich, und ihre breite Wange blitzte hungrig, je näher sie kam.

«Jetzt hätte ich gern meinen Bogen», wünschte ich und hörte Ymer leise schnauben.

«Pfeile halten solche Leute nicht auf. Mach dich bereit, zur Seite auszuweichen, wenn er den Wall durchbricht.»

Kurz bevor der Berserker in unsere Reihe krachte, brüllte er Odins Namen, und in exakt diesem Augenblick lernte ich, was für eine mächtige Waffe ein Berserker war. Er hackte die Speere zu Kleinholz und nahm vier Schilde aus dem Wall, ehe er zu Boden ging. Wir rückten schnell wieder zusammen, sogar so schnell, dass Ottar und seine Gotländer mit ihrem Angriff warteten. Zwei weitere Berserker rammten unseren Wall und rissen viel zu viele unserer Männer mit sich.

Es fuchste mich wahnsinnig, dass wir wie Schlachtvieh

auf Odins pilzfressende Hohlköpfe mit ihren langen Äxten warteten.

«Schließt die Lücke hinter mir», sagte ich zu Ymer und verließ den Schildwall, als der größte Schwachkopf sich gerade bereit machte, seinen Berserkerangriff zu starten. Er hob den Kopf zu den schneegefüllten Wolken und heulte laut, ehe er sich mit voller Kraft ins Gesicht schlug. Dann wiederholte er das Ganze noch einmal.

«Ulv, nein!», rief Ymer, doch zu spät. Mein Fuß rutschte über das Eis. Ich tastete mich vorwärts und merkte, dass ich mich einigermaßen sicher bewegte, solange ich nicht fest mit der Ferse auftrat oder allzu große Schritte machte.

«Hier, Freundchen», versuchte ich, den Kerl im Bärenfell zu provozieren, doch er reagierte nicht. «Ott, du Sausack! Du bist nicht mehr wert als ein Klumpen Rotz aus der Nase deines Vaters, du stinkendes Stück Scheiße aus dem Arsch deiner Mutter hättest das Kindbett nie überleben sollen.» Prüfend schwang ich Fenris und deutete auf den großen Berserker. «Wenn der da dein bester Odinsmann ist, soll er herkommen und es beweisen.»

Ott ignorierte meine Worte und richtete einen Finger auf den Schildwall.

«Ottar!», brüllte ich nun. «Ich bin der Sohn von Ingeborg Ottarsdatter und Palna Jarl von Wenden, Enkel von Ottar Jarl dem Älteren. In unseren Adern fließt das gleiche Blut, nur ist deines inzwischen gelb vor Feigheit, Schande und der Schlampe, die du deine Mutter nennst. Wie ich höre, wurde sie als Sklavin geboren und hat mehr Barthaare in ihrer hässlichen Fratze, als dir jemals wachsen werden.»

Wörter sind eine seltsame Waffe und fügen bisweilen schlimmere Wunden zu als die schärfste Klinge. Nachdem ich nun Otts volle Aufmerksamkeit hatte, blickte er mich mit unverhohlenem Hass an.

«Worauf warten wir noch, Ottar Schneckenhirn? Soll dein geisteskranker Vater dir kleinem Rotzbengel etwa die Entscheidung abnehmen?» Ich lachte hysterisch und ließ Fenris durch die Luft sausen. «Du wolltest dich mit Tue Bjarkesson im Einvig messen, und jetzt biete ich dir ebenfalls einen Kampf bis zum Tod, ohne Regeln. Komm schon, Lill-Ott, hier wartet die Klinge eines Mannes auf dich. Oder schick deinen Bärenfellidioten.»

Ott stieß einen rasenden Zornesschrei aus und hielt sein Schwert auf mich gerichtet. Darauf begann der riesige Berserker, seine Axt zu schwingen, wobei er ausrutschte. Brüllend kam er wieder auf die Beine und walzte auf mich zu.

«Tanz, du großer Odinsmann, tanz wie der zahme, zahnlose Bär auf dem Markt in Haithabu», forderte ich ihn auf und fuchtelte mit Fenris.

Seine Axt traf mit einer solchen Gewalt auf meinen Schild, dass er entzweibarst. Rasch warf ich den Griff zur Seite und umfasste mein Schwert mit beiden Händen. Der Kerl nahm seine Axt in die rechte Hand und zog mit der linken eine kleinere aus dem Gürtel. Dann wirbelte er wieder um die eigene Achse, diesmal allerdings mit zwei Äxten.

«Komm her, du kleine Odinshure», fauchte ich und spuckte vor ihn. Es waren meine letzten Beleidigungen in seine Richtung. Er ließ die Äxte kreisen, und ich duckte mich unter dem einen Axtkopf hinweg, stach schnell mit dem Schwert zu und rutschte aus, fing mich aber gerade noch rechtzeitig, um der zweiten Axt auszuweichen. Knurrend bleckte der Berserker seine gefeilten Zähne und legte seine ganze Kraft in die Axthiebe, doch er traf nur Luft. Jedes Mal wenn er sich um sich selbst drehte, stach ich mit meiner Schwertspitze nach ihm, und obwohl das keinerlei Auswirkungen zu haben schien, blieb mir keine Wahl. Auf der glatten Eisfläche bewegte ich mich langsamer und unbeholfener als gedacht und konnte mich des Gedankens nicht erwehren, dass es knapp für mich ausgehen könnte.

Trotzdem fuhr ich unbeirrt mit meinen Mückenstichen fort, während die Luft um meinen Kopf unter seinen wuchtigen Axthieben flirrte. Ein schneller Stich mit Fenris, ducken, mit dem Oberkörper abrollen, ein Schritt zur Seite und einen nach hinten. Wie oft ich diese Bewegungsabfolge wiederholte, weiß ich nicht mehr.

Einmal lehnte ich den Oberkörper fast waagerecht hintüber, rutschte aus und landete auf dem Rücken, den Äxten schutzlos ausgeliefert. Brüllend vor Eifer glitt der Berserker beim Versuch, mir die Äxte in den Leib zu hacken, aus, was mir die Gelegenheit bot, mich wieder aufzurappeln.

Ich wich ein paar Schritte zurück, hielt aber inne, als ich bemerkte, wie nahe ich dem zähflüssigen Eiswasser kam, in dem Ottars Schiffe vertäut lagen. Nur ein paar Schritte weiter hätte ich mich zwischen den durch die Luft wirbelnden Äxten und einem eiskalten Tod in den Armen Ráns entscheiden müssen.

Der Berserker nahm die Gefahr, durchs Eis zu brechen, offenbar nicht wahr. Er atmete vielleicht eine Spur angestrengter, ansonsten kreisten seine Äxte ebenso wirbelnd durch die Luft wie zuvor. Ich bewegte mich gerade schnell genug, um keinen Treffer abzubekommen, und wich nur dann aus, wenn ich gar keine andere Möglichkeit hatte.

Im Gegensatz zu dem, was über Berserker gesagt wird, schien dieses Exemplar nicht vollkommen bar jeder Vernunft, denn mit einem Mal wechselte er seine Taktik. Womöglich sah auch er den Tod im Eiswasser als eine schlechte Wahl an. Jedenfalls schleuderte er die kleinere Axt nach mir.

Dieser Angriff kam so unerwartet und plötzlich, dass mir der Helm vom Kopf gerissen wurde und ich kurz taumelte, ehe ich das Gleichgewicht wiederfand und klar denken konnte. Im letzten Augenblick duckte ich mich vor der großen Axt, bohrte Fenris in meinen Gegner und wich weiter zurück als bei den vorigen Attacken.

Ich sah ihn an und wusste, dass ich gerade wahnsinniges Glück gehabt hatte. Und dann befolgte ich endlich den Rat, den Einar mir immer einzubläuen versucht hatte – ich nutzte meinen Verstand gegen einen Mann, der um ein Vielfaches stärker war als ich.

Allein Glück und Zufall war es zu verdanken, dass ich seinen fliegenden Äxten noch nicht zum Opfer gefallen war.

Obgleich die Schwünge der großen Axt immer kleiner gerieten, hatte ich nach wie vor keinen Schild, sodass mir nichts übrig blieb, als nach hinten zurückzuweichen und auf einen Fehler zu warten, der mir einen Angriff mit dem Schwert ermöglichte. Der Berserker setzte mir nach, wie mir schien etwas zögerlich, und ich entdeckte, dass Blut aus seinem schwarzen Bärenpelz auf das Eis tropfte. Auch an den Armen blutete er, was seine Kräfte allerdings nicht einzuschränken schien. Er keuchte schwer, doch der Wahnsinn in seinem Blick war ebenso stark wie seine Axtschwünge.

Dann rutschte er weg, was mir die Chance gab, auf die ich gelauert hatte. Instinktiv stieß ich das Schwert gegen sein Gesicht, drehte die Klinge und ließ sie zu den Beinen hinabfahren, ehe ich die Hiebrichtung wieder änderte, das Schwert nach oben zog und ihm den Helm vom Kopf schlug. In einer nahezu fließenden Bewegung drehte ich mein Handgelenk erneut und hieb gegen seine Knie.

Er parierte meinen Schlag einen winzigen Moment zu spät mit dem Axtkopf. Fenris schnitt sich in seine Kniekehle und zwang ihn zu Boden. Mit einem Schwung seiner Axt fegte er Fenris zur Seite, doch vermochte er sich kaum noch auf den Beinen zu halten.

Seine Augen verengten sich, und er machte ein paar Schritte zurück, während er das Bärenfell von seinen Schultern zog. Arme, Hals und jeder Fleck auf der für mich sichtbaren Haut waren von dunkelblauen Tätowierungen bedeckt, wichtiger aber war, dass er aus unzähligen Wunden blutete.

Mit einem tierischen Gebrüll griff er an, schlug die Axt und schwang gleichzeitig das schwere Bärenfell – ein schwieriges Manöver, das ihm hervorragend gelang, obwohl er böse hinkte.

Beim Versuch, zur Seite zu springen, glitt ich weg und bekam das Fell ins Gesicht. Ich wehrte noch die Axt mit dem Schwert ab, ehe ich spürte, wie er mit seinem ganzen Gewicht auf mir landete. Er warf die Axt weg, klammerte die Arme um mich und hielt mich fest. Unter dem enormen Druck knackten meine Knochen, doch ich hatte es geschafft, die Schwertklinge zwischen seinen rechten Arm und mein Kettenhemd zu schieben, und nun drückte ich mit aller Kraft zu. Ich stöhnte und ächzte, als stünde ich am Blasebalg der Schmiede.

Langsam zog ich das Schwert hin und her, und obwohl schwarze und rote Punkte vor meinen Augen tanzten, sägte ich weiter an seinem Arm.

Fenris' Klinge war scharf und bald biss sie sich fest. Das alte Schwert Ubbe Lodbroks und Byrnjolfs des Alten trank vom Blut des Berserkers, der knurrte wie ein zorniger Bär. Meine Lungen pfiffen wie der Wind durchs Rauchloch über der Feuerstelle, meine Kräfte versiegten, und die Schwertklinge bewegte sich kaum noch. Ehe mir schwarz vor Augen wurde, stieg das verschwommene Bild von Byrnjolfs Gesicht in meinem Bewusstsein auf.

Kämpfe und siege. Gib auf und stirb, sagte Byrnjolf mit dem Anflug eines Lächelns zu mir, und ich wagte einen letzten Versuch, mich zu befreien. Fenris fraß sich tiefer ins Fleisch und durchtrennte Muskeln und Sehnen. Ein Zucken ging durch den Leib des Berserkers, und die Kraft wich aus seinem Arm wie bei einem Segel, das im Sturm reißt. Wir wankten auseinander, und ich stürzte japsend zu Boden. Der Berserker versuchte, seinen rechten Arm zu heben, und warf mir einen wütenden Blick zu, als ihm das nicht gelang.

Ich hatte Fenris bei unserem Gerangel verloren und kroch röchelnd rückwärts, als ich die große Axt an meiner Hand spürte. Ich ergriff sie und richtete mich auf, hämmerte die Axt in das Eis vor mir, und ein bedrohliches Knacken erklang. Mit festem Griff wuchtete ich die Axt noch einmal aus Leibeskräften in das Eis. Als das Wasser um meine Füße schwappte, entfernte ich mich von dem Riss.

Brüllend stürmte der Odinskrieger auf mich zu und landete auf der Kante der Eisscholle, die sich gelöst hatte. Vergeblich griff er mit der schlaffen rechten Hand nach mir, während er sich mit der anderen an dem Eis festklammerte, auf dem ich stand. Ich gab der Scholle einen Schubs mit dem Axtkopf. Seine Finger hinterließen rote Streifen auf dem Eis vor meinen Füßen. Er trieb auf der Scholle in dem zerborstenen Eis umher, blickte sich um und kam mit einiger Mühe auf die Knie. Die Eisscholle wankte, und er drohte ins Wasser zu gleiten. Dann stellte er sich auf der wackligen Eisscholle auf und zeigte mit einem breiten Grinsen im Gesicht auf meine Füße.

Ich senkte den Blick und entdeckte unzählige Risse im Eis, das bedrohlich knackte. Hastig warf ich die Axt von mir, schnappte das Schwert und wich zurück. Immer lauter knallten die Risse, und ich musste von einer Scholle zur nächsten springen, bis ich auf den Knien landete und mich umsah. Inzwischen war ich den leicht wogenden Schiffen in dem dickflüssigen Eis so nahe gekommen, dass ich die gefrorenen Tropfen an den Tauen erkannte, mit denen sie am Anleger festgemacht waren.

Ich sah mich zu dem Berserker um, der zwar keine Möglichkeit hatte, an Land zu gelangen, aber trotzdem noch nicht untergegangen war, wie ich es gehofft hatte. Das Eis unter mir gab etwas nach, erschien mir aber einigermaßen sicher. Als ich einen prüfenden Blick darauf warf, fiel mir die kleine Axt ins Auge, die mein Gegner nach mir geworfen hatte.

Ich hob sie auf, holte weit mit dem Arm aus und schleuderte sie auf den Berserker. Er erwischte die Waffe mit seiner Linken noch in der Luft, ein wahrlich schweres Manöver, verlor dabei aber das Gleichgewicht und rutschte hinab in das eisige Wasser. Vergeblich tastete er mit seiner unbrauchbaren rechten Hand nach etwas, um sich festzuhalten, ehe er gurgelnd im schwarzen Wasser versank.

«Grüß den Allvater, Odinsmann», rief ich ihm anerkennend zu. Ein Krieger wie er verdiente es, in Walhall einzukehren.

Hinter mir brach Getöse los. Als ich mich umdrehte, sah ich Tues Mannschaft jubeln, sie schlugen ihre Waffen gegen die Schilde und erwiesen mir damit ihre Anerkennung für meine Kampfleistung. Triumphierend reckte ich mein Schwert in die Höhe.

«Für Thor!», rief ich im selben Moment, in dem sich unter mir das Eis auftat. Japsend sank ich unter die Oberfläche, trat wie wild um mich, kam mit dem Kopf wieder über Wasser und hackte den spitzen Dorn des Schwertknaufes in das Eis. Damit konnte ich mich gerade so über Wasser halten, mehr aber auch nicht. Ließ ich los oder zersprang der alte Knauf an Fenris' Heft, würde ich ertrinken.

Ich schaute mich um, die Schiffe waren recht nah, doch trotzdem so weit entfernt, dass sie auch in Miklagard hätten liegen können.

Das Tau der Schiffe befand sich sogar noch näher, aber wenn ich die Hand hob, würde das Gewicht meines Kettenhemds und der vollgesogenen Kleider mich augenblicklich auf den Grund ziehen. Sie schützten mich gegen Schwerthiebe und die Kälte, aber nicht vor tiefem Wasser, und nun war ich darin gefangen.

Fieberhaft begann ich, mit der linken Hand die Riemen zu lösen, die meine dicke Winterkleidung an ihrem Platz hielten. Es kostete mich viel Mühe, denn jedes Gefühl war aus meinen Fingern gewichen. Schließlich gelangte ich an mein Messer, schnitt alle Schnüre und Riemen durch sowie meine Kleider und den Gürtel, strampelte mit den Beinen und spürte, wie die Stiefel und die Hose von meinem Körper glitten. Doch das Kettenhemd hing nach wie vor wie ein eiskaltes und lähmendes Todesgewicht an meinem Oberkörper.

Vertrau auf Ubbes altes Schwert, Ulv, ertönte Byrnjolfs Stimme in meinem Kopf. Ich richtete einen schrillen Schrei an ihn und zerrte so heftig an meiner Brünne, dass Fenris beinahe aus dem Eis gerissen wurde. Durch einen glücklichen

Zufall gelang es mir, den linken Arm aus dem Ärmel des Kettenhemds zu ziehen, und ich kämpfte fuchtelnd weiter, bis mein Kopf sich der schweren Umarmung des Metalls und der Kleider entzog. Nun hing ich vom Hals abwärts nackt im Wasser, die tödliche Last aus Brünne, Hemd und Lederwams auf meiner rechten Schulter und dem rechten Arm liegend.

Raus aus dem Wasser, Ulv, dröhnte Byrnjolf. *Jetzt!*

«Ja, doch», knurrte ich mit klappernden Zähnen. «Das ist der Plan, Herr.» Ich schob die Hand mit dem Messer aus dem Wasser, rammte die Messerspitze ins Eis und ließ das Schwert los. Sofort rissen die Brünne und die nassen Kleider meinen Arm nach unten, und mein restlicher Körper folgte ihm. Eisern hielt ich das Messer mit meiner Linken umklammert, streckte den rechten Arm aus und spürte, wie das Kettenhemd herunterrutschte. Jetzt wurde ich nicht mehr auf den Grund gezogen.

Japsend griff ich wieder nach Fenris und schlug den Dorn am Knauf erneut ins Eis. Nach und nach schob ich mich über die Kante der Scholle, doch sie zerbrach, und ich rutschte wieder ins eisige Wasser. Wieder und wieder versuchte ich es, und mir wurde klar, dass meine Kräfte bald aufgebraucht waren. Die Kälte lähmte mich mit jeder Anstrengung stärker.

Da fiel mir eine Bewegung aus den Augenwinkeln auf. Das von Eis überzogene Tau eines der Schiffe hing fast über mir, aber ich erreichte es nicht.

Rasch traf ich eine Entscheidung, drehte das Schwert, packte es an der Klinge und angelte mit der Parierstange nach dem Seil. Missglückte mein Versuch, würde ich als Fischfutter enden.

Zweimal schlug ich nur gegen das Seil, ohne Halt zu finden, beim dritten Versuch verhakte sich die Parierstange endlich, und ich zog daran. Ich löste den Griff um das Messer, erwischte das Seil mit den Fingerspitzen und zog. Nach und nach hievte ich meinen Körper aus dem Wasser auf das Eis. Mit der rechten Hand hackte ich Fenris ein Stück weiter vorn ins Eis und zog mich mit dem Oberkörper dorthin, wo das Eis dick genug war, um mich zu tragen. Langsam stand ich auf und machte einen prüfenden Schritt, ehe ich das Tau losließ.

Im selben Moment bemerkte ich zwei Dinge, die mich innerlich fluchen ließen. Zum einen zitterte ich so heftig, dass ich kaum das Schwert halten konnte. Das war schlimm, aber bei Weitem nicht so schlimm wie das einstimmige Gelächter der Männer, die mich anschauten.

Keiner der Kämpfer hatte sich bewegt, solange ich im Wasser gewesen war, was mir zu verstehen gab, dass das Ganze sehr viel schneller abgelaufen war, als es sich für mich angefühlt hatte.

Splitterfasernackt und mit Fenris in der Hand spurtete ich an zwei johlenden Männern vorbei nach Norneborg. Ich rannte durch das Tor am Anleger und weiter bis in unser Langhaus. Die Feuerstelle war erloschen, und von den Wächtern fehlte jede Spur. Schimpfend und bibbernd vor Kälte ging ich zu Ottars Halle, die ich nur wenige Male betreten hatte, aber jetzt war es lebensnotwendig, mich an einem brennenden Feuer aufzuwärmen.

In Ottars Halle loderten die Flammen, und seine Dirne, eine hübsche dunkelhäutige Sklavin, die Ottar Smila nannte, neigte den Kopf, als ich eintrat. Trotzdem sah ich die Andeutung eines Grinsens in ihrem Gesicht.

«Bier, und nicht die dünne Fuchspisse, die Herr Ottar üblicherweise ausschenken lässt», stotterte ich mit klappernden Zähnen. «Und bring mir Wollkleider, ein Lederwams, einen

Gürtel, Stiefel, Kettenhemd, Helm, ein Messer und eine Schwertscheide.»

«Vielleicht noch einen Kamm, um die Haare und den Bart zu glätten, Herr?», sagte Smila.

Meine Antwort bestand in einem versuchten Faustschlag in ihre Richtung, doch ich fror noch immer so erbärmlich, dass sie mit Leichtigkeit auswich. «Los, Sklavin», fauchte ich und setzte mich so nah ans Feuer, dass meine Beinhaare angesengt wurden. Kurz darauf kam Smila mit einer Scheibe geräuchertem Schinken und einem Krug Bier zurück, der von besserer Qualität war, als ich je in Norneborg zu trinken bekommen hatte.

Wenig später brachte Smila einen Haufen Wollkleider, einen Gürtel und Stiefel herein, die sie vor mir auf den Boden fallen ließ, ehe sie erneut verschwand. Das hervorragende Bier, das Fleisch und die Wärme, die sich allmählich in mir ausbreitete, vermochten meinen Zorn nicht zu lindern. In meinen Ohren hallte das höhnische Gelächter nach – Ymer hatte am lautesten von allen gejohlt, da war ich mir sicher.

«K-Krötenkopf!» Dafür, dass ich einen pilzfressenden Koloss besiegt hatte, müssten sämtliche Skalden Fünens Loblieder auf mich dichten – wenn nicht gar alle Skalden im Land der Dänen. In Anbetracht meiner Nacktheit und des jämmerlichen Spurts über das Eis zum hinteren Tor verblasste meine Großtat allerdings. Diese Geschichte würde ich noch lange zu hören bekommen, darüber bestand kein Zweifel.

«Ymer, mögest du im Krankenbett krepieren, ohne Margyge in der Hand», schimpfte ich vor mich hin, während ich die Kleider inspizierte, die Smila mir hingeworfen hatte.

Es waren nicht die allerfeinsten Kleider, aber brauchbar. Das Kettenhemd wies ein paar Schrammen auf und hatte sicher Birger Bjarkesson gehört, doch es passte mir, und das war das Wichtigste.

Nun brachte Smila eine Schale dampfender Zwiebelsuppe und einen Kanten schimmeliges Brot, und sie schenkte mir von dem guten Bier nach.

Das Bier besserte meine Laune ein wenig, und als sowohl Birgers Stiefel als auch Tues alter Helm sich als passend erwiesen, verließ mich der unbändige Drang, allem und jedem eine Tracht Prügel zu verpassen – insbesondere Ymer. Zornig war ich aber immer noch.

Ich durchwühlte den Kleiderhaufen vor mir und stieß auf Birgers Gürtel samt Schwert und Messer. Das Messer und die Schwertscheide nahm ich an mich, und im selben Augenblick durchfuhr mich siedend heiß die Erkenntnis, dass ich es versäumt hatte, Fenris in Thors Namen zu weihen.

Mit der Schildhand griff ich nach meinem Amulett, hielt Fenris in der anderen und bat Thor flehend, meinem Schwert Kraft zu verleihen – mindestens so viel, wie es vorher schon gehabt hatte. Es hatte mir schließlich mehrfach gute Dienste erwiesen, und das verwirrte mich. Denn keine Waffe, die nicht den Göttern geweiht war, besaß genügend Seele und Stärke, um siegreich aus einem solchen Kampf hervorzugehen, wie ich ihn gerade gemeistert hatte. War das womöglich der Grund, weshalb der Berserker nicht durch mein Schwert gefallen, sondern wie ein Stein auf den Grund gesunken war?

Nachdem ich noch mehr Bier getrunken hatte, kam ich zu dem Schluss, dass Fenris als altes Schwert sicher bereits Thor geweiht war – das war die einzige Erklärung. Trotzdem wollte ich sichergehen, dass Thor auch wusste, wer der neue Besitzer von Fenris war, weshalb ich ihm zu Ehren eine Zeremonie abhalten wollte, auch wenn im Hintergrund der Waffenlärm noch zu hören war.

«Smila?», rief ich und zog in Erwägung, Ottars Dirne an Thor zu opfern, nur zur Sicherheit.

Smila war jedoch wie vom Erdboden verschluckt, also presste ich ein wenig Blut aus der Wunde in meiner Hand, die ich mir beim Versuch, mich aus dem Eiswasser zu ziehen, eingehandelt hatte. Das Blut tropfte auf die Klinge.

«Das muss reichen», murmelte ich vor mich hin, verband die Hand und blickte mich in der Halle um, in der meine Mutter aufgewachsen war. Hier hatte sie geschlafen, gegessen, gespielt, geweint und gelitten.

An den Wänden hinter den erhöhten Schlafbänken aus Holz hingen Felle und Teppiche, um die Kälte abzuhalten, zusammen mit Speeren, Äxten und Schilden. Über Ottars Bett, dessen Pfosten geschnitzte Tierköpfe zierten, sah ich ein zerschlissenes rotes Banner mit dem Kopf eines Wolfs – dem Tier, nach dem ich benannt war. Es gab noch vier weitere Betten aus Holz, doch keines war so imposant wie Ottars.

Die Feuerstelle bestand aus einer länglichen steinernen Rinne, die in der Mitte der Halle aus dem Boden ragte. Am hinteren Ende standen ein langer Tisch, einige Bänke sowie vier Stühle mit Arm- und Rückenlehnen. Alles wirkte abgenutzt und verfallen, aber ohne jeden Zweifel war noch die Pracht der Halle zu erahnen, als der Herr von Norneborg kein solcher Geizhals wie der jetzige gewesen war. Meine Sippe hatte diese Halle erbaut und seit Generationen bewohnt, und jetzt, da Ottar nicht anwesend war, fühlte ich mich am Langfeuer tatsächlich zu Hause.

Fehlte nur noch eine heitere Trinkgesellschaft und ein

warmes Weib, dachte ich verträumt, trank mein Bier aus und spitzte die Ohren, als die Kampfgeräusche plötzlich immer lauter wurden. Ich warf den leeren Krug zur Seite und eilte aus der Halle auf die neue Palisade zu.

Dort standen viele von Ottars Männern im Schutz des neu errichteten Walls und warteten ab, während mindestens ebenso viele mit ihren nordischen Bögen auf dem Schoß und den Köchern voller Pfeile dasaßen.

Es wunderte mich, dass sie nicht auf dem Palisadengang bereitstanden, um die nächste Angriffswelle abzuwehren. Also stieg ich hinauf zu Ottar, der gerade einen Pfeil aus seiner Schildhand zog, und schaute nach unten.

Silfraskallis Männer waren inzwischen bis zur Toröffnung vorgedrungen und versuchten, sich weiter ins Innere durchzuschlagen. Sie schützten sich mit großen Strohschilden und schoben Leitern nach vorn, während sie Pfeile, Wurfäxte und Speere auf uns abfeuerten. Ich nahm mir einen Schild und ging in Deckung, ehe ich mich auf die Suche nach meinem Bogen machte, wobei ich buchstäblich in Ottar hineinstolperte.

«Pass doch auf, du ... Was treibst du denn hier, Bursche? Ist das hintere Tor verloren?», fragte Ottar. Und da, in diesem Moment, unter Beschuss und mit einem Pfeil in der einen Hand, klang er auf einmal freundlicher als selbst in Friedenszeiten, mit gefülltem Bauch und einem Bierkrug in der Hand.

«Nein, Herr, das heißt, ich glaube nicht ...» Ich hob den Schild zum Schutz und hörte einen Pfeil darin einschlagen, die Spitze bohrte sich durch. «Ich bin im Eis eingebrochen und brauchte neue ... Kleider und Waffen.»

Ottar sah mich kurz an. «Haben deine Kleider samt Harnisch dich nicht auf den Grund gezogen?»

«Doch, Herr, aber ich habe sie abgestreift und bin hergekommen, um mir neue zu holen.» Als ich es aussprach, ging mir auf, dass er sich über mich lustig machte und dass ich hier nichts verloren hatte, sondern zurück zum Tor am Anleger musste. «Ich dachte, hier würde ich vielleicht mehr gebraucht», schloss ich mürrisch, aber Ottar achtete gar nicht mehr auf mich, und das sollte mir nur recht sein.

«Stangen – es werden Leitern angelegt», brüllte Ottar und wedelte mit dem Schwert, worauf lange Stäbe mit sich gegabelten Enden an die Palisaden gebracht wurden, wo die Feinde ihre Leitern anlegten.

Die Mannschaft hinter uns machte sich an die Arbeit, und nun verstand ich, weshalb sie sich nicht auf dem Palisadengang befanden.

«Zustoßen!»

Sie schoben die Stangen nach vorn, kippten die Leitern damit um und schickten etliche feindliche Krieger zu Boden.

«Stangen zurück!»

Die Männer holten die Stangen wieder ein, während die Bogenschützen Stellung auf dem Palisadengang bezogen.

«Bögen, Feuer!»

Sofort ging ein Pfeilschauer auf die Männer nieder, die von den Leitern gestürzt waren, wie auch auf alle anderen innerhalb des Eingangstors. Aus dieser Distanz konnte selbst der schlechteste Bogenschütze sein Ziel nicht verfehlen.

«Bögen, Feuer einstellen!», kommandierte Ottar.

«Das hält Silfraskalli nicht lang durch», entfuhr es mir beim Anblick der vielen Toten und Verletzten auf dem kleinen Raum.

Ottar schnaubte. «Das sind nur Sklaven und Weiber. Die Krieger kommen erst zum Schluss.»

Heute weiß ich es besser, und auch wenn Ottar unrecht hatte, so verfügte er doch über weitreichende Kenntnisse, was den Ablauf einer Schlacht betraf. Natürlich lagen da weder Weiber noch Sklaven vor unserem Tor, aber ebenso wenig handelte es sich um Silfraskallis beste Männer. Auf einem Schlachtfeld findet man die besten und mutigsten Krieger meist in den vordersten Reihen. Bei einer Belagerung ist es umgekehrt, denn die ersten Angreifer dienen lediglich als Bauernopfer, um die Verteidiger zu ermüden oder eine Öffnung in die Palisade zu reißen. Erst dann kommen die besten Kämpfer.

In Norneborg war jeder ein Krieger, doch so gut wie niemand blieb ohne Wunden oder Schrammen. Zudem waren wir sehr viel weniger Männer als die Sølver. Wenn wir uns also mit Silfraskallis Besten messen wollten, musste es bald geschehen.

All dies wusste Ottar natürlich besser als ich, und in meinen Augen waren seine Optionen stark begrenzt. Worüber ich klugerweise kein Wort verlor. Ottar überraschte mich, als er plötzlich dreimal mit dem Schwert gegen den Schild schlug und einem Mann damit das Signal gab, in ein Horn zu blasen.

Nach dem langen heulenden Ton deutete Ottar zunächst auf die eine Seite der nachträglich aufgestellten Palisade, dann auf die andere.

«Komm mit, Ulv», forderte er mich auf und sprang hinunter. Ich folgte ihm, und er grinste mich so breit an, dass ich schon glaubte, er hätte den Verstand verloren. Was er als Nächstes sagte, bewies das Gegenteil. «Jetzt, Ulv Ingeborgsson, wirst du eine der Spezialitäten unserer Sippe kennenlernen.» Er wies auf die Truppen, die auf beiden Seiten der Palisade bereitstanden. Die Eisenstangen, die die Holzpfähle gestützt hatten, waren entfernt worden. «Gleich stürmen wir hinaus und greifen Silfraskalli an.»

«Ist das dein Ernst?!», brach es aus mir heraus, und fast hätte ich ihm an den Kopf geworfen, dass dies der dümmste Plan war, den ich je gehört hatte. Silfraskallis Männer waren ausgeruht und uns zahlenmäßig haushoch überlegen.

«Ja», entgegnete mein Onkel. «Und zwar greifen wir rückwärts an.»

Er grinste begeistert und zeigte auf die Palisade, wo sich inzwischen fünf Bogenschützen aufgestellt hatten. In diesem Moment begriff ich, dass der Mann ein Genie war und nur für Augenblicke wie diesen lebte. Mir wurde ebenso bewusst, dass er alles aufs Spiel setzte, aber selbst im Traum würde Silfraskalli nie mit einem solchen Manöver rechnen. Dafür war Ottars Plan schlicht zu wahnsinnig.

«Macht euch bereit, wenn sie kommen», rief Ottar.

«Bei Thor, lasst sie uns abschlachten», sagte ich, angesteckt von seinem irrwitzigen Kampfesrausch. Ich konnte es kaum abwarten.

Ottar lachte und meinte, ich solle mir etwas Ruß ins Gesicht schmieren. «Du siehst viel zu sauber aus.»

Ich rieb mir ein wenig Asche ins Gesicht und stellte mich neben Ottar. Die Bogenschützen eröffneten das Feuer auf Silfraskallis Männer, die mit erhobenen Schilden angelaufen kamen. Die meisten von ihnen entgingen Ottars ungewöhnlich schlechten Schützen und erreichten den kleinen Platz zwischen dem Tor und der zusätzlichen Palisade.

Ohne dass ein Kommando erfolgte, zogen Ottars Männer die äußeren Pfähle der Palisade nach hinten, sodass auf zwei Seiten Lücken entstanden. Wir stürmten hindurch und griffen die Feinde an, die versuchten, Leitern aufzustellen und sich gleichzeitig hinter ihren Schilden zu decken. Erbarmungslos hieben und stachen wir auf sie ein, schlugen und traten nach ihnen, bis alle Sølver tot waren. Ungefähr vierzig Mann starben so dicht beieinander, dass der letzte auf den Knien sitzen blieb, obwohl er nicht mehr lebte.

«Dreh dich um und geh rückwärts», zischte Ottar. «Bögen, Feuer!» Wir waren um ein Vielfaches mehr Männer, die nun rückwärts durch das qualmende Tor Norneborgs kamen, als zuvor hineingerannt waren, aber offenbar schien das niemandem aufzufallen. Alles, was sie sahen, war ein Kämpfer, der sich zurückzog, während die Pfeile so dicht an unseren Ohren vorbeizischten, dass ich fürchtete, die erbärmlichen Schützen träfen uns bei ihrem Versuch, an uns vorbeizuschießen.

Doch als wir an Silfraskallis besten Männern vorbeizogen, vergaß ich die Bogenschützen.

«Wieso weicht ihr zurück?», maulte uns eine Stimme sauer an. «Wer seid ihr?»

Da drehte Ottar sich um und blickte dem Kerl in die Augen. «Ottar Jarl von Norneborg, du Sausack», brüllte er und schlug ihn nieder.

Danach schlachteten wir Silfraskallis beste Männer in einem solchen Tempo ab, dass die Götter gestaunt haben müssen.

«Zur Norneborg», rief Ottar, und wir kämpften uns zurück in Richtung Eingangstor. Ich erinnere mich noch, wie sehr ich innerlich über diesen strahlenden Sieg jubelte und wie sicher ich mir war, dass Silfraskalli keine Antwort auf diesen wahnwitzigen Schachzug parat hatte.

Ganz offenkundig hatten die Nornen noch mehr Spaß als ich, oder es lag daran, dass Silfraskalli Ottar schlicht allzu gut kannte. Denn vor der Landzunge nach Norneborg erwartete uns der Anführer der Sølver hinter einem perfekt aufgestellten Schildwall. Wollten wir zurück hinter die Palisaden von Norneborg, mussten wir diesen Wall durchbrechen.

«Keilformation», befahl Ottar und nannte Silfraskalli einen elenden Scheißhaufen. Der wiederum entgegnete, Ottar sei von derselben Geisteskrankheit befallen, wegen der man sabbernde Köter für gewöhnlich erschlug.

Während Ottar Silfraskallis Beschimpfungen erwiderte, brachten wir uns im richtigen Winkel in Aufstellung, sodass unsere Keilformation wie die Hauer eines rasenden Wildschweins die Mitte von Silfraskallis Schildwall durchstoßen konnte. Nun schlugen die Sølver ihre Waffen gegen die Schilde, bedauerlicherweise, da die beiden Kriegsherren ihr Wortgefecht noch nicht beendet hatten.

«Bereit, Norneborg?», stachelte Ottar uns an und lachte schrill, ehe er mit dem Schwert auf Silfraskallli zeigte. Der Anführer der Sølver war in seinem Schildwall ungewöhnlich gut geschützt, und er winkte Ottar hämisch grinsend zu.

Plötzlich erstarb der Waffenlärm, und Ottar nutzte den Moment.

«Silfraskalli, deine hässliche Schweinsfratze ist hinter den Schilden all deiner Huren gar nicht zu sehen – steht dir gut.» Ottar grunzte wie ein brünstiger Eber, und aus irgendeinem Grund fanden wir das wahnsinnig lustig. Wir konnten uns kaum halten vor Lachen, und Ottar grunzte noch lauter.

Ich will nicht behaupten, Silfraskalli sei ein dummer Mann gewesen, denn Ottar kitzelte oft das Schlimmste aus den Menschen heraus, aber der nächste Zug des Sølvers war eine Zurschaustellung beispielloser Idiotie.

«Wer Ottar den Geisteskranken erschlägt, erhält das Gewicht eines Ochsen in Silber», brüllte er. Daraufhin brach sein

Schildwall auseinander, als wäre Thor mit Mjölnir darüber hinweggefegt. Silfraskallis Hirdmänner schnellten nach vorn wie eine Schar Verrückter und krachten in unseren Schildwall. Dummerweise stand ich in Ottars Nähe und erlebte hautnah, wie sich Silfraskallis Männer einen Weg zu Ottar bahnten oder ihn mit Wurfgeschossen zu treffen versuchten. Speere, Äxte, Messer und sogar ein Helm flogen uns um die Ohren.

Wir schlugen eine ganze Reihe von Sølvern nieder, und zum Glück hielten wir ihrem chaotischen Angriff stand.

Das Gewicht eines Ochsen in Silber ist ein Vermögen, das nur wenige imstande sind zu bezahlen, ja, den allerwenigsten bietet sich überhaupt die Möglichkeit, eine solche Summe im Lauf eines ganzen Lebens zu verdienen. Wäre ich klüger gewesen, hätte ich selbst Ottar den Kopf abgeschlagen.

«Wehrt euch, ihr zahnlosen Hündinnen», stöhnte Ottar, der aus so vielen Wunden blutete, dass allein sein Starrsinn ihn aufrecht hielt. Doch selbst die berüchtigte Sturheit unserer Sippe hat irgendwann ein Ende.

Ottar fiel, ohne dass ein Laut über seine Lippen drang. Ich weiß das, weil ich neben ihm stand, als die Axt seinen Hals traf. Ich erschlug Ottars Mörder und ersparte Silfraskalli damit, eine gigantische Belohnung zahlen zu müssen.

«Für Ottar», brüllte ich, und ein sonderbares Gefühl des Wahnsinns überkam mich. Ich schloss die Lücke, die mein Onkel im Schildwall hinterlassen hatte, und trieb unsere Formation weiter nach vorn. Silfraskallis Männer wichen nicht zurück, sodass wir eine halbe Ewigkeit lang Mann gegen Mann kämpften.

Ich selbst fühlte mich unbesiegbar wie zu den Zeiten, als ich Seite an Seite mit Einar vor dem Tor Ryesborgs gestanden hatte. In der Zwischenzeit hatte ich allerdings genug hinzugelernt, um weder meinen Schild loszulassen noch zwei Männer auf einmal anzugreifen.

An diesem Tag vor der Landzunge nach Norneborg tötete ich viele Männer. Das darf ich sagen, denn Silfraskallis Männer meuchelten die meisten von Ottars Kriegern, aber nicht mich. Wieder ertönte Thors Stimme in meinem Ohr und lenkte Fenris, als sei es aus dem Stahl Mjölnirs geschmiedet.

Wie von allein wehrte Fenris Äxte und Schwerter ab, wirbelte herum, hieb und stach zu, während ich mich zur Seite, nach vorn oder rückwärts bewegte und mich mit dem Schild schützte. So hätte es bis Ragnarök weitergehen können, denn ich war leicht wie eine Feder, flink wie eine Schwalbe und schlug zu wie eine Schlange.

Doch mit einem Mal stand ich still. Der Grund dafür erschloss sich mir erst, als ich bemerkte, dass auch alle anderen wie gelähmt dastanden, selbst die wenigen Kampfesbrüder, die mir noch geblieben waren.

«Was ...?», stammelte ich und schwieg dann. Vor mir stand König Gorm in strahlender Rüstung, einem roten Mantel mit weißem Pelzkragen und einem rot bemalten Schild am Arm. Auf dem Kopf trug er einen goldenen Helm mit Nasenschutz und einem kleinen Rabenkopf an der Spitze. Er sah beeindruckend aus, wie er uns so beobachtete, die Hand auf dem Schwertheft ruhend, als wohne er einem Schauspiel bei.

An Gorms Seite reihten sich Harde-Gunni, Ravnunge-Tue, Nils Jarl und Skjalm Hvidelæder. Dann folgten Knut Gormsson und dieser Pisser von Harald Königssohn, wie er sich nannte. Hinter ihnen standen ein Dutzend Männer mit Bannern, unter denen ich Gorms roten Raben, Skjalms weißes Hirschgeweih und natürlich auch den roten Widder aus Ryesborg entdeckte.

Mit einem lauten Krachen ging ein Schild zu Boden, und ich bemerkte plötzlich, dass hinter König Gorm mehr Krieger standen, als ich je zuvor gesehen hatte. Und es hatte den Anschein, als stünden sie dort schon lange.

«Halt!», rief ich idiotisch, denn niemand bewegte sich oder sagte etwas. Ich hatte das dringende Bedürfnis entwickelt, Befehle zu erteilen, denn nach Ottars Tod glaubte ich, das Kommando stünde mir zu.

«Ja», stimmte König Gorm mir zu und deutete in Richtung Norneborg, von wo noch immer Kampflärm wie ein fernes Echo zu vernehmen war. «Allerdings glaube ich nicht, dass sie dich hören können.»

Mein Blick folgte seinem ausgestreckten Finger. Anscheinend war das hintere Tor am Anleger noch nicht gefallen.

«Wer bist du?», fragte Harald, was Gorm offenbar missfiel. Ich ignorierte Harald Königssohn und sah Gorm an, außerstande, ein Wort herauszubringen.

«Wo sind Silfraskalli und Ottar Jarl?», wollte der König nun von mir wissen.

Ein paar Sølver traten zur Seite, und Silfraskalli wankte einige Schritte nach vorn. Sein Kettenhemd war dreckig und blutverschmiert, der Schildarm hing schlaff herunter, und Blut troff durch den Ärmel und den Handschuh. Den Helm hatte ihm jemand halb abgeschlagen, und ein Auge wurde von einem tiefen Schnitt verdeckt. Er stützte sich auf seine riesige Axt und keuchte angestrengt. Silfraskalli sah jämmerlich aus.

«Herr König», stöhnte er und fiel zu Boden. Nicht unterwürfig, wie es für viele ausgesehen haben muss und wie die von Gorm bezahlten Skalden es später berichteten. Für uns, die wir direkt danebenstanden, war deutlich zu sehen, dass Silfraskalli einfach vor Gorms Füßen starb.

Silfraskallis Männer reagierten zögernd, bis Harde-Gunni alle Sølver aufforderte, aus Respekt vor ihrem toten Herrn die Waffen zu senken, damit genügend von ihnen übrig blieben, um dem Schild der Sølver die Bestattung zu geben, die er verdiente.

Ich war kein Sølver und sah deshalb keinen Grund, Fenris in die Scheide zu stecken. Erneut blickte Gorm mich an.

«Wer bist du?», fragte er mich.

«Das ist Ulv Palnasson, Heldis' Neffe», antwortete Nils verärgert, als sei er enttäuscht darüber, dass ich noch immer am Leben war.

«Ulv Palnasson?», sagte Gorm.

«Ja, Herr», bestätigte ich, schob Fenris in die Scheide und nahm meinen Helm ab.

Nils Jarls Wiedersehensfreude hielt sich in Grenzen, sie bestand aus einem halbherzigen Nicken. Hätte ich ihn besser leiden können, hätte ich ihm verraten, wo Torste zu finden war, falls er nach ihm suchte.

«Wir verjagen gerade die letzten Ratten aus Norneborg. Es hätte nur noch ein paar Schwerthiebe mehr gebraucht.»

Gorm lächelte vage über meine markigen Worte, denn für jeden war klar zu erkennen, dass Silfraskallis Männer in der Überzahl und in weitaus besserer Verfassung waren. «Wirklich fertig seid ihr damit kaum – es sei denn, es ist das Echo der Walstatt, das dort aus Norneborg erklingt», meinte Gorm und winkte Harde-Gunni zu sich.

«Es ist immer schwierig, mit Ratten fertigzuwerden», erwiderte ich keck. «Aber ich schätze, Torste von Ryesborg ist gerade dabei, die letzten zu ersäufen.» Der erleichterte Ausdruck in Nils Jarls Augen ließ mich meine letzten Worte bereuen.

«Helft Torste von Ryesborg», befahl Gorm und schickte Harde-Gunni und Nils mit gut und gern einhundert Mann nach Norneborg. Er sah ihnen nachdenklich hinterher, während sie durch das immer noch qualmende Tor zogen. Dann neigte er den Kopf und musterte mich. Ein unbehagliches Gefühl, vor allem weil Skjalm Hvidelæder direkt an seiner Seite stand.

«Vielleicht könnte man mir den Trinkbeutel mit dem Bier reichen?», sagte ich, weil mir nichts Besseres einfiel.

Gorm überhörte meine törichten Worte. «Silfraskalli liegt hier vor meinen Füßen, aber wo ist Ottar Jarl?»

Ich wies hinter mich, wo mein Onkel gefallen war. «Er ist tot», erklärte ich. «Silfraskalli hat das Gewicht eines Ochsen in Silber für denjenigen ausgelobt, der ihn tötet.»

«Und wer hat ihn getötet?»

Ich zuckte mit den Schultern. «Der lebt auch nicht mehr. Ich habe ihn getötet.»

Gorm schickte ein paar Männer los, um den Jarl zu finden, und beratschlagte sich mit Ravnunge-Tue und einigen von Silfraskallis Kriegern. Ich setzte mich auf eine Karre, und Skjalm brachte mir einen Beutel mit Bier. Er klopfte mir auf die Schultern, in seinem Gesicht stand ein breites Grinsen.

«Hätte nicht damit gerechnet, dass du dich so lange hältst», meinte er anerkennend. «Einar hat dem frechen Bürschchen, mit dem ich in Haithabu aneinandergeraten bin, die Flausen ausgetrieben, wie mir scheint.»

«Das ist wahr, Herr Skjalm. Einar hat dem jungen Burschen einiges beigebracht, aber du hast in Haithabu dazu beigetragen, dem frechen Kerl den Garaus zu machen.»

Skjalm nickte verständnisvoll. «Es steht dir gut zu Gesicht», sagte er und streckte mir die Schwerthand entgegen. «Und ich respektiere dich wie unter Ebenbürtigen üblich. So hat es Einar Schwertmann getan, und ich tue es ihm gleich. Darauf gebe ich dir mein Wort.»

«Danke, Skjalm», erwiderte ich, umfasste sein Handgelenk und spürte, wie sich seine Hand um meines schloss. «Das bedeutet mir viel.» Diese wenigen wahren Worte waren eines der wichtigsten Gespräche meines Lebens, mit einem Mann, vor dem ich den tiefsten Respekt empfand.

Skjalm besah sich die wenigen Überlebenden aus Ottars Heer und das Chaos auf dem Schlachtfeld, als wolle er die Abläufe nachvollziehen.

«Wieso kommt ihr erst jetzt? Habt ihr euch auf dem Weg nach Norneborg verlaufen?»

«Es ist Winter, Ulv, zu dieser Jahreszeit kämpft kein Mann, der halbwegs bei Verstand ist.» Kopfschüttelnd merkte er an, dass Silfraskalli vermutlich kaum zu diesen Männern zählte und Ottar ganz gewiss nicht. «Wir sind so schnell wie möglich gekommen und offensichtlich ja noch nicht zu spät», sagte er schließlich.

«Da hätte Ottar dir kaum zugestimmt, wäre er noch am Leben», entgegnete ich und trank einen Schluck Bier.

«Wahrscheinlich nicht, aber vielleicht ist es zum Besten, dass Ottar nicht mehr am Leben ist.» Er wies mit dem Kinn auf Gorm, der sich noch immer mit Silfraskallis Kriegern und Ravnunge-Tue unterhielt.

«Warum hat Gorm nicht einfach ein paar Schiffsbesatzungen zu Ottars Unterstützung geschickt?»

Skjalm blickte sich vorsichtig um, ehe er antwortete, und sprach selbst dann noch mit leiser Stimme. «Das Heer, das du hier siehst, ist nicht zusammengekommen, um Ottar zu unterstützen. Im Übrigen so wenig wie Silfraskalli.»

«Nicht?»

Skjalm schüttelte den Kopf. «Man zieht nicht mit beinahe tausend Mann mitten im Winter nach Fünen, um eine Fehde zwischen zwei verrückt gewordenen Jarlen zu beenden, von denen sich einer auch noch selbst zum König erkoren hat.»

«Nein?», fragte ich dümmlich.

«Nein, Ulv, das tut man ganz bestimmt nicht. Besonders nicht, wenn keiner von ihnen beabsichtigt, einem Herrn Treue und Gefolgschaft zu schwören.» Er sah mich listig an, und ich verkniff mir die nächste dumme Frage. «Man zieht mit tausend Mann nach Fünen, wenn man sicherstellen will, auf dem Thing von Rønninge zum nächsten König Fünens gewählt zu werden.»

Allmählich beschlich mich die leise Ahnung, dass Gorm mit dem Ausgang der Dinge äußerst zufrieden war, und ich begriff endlich, warum er Torste und mich nach Fünen geschickt hatte.

«Nils, und damit Gorm, brauchte einen Vorwand, Torste und mir zu Hilfe zu eilen, um Ottar oder Silfraskalli zu zwingen, ihm die Gefolgschaft zu schwören?»

Skjalm schielte zu Gorm und nickte. «Eigentlich sollten Knut und Harald Gormsson euch begleiten, aber Sigfreds plötzlicher Besuch hat diese Pläne vereitelt.»

«Hier, bei ... Ottar?» Sprachlos starrte ich Skjalm an, der meine Gedanken erriet.

«Ja, das war der Plan, wobei Knut Danaast Ottar wahrscheinlich schon erschlagen hätte, bevor der Willkommensmet ausgetrunken gewesen wäre – oder umgekehrt.» Skjalm lachte kurz auf. «Jedenfalls hätte Gorm dann einen guten Grund gehabt.»

Ich sah ihn an, und aus meinen Gedanken wurden Worte. «Wäre Gorm schneller gekommen, wenn Knut und Harald hier gewesen wären?»

Skjalm wich meinem Blick aus und hob zu einer dieser Geschichten an, deren Tragweite mir nicht ganz klar war. «Das wäre er zweifellos. Doch solange Bjørn Eisenseite Sigfred unterstützte, verfügten sie gemeinsam über mehr Männer als Gorm – bei dieser Sache geht es um mehr als euer junges, bedeutungsvolles Leben.» Er schmunzelte über seine eigenen Worte, ehe er fortfuhr. «Es geht um das Machtgleichgewicht zwischen Gorm und Sigfred, denn obwohl er mit Tyra verwandt ist, ist er doch Gorms gefährlichster Feind. Eisenseite hat in Svealand gerade genug Probleme am Hals, nachdem nicht er, sondern Erik Ringsson auf dem Thing von Mora zum König der Svear gewählt wurde. Wer hätte das gedacht?» Skjalm schüttelte ungläubig den Kopf und erzählte weiter. «Wegen zwei verrückter Jarle aus Fünen zu verlieren, schadet dem Ansehen eines jeden Kriegsherrn, und ohne dieses Ansehen konnte Bjørn Eisenseite Svealand unmöglich für sich gewinnen. Und ohne Bjørn wiederum war es für Sigfred noch schwieriger, Jütland einzunehmen, besonders solange es ihm nicht gelang, Fünen an sich zu reißen.»

«Dann hat Sigfred die Schlacht also gewonnen?», sagte ich zweifelnd.

«Sigfred hat in jedem Fall eine Menge Männer verloren, und sein Ansehen hat schwer gelitten, während Gorm in beiden Punkten nach wie vor stark aufgestellt ist.»

«Aber was hat Gorm jetzt vor?», fragte ich.

«Das weiß nur Gorm allein. Aber selbst dem Dümmsten

ist klar, dass Gorm – im Gegensatz zu Sigfred – die nötige Weisheit besitzt, die es braucht, um das ungleiche Land der Dänen zu vereinen. Das weiß Sigfred sehr gut, und deshalb hat er versucht, Fünen zu erobern, bevor Gorm es tat.»

Endlich kam mein Gehirn in die Gänge. «Und deshalb unterstützt du Gorm, den König von Jütland, obwohl du Seeländer bist?»

Wieder nickte Skjalm mir lächelnd zu. «Sigfred und seine Sippschaft konnte ich nie leiden. Meine Sippe und die Bodil-Familie, eine der tragenden Säulen des Lejre-Königs, liegen schon seit vielen Jahren über Kreuz.»

Ottars Leiche wurde auf zwei Schilden von vier Männern getragen. Als sie bei uns vorbeikamen, hielten sie kurz inne. Ottar sah ein bisschen aus wie die Strohpuppe, an der Einar Schwertmann uns Hiebe und Stiche hatte trainieren lassen.

Gorm kam zu uns herüber und betrachtete meinen toten Onkel, der selbst im Tod noch störrisch wirkte, ehe er sich an mich wandte. «Erzähl mir», sagte Gorm und setzte sich neben mich auf den Ochsenkarren, «warum Ottar und Silfraskalli so lange weitergekämpft haben, nachdem Sigfred und Bjørn heimgezogen sind?»

Ich deutete mit dem Kopf in Richtung Norneborg, wo die Kämpfe mittlerweile aufgehört hatten. Torste und Ymer kamen auf uns zugelaufen, mein Vetter hinkte ein wenig, und Ymer trug einen Verband um die Hand.

«Ott, Ottar Jarls Sohn, ist ein Verräter. Er hat auf Silfraskallis Seite gekämpft. Er ist eine der Ratten, die wir heute beseitigen wollten, und zudem jemand, den Ihr im Auge behalten solltet, Herr.»

Darauf entgegnete Gorm, Ott sei nur einer von vielen, die er im Auge behalten müsse. Er schien nicht wirklich zufrieden mit meiner Antwort. «Ulv Palnasson, dein König verlangt von dir, dass du ihm jetzt berichtest, was hier geschehen ist.»

«Ja, Herr», sagte ich und blickte über das endzeitliche Ausmaß der Zerstörung rund um uns. «Ob es wohl möglich wäre, etwas mehr Bier zu bekommen, um meine Kehle zu befeuchten?»

KAPITEL 22

Ottars Stallmeister Tue Bjarkesson starb am Anlegertor gemeinsam mit mehr als der Hälfte der Männer. Muhammeds Seele war jetzt bei dem Gott, dem sie in Serkland huldigten, und Ymer fehlten zwei Finger seiner Schildhand. Darüber hinaus hatten alle Schrammen und Schnittwunden davongetragen. Meine ärgsten Verletzungen fanden sich an den Beinen und Knöcheln, wo Schwerter und Speere es unter meinem Schild hindurchgeschafft hatten. Zwar hatte ich Schmerzen, konnte aber sowohl Beine als auch Füße bewegen, und damit war ich durchaus zufrieden.

Dagegen stieß mir sauer auf, dass Ott leben durfte und Gorm ihm zu allem Überfluss gestattete, in der alten Halle seines Vaters in Norneborg zu wohnen. Auch wenn sie vom Feuer beschädigt und das Dach auf einer Seite eingestürzt war, wohnte in dieser Halle eigentlich der Herrscher von Norneborg. Von unserem Langhaus war nichts mehr übrig, weshalb wir in einem kleinen Grubenhaus schliefen, während Gorm und sein Gefolge in der Halle von Odins Vi unterkamen.

Ich hatte viel Zeit zum Nachdenken, was meinem Umfeld nicht immer zum Besten gereichte, und war zu dem Schluss gekommen, dass Norneborg nach Ottars Tod rechtmäßig mir unterstellt werden müsste. Ott war ein Verräter, und ich konnte nicht begreifen, dass er am Leben bleiben durfte. Aber so war Gorm eben. Er hieb einer Schlange so lange nicht den Kopf ab, bis er überzeugt war, dass ihr nächster Biss sich gegen ihn richten würde. Und für so etwas war Ott leider nicht dumm genug.

Auch wenn ich mich damit abfand, dass Gorm meine standhafte Forderung nach der alten Burg nicht angemessen fand, diskutierte ich mit Skjalm über Norneborg und mein Recht, mich Jarl und Burgherr zu nennen.

Skjalm war ein guter Gesprächspartner, wenn auch etwas anstrengend in seiner Beredsamkeit. Er betrachtete die Dinge stets von zwei Seiten und wies mich darauf hin, dass ich keinen berechtigteren Anspruch auf Norneborg hatte als Torste oder Ott, bis Letzterer möglicherweise von Gorm oder auf dem Thing in Rønninge verurteilt wurde. Außerdem habe Ott keinen Eid gebrochen, denn auf diesem Gebiet kam er nach seinem Vater und hatte Gorm keinen solchen geschworen. Was für Ott zugleich ein Problem darstellte, denn wenn er Ottars Land und Norneborg übernehmen wollte, musste er Gorm die Treue schwören. Obwohl das nicht zu meinen Plänen passte, hoffte ich im Stillen, dass Ott mehr nach seinem Vater schlug, als gut für ihn wäre, auch in Sachen Vernunft. Wenn ich Glück hatte, würde er niemandem die Gefolgschaft schwören. *Ich* wollte Norneborg übernehmen und wies jedes noch so kluge Argument dagegen mit derselben Sturheit ab, mit der ich den Anspruch auf das Schwert erhob, das Eskil Einauge mir gestohlen hatte. Torste würde einmal Ryesborg samt Ländereien erben, wohingegen mir keinerlei Erbe zustand. Abgesehen davon wollte ich viel lieber Norneborg mein Eigen nennen, selbst wenn es in Trümmern lag, statt als Gast bei meiner Sippe leben zu müssen.

Und Norneborg lag in Trümmern. Die Palisaden zu beiden Seiten des Tors bestanden aus kaum mehr als einer kleinen Reihe spitzer Pfähle, die an die Zahnstümpfe im Mund eines Bettlers erinnerten.

Ottars Halle stand noch, befand sich aber in einem erbärmlichen Zustand. Dafür waren der kleine Anleger und die umliegende Palisade intakt geblieben sowie einige Grubenhäuser. Alle restlichen Gebäude waren niedergebrannt.

Als ich mich abermals über Ott beklagte, erwiderte Skjalm tief seufzend, dass Ottar, also meine Sippe, ein wenig Land und einige Höfe an der Südostküste Fünens besaß, die weit besser in Schuss waren als Norneborg.

«Einer der Höfe heißt Suyneborg und ist mit Palisaden befestigt. An deiner Stelle würde ich diesen Hof als Entschädigung von Ott einfordern.» Das klang im Grunde gut, aber ich wollte unbedingt Norneborg haben.

Norneborg sollte mir gehören oder niemandem. Als ich Skjalm das sagte, grinste er eine Spur zu breit und meinte, es sei schwierig, in einer solchen Angelegenheit zu entscheiden. Immerhin befehligte Ott eine nicht unansehnliche Anzahl Männer, während ich einzig auf Ymer und Harek Marschmann zählen konnte, und den hatten wir schon eine ganze Weile nicht gesehen. Trotzig ergänzte ich Torstes Namen, worauf Skjalm zwar nickte, dann aber entgegnete, dass noch immer eine ordentliche Kluft zu Otts Gefolgschaft bestand, der nur die Hälfte seiner Männer übers Eis nach Norneborg geführt hatte.

«Norneborg gehört mir», murrte ich. «Mir und niemand sonst, bei Thor. Und Thor wird dafür sorgen, denn er spricht zu mir, wenn es nötig ist.»

KAPITEL 23

Exakt achtzehn Tage nachdem die beiden starken Männer Fünens gefallen waren, sollte das Thing in Rønninge abgehalten werden, auf dem – da war sich Skjalm sicher – Gorm zum König gewählt werden würde. Wie so vieles, was er sagte, leuchtete mir auch das ein, doch zuerst sollte Ottar Jarl seine Fahrt nach Walhall antreten, gemeinsam mit all den anderen toten Kriegern.

Wir saßen zusammengedrängt auf den Bänken der großen Halle bei Odins Vi, tranken dünnes Bier und aßen mageres Fleisch. Gorms Miene erinnerte an ein Gewitter, und er war ungewöhnlich reizbar. Natürlich bemerkte ich das als Allerletzter.

In der Halle bei Odins Vi hatte Vigdis die Seherin das Sagen und das, ohne mit irgendjemandem zu sprechen. Nicht einmal mit König Gorm. Vigdis saß etwas abseits auf einem Haufen Stroh und wühlte in einem Knochenberg, der sonderbar klirrte, wenn sie sich bewegte.

Ihr Kleid war von einer intensiv roten Farbe und ihr

Gesicht mit einem Schleier aus goldenen Fäden bedeckt. In der Hand hielt sie einen langen silberbeschlagenen Stab, das Kennzeichen einer Völva, an dessen Ende eine Adlerklaue saß, den sie zu keiner Zeit aus der Hand legte.

Alle Anwesenden vermieden es, Vigdis direkt anzusehen. Hinter ihr, nicht weiter entfernt, als dass sie sie mit dem Stab erreichen konnte, saßen drei junge Mädchen mit langem hellem Haar, teils glatt gekämmt, teils geflochten. Sie saßen mucksmäuschenstill da, schlugen aber vor keinem Mann den Blick nieder und lächelten die ganze Zeit. Die drei waren ein echter Augenschmaus, sodass es meinen Blick, auch wenn ich tunlichst darauf achtete, Vigdis nicht anzusehen, ständig in ihre Richtung zog.

Die drei Schönheiten waren sicher einer der Gründe, warum mir Gorms lausige Laune und die so gar nicht ausgelassene Stimmung in der Halle so spät auffielen.

Torste und ich hatten Plätze in Gorms Nähe zugewiesen bekommen, was mich mit Stolz erfüllte und meine Erwartungen auf ein munteres Trinkgelage schürte. Allerdings war das, bevor mir die Tragweite seiner üblen Laune bewusst wurde.

Zuerst schob ich seinen Verdruss auf das miese Essen und insbesondere das schlechte Bier, wie es bei mir der Fall war. Wie sich jedoch herausstellte, ärgerte Gorm sich über die lange Wartezeit bis zum Thing in Rønninge, und er bat Skjalm, es schneller einzuberufen.

«Wir verschwenden hier nur unsere Zeit», maulte Gorm. Was ihn so unter Zeitdruck setzte, verriet er nicht, aber er trommelte mit den Fingern auf den Tisch, um seinen Worten Nachdruck zu verleihen. Skjalm entgegnete, dass man das Thing nicht vorziehen könne, da man Boten zu allen freien Männern Fünens schicken müsse, die an der Versammlung in Rønning teilnehmen sollten. Zudem mussten vorher noch viel Bestattungen vorgenommen werden – darunter die von Ottar und Silfraskalli.

«Wollt Ihr mit den Sitten und Bräuchen brechen, Herr, und den Leuten das Grabbier verwehren, könnten wir es schneller schaffen. Aber ich bin überzeugt, es wird Euch auf dem Thing besser gereichen, wenn alles gemäß den Traditionen vonstattengeht und Ihr zuerst den toten Jarlen die Ehre erweist.»

Gorm nickte, aber er sah trotzdem noch verärgert aus. «Dann entzündet die Scheiterhaufen, hebt die Gräber aus, schenkt das Bier aus und bratet das Fleisch», brummte er. «Ich will am Friggsdag in Rønninge bei Langeskov sein, und das ist in fünf Tagen.»

Saitenklänge mischten sich in das Gespräch, und wieder glitt mein Blick hinüber zu den drei jungen Mädchen hinter Vigdis. Die Schönste von ihnen spielte Harfe und neigte den Kopf ein wenig zur Seite, so als fordere sie mich auf, näher zu kommen. Nichts hätte ich lieber getan, aber ich wagte es nicht. Ich blieb wie verzaubert sitzen und bekam nicht mit, was Skjalm auf Gorms Worte erwiderte. Ich kämpfte gegen begierige Gedanken, die nicht eher zur Ruhe kamen, bis Vigdis ihren Stab hob und damit auf mich zeigte. Ein Schauer lief mir über den Rücken, und mit einem Mal nahm ich alles um mich herum wieder wahr. So sah ich, wie Gorm aufstand, Vigdis einen Blick zuwarf und die Halle mit langen Schritten verließ.

Gorm wollte so schnell wie möglich nach Rønninge, und damit wurde es für uns hektisch. Mit Feuern tauten wir die Erde auf, um diejenigen zu beerdigen, die an den angenagelten

Gott glaubten. Und das waren überraschend viele von Ottars Männern. Vielleicht aber hatte Aslak, der sich um die praktischen Abläufe kümmerte, auch einfach die Toten missioniert. Nur bei den Männern, um deren Hals ein Mjölnir-Amulett hing, konnte man nachweislich davon ausgehen, dass sie nach Walhall wollten, und solche konnte Aslak nicht für sein eigenes Himmelreich abwerben.

Der angetaute Matsch musste beiseitegeräumt werden, ehe die in Norneborg gefallenen Männer einigermaßen anständig auf den Weg nach Asgard in die Halle der Götter geschickt werden konnten. Das geschah mit einem riesigen Scheiterhaufen, dazu wurden Bier und Fleisch aus Sjalvarstad gereicht, da weder in Odins Vi noch in Norneborg Bier oder Fleisch übrig waren. Trotzdem teilten es die Männer großzügig untereinander.

Die größten Probleme bereiteten die Bestattungen der zwei Jarle. Beide sollten auf gebührende Weise geehrt werden, die ihrem Stand und ihrer Bedeutung für Fünen entsprach, damit sie in aller Pracht in Walhall einziehen konnten.

Ottar Jarl sollte auf dem See vor Norneborg feuerbestattet werden, diesen Wunsch hatte er Aslak zufolge geäußert. Ott widersprach dem Verwalter nicht, was untypisch für ihn war, aber er schien froh zu sein, dass sein Vater nicht mehr lebte.

Zu seinen Lebzeiten hatte ich Ottar nicht sonderlich leiden können, doch die letzten Tage hatten den Jarl für mich in ein anderes Licht gerückt. Deshalb gefiel mir Otts breites Grinsen nicht. Ott war einfach ein Drecksack. Beides teilte ich ihm unverblümt mit, worauf er erwiderte, dass meine Zeit noch kommen würde.

«Verlass dich drauf, Ulf Palnatoki», drohte er mir unter

dem verhassten Namen, den die Nornen mir angeheftet hatten.

«Das tue ich, Lill-Ott. Vielleicht sollten wir unsere Unstimmigkeiten mit einem Holmgang beilegen – hier und jetzt, ohne dass uns jemand unterbricht?»

Ott blickte mich ernst an und machte auf dem Absatz kehrt.

«Hau nur ab, du Wicht, schnell fort mit dir, bevor ich dir einen Arschtritt verpasse», rief ich ihm hinterher.

Ott drehte sich um und warf mir kopfschüttelnd einen raschen Blick zu. «Du bist Ottar viel zu ähnlich, Ulv Palnatoki – denk dran, bald brennt seine Leiche.»

Was genau er damit sagen wollte, war mir nicht ganz klar, aber er verließ die Gesellschaft, ohne meine hitzigen Worte zu erwidern.

Ottar Jarl sollte in einem seiner kleinen Schiffe nach Walhall segeln, eingehüllt in riesigen Flammenschein. Hätte ich in Aslaks abgewetzten Schuhen gesteckt, wäre meinem Herrn genau das Gegenteil der Bestattung zuteilgeworden, die er sich gewünscht hatte. Und wer weiß, vielleicht tat Aslak das ja? In jedem Fall wirkte er merkwürdig berührt bei den sorgfältigen Vorbereitungen der Bestattung. Er wählte Waffen, Ausrüstung, Geschirr, Essen und Kleidung für seine Sklavin Smila, die ihrem Herrn Ottar nach Walhall folgen sollte.

Einzig als wir, wie es die Tradition der Dänen für Ottars engste Freunde vorschrieb, einer nach dem anderen Smila bestiegen, bevor sie mit ihrem Herrn wiedervereint wurde, versteifte sich seine Miene. Smila selbst hatte nichts dagegen, und da wir nur wenige waren und schon lange keine Frau mehr gehabt hatten, ging es ziemlich schnell.

Das Schiff am Anlegertor Norneborgs war im Eis festgefroren und konnte nicht in die Mitte des Wassers gezogen werden, wie Aslak es wollte. Dafür hatten die Männer es mit trockenem Holz beladen und mit Seehundfett und Teer eingeschmiert, damit die Flammen bis nach Walhall reichten.

Auf dem Berg aus Holz ruhte Ottar in blank gescheuertem Harnisch, neben ihm seine liebsten Besitztümer und ein winselnder Hund. Aslak hatte Ottars Hände direkt unter dem Schaft um die Schwertklinge gelegt, sodass das Schwert auf seiner Brust lag. Es sah aus, als hielte Ottar ein Kreuz.

Dann kam Smila in ihren feinsten Kleidern zu dem kleinen Anleger hinabgewankt, hinter ihr folgten drei von Vigdis' Opfermännern. Sie alle hatten einen leblosen Ausdruck in den Augen und glatt rasierte Wangen, und sie hatten ihre liebe Mühe mit Smila.

Sie war sturzbesoffen, da wir alle einen Krug starkes Bier aus Odins Vi mit ihr getrunken hatten, bevor wir es mit ihr getrieben hatten. Smila stolperte und stürzte mit einem solchen Krach aufs Schiff, dass Ottar dabei über die Reling rutschte. Wäre das Wasser nicht gefroren gewesen, wäre er wie ein Stein auf den Grund gesunken. Doch das Eis hielt ihn auf und sorgte dafür, dass der Herr von Norneborg nicht in Ráns Armen landete.

Smila lag eingerieben mit Seehundfett und Teer im Schiff und lachte glucksend, während die Opfermänner Ottar zurück an Bord hievten und die Ordnung wiederherstellten. Einer der Männer schlug Smila fest ins Gesicht, und ihr Gelächter verstummte. Wacklig kam sie auf die Beine und wollte wieder an Land, aber Nils hielt sie mit einem gezielten Tritt gegen die Stirn auf. Smila fiel rückwärts und hinterließ eine breite Spur aus Tran und Teer. Sie zappelte und setzte sich auf die Knie, wurde aber von den Opfermännern zurückgestoßen und bekam so viele Schläge verpasst, dass sie sich zum Schluss still an Ottars Seite legte.

Wir amüsierten uns prächtig, und abgesehen von der fettigen Transpur machte Ottars Bestattungsschiff einen friedlichen und gut vorbereiteten Eindruck. Nur sein Lieblingspferd fehlte, vermutlich weil Ott es sich unter den Nagel gerissen hatte.

«Leb wohl, Herr Ottar», murmelte ich. «Grüß meine Mutter und deine Schwester.» Dann warf ich einen letzten Blick auf Ottar.

Einer nach dem anderen nahmen wir Abschied von Ottar Jarl und verließen den Anleger, durchquerten Norneborg und stellten uns am Ufer vor der Burg auf, wo Vigdis die Seherin ankommen sollte. Wann es so weit war, ahnte niemand, und selbst Gorm wagte es nicht, sich mit einer Völva anzulegen.

Normalerweise war eine gute Totenfeier das Warten wert, aber ich fror, und ich hasste es zu warten. Dementsprechend kochte ich innerlich, als Sól ihren Wagen über den Himmelsbogen zog, ohne dass die Seherin sich blicken ließ.

Plötzlich fegte ein eiskalter Wind über uns hinweg, und mit ihm trafen Vigdis und ihre drei hübschen Mädchen ein. Vigdis trug ihren blutroten Umhang mit dem Goldschleier vorm Gesicht und saß auf Ottars Lieblingspferd. Sie umfasste ihren Stab mit beiden Händen, und das Pferd schien ihr zu gehorchen, ohne dass sie sich bewegte.

Das Pferd kam direkt neben mir zum Stehen, und Vigdis stieg ab, begleitet vom selben klirrenden Geräusch, das ich schon in der Halle bei Odins Vi gehört hatte. Es rührte von unzähligen Schnüren mit silbernen Vogelklauen und Tierknochen her, die an ihrem Gewand festgenäht waren und bei jeder ihrer Bewegungen aneinanderschlugen. Ich dachte an den Knochenvorhang über Nældes Tür in Ryesborg.

Vigdis trat näher und musterte uns mit ihrem hinterm Schleier verborgenen Blick. Die Mädchen reichten Vigdis ein kupfernes Gefäß mit rundem Boden, verschwanden hinter uns und stimmten ein Lied über die Wochentage an.

Nun stellte sich Vigdis dicht vor Gorm, tauchte die Spitze ihres Seidstabs in das Kupfergefäß, fuhr langsam damit über Gorms Stirn und berührte seine Lippen mit einem Finger. Zum Schluss wisperte sie irgendwelche Wörter wie aus einer anderen Welt, ging weiter zu Knut Gormsson und wiederholte das gleiche Ritual bei ihm.

Gorm verzog keine Miene, das sah ich genau, denn zwischen ihm und mir standen nur Knut, Torste und Nils. Wir hielten unsere Mjölnir-Amulette fest umklammert, und Ravnunge-Tue flüsterte Odins Namen.

Als Vigdis den Finger über Torstes Lippen strich und sich vor mich stellte, kostete es mich einige Mühe, nicht zurückzuweichen. Sie stank wie der Tod, tauchte den Seidstab in etwas, das nach geschmolzenem Tierfett mit Kräutern aussah, und fuhr damit über meine Stirn. Dann tunkte sie ihre Fingerspitze in den Behälter und ließ sie über meine Lippen gleiten. Ihre zischenden Schlangenlaute übertönten den Gesang hinter mir, urplötzlich strahlte das Licht greller, und für einen winzigen Augenblick trafen sich unsere Blicke durch den Schleier.

Ich begann zu zittern und konnte kaum noch aufrecht stehen. Ich hatte den Tod gesehen, das Leben, das Böse und das Glück, und ich hatte einen kurzen Blick auf die Knoten der Nornen erhascht, mit denen sie die Lebensfäden knüpften.

Meine Lippen und die Stirn brannten wie Feuer, meine Zähne klapperten, und ich musste Hunderte Male blinzeln, um die Tränen zurückzuhalten.

Die Völva setzte ihre Runde fort, und mit großer Mühe gewann ich die Kontrolle über mich selbst wieder.

«Schau einer Völva nie in die Augen, Ulv», flüsterte Torste mir zu. «Davon kann man sterben.»

«Wie nett, dass du mir das jetzt sagst», meckerte ich leise und hörte meine Zähne klappern.

Die Mädchen hörten auf zu singen, und Vigdis schwebte über Eisschollen und Löcher bis zu Ottars kleinem Schiff, wo sie an Bord stieg. Ottars Pferd war durch die niedergebrannte Burg hinunter bis zum Schiff geführt worden, und als es Vigdis erblickte, wieherte es und stampfte auf dem Anleger auf.

Vigdis die Seherin reckte ihren Stab gen Himmel und bat Odin mit gellender Stimme, seine drei Walküren Gunnr, Róta und Skuld zu senden und Ottar Jarl an diesem Odinstag nach Walhall zu führen. Denn der Herr von Norneborg war als wahrer Krieger auf dem Schlachtfeld gefallen. All das wiederholte sie viermal und drehte sich bei jedem Mal in eine andere Himmelsrichtung.

Inzwischen spürte ich meine Füße nicht mehr, und mein Gesicht brannte noch immer. Mir kam es vor, als schwebte ich, und ich sah Vigdis mit einer solchen Schärfe, die sich wie eine scharfe Klinge hinter meinen Augen anfühlte.

Plötzlich hielt Vigdis ein großes Messer in der Hand und schnitt Ottars jaulendem Köter die Kehle durch. Das Blut tropfte von der Klinge auf Ottars Leichnam. Dabei rief sie etwas in einer unverständlichen Sprache, in der jedes Wort wie ein zischender Fluch klang. Oder, wie Ymer später sagte, wie die fauchenden Riesenschlangen, die er in den heißen Gegenden südlich von Serkland gesehen hatte.

Ottars Leichenschiff war eigentlich zu weit vom Ufer entfernt, als dass ich etwas anderes als laute Rufe hätte hören oder Vigdis anders als als kleine Gestalt im Schiff hätte erkennen können. Trotzdem schien ihre Stimme von allen Seiten zu uns zu dringen, sie hallte wie ein Echo in unseren Ohren nach, ganz deutlich und doch unverständlich. Jeden einzelnen Gegenstand an Bord des Schiffs nahm ich bis ins kleinste Detail wahr, als stünde ich auf dem Anleger.

Dann deutete Vigdis auf Ottars Pferd und stieß einen schrillen Schrei aus. Das Pferd wurde wider seinen Willen an Bord geschleift und mit einem schnellen Stich ins Herz getötet. Die drei Opfermänner ließen das Blut über Ottar fließen, ehe sie den dampfenden Pferdekadaver neben ihn zogen. Jetzt kam Smila an die Reihe, die schlagartig nüchtern wurde und vor Schreck aufheulte.

Die Völva schnitt auch der Sklavin die Kehle durch und platzierte ihre Leiche neben Ottar, ehe sie das Messer beiseitewarf und ihren Stab zum Himmel richtete. Dann begann Vigdis zu schreien wie eine Geisteskranke, während die drei Opfermänner das Schiff in Brand setzten.

Hinter uns stimmten die Mädchen wieder einen Gesang an, und es hörte sich an, als stünden sie direkt neben mir. Ich schaute mich nach ihnen um, entdeckte aber niemanden außer Torste, Nils und Ravnunge-Tue. Als ich den Blick wieder auf Ottars brennendes Schiff richtete, war meine Sicht verschwommen. Mit jedem Blinzeln war es, als spränge ich zwanzig Schritte nach hinten, bis das Schiff nur noch aus einer Feuerkugel bestand, in deren Mitte Vigdis' vage Gestalt auszumachen war. Da kehrte allmählich das Gefühl in meine

Beine zurück, und ich spürte den Boden unter den Füßen wieder.

Als das Schiff völlig von Flammen umschlossen war, verschwand Vigdis plötzlich. Und ich nahm das Rauschen von Gunnr, Róta und Skuld wahr, die Ottar mit sich nahmen. Zwar konnte ich sie und ihre Pferde nicht sehen, aber es fühlte sich so an, als ritten die drei Walküren geradewegs an mir vorbei.

Ich zitterte vor Kälte, obwohl die Flammen von Ottars Bestattung so lodernd brannten, dass die Wärmestrahlen den Schnee auf dem Eis am Ufer schmolzen.

Auch Njörd wollte Ottar offenbar seine Ehre erweisen, denn er schickte kräftige Windböen, die Funken aufstieben ließen wie an der Esse eines Schmiedes. Ott sang ein Loblied auf Odin, das Njörd ebenso missfiel wie uns, denn der Wind drehte und nahm zu.

Ich lachte herzhaft über Ott, der nun hustete, verfiel aber augenblicklich in Schweigen, als die Flammen sich den Anleger und das hintere Tor einverleibten. Das Feuer fraß sich entlang der übrig gebliebenen Palisaden und entfachte ein wahres Inferno, das bald auch das Dach von Ottars Halle entzündete. Ott hob wieder zu singen an, und jedes Mal wenn er in meine Richtung blickte, brach er in brüllendes Gelächter aus.

Erst als ganz Norneborg in Flammen stand, brach Ottar Jarls Schiff mit einem fauchenden Zischen durchs Eis. Begleitet von Otts johlendem Gesang.

Ich stand wie gelähmt am Ufer und trank von Ottars dünnem Grabbier, während ich zusah, wie *meine* Burg niederbrannte. In mir brodelte eine unsägliche Lust, Otts Gesang mit einem Faustschlag zu beenden.

«Ottar hat Norneborg mit sich nach Walhall genommen», seufzte Torste und setzte hinzu, dass es so vielleicht am besten wäre.

Endlich verstummte Ott, und Gespräche kamen in der Gesellschaft am Ufer auf. Die meisten unterhielten sich über Vigdis die Seherin, denn niemand schien zu begreifen, wo sie abgeblieben war. Manche meinten, sie sei nach Walhall gezogen, um dort Ottars Ankunft vorzubereiten, während andere behaupteten, sie könne fliegen wie ein Vogel und sei auf diese Weise dem Flammentod entronnen.

Ich sagte nichts, denn die ganze Zeit über lag König Gorms schwerer Blick auf mir. Als ich nach einer langen Weile die Augen von Norneborg abwandte und Gorm ansah, nickte er mir zu.

«Fünen ist jetzt unser. Darüber besteht kein Zweifel», sagte er, als spräche er allein zu mir. Das tat er nicht, denn Knut, Harde-Gunni, Ravnunge-Tue als auch Skjalm und Nils standen näher bei ihm als ich. Trotzdem galt sein Blick mir, als die berühmten Worte seine Lippen verließen.

«Ein Ehrenwort ist ein Ehrenwort!»

Gorm wandte sich an Torste.

«Ich habe mein Ehrenwort gegeben, dass ihr zwei nach Seeland ziehen sollt.» Nun sah er uns abwechselnd an. «Dieses Versprechen gedenke ich zu halten, und die Skalden werden den Mann mit Ruhm überschütten, der König Sigfred um einen Kopf kürzer macht.»

Darauf wussten weder Torste noch ich etwas zu erwidern, weshalb König Gorm uns nur zunickte und anschließend Odins Vi verließ, ohne am folgenden Gelage teilzunehmen. Er musste nach Ladby, wo am nächsten Morgen Silfraskalli bestattet werden sollte. Später wurde erzählt, Silfraskalli habe

Ottar sogar noch im Tod übertroffen und das, obwohl Norneborg bis auf den Grund niederbrannte.

Ich blickte Gorm dem Mächtigen nach, wie viele ihn bereits nannten, und seine Worte gingen mir nicht aus dem Kopf.

Ich gehe nach Seeland – ein Ehrenwort ist ein Ehrenwort!

Fortsetzung folgt in Band II
MILLENNIUM KINGDOM. Das Blut des Königs

Glossar und Stammbäume

A

Ägir: Riese und Meeresgott, verheiratet mit Rán
Alebu: Ålborg
Arus: Århus
Arwi: See auf Fünen, heute Arreskov Sø
Asgard: Welt der Götter, in der sich auch Walhall befindet

B

Bader: Chirurg, Zahnarzt und Barbier
Birka: schwedische Wikingerstadt (nahe Stockholm)
Bjarmaland: Nordfinnland und die Kola-Halbinsel
Blot: Opferzeremonie
Borgundarholm: Bornholm
Bottensee: Meer zwischen Schweden und Finnland
Bretland: Wales
Brunanburh: Gebiet im heutigen Wales und Cumberland (Kumraland)
Brünne: Kettenhemd

C

Caerdydd: Cardiff, Hauptstadt von Wales
Carluel: die Stadt Carlisle in Cumberland (im heutigen England)
Córdoba: heutiges Spanien
Cymru: Wales, außerdem der Name des Clans von Ulv Palnatoki

D

Dagr: Sohn der Riesin Nótt, erzeugt das Tageslicht mit seinem Pferd Skinfaxi
Dyffryn Cudd: das verborgene Tal (Heimat des Cymruclans)
Dýflin: Dublin

E

Einvig: Zweikampf bis zum Tod, ohne Regeln
Eljudnir: Wohnstatt Hels in Niflheim
Ertog: Gewichtseinheit für Metalle (ein Ertog entspricht etwa neun Gramm)

F

Folkwang: Freyas Wohnsitz in Asgard, hier empfängt sie die Krieger, die nicht nach Walhall kommen
Frigg: Odins Gemahlin, Göttin der Ehe und der Fruchtbarkeit
Friggstag: Freitag
Freya: Liebes-, Fruchtbarkeits- und Kriegsgöttin
Freyr: Gott der Fruchtbarkeit und der Ernte
Fylking: Schlachtreihe, taktische Kampfformation

G

Göndul: eine von Odins Walküren
Gotland: Insel vor der Ostküste Schwedens, außerdem eine Bezeichnung für Nordjütland

Griechische See: griechischer Teil des Mittelmeeres, Ionisches Meer

Grubenhaus: teilweise eingegrabenes Haus für Sklaven oder Werkstätten

H

Haithabu: wichtiger Handelsort der Wikingerzeit, heute Teil der Gemeinde Busdorf in Schleswig-Holstein

Halle: großes Langhaus mit vielen Sitz- und Schlafplätzen

Hardsyssel: alte Bezeichnung für Westjütland

Haruden: Bewohner des heutigen Hardsyssel

Hel: Tochter Lokis und der Riesin Angrboda, außerdem Schwester des Fenriswolfs und der Midgardschlange

Helheim: Totenreich für diejenigen, die keines ehrenvollen Todes sterben

Herfjötur: eine von Odins Walküren

Hird: eine Gruppe Krieger

Hlökk: eine von Odins Walküren

Hnefatafl: Brettspiel, bei dem es darum geht, die gegnerischen Spielsteine zu umringen

Hohnstange: Pfahl oder Stange aus Haselholz mit einem abgetrennten Pferdekopf, um Schande über einen Feind zu bringen (Zaubermittel)

Hohnweise (Nidvise): Schmähgesang oder andere Form mündlicher Verunglimpfung

Holmgang: Zweikampf mit bestimmten Regeln

Holmgård: Nowgorod in Russland

Hrimfaxi: schwarzes Pferd der Göttin Nótt, das die Dunkelheit bringt

Hugin und Munin: Odins Raben, die ihm berichten, was in Midgard geschieht

Huskarl: freier Mann, der einem Jarl oder Großbauern dient, oft als Krieger

I

Idafeld: smaragdgrüne Weide in der Mitte Asgards, auf der die Einherjer sich jeden Tag für den Kampf an Ragnarök vorbereiten

Irthing: Fluss in Kumraland

J

Jorvik: die Stadt York in England

Jüten: die Einwohner Jütlands

K

Kimbern: Volksstamm im Norden Jütlands

Knorr: Lastschiff mit Segeln und wenigen Riemen

Kohlenbläser: Schmied

Kumraland: Gebiet im Nordwesten des heutigen Englands, zwischen Schottland und Wales

L

Lagmann: zuständig für das Rezitieren der auf dem Thing festgelegten Gesetze

Låland: Lolland

Langsax: langes Messer oder kurzes einschneidiges Schwert für den Einsatz im räumlich eingeschränkten Schildwall

Langschiff: großes Kriegsschiff mit Riemen und Segeln
Laugartag: Samstag (Waschtag)
Lejre: alte Königsstadt auf Seeland
Loki: ein Ase und Riese, bekannt für seine Durchtriebenheit, Falschheit und Hinterlistigkeit

M

Mani: Gott des Mondes, fährt den Mondwagen über den Himmelsbogen
Manitag: Montag
Margyge: weibliches Meeresungeheuer
Mauren: muslimische Bewohner des heutigen Spaniens und Portugals
Midgard: die Welt der Menschen
Midgardschlange: riesige Seeschlange, die Midgard umspannt
Miklagard: Konstantinopel/Istanbul
Mora Thing: Thingstätte in der Nähe von Uppsala, im Mittelalter Ort der Königswahl in Schweden
Mundilfari: Vater von Sól und Mani

N

Nidhögg: Drache, der an der Wurzel des Weltenbaums Yggrdasil nagt, lebt in der Quelle Hvergelmir in Niflheim
Niding: Person, die sich einer Untat (Nid) schuldig gemacht hat
Njörd: Gott des Meeres, herrscht über Wetter, Wind, Feuer und Wasser
Norvasund: Straße von Gibraltar
Nótt: Riesin, symbolisiert die Nacht, bringt die Dunkelheit mit ihrem Pferd Hrimfaxi

O

Obodriten: wendische und slawische Volksgruppe
Ochsenweg (Heerweg): Landweg von Haithabu (Schleswig) über Jelling nach Viborg
Odin: der mächtigste aller Götter, erschuf die ersten Menschen in Midgard
Odins Vi: Odense (heiliger Ort/Altar zur Ehre Odins)
Odinstag: Mittwoch
Onager: römisches Katapult
Ortblech: Schutzbeschlag auf der Spitze der Schwertscheide
Ostfranken: westlicher Teil Deutschlands
Ostlande: sämtliche Landgebiete östlich von Schweden und Polen

P

Palnatoki: Häuptling und Sagenheld aus Fünen
Pikten: Schotten

Q

Qâdis: Cádiz (Spanien)

R

Ragnar Lodbrok (ursrpünglich Halvdanson): dänischer Wikingerkönig, berühmt und berüchtigt im Ausland
Ragnarök: Weltuntergang
Rán: Meeresgöttin, verheiratet mit Ägir
Riesin: weibliche Angehörige des Göttergeschlechts der Jötunn

Ripa: Ribe (Stadt auf Jütland)
Rolf Krake: dänischer Sagenkönig aus Lejre
Römische See: italienischer Teil des Mittelmeeres
Rudergänger: Person, die am Ruder steht

S

Sachsen: Bezeichnung für Engländer und Leute aus dem Sachsenland
Sachsenland: der nordwestliche Teil des heutigen Deutschlands
Sarazenen: Muslime
Sæhrimnir: Odins Eber in Walhall, dessen Fleisch jeden Tag als Mahlzeit dient
Schattenwanderer: beherrscht dunkle Kräfte
Schildburg: Mauer und Dach aus sich überlappenden Schilden in Kreisform
Schildwall: eine Reihe sich überlappender Schilde, wobei die rechte Kante eines Schildes die linke des rechten Nebenmanns überdeckt
Schnigge: kleineres Wikingerschiff mit Segeln und Riemen
Seidfrau/-mann: Zauberfrau/-mann
Serkland: arabische Länder (Naher Osten und der afrikanische Kontinent)
Sikiløy: Sizilien
Silfraskalli: Jarl/König von Fünen (Name bedeutet Schild der Sølver/Herr der Sølver)
Sillende: Südjütland
Sjalvarstad: Stadt auf Fünen, Herkunftsort der Sølver, heutiges Søllested
Skinfaxi: Pferd von Dagr, mit dem dieser täglich über den Himmel reitet, Skinfaxis strahlende Mähne erleuchtet die Welt
Skiringssal: Handels- und Kultplatz in altnordischer Zeit, ungefähr fünf Kilometer nordöstlich des heutigen Larvik
Skögull: eine von Odins Walküren
Sól: Tochter von Mundilfari, fährt den Sonnenwagen über den Himmelsbogen, der von den Pferden Arvakr und Alsvidr gezogen wird
Sólstag: Sonntag
Sølver: Bewohner der Region rund um Sjalvarstad auf Fünen
Stallmeister: ein vertrauter Krieger, der den Hird anführte und den König auf dem Thing vertrat
Suyneborg: Svendborg
Svealand: mittlerer Teil des heutigen Schweden
Svear: Ostschweden
Svinefylking: eine keilförmige Angriffsformation (ein angreifender Schildwall)

T

Tanngnjostr und Tanngrisnir: Thors Böcke, die dessen Wagen über den Himmel ziehen
Teutonen: Volksgruppe in Südjütland
Thor: Gott des Donners, Odins ältester Sohn
Thorstag: Donnerstag
Tyra Danebod: Frau von Gorm dem Alten, ihr eigentlicher Name war Torveig Haraldsdatter

Tyr: Gott der Kriegsführung, Odins Sohn

Tyrstag: Dienstag

U

Ubbe Lodbrok: Sohn von Ragnar Lodbrok

Ubbe Lodbrok, der Junge: Ururenkel von Ragnar Lodbrok

V

Veisafjord: Siedlung südlich von Dublin, heutiges Wexford

W

Walhall: Odins Burg in Asgard, hierher kommen die gefallenen Kämpfer einer Schlacht

Wæthel: Vejle (ursprünglich eine Furt im Vejlefjord)

Weißer Christus: Jesus Christus

Wendeln: Bezeichnung der Bewohner rings um den Limfjord

Wenden: Sammelbegriff für Nordslawen auf dem Gebiet des heutigen Polen

Westlande: alles westlich von Jütland, vor allem aber England und Irland

Wetterfahne: Windrichtungsgeber an der Spitze des Masts eines Schiffs

Wibiærgh: Viborg

Y

Yggdrasil: der Weltenbaum in der nordischen Mythologie

Namenstraditionen und Stammbäume

Die Namenstradition besagte, dass der erstgeborene Sohn nach seinem Großvater väterlicherseits benannt würde, der zweitgeborene Sohn erhielt den Namen seines Großvaters mütterlicherseits.

Gorm der Alte

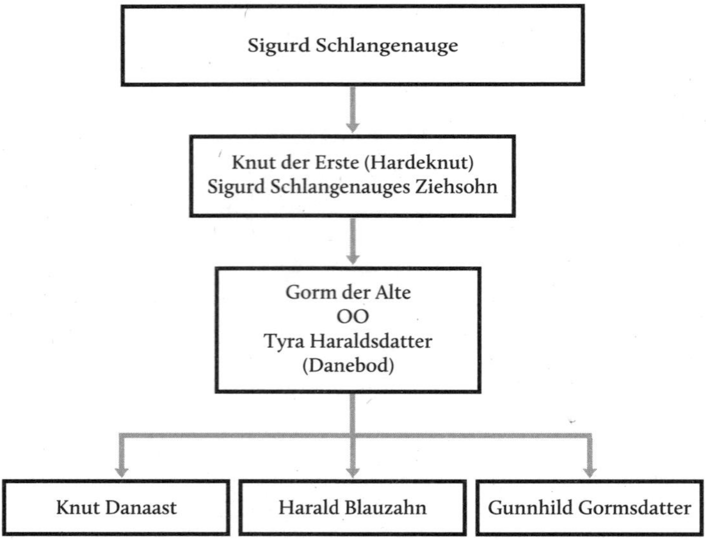

Stammbaum von Tyra Danebod (Torveig Haraldsdatter) und Sigfred Gormsson (König über Seeland und Schonen)

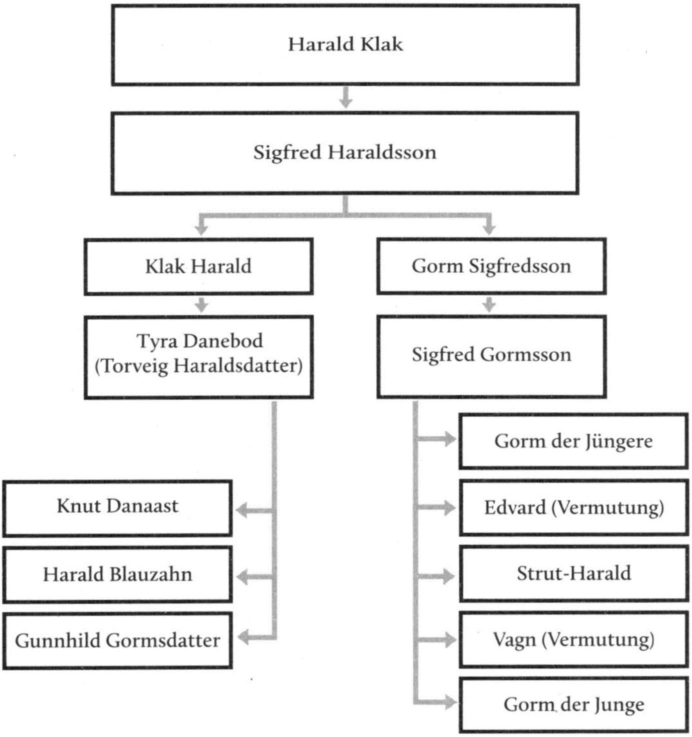

Ulv Palnatoki und Torste von Ryesborg

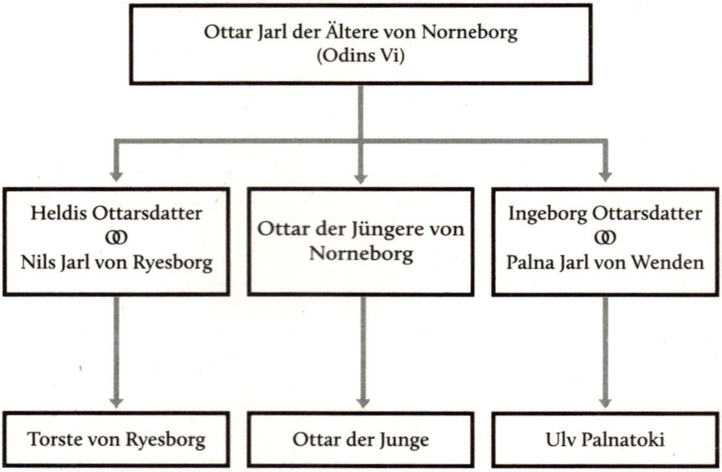

Das Geschlecht Hvide – Skjalm Hvides Vorväter

Der bekannte «Stammvater» des Geschlechts Hvide ist Skjalm Hvide, der von 1040 bis 1113 lebte. Skjalm Hvides Vorväter haben ziemlich sicher eine zentrale Rolle bei der Vereinigung Dänemarks gespielt, aber da ihre Namen so gut wie unbekannt sind, habe ich versucht, sie mittels der Namenstradition zu rekonstruieren.

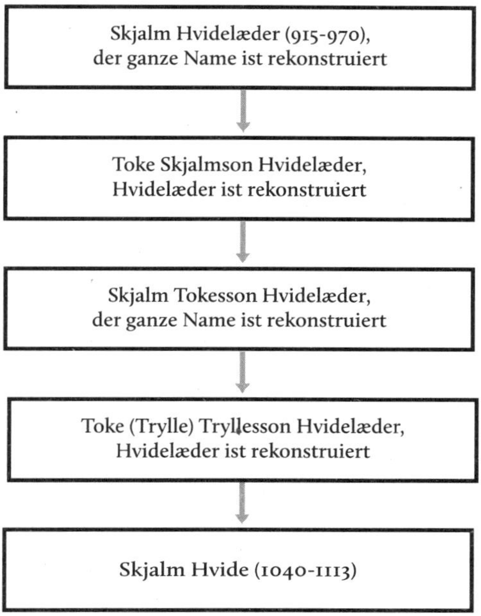

Über das Buch

Die Zeichnungen auf den Covern von *Millennium Kingdom* stammen von Stinne Fuglsbjerg, einer aufstrebenden und bereits mehrfach preisgekrönten Künstlerin. Einige von Stinnes fantastischen Werken lassen sich auf ihrer Facebook-Seite bewundern.

Millennium Kingdom ist meine persönliche Interpretation der Geburt Dänemarks als Nation. Diese Reihe versucht, sich der ziemlich unpräzisen Theorien rund um die Zeit vor und während der Herrschaft Gorms des Alten anzunehmen. Wenn es um diese wichtige Periode der dänischen Geschichte geht, sind sich die meisten von ihnen nämlich ziemlich uneins. Das allerdings macht die Geschichte nicht etwa weniger spannend – ganz im Gegenteil!

Danksagung

Hiermit möchte ich den vielen Historikern (professionellen wie Amateuren), Archäologen, Museumsangestellten und anderen danken, die meine vielen Fragen geduldig beantwortet haben. Ich betone, dass jedwede Fehlinterpretation voll und ganz mein Fehler ist.

Mein besonderer Dank gilt:
Pernille Heegaard – Redakteurin
Kristian Andersen Nyrup – Historiker
Ea Stevns Matzon – Museum Sorø
Peter Lawætz – Historiker
Søren – Museum Moesgård
Erik Rønnebech – Nordische Mythologie
Kåre Johannessen – Historiker, Mittelalterzentrum Nykøbing
Susan M. Margeson – Historikerin
Finn Rasmussen – Historiker
Stine Larsen – Historikerin, Wikingerburg Trelleborg
Hans Ole Mathiessen – Historiker, Erlebniscenter Kongernes Jelling
Søren Ravn – Sagnlandet (Land der Legenden), Lejre
Kim Nyborg – Sagnlandet (Land der Legenden), Lejre
Tania L. Jensen – Sagnlandet (Land der Legenden), Lejre
Anne Pedersen – Dänisches Nationalmuseum, Kopenhagen
Anne-Christine Larsen – Wikingerburg Trelleborg
Bodil Holm Sørensen – Wikingermuseum Ladby
Anton Englert – Wikingerschiffsmuseum Roskilde
Ute Drews – Wikingermuseum Haithabu

Quellen

Folgende Texte, Autoren, historische Stätten und Museen haben mich bei der Arbeit an dem Roman inspiriert oder mit gutem Rat unterstützt.

Historische Stätten, Museen, Vereine:

Dänisches Nationalmuseum: Ausstellungen, Bücher und Beratung
Wikingerschiffsmuseum: Ausstellungen, Bücher und Beratung
Museum Moesgård: Ausstellung
Wikingerburg Trelleborg (Seeland)
Wikingerburg Aggersborg (Nordjütland)
Wikingerburg Fyrkat (Nordjütland)
Wikingerburg Nonnebakken (Odense, Fünen)
Trelleborg (Schonen, Schweden)
Erlebniscenter Kongernes Jelling: Ausstellungen, Bücher und Beratung
Wikingermuseum Ladby: Ausstellungen, Bücher und Beratung
Wikingermuseum (Moesgård, Århus): Ausstellung
Wikingermuseum Oslo: Ausstellung
Wikingermuseum Haithabu: Ausstellung und Beratung
Grenzverein Grænseforeningen: Beratung

Autoren und Texte:

Die zeitgenössischen Reiseberichte von Ibrahim Ibn Yaqub, Ibn Rustah und Ibn Fadlan
Die zeitgenössischen Reiseberichte von Ottar und Wulfstan aus König Alfreds Übersetzung von Orosius' *Historiae adversum Paganos*
Adam von Bremen: *Gesta Hammaburgensis ecclesiae pontificum*
Saxo Grammaticus: *Gesta Danorum*
Svend Aggersen
Chronicon Roskildense (Chronik von Roskilde)
Chronicon Lethrense (Chronik von Lejre)
Peter Lawætz: *Vikingekonger*
Kristian Andersen Nyrup: Historische Auslegung der Sagen über König Gorm
Widukind von Corvey: *Res gestae Saxonicae*
Snorri Sturluson: *Heimskringla*
Òláfs saga Tryggvasonar

Weitere Titel

Die Millennium Kingdom Reihe

Millennium Kingdom: Der Wikinger

Millennium Kingdom: Das Blut des Königs

Millennium Kingdom: Der Bastard